释迦之子文库

文学·艺术

小说的世界地理

邱华栋　著

中国言实出版社

图书在版编目（CIP）数据

小说的世界地理 / 邱华栋著 . -- 北京：中国言实出版社，2020.4

（珞珈之子文库 / 刘道玉主编）

ISBN 978-7-5171-3331-5

Ⅰ . ①小… Ⅱ . ①邱… Ⅲ . ①小说研究—世界 Ⅳ . ① I106.4

中国版本图书馆 CIP 数据核字（2020）第 034554 号

出 版 人	王昕朋
责任编辑	史会美
责任校对	崔文婷
封面肖像	余登明

出版发行　中国言实出版社

　　　　　地　　址：北京市朝阳区北苑路 180 号加利大厦 5 号楼 105 室

　　　　　邮　　编：100101

　　　　　编辑部：北京市海淀区北太平庄路甲 1 号

　　　　　邮　　编：100088

　　　　　电　　话：64924853（总编室）64924716（发行部）

　　　　　网　　址：www.zgyscbs.cn

　　　　　E-mail：zgyscbs@263.net

经　　销　新华书店

印　　刷　徐州绪权印刷有限公司

版　　次　2020 年 6 月第 1 版　　2020 年 6 月第 1 次印刷

规　　格　710 毫米 ×1000 毫米　1/16　25 印张

字　　数　420 千字

定　　价　68.00 元　　ISBN 978-7-5171-3331-5

总　序

在 20 世纪 80 年代，借助解放思想的强大动力，武汉大学率先揭开了教学制度改革的序幕。为了营造自由民主的学风，我们首创了一系列新的教学制度，充分调动了广大学生们学习的主动性、积极性和创造性，因而从他们之中涌现出了各学科领域的大批杰出人才。

十五年前，我写过一本书，名叫《大学的名片——我的人才理念与实践》。我认为，一所名牌大学，固然不能光有名楼，但光有名师也还不够。归根结底，最终还得培养出一批优秀学生，成为国家栋梁、社会精英。这样的学生，也可以叫作名生。所以名师、名生、名楼，是一所名牌大学的三宝。

武汉大学自创建以来，名师云集，名生辈出，名楼日兴，可谓集三宝于一身。尤其是新中国成立以后，自 20 世纪 50 年代以来，武汉大学培养的人才，遍布祖国各地，各行各业，为国家的建设和发展，作出了无可估量的贡献。改革开放四十多年来，更因为锐意革新，砥砺精进，而使学校的发展和人才培养，上了一个新的台阶。我担任副校长和校长的十五年间，正是武汉大学革故鼎新、励精图治的蜕变时期。我倡导和主持的各项改革措施，集中到一点，就是既出人才又出成果，着力把武汉大学建成既是教学中心又是科学研究中心，二者是相辅相成的辩证关系。

归根到底，人才兴校是至关重要的，没有高水平的人才，何以有高水平的科研成果呢？同理，如果学生只是死读书，而不善于从科学研究中学习，那也绝对不可能成为杰出的人才。因此，我在任职期间，秉持"不拘一格降人才"的思想，把发现人才，选拔人才，培育人才，保护人才作为学校改革和发展的一项战略措施来抓。所幸的是，我们的这些努力都没有白费。如今，我们培养的这些人才，有些是蜚声海内外的著名哲学家、经济学家、文学家、艺术家、科学家、发明家。另外，从各系的毕业生中，涌现出了诸如田源、陈东升、毛振华、雷军、阎志、艾路明等享誉全球的著名企业家群体。在 2020 年武汉遭遇新冠肺炎的肆虐中，他们挺身而出，一人捐建十所医院者有，竞相捐赠亿万之资者有，武大企业家联谊会从韩国购买一百八十一吨防疫用品和医疗设备，租用四架专机运抵武汉，捐给武汉抗疫指挥部，充分体现了他们赤子之心和奉献精神。

同样，在这次罕见的疫情中，毕业于武大医学院的学子挺身而出，其中有最早发出疫情预警的艾芬、李文亮，第一个确诊新冠肺炎并报告院领导的张继先；更有多位医生献出了宝贵的生命，他们是李文亮、刘智明、肖俊、黄文军、徐友明……毕业于武大新闻与传播学院的学子或直逼现场，实情播报，或联袂发声，建言献策；毕业于武大其他院系的学子无论身在海内外，万众一心，英勇无畏，纷纷在自己的专业、专长和岗位上倾心尽力。

大学是思想启蒙之地，是一个人的人格和精神的养成之所，是一个社会的智识和思想的孵化器。大学培养的人才，不光要有高深的专业知识，还要有高尚的人格，深邃的智慧。武汉大学培养的人才，不是那种书呆子式的人才，而是要有求异、求变和求新的创新精神，在人格方面有道义担当，在思想方面有独立思考的人才。从武汉大学毕业的学生，走出校门以后，在各自的专业领域戛戛独造，在经济社会发展的重要部门，都有独特建树。他们都在各自的星座上闪烁着耀眼的光亮。他们都是武大一张张靓丽的名片，是武大的光荣和骄傲！

编撰"珞珈之子文库"，目的在于以文字的形式反映这些杰出校友们的成就。这套文库是一项巨大的文字工程，其编撰的指导思想是，要有真实性、思想性和前瞻性，为后人留下一笔思想财富。文库收入的范围，主要集中展示自20世纪50年代以来，七十年间武大优秀毕业生的人生经历，精神旅程和事业成就。"珞珈之子文库"由这些优秀毕业生"夫子自道"，或随笔精品，或选辑佳作，或记录人生感悟，或接受采访，或自述经历，或总结经验，或集合演讲，总之都是他们人生全部的直接展示。

"珞珈之子文库"将分为五辑，即"哲学·教育""文学·艺术""史学·法律""经济·企业""科学·技术"。鉴于出版、发行和读者的面向，这套文库暂时不包括专深的科学与技术学术论著或论文集，此类学术成果，将会以其他形式奉献给读者，也一定要载入武汉大学的史册。

长江后浪推前浪，一代新人胜旧人。时代在前进，科学教育日新月异，相信武汉大学未来将会培养出更多杰出人才。因此，"珞珈之子文库"是一项滚动计划，希望一代又一代地传承下去，使她成为母校的一个品牌，将历届毕业的优秀珞珈学子的成就收入这套文库，通过这种直接的展示，我们不但能得见其人，而且能得闻其事，能领略其思想人格和精神风貌，实在是一件功德无量的大好事。

也许，五十年甚至一百年以后，当我们再回望她的意义时，她将会是一部记录人才成长的史料库，一部表现独立思考的思想库，一部具有前瞻性的信息库，充分展现"珞珈之子"的精神风采，是一座熠熠生辉的文字丰碑。

3

　　我的学生野莽是从中文系首届插班生走出的著名作家，迄今他已著作等身，现在正处于创作的黄金年龄。去年秋天，他和几位作家倡导准备编撰"珞珈之子文库"，拟邀请我担任总主编，我已垂垂老矣，而且还要照顾病重的老伴，自知力不从心。但鉴于我们都经历了那个改革的黄金时代，于情于理又都不能拒绝，故只能勉力为之。

　　是为序。

刘道玉

2020 年 3 月 9 日

于珞珈山寒戍斋

一种文学新景观（代序）

一、20世纪20年代以来的欧洲现代主义小说家

1

地理学上有一个很有名的大陆漂移假说，这个假说是由德国科学家魏格纳提出来的。魏格纳是一位德国气象学家，1911年秋天的某一天，他在查看世界地图的时候，忽然发现地图上各大洲的海岸线似乎有某种吻合的现象。魏格纳被自己的发现深深吸引了。于是，他产生了大陆不是固定的，而是漂移的猜测。他开始认真搜寻证据，进行深入研究。他发现，最初的地球表面的大陆集中在一个不大的区域，就是当时地球上最寒冷的极地。后来，完整的大陆逐渐地分离开。此外，魏格纳还在地质学资料中找到了大量支持大陆漂移假说的重要证据，研究得出了地球表面的大陆在互相撞击，并且在大洋之上漂移的假说理论。

在我看来，魏格纳的这个大陆漂移说，带有浓厚的文学的想象之美和诗意，是那么的激动人心。你想想看，印度洋板块和亚欧板块互相撞击，由此诞生了高耸的喜马拉雅山脉；地球上最高的、有着连绵崛起的山峰所形成的屏障，成

为人类不断去攀登和征服的高度。在地球表面，那些因为大洋的淹没而显得互相隔离的大陆，欧亚大陆、非洲大陆、美洲大陆和孤独的澳大利亚，还有南极和北极，原来彼此之间有着那么紧密的联系。现在，有的大陆板块在加速碰撞，比如喜马拉雅山脉因为两大大陆板块的撞击而继续升高，有的则在加速分离，比如美洲大陆在继续远离其他大陆。

大陆漂移假说以大时空的尺度和维度，在我的脑海里形成了一幅地球表面巨大变化的图景。如今，经济贸易的加速联合和互相渗透，互联网的出现和各类新技术的革新，使人类社会进入一个全新的阶段，也就是全球化的时代。在这个时代里，文学的发生和发展、传播和消费，都发生了深刻的变化。但是，文学也有着恒定的特性，是不会随着传播媒介的变化而发生剧变的，人类的语言文字和文学的历史，已经造就了各个民族和国家的文学大师所组成的山峰，这些山峰，就是人类文学的高标，就如同大陆板块漂移过程中因碰撞而形成的喜马拉雅山脉一样。

最近两百年，也就是在 19 世纪和 20 世纪，人类文学的山峰高高耸立，形成了蔚为壮观的画面。这是小说的黄金时代，小说大家之间互相影响，他们造就的文学大潮，就像那不断波动的大海，在一直运动着，从一个大陆到另外一个大陆，借助各类媒介迅速发展变化，从而形成了"小说的大陆漂移"的人类文学新景观。本书所描绘的，基本就基于这样一种情况。

根据我的观察，一战结束以来，小说的发展也有一个地理学上的变化。小说创新的浪潮，从欧洲席卷到北美，再扩展到拉丁美洲，最后延伸到亚洲和全世界范围内，其间经历了地理学意义上的空间的变化，我称之为"小说的大陆漂移"。因此，将时间坐标设立在考察 20 世纪以来的小说走向，在我的脑海里就形成了这样一幅在空间和时间上连续的图像：20 世纪的小说家不断创新，形成了一股互相有联系的创新浪潮，在时间上从一战结束一直到 21 世纪的第一个十年，跨度近百年。空间上则形成了从欧洲到北美，又从北美扩展到拉丁美洲，再然后又从拉丁美洲到非洲和亚洲的"大陆漂移"，比如，从威廉·福克纳到加西亚·马尔克斯，又到中国的莫言，他们之间就有着跨越时间和大陆空间的联系。

我就这样借助地理学上的"大陆漂移"理论，建立了我的世界文学的全景观。各个大陆的作家之间有着继承和彼此影响的关系，他们互相学习和借鉴，创造性地形成了新的人类文学史。20 世纪以来的小说，是非常丰富和复杂的，令人眼花缭乱，五彩纷呈，构成了 20 世纪人类小说发展和创新的连续性的、波澜壮阔的画面。我重点考察的就是小说的创新浪潮从欧洲到北美，再转移到拉丁美洲并形成了"拉美文学爆炸"的景象之后，又是如何在 20 世纪 80 年代后影响了中国当代文学的勃兴的。研究探讨其间的空间和时间的关系，正是我的着力点所在。

2

在这一节中，我先谈谈欧洲现代主义小说大师的情况。对欧洲小说，捷克裔法国作家米兰·昆德拉在他的著作《被背叛的遗嘱》中有一段是这么说的："在小说的不同发展阶段，不同的民族像接力赛跑那样轮流做出壮举：先是伟大先驱意大利的薄伽丘的《十日谈》开始，然后是法国拉伯雷的《巨人传》，接着是西班牙流浪汉小说《小癞子》和塞万提斯的《堂吉诃德》，然后是十八世纪的英国批判现实主义小说家如狄更斯的作品，接着，小说的创新的接力棒，交到了十八世纪末期的德国，歌德带来了德意志的贡献。而进入十九世纪之后，欧洲小说的接力棒首先到了法国作家那里，雨果、巴尔扎克、左拉、福楼拜等等，然后是 1870 年以来的俄国小说，以列夫·托尔斯泰、契诃夫、屠格涅夫、陀斯妥耶夫斯基等形成了人类文学新的高原。进入二十世纪，首先是斯堪的纳维亚半岛上诞生的作家群，挪威、瑞典和芬兰以及丹麦的作家们继续引领人类文学新发展，然后，欧洲小说的主流，转移到了欧洲中部，也就是中欧小说家的手里，诞生了弗兰茨·卡夫卡、罗伯特·穆齐尔、布洛赫、贡布罗维奇……"

米兰·昆德拉的这段对"欧洲小说"源流的分析，是相当清晰的，当然，他在这段描述中也表达了个人情绪：一是对过去称作"东欧文学"的厌恶和反驳，他特地以"中欧文学"取代了"东欧文学"，借以修改冷战时期的东欧文学受到的苏联文学的影响，然后，向欧洲的核心也就是西欧文学靠近，使他的写作摆脱东欧文学的"阴影"，从而成为无论是文化精神还是小说形式创新上的欧洲作家。他自认为自己是上述他所描述的一个伟大的欧洲小说的主线中最后的、最新的，也是很重要的一个环节。

翻译家、学者高兴曾经说过："说到了东欧文学，一般人都会觉得，东欧文学就是指东欧国家的文学。但严格说来，'东欧'是个政治概念，也是个历史概念。在相当长的一段时间里，它特指波兰、捷克斯洛伐克、匈牙利、罗马尼亚、保加利亚、南斯拉夫、阿尔巴尼亚等七个国家，因此，'东欧文学'也就是上述七个国家的文学。"

因此，不管是西欧文学、北欧文学、中欧文学、东欧文学以及俄罗斯文学，都是欧洲文学的组成部分，他们彼此之间的互相影响和联系，都是非常的巨大深远，由此，在1920年到1945年，合力形成了一股在欧洲诞生、发展，并且开始向全球扩散的现代主义浪潮。

米兰·昆德拉描述的，是现代主义小说在欧洲的兴起。那么，什么是现代主义小说？现代主义小说的起源是什么时候？关于这两个问题，文学史家一向是众说纷纭、莫衷一是。有的学者认为，现代主义小说肇始于19世纪欧洲一些作家，有德国浪漫派的作家诗人，比如霍夫曼、施笃姆、波德莱尔，以及俄罗斯作家陀思妥耶夫斯基，等等。他们较早地进入对人类的精神分析型书写，去把握人的意识的流动。而真正地集现代主义小说之大成，或者说，现代主义小说的牌子可以堂皇地挂出来，一般认为是由四个作家完成的。他们分别是：马塞尔·普鲁斯特、弗兰茨·卡夫卡、詹姆斯·乔伊斯、弗吉尼亚·吴尔夫。这四个人开启了20世纪到21世纪以来的文学流变的浪潮。

法国作家普鲁斯特可以说是现代小说的集大成者。不少法国人认为，普鲁斯特是最能代表20世纪法国文学的作家。从1913年左右开始，普鲁斯特把人生所剩下的时间，用来写一本大书——《追寻逝去的时光》，这部书翻译成中文有二百五十万字。它是现代主义小说的一个巅峰之作，所谓意识流的集大成者。法国作家莫里亚克曾经描述道："马塞尔·普鲁斯特的童年期比一般的孩子要长得多。这是一个感情极为脆弱的小男孩，如果临睡前没有妈妈的吻，他连觉都睡不着。临睡前妈妈的吻，以及它给小普鲁斯特带来的苦恼与欣喜，都成为普鲁斯特后来著作中的主题。例如，他早期的一部未完成的小说《让·桑德伊》和后来的鸿篇巨著《追寻逝去的时光》都是紧紧围绕着这类难忘的回忆展开的。尽管多少做了些渲染与夸张，但无论在普鲁斯特早期的幼稚习作，还是成年之后的鸿篇巨著中，这些回忆都是可信的。在马塞尔·普鲁斯特的著作中，凡是有关普鲁斯特本人，或者以普鲁斯特为原型的小说主人公的情节，都是有根有据的，绝无虚构成分。"

莫里亚克的这段话是引领我们进入马塞尔·普鲁斯特的文学世界里最好的路标。可能对很多读者来说，马塞尔·普鲁斯特都是一个阅读的难题。因为他写了一部长度令人畏惧，很难耐心读下去的小说。当然，大家都知道他，也大都阅读过这部小说的至少一部分内容。可见，《追寻逝去的时光》的长度就像是难以逾越的鸿沟，阻挡了心态浮躁的人去跨越，同时，也使这部小说继续保持着一种神话般的神秘力量。

马塞尔·普鲁斯特是20世纪法国贡献给人类的伟大的小说家。他的《追寻逝去的时光》改变了小说的历史。如果说小说的发展是不断地由一些拐点改变的话，那么，马塞尔·普鲁斯特就是一个站在小说史拐点上的作家。那么，《追寻逝去的时光》是一部什么小说；是一部长河式的意识流小说；是一部心理现实主义小说；是一部自传体小说；是一部教育和成长小说；是通过内心体验所描绘的社会小说；最后，是一部带有象征色彩的现代主义小说。我觉得，在这部小说中，上述的判断都可以用来形容它的某种特征。马塞尔·普鲁斯特把这些标签化的特征都统合在一起，创造出一部无论深度和广度都令人惊异的巨作，一部和他所在的时代紧密联系的伟大作品。

《追寻逝去的时光》改变了小说历史，马塞尔·普鲁斯特就成为20世纪现代主义小说的先驱之一。它如同一条巨大的河流，将一个时代的全部印象，都化作了个人的、绵密的、厚实的、雕琢的、绵延的、细腻的、忧伤而平静的回忆。这部小说还像一幅无比巨大的花毯，编织了马塞尔·普鲁斯特关于他所存在着的某个特殊的历史时期的全部信息图象。记忆混合着嗅觉、味觉、触觉、听觉、视觉，将那些微不足道和微妙复杂的心理与外部的景象，融汇在一炉里，造就出一本书，一本连绵下去的书，在书里，时间和回忆似乎永远像河水那样流动着，永不停息，记忆因此得以永恒。

一个有雄心的作家，总是想写出一部伟大之书，一部杰作，它在那里等待作家去完成。这样的作品获得了上天的青睐，在机缘巧合、天赋和勤奋的共同作用下，一旦它完成，它就离开了作者，它巨大而耀眼，成为永恒的造物，成为大家共同欣赏的名著。

法国作家安德烈·莫洛亚写道："对于1900年到1950年这一历史时期而言，没有比《追寻逝去的时光》更值得纪念的长篇小说杰作了……马塞尔·普鲁斯特像同时代的几位哲学家一样，实现了一场'逆向式的哥白尼革命'，人的精神又重新被安置在天地的中心，小说的目标变成为描写精神所反映和歪曲的世界。"

安德烈·莫洛亚的评价是相当准确的，说明了这部小说在文学史上的地位和贡献：对精神所反映和歪曲的世界的全面呈现。

第二个大作家是爱尔兰小说家詹姆斯·乔伊斯。他的代表作品《尤利西斯》是现代主义成熟的、集大成的作品。此前，《恶之花》的作者波德莱尔，还有法国作家洛特里亚蒙的诗，也是现代主义的先驱性作品，但是他们的作品里有一点现代主义的萌芽，这种萌芽不是很成熟，到了詹姆斯·乔伊斯这里就变成了成熟的东西。《尤利西斯》非常标新立异，结构复杂。刚开始它被认为是淫秽的，大逆不道的，最后一章是小说女主人公莫莉的内心独白，其中有一段是色情片断。20世纪20年代，《尤利西斯》由法国一家出版社——"莎士比亚书店"出版，但当时美国还禁止它的登岸，英国、爱尔兰都不接受这本书的出版，只有法国是个例外。

《尤利西斯》非常复杂，总体是和神话有关，但每一章节都有设计，比如有的章节是模仿英语的发展史，有的是模仿教会的问答手册，有的章节是对对话和场景的戏仿性写作，等等。《尤利西斯》也是意识流的代表作。挑战小说的写作难度，似乎是20世纪小说家首要的工作，这一点，在19世纪小说家那里不是最主要的。我们从19世纪的法国、英国、德国的现实主义小说家那里，从俄罗斯几大文学巨匠托尔斯泰、陀思妥耶夫斯基和屠格涅夫等人那里，都看不到挑战小说写作技术难度的努力。在19世纪，讲什么，永远比怎么讲要重要，小说家无非在小说的长度上有所比拼，而这一点也不是他们的有意而为，是有话要说。

但是，到了20世纪，怎么写、以什么样的小说形式去装小说的故事这瓶老酒，已经成为小说家迫不及待需要解决的问题。在对小说形式和难度的追求上，詹姆斯·乔伊斯到现在为止仍旧是一个高峰，同时他也制造了一个个阅读的难题。但是，这并不阻碍《尤利西斯》出版之后的畅销和流布——如今，任何一个文学专业的大学生恐怕都听说过这部小说，尽管很多人没有看。那些英语文学专业的研究生们，都必须要面对乔伊斯的两部"天书"作品：《尤利西斯》和《芬尼根的守灵夜》。实际上，我觉得有些研究詹姆斯·乔伊斯的学者把他作品的晦涩程度夸大了，经过了八十多年的传播，他的作品已经比较容易理解了。

第三个重要的现代主义小说先驱，是奥地利作家卡夫卡。一战以后，作为一家保险公司职员的卡夫卡突然觉得，在工业化的社会生活有了异化感。在此之前的小说，涉及当下生活，几乎全是写实的，像镜子一样反映那个时代。

而卡夫卡很厉害，他的《变形记》开头："有一天，我醒来了，发现我已经变成了一只甲虫。"这样的异化感觉，是很有意思的。卡夫卡的小说一下改变了人类对小说的固有理解，他用表现主义手法把人类的生活抽象出来，进行了一种变形，让你突然发现，我们的生活被异化了。比如，小说《城堡》中的主人公是一个土地测量员，但是他永远都进入不了一个城堡，永远在城堡周围打转，他跟城堡门口酒吧的女服务员套关系，跟里面的什么人套关系，但怎么也进入不了那座城堡。后来的评论家对此做了大量的解释，说城堡是一个巨大的象征，象征人类的司法体系和各类制度，等等。但卡夫卡他为什么写这个东西，只有依靠每个生命个体自己去寻找答案。卡夫卡的小说就像梦魇一样离奇，荒诞。《变形记》和《城堡》应该是最能够体现卡夫卡特点和文学魅力的小说。卡夫卡似乎永远在特别焦虑的、逻辑紊乱的环境里打转，他的小说描绘的都是一种界乎似梦非梦的中间地带的东西，未来的小说还会发展，卡夫卡这个作家是绕不过去的。

第四位小说大师，是英国女作家弗吉尼亚·吴尔夫，她是有史以来最伟大的几个女作家之一。弗吉尼亚·吴尔夫的作品很多，长篇小说有十多部，还有大量的随笔、书简和日记。代表作是长篇小说《达洛维夫人》，这个小说是一部意识流的佳作，讲述一个叫达洛维的夫人在一个下午的意识流。她要去买花，却在途中通过意识流，将整个家族的历史和时代风貌呈现了出来，使读者忘记了达洛维是要去买花。阅读这部小说，你会发现那个时代英国人的精神状态到底是什么样子。此外，弗吉尼亚·吴尔夫还是早期的一个女权主义作家，写过一本叫《一间自己的屋子》的很有名的随笔集，成为后来女权运动和女性主义思潮的先驱。

这四个作家开启了欧洲现代主义小说的大门，随后很多优秀作家相继出现。

3

以下是其他欧洲重要小说家的一些基本情况。他们从各个方向，丰富了欧洲现代主义小说的内涵，创造出一系列重要的作品。

法国作家加缪的最好的作品是《鼠疫》。鼠疫是一个象征，象征笼罩在我们头顶上的一种可怕的东西。人类总是需要经历种种考验，在巨大的考验面前，人，要有自己独立的判断和选择。加缪的作品有着思想和形象结合的完美感，他将哲思形象化为个人的体验，这给未来有思想的小说，指明了一条清晰的道路。

有的欧洲作家特别依赖历史题材的写作，如法国作家尤瑟纳尔，她是一个历史感很强的作家，几乎所有的小说都是写历史的。她知识非常渊博，在美国生活了很多年，从小就学过各国的语言。尤瑟纳尔从来不触及个人的生活，这刚好和法国女作家玛格丽特·杜拉斯相反，后者的每一部小说都跟自己的生活有关，所写的东西永远都是她的自我的折射，都是她自己的变形的自传。在玛格丽特·尤瑟纳尔的长篇小说《哈德良回忆录》中，古罗马皇帝哈德良自己出场了。她就用皇帝的第一人称回忆他自己，复活了那个古罗马时期的历史。玛格丽特·尤瑟纳尔告诉了我们什么是真正的历史小说——描绘历史，要把历史小说写成当代小说，去塑造历史人物的声音肖像。这也将是未来小说的一个向度。

德语小说家中，德布林的《亚历山大广场》是德语现代长篇小说的奠基之作，罗伯特·穆齐尔的《没有个性的人》则是一种精神性小说的集大成，非常独特。托玛斯·曼的《魔山》也是一本极其重要的书，描绘了那个时代欧洲整体的精神。稍后出现的德国作家君特·格拉斯，是二战后十分重要的小说家。他把小说家看成是社会学家加历史学家加公共知识分子和说书人的这么一个综合的角色。作家君特·格拉斯的最好的小说是《铁皮鼓》。小说塑造了一个叫奥斯卡的侏儒，三岁的时候他决定自己不要长大了，因为他厌恶成人的世界。三岁的他果真就不长大了，开始天天敲着爸爸给他买的铁皮鼓，经历成年人荒诞丑陋的世界。"纳粹"的兴起和覆灭、二战结束、德国被占领等重大历史，都通过这个叫奥斯卡的侏儒来审视。这部小说后来被德国导演施隆多夫拍成了电影，获得了奥斯卡最佳外语片奖。《铁皮鼓》贴近了德国人的心灵世界和历史，跟德国的政治密切相关，又复活了流浪汉小说的欧洲传统，还有德国式的说书人的腔调。

法国新小说派是二战之后最重要的文学流派，这个流派有很多作家，阿兰·罗布-格里耶、克洛德·西蒙等、比托尔，等等，他们的作品都是在法国的子夜出版社出版的。克洛德·西蒙在1985年获得了诺贝尔文学奖。这个作家一直在法国南部生活，他一边种葡萄一边写作，出版了二十多部长篇小说，代表作《佛兰德公路》《农事诗》《植物园》等。《佛兰德公路》中的那条公路在法国南部，二战的时候，克洛德·西蒙所属的一支法国的部队在这条公路上被击溃。克洛德·西蒙的写作技法受绘画的影响特别大，他一般用三四种颜色的铅笔写作，每种颜色都不一样，他在写这个人物的时候，用一种颜色，写另外一个人物，用另外一种颜色，所以，看他的小说，我们会发现他就像在用文字画画，这是一个非常独特的法国小说家。和绘画艺术的联姻，也是小说未来发展的一个途径。

米兰·昆德拉最好的作品是长篇小说《生命中不能承受之轻》。20世纪，很多国家，包括苏联、中国都在探索实践社会主义，有的有所成功，有的在变化和改革，有的遭受了严重的失败。米兰·昆德拉的这部作品是对特定制度和时代中的人的状态的一种描绘。他后来客居巴黎，写下的法语小说并不成功。他的作品最大的特点在于小说和音乐的关系，从小说的内部结构到小说叙述的语调，无一不和音乐有关，这样也给小说指明了一条道路。

意大利作家伊塔洛·卡尔维诺则把写作变成一种知识、想象力的趣味游戏。他的代表作，小说《寒冬夜行人》有两条主线：一对夫妻出去旅行，两个人不断读一本书，一边是两个人的旅行，一边是两个人读一本书的内容。他还有一部小说《命运交叉的城堡》是根据扑克牌塔罗牌的打法写的，某个人跟某个人在森林里见面，可以随意组合。在充满游戏精神的写作过程中，卡尔维诺获得了想象的甜蜜。

意大利作家翁贝托·埃科号称"当代达·芬奇"，他最有名的作品是《玫瑰的名字》。翁贝托·埃科五十岁之前没有写过小说，五十岁的时候突然写了《玫瑰的名字》，结果这本书在全球卖了一千二百万册，还拍成了电影。翁贝托·埃科以侦探小说的外壳，包上了欧洲中世纪宗教斗争的历史来写此书。一开始，是圣方济各教派的牧师带着自己的徒弟到一个发生了谋杀案的修道院，去调查一个修士的死亡。结果，他到达以后，有更多的人死于非命。这两个人到处找线索，后来发现这个修道院藏了一本淫书，是引发教士死亡的原因。翁贝托·埃科后来的《鲍德里诺》，也是关于中世纪的故事。他的长篇小说《傅科摆》表达了对人类知识和虚妄的想象的嘲讽。小说如何将专业知识和通俗小说结合，是翁贝托·埃科的重要取向。

帕斯捷尔纳克是苏俄在二战后的重要作家。他的长篇小说《日瓦戈医生》继承了列夫·托尔斯泰的传统，带有俄罗斯特有的宗教关怀和雄浑大气。这部小说是对一个具体生命——日瓦戈医生的生命历程的记录。日瓦戈医生从一九零几年一直到一九五几年的生活，包括了俄国的十月革命、卫国战争，等等，小说以沉郁和舒缓的语调呈现出那个时代的艰难困苦，承载了历史和时代强加给个人的命运，就如同一首没有尽头的长诗。

此外，苏联小说家巴别尔是一个不能忽视的短篇小说家，他的《骑兵军》是 20 世纪最好的短篇小说集。文体异常独特，对历史加诸个体生命的粗暴践踏和毁灭命运，有着无比生动的描绘。而布尔加科夫的《大师和玛格丽特》、安德烈·别雷的《彼得堡》，也是这一时期俄语文学中的精品。

以上这些二战前后出现的欧洲现代主义作家，涉及现代主义的很多文学流派：荒诞派、象征主义、新小说派、存在主义、意识流，等等。如前所述，米拉·昆德拉提出过"欧洲小说"的概念，这些作家的创作就体现了这个概念的内涵。假如真的有一种"欧洲小说"，那么，就是这些作家完成的。

二、二战之后北美文学的繁盛和 20 世纪 60 年代的"拉美文学爆炸"

1

我们再来看看二战之后的北美文学。20 世纪初期的美国，处在迅速发展的阶段，但在文学上，还是粗笨的，不怎么讲究技巧的，还在欧洲文学的浓重的阴影之下。这从美国小说家亨利·詹姆斯十分心仪欧洲大陆，重新回到了英国，甘愿书写旧大陆的题材故事，就可以得知美国文学的处境了。整个北美文学还处在一种半途的状态，虽然很多人认为，19 世纪的美国诗人、作家们，像惠特曼、马克吐温、梅尔维尔、霍桑，以及 20 世纪初期的德莱塞，都是文学大师。他们是很不错，但是与欧洲作家相比，还是欠火候。

1930 年，美国作家辛克莱·刘易斯获得了诺贝尔文学奖，标志着美国文学真正获得了关注。他的《大街》《屠场》和《巴比特》这些作品证明了北美文学在一战结束后所达到的高峰。而此时，欧洲现代主义小说从一战结束后爆发，到二战结束后衰微，在二战之后，文学创新的重点开始转移到美洲大陆。

按自然地理划分，美洲大陆分成两部分——南美洲和北美洲。从人文地理划分，又分成说英语的北美和主要说西班牙语、葡萄牙语的拉丁美洲。拉丁美洲是一个语言文化概念，包括了墨西哥、加勒比海国家等北美洲国家。我们先来看看美国在二战以后，出现了什么样的文学创作力量。就是在那一时期，美国出现了海明威、威廉·福克纳、索尔·贝娄、托马斯·沃尔夫、菲茨杰拉德、纳博科夫等一流小说家。这些作家强有力地将文学的创新点和重心，以及关注文学的视线转移到了美国，一时间，美国文学流派纷呈，稍后出现了犹太人文学、黑人文学、后现代主义小说、女性主义小说、黑色幽默小说，等等，异彩纷呈。

我可以罗列出这个长长的名单：威廉·福克纳、海明威、托马斯·沃尔夫、菲茨杰拉德、纳博科夫、约翰·巴斯、威廉·加迪斯、唐·德里罗、托马斯·品钦、约瑟夫·海勒、唐纳德·巴塞尔姆、威廉巴勒斯、冯内古特、索尔·贝娄、杰克·凯鲁亚克、爱丽斯·沃克、雷蒙德·卡佛、杜鲁门·卡波蒂、约翰·契弗、约翰·厄普代克、托尼·莫里森、保罗·奥斯特、加拿大女作家艾丽斯·门罗、玛格丽特·阿特伍德，等等，都是最为重要的北美作家。

威廉·福克纳是这一时期最重要的美国作家。他的长篇小说有十九部，其中有十五部长篇小说，都是关于他虚构的一个叫作约克纳帕塔法县的美国南方地区的，所以，可以把他这十五部长篇小说看成是一部更大的、有着十五个章节的巨型小说。《喧哗与骚动》《我弥留之际》是其代表作。《我弥留之际》不长，大约十万字，小说用第一人称叙述，但叙述人有很多个。小说讲述美国南部一个农夫的妻子死掉了，他们一家人要把她的尸体拉到家乡埋葬，这整个过程就是一个巨大的灾难：他们途中遇到了洪水等各类问题，是关于美国南方甚至人类生活的一个寓言。他的小说总是和《圣经》故事、神话、寓言等人类文化原型有关。

海明威的短篇小说是清澈和简约的，是一流的，可以反复阅读，通过学习海明威，可以掌握短篇小说的省略技巧和控制力。《太阳照常升起》是他关于自己青年时代在巴黎生活的一部长篇，写了很多艺术家在巴黎的状况，造就了"迷惘的一代"这个说法。中篇小说《老人与海》是他最好的作品。

犹太裔作家索尔·贝娄的代表作有长篇小说《奥吉·马奇历险记》，这部长篇有两卷，小说有趣极了，是一种新流浪汉小说。奥吉·马奇是一个犹太小孩，他居住在芝加哥，从十几岁开始一直经历各种事情，爱情、死亡、流浪，等等，主人公在现代美国社会中到处乱跑，见识各种各样的人。索尔·贝娄的知识极其渊博，他把犹太文化、芝加哥的当地文化都写出来了，也呈现了美国的复杂特性。他的其他小说还有《赫索格》《哀伤更致命》《院长的十二月》

《拉维尔斯坦》等，都是关于美国当代犹太知识分子处境的。探索知识分子这个人类最为骚动和敏感不安的群体，是小说未来的一个方向。

纳博科夫是美国二战之后最为重要的作家之一。他一共写了二十多部长篇小说和几十篇短篇小说，早期用俄文写作，后来用英语写作。生活中，他最大的爱好，就是跟妻子一块捕捉蝴蝶。他的杰作——《微暗的火》，是由一首长诗加复杂的注释构成的。小说非常复杂，既是一本关于小说的元小说，又是一个虚构的注释读物，因为这部作品，他也算是后现代主义小说流派的一个代表人物。

约瑟夫·海勒的代表作《第二十二条军规》，影响巨大，被称为"黑色幽默小说"的代表作。这部小说描绘二战的荒谬和黑暗，里面有一个定律：你要证明你有病你疯了，你就可以不用继续打仗可以退役。但是你能证明你疯了，那就说明你就没有疯，你很正常，所以你必须继续服役继续战斗——这是一个悖反的逻辑。这是二战以后美国出现的一部小说杰作。他还写有《上帝知道》《最后一幕》等长篇小说。另外，被称为"黑色幽默小说家"的还有冯尼古特，他善于用黑色的轻松幽默，来处理科幻故事和当下生活。

托马斯·品钦是美国后现代主义小说的代表人物，他的代表作是长篇小说《万有引力之虹》。他一共写了五个长篇，早期的还有长篇小说《葡萄园》。1998年，他的长篇《梅森和迪克森》再度引起轰动。小说讲述了两个美国早期的测量员，如何测量美国南北分界的一条线——"梅森和迪克森"线的故事。这个作家主要观点是"熵的世界观"，就是按照热力学第二定律来看，人类因为欲望和消费的无止境，正在缓慢走向寂灭。我们身边无穷无尽的电子商品和大量垃圾，无穷无尽的信息，都在覆盖人类。熵的世界观是值得注意的一种世界观。

一般而论，后现代主义以用拼贴、游戏化解构和取消深度，并且重新结构已经有的东西为主要特点。在某种意义上，后现代主义小说既是反现代主义的，也是超越现代主义的，或者说，是现代主义的一个延续，除了托马斯·品钦的作品，唐·德里罗的《白噪音》、巴塞尔姆的《白雪公主》、威廉·加迪斯的《识别》和《小大亨》，约翰·巴斯的《烟草经纪人》等，都是值得认真拜读和研究的后现代小说。

已经去世的约翰·厄普代克是二战以后美国最主流的、代表了美国中产阶层和知识分子趣味的小说家。他的代表作是"兔子"五部曲。从1960年开始，他十年写一本，2000年，写了这个以美国人"兔子"为主角的系列小说最后一部，是个中篇小说，叫作《兔子死后被他们怀念》。约翰·厄普代克的小说大都是对他的家乡宾夕法尼亚州美国中产阶级家庭生活的描绘。此外，他还写了大量的书评和诗歌，是美国最有影响的主流知识分子。

加拿大作家艾丽斯·门罗和玛格丽特·阿特伍德，是加拿大目前最有影响的两个女作家，前者获得了2013年诺贝尔文学奖，其短篇小说叙事精湛，因此号称"当代契诃夫"。玛格丽特·阿特伍德比艾丽斯·门罗小几岁，她的著作多样，长篇、短篇、诗歌、文论样样皆能，代表作是长篇小说《盲刺客》，描绘了加拿大的一个家族史，有很多结构上的变化，有很多拼贴式的写法。她的写作带有后现代主义小说的色彩，《羚羊和山鸡》是一部关于未来人类生存环境遭到了破坏之后的想象的小说。未来小说，必将承载发出各种警告这个使命。

2

20世纪60年代，拉丁美洲涌现了一批大作家和著名的小说作品，他们形成了一股浪潮，这个浪潮被称为是"拉丁美洲文学爆炸"。

一般公认的最杰出的有代表性的拉美小说家，有阿根廷作家博尔赫斯、科塔萨尔，危地马拉的阿斯图里亚斯，古巴的卡彭铁尔，秘鲁的巴尔加斯·略萨，哥伦比亚作家马尔克斯，墨西哥的胡安·鲁尔福和卡洛斯·富恩特斯，等等。

博尔赫斯是最杰出的短篇小说作家之一，他属于那种"作家中的作家"，他的代表作是一个小说集，叫《小径分权的花园》，或者叫《交叉小径花园》。博尔赫斯和卡夫卡一样奇特，他的小说是关于时间的，时间是他小说真正的主人公，而各种人类的知识谱系和智慧的边角料，都是他写作的源泉。他是一个幻想和对时间的文学测量员，玄学和知识的古怪联姻者。

加西亚·马尔克斯在《百年孤独》里描绘了两百年拉丁美洲历史的孤独。评论家认为《百年孤独》是魔幻现实主义代表作。但是，加西亚·马尔克斯自己不承认，他说，我写的东西完全是拉丁美洲本来就有的，所有的东西现实里都有，根本没有什么"魔幻现实主义"，有的只是独特的拉丁美洲的现实。他的另外的小说杰作还有《霍乱时期的爱情》《族长的没落》《回忆我那悲惨的妓女》。《回忆我那悲惨的妓女》描绘了一个老年诗人对自己一生风流韵事的回忆——和一个少女的奇特恋情。这部小说是他受川端康成的《睡美人》的启发写下的。

巴尔加斯·略萨，拉美结构现实主义代表作家，他的长篇小说有近二十部，其中最好的是《酒吧长谈》和《城市与狗》《绿房子》等。略萨关于长篇小说结构的技巧探索让人眼花缭乱。不过，其作品由于过于清晰和结构的机械性而缺乏了深度，但是，他对现实的无情批判又弥补了他的缺陷。

墨西哥作家卡洛斯·富恩特斯的长篇小说有二十多部，是一个多产作家。他的大部分小说都可以归入《时间的年龄》这样一个总体的题目。他的代表作是长篇小说《阿卡特米奥·克鲁斯之死》。阿卡特米奥·克鲁斯是墨西哥革命之后一个大商人，这部小说用他去世之前的一段段回忆一气呵成，从死之前一直回溯到了产生他生命的精子如何进入他母亲的子宫，是倒叙意识流，又是批判现实主义的变种，是一部不折不扣的杰作。他的另外一部代表作《我们的土地》呈现了墨西哥辉煌的历史和复杂的现实。

当时间的钟摆和文学的潮流，从美洲大陆开始向亚洲和非洲大陆席卷的时候，新的文学现象必然产生。于是，进入20世纪80年代之后，经济全球化带来的世界移民浪潮、国际互联网带来的信息流动，以及中国的改革开放和融入世界经济体系，使两种新的文学景观诞生了："无国界作家"和20世纪80年代以来的中国当代文学的兴盛。

三、20世纪80年代以来全球化背景下"无国界作家"和中国20世纪晚期文学的兴盛

1

20世纪80年代以来，人类文学出现两大新现象和新的写作群体，一个是由来自非洲、亚洲等第三世界国家的作家来到发达国家用西方语言写作的"无国界作家"群，也叫作"离散作家群"现象。第二个文学新现象，就是20世纪80年代以来的中国当代文学的勃兴。根据我的观察，20世纪80年代以来的中国当代文学呈现了爆炸性的发展，其作家群的涌现，规模上略小于"拉美文学爆炸"，但其成就则几乎与之相当，出现了很多好作品，好作家，且还在继续发酵和发展。

先谈"无国界作家"现象。无国界作家的出现，是因为他们一般写的是"世界小说"。而所谓的"世界小说"，是指无国界作家写的作品往往是带有全球景象的。就是作者出生在印度、斯里兰卡、尼日利亚、阿尔及利亚、加勒比海岛国，但受教育在美国英国法国德国意大利西班牙，后来也生活在那里，写的故事可能是所在国的，但用的都是英语、法语、德语、西班牙语等语言，便于出版和获得影响。他们的书也在西方国家出版，通过全球营销系统销售，这就叫作"世界小说"。现在，这样的作家很多，包括多位诺贝尔文学奖的获得者。这是1980年以后世界文坛上最为喧嚣的景观。而且，似乎这个群体在进一步地扩大，有更多的优秀作家在加入这个行列。

出现"世界小说"或"无国界作家"，是因为全球化加速，人们可以在很多国家和地区迁徙了。在这种情况下，一些作家的写作变得越来越全球化，而文化差异和文化比较、文化排斥和文化歧视，是这个作家群最为明显的感受。通过这些作家的作品，我们获得了一种崭新的世界观：一种从第三世界打量第一世界，又从第一世界反观第三世界的奇特经验。

"无国界作家群"的代表作家有尼日利亚的阿契贝、索因卡与本·奥克利，肯尼亚的拉赫利，南非的库切，英国的奈保尔、石黑一雄、维克拉姆·赛斯，加拿大的迈克尔·翁达杰，日本的村上龙，土耳其的帕穆克，阿尔巴尼亚的卡达莱，等等。

出生于特立尼达和多巴哥的作家奈保尔，他的祖籍在印度，但在加勒比海的岛国长大，后来他在英国留学，然后全世界到处周游，他的作品主人公也是遍布世界各地。2001年他获得了诺贝尔文学奖。他的长篇小说《大河湾》的故事背景设定在类似于苏丹这样的非洲国家，讲述了一个人，在战乱频仍的异国如何生存的故事。奈保尔还有一个贡献，就是把游记变成一个特别重要的文体，他在游记中，把政论、历史评论、大文化散文等都融合进去，使我们看到了全球化时代文学写作的一个方向：在文化漂泊和差异中寻找一种虚构与记录。

除了奈保尔，还有英国日裔作家石黑一雄，这也是一个无国界作家，他出生在日本，六岁的时候就到了英国，作品《苍白的山色》《上海孤儿》在英国非常受欢迎，他可以写非常古典的英国小说，代表作是《盛世遗踪》。

印度英语文学非常强势，还有一个印度裔英国作家维克拉姆·赛斯很重要，他的长篇小说《如意郎君》翻译成中文有一百万字，他继承了狄更斯的叙述传统，波澜壮阔地描绘了印度 1947 年到 1951 年的历史，上百个人物在婚姻和社会关系里彼此联系，非常厚重。

阿尔巴尼亚裔法国作家卡达莱，是一个把巴尔干半岛上的血泪历史用法语写作的一个重要作家；奥尔罕·帕慕克是最近十年里土耳其最为耀眼的作家，他的长篇小说《白色城堡》《黑色的书》《我的名字是红色》《雪》，都非常有力地描绘了当代土耳其社会的无所适从和徘徊彷徨。当然，也有国内批评猛烈指责他是在为西方读者写作。2006 年，他获得了诺贝尔文学奖。

加拿大的作家迈克尔·翁达杰，也是无国界作家的代表人物。他的代表作是小说《英国病人》。他出生在斯里兰卡，在英国受教育，后来长期居住在加拿大。因此，他用一种跨国界的视野，谱写加拿大、斯里兰卡和欧洲历史，在一种文化差异中饱含着永久的乡愁。他的其他长篇小说还有《菩提凝视的岛屿》《身着狮皮》《世代相传》等，都很受欢迎。另外，他是一个典型的后现代派作家，喜欢用片段、拼贴的手法来写作和结构小说。

尼日利亚出了好几个世界级的大作家，像诺贝尔文学奖获得者索因卡，像阿契贝，像本·奥克利。索因卡于 1986 年获得了诺贝尔文学奖。他的主要成就在剧本、诗歌。从他的小说中，你可以看出第三世界的作家，如何用第一世界的眼光来打量自己民族的文化和处理自己国家的现实题材的。本·奥克利于 1959 年出生于尼日利亚，后在英国接受高等教育。他在英国用英语写作出版，但他写的大多是尼日利亚的事。他的代表作《饥饿的道路》写的是尼日利亚最近几十年的变化，用尼日利亚古老的神话来结构它。这个版本有中文译本，可以看看一个尼日利亚作家如何将本民族神话、现实和西方的视线相协调的。

2

在 20 世纪 80 年代以来的中国当代新时期文学的勃兴浪潮中，一大批作家值得研究、分析。比如莫言、贾平凹、王安忆、韩少功、余华、残雪、刘震云、格非、阿来、陈忠实，等等。把他们放到当代世界文学的背景中来观察，也是不逊色的。在他们的创作中，体现了小说的大陆漂移的特点——继拉丁美洲文学在 20 世纪 60 年代大爆炸之后，20 世纪 80 年代以来，他们也创造了一个汉语中文写作的大爆炸，中国出现了各种各样的流派，寻根派、先锋派、新写实、女性主义，等等。他们相当突出地继承了近一百年来世界文学潮流的走向，受到了现代主义的多重影响。他们真正地把汉语文学同世界文学潮流联系起来了。现在，他们的创作实绩，与已经产生的影响，是20世纪80年代以来中国当代文学的主要收获。

莫言是当代作家中最为耀眼和重要的一个。他的代表作是长篇小说《檀香刑》《丰乳肥臀》，前者是以义和团为背景的长篇小说，结构上以中国传统叙事模式为框架，讲述了那个时代的中国人的热血和狂乱，悲哀和激越。《丰乳肥臀》是一部关于大地母亲的赞歌，一部关于母亲的史诗，也是一部隐喻20世纪中国历史之作。莫言的小说讲述了人和大地的关系，人和历史的关系，他的作品，使小说继续保有了传奇的风格，以及第三世界国家民族神话与史诗的力量。而小说《生死疲劳》，则以一个灵魂转世的方式，把中国农村五十年的历史变化写了出来，非常有想象力和结构能力。他是近三十年出现的最强有力的汉语小说家。

刘震云的小说也值得重视。他的创作分成前后几个阶段。早期的小说《一地鸡毛》《官场》《官人》，以及长篇小说《故乡天下黄花》，都是对民族文化深层结构的某种新写实主义的观察、讽刺和批判。而他的长达二百万字的小说《故乡的面和花朵》，是汉语小说很少有过的东西。这部小说是汉语小说的一个探索和重要收获，是一个想象世界的语言的狂欢，是一部关于故乡和乡愁、关于中国和世界的关系的绝妙讽喻。刘震云的小说展示了汉语小说的一个边界，就是单靠语言和想象，就可以成就一个虚拟的叠加与并置的世界。而《手机》和《我叫刘跃进》《我不是潘金莲》，则是在大众娱乐和批判现实之间，在小说的新形式探索与大众传播上，找到了一条前行的道路的成果。他是少数能够不断超越自我的中国作家。

残雪的短篇小说成就很高，她发表有一百多篇短篇小说。她的代表作长篇小说《突围表演》（后改名为《五香街》）是一部相当不错的作品，这部小说写的是中国女性真正的处境与心理体验。小说讲述了一个寡妇，如何试图从各种各样的流言蜚语中突围出来，突破女人几乎无法生存的想象的环境和现实的环境，用一种对话、意识流，构成了这部长篇小说。残雪是和卡夫卡有着继承关系的中国当代作家，她的意义在于，宣示了小说家可以非常个人化、内倾化地讲述和时代的关系，"作茧自缚"也是小说家存在的权利，她写的是一种纯精神性小说、纯个人小说。

现代世界文学的创新热潮，是从欧洲现代主义到美国后现代主义，再到拉美文学爆炸，最后到全球化时代的无国界作家、世界小说和中国当代文学的勃兴，在时间和空间上形成了一个有联系的线条。而在小说的内部，有结构、形式、语言、文学观念的很大的变化发展，从外部也就是地理学的角度观察，依托这个潮流变化的是从欧洲到美洲，最后到亚洲和非洲的小说地理学的发展景象。

这样一个世界文学的全景观，是我们今天的写作者、研究者和读者都应该保有的，也是我们起码的一个文学常识，作为作家、评论家、研究者和大学生，我们应该了解这些基本情况，在传统中接续和发展。因为说到底，作家是要从一代代的大作家那里获得一种传承的，文学只有一个标准，只有一个伟大的传统，你必须成为这个传统中开新风的人，才能创建新的历史。

2020 年 2 月

目 录

第一部分

欧洲作家：
神话、回忆与意识流

马塞尔·普鲁斯特：回忆的长河

一

法国诗人法尔格在谈到马塞尔·普鲁斯特的时候是这么说的："看上去，他远离阳光和空气而生存，活像一个隐士，长期蛰居在他那座橡木小屋里，他的脸上现出某种焦虑的神情，似乎一股悲伤之情正在逐渐平息，他全身都蕴含着苦涩的善良和仁慈。"

可能对于大部分读者来说，马塞尔·普鲁斯特是一个阅读的难题。因为他写了一部长度令人畏惧，很难耐心读下去的小说。《追寻逝去的时光》的长度和密度就像两个难以逾越的鸿沟，阻挡了心态浮躁的人去跨越，同时，也使这部小说继续保持着一种神话般的神秘力量。

马塞尔·普鲁斯特是20世纪法国贡献给人类的伟大的小说家。他创作的《追寻逝去的时光》被誉为20世纪最重要的文学作品之一。这部小说如同一条巨大的河流，将一个时代的全部印象，都化作了个人的、绵密的、厚实的、雕琢的、绵延的、细腻的、忧伤而平静的回忆。这部小说还像一幅无比巨大的花毯，编织了马塞尔·普鲁斯特关于他所存在着的某个特殊的历史时期的全部信息图像。记忆混合着嗅觉、味觉、触觉、听觉、视觉，将那些微妙复杂的心理与外部的景象，融汇在一炉里，造就出一部书，一部连绵下去的书，在书里，时间和回忆似乎永远像河水那样流动着，永不停息，记忆因此得以永恒。

《追寻逝去的时光》是一部长河式的意识流小说；是一部心理现实主义小说；是一部自传体小说；是一部教育和成长小说；是通过内心体验所描绘的社会小说；是一部带有象征色彩的现代主义小说。我觉得，在这部小说中，上述的判断都可以用来形容它的某种特征。马塞尔·普鲁斯特把这些标签化的特征都统合在一起，创造出一部无论深度和广度都令人惊异的巨作，一部和他所在的时代紧密地相联系的伟大作品。

法国作家安德烈·莫洛亚写道："对于 1900 年到 1950 年这一历史时期而言，没有比《追寻逝去的时光》更值得纪念的长篇小说杰作了……马塞尔·普鲁斯特像同时代的几位哲学家一样，实现了一场'逆向式的哥白尼革命'，人的精神又重新被安置在天地的中心，小说的目标变成为描写精神所反映和歪曲的世界。" 安德烈·莫洛亚的评价是相当准确的，不仅说明了这部小说在文学史上的地位，也说明了这部小说的核心贡献：对精神所反映和歪曲的世界的全面呈现。

二

1871 年，马塞尔·普鲁斯特出生于巴黎一个中产阶级家庭——父亲是巴黎医学界的权威，母亲则是文化修养与家教都很好的犹太人，与巴黎犹太人所构成的富人阶层有着广泛的联系。因此，这种家庭出身，带给了小马塞尔·普鲁斯特一种特殊而优越的文化背景。但是，马塞尔·普鲁斯特从小就体弱多病，九岁的时候，他就爆发了第一次哮喘，生命垂危，差点就告别了人世。在中学时代，马塞尔·普鲁斯特勤奋好学，对文学、修辞学和哲学都有着浓厚的兴趣和爱好。1890 年，马塞尔·普鲁斯特在巴黎大学听到了著名哲学家柏格森的关于人类意识和直觉的心理哲学课程后，受到了影响和启发，并且将这种哲学理念运用到自己早期的写作当中。

法国作家莫里亚克写道："马塞尔·普鲁斯特的童年期比一般的孩子要长得多。这是一个感情极为脆弱的小男孩，如果临睡前没有妈妈的吻，他连觉都睡不着。临睡前妈妈的吻，以及它给小普鲁斯特带来的苦恼与欣喜，都成为普鲁斯特后来著作中的主题。例如，他早期的一部未完成的小说《让·桑德伊》

和后来的鸿篇巨制《追寻逝去的时光》都是紧紧围绕着这类难忘的回忆展开的。尽管多少做了些渲染与夸张，但无论在普鲁斯特早期的稚嫩习作，还是成年之后的鸿篇巨制中，这些回忆都是可信的。在马塞尔·普鲁斯特的著作中，凡是有关普鲁斯特本人，或者以普鲁斯特为原型的小说主人公的情节，都是有根有据的，绝无虚构成分。"（《马塞尔·普鲁斯特》第一章）莫里亚克的这段话是我们进入马塞尔·普鲁斯特的世界最好的说明。

1896 年，二十五岁的马塞尔·普鲁斯特出版了自己早期所写的短篇故事和随笔集《欢乐与时日》，并开始写作自己的第一部长篇小说《让·桑德伊》。这部小说一直到 1952 年他逝世三十年之后，才被发现了草稿，并且于同年被出版。它是一部带有自传体特征的小说，描绘的是他童年时代的种种感受和关于少年时代的回忆。但是，明显带有故事的片段和人物的素描特征。后来，马塞尔·普鲁斯特将这部小说中那些大胆实验的写作技巧和整体的内容，全部用到了《追寻逝去的时光》里。1904 年和 1906 年，他出版了两部翻译自英国作家的译作——《亚眠人的圣经》和《芝麻与百合》。自 1908 年起，他还开始构思和写作一生唯一的一本文学评论著作《驳圣伯夫》，这本书也是在他死后作为手稿被发现，并于 1953 年被出版。1909 年之后，马塞尔·普鲁斯特将全部的时间都投入到了《追寻逝去的时光》的写作当中，一直到 1922 年他去世前，这部书终于完成了。

1913 年，《追寻逝去的时光》第一卷《在斯万家那边》遭到出版商的纷纷退稿，但是，马塞尔·普鲁斯特对自己的这部作品很自信，他并不过分沮丧，坚持要让它问世，哪怕采取自费的形式。

小说的第一卷《在斯万家那边》出版之后，完全没有引起巴黎评论界的注意。一直到第一次世界大战结束的 1918 年，马塞尔·普鲁斯特才出版了第二卷《在少女们身边》。这一卷在 1919 年获得了法国龚古尔文学奖，马塞尔·普鲁斯特也因此而声名鹊起，评论界逐渐地意识到，马塞尔·普鲁斯特可能带给他们一个全新的文学世界。后来，对他小说的关注和好评开始与日俱增。1922 年在他去世前，第三卷《盖尔芒特家那边》和第四卷《索多玛与蛾摩拉》也出版了。马塞尔·普鲁斯特去世之后，小说继续获得了很高的评价和持续的追捧。小说的第五卷《女囚》、第六卷《女逃亡者》、第七卷《重现的时光》一直到 1928 年才出齐，形成了小说的整体规模。随着时光的流逝，人们发现 20 世纪的一部无法绕开去的杰作，就这么悄悄地诞生了。

1909 年的某一天，马塞尔·普鲁斯特和平时一样，在喝茶吃一片面包，忽然，他通过舌头感觉到了过去记忆里的味觉和触觉，于是，一扇记忆的大门猛然被打开了，过往所有的生活，包括那些复杂精致的细节，伴随着细腻而生动的感觉，全部在他的记忆里复活。他感到自己找到了写作《追寻逝去的时光》的办法了。自此，他就文思泉涌地开始了这部小说的写作。

三

在《追寻逝去的时光》中，马塞尔·普鲁斯特所运用的叙述手段不是单一的线性叙述，而是在线性叙述当中，不断地以跳跃、回旋、补充和折返来修正他对时间的感觉，同时，事件和人物也以不断换取角度重新讲述的方式，使读者可以逐渐地拼贴出全貌。《追寻逝去的时光》这部小说叙述的年代，往前，可以延伸到 1840 年，向后则到 1918 年第一次世界大战结束这么一个阶段。小说的主角，不妨看成是作家马塞尔·普鲁斯特本人和他创造的一个自我分身的混合体——那个小说中的马塞尔，既是他自己又不是他自己。在小说中，叙述者马塞尔从儿时不断成长，最后终于成长为一个小说家。小说的情节并不连贯，人物也不是按照顺序出场，而是不断地、反复地出现在小说中，并且互相映衬。小说叙述的地理范围，是从法国的博斯小城伊利埃开始的。小说所涉及的主要人物，一部分是叙述者的亲戚——父母亲、弟弟、叔叔和舅舅、姨妈和婶婶，还有很多小城乡下的邻居和村民。另外一部分则是巴黎的中上层人士，包括叙述者的一些中学和大学的同学、他父亲的朋友们和母亲的犹太富人朋友的社交圈子。这两组人物关系的链条在小说中像涟漪一样一圈圈地扩展开来，从而构成了 19 世纪末到 20 世纪初期的法国从巴黎到外省乡下各色人等的全景画廊。

"在很长一段时期里，我都是早早地躺下了。有时候，蜡烛才灭，我的眼皮儿随即合上，都来不及咕哝一句'我要睡着了'。半小时之后，我才想到应该睡觉；这么一想，我反倒清醒过来。"这是小说第一卷《在斯万家那边》中的第一句话。由此，叙述者开始了漫长的回忆。《在斯万家那边》分为三个部分，第一个部分"贡布雷"中，叙述者开始回忆他住过的各个房间，然后，就开始追忆他在贡布雷所度过的童年生活，对母亲的爱的细腻回味。在这一卷中，叙述者由小玛德莱娜蛋糕的味道而引发的回忆那一段，确立了最显著的马塞尔·普鲁斯特式的语言风格。由此，通过叙述者内心独白式的叙述，他在贡布雷的生活，以及当地的社会习俗、居民、植物与自然景物，全部一一浮现，包括叙述者第一次见到斯万先生，以及盖尔芒特公爵夫人的出场。叙述者追忆完这些记忆之后，在一个早晨醒了过来，第一部分就结束了。第二部分是"斯万之恋"，在这一部分里，叙述者是以旁观者的身份来讲述的：在叙述者认识斯万之前，斯万就已进入了巴黎上流社会的社交圈子，斯万先生还爱上了引荐他进入那个贵族和资产阶级上层圈子的女子奥黛特，但是，奥黛特青睐的却是另外一个男人。后来，斯万被排除出那个上层社会小圈子，他也逐渐远离了那段无望的爱情。在小说第一卷的第三个部分"地方的名称：名称"中，叙述者又重新活跃起来，继续变得全知全能，他继续回想着自己的少年时光，并且将这种回忆由贡布雷的生活延伸到了巴黎香榭里舍大街边的公园里。在那里，叙述者爱上了斯万先生的女儿吉尔贝特·斯万。最后，小说以林园自然风景引发的回忆结束。

《追寻逝去的时光》的叙述语调是缓慢的，有节奏的，绵长的，无穷无尽的。马塞尔·普鲁斯特似乎特别喜欢运用长句子，以这些长句子达到对回忆的最精确的描述。马塞尔·普鲁斯特还不喜欢规则地运用标点符号，而是尊崇口语的多变和中断、书面语的复杂句法，以及没有表达完全的那种含蓄感。因此，一种语调贯穿着小说的始终，就是因为叙述者是在用内心独白——也可以叫意识流——的方法在讲述。

这部小说的第二卷《在少女们身边》则继续了这种追忆风格。这一卷分为两个部分，第一个部分"在斯万夫人周围"，叙述者延续第一卷的第三部分，主要回忆了他对斯万夫妇的女儿吉尔贝特·斯万的追求，以及追求失败的种种心绪。其间，还交代了叙述者和斯万夫人周围的一些上层知识分子交往的细节。在第二个部分"地方的名称：地方"中，叙述者笔锋一转，开始回忆和外婆一起去海滨度假的情景，由此，他认识了外婆过去的老同学、一位侯爵夫人，以及这个夫人的后辈亲戚，还认识了一个画家和画家的一些女朋友。叙述者试图亲吻那些女孩子中一个叫作阿尔贝蒂娜·西莫内的女子，但是，被她拒绝了。小说的这个部分是最出彩的：对时光和岁月的留恋，对女性世界的观察，对情爱心理的展现，对人物生动、细腻的描绘，以及所运用的语言的繁复和优美，在这个章节里毕现无遗。马塞尔·普鲁斯特的美学风格进一步地得到了确认。

《盖尔芒特家那边》是小说的第三卷，这一卷分成两个部分，第一部分详细叙述了主人公和邻居盖尔芒特公爵夫人的隐秘激情：叙述者试图靠近盖尔芒特夫人，但是，他只能先去接近她的外甥，来一个迂回方式的接近。由此，叙述者开始进入一个资产阶级上流社会的社交圈，认识了各色人等，并发现了人类关系的奥秘。在第二个部分当中，叙述者的外婆去世了。叙述者陷入悲哀当中。而叙述者曾经追求过的那个女子阿尔贝蒂娜·西莫内来到了巴黎，她专门来看望叙述者，此时，她已经改变了对叙述者的看法，没有再拒绝叙述者。随后，小说继续叙述主人公参加盖尔芒特公爵夫人家的社交活动，并且在那些社交场合认识了更多的人。在这一部分的结尾，在盖尔芒特公爵夫人举办的一个沙龙上，斯万先生说自己已经病入膏肓，但是，听到的人却没有什么反应，这使叙述者体验到一种极其复杂的感受。

小说的第四卷《索多玛与蛾摩拉》，从卷名上就可以判断，这一卷的主题是关于性、爱情和罪恶的。在《圣经》中，索多玛和蛾摩拉是两座罪恶之城，它们的居民陷入乱伦和罪恶中不能自拔，最后被发怒的上帝摧毁。《索多玛和蛾摩拉》这一卷分为两个部分，在第一部分中，叙述者发现了一个秘密：夏吕斯先生是一个同性恋，他的同性恋对象是裁缝朱皮安。叙述者在内心升腾起一种不舒服的感觉，因为他对同性恋持一种审慎的批评和不接受的态度。小说在这个部分点题了，将卷名的含义做了阐释。在第二部分中，又回到了叙述者自身，讲述他和阿尔贝蒂娜·西莫内的交往，对她的各种揣测和仔细琢磨，以及他发现的她的一些反常的表现。这导致叙述者非常焦虑，他内心矛盾和嫉妒，因为，阿尔贝蒂娜·西莫内自己并不能够确定她是否真的爱他，他也感觉到了这一点。当他最终想放弃对阿尔贝蒂娜·西莫内的追求时，阿尔贝蒂娜·西莫内又通过谈论其他男孩子，引发了叙述者的嫉妒，最后叙述者决定带阿尔贝蒂娜·西莫内回巴黎，要向自己的母亲宣布，他要向阿尔贝蒂娜·西莫内求婚。这个部分，马塞尔·普鲁斯特描绘了人对于情感的耻感和罪感，其到达的深度令人惊叹。

第五卷《女囚》讲述了阿尔贝蒂娜·西莫内和叙述者回到了巴黎，并且住在叙述者的寓所里。他既在感情上囚禁阿尔贝蒂娜·西莫内，又在行动上监视她。可是，当她在他身边时，作为一个想当作家、喜欢孤独的人，叙述者又感到了无端的烦躁，感到两个人在一起并不舒服。而阿尔贝蒂娜·西莫内只要想出去参加交际活动，叙述者就会感到不安和嫉妒，这导致他们不断地争吵。直到有一天，叙述者外出，在进行了激烈的思想斗争之后，决定和她分手，当他回到家中，却发现阿尔贝蒂娜·西莫内已经出走了。这一卷卷名"女囚"，讲述的就是一个男人想用爱情来囚禁一个女人的最终不可能。

在《追寻逝去的时光》的第六卷《女逃亡者》中，继续讲述叙述者的爱情。叙述者很快就后悔了他和阿尔贝蒂娜·西莫内那次要命的争吵，想让她重新回到自己的身边，并且通过朋友传递了他想和好的迫切愿望。但是，等到阿尔贝蒂娜·西莫内决定回到他身边的时候，他又有些后悔了。小说将人在两难的尴尬境地里的状态描述得相当逼真。那么，最终怎么办？小说自然有解决的办法：就在这个时候，阿尔贝蒂娜·西莫内在一次骑马中掉下来，摔死了。于是，问题解决了，但是叙述者立即陷入了悲痛和难过，他又开始回忆和阿尔贝蒂娜·西莫内的所有交往，并且开始了解女友过去的生活。但是，他发现，阿尔贝蒂娜·西莫内竟然是一个同性恋。叙述者因为这个发现，减轻了内心的自我责怪，他又开始追求另一个姑娘，这个姑娘就是很久以前他曾经喜欢过的吉尔贝特·斯万。但是，此时的吉尔贝特·斯万已经准备嫁给罗贝尔·圣卢先生了。

小说的第七卷《重现的时光》，将小说所涉及的主要人物的命运，做了一个最终的交代：叙述者一心想当作家，但是，他一直对自己信心不足，因为，他发现，写作和具体的生活距离过于接近，他必须要找到自己信赖的，同时可以婉转地描绘生活的某种文学形式。在第一次世界大战结束之后，叙述者从外省疗养院回到了巴黎，重新加入了以维尔迪兰夫妇家为中心的巴黎上流社会社交圈。这个时候，他发现，巴黎的一切都已经物是人非。斯万先生当年爱过的女子奥黛特，成了盖尔芒特公爵的情妇，而吉尔贝特·斯万的丈夫圣卢此时在战场上阵亡了。在维尔迪兰夫妇的沙龙上，吉尔贝特·斯万向叙述者介绍自己的女儿。她女儿已经十六岁了，而斯万家族和盖尔芒特两大家族的血脉，在这个十六岁的女孩子身上汇聚到了一起。就是在这个时候，面对眼前的青春少女，叙述者马塞尔感到了时间神秘而巨大的力量，他忽然决定，他要像盖一座宏伟的教堂那样，来写一部书，将这个由亲戚和朋友、爱情和血缘、战争和动乱以及迅速变化的社会各个阶层的全部关系，都写到一部书里。

这就是《追寻逝去的时光》七卷本的主要故事情节。小说叙述语平缓、亲切、深沉。叙述者并没有按照时间的顺向来讲述，而是不断地向前叙述，又不断地向后迂回。最后，小说的结尾和开头呼应，达成了这个回忆性长篇小说首尾相连的封闭的结构空间，形成了教堂一样外观宏伟、内部精雕细刻的风格。

这部小说仅仅依靠内心独白——意识流，就推动了全部故事情节的发展，推动了全部人物的塑造，最后结构成一部庞大的叙述体的文学编织物。这部小说像一面巨大的花毯，在这面花毯上，各色花纹、图案、人物、风景、故事，

9

都是同时涌现在读者的眼前的，它是平面的，无限广大的，向四周延伸开来，成为一个消逝的时代的佐证。

四

关于如何写作长篇小说，马塞尔·普鲁斯特在接受访问的时候曾经说：

"我们既有平面几何，也有立体几何，后者是关于两维和三维空间的几何。那么，对于我而言，长篇小说并不意味着只是平面的（简单的）心理学，而是时间的心理学著作。它是那种我试图隔离的、看不见的时间物质，而且，它意味着试验必须持续一个很长的时期。我希望不要以某种不重要的社会事件作为我的书的结尾，比如两个人物之间的婚姻，他们在第一卷里属于完全不同的社会阶层。这将意味着时间在流逝，披上了凡尔赛宫里的铸像上可以看到的那种美丽和铜绿，那是时间逐渐给它镀上的一个翠绿色的保护层。"

在这一段话里，马塞尔·普鲁斯特已经完全地表达了他对长篇小说写作的观念。小说就是时间的艺术，写作小说，就是处理小说中的时间，处理人的意识、心理和记忆所构成的时间。同时，小说还是空间的艺术，一方面，小说中的人物在一定的空间里活动，小说自身还构成了一个由时间的维度所确定的空间。这个时间和空间，在马塞尔·普鲁斯特的笔下成了不断绵延的叙述的河流、词语的河流。

马塞尔·普鲁斯特的这部《追寻逝去的时光》主要由回忆构成片段，又由连绵的无意识回想和内心独白来完成。这部小说深深地进入人的内心宇宙，将一个个体生命所经历的时代的全部记忆，都化作内心时间的流动展现出来。如果把马塞尔·普鲁斯特的这部小说与巴尔扎克所创造的《人间喜剧》系列相比，在表现外部的社会现实方面似乎是狭窄的，但是，这种狭窄实际上是一种假象。马塞尔·普鲁斯特向内心的深渊、大河和宇宙走去，在那里，他发现了巨大的暗河和地下之海，那就是人的意识，人的内心的声音。他沿着内心的河流向那个未知的黑暗走过去，带给了我们他发现的深藏在人类内心的一切。于是，马塞尔·普鲁斯特就这样在私人的生活领域与有限的社会风景之间，来回编织和穿越，给我们描绘了那个时代的人的心理肖像和社会肖像。

英国评论家雷蒙德·莫蒂默有一段话评价马塞尔·普鲁斯特，他是这么说的："没有一位小说家所描写的人物能比马塞尔·普鲁斯特带给我们的真实感更强，而且，我们对于马塞尔·普鲁斯特笔下的主人公的了解比任何其他小说中的人物要多得多。仅仅凭借这个理由，我认为，他是（人类）无可匹敌的最出色的作家。"

推荐书目

《追忆似水年华》（七卷本），李恒基等多人译，译林出版社 1989 年 6 月版

《追忆似水年华》（精华缩编本），沈志明译，上海译文出版社 2012 年 5 月版

《追忆似水年华》第一卷《在斯万家这边》，徐和瑾译，译林出版社 2005 年 4 月版

《追忆似水年华》第二卷《在花季少女倩影下》，徐和瑾译，译林出版社 2010 年 4 月版

《追忆似水年华》第三卷《盖尔芒特那边》，徐和瑾译，译林出版社 2011 年 4 月版

《追寻逝去的时光》第一卷《去斯万家那边》，周克希译，上海译文出版社 2004 年 5 月版

《追寻逝去的时光》第一卷《去斯万家那边》，周克希译，人民文学出版社 2010 年 6 月版

《追寻逝去的时光》第二卷《在少女花影下》，周克希译，人民文学出版社 2010 年 6 月版

《追寻逝去的时光》第五卷《女囚》，周克希译，华东师范大学出版社 2012 年 11 月版

《驳圣伯夫》，王道乾译，百花洲文艺出版社 1992 年 9 月版

《普鲁斯特随笔集》，张小鲁译，海天出版社 1995 年 8 月版

《普鲁斯特》，莫里亚克著，许崇山等译，中国社会科学出版社 1989 年 5 月版

《普鲁斯特论》，沈睿等译，社会科学文献出版社 1999 年 1 月版

《普鲁斯特和小说》，王森等译，上海译文出版社 1992 年 8 月版

《普鲁斯特之夏》，热内·培德著，郭晓蕾译，人民文学出版社 2008 年 1 月版

《普鲁斯特与符号》，吉尔德吕兹著，姜宇辉译，上海译文出版社 2008 年 4 月版

《我们都爱普鲁斯特》，安德烈·艾西蒙编，河西译，上海三联书店 2010 年 10 月版

詹姆斯·乔伊斯：对神话的重构

一个人和一座城市：都柏林

挑战小说的写作难度似乎是 20 世纪小说家首要的工作，这一点，在 19 世纪小说家那里不是最主要的问题。我们从 19 世纪法国、英国、德国经典的现实主义小说家那里，从俄国几大文学巨匠托尔斯泰、陀思妥耶夫斯基和屠格涅夫等人那里，都看不到挑战小说写作难度的努力。在 19 世纪，讲什么永远比怎么讲要重要，小说家无非在小说的长度上有所比拼，而这一点也不是他们有意为之。但是，到了 20 世纪，怎么讲，也就是以什么样的小说形式去装小说故事这瓶老酒，已经成为小说家迫不及待需要解决的问题了。在对小说形式和难度的追求上，詹姆斯·乔伊斯到现在为止可能仍旧是一个高峰，同时，他的作品也是一个阅读的难题。但是，这并不阻碍《尤利西斯》自出版之后的畅销和广泛流布——如今，任何一个文学专业的大学生，恐怕都听说过这部小说，尽管很多人没有看过。尤其是那些学习英语文学专业的研究生们，都必须要面对詹姆斯·乔伊斯的两部被称为"天书"的作品——《尤利西斯》和《芬尼根的守灵夜》。实际上，我觉得有些吃詹姆斯·乔伊斯研究饭的学者把他的作品的晦涩程度严重夸大了。至少，在我看来，经过了八十多年的传播，詹姆斯·

乔伊斯的作品已经越来越容易理解了，他也成为带有普遍特色的经典作家了。

　　1882 年 2 月 2 日，詹姆斯·乔伊斯出生在爱尔兰首都都柏林市。父亲是一个公务员，还曾经做过商人和税务员，母亲有很好的音乐修养，这是一个典型的中产阶级家庭。詹姆斯·乔伊斯在童年和少年时代就显露出文学才能，经常自编一些小戏剧，和弟弟妹妹在家里上演。中学时代，他积极参与学校里的剧社活动，扮演一些戏剧角色。中学毕业之后，1898 年他进入都柏林大学学习哲学和拉丁语文学，并且对爱尔兰的古典文学和神话传说进行了细致的钻研。在大学里，他写了不少诗歌和散文作品，在一些讨论会上还以"文学辩论家"而闻名。大学毕业之后，他离开了都柏林前往巴黎学习医学，却因为母亲报病危而中断了学业，又回到了爱尔兰。接着，他在一所私立学校教书，并开始发表一些诗歌和故事。本来，詹姆斯·乔伊斯可能会沿着一个既定的方向，走一条学者化的道路，但是，在 1904 年，年仅二十二岁的詹姆斯·乔伊斯爱上了二十岁的餐厅女招待诺拉。出于复杂的情感、文化和性格叛逆的原因，他同自己的天主教信仰决裂，这使他感到十分痛苦和憋闷，于是，他索性就背井离乡，带着不被家庭承认的女友诺拉，跨洋过海，来到了欧洲大陆过流浪的生活。来到了欧洲大陆，詹姆斯·乔伊斯一开始在现在属于克罗地亚的亚德里亚海海滨城市波拉担任语言学校的教师，后来，他去罗马当了很短的银行职员，这份工作使他很不愉快。后来，他在当时属于奥匈帝国、现在靠近斯洛文尼亚边境的意大利小城的里雅斯特继续担任语言学校的教师，在那里一住就是十年，还和诺拉生育了两个孩子。同时，他业余时间勤奋地写作。一直到 1920 年，三十八岁的詹姆斯·乔伊斯一家在诗人庞德的帮助下，选择定居在法国巴黎之后，他才算真正结束了漂泊，能够专心地从事写作。

　　早在他离开爱尔兰来到欧洲大陆之前，他就已经开始写作长篇小说《青年艺术家的画像》，但是没有完成。1905 年，他完成了小说集《都柏林人》，据说，这部小说集的命运很曲折，遭到了超过二十个出版商的拒绝，一直到 1914 年，《都柏林人》才得以出版。1907 年他出版了诗集《室内乐》。1914 年，他还完成了唯一的剧本《流亡者》，这是一个表露了詹姆斯·乔伊斯在欧洲大陆四处浪游的心迹的剧本。他还把长篇小说《青年艺术家的画像》拿到英语文学杂志《自我主义》上连载，并且开始了《尤利西斯》的构思。这个阶段是詹姆斯·乔伊斯写作生涯的早期阶段，其中以小说集《都柏林人》为代表作。《都柏林人》这部小说集，一共收录了十五部作品，包括短篇小说《姐妹们》《偶遇》《阿拉比》《伊芙琳》《车赛以后》《两个浪子》《寄寓》《一朵浮云》《无独有偶》《土》《悲痛的往事》《纪念日，在委员会办公室》《母亲》《圣恩》和中篇小说《死者》。在这部现实主义风格的小说集中，他尝试用写实的手法，去描绘在他的记忆里留存下来的都柏林人的形象。小说从外部环境上描绘了都柏林的集市、街道、酒吧、公寓，从精神层面上，刻画了都柏林市民的市侩气，刻画了浪子、投机政客、小职员、纨绔子弟、流氓、警察、艺术家、记者和市侩女人等众多形象，并从文化层面描绘了当地的婚姻、民俗、宗教和生活方式，有些小说具有浓厚的象征意味，一些小说的题目还具有双关含义，并引用了部分爱尔兰民谣。十五部小说从表面上看去似乎没有什么直接的联系，但是詹姆斯·乔伊斯实际上是按照童年、少年、成年和老年的人生进程来处理小说题材的，因此，这部小说可以看成是一个松散的整体。

从《都柏林人》可以看出，虽然詹姆斯·乔伊斯已经离开了爱尔兰，但是，他仍旧在通过这部小说集来复原他关于都柏林的全面记忆。进入詹姆斯·乔伊斯的文学世界的一个最重要的捷径就是，必须要了解他和都柏林之间的关系，因为他一生都和都柏林这座城市密切相关，他所写的全部小说，都是关于都柏林的。在詹姆斯·乔伊斯看来，只有离开了故乡，才能够将故乡看得更加清楚。在《都柏林人》这部小说集里，传统的现实主义手法占据了主流，他通过刻画一系列都柏林的风物和人物，表达了他对故乡的怀念和不满交织的复杂感情。关于这部小说集，他在给某个友人的一封信中这么写道：

"我的目标是要为祖国写一章精神史。我选择都柏林作为背景，因为在我看来，这城市乃是麻痹的中心。对于冷漠的公众，我试图从四个方面描述这种麻痹：童年、少年、成年，以及社会生活。这些故事正是按这一顺序撰写的。在很大程度上，我用一种处心积虑的卑琐的文体来描写。"在这里，他谈到的卑琐文体，指的就是小说描写卑琐的世俗生活时的现实主义手法，在詹姆斯·乔伊斯看来，这种手法因为过于靠近实际生活而显得有些卑琐。这部小说的意识流色彩还不强烈，但是心理刻画、对话和铺张、象征和意象的手法运用得很好。在这部小说中，依旧可以看出未来生成《尤利西斯》的某些因素和胚胎，比如他对心理的描绘，对细节和对话中微妙感觉的把握，对结构的匠心，以及对都柏林的爱恨交织的感情，对都柏林的地理学意义上的描述，等等，这贯穿了他的一生。

一幅自我的精神肖像

　　每个作家似乎一生都在和自我搏斗，因为，每个作家写的实际上都是广义的自传。詹姆斯·乔伊斯也不例外，他一生都在用自己的经历编织一个丰富的文学世界。1915 年，詹姆斯·乔伊斯全家迁居到了瑞士苏黎世，1916 年，他的长篇小说《青年艺术家的画像》单行本在美国出版，《尤利西斯》的部分篇章也在一些杂志上发表，詹姆斯·乔伊斯在英语世界里获得了不少重量级的文化名人如大诗人庞德和叶芝的肯定和赞扬，并获得了一些资助，经济情况大为好转，于是加紧了《尤利西斯》的写作进程。

　　长篇小说《青年艺术家的画像》出版之后，其新颖的写作手法和独特的文学风格立即引起了评论家和读者的热烈反响。但是，大家对这部小说的评价不一，很多批评家认为这部小说结构松散、冗长杂乱，有些描写涉嫌淫秽，还有对天主教的攻击很难让人接受，等等。但是小说的独特个性，还是让一些评论家感到了惊喜，他们认为詹姆斯·乔伊斯是一个前途远大的有才华的作家。这部小说来源于他早期的一部长篇小说草稿《英雄斯蒂芬》，经过了改写和削删之后，变成了《青年艺术家的画像》。在这部小说中，开始出现了詹姆斯·乔伊斯式"意识流"的写作手法，大量对话以破折号来表明，潜意识和潜对话，意识流和内心独白，共同构成了多个层面的声音。在这部小说里，詹姆斯·乔伊斯采用的内心独白和意识流动，将一个青年艺术家与周围环境的冲突和他精神的苦闷，他对于家庭、爱情、宗教和祖国的看法，以及他对外部世界的背叛和反抗，表现得细致、生动而具体，情绪饱满强烈。

　　"意识流"这个词汇，是美国心理学家威廉·詹姆斯在他的《心理学原理》中第一次提出来的，他认为，现代人的特征是内心生活更加重要，一个人的真实存在必须要以他内心的连绵思绪作为重要依据。在人的意识层面中，下意识、潜意识、无意识都可以包括在"意识"这个概念中，自此，他的心理学理论在20 世纪初开始影响欧美的小说家，敏感的小说家们认为只要写出了人内心的意识流动，就刻画出了时代、人物和生活的真实。詹姆斯·乔伊斯显然深受这种理论的影响。《青年艺术家的画像》这部小说，可以看作是詹姆斯·乔伊斯给自己的青年时代画的精神肖像，因其意识流手法的运用，很像是在画一幅人的内心肖像。在这幅肖像画上面，流动着的是詹姆斯·乔伊斯的内心情绪的波纹和语言的河流。小说的内部时间线索还是顺序的，可感的，是根据主人公的成长线索来叙述的，并不过分跳跃，可见在对小说时间的处理上，这部小说显示了某些现实主义小说的残存影响，在一些场景的描绘上，仍旧可以看到詹姆斯·乔伊斯雄厚的现实主义写作技巧。而要进入詹姆斯·乔伊斯的文学世界，《都柏林人》和《青年艺术家的画像》是两部入门作品。由这两部他早期的较成熟的作品，我们就将顺利地进入到他广阔和深邃的《尤利西斯》和《芬尼根的守灵夜》的世界当中。

2月2日和6月16日，两个重要的纪念日

理解詹姆斯·乔伊斯，必须要了解两个日子对于他和他的作品的重要性：2月2日和6月16日。2月2日是詹姆斯·乔伊斯出生的日子，因此，在1922年的2月2日这一天，西尔维亚·比奇女士将《尤利西斯》全本以"莎士比亚"书店的名义，在法国东部小城第戎出版了。詹姆斯·乔伊斯选择自己的四十岁生日这一天，出版自己的这部小说，显然是为了给自己庆贺。

6月16日是詹姆斯·乔伊斯遇见他后来的妻子诺拉的日子，这对于詹姆斯·乔伊斯来说，也是一个非常重要的日子。于是，在这一天里，《尤利西斯》中的两个男主人公，将在都柏林进行十九小时的漫游。在十九个小时的时间里，他们穿行在都柏林的大街小巷，并经历各种事件，见识了各色人物，最后，一直到深夜，进入到第三个主角——女主人公莫莉的睡梦中。在那个著名的睡眠中的梦境独白中，意识的连绵流动和表述出来的复杂的女性思绪和经验，以数万个词汇的语言流，将我们引导到黑夜的黑暗和人性的灰暗的洪流中。

《尤利西斯》这部小说的写作耗费了詹姆斯·乔伊斯的巨大心血。小说的发表和出版也非常不顺利，在杂志上连载的时候就遭到了"淫秽"的投诉，当时纽约"防止罪恶协会"甚至抗议连载这部小说的《小评论》杂志，使得杂志不得不停止了连载，最后还是流亡在法国的美国人比奇女士开办的莎士比亚书店出版了这本书，而随后美国市场上出现的都是盗版。1924年，美国一家法院最终裁定这本书不是淫书之后，美国版才正式问世，而英国版在1936年才得以出版，1994年，中文译本在中国大陆第一次发行。

《尤利西斯》这部小说从外部对表现的时空进行了压缩，但是在内部又无限放大了，小说的时间段是1904年6月16日早晨八点到17日的凌晨两点

四十五分这近十九个小时，小说的空间背景是詹姆斯·乔伊斯的故乡都柏林。因此，这部小说也可以说是一部都柏林之书，它的很多地方都是严格按照都柏林的城市布局来书写的，而小说人物就像影子一样，飘动在都柏林的大街小巷里。小说的主人公一共有三个：曾经在《青年艺术家的画像》中出现过的艺术家青年斯蒂芬·戴达勒斯、广告业务员布鲁姆和布鲁姆的妻子莫莉。整个小说的结构，则和希腊英雄史诗《奥德赛》完全平行：广告员布鲁姆对应的是希腊神话中的奥德赛，斯蒂芬·戴达勒斯对应的是神话中的青年泰伦马卡斯，莫莉则对应神话中的帕涅罗帕。不过，这三个现代人已经不是《荷马史诗》中的英雄和英雄的坚贞妻子了，在十九个小时的时间和空间里，他们活动在都柏林市区，他们的行动呈现出和神话中的英雄完全不一样的一面：猥琐、世俗、渺小、日常、分裂、卑鄙、灰暗，由此解构了希腊神话史诗中英雄的高大和伟岸。詹姆斯·乔伊斯通过这部小说，展现了现代人在工业社会和资本主义制度下的精神分裂、孤独、苦闷、绝望和逐渐崩溃的精神图景。

白天之书：和神话平行

《尤利西斯》一开始就被詹姆斯·乔伊斯定位为白天之书，因为小说的主体情节都发生在白天。全书一共三部十八章，第一部有三章，多少有些像《青年艺术家的画像》的续篇，继续着斯蒂芬·戴达勒斯的家庭和成长的故事。小说一开始，讲述他的母亲病危，他从巴黎返回了都柏林，但是和父亲不和，在一个旧炮楼里暂时栖身，靠教书养活自己，因此他很需要一个精神上的父亲。当他把炮楼的钥匙交给了合住在一起的医学院学生穆利根之后，他就打定主意离开炮楼了。小说的第二部是全书的主要部分，共分十二章，讲述了犹太人广告员布鲁姆的生活：他和妻子莫莉的关系不很融洽，因为他们共同养育的孩子死了，他们之间出现了裂痕，而妻子有一个情人。这天早晨，布鲁姆去参加了朋友的葬礼，思考了死亡，由此开始了一天的漫游。在这一部中，斯蒂芬·戴达勒斯只是配角，而布鲁姆是主角，他们在不同的场合同时出现，互相逐渐熟悉起来。当斯蒂芬·戴达勒斯与两个英国士兵发生冲突时，布鲁姆恍惚间把他看成是自己夭折的儿子鲁迪，他准备把斯蒂芬·戴达勒斯带回自己的家。小说的第三部有三章，和第一部在章节上相对称，讲述了布鲁姆带着斯蒂芬在都柏林的夜晚漫游的经历。他们先在一家小店盘桓，之后，布鲁姆带斯蒂芬回家，因为斯蒂芬答应教他的妻子莫莉意大利语。不过，斯蒂芬最后没有在布鲁姆家留宿。布鲁姆回到了家中，发现妻子莫莉已经熟睡了，但是他觉得卧室里似乎有些异样，对妻子和情夫可能发生的幽会产生了一些联想。小说的最后一章就是莫莉在半明半昧的睡眠中的独白和意识流，没有标点符号，只有意识流的语言流动。在莫莉的梦中，出现了丈夫、情人和少女时代的初恋对象等多个男人，还有对斯蒂芬的性幻想，等等，小说到这里就结束了。

在小说中，詹姆斯·乔伊斯以驳杂的知识和各种文学技巧，将小说变成了一个形式上的集大成的文本。小说中十八章的每一个章节的文体都完全不同：有模仿教义手册那样的教义问答；有电影镜头和蒙太奇手法；等等。小说的十八章构成了人体的各个部位和器官的总体，假如小说能站起来的话，那么，前三章就是头部，中间十二章是躯干，后面三章则是下肢。小说中还有大量的影射、戏仿、比喻、拟声和音乐技巧，它可以说是小说、戏剧、散文、史诗、幽默和论文的结合体。小说还涉及神学、历史学、语言学、生物学、医学和航海知识，等等，实在是蔚为大观。在语言上，詹姆斯·乔伊斯使用英语写作本书，但其间夹杂着法语、德语、意大利语、希腊语、拉丁语和希伯来语，甚至在有的地方还出现了梵文。有些英语词汇则是詹姆斯·乔伊斯自己创造的，这给读者、研究者和翻译者都带来了巨大的困难和乐趣。由于书中的主人公布鲁姆是犹太人，《尤利西斯》又可以说是关于爱尔兰和犹太两个民族的现代史诗。

詹姆斯·乔伊斯的小说可以用一天的不同时段来形容。《青年艺术家的画像》可以说是一部早晨之书，一部关于青年艺术家的成长之书，因此，它就像早晨一样清新而有朝气。《尤利西斯》则是一部关于白昼的书，虽然小说的内部时间最终涉及了夜晚，但是，它的整个气质是白昼的，是关于白昼的喧嚣和复杂，清澈和多样的。白昼还意味着理性，意味着清醒，意味着可以被观察、被表述。在《尤利西斯》中，白昼的气质无处不在，到处都是很具体的清晰的设计，无论任何一个章节，都是可以度量的，可以被分析的。在整部小说中，詹姆斯·乔伊斯就像一个严格的建筑师，精心地设计着每一个章节、每一个段落和每一个句子，甚至每一个词汇，都呈现出严密的风格和布局，只有在白昼中的清晰和严密、规矩和理性的情况下，他才可以设计得这样的合理。因此，《尤利西斯》是一部和城市有关的白昼之书。

黑夜之书：梦中之梦

　　1939 年，詹姆斯·乔伊斯花费十六年之久写作的长篇小说《芬尼根的守灵夜》出版了，这部小说可以说是一部黑夜之书，因为它用梦幻般的语言，表现了人在睡梦中的意识活动。

　　《芬尼根的守灵夜》以芬尼根的一场噩梦作为中心，在他的梦中，爱尔兰和人类的历史像一场连续的梦境那样，从他的头顶像河流一样流过。小说没有完整的情节，也没有完整的故事，全部以梦和梦中之梦构成，以梦呓般的语言叙述而成。在小说中，做梦的人表面上看是爱尔兰都柏林一个五口之家的家长叶尔威克，实际上，做梦者还有他的妻子、女儿和两个儿子，他们彼此的梦交织在一起。但是，做梦者又是一个抽象的整体，最后变形为整个人类在一起梦呓。小说中，大梦套小梦，梦中还有梦，最后又归为了一个梦，这个梦就像流过了都柏林郊区和市区的利菲河一样，连绵不绝，从而将人类的历史带向了远方看不见归处的尽头。这条河流还化身为一个女人，到处都是梦呓，在梦呓中，灵魂的飘动、梦想的飞驰，夜晚月光下被拉长的影子和影子自己的无限舞蹈，都是这部小说要捕捉的内容。小说在梦境中无限地展开，带给了我们黑夜的深度和广度。小说的内部时间基本上都是在晚上，因此，它完全是一部关于夜晚的书，关于梦境的书，关于河流和人类历史的书。

　　《芬尼根的守灵夜》令人惊异地采用了几十种语言夹杂叙述，当然，主体语言是英语。以这种语言夹杂的方式叙述是詹姆斯·乔伊斯出于某种别具匠心的考虑，他认为，只有以这种方式，才可以表现人的梦境的复杂，人类文化的复杂与多层次。这部小说的出版，并没有引起《尤利西斯》出版之后那样的轰动效果和热烈的反响，从问世到今天，它都是寂寞的，让人望而生畏的。詹姆斯·乔伊斯在完成了《芬尼根的守灵夜》之后，再也没有写其他东西。直到他于 1941 年 1 月 13 日在苏黎世因十二指肠溃疡穿孔而去世。在我看来，詹姆斯·乔伊斯在写这部小说时，有着更加巨大的野心和雄心:《芬尼根的守灵夜》是一部不同于詹姆斯·乔伊斯的其他小说，也完全不同于其他作家作品的奇特小说，因为，它本身就构成了一个封闭的巨大系统，小说本身就是人类历史、自然与社会、时间和空间、梦境与现实综合起来的存在。

对后世作家的影响

除了上述的小说作品，詹姆斯·乔伊斯一共创作了一百六十首左右的诗歌。他曾出版过诗集《室内乐》《一分钱一个果子》，此外，还有一些集外的即兴诗和短诗。他的诗歌有些带有浪漫主义和象征主义流派的色彩，音乐感很强，有些却浅显直白，大部分诗歌都与情感有关，这和詹姆斯·乔伊斯写作这些诗歌时的年龄有关。

詹姆斯·乔伊斯的写作属于那种和自己的生命年轮与体验不断深化同步的作家。到了《芬尼根的守灵夜》，他已经进入到只有他自己知道自己在写些什么的孤绝境界中了。实际上他一生都处在一种精神寂寞里，尽管他获得了欧洲文学界很多人的承认。

但随着时间的推移，詹姆斯·乔伊斯逐渐显现了他无比强大的影响力，近一百年来，《尤利西斯》和《芬尼根的守灵夜》确立了它们在 20 世纪小说史中的重要地位。詹姆斯·乔伊斯的作品如同一个丰富的矿脉，不断地将各个民族的文学发展引发出一些爆炸效果来，他仿佛开启了一个巨大的闸门，将现代主义小说的洪水猛兽放了出来，源源不断地生成了现代主义在 20 世纪的奇观。可以说，詹姆斯·乔伊斯的作品成了很多杰出作家出发的源头，他们从《尤利西斯》和《芬尼根的守灵夜》中获得了创造的灵感。比方说，在表现社会生活和城市景观的阔大方面，德国的亚历山大·德布林的《柏林，亚历山大广场》、美国作家约翰·多斯·帕索斯的《曼哈顿中转站》等三部曲，都受到了《尤利西斯》的影响；至于受到其采用的戏仿神话、内心独白、意识流动和时空压缩、文本戏仿等这些手法影响的小说家，就更多了，像美国作家巴塞尔姆的《城市生活》表现城市生活的物化特征、托马斯·品钦的《万有引力之虹》表现物的增殖和人类自毁倾向带来的末日恐慌感。还有，墨西哥作家的《阿卡特米奥·克鲁斯之死》在意识流的借鉴和发扬上，更进了一步，而秘鲁作家胡里奥·巴尔加斯·略萨的《酒吧长谈》等小说，在结构上一定受到了《尤里西斯》宏大结构和精心布局的影响，并且创造出拉丁美洲的结构现实主义这个流派来。而法国作家让·季洛杜的《朱丽叶在男儿国》、美国作家菲利普·罗斯的长篇小说《伟大的美国小说》，则是用滑稽模仿的形式，大胆借鉴了《尤利西斯》里的讽刺和幽默元素。1969 年获得了诺贝尔文学奖的荒诞派戏剧大师萨缪尔·贝克特从爱尔兰来到巴黎，在 1928—1930 年之间一直在詹姆斯·乔伊斯身边担任秘书，更是深受其影响。同样，由于詹姆斯·乔伊斯小说的主人公是艺术家和犹太人，后来美国很多犹太小说家，也都受到了他的影响，比如亨利·罗斯的《不如称之为睡眠》、索尔·贝娄的《赫索格》等作品。可以说，整个 20 世纪的很多小说的实验与探索，以及小说作为一门艺术的大量可能性，都是从这部小说里延伸出来的。詹姆斯·乔伊斯无疑是 20 世纪以来人类小说的一座高峰，一个令人炫目的开山者。

原载《西湖》2009 年第 8 期

推荐书目

《一个青年艺术家的画像》，黄雨石译，外国文学出版社 1983 年 5 月版

《都柏林人》，孙梁等译，上海译文出版社 1984 年 10 月版

《尤利西斯》（上下卷），金隄译，人民文学出版社 1994 年 9 月版

《尤利西斯》（一卷本精装），金隄译，人民文学出版社 1997 年 12 月版

《尤利西斯》（三卷本），萧乾、文洁若译，译林出版社 1994 年 4 月版

《尤利西斯》（上下卷修订版），萧乾、文洁若译，译林出版社 2005 年 8 月版

《尤利西斯》（上下卷修订版），萧乾、文洁若译，文化艺术出版社 2002 年 6 月版

《尤利西斯》（中英文三卷本），萧乾、文洁若译，上海三联出版社 2009 年 4 月版

《尤利西斯导读》，陈恕著，译林出版社 1994 年 10 月版

Finnegans Wakes（《芬尼根守灵》英文版），企鹅出版社 2000 年版

《乔伊斯诗全集》，傅浩译，河北教育出版社 2002 年 7 月版

《芬尼根的守灵夜》（第一卷），戴从容译，上海人民出版社 2013 年 1 月版

《乔伊斯》，格罗斯著，袁鹤年译，三联书店 1986 年 12 月版

《乔伊斯》，大卫·诺瑞斯等著，周柳宁译，外语教学与研究出版社 2000 年 1 月版

《乔伊斯传》（两卷），理查德·艾尔曼著，李汉林等译，北京十月文艺社 2006 年 2 月版

《乔伊斯传》，彼德·寇斯提罗著，林玉珍译，海南出版社 1999 年 12 月版

《乔伊斯与诺拉》，布伦南·马克多斯著，贺明华译，百花文艺出版社 1997 年 8 月版

《尤利西斯自述：詹姆斯·乔伊斯书信辑》，李宏伟译，重庆大学出版社 2011 年 3 月版

《致诺拉：詹姆斯·乔伊斯情书》，李宏伟译，重庆大学出版社 2011 年 5 月版

弗兰茨·卡夫卡：无边梦魇与无家可归

无边的梦魇

在我的阅读体验中，阅读弗兰茨·卡夫卡的小说，就类似被梦魇所俘获。一旦你进入到他的文学世界里，你会发现，那就是一个梦魇的世界，他所讲述的状态，就类似将醒而没有醒，想挣扎着逃离，但是又无法真正脱身的可怕处境。而他自己也无法从这个世界中逃身，这也就解释了为什么他的三部长篇小说没有一部是写完的，因为，他既无法给自己找到答案，也没有办法给小说中的人物以最终的出路。在梦魇般的世界里，任何人都像挣扎在蛛网上的俘获物，无可逃脱，最终只能在不断的挣扎中等待被逐渐吞噬，或者绝望地等待黎明。

也许，整个20世纪很大程度上都可以称为是弗兰茨·卡夫卡的世纪。在人类历史上，像20世纪这样充满了激烈变革和大动荡的时期，并不多见：两次世界大战、纳粹大屠杀和犹太人集中营、苏联的"古拉格劳动群岛"、冷战结束与柏林墙倒塌、全球化和互联网的兴起，等等，历史的进程不断演变，波诡云谲得令人瞠目结舌。这些时代的外部动荡和变化，带给了人类以心理的巨大震荡、文化和种族的激烈冲突、肉体的更多疾病和心灵的复杂创伤，还有精神上弥漫的恐惧和惶惑感。因此，在20世纪这个动荡的、变化的一百年里，很难有作家像卡夫卡那样距离我们这么近，一直到今天，我都会感到我们，仍旧生活在卡夫卡所揭示的境况当中。我们在这样的境况中不断地被裹挟、异化和逼迫，我们一直在努力地寻找着出路，我们也会发现，最终，我们仍旧是弗兰茨·卡夫卡笔下的人物。

但是，任何对卡夫卡的确定的解释，在后来似乎都会遭到质疑。美国作家苏珊·桑塔格在她的《反对阐释》一文中，就有针对性地说："卡夫卡一直经受着不下于三拨阐释者的大规模劫掠。那些把卡夫卡的作品当作社会寓言来读的批评家从中发现了卡夫卡对现代官僚体制的层层阻挠、疯狂及其最终沦为极权国家的案例研究。那些把卡夫卡的作品当作心理寓言分析来读的批评家从中发现了卡夫卡对父亲的恐惧、他的阉割焦虑、他对自己性无能的感觉以及对梦的沉湎的种种绝望的显露。那些把卡夫卡的作品当作宗教寓言来读的批评家则解释说，《城堡》中的 K 试图获得天国的恩宠，而《审判》中的约瑟夫·K 经受着上帝严厉而神秘的法庭的审判……"她的批评犀利而尖锐，点出了对卡夫卡过度阐释的要害。

弗兰茨·卡夫卡说，所有的东西都可以摧毁我。这显示了他的内倾、游移、敏感、不安、恐惧和脆弱。在 20 世纪中，由于一切外在的东西都在迅速地变化，"一切固定的东西都烟消云散了"，外部的世界很容易摧毁一个人的内心。因此我们无可逃遁，因为我们的确没有地方可以去，除了继续生活在巨大的梦魇之中等待黎明。这就是卡夫卡给我们揭示的存在状态与真实的境遇。

三部没有结尾的长篇小说

我曾经感到疑惑的是，为什么弗兰茨·卡夫卡存世的三部长篇小说中，没有一部是最终写完了的？到底这就是卡夫卡的美学追求，专门制造这么一种残缺美，还是他本来想写完，却因为身体的、精神的、文学技巧的原因而难以为继？或者，到后来，他最终以无法结尾的方式来否定自己的初衷？

《失踪者》是弗兰茨·卡夫卡的第一部长篇小说，写于 1912—1914 年，在弗兰茨·卡夫卡去世三年之后的 1927 年出版。写作这部小说的时候，卡夫卡已经进入到自己创作的旺盛期，但是，他却无法给自己的第一部长篇小说结尾。他甚至都没有给这部小说起名字，只是在和友人的谈话中，称他写的这部小说为"关于美国的小说"，还是他最好的朋友马克斯·勃罗德将这部小说命名为《美国》。而卡夫卡曾经在自己的日记里，谈到这部小说为《失踪者》。因此，结合小说的具体情节，叫《失踪者》也许更加符合卡夫卡的原意。根据研究者的推断，1912 年至 1914 年的卡夫卡，很想写出来像英国作家狄更斯那样的社会小说，和他在表现广阔的社会层面上一比高低，弗兰茨·卡夫卡梦想描述一个时代的风貌，甚至就想"对狄更斯不加掩饰地模仿"。但是，当这部小说按照卡夫卡预定的计划前进的时候，他逐渐地偏离了原来的设想，小说自己顽强地沿着自己特定的轨道前进了，卡夫卡式的风格就逐渐地显现了出来。

在这部小说里，从来没有去过美国，但是对美国的制度很向往的弗兰茨·卡夫卡，虚构了一个叫卡尔·罗斯曼的年轻人被自己的父母送往美国的故事。小说共分八个章节，每个章节都有独立的名字：《司炉》《舅舅》《纽约近郊乡村别墅》《通往拉美西斯之路》《西方饭店》《鲁滨逊事件》《避难》和《俄克拉荷马露天剧场》。一开始，纽约港的自由女神像就出现了，十六岁的卡尔·罗斯曼欢呼雀跃。他是因为受到了女仆的诱惑，和她生了一个孩子而被父母亲送往美国的。从此，卡尔·罗斯曼就开始了他非常荒诞不经的旅行遭遇：因为一些莫名其妙的耽搁，他半天才下了船，接连被朋友和亲戚拒绝，然后又遭到了流氓的抢劫，遇到了各种谋生过程中的屈辱，最后，终于在一所剧场被收留，小说就在这里戛然而止。十六岁的卡尔·罗斯曼无依无靠，他的孤独感和在陌生大陆的恐惧寂寞感，贯穿着始终。因此，可以把这部小说当作是人对世间的某种基本感受：陌生而敌意的一切包围着我们每一个人，随处可见的陷阱和意想不到的事情纠缠着我们，使人在迷宫一样的世界里找不到路标前行。因此，我觉得，在经历了无尽的折磨和不断的纠缠之后，卡夫卡再写下去，也没有必要了，主人公将在他受尽折磨的道路上永远地走下去。所以，他就停下笔了，使小说成为一部寓言化的抽象小说。

长篇小说《诉讼》是弗兰茨·卡夫卡的第二部长篇小说，它的篇幅和《失踪者》差不多，翻译为中文都在十四万字左右，创作于第一次世界大战爆发时的 1914—1918 年之间。弗兰茨·卡夫卡写这部小说，似乎驾轻就熟了，他能够动用大量的日常经验和奥地利社会现实生活来呈现他要表现的抽象本质。在小说中，银行职员约瑟夫·K 突然被捕了，而他根本就不明白自己为什么被捕，于是，关于他的被捕的调查和审讯不断地进行着，他进入到搅肉机一样的司法体系里，在这个封闭的、僵化的、荒诞的司法体系里，约瑟夫·K 越陷越深，他想探究自己被捕的原因，但一次次地遭遇失败。最后，他被两个黑衣人处死了。在那个黑色的、荒诞的世界，人生就像是一场复杂的诉讼。寓言化和象征色彩，使得小说像一个漫长的噩梦，洞开了一扇围绕着我们的沉闷现实的窗户。这部小说接近写完了，在分为十个部分的章节中，第十章就是《结局》，主人公约瑟夫·K被两个人处死，可见它基本完成。但是，很多需要补充的章节，连题目都已经拟好，弗兰茨·卡夫卡只需要添加一些东西就可以了，它还是像接近成品的样子那样停留在了那里。《诉讼》表现了小说主人公莫名其妙地遭遇的一场漫长的折磨，一个庞大的、无边的司法体系在和他一个人斗。面对那么一个无形的、庞大的体系，弗兰茨·卡夫卡笔下的主人公，根本就不知道发生了什么事，如何面对，以及如何脱身，终于也难逃一死。大量现代奥地利社会的细节进入到小说中，使小说在现实主义的外壳之下，包藏着寓言的内核：个人在一个被制度和体系所统治的社会面前，力量非常弱小，最终难逃厄运。

1922年9月，弗兰茨·卡夫卡写完了他最重要的长篇小说《城堡》。从小说的语调上看，我感觉这部小说有一以贯之的气韵。《城堡》这部小说，把弗兰茨·卡夫卡的荒诞风格发挥到了极致。小说讲述一个叫K的土地测量员，来到了一个山村里，打算进入附近的城堡，以便证实自己的身份，同时进行自己的测量工作。但是，他想尽了各种办法，始终进入不了那座城堡，村民开始怀疑和排挤K，K也感觉这个世界就像城堡一样，他永远都无法靠近和进入。小说仍旧没有结尾，但是卡夫卡曾经透露了小说的结尾，在结局一章中，土地测量员K将获得部分的胜利，他没有放弃自己的斗争，但是，他最终因为心力衰竭而死去——到头来，他仍旧无法进入那个谜一样的城堡。

"无法进入的城堡"和"永恒的土地测量员"成为两个象征性的符号，可以被解释为人类的很多种境遇和存在状态，这两个符号，也成了人类在20世纪努力寻求各种制度、理想和幻想生活但纷纷遭受挫折的象征。我们每一个人都是那个土地测量员，我们每个人都想进入一个城堡——但是，我们最终很难进去。在《城堡》中，细节的缜密和逻辑的清楚，使小说本身的混沌和模糊变得更加复杂，《城堡》近看一切历历在目，远看则是一团雾气。近看都是生活的表象，远看，在一团雾气中，似乎有着严密而深刻的逻辑，清晰的主题显露出一个轮廓：在一个处处都是荒诞的世界里，我们将死于对希望的寻求中。

在这三部没有完成的长篇小说中，我可以感觉到弗兰茨·卡夫卡在写作时候的游移和不确定，因为，连他自己都不知道，小说的情节会向哪个方向发展，会增加什么样的细节，来最终表达他要表达的抽象本质。弗兰茨·卡夫卡像一个在荒野上寻找目标的迷途者，他不知道他要把他的小说带向哪个地方，小说中的停顿、反复、中断比比皆是，这反映了弗兰茨·卡夫卡对写作过程本身的犹疑，尽管他确信终点就在不远的前方，他也一直无家可归。

父亲的象征，婚姻的陷阱

理解弗兰茨·卡夫卡，必须要知道他父亲和几个恋人对他施加的影响。父亲和女人，成为他生活中的参照，是映照他内心世界的一面镜子。1883 年，卡夫卡出生在奥匈帝国所属的布拉格一个犹太商人家庭，他不是德国人但是母语是德语。他的父亲是一家商店的店主，当过兵，依靠自身的努力开了一家妇女时装批发商店，总是担心这一切都会消失，没有安全感，他把这种担心也传染给了儿子弗兰茨·卡夫卡。虽然弗兰茨·卡夫卡自小喜欢文学，但是按照父亲的强迫命令，弗兰茨·卡夫卡不得不去学习法律专业，于 1906 年获得了布拉格大学的法学博士学位。后来，他一直就业于一家保险公司。1917 年，他被检查出来得了肺结核，这个病在当时是很难治愈的疾病，这使他的生活发生了一些变化，使他最终选择了过一种只有文学和内心生活的生活。

根据他的作品透露出的信息，我似乎感觉，是弗兰茨·卡夫卡的父亲潜在地造就了弗兰茨·卡夫卡。他的父亲对于他来说，一直是霸道、威权、压力和胁迫的象征。在他的很多小说里，父亲与儿子的冲突都是首要的情节：在短篇小说《审判》和《变形记》，以及其他小说中，都可以看到他对父权的审视和抗拒。他的父亲原来是一个来自波希米亚南部的小商贩，后来依靠自己的精明强干发达成一个批发商人，因此，他从儿子弗兰茨·卡夫卡很小的时候开始，就不断地羞辱和忽略这个身体孱弱但敏感内向的儿子。在日常生活中，卡夫卡生活在暴君般的父亲的阴影之下——按照父亲的愿望，他终于学习了法律，也进入了保险公司工作，只把写作当作业余的生活。他在父亲的束缚和管教下，感到了窒息和压抑。但是，在生活中，他很少公开地反抗父亲，因为他缺乏自信和强大的力量，于是，他把对父亲的感觉都写进了小说里。

在弗兰茨·卡夫卡的短篇小说《判决》中，父亲判决儿子应该溺死，于是，儿子认真地执行了这个决定。这个故事情节深刻地显示了他对父权的那种刻骨铭心的体验。而在短篇小说《变形记》当中，变成了甲虫的格里高利，最终被包括父亲在内的家庭所遗弃，这种对亲情的无情审视，可能是所有的小说中最深刻、最无情和最令人绝望的了。在生活中，卡夫卡似乎一直渴望父亲能够理解他，理解他的写作，但是在他的父亲看来，他那完全是孩子气的幼稚。在卡夫卡的日记里，他写道，他曾经想在他所有的作品上加上一个大标题——"逃出父亲势力范围的愿望"，但是，他没有胆量这么做。也许他并不想真正从父亲的势力范围里逃走，他不过是想做一个被父亲主动驱逐和开除的人，这样他就能把所有的责任推给自己的父亲——这种心理的恐慌和暗示，带给了他大部分作品中的那种恐惧和犹疑的气质，使这种气质成为弗兰茨·卡夫卡本人的一个标记。

弗兰茨·卡夫卡的一生，还奇怪地表现出对女人的喜欢和本能的拒斥两种相反的个性来。这种相反的性格，使他成年之后一直处在一种煎熬中。他终身未娶，虽然生活中发生了很多次浪漫的爱情，比如，他对菲里斯·鲍威尔小姐也保持了长达五年的热恋状态，对婚姻也是跃跃欲试，和她两次订婚，两次解除婚约，最终他没有走入婚姻的殿堂。从表面上看，似乎这是女方的原因，实际上，这是他自己内心选择的结果。因为，他全身心地将业余的生活投入到了写作当中，文学是他最终的选择，他觉得婚姻会伤害他的文学写作，会使他掉入一个温柔的陷阱中，他觉得自己在艰难的写作中，不会再有更多的时间来体验和享受男女之间的情爱了，女人的爱情对于他来说，无异于冒险和浪费时间。但他又望凡俗的生活，在1920年他又喜欢上一个二十五岁的女子密伦娜，并在半年多的时间里为她写了十七万字的情书，但是，当日常世俗生活注定将消磨他的文学写作的巨大激情的时候，他就选择了游移不定，最终，向着女人的冒险就止步不前了。

也许，弗兰茨·卡夫卡从自己的父亲身上，发现了自己不想当一位要把一家人领导起来的，有着绝对权威的父亲，不想承担父亲那样的社会角色，最终，他抵制了女性的诱惑而选择了单身。

变形的文学世界

除去三部长篇小说，弗兰茨·卡夫卡还给我们留下了一百多部中短篇小说和微型小说。其中，他的小说《变形记》《地洞》《一份给科学院写的报告》《判决》《饥饿艺术家》等篇章，都成为20世纪最重要的小说精品，成为不断被阐释的20世纪文学流派和哲学思潮的源头之一。在这些小说中，继续着他对世界的审察，并像第一个向我们报信的人那样，传来了猫头鹰一样警觉的声音。

弗兰茨·卡夫卡的小说没有惯常的情节逻辑，大部分都是梦幻型和非逻辑的，一些小说在情节的发展上就像盲目前行的火车一样。让我们来看看他的那些著名的短篇小说吧。我们都很难忘记他的短篇小说《变形记》里那个著名的开头："一天早晨，格里高尔·萨姆沙从不安的睡梦中醒来，发现自己躺在床上变成了一只巨大的甲虫。"弗兰茨·卡夫卡的小说中，主人公的头顶永远都悬着一柄达摩克利斯之剑，仿佛随时都会落下来，不可测的厄运会突然降临到他们的头上一样。而围绕着主人公的，则是噩梦般的异化了的世界，在那里，所有的规则和思想，行动和语言，都是荒诞和不可理喻的。而在他的最早期的短篇小说集《观察》中，一种寓言化的书写风格就确立了。1902 年，他就完成了这个小说集。《观察》由十八个微型短篇构成，在这些短篇故事里，卡夫卡表现出他用寓言和变形来结构和把握世界的能力。在他所创造的噩梦般无法摆脱的世界里，到处都是异化和对异化的反抗，以及这种反抗所导致的失败。

除了《变形记》，他著名的短篇小说还有《在流刑营》《乡村医生》《骑煤桶者》《关于一条狗的研究》，等等。这些小说，几乎每一篇都有让我们牢牢记住的细节和符号化的强烈印象。有的小说情节非常残酷和冰冷。比如，我们不可能忘记《骑煤桶者》中那个因为寒冷而到处去借煤的骑桶的人，但是却没有人借煤给他，最后骑桶的人不得不在寒冷的天空中越飞越高，悲哀地离开了这个冰冷的世界的情景；在短篇小说《判决》中，主人公被父亲抛弃，在根本就不知道自己是何种罪名的情况下，投河自杀，执行了父亲对他的判决；在《饥饿艺术家》中，卡夫卡写出了艺术家的绝望——一个演员以表演饥饿为自己的谋生技艺，和他一起在旁边的铁笼子里表演饥饿的，还有一头同样处境的黑豹；而《乡村医生》则表现了医生悬壶济世理想的破灭：医生在大风雪天前往一个村子去救治一个病人，可是他却需要借马。马匹弄到了，赶到了病人家，但是，他却被这家人羞辱了，有一种受骗上当的感觉，只好在风雪中逃走，驾着马车四处流浪，无家可归；《在流刑营》中，一个军官不厌其烦地给旅行者介绍自己刚刚发明的准备处死违反纪律的士兵的刑具，最后，他终于使用了这个刑具，整个过程是那么的合理，可又那么的残酷和荒诞；在《一份给科学院写的报告》中，卡夫卡以叙述者过去当过猿猴的口吻，讲述了自己当猿猴时的生活，展示了对动物、殖民者，对那些被压迫民族的同情；在《地洞》中，鼹鼠一样的人畏惧外部的生活，他决心从此躲在地洞里生活。但是，建造地洞的过程，地洞本身所带来的优点和缺点也被地洞中的叙述者一一地思考着。一种地洞人生，恰恰是弗兰茨·卡夫卡要表达的某种人生象征。在弗兰茨·卡夫卡的这些杰出的短篇小说中，小说更加向人的内心宇宙走去，那种紧张和焦虑，与外部世界的对抗，对环境压迫的怀疑和反抗情绪非常隐晦而强烈。除去一些标准长度的短篇小说，他还写了大量的微型小说，这些小说最短的只有六十四个字，都加起来，弗兰茨·卡夫卡一共写了一百一十八篇短篇小说。在小说之外，卡夫卡还创作了数十万字的随笔，还有一些谈话录、日记和书信，以及给菲利斯和密伦娜的情书。这些情书就有八十万字之多。以上的这些文字，构成了弗兰茨·卡夫卡丰富、深邃而驳杂的文学世界。

遗嘱的真正意图

弗兰茨·卡夫卡是少数要焚毁自己全部作品的作家之一。这成了探究弗兰茨·卡夫卡的一个重要的谜。

在弗兰茨·卡夫卡留给自己的好朋友马克斯·勃罗德的遗嘱中，他要求好朋友执行烧掉他创作的所有小说手稿的指令。这里面最令我生疑的是，弗兰茨·卡夫卡有必要费这个劲吗？他自己就不能亲自焚毁自己的小说手稿，这样不是更加爽快吗？显然，卡夫卡真正的意图，并不是想烧掉这些凝聚了他全部希望的小说原稿。他真正的意图是，要让这些小说在好朋友马克斯·勃罗德的整理和判断之后，以出版物的形式，流传在世界上。也许，他本来就了解马克斯·勃罗德的品行，因为这个好朋友，肯定不会无视他的创造，无视他最后的托付，好朋友不会忠实地执行卡夫卡表面的遗嘱，而是会去体会遗嘱背后的真实意图，也就是真实的遗嘱：把这些稿子整理好，然后流布于世。

我们不能批评弗兰茨·卡夫卡虚伪和矫情。因为弗兰茨·卡夫卡在这一点上也表现出了他空前的犹疑态度。他一方面觉得自己的写作是非常有价值的，但是另外一方面，他又觉得自己所创造的文学世界毫无价值，因为在此之前，从来都没有这样的小说存在，没有他可以参照的文本。这就像是他在荒野上开辟出一条道路，他孤独一个人，根本就无法认定自己是否真的开辟了前所未有的道路。于是，在这种痛苦的摆动当中，他最终选择了让朋友马克斯·勃罗德来帮助他决断，来帮助他判断他作品的价值。

我想，就像马克斯·勃罗德所形容的那样，弗兰茨·卡夫卡是一个无家可归的异乡人，他告诉我们也许根本就没有故乡，我们都是异乡人，我们也回不了故乡，因此，我们必须要遭到无法回到故乡的惩罚，必须要在这个无依无靠的世界上流浪。这就是弗兰茨·卡夫卡以绝望的方式带给我们的希望。我一直觉得，弗兰茨·卡夫卡是一个很难模仿的作家，因为他太独特了。如果你不能从精神上把握卡夫卡的精髓，领会他写作的奥义，那么很难写出来具有一篇"卡夫卡"风格的作品。我们至今仍旧被卡夫卡所揭示的复杂境遇和精神状态所包围着，因此，阅读和理解卡夫卡，在 21 世纪仍旧具有现实性。

和普鲁斯特、詹姆斯·乔伊斯一样，弗兰茨·卡夫卡也是 20 世纪现代小说一个非常重要的源头。尽管他很难模仿，但是他那巨大的创造性和对人类境遇的真切揭示，可感的形式和惊心动魄的力量，必然地要影响一批杰出的作家。比方说，在爱尔兰出生的法国作家、荒诞派戏剧大师萨缪尔·贝克特的那些小说和戏剧中，变形、夸张和异化也体现得非常丰富。贝克特甚至走得更远，他将自己小说的主人公写成了无名无姓的人，在一个荒诞的世界里独自存活。当加西亚·马尔克斯还在为如何写小说而一筹莫展的时候，读到了《变形记》，立即豁然开朗："原来小说还可以这样写！"从此就"发现"了属于整个拉丁美洲的魔幻现实主义。阿根廷作家胡里奥·科塔萨尔的很多短篇小说，都显示了卡夫卡的巨大影响。在科塔萨尔的小说里，突如其来的情节和离奇的变化经常显现，不可预知的命运会突然降临，改变主人公的一生。而日本作家安部公房的所有小说，都可以说是在弗兰茨·卡夫卡的影响下写出来的，只不过安部公房将第二次世界大战之后高度发达的日本的现实和人的精神境况结合了卡夫卡的异化感，写出来了日本化的荒诞小说。

由于弗兰茨·卡夫卡从来都没有完成过一部自己的长篇小说，我想，他的小说可以为读者和作家感受到他的魅力所在之处，主要在一些小说的片段和断片。弗兰茨·卡夫卡凭借他的这些具有启示意义的文学断片，成为 20 世纪以来的最重要的作家之一。弗兰茨·卡夫卡是一个持续了一百年的文学梦魇和神话。

原载《厦门文学》2009 年第 11 期

推荐书目

《卡夫卡全集》（十卷本），叶廷芳主编，河北教育出版社 1996 年 12 月版

《卡夫卡短篇小说全集》，叶廷芳主编，文化艺术出版社 2003 年 8 月版

《城堡》，汤永宽译，上海译文出版社 1980 年 1 月版

《卡夫卡随笔》，冬妮译，漓江出版社 1991 年 6 月版

《卡夫卡——身体的位相》，平野嘉彦著，刘文柱译，河北教育出版社 2002 年 1 月版

《卡夫卡》，戴维·马洛维兹著，赵丽颖译，文化艺术出版社 2003 年 8 月版

《卡夫卡传——怪笔孤魂》，三野大木著，耿晏平译，中国文联出版公司 1987 年 11 月版

《卡夫卡传》，罗纳德·海曼著，赵乾龙等译，作家出版社 1988 年 4 月版

《卡夫卡传》，马克斯·布洛德著，汤永宽译，漓江出版社 1999 年 1 月版

《论卡夫卡》，叶廷芳主编，中国社会科学出版社 1988 年 9 月版

《卡夫卡文集》（增订版），高年生主编，作家出版社 2011 年 3 月版

弗吉尼亚·吴尔夫：意识的波浪

一

在 20 世纪的小说史中，弗吉尼亚·吴尔夫是一个非常重要的作家。她在文学写作中的勇敢实验和开拓精神，使得小说的内涵和边界都扩大了。在 20 世纪初期，小说史和小说艺术的表现形式发生了突变，产生了一个重要的拐点，在这个突变的拐点上，有几个作家起到了决定性的作用：马塞尔·普鲁斯特、弗兰茨·卡夫卡、詹姆斯·乔伊斯和弗吉尼亚·吴尔夫。这四个文学大师就像航标和路灯一样，照亮了小说前进的道路，他们也像醒目的巨大山峰一样，在20 世纪以来的百年文学历程中熠熠生辉，放射着炫目的光芒。

弗吉尼亚·吴尔夫本名雷斯利·弗吉尼亚·斯蒂芬，1882 年出生于英国伦敦的一个知识分子家庭。她的家族几代都是书香门第和达官显宦，家庭藏书丰富，父亲雷斯利·斯蒂芬爵士是著名的文学批评家、作家和出版家，学识渊博，他写过《18 世纪英国思想史》，主编过《国家名人大辞典》。他的第一个妻子是写过著名小说《名利场》的作家萨克雷的女儿玛丽亚·萨克雷，但她在 1875 年因病去世，三年后雷斯利·斯蒂芬爵士又迎娶了一位温柔贤淑的寡妇朱丽娅，朱丽娅就是弗吉尼亚·吴尔夫的生母。尽管弗吉尼亚·吴尔夫从未上过学，但是在父母亲的影响和熏陶下，她从小就对文学特别感兴趣。当父亲给自己病恹恹的女儿打开了自己丰富无比的藏书库的时候，他就已经开始造就一个后来的杰出作家了。弗吉尼亚·吴尔夫就在父母亲的指导下，开始了对书籍的阅读和对人生的体察。不过，很快，几次死亡离别发生在了弗吉尼亚·吴尔夫的生活中：1895年，她挚爱的母亲去世了，1904年，在她二十二岁的时候，她最依赖的父亲也去世了。双亲的亡故对她的打击非常大，使她产生了持续的精神紧张。她决心要成为父母亲希望她成为的那种人——一个作家。在伦敦的布卢姆茨伯里区她的新住处，她继续着父母亲养成的家庭聚会习惯，在她家中，经常聚集着一群伦敦的文学艺术家、画家、史学家和文化学者，包括小说家福斯特、经济学家约翰·凯恩斯等著名人物，逐渐形成了一个以弗吉尼亚·吴尔夫为核心的松散的文化小圈子。他们在一起切磋技艺，互相影响，形成了英国文学史上很有名的小团体——"布鲁姆斯伯里集团"。1912年，弗吉尼亚·吴尔夫和伦纳德·吴尔夫先生结婚，这给她的生活带来了稳定感，他们一起开办出版社，在1927年之前她所有的著作都是自己出版的，因此，她觉得自己是英国最自由的作家，"想写什么就写什么"。

二

弗吉尼亚·吴尔夫是20世纪最风格化的小说家之一。阅读她的作品，不用看名字，只要一看小说的语调、叙述的节奏和对人的意识的描绘以及背后的时代感，就可以判断出来是她的作品。弗吉尼亚·吴尔夫认为，人生的经历就是"头脑接受无数个印象——琐碎的、奇特的、稍纵即逝的，或者用锋利的钢刀镌刻的。它们来自四面八方，犹如不计其数的原子纷纷地坠落下来。"这就形成了她文学写作的一个核心的观念——志在描绘那些微妙、短暂和复杂的心理感觉与印象。在她创作的九部长篇小说和所有的短篇小说中，都强调了自己的主观感受，并以意识流动和内心独白的方式，来结构和推动小说情节的发展。我可以判断，柏格森的"内心生活中的绵延"的哲学理论影响了她，但是，在书写文学文本的时候，弗吉尼亚·吴尔夫对意识流动和内心的绵延有自己的创造：自由联想打破了时空的间隔，将人生和历史压缩到一瞬，又拉长到永恒的长度；印象派画家式的斑驳和音乐式的旋律一直在她的小说中浮现，构成了诗化、音乐化和绘画风格的语言。

　　不过，弗吉尼亚·吴尔夫寻找到自己独特的写作风格，也是经历了一个逐渐演变的过程的。我们来看看她的主要小说吧。1915 年，三十三岁的弗吉尼亚·吴尔夫出版了自己的第一部长篇小说《远航》，1919 年，她出版了第二部长篇小说《夜与日》。这两部长篇小说是弗吉尼亚·吴尔夫早期的、风格还比较传统的作品。小说《远航》的故事开始于伦敦，写的是一对夫妇乘坐朋友的轮船前往南美旅行的故事。后来，这对夫妇将船主的女儿雷切尔带到了南美洲一个英国人度假的聚集区。在那里，小说的主角雷切尔见识了各种各样的海外英国人，他们个性鲜明，以彼此形成的复杂关系成为成长中的雷切尔眼睛中的人生象征。小说最后以悲剧告终：雷切尔爱上了一个英国男青年，但是，她没有来得及体验随后的幸福，就感染了传染病而去世。这部小说在景物描写和人物刻画上非常精细准确，既带有绘画风格，又带有浓厚的 19 世纪英国现实主义小说的风格。《远航》的写作从构思到最终出版，花费了弗吉尼亚·吴尔夫九年的时间，可见她对写作的用心程度。在写作这本书的过程中，她就因为精神危机而企图自杀，小说的主题也显示了她对人生的悲剧性理解而呈现出的迷茫。

　　由于弗吉尼亚·吴尔夫是她父亲和第二个妻子朱丽娅所生，她的亲兄妹和同父异母的兄妹加起来就有八九个之多，因此，他们共同形成了一个独特的家庭氛围，这个家庭氛围就是一种文化气息和理想气质。小说《夜与日》从篇幅上来看，是弗吉尼亚·吴尔夫最长的小说，中文译本有三十六万字。从小说的题目上来看，显示了弗吉尼亚·吴尔夫对时间——夜晚和白昼的理解。小说写的是一群文化教养很好的年轻人寻找自己理想的爱情的故事，最终，这些年轻人各自都找到了自己的归宿，并呈现出命运的不可测和时间作用于人的痕迹。这些人物的原型，基本上都取材于她的兄弟姐妹们，其中，主人公凯瑟琳和罗尼德由订婚到解除婚约是情节主线，取材于弗吉尼亚·吴尔夫和历史学家斯特雷奇的感情经历。小说的叙述语调平和沉稳，故事情节相对集中，但已经不像英国 19 世纪的杰出女小说家夏洛蒂·勃朗特写《简爱》那样，在情节和人物关系上有着那么激烈的矛盾冲突，制造阅读的快感和震撼效果。在这部小说中，弗吉尼亚·吴尔夫所关心的、喜欢描绘的，都是人的情绪和心理上表现出的短暂、微妙、敏感的细节；她一直认为，正是这些细节构成了人的真实生命，也将构成文学作品的生命力和表现力。

　　《远航》和《夜与日》这两部长篇小说的出版，使弗吉尼亚·吴尔夫在文学圈子里得到了承认并声名鹊起,不过小说的销量很一般。1919年,她还发表了著名的短篇小说《墙上的斑点》。这个短篇小说虽然篇幅不长,但在写作手法上却有了明显的变化:她摒弃了现实主义小说的基本手法。小说是第一人称叙事,讲述女主人公由墙上的一个斑点开始引发了联想,由此,她联想到了很多斑驳的人生片段和感情的经历,到最后,她定睛一看,原来,那个斑点只是一只蜗牛!这就是小说的主要构成。如果我们从小说的外部来看这篇小说,只会有一个情景,那就是,一个女人一直注视着墙上的一个斑点在发呆、在浮想联翩、在心游万仞,但是她却没有什么行动,只是她的思绪最终又收归到了那一个小斑点上,那个小斑点,不过是一只蜗牛罢了。而小说的内部则聚合了主人公对人生经历的联想和发现,完全是以意识的流动来呈现人生履历的。这篇小说明显呈现出弗吉尼亚·吴尔夫所追求的文学风格:对内心活动和心理绵延轨迹的捕捉;对任由意识的流动来带动人物经历和心理的变化的摹写。她在展现这些心理活动的同时,也将人物个性和人物背后的时代氛围带给了我们。

从《墙上的斑点》开始,弗吉尼亚·吴尔夫逐渐迎来了她创作生涯中的巅峰时刻,在此后十年多的时间里,她出版了一系列有着鲜明个性和风格的长篇小说:《雅各布的房间》(1922)、《达洛维夫人》(1925)、《到灯塔去》(1927)、《奥兰多》(1928)、《海浪》(1931),这五部小说构成了她的"意识流风格"小说的主体,也是弗吉尼亚·吴尔夫一生的主要代表性作品。

在小说《雅各布的房间》中,弗吉尼亚·吴尔夫已经完全地打破了小说中事件发生的线性时间,她不断地变换叙述的角度,将雅各布的一生,通过各种各样的叙述者的讲述,以及他们对雅各布的零碎印象和感觉,构成了对雅各布一生的总体印象,也使读者自行地进行雅各布形象的整理和拼贴。阅读这本小说,你会感觉到你像在翻阅雅各布的一本相册,他的童年、他的剑桥大学时光、他的伦敦生活、他的希腊和法国之旅、他在战争中的表现和阵亡,这些阶段逐渐显现;在你的身边还有不同的人在给你解说这些照片,他们都是雅各布的亲朋好友,他们的角色在不断地变化,叙述的声音和叙述的角度也各不相同。但是,一直到小说的结尾,雅各布也没有真正出场,小说以亲友在他的房间里发现了他还有一双旧鞋而结束。雅各布虽然没有出场,但是他的形象却在众人的讲述中鲜明起来,他是一个充满了活力并且相信人可以改变社会、可以改变时代的有些过于热情而显得愚蠢的年轻人,是一个无法摆脱特殊社会环境的人。那么,塑造飘忽不定的雅各布这个人物,弗吉尼亚·吴尔夫的用意在哪里呢?

实际上，弗吉尼亚·吴尔夫对雅各布这样代表着英国新一代年轻人的人物，是带有着批判态度的，对生成和造就雅各布的英国教育的环境，也有着讽刺和挖苦的意图，她的意思是，就是那样的教育环境，最终造就了像雅各布这样的英国青年，最终在战争中成为牺牲品。小说的叙事精湛，细节饱满生动，如同光影在不断地变化，语言充满了流动的音乐感，情节片段清晰自然，带有着诗意和对命运的不可捉摸的虚无感。

小说《达洛维夫人》继续着弗吉尼亚·吴尔夫在文学形式上的大胆实验，她似乎要凭借这部小说走得更远。小说的情节很简单，写的只是小说的女主人公克拉丽莎大半天里的生活。但是，就在这大半天之中，她从十八岁到五十二岁，她和家人、亲戚、朋友，她的其他各种社会关系，她的性格和内心世界，都展现了出来。小说的一开始，由达洛维夫人即将举办的一个家庭聚会引发，她准备去买花，她的旧情人彼德的出现，她的客人的到来，都引发了她的无限联想，由此开始展现她的生活和心灵的世界。在她眼前的这条现实线按照顺序推进的同时，她的想象和联想则扩展到了三十年以上，弗吉尼亚·吴尔夫将达洛维夫人的生平、家庭关系和时代的氛围，都描绘了出来。可以说，这部小说是通过人物的内心活动来呈现对人生和社会的整体的感觉和判断的，它跨越了时空界限，最后形成了一幅斑斓的人生图景。弗吉尼亚·吴尔夫对像达洛维夫人这样上流社会女性的书写，可以使我们感觉到在第一次世界大战结束之后，一个传统的英国社会正在分崩离析，正在加速解体，那些上流社会的生活场景也将崩溃并不复存在，可以说，小说中弥漫着一种复杂的幻灭感。

小说《到灯塔去》继续延续了弗吉尼亚·吴尔夫在叙述上的艺术实验。这部小说被认为是她最出色、最好的小说，带有鲜明的自传色彩，主要描绘了弗吉尼亚·吴尔夫对自己的父母亲和童年生活的感觉与印象。小说分成篇幅不等的三个部分，小说内部的时间跨度在十年以上。第一个部分"窗户"，写的是拉姆齐一家在一次海滨别墅中的聚餐，大家如何在快乐的家庭气氛中享受人伦的乐趣，感受美好的时光。在聚餐结束之后，拉姆齐太太对窗户外面的灯塔，进行了一次凝望。小说的第二个部分叫"时光飞逝"，这个时候，距离上一次拉姆齐一家去别墅度假过了一段时间，这段时间里，他们家发生了巨大的变化：这对夫妻的大儿子在战争中阵亡了，大女儿也死于难产，尽管他们将这栋海滨别墅修葺一新，但是人生的颓败感就在眼前，浓重地萦绕在幸存的家庭成员的心中。小说的第三部分"灯塔"，写的是十年之后，女画家莉莉因一直没有能够完成拉姆齐太太的肖像画而焦虑，当拉姆齐先生带着小儿子和小女儿前往灯塔实现夙愿的时候，这个女画家莉莉终于找到了描绘女主人的灵感，她完成了那幅绘画。整部小说像三联画一样展开了三个集中的场景，三个部分像放大的时间节点，以聚焦的方式将更多的、更复杂的人生图景映照了出来。我们可以看到，时间带给每个人以伤害和摧残，家庭、人生因此变得斑驳陆离，分崩离析。弗吉尼亚·吴尔夫正是通过几个人生片段的书写，描绘了她对生命和死亡、对变动的时代的整体印象。小说中灯塔成为全书的一个核心象征，它象征着希望，象征着人生无常但它却永恒不变，象征着一个时间的见证，象征着人生可能达到的一种缥缈的理想境地。

　　1928 年，弗吉尼亚·吴尔夫出版了一部和她的其他小说风格迥异的长篇小说《奥兰多》，这部小说还有一个副题——"一部传记"。小说之所以被她安上了"传记"的别称，是因为小说主人公奥兰多有一个现实人物原型，这个原型就是弗吉尼亚·吴尔夫的好朋友诗人维塔。维塔是一个美丽、风流和内心疯狂的女诗人，她出身英国上层名门，但却具有叛逆性格，曾为祖传老屋的继承权和家族男性亲戚打过官司，最终败诉。她和弗吉尼亚·吴尔夫有很多交往，她鲜明的个性，给弗吉尼亚·吴尔夫带来了惊异，也带来了创作灵感。于是，弗吉尼亚·吴尔夫用了一年的时间，可以说是轻松愉快地写完了这部小说。小说出版之后大受欢迎，畅销一时。

　　《奥兰多》的故事讲述得很扎实，弗吉尼亚·吴尔夫似乎回到了现实主义的怀抱里，但是其故事情节表明了这仍旧是一部现代主义小说。小说叙述一个奇异的变性人奥兰多在四百年中不断改变性别的故事，时间开始于 16 世纪的英国伊丽莎白时代，终止于弗吉尼亚·吴尔夫写作这部小说的 1928 年。在大致四百年的时间里，一开始，奥兰多是一个风度翩翩的贵族少年，他受到了伊丽莎白女王的宠幸，在宫廷里获得了王室成员的青睐，成为宠臣。但是等到詹姆斯王登基之后，奥兰多的命运开始走下坡路，他先是喜欢上了一个俄罗斯的公主小姐，最终又失恋，不得不离开了宫廷。后来，他又被一个罗马尼亚女大公纠缠，不得不请求出使土耳其。在君士坦丁堡的一场致命大火之后，他竟然浴火重生为一个女子。她和一群吉卜赛人到处流浪。后来，她回到了英国，重新返回到了上层贵族社会，成为一名贵妇人，结交了大量著名的文人。然后，她还经历了维多利亚时代，并且嫁给过一个远洋船长，到了 20 世纪，奥兰多已经是一个获奖诗人了，在她祖传大宅的一棵老橡树的下面，奥兰多回顾着自己的生平，并且表达着对文学艺术永恒的追求。这就是小说的主要情节。小说的变性人奥兰多也因此成了文学史上最奇特的文学人物之一，他／她的视角也带给了20世纪女权主义者极大的鼓舞，女权主义者们从中找到了某种依据，认为这本书是20世纪女权主义兴起的先驱作品，它表达了弗吉尼亚·吴尔夫对女性权利的重视和解读。

1931年，弗吉尼亚·吴尔夫出版了小说《海浪》。在这部小说中，弗吉尼亚·吴尔夫式的意识流表现手法被运用到了炉火纯青的地步，她找到了波浪涌动的感觉和节奏，所以，在我看来，整部小说的叙述宛如大海的波浪在不断地波动一样来回不断。小说的正文开头的部分是这样的：

> "我看见一个圆圈，"伯纳德说，"在我的头顶悬着。四周围着一片光晕，不住地晃动。"
>
> "我看见一片浅黄色，"苏珊说，"蔓延得老远，最后接着一条紫边。"
>
> "我听见一个声音，"罗达说，"唧唧，唧：一会儿高，一会儿低。"
>
> "我看见一个圆球，"奈维尔说，"在连绵不断的山坡前像一滴水似的挂下来。"
>
> "我看见一个红缨穗，"珍妮说，"上面缠满着金线。"
>
> "我听见什么东西在蹬脚。"路易说，"一头野兽被链子拴住了脚。它在蹬呀，蹬呀，蹬呀。"

《海浪》就是以这样的开头确定了它的叙述风格，用六个声部来构成一部交响乐，以视觉、听觉、触觉和各种感觉，轮番让小说的六个主人公自己来叙述一切。在他们细碎的叙述中，读者逐渐明白了这些叙述者的身份、他们相互之间的关系，以及他们之间发生的人生纠葛。整部小说没有任何线性时间的讲述，也没有编年记事，而是选择了几个主要的时间点，将这六个男女的一生表现了出来——以全书的结构顺序，小说巧妙地选择了（1）他们六个人在私塾上学的最后一天；（2）进寄宿制学校；（3）从学校毕业；（4）六个人的二十五岁前的一次聚会；（5）其中一人骑马摔死；（6）失去青春开始衰老；（7）某个秋天夜晚的再次聚会；（8）伯纳德回顾他所经历的一生，选择几个节点来叙述。构成小说的叙述和语言流是这六个人的内心独白，他们像戏剧舞台上的人物那样自言自语，将对人物、事件、岁月和环境的感觉、情绪、印象、思虑、回忆和幻想都传达了出来。小说中贯穿篇章的，始终是对太阳不断地在空中移动以及海浪的不断涌动的散文诗化的描写，作为每个片段的开头引文和小说的内在节奏，使小说具有了音乐性。在这部小说中，弗吉尼亚·吴尔夫表达了对人生和世界的一种不确定的怀疑感，就像太阳和海浪的移动和涌动那样，人生最终是导向死亡的、循环的和不可知的。

三

在第二次世界大战爆发之后，弗吉尼亚·吴尔夫就逐渐地走上了谢幕的时刻。战争和局势的紧张，使本来就孤独敏感的弗吉尼亚·吴尔夫对欧洲文化的毁灭感到了恐惧和绝望，似乎一个辉煌和安宁的世界永不再来了，就要消逝了，这使她对时间有了更深刻的理解。在这个阶段里，长篇小说《岁月》（1937）和《幕间》（1941）是她最后出版的小说。

写《岁月》这部长篇小说的时候，弗吉尼亚·吴尔夫感到自己有必要重新使用现实主义的技巧。她觉得如果自己改换笔法，用写实主义的手法来写一部小说，也一定是一件快乐的事情。于是，她就写了《岁月》。正像这部小说的标题所表明的那样，小说描绘了岁月，描绘了一个家庭在岁月流逝过程中的巨大变化：这个家庭是伦敦的一个中产阶级家庭，小说从1880年写起，一直到20世纪30年代，描绘了帕吉特一家三代人的故事。在这部小说中，弗吉尼亚·吴尔夫并没有完全抛弃自己擅长的内心独白和意识流的表现手法，她一方面很注重场景、环境、人物刻画和细节描写，另一个方面她又把自己的拿手戏，即通过人物的感觉、回忆和思绪的流动，将历史事件和人物的命运结合起来。将近50年的岁月变化，在帕吉特一家几代人身上都打上了深刻的烙印，教育、婚姻和两性关系、人生的困惑和挫折，都在这部小说中得到了细腻的呈现。这部小说的主题仍旧是关于时间的，弗吉尼亚·吴尔夫将过去和现在，回忆与永恒，少年、青年与老年的时间感都刻画了出来，在《岁月》中做了一次十分艰巨的对时间的描绘。我觉得，她最终将英国传统现实主义小说家比如高尔斯华绥的家族小说，和她自己所开创的意识流风格的现代小说风格结合起来，创作出一部混合风格的家族/时间小说，从而将《岁月》这部小说写成了一部外部空间持续发展、内部时间的花边被精心编织的家族小说。

1941年初，弗吉尼亚·吴尔夫完成了自己的最后一部小说《幕间》的草稿，还没有来得及仔细修改，就成了她的绝唱之作。在给自己的出版商的信件中，她表达了对这部小说的看法：这部小说写得过于琐碎甚至是愚蠢，是很不成功的。那么，《幕间》真的就像她自己说的那么不成功吗？在弗吉尼亚·吴尔夫写作这本书的时候，欧洲正在被熊熊燃烧的第二次世界大战的战火所覆盖，一种世界末日来临的惶恐不安和恐惧感笼罩在每一个欧洲人的心头，自然也影响着弗吉尼亚·吴尔夫的心情。由于她在伦敦的两处住宅都毁于德军的轰炸，加之她长期精神紧张、抑郁和焦虑，引发了她对末日来临、对她所钟爱的生活方式即将完结的忧虑，她草草地写完了这部小说。《幕间》，从小说的题目上来说，很像是一部话剧。在一幕和另外的一幕之间，就构成了《幕间》。《幕间》是间歇，也是停顿，是休息，也是凝视，是插曲，也是一种特殊的强调。《幕间》是一部双线结构的复调小说，它讲述了两个故事：一个是 1939 年夏天，英格兰乡下一个村子里的乡绅奥利弗一家的故事，描述这个有着传统英国做派的家庭在面临德国人入侵时候的惶恐和家庭成员之间的疏离感。小说的另外一条故事线索，讲的是一个叫拉特鲁布的艺术家，指导村民们演出一场英国历史剧的过程。《幕间》就这样巧妙地将历史和现实、话剧和小说、过去和现在、战争与文明、乡村和城市、舞台与人的内心结合了起来，将弗吉尼亚·吴尔夫对英国历史文化的眷恋和对欧洲文明在战火中趋于毁灭的担忧都表达了出来。小说中，人物对话和内心独白手法仍旧很突出，幽默的语言和象征性的手法运用也很恰当。《幕间》这个标题也恰到好处地表达了这部小说的主题：在人生和历史不断出演的活剧中，幕间休息的时刻，是打量人生舞台和历史舞台与人物的最好时刻。精心阅读之下，我觉得《幕间》这部小说的内部空间开阔，寓意丰富，在题材上也超越了作家一贯的个人化和内倾化，仍旧是一部不错的作品。

除去上述的九部长篇小说和一些短篇小说，弗吉尼亚·吴尔夫还写下了大量的随笔、书评、日记、游记、传记、书简和文论，结集出版的随笔和评论集就有《一间自己的屋子》《瞬间集》《船长临终的时候》《三个旧金币》《飞蛾之死》《现代作家》《花岗岩和彩虹》《书和画像》《普通读者》（2 卷）等，以及通过一只狗弗莱西的眼光来打量著名女诗人巴蕾特夫人（白朗宁夫人）的传记作品《猎犬弗莱西》；此外，她还写了一本关于美术评论家罗杰·弗赖的传记《罗杰·弗赖传》。

在弗吉尼亚·吴尔夫的大量随笔、书评和文论中，她淋漓尽致地表达了她的文学师承、文学修养和文学观点。她对英国和欧洲其他国家文学史上的主要作家都有涉猎和评判，这些随笔成了难得的美文，观点犀利，视野开阔，证明了她是一个当之无愧的文学大师。丰厚的散文和随笔的写作贯穿了她的整个文学生涯，语言风格轻松、清新、平实、诙谐、幽默。她被一推崇者称为是"英国传统散文最后的大师"，同时，还是"新散文的开创者"。

弗吉尼亚·吴尔夫还是 20 世纪女权主义者们最喜欢的女作家。她那本随笔集《一间自己的屋子》虽是一本薄薄的小书，但内容却很丰富，读上去很像是一本演讲集，她从妇女和小说的关系入手，讲述了她对女人应该如何进入现代社会、应该怎样生活等问题的看法。她认为，女人应该去争取独立的经济地位和社会地位，只有经济独立了，有了一间自己的屋子了，女人才可以拥有自己的独立生活。女权主义者们都把弗吉尼亚·吴尔夫看作是自己的导师和先觉者，她的一些关于女性权利和权力的观点成了 20 世纪重要的思想资源，这本书因此也成了女权和女性主义者们的小"圣经"。

弗吉尼亚·吴尔夫是 20 世纪最杰出的小说家之一，她将 20 世纪初期那种着重描写外部现实的古典现实主义小说风格，引领和推动到描写人的内心和意识流动的现代小说新疆域，属于先声夺人的开创者之一。此外，作为女性作家，她对女性意识和妇女在社会上的地位都有着重要的发现性思考，她也因此成为重要的男女平等和妇女权益理论的捍卫者。从社会学和文学两个角度来看，弗吉尼亚·吴尔夫都是 20 世纪最重要的文学和文化巨匠，后来的很多小说家，都从她那里获得了创作的灵感和勇气，她开辟了一条新道路，而更多的人则走在了这一条道路上。

原载《红豆》2009 年第 5 期

推荐书目

《远航》，黄宜思译，人民文学出版社 2003 年 4 月版

《夜与日》，唐伊译，人民文学出版社 2003 年 4 月版

《达洛维夫人 到灯塔去 雅各布之屋》，王家湘译，译林出版社 2001 年 9 月版

《达洛卫夫人 到灯塔去》，孙梁等译，上海译文出版社 1988 年 5 月版

《海浪》，曹元勇译，上海译文出版社 2000 年 12 月版

《奥兰多》，韦虹等译，哈尔滨出版社1994年10月版

《奥兰多》，林燕译，人民文学出版社2003年4月版

《岁月》，金光兰译，敦煌文艺出版社1997年3月版

《幕间》，谷启楠译，人民文学出版社2003年4月版

《墙上的斑点》，黄梅等译，浙江文艺出版社2002年7月版

《一间自己的屋子》，王还译，三联书店1989年2月版

《伍尔芙随笔全集》（四卷本），黄梅等译，中国社会科学出版社2001年4月版

《书和画像》，刘炳善译，三联书店1995年5月版

《弗吉尼亚·吴尔夫文学书简》，王正文等译，安徽文艺出版社1996年5月版

《伍尔芙日记选》，戴红珍等译，百花文艺出版社1997年8月版

《伍尔芙随笔集》，黄梅等译，海天出版社1993年9月版

《伍尔夫：意识流小说家》，瞿世镜著，上海文艺出版社1989年2月版

《弗吉尼亚·伍尔夫》，林德尔·戈登著，伍厚恺译，四川人民出版社2000年9月版

《伍尔夫研究》，瞿世镜编，上海文艺出版社1988年6月版

《伍尔夫传》，昆丁·贝尔著，萧易译，江苏教育出版社2005年10月

托马斯·曼：德语文学魔山

书写一个家族的没落

法国评论家阿尔贝·盖朗曾经这样评价托马斯·曼："他就是欧洲。"而另一位评论家罗纳德·海曼则说："他是欧洲最后一位伟大的作家。"在我看来，托马斯·曼是 20 世纪德国杰出的作家之一，由他出发、进入和认识 20 世纪的德国文学，是一条捷径。他也是现代主义文学在德国发展的重要推动者，在他的作品中，现代主义风格和元素以潜在的方式呈现出来，尤其是带有"思想的骨骼"风格的德语小说，影响了一代代的后世作家。

1875 年，托马斯·曼出生于德国北部城市吕贝克的一个资产阶级商人家庭。他家是当地一个名门望族，祖上几代人在政界和商界都很有影响。他的父亲是一家农产品公司的老板，还经营其他的家族商号，同时，他父亲还是负责税务的市政议员，地位显赫，家境殷实。但是，由于外部环境的迅速变化，虽然他父亲努力经营，但是整个家族的生意却一直在走下坡路。在托马斯·曼十六岁那一年，他还没有从中学毕业，他的父亲就去世了，于是，家庭产业很快开始衰败，经济状况也一落千丈，成了普通的中产阶级家庭。家庭境况的衰落，在托马斯·曼幼小的心灵里留下了深刻印记，成了他后来书写家族衰落历史的灵感和源泉。

为了改换环境，1893 年，托马斯·曼跟随母亲来到了慕尼黑生活。他母亲的文学艺术修养很好，喜欢音乐和文学，会弹钢琴，因此给两个儿子，特别是幼子托马斯·曼注入了不少艺术天分。在慕尼黑，托马斯·曼在一所大学旁听历史、文学和经济学课程，不过一直没有取得学位，他还和哥哥海因里希·曼以及其他喜欢文学的同道一起编辑文学杂志《二十世纪》。为了增加家庭收入，他白天在一家保险公司工作，业余时间勤奋地写作。1894 年，十九岁的托马斯·曼发表了自己的处女作——中篇小说《沉沦》，显示了他非凡的文学天赋。小说描绘了一个医学大学生，喜欢上了一个漂亮的女演员，但是他痛苦地发现她原来和一个富有的老头有着金钱和肉体的交换关系。小说描绘了这个堕落女人的生活，同时，对时代的氛围刻画逼真，使人看到了他对德国社会现实的批判。小说发表之后，受到了文坛前辈的赞许，这使他决心投身于文学事业。1898 年，二十三岁的托马斯·曼出版了自己的第一部小说集《矮个子弗里德曼先生》，收录了他此前写的六篇小说，获得了文学界的广泛好评，这加强了他投身于文学的信心。此后，他一边在一家讽刺性文学刊物当编辑，一边勤奋地创作长篇小说《布登勃洛克一家》。

三年之后，长篇小说《布登勃洛克一家》出版了，托马斯·曼因此一鸣惊人。他从二十二岁起就开始写作《布登勃洛克一家》，出版这部巨著的时候，他才二十五岁。作为托马斯·曼的代表作之一，《布登勃洛克一家》结构宏大，气势磅礴，是一部传统现实主义风格的家族史小说。小说还有一个副题，叫作"一个家族的没落"，带有很强的自传性。小说重在描写 19 世纪 30 年代以来的德国资产阶级的家族史。一开始，托马斯·曼只是打算写一个中篇小说，但是动笔不久，他就发现这是一个大题材，他必须要动用自己家族的真实历史来结构一个四代人兴衰的鸿篇巨制，才能真正把故事讲清楚，把主题表达完全。小说潜在的主题是批判德国的自由竞争的资本主义制度，并将这个制度在 19 世纪演变成了高度垄断的资本主义的历史以家族史的方式呈现得一览无余。

可以说，《布登勃洛克一家》通过描绘 19 世纪中后期一个德国商人家族的衰落，演绎了一出资产阶级衰亡的挽歌——日渐没落的传统资本主义体系在土崩瓦解，而新兴的垄断资本主义在德国逐渐掌控了天下，最终导致了一战和二战的爆发。在《布登勃洛克一家》中，人和人的关系、人和社会的关系、人和金钱的关系、男女之间的婚恋关系，都在特定的环境中扭曲和变形，并且被时代的风俗所侵袭。《布登勃洛克一家》内部结构严谨，风格朴实，语言准确生动，人物塑造有着传统现实主义的精确和典型化——故事、人物、环境、事件、经过、结果，都是精心刻画和详细叙述的，没有半点懈怠，是一部家史小说杰作。总体上说，这部小说的风格还是传统现实主义的，但是，托马斯·曼在这部小说中已经开始使用心理描写，用来丰富小说人物的心灵世界。这种手法在欧洲后来崛起的现代主义小说家那里，很快就成了基本的写作手法和不断拓展的写作领域，以至于发展成了"意识流"这么一个影响深远的文学流派。

托马斯·曼凭借《布登勃洛克一家》确立了他文学天才的名声，也标志着托马斯·曼将作为德国最重要作家出现在文坛上。这部小说不仅在欧洲迅速地流行开来，发行量很快超过了一百万，后来还影响了中国作家巴金，写出了他的激流三部曲《家》《春》《秋》等作品。

深刻地体验自我

托马斯·曼属于那种深刻体验自我的作家。在《布登勃洛克一家》获得了巨大成功之后，他又连续创作了中篇小说《托尼奥·克吕格尔》（1903）、三幕剧《菲奥仑察》（1906）、长篇讽刺小说《王爷殿下》（1909）。其中几部小说的题材，分别涉及艺术家、德国历史、情爱等。总体上看，这些作品都是以艺术家的精神世界和现实的物质世界之间的冲突为主题的。托马斯·曼一直认为，艺术、文学和社会现实是对立的，社会现实扼杀艺术家和艺术本身，而艺术家和作家必须要突破藩篱，创造出一个新的现实。他的上述几个中长篇小说，每一部小说都带有一定的自传性，都带有他深刻内省和体察自我灵魂的，丰富而又复杂的印记。《托尼奥·克吕格尔》所描绘的是一个艺术家的成长故事，就是以他自己的成长历程作为素材的，友谊和爱情是小说最主要的线索。小说将一个人在成长中和环境、家庭、社会的冲突逐一展现，使人看到了艺术家和外部世界的对抗。在写作手法上使用了一部分心理描写，使小说的内部空间有所扩大。长篇小说《王爷殿下》外形是一部历史讽刺小说，可是实际上也是他自己精神状态的体现。写这部小说的时候，他刚结婚不久，娶的是慕尼黑大学一位数学教授的女儿卡佳。卡佳温柔贤淑，给他的生活带来了很大的变化，这个时期的托马斯·曼沉浸在幸福之中，因此，小说的调子也带有了温暖感和童话的色彩，讲述欧洲一个小国家的贵族想和美国百万富翁结亲，爱上了美国富人的独生女，由此展开了令人啼笑皆非的一连串喜剧故事。这是一部格调轻松愉快的历史讽刺小说，以近代德国宫廷中王族与外部社会变化的不适应，探讨了社会发展的道德问题。

托马斯·曼1906年完成的三幕话剧《菲奥仑察》，但只上演了两场就没有再演出了，因为它太适合阅读而不适合演出：华丽和冗长的台词，场景转换缓慢、有着大段的独白。

在我看来，长篇小说《魔山》的出版才真正奠定了托马斯·曼在20世纪文学史中的牢固地位。1924年，这部意义深邃、情节复杂的小说出版了，引起了轰动。写这部小说也有一个缘由：1912年，托马斯·曼的妻子卡佳得了肺病，在瑞士达沃斯一家高山疗养院养病，托马斯·曼前往探望，也染上了疾病，不过，他得的是黏膜炎，在医院里疗养了半年。就是在这半年的时间里，他决心写一部浓缩当时欧洲主要思想的小说。一开始，托马斯·曼还打算写一部中篇小说，没有想到，最终写成了一个大部头。小说翻译成中文有七十万字，实在是一部巨著了。《魔山》是现实主义小说，也是一部带有德意志民族特有的思想深度的哲学小说。

我们先从《魔山》表面的故事来看：这部小说的主人公是一个名叫汉斯的德国青年，他来到了一座高山疗养院养病，本来想尽快出院的，但是却在这个疗养院里整整待了七年。在这七年之间，汉斯接触到了很多病人，这些人代表了当时欧洲各种思想和潮流，他们在汉斯身边形成了思想的激荡和人际关系的冲突。各种当时欧洲的思想都是通过在这个疗养院里的病人们的活动、交往来表现的，这些思想的互相冲撞、交锋和辩论，使得年轻的汉斯觉得自己仿佛来到了一座"魔山"上，这就是小说题目的由来。小说中呈现的各种思想和意识形态，涉及了20世纪初期，在欧洲流布的各种思想潮流，这些思想涉及了民主和专制、法西斯和共和派、爱和恨、军国主义和保守派、生命与死亡等重大主题，它们之间的交锋，也是"魔山"上上演的一场场好戏。在小说的结尾，青年汉斯在这些思想的激荡和影响下，最终下山参加了第一次世界大战。小说的结尾处，汉斯躲在战壕里继续思想，这一幕构成了深刻的讽刺——青年汉斯一直想有所作为，以为在"魔山"上找到了生命的真谛，但是最后却死在了第一次世界大战的炮火里，被摧毁世界的力量所俘获。

"魔山"显然是一个巨大的象征，小说也可以说带有着一具"思想的骨骼"。"魔山"象征的就是当时欧洲的病态和混乱的思想。在那个高山疗养院里，有人道主义者、耶稣会教士、精神分析医生、法西斯分子、拥护无产阶级专政的人，这些人构成了欧洲当时复杂的精神状况。在小说的表现形式上，精神分析、内心独白、象征和梦境、心理描写等都很突出。可以说，托马斯·曼在《魔山》中把传统现实主义的表现技巧做了很多新的尝试和推进。

在托马斯·曼写作《魔山》的同时，几位现代主义巨匠，普鲁斯特、卡夫卡、乔伊斯、吴尔夫等人的改变文学流向的作品也都纷纷发表，这在一定程度上影响了托马斯·曼对小说的形式、语言、精神和思想的表现方法，《魔山》因此带有了 20 世纪初期现代主义小说开始爆发时期的一些特征。在现代主义小说全面崛起的时刻，德语小说大师托马斯·曼以他的敏感的体验和宏阔的视野，以思想家的气魄，使自己的小说具有了宏大的结构、深刻的思想，并且对一个时代进行了深度精神分析和病理学诊断。

在流亡的岁月里

1929 年，他因为《布登勃洛克一家》和《魔山》所取得的巨大文学成就而获得了诺贝尔文学奖。这个文学奖对于他自然是非常必要和及时的。颁奖词是这么说的："如果有人问 19 世纪的文坛在起源于希腊的史诗、戏剧和抒情诗的旧形式之外创造了什么新形式，答案无疑是：现实主义小说。通过与当时的社会环境的对比，揭示出人类灵魂最深处的隐秘体验，以及通过强调共性与个性之间的相互关系，现实主义用以往旧的文学形式无法比拟的精确和完整的手法忠实地刻画了现实世界。现实主义小说总的说来都是用英文、法文和俄文创作的……《布登勃洛克一家》是足以填补这个空白的杰出德语作品。"

但是欧洲的形势在迅速变化，20 世纪 30 年代，随着纳粹势力在希特勒的领导下逐渐得势，托马斯·曼感到德国正在受到法西斯主义的侵袭和俘获，同时，他本人因为反对纳粹思想，遭到了纳粹分子的威胁。1930 年，他发表了中篇小说《马里奥和魔术师》，表达了他对纳粹上台后可能将德国人民引入灾难的巨大忧虑。在小说中，主人公马里奥是一个咖啡馆的招待，他厌恶现实生活，最喜欢去看魔术表演。而魔术师西帕拉可以对观众进行催眠，当西帕拉催眠的时候，他可以对被他催眠的观众进行任意的摆布，最后，马里奥看穿了西帕拉的把戏，他清醒过来，开枪打死了魔术师西帕拉。小说的这个故事显然有着明确的指向性，托马斯·曼通过这部小说发出了警告：德国人民要警惕那些

49

对民众有催眠作用的政治骗子。小说发表之后，读者很容易地就将催眠魔术师西帕拉看成正在德国和意大利崛起的法西斯主义、纳粹党徒的首领希特勒和墨索里尼，因此，这部小说遭到了法西斯权力部门的查禁，在德国和意大利都不许印刷出版了。

希特勒上台之后，德国的形势变得严峻了。托马斯·曼于 1933 年 2 月在去欧洲其他国家巡回演讲的途中，得知法西斯的恐怖活动很猖獗，如果他回到德国的话，也将遇到生命威胁。于是，他只好留在瑞士，开始了流亡生活。在流亡生活开始的两年中，他对纳粹势力还在观察，其批判态度并不是非常激烈，而是采取了克制和观察的态度，同时，他继续勤奋写作，他的大部分作品在德国还能够出版。到 1936 年，托马斯·曼发表了公开信严厉批判德国纳粹政府，这年的 11 月，捷克斯洛伐克共和国授予他国籍，而德国纳粹政府随即取消了他的德国国籍。1941 年，战事越来越紧张，他不得不离开了被战火完全席卷的欧洲，来到了新大陆美国，居住在加州。到这年的年底他开始担任美国华盛顿图书馆的德国文学顾问，并且还受聘担任普林斯顿大学的教授。1944 年托马斯·曼正式加入了美国国籍。

托马斯·曼在流亡期间，继续自己的写作，一刻也没有停止思考，不断地以文学的方式对欧洲的文明处境和现实境况发言。为了回应纳粹对犹太人的污蔑，在 1933 年到 1943 年的十年漂泊岁月中，他取材于《圣经》，写下了长篇小说《约瑟和他的兄弟们》四部曲，加起来超过了一百万字。四部系列小说分别是《雅各的故事》（1933）、《年轻的约瑟》（1934）、《约瑟在埃及》（1936）和《赡养者约瑟》（1943），以连续画卷的形式，描绘了《圣经》中记载的犹太先人约瑟充满了善和爱、智慧和人道的波澜壮阔的一生，把约瑟人道主义化，谱写了一曲人最终能够以美德和善战胜罪恶的史诗篇章。他用这部小说从更高的层面，间接地批判纳粹，对犹太文化进行辩护。小说是对《圣经》中的传说和神话故事的再理解，再叙述，既是人道主义的理解，也是文化学的理解，同时又是规模宏大、想象力丰富的文学作品。对于这个长篇小说系列，托马斯·曼自己说："在这本书里，我从法西斯主义者那里把神话夺了过来，并且在语言的最后角落里都加以人道主义化——如果后世能在此找到什么值得重视的东西，那就是这一点。"当纳粹疯狂地丑化、妖魔化犹太人和犹太文化的时候，托马斯·曼则以这个篇幅巨大的四部曲，表达了他对犹太文化的由衷赞美。

在写作《约瑟和他的兄弟们》系列小说的第三部和第四部之间的空当，在 1939 年，托马斯·曼还出版了长篇小说《绿蒂在魏玛》。小说以歌德的《少年维特的烦恼》中塑造的绿蒂的原型为主角，写她 1816 年的一次魏玛共和国的旅行，以及和歌德的重逢：绿蒂在小说《少年维特的烦恼》诞生五十年之后，已经是一个老祖母了。一天，她来到了小城市魏玛，在当地立即引起了轰动，因为少年歌德曾经爱过她，但是她因为已经订婚而拒绝了歌德的爱情，少年歌德为她自杀未遂过。这一次，他们最终见面了，但是，一个是白发老太太，另外一个是枢密大臣和文化巨匠，他们的见面是拘谨和有距离的，彼此都还有些拘束，因为岁月已经使他们都面目全非了。小说其中的一个章节，是歌德本人的内心独白，反映了歌德复杂和矛盾的内心世界，堪称是小说中画龙点睛的部分；而小说的最后一章，则是绿蒂幻想在马车里和歌德的一场对话，将现实和幻想交织在一起，将两个人跨越了时间长河之后体验到的人生的沧桑表现了出来。小说还隐含了对德意志文化在纳粹统治时期将遭到毁坏的忧虑。这部小说也显示了即使在流亡岁月里，托马斯·曼也一直在牵挂祖国，对德国文化的岌岌可危感到担心。通过这部长篇小说，托马斯·曼不仅实现了自己向歌德致敬的愿望，自诩为歌德文化精神的继承人的他，还准确地描绘出歌德老年的精神状态，包括歌德的过人之处和庸常的一面。《绿蒂在魏玛》是他的作品中很独特的一部。

1945 年初，德国法西斯战争在欧洲不断遭遇失败，开始呈现颓势，德国文化界的一些头面人物非常希望托马斯·曼能够尽快从美国归来，但是，经过了深思熟虑，托马斯·曼无意立即回到祖国，他说，他"害怕石头废墟和人性的废墟"。他决绝的态度使得对他抱有期盼的德国文化界的人士感觉受到了伤害，他们恼怒了，对他的攻击甚嚣尘上。同时，他和德国作家展开了一场关于"内心流亡"和在国外流亡的争论：一个在纳粹横行时期选择了隐居、沉默和不合作态度的德国作家，在报刊发表文章对托马斯·曼展开了批判，认为他的流亡对于祖国文化来说，是懦弱和不负责任的行为，还不如他们在德国选择的不与纳粹合作的"内心流亡"。托马斯·曼立即写文章回击这种说法，旗帜鲜明地批判"内心流亡"者的犬儒主义态度。在战后欧洲一片废墟、百废待兴的特殊时刻，他和德国文化界一些人士的论战，是否使他有被伤害感？是否使他感到了自己的祖国仍旧有敌视他的情绪和势力存在？我想，一定是有的。因此，1952 年托马斯·曼离开了美国返回欧洲，没有选择在德国居住，而是一直居住在邻近德国的瑞士苏黎世，就表露着某种微妙的心态。

寻找精神的故乡

1947 年，七十二岁的托马斯·曼出版了他晚年最重要的长篇小说《浮士德博士》，这也是他一生的代表作之一。这部小说的主人公是一个音乐家，他和魔鬼订立了合约，要为魔鬼写出很多音乐，但是，随着他和魔鬼的合作逐渐加深，这个音乐家的灵魂最终为魔鬼所占据，导致了音乐家的痴呆和疯傻。

《浮士德博士》这部小说深入分析了和纳粹法西斯合作的艺术家，最终导致灵魂毁灭的处境，间接地回答了国内对他流亡在外的批判。小说中也呈现了托马斯·曼自己的精神痛苦和复杂性，呈现出批判自我和拷问他人的双重特点：在小说中，音乐家也是他自身灵魂的一个化身，托马斯·曼继续他不断进行自我体验的长处，将自我放到不断拷问的境地里，描绘了在特定时代里艺术家的整体悲剧和国家悲剧、民族悲剧之间的关系；小说也是托马斯·曼为很多在纳粹统治德国时期，和纳粹合作的德国文化人所做的一个精神分析。小说具有丰富的象征含义，采用的是传记的形式，以音乐家的生平作为线索，描绘了这个音乐家从 1885 到 1940 年之间的全部经历，是托马斯·曼对 19 世纪末到 20 世纪前半叶德国文化和社会状况、精神境遇的分析。在小说中有一种忏悔的情绪，可以看作是托马斯·曼代表德国艺术家和德国民族所做的一次精神的忏悔。

在我看来，《浮士德博士》和《布登勃洛克一家》、《魔山》、《约瑟和他的兄弟们》四部曲、《绿蒂在魏玛》一起构成了托马斯·曼一生中最耀眼的、山峦般起伏的长篇小说代表作系列，使他因此成为 20 世纪的文学巨人。

在托马斯·曼去世前一年，也就是 1954 年，他出版了最后一部长篇小说《大骗子克鲁尔的自白》，小说实际上没有最终完成，出版的只是他计划中的第一卷。这部小说带有欧洲流浪汉小说的风格，描绘了骗子克鲁尔招摇撞骗的伎俩和游戏人生的哲学。最终，骗子克鲁尔身败名裂，被关进了监狱。这部小说也是对 19 世纪流行欧洲的"教育小说"的戏仿，总体看，并不算是一部精品。

需要提及的是，托马斯·曼的哥哥和大儿子都是作家：他的哥哥海因里希·曼也是一位非常重要的德国作家，出版过《垃圾教授》《臣仆》等 19 部长篇小说，中短篇小说五十五篇，还有十一个戏剧剧本和大量的文论和散文作品。他们兄弟俩一同彪炳德国文坛几十年，辉耀 20 世纪德国文学史，成为德国文学的双子星，一时传为佳话。但是在德语文学史上，海因里希·曼的地位不如他弟弟托马斯·曼重要，就在于托马斯·曼属于承前启后的关键性作家。托马斯·曼的长子克劳斯·曼也是一位小说家，出版有长篇小说《悲怆交响曲》《靡菲斯特》和《火山》等，1949 年四十三岁就去世了，十分可惜。

托马斯·曼属于 20 世纪德语小说家中的佼佼者。我们在描述 20 世纪小说发展史的时候，很难绕开他，他以自己对德意志文明深邃的凝视、眷恋和批判，跟上了时代迅速变革的步伐。在托马斯·曼长达六十年的写作生涯中，他始终围绕着德国的现实境况进行写作，他是一个欧洲现实主义向现代主义转折期的作家，并且正好站在转折点和制高点上。在文学技法上，他调和了现代主义中心理分析、精神分析的一些手法，同时，他的长处主要在于善用自我的深刻体验来表达思想，能够熟练地运用内心独白和精神分析的技法，运用心理描写和蒙太奇手法来拓展自己小说技术上的空间。同时，他的作品尤其是十多部长篇小说在结构上都很宏大严谨，像欧洲那些坚固庄严的教堂一样，内部充满了严密的秩序和向某种稳定的东西上升和致敬的精神。

托马斯·曼是典型的不断呼唤和追寻欧洲精神文化家园的作家，他的精神故乡就是德意志和西方文明，因为他把欧洲看成是一个文化母体。在体验了两次世界大战的毁灭感之后，他更加坚定了要做一个时代的观察者、批判者和记录者的信念，以自己的精神内省和良心拷问，来回答德意志民族和西方文明的迷失和沦丧。他始终推崇艺术家、作家等精神工作者的作用，认为艺术家和作家是平衡精神世界与金钱和资本世界的力量，是人类还没有丧失生存价值的一个尺度。因此，在整个 20 世纪里，他都可以算是以思想家而闻名的作家，以自己独特的思想赋予了他的文学作品以深长的意味。托马斯·曼以自己的体验，表达了他对人类充满了希望的价值观，他也赋予了不断被战争毁灭的欧洲文学以再生的力量。

托马斯·曼以歌德和托尔斯泰为自己的精神导师，努力在 20 世纪分崩离析的境况中，追求完美和宏伟的文学构造。可以说，托马斯·曼实现了他的目标。

原载《西湖》2010 年第 6 期

推荐书目

《布登勃洛克一家》，傅惟慈译，译林出版社 1997 年 10 月版

《魔山》，杨武能等译，漓江出版社 1998 年 1 月版

《绿蒂在魏玛》，侯浚吉译，上海译文出版社 2006 年 5 月版

《大骗子克鲁尔的自白》，君余译，上海译文出版社 2006 年 5 月版

《托马斯·曼中短篇小说全编》，吴裕康等译，漓江出版社 2002 年 5 月版

《托马斯·曼》，克·施勒特尔著，雪声等译，中国社会科学出版社 1992 年 8 月版

《我的父亲托马斯·曼》，艾丽卡·曼著，潘海峰等译，东方出版社 2001 年 2 月版

《德语时刻》，韦邵辰译，江苏文艺出版社 2010 年 3 月版

《浮士德博士》，罗炜译，上海译文出版社 2012 年 3 月版

《歌德与托尔斯泰》，朱雁冰译，浙江大学出版社 2013 年 4 月版

《多难而伟大的十九世纪》，朱雁冰译，浙江大学出版社 2013 年 4 月版

路易 – 斐迪南·塞利纳：天马行空的浪游者

一

一般人对路易 – 斐迪南·塞利纳不是很熟悉，但是，他在整个 20 世纪的法国，是一位非常重要的小说家。路易 – 斐迪南·塞利纳的小说翻译成中文的只有一部——《茫茫黑夜漫游》（又译《长夜行》），但仅从他的这部代表作中，就可以看出他的美学风格和文学追求，感受到他的魅力所在。

在 20 世纪的法国小说史中，塞利纳的小说独树一帜，极其风格化，影响巨大。塞利纳出身于法国一个中产阶级家庭，他的父亲是一家保险公司的中等职员，非常喜欢文学，并崇拜德国文学和文化，这给塞利纳带来了很大影响。塞利纳少年时代按照父母亲的意愿去德国学习了德语，又远赴英国，在英国学习英语和文学，增长见识，开阔视野，这在他后来的文学创作中都有所体现。回到法国之后，塞利纳曾经当过一家商店的学徒店员。1914 年，第一次世界大战爆发了，二十岁的塞利纳应征入伍，并且在前线受伤，不久，就回到了后方养伤。1915 年，他伤好之后远离战乱，到英国伦敦的法国外交机构工作，在伦敦喜欢出没于一些演出和娱乐场所，去观看杂耍表演和舞蹈小剧场的各种演出，并且，以给留居英国的法国妓女拉皮条的方式来赚钱谋生，接触了大量社会下层人员，这在他的小说中有出色的描绘。

　　塞利纳似乎生性喜欢到处乱跑，从来都不愿意在一个地方久待。1916年，他前往非洲的喀麦隆待了一年，一战结束之后，他回到了法国，进入巴黎一所大学攻读医学，于1924年获得了医学博士学位，这一年他三十岁。大学毕业之后，他参加了日内瓦的世界卫生组织进行的一次全球调查活动，调查大企业对员工的医疗保障情况，他到美国的汽车城底特律市当了一段时间的医生，帮助世界卫生组织了解了美国福特汽车厂的工人们享受的医疗与保健的情况。就是在这一年，在美国的他利用业余时间写了一出戏剧《教堂》。这是一出喜剧，一共有五幕，讽刺了日内瓦世界卫生组织的官僚化和犹太人把持权力的情况。1928年，他回到了法国，在巴黎郊区的市立医院当医生，同时，开始写作自己的第一部长篇小说《茫茫黑夜漫游》。1932年，他以外婆的名字"塞利纳"为笔名，将这部四十万字的小说出版了。小说惊世骇俗的情节和描写，使读者瞠目结舌，立即引起了轰动。当时法国的著名作家和诗人马尔罗、瓦雷里、莫洛亚等纷纷发表了赞扬性的评论文章，使已经三十八岁的塞利纳一举成名。

　　《茫茫黑夜漫游》在20世纪的法国小说史中十分耀眼，它是一部激情之书，一部绚烂的、粗野的、幽默的、滑稽的、意识流的和流浪汉式的小说，以汪洋恣肆的语言流，带我们进入一个混乱的时代。我用了这么多词汇也不能完全概括这部小说的全部气质。"流浪汉小说"是在16世纪的西班牙出现的，"流浪汉小说"的鼻祖之作是《小癞子》，作者到底是谁，到今天大家也不知道，只能以无名氏来命名了。长篇小说《小癞子》篇幅不大，讲述了一个小混混在西班牙到处流浪，经历了人间很多变故和传奇的故事，以小癞子本人向一个贵族讲述自己生平的叙述方式，结构了全篇。《茫茫黑夜漫游》这部小说也是采取了"流浪汉小说"的形式，叙述者是第一人称"我"，基本上以塞利纳在青年时代四处漫游的经历为素材。小说内部的叙述时间为1914年第一次世界大战开始，到1918年战争结束，又到十年后的1928年为止，跨度为十四年。全书一共分四十五个章节，但是没有编号，章节之间以空行的方式隔开，根据小说的时间线索和人物的行动轨迹，大体上又分为几个部分：1.一战时期的前方战争生活；2.后方的医院生活；3.非洲的法国殖民地喀麦隆的生活；4.美国汽车城底特律市的生活；5.巴黎郊区行医生活；6.在巴黎城区和图卢兹市的生活；7.在巴黎塞纳河畔的维尼等地的生活。小说的主人公叫巴尔巴米，他可以说是塞利纳的化身和分身，他在小说的一开始就是一个医学院的学生，然后参加了法国军队，在一战中和德军作战，负伤后到后方医院养伤，后来又去了非洲的法国殖民地、去美国调查工人的医疗情况、回到法国等经历，都和塞利纳本人的经历基本相同，因此，可以说这是一部自传性很强的虚构作品，也是对作者亲身经历的一个时代的写照。

《茫茫黑夜漫游》的叙述语言非常激烈和快捷，犹如狂风暴雨般来势汹汹。语言的流速快速异常，对瞬间印象的捕捉和描述绚丽生动。而且，小说中的主人公巴尔巴米的各种离奇、古怪的想象和比喻，不断地在语言流中冒出来，使读者感到匪夷所思。他那滑稽幽默的语言和讽刺的语调，都使这部小说带有了狂欢的气质。随着主人公巴尔巴米在欧洲、非洲和美洲国家的到处乱跑，主人公巴尔巴米所经历的时代景象历历在目：第一次世界大战、法国的非洲殖民地喀麦隆的不平等贸易和残酷的殖民统治、医治不了人的灵魂的医院、冷漠可怕的美国资本主义汽车工厂、肮脏无比的巴黎市区和可怕的郊区精神病院，还有到处都是的粗野的性和没有希望的爱情。这些景象是时代的景象，也是作者塞利纳眼中的景象，是他对亲身经历的时代的描绘。小说的主人公巴尔巴米既带有作者自己的影子，也带有后来在"存在主义"作家笔下很多人物的影子，比如加缪的《局外人》和萨特的《厌恶》中的人物，主人公都是时代的边缘人和孤独的行者，以个人的微小存在对抗世界的荒谬。

塞利纳在写这部小说的时候，语言技巧的运用非常突出。他创造出一些拼和和删节了一些字母的词汇，故意破坏了法语的固定用法，使他笔下的语言有残破感。在阅读《茫茫黑夜漫游》的时候，会情不自禁地被他叙述的语言洪流带走，带到主人公四下漫游的那些地方，带到离奇事件和古怪现实的现场，和主人公一起经历这些事件而大开眼界，带到人性中的幽暗地带去体察罪恶的力量，带到荒谬、空虚、绝望的世界里，激发出人们那热烈、冷漠、激情、伪善、自责交织的众多情绪。

另外，塞利纳在这部小说里肆无忌惮地表达了他对时代的批判性，尤其在表现人性的黑暗和丑恶的时候，批判的锋芒异常尖锐。他既批判了小说中的主人公，也批判了整个时代。小说涉及法国在 20 世纪初期爆发出的各种社会问题：失业、战争、殖民地统治、资本主义的压榨、郊区生活的贫困、对金钱的追逐、社会制度的问题，等等。小说借助主人公巴尔巴米滔滔不绝的诉说，对一切人和一切社会现象都做了大胆的、犀利的、讽刺性的批判和攻击，读起来快意淋漓，大快人心。如此一部离经叛道和充满了批判性的小说，当然会大受读者欢迎，但也触犯了一部分人的利益，塞利纳的争议性从此不断。

我在这里引一段《茫茫黑夜漫游》中的片段，来使读者体验一下作者的语言和叙述风格：

> 难道就没有搞错？没看到对方的影子就互相射击，这种事并没有受到禁止！这样的事非但准许做，不会受到责备，甚至会得到正人君子的认可和鼓励，就像抽签、订婚和围猎一样！……没什么可说的。我刚才一下子发现了战争的全貌。我犹如失去童贞的处女。要像我刚才那样，几乎是单独在它面前，才能看清可恶的战争，看清它的正面和侧面。不久前，有人在我们和对面的人之间点燃了战火，现在战火正熊熊燃烧！就像弧光灯中两根炭棒之间通了电流。炭棒是不会马上暗下来的！上校和其他人一样，也会在战争中死去，上校看起来虽然十分狡黠，但当对面射过来的子弹从他的双肩之间穿过之时，他身上烧焦的肉会和我一样多……（见《长夜行》上海译文版第 10 页）

这段独白，可以说，一览无余地表明了塞利纳的反战立场。他描述了战争的可怕和人们对战争的恐惧，其语言如同激流奔泻而下。而且，塞利纳从来不回避描述自己和他人作恶的情况、自我与他人的丑陋行径，其坦荡的作风使小说充满了对伪君子的无情打击和嘲笑。塞利纳是一个非常勇敢的作家，他敢于把自己完全放到火上烤，牺牲了自己，也要告诉人们一种真理。从叙述形式上看，《茫茫黑夜漫游》中的叙事是按照时间顺序和主人公浪游的空间顺序来展开的，脉络清晰，转换自由。而逃跑和主动离开一直是主人公巴尔巴米的特性，一旦环境对他产生了威胁，或者说他感到周围的敌意出现了，他就立即逃跑。小说中，大部分人物都是扭曲和病态的，这些人物饱尝了战争、疾病、贫困和苦难，小说对世态炎凉的展示和道德堕落的呈现都是赤裸裸的，和一种非道德的情绪化表达矛盾地交织在一起。巴尔巴米的命运随着时间和空间的转移，而不断地发生戏剧性的变化，于是，就带给了我们 20 世纪初期，欧洲缭乱、复杂的印象，在这一点上，有印象派画家的画风。

二

　　塞利纳的小说似乎是一部部和自我不断在纠缠的自传，但是，他却巧妙地将自传性和虚构性之间的微妙关系并置起来，使读者在判断他的小说是自传的时候，又不免产生了怀疑，因为他的小说中的主人公是"似我非我"的。1936年，塞利纳出版了长篇小说《缓期死亡》，这部小说，以塞利纳的医生职业和家庭生活作为素材和表现内容，回忆了他在童年和少年时代的生活。在叙述上，基本按照线性时间来讲述，不像小说《茫茫黑夜漫游》那样是根据主人公的漫游、回忆和想象来结构作品的。塞利纳的作品读上去总是一气呵成的，从来都不打草稿一般，以一种自由联想的奔腾气势贯穿全篇，将《茫茫黑夜漫游》爆发出来的风格发挥到了极致。《缓期死亡》，从标题上理解，就带有讽刺和批判的味道，它将20世纪上半叶的法国社会写得腐朽不堪，充满了资本和权力的臭气，一个人在那样的环境里的生长是非常艰难的，在成长中，在青春消逝的时候，让塞利纳感到压抑和愤懑的细节到处都是。小说中的主人公以一副反对所有的压迫和权力的面目出现，对围绕在他身边的人和事评头论足，了无禁忌，对他人的丑陋和自我的刻薄都刻画得很逼真，表达了主人公对社会和家庭生活的憎恶情绪。可以说，塞利纳精心描述了自己成长环境的恶劣，在那样的环境中，就像是被发现得了癌症一样，主人公走上了"缓期死亡"的道路。

　　塞利纳最为人所诟病的，是他的反犹主义思想和行动。从最早写戏剧作品《教堂》的时候开始，他就竭力鼓吹自己反犹太人的观念，把世界卫生组织说成是犹太人掌权的可怕机构。在1937、1938和1941年，他连续出版了三本反对犹太人的小册子《对屠杀说些无足轻重的话》《尸体学校》和《困境》，在这三本书中，他恶毒攻击犹太人群体和他们的文化。后来，他的反犹太人的观点给他带来了很大的麻烦。一直到1994年，他的麻烦还在继续：这一年，《茫茫黑夜漫游》被法国教育部门列为法国大中学老师教师资格考试的必读书目，此举立即遭到了法国犹太人社团的抗议。

　　1944年，塞利纳出版了长篇小说《一帮滑稽的小丑》的第一部，这是一部讲述1915年他在伦敦的时候，在各种娱乐场所和声色场所与下层社会各色人等打交道的小说，当时，他正在那里的一个外交机构工作。小说照例是充满了激烈的批判和愤懑的情绪，对时代和自我的描述都十分不堪。在整个二战期间，他继续抨击犹太人。1945 年，德国纳粹战败后，塞利纳害怕受到犹太人报复性的刺杀，自知还可能会受到法国戴高乐政府的惩罚，便仓皇逃往丹麦，途经德国的时候，在当时投降德国的维希政权的流亡政府中当了一名医生，并获得了前往丹麦的签证，几个月之后到达了丹麦。后来，法国政府强烈要求引渡他，但是丹麦一直没有答应，把他监禁在丹麦，长达一年多的时间。

　　1947 年，塞利纳被丹麦政府释放之后，在丹麦乡下隐居起来，不敢贸然回到法国。这期间，他写了一部芭蕾舞神话剧《雷与箭》。1949 年，他想办法再版了《茫茫黑夜漫游》，并且写了再版前言，为自己的写作风格辩护，同时，他又出版了篇幅不大的长篇小说新作《打仗》，细致地描绘了第二次世界大战带给他的感受，风格一如既往，语言奔泻如注，对战争的厌恶、对人性的异化的批判依旧是小说的主题。尽管他躲在丹麦，法国戴高乐政府在 1950 年2 月还是判处他一年有期徒刑和五万法郎的罚款。一年多以后，法国国家军事法庭根据赦免规定，对他进行了赦免，塞利纳这才和妻子一起回到了法国，一边重新在巴黎开设诊所，一边继续写作，而法国人也开始宽容地对待他，不再追究他了。此时，距离他告别人世还有十年的时间。在他生命中的最后十年里，他迸发着创作的热情，出版了多部长篇小说：《留到下回的美景》（两卷本，1954）从 1944 年开始叙述，描述了他目睹二战最后阶段的情况，以及他逃到丹麦之后被囚禁在哥本哈根的生活，语调沉痛而哀伤，结构看似松散，实际上十分紧密，写作的技巧越发纯熟了；他后期的小说还有《从一个城堡到另一个城堡》（1957）、《北方》（1960），等等。1961 年，塞利纳因脑溢血病发去世，去世前正打算写作新的长篇小说《轻快舞》，他在稿纸上连名字都起好了，却没有来得及动笔。上述他的三部晚期的小说，都有着情节的内在连续性，讲述了作者 1944 年到 1945 年，在二战中的经历——在那九个月里，德国人在纳粹政权即将覆灭的阴云笼罩下的惶恐不安和社会的崩溃。

　　算起来，塞利纳的长篇小说一共有八部，在这些小说中，相比较而言，我觉得还是他的第一部小说《茫茫黑夜漫游》最好，最能够表现出他创作的特点、过人才华和独特的艺术气质。他的小说的确都有着鲜明的自传性，都和他的亲身经历有关，他很少写自己经验之外的东西，并且，以想象和虚构的方式对他的经历进行改造，也是他的拿手好戏。因此，我把他的八个长篇小说看成是一部有着八个部分的巨型长篇小说，如果这么来看的话，就可以看到塞利纳实际上一直有一个完整的谋划，他从自己的童年和少年时代写起，一直写到二战之后他在丹麦的情况和战争结束之后他在法国的生活，广阔地描绘了他所经过的时代和历史的连续画面，类似一面巨大的画屏，将八个不同时期的他的人生面貌和社会图景全部连接起来，完全是另外一部、另外一种方式的《追寻逝去的时光》。

塞利纳还出版有文学谈话集《和 Y 教授的谈话》（1955），在这本书中，他和假托的 Y 教授谈到了他的文学观念和写作技巧，比如，对口语的运用，对 19 世纪法国现实主义文学的批判性的看法，对 20 世纪人类的战争、政治局势、资本家和工人的看法，对他个人经历的梳理，等等，是了解他的思想和观念的入门书。

三

在我看来，塞利纳的重要性在于，他就像一个打开了潘多拉的盒子的人，一种极端风格化影响的魔鬼被他释放了出来，很多作家都从他那里汲取了营养，找到了写作的新路。

比如，存在主义哲学家、作家萨特的《厌恶》中的那个年轻的主人公，还有加缪的《局外人》中的对母亲的死和杀死别人都无动于衷的那个边缘人，就和塞利纳笔下的角色巴尔巴米有相似性；在"新小说派"作家群中，克洛德·西蒙，一定从《茫茫黑夜漫游》中学习到了如何利用语调、语速和语言流来推动情节的发展，他们俩都不厌其烦地描绘一些细节，像画家那样去精心描绘瞬间的动作、情绪、心理活动的变化；从美国作家亨利·米勒肆无忌惮的狂暴语言、非道德的叛逆观念、无所顾忌的写法、意识流的铺张，都不难看出受到了塞利纳的巨大影响。

我想，甚至到了 20 世纪 50 年代，美国文学中的"垮掉的一代"作家里，像杰克·凯鲁亚克的《在路上》，从形式上来看依旧是"流浪汉小说"的现代变种，从叙述的风格上看是一气呵成的，大段的心理感受和对景物、人物瞬间的印象式的描绘，都可以看出有塞利纳的影响。甚至整个"垮掉的一代"所秉承的文学观念和对世界的看法，也和塞利纳的观念有异曲同工之妙。美国后来出现的一些青春反叛小说，比如塞林格的《麦田里的守望者》里所表达的反叛情绪，和塞利纳也不无关系。还有菲利普·罗斯的长篇小说《波诺特的怨诉》对自我的展示和批判到了让人侧目的地步，也是"塞利纳风格"的体现。在索尔·贝娄的早期小说《奥吉·马奇历险记》中，也有着塞利纳式的狂欢化的叙事，那也是一部带有流浪汉小说风格的美国小说。另外，美国文学中的"黑色幽默"派对待世界的看法，处理世界的艺术手法，如约瑟夫·海勒的《第二十二条军规》中的那种荒诞的幽默感、对人生和战争的反抗和滑稽表达，我看，都和塞利纳有一些关系。塞利纳的小说观也进一步推动了现代主义小说在表达技巧上的发展，我注意到，"新小说派"作家群中的女主将娜塔丽·萨洛特，就继续发扬了塞利纳在这个方面的探索——她运用了各种方式的对话和潜在对话来展现主人公的意识和下意识、潜意识和无意识，将说话和话语背后的各种可能性，都进行了探索。

可以说，塞利纳像冲开了顽固堤坝的河流，任意地、汪洋恣肆地用语言和意识的洪流，把一切伪善、假模假式的东西都剥掉了外衣，让他们现了原形。塞利纳的小说就像是撒旦写的小说，是关于人性罪恶和为罪恶不断张目又不断自我谴责的小说，是充满了邪恶气氛的正派小说。在塞利纳的小说中，意识流和内心独白、下意识和潜意识的表达，都是非常有冲击力的。塞利纳的文学观的重要支撑点，就是他认为小说是激情催发下的语言的自然流动和情绪的自然展现，因此，他反对按照19世纪的现实主义手法来讲述故事，像镜子一样地去反映现实。他的小说总是充满了跳跃和省略，文风和语句断断续续，语言闪烁不定，给人以很不确定和快速变化的感觉。而且，在语言的运用上，他很善于爆粗口，善于使用俚语和黑话，语感鲜明、粗俗和强烈——《茫茫黑夜漫游》就是直接使用了巴黎郊区工人们的语言。塞利纳的小说观是：真正的小说不应该作任何的描述，而应当是以节奏感强烈，或者急促或者缓慢的语调，去讲述所有的印象，回顾往事并进行大量的对话和潜谈话，他认为话语比任何叙述都更加真实可靠。他还将一些他擅长的医学术语进行改造，用来描述小说中人物的状态，停顿号、省略号、删节号、破折号的运用在小说里比比皆是，将一种复杂和模糊的情景表现得非常到位。

塞利纳属于那种离经叛道式的作家，是作家中的"魔鬼撒旦"，但是，文学的创新有时候特别需要这样的"魔鬼"作家，因为，只有艺术的不断反叛，才有新境界的不断开辟，才能给似乎穷途末路的小说打开新的发展空间。

原载《长城》2010 年第 7 期

推荐书目

《茫茫黑夜漫游》，沈志刚译，漓江出版社 1988 年 1 月版
《长夜行》，徐和瑾译，上海译文出版社 1996 年 12 月版
《塞利纳精选集》，沈志明主编，山东文艺出版社 2000 年 11 月版

伊塔洛·卡尔维诺："飞鸟般的作家"

飞鸟的身形

伊塔洛·卡尔维诺属于那种飞鸟型的作家，他可以很轻盈地就飞到文学想象的天空中，用文学的游戏精神和特殊的趣味，带给我们想象的甜蜜。为我们贡献了一个轻盈的文学想象的世界。

在二战之后的意大利文坛上，享有世界声誉的杰出小说家至少有三个人，他们是莫拉维业、伊塔洛·卡尔维诺和翁贝托·埃科。伊塔洛·卡尔维诺和翁贝托·埃科之间有很相似的地方，我觉得他们都是那种非常有想象力和文学趣味的作家。他们的作品都把高深的和奇怪的知识与有趣的想象结合，创造出一个十分奇特的文学世界，丰富甚至改变了 20 世纪的世界文学版图。虽然一些评论家认为卡尔维诺和翁贝托·埃科是"后现代文学"的代表作家，但我觉得这个标签可能这两个作家都不会认同，因为他们并不会认同"后现代"这个狭窄而模糊的概念。但是，比起莫拉维亚的带有心理现实主义、内心独白和意识流风格的新现实主义小说写法来说，伊塔洛·卡尔维诺和埃科的小说风格实在是走了一条相反的道路。传统的文学理论在面对他们那十分复杂的作品时，会突然丧失了判断力。其实，从文学史上来看，那些具有创造力的大作家，总是能够不断突破已有的人类文学的疆域，伊塔洛·卡尔维诺和埃科就属于这样的作家。

伊塔洛·卡尔维诺 1923 年 10 月 15 日出生在古巴。他怎么会出生在加勒比海地区的古巴呢？是因为他的父亲是一个农艺师，母亲是植物学家，他们一直在拉丁美洲地区研究热带植物，也就把伊塔洛·卡尔维诺生在那里了。不过，伊塔洛·卡尔维诺两岁的时候，就跟随自己的父母回到了意大利，在和法国接壤的一个海滨小城市长大。1941 年，伊塔洛·卡尔维诺进入都灵大学求学，一度准备从事父亲的老行当——农学研究，但是，这个时候他发现自己真正喜欢的是文学。在第二次世界大战快结束的 1944 年，二十一岁的伊塔洛·卡尔维诺参加了意大利的地下抵抗组织，参加过游击战。战后，他在都灵大学继续学习文学，大学毕业之后，在一家出版社供职，并且开始撰写各种适合杂志和报纸刊发的文学评论。

伊塔洛·卡尔维诺一开始写小说，还没有呈现出不同于老派现实主义写作手法的面貌，他也是从现实主义的路径进入写作之门的。1947 年，他的第一部长篇小说《通往蜘蛛巢的小径》出版，一举成名。该作还获得了意大利"里齐奥内"文学奖，这个奖颁发给他，对他的鼓励作用很大。伊塔洛·卡尔维诺写这部小说，动用了他参加意大利反纳粹的地下抵抗组织的亲身经历，小说的风格是现实主义的，也是他唯一一部现实主义风格的小说，后来他就在探索和实验的路子上越走越远。在小说中，他塑造了几个二战中意大利地下抵抗运动的游击队员的形象。虽然描写和结构带有标准现实主义的风貌，但他的这部小说的视角比较独特，通过一位叫皮恩的少年的眼睛，来透视和折射抵抗运动中的游击队员们的精神面貌。皮恩是一个顽皮的少年，他偷了一个德国士兵的手枪，慌乱之中把那把手枪藏到了由蜘蛛筑成的泥巴巢穴里，然后就投奔了山上的游击队。后面的一切，都是通过少年皮恩的眼睛看到并由他来讲述的。皮恩把游击队的生活看成了童话那样的生动有趣和色彩斑斓，因此，使小说具有了透亮感。那些游击队员也不像所谓的英雄那么高大，他们都是一些有个性和有缺点的人。由于小说视点的独特性，使得这部小说带上了浓重的童话和传奇色彩，很像是一部带有"流浪汉小说"风格的"少年皮恩历险记"。

《通往蜘蛛巢的小径》获得了成功之后，在 1949 年，伊塔洛·卡尔维诺出版了短篇小说集《乌鸦最后到来》，1951 年，他出版了长篇小说《波河两岸的青年》。按照伊塔洛·卡尔维诺自己的说法，他完成了一部"社会现实主义小说"的艰难写作历程。1954 年，他又出版了短篇小说集《进入战争》。这几部小说的题材仍旧和第二次世界大战中的意大利的现实状况有关，都算是他早期作品。这个阶段的写作，是伊塔洛·卡尔维诺的起步和逐渐寻找自我的阶段，可以看到现实主义的强大叙事影响依旧体现在他的小说中，同时，轻盈的童话质地，也已经出现了萌芽。

除了上述的小说作品，1951 年 10 月，他还到苏联旅行了五十天，写成了《伊塔洛·卡尔维诺的旅苏笔记》，记载了他对苏联当时压抑沉闷的集权社会的犀利观察。

在写作第一批作品的同时，伊塔洛·卡尔维诺开始尝试走另外一条道路，那就是，尝试带有寓言、童话和传奇风格的小说写作。这些寓言、童话和传奇风格的小说，交替进行在他的新现实主义小说写作的空当里。比如，1952 年，他发表了后来作为长篇小说《我们的祖先》的一部分的《分成两半的子爵》和中篇小说《阿根廷蚂蚁》，这两部寓言、童话、传奇风格明显的小说，给他带来了新的声誉，使人们一时间分不清楚到底哪个是真正的伊塔洛·卡尔维诺。

伊塔洛·卡尔维诺的短篇小说非常有特色，而且每一部小说的风格都不一样。1952 年，他开始写作总题为《马科瓦尔多，或者说城市的四季》的系列短篇小说，到 1963 年该书出版单行本的时候，他已经写了二十篇属于这个系列的小说。这个系列小说描绘的是二战结束之后，意大利的普通老百姓和小人物的生存遭遇，二十篇小说的主人公都是马科瓦尔多这个人。他是一个穷人，有一个人丁兴旺的家庭，但是，在二战之后经济迅速发展、贫富迅速分化的意大利社会里，他显得滑稽、渺小和可怜。不过，马科瓦尔多有自己对付生活的办法，他能够以一种幽默和自我安慰的方式，来对付他所面对的强大的物质和金钱的世界。我感觉，马科瓦尔多的形象，颇有点儿像鲁迅笔下的阿 Q，在这个系列小说中，马科瓦尔多能像小丑一样，以滑稽、夸张和黑色幽默的方式来生存。像《马科瓦尔多逛超级市场》这篇小说中，他带着一家人进入商品丰富的超市，孩子们和妻子对超市里的东西都非常喜欢，但是却没有钱来买，于是，一家人推着装满了商品的手推车在超市里捉迷藏，最后无法出去，被锁闭在超市里。这个系列短篇小说，以小人物马科瓦尔多一家的遭遇，来反衬战后意大利社会生活的扭曲和物质化，对之进行了讽刺和批判。

关于这个阶段的作品，伊塔洛·卡尔维诺在他的文学宣言《向迷宫挑战》中写道："我的创作是从写战争和人民的生活起步的，这个题材跟文学、电影领域里出现新现实主义的那个时期相联系。但是，批评家们指出，在我的第一部作品中（指的就是《通往蜘蛛巢的小径》），已经显露出用寓言的方法来写现实的人和事的端倪，这种倾向后来在我的作品里越发地鲜明起来。评论家们总议论我的作品用寓言的手法描写现代人的忧虑、不安、自我本质的丧失和毁灭。有的说是童话小说，有的说是哲理小说，有的说属于科学幻想小说……至于我自己，一般地说，跟前一部作品比较，我的每一部新作都要有不小的变化。"

伊塔洛·卡尔维诺就是这样，从来都不愿意重复自己。1956年，伊塔洛·卡尔维诺还根据19世纪广泛流传在意大利各地的童话故事，编辑整理了二百多篇有着鲜明的意大利风格的童话，以两卷本《意大利童话》的形式出版。对民间故事和童话的整理发掘，使他从中获得了改变自己写作路数的灵感。

游戏的精神

在伊塔洛·卡尔维诺的小说中，尤其是后期的小说，都带有智慧和趣味的痕迹，带有文学游戏的精神。1960年，伊塔洛·卡尔维诺的长篇小说代表作《我们的祖先》出版了，这标志着他的创作风格从新现实主义转移到了寓言、童话和传奇风格的创作阶段。

长篇小说《我们的祖先》实际上是由三个相互有些关联的中篇小说构成，这三个中篇小说分别是《分成两半的子爵》《树上的男爵》和《不存在的骑士》，这个系列小说明显地带有民间故事和童话寓言的色彩，是从不同的角度和视点来描绘意大利的历史和人不断在历史中被异化的"历史传奇小说"。《我们的祖先》读起来妙趣横生，带有童话深入浅出的含义。三部中篇小说的故事情节都带有强烈的荒诞色彩。在《分成两半的子爵》中，由于一次意外事故，刚好把一个具有善和恶两重品性的子爵的身体给劈开了，后来，这两个半个子爵，各自干了很多极恶和极善的事情，最终，他们又合成了一个子爵，变成了一个同时具有善和恶的品性的完整的人，其中的寓意不言自明。

《树上的男爵》篇幅最长，情节更加奇特，描绘了一个意大利上层贵族家庭中的男爵少年，有一天忽然决定从此要在树上生活了。这使得他的家庭成员们万分惊奇，父亲、母亲、弟弟和妹妹各自都感到惊慌，并且一筹莫展，然后逐渐接受了这个现实。男爵再也没有从树上下来，他忽然发现自己获得了一个全新地观察自己的家庭和其他人、观察整个社会和历史进展的角度，同时，也显示了他和社会、家族、爵位的一种强烈的疏离。小说精细地描绘了一个人在树上生活的所有可能性，但是在描写上又生动有趣。小说的叙述是用弟弟的视角，他以观察哥哥在树上的生活来作为自己的映照。在小说的结尾，已经衰老的哥哥最终还是死在了树上，可以说，自从他上到了树上，终生都没有下来，完成了自己的诺言。男爵在树上的岁月，还隐约透露出意大利最重要的历史阶段的一些情况，启蒙、文艺复兴等历史信息被不断地、悄然地传递了出来，使小说具备了更加复杂的文化内容。

在《不存在的骑士》中，情节极其荒诞：一个骑士已经异化成铠甲中不存在的东西了——铠甲里面空无一人，因此，这个骑士就是一个不存在的骑士。不存在的骑士和其他士兵一样接受国王的检阅，并参加战斗，可是，他不过是铠甲中的空无。这样的巧妙构思暗示了人在历史中的空心化。《不存在的骑士》描述了在当代意大利普遍存在的没有个体意识的人的状况。

这三部中篇小说构成了《我们的祖先》这部长篇小说的整体，从题材和小说的背景来看，描绘的是意大利的过去，但是，所折射的却是意大利的当代生活：意大利战后高度发展的资本主义经济社会产生了很多问题，政府贪污腐化、人民贫富分化、人的内心世界紧张不安。而伊塔洛·卡尔维诺正是抓住了这种时代和人内心的情绪，写出了这部主题在探讨人的自我迷失和人生荒诞感的小说。他说："这三个故事代表通向自由的三个阶段。同时我希望它们是三篇如人们所说的'开放性'的小说，首先遵循人物的发展逻辑，它们作为故事是站得住脚的，但是，我希望在读者中引发的未曾预料的提问与回答过程中开始它们真正的（艺术）生命。我希望它们被看成是现代人的祖先家系图，在其中的每一张脸上有我们身边人们的某些特征，你们的，我自己的。"（见《我们的祖先》后记）

伊塔洛·卡尔维诺多才多艺，1959 年，在意大利威尼斯举办的"世界艺术节"上，还上演了根据伊塔洛·卡尔维诺的短篇小说《一张过渡的床》改编的话剧。除了小说和随笔的创作，在编辑工作之余，伊塔洛·卡尔维诺一生都保持着对戏剧、音乐和其他表演艺术的兴趣与热爱。

伊塔洛·卡尔维诺属于那种不断地挑战自我，勇于去探索新的文学空间的作家。1965 年，他出版了短篇小说集《宇宙奇趣》，两年后的 1967 年，他又出版了小说集《你和零》。这两部短篇小说集都是带有科幻色彩的小说集，也是我最喜欢的短篇小说之一，我最开始读到这些小说的时候就惊诧地想，科幻小说竟然还可以这样写！在这两个小说集子中，几乎每一篇都充满了幽默感和童话色彩，同时又是伊塔洛·卡尔维诺想象的发生在宇宙之中的事情，是科学幻想故事。从《月亮的距离》《空间的标志》《光年》《螺旋体》《空间的形式》《无色的世界》这些标题，就可以看出来这些小说的背景几乎脱离了人类社会，像飞向太空的想象之鸟，在全宇宙里遨游了。这些小说内容俏皮，情节夸张离奇，大部分都是关于宇宙体系的形成、星球之间的相互关系、宇宙的起源和发展、人类古代神话的现代变形，展现了伊塔洛·卡尔维诺广博的宇宙学、天体物理学和哲学的知识，由此，伊塔洛·卡尔维诺的写作越发体现出一种文学游戏的精神来。

当文学具有了游戏精神的时候，就开始变得越发轻盈起来了，就能够飞得更高更远了。游戏是人们为了使自己轻松和愉悦而发明的一种活动形式。文学本身一直具有历史的、社会批判的重量，但是让我吃惊的是，在伊塔洛·卡尔维诺的后期小说里，全都变得轻盈和飞动了。你不能说伊塔洛·卡尔维诺的小说丧失了对现实的关注而逃向了无尽的太空，他是把眼下的现实化作了时间维度中的坐标了。

1969年，伊塔洛·卡尔维诺出版了长篇小说《命运交叉的城堡》，还给中学生们编辑了一本文选《阅读》，收录了他认为意大利学生应该阅读的一些经典文章。

小说《命运交叉的城堡》是伊塔洛·卡尔维诺的写作过程中带有转折意义的作品。在这部根据塔罗扑克牌的游戏规则来结构的叙事性作品里，伊塔洛·卡尔维诺书写了人物和故事不断转换的随机性，从而拆解了传统小说在叙述故事时的封闭性。在小说中，我隐约地看到了薄伽丘《十日谈》的结构故事的影子，但是，和《十日谈》的封闭性不同，这部小说完全是开放的、包罗万象的。在《命运交叉的城堡》中，通过带有人物画像的塔罗牌的变换，小说主人公的命运也由此被演绎，被展开了。它的背景同样放在了15世纪，讲述一些旅客因为各种原因，从各地来到了一个古老的城堡附近的饭馆，聚集在一起，他们利用塔罗扑克牌来互相熟悉——根据自己手中偶然抽取的牌，来讲述自己的所见所闻。小说中故事的叙述者的身份，分别是农民、水手、女人和工匠，他们讲述的都是有关人性多样化的小市民的世情故事，还有一些宫廷里的奇闻逸事。这部小说的最大特点就是它的开放性和无限的可能性。小说变成了一种命运的游戏，在充满时间、机遇和巧合的变化中，伊塔洛·卡尔维诺设置了一种产生

69

小说故事的装置，这个装置可以不断地变化人物和故事的情节顺序，因此成为魔方一样的叙事作品。

《命运交叉的城堡》分为两个部分——《命运交叉的城堡》和《命运交叉的饭馆》，本来伊塔洛·卡尔维诺还想写第三部《命运交叉的汽车旅馆》，可能是涉及了现代生活，最终，他丧失了写作兴趣而作罢。这部小说受到了当时欧洲流行的符号学的影响，通过扑克牌这个符号，把人在历史中的各种情感和命运进行了反复的转化生成，这个写法是过去的作家很少尝试的。

1970 年，伊塔洛·卡尔维诺还出版了根据阿里奥斯托的叙事诗改编的小说《疯狂的奥兰多》，在这部取材于叙事诗的作品中，可以看出来他对传统故事的再利用。

伊塔洛·卡尔维诺对小说的游戏精神体悟很深，1972 年，他出版了篇幅不大的小说《看不见的城市》。这部小说在结构上像是一部游记，叙述的语态是静态的，描述了意大利旅行家马可·波罗向中国元代的忽必烈皇帝讲述他所见过的世界各地的城市的情况。马可·波罗一共描绘了十一座城市，他在描述这些城市的时候，又试图用视觉、听觉、嗅觉、味觉等感官去体验，谈论的就是自己的这些微妙的感觉。于是，那些记忆中的城市、有标记的城市、贸易的城市、死亡的城市、天国里的城市、隐秘的城市，纷纷在马可·波罗的描述中逐渐隐现，却又有些模糊不清。忽必烈未必会相信眼前的这个人所讲述的那些城市的存在，但是，忽必烈在倾听的时候，保有了一种宽容，他把马可·波罗的描述当成了对他统治的世界帝国的赞美和荣耀。另外，我还隐约从伊塔洛·卡尔维诺的这部小说中，看到了他对 20 世纪的人类城市的批判，他似乎有所影射，影射的就是 20 世纪迅速发展的人类大都市的各种病状早在元代的时候就存在了。在这部《看不见的城市》里，似乎有两个城市在互相叠加，在互相映衬，马可·波罗叙述的元代城市和 20 世纪的当代大城市，它们的影子重合在一起了。这种魔幻效果很奇特，隐含了伊塔洛·卡尔维诺对当代社会的审视和忧虑。

此后，伊塔洛·卡尔维诺继续沿着对小说文本探索的道路顽强前进，并试图寻找文本的极限经验。1979 年，他出版了后期代表作、长篇小说《如果在冬夜，一个旅人》。这部小说和《命运交叉的城堡》一样，在结构和故事情节上带有着开放的特征。小说的情节很简单，讲述的是一个男读者和一个女读者，他们在阅读着一部名叫《如果在冬夜，一个旅人》的小说，但是，两个阅读者很快发现，他们阅读的书装订出现了问题，另外一部小说的内容混入了这部他们正在阅读的小说里。于是，在随后的阅读中，两个读者继续发现，有十篇不同国家、不同类型、不同作者的小说混入了该书。在解读这些小说的时候，我们这些读者也就和那两个男女读者一起，分别领略到了迷宫小说、体验型小说、象征型小说、政治小说、苦闷的小说、几何逻辑小说、堕落的小说、大地原始小说和启示录小说等各种小说类型的故事，由此，引出了作者和读者之间的复杂关系，体现了接受美学对读者的重视和强调。最后，小说中的男读者爱上了那个女读者，他决定要向她求婚了。这部小说被评论家认为是典型的后现代风格的小说，是一部元小说——关于小说的小说，是对小说的结构和写法的极限挑战，而且，是十分成功的。伊塔洛·卡尔维诺还把小说变成了正在产生的一个过程，展示了小说写作内外的全部秘密，完全打开了小说写作的空间。

《如果在冬夜，一个旅人》是一部在小说历史上很奇特的作品。它在结构上不仅是开放的，而且就像拽出来了无数个线头的毛线团，你可以任意地沿着那些毛线头，自己去发展其中的片段和故事。那些故事有的刚刚开头，有的只是中间一段，有的甚至就是结尾。伊塔洛·卡尔维诺完全拆解了传统小说的线性的逻辑叙述，不断地通过中断、延迟、跳跃和停顿，使小说外部的空间和内在的时间都获得了多重性的扩展。这部实验性的作品非常成功，它自身还构成了一个小小的迷宫，无论是谁进入，都能够体会到伊塔洛·卡尔维诺那充满了文学趣味的机智和智慧。

想象的甜蜜

伊塔洛·卡尔维诺的想象力是非凡的，超拔的。

1983 年，伊塔洛·卡尔维诺出版了小说《帕洛马尔》。这是一部中篇小说，篇幅不长。帕洛马尔是书中男主人公的名字，也是美国加利福尼亚州的一座天文观测站的名字，伊塔洛·卡尔维诺想在这两者之间建立某种联系。这部小说可以被称为是观察与思考型的小说，情节被淡化，但感觉则被细腻地强调了。整部小说中，都是帕洛马尔先生对眼前的事物的观察和思考：海浪、女人、太阳、乌龟、乌鸫、草坪、月亮、星星、阳台、壁虎、飞鸟、博物馆、大理石、长颈鹿、猩猩、爬虫、蛇、人头骨，等等，都成了帕洛马尔思考的东西。最后，他思考完了，死了。

在小说中，伊塔洛·卡尔维诺试图描绘出人的三种经验，他通过帕洛马尔的观察和思考做了表达：第一种是视觉经验，所见即所得，是人的基本经验；第二种是人通过视觉经验进行归纳而得到的符号化的语言与语义学的经验，这是更高一层的经验；第三种则是人的思辨和思想的经验，这是人对周围一切的终极思考所得到的结果。伊塔洛·卡尔维诺把人的感觉层次放大到三个经验的层面上。可以说，《帕洛马尔》是伊塔洛·卡尔维诺在文体的边界上走得相当远的小说，混杂了散文、小说、论文的界限，将文学、文艺理论和哲学的边界也打破了，呈现出伊塔洛·卡尔维诺对日常生活、世俗万物、宇宙空间的理解和把握。

1985年，伊塔洛·卡尔维诺在准备去美国哈佛大学讲学的八篇演讲稿的时候，因脑溢血发作而猝然去世，留下了一部未完成的长篇小说《太阳下的美洲豹》。《太阳下的美洲豹》是一个系列小说，伊塔洛·卡尔维诺打算在这个系列小说里描绘人的五种感觉，但是只完成了三篇。讲演稿《未来千年文学备忘录》则是他非常重要的文论集，本来有八次演讲，但是人们只找到了伊塔洛·卡尔维诺所完成的五篇演讲的手稿，这五篇文章的题目分别是《轻逸》《迅速》《确切》《易见》和《繁复》。在这五个题目之下，伊塔洛·卡尔维诺像一只轻盈的飞鸟，自由地穿梭在从古代到今天的文学天空中，纵横捭阖地谈论和援引了大量作家的作品，探讨了小说发生和存在的历史和现实，以及未来的各种可能性。他从古代希腊、罗马的作家一直讲到了20世纪的阿根廷作家博尔赫斯和法国实验小说家乔治·佩雷克，他轻盈地、自由地穿梭在人类依靠语言和想象力所建立的文学世界，给未来小说带来了新希望。

伊塔洛·卡尔维诺的作品涉及了童话、长篇小说、中短篇小说、文学理论、随笔等文体。其中，他整理、编选和加工的《意大利童话》被称为是"再现了意大利民族记忆，堪称世界民间文学奇妙丰碑"的作品。在他数量可观的小说创作中，他用知识和趣味，用智慧和想象力，完全颠覆了过去小说的观念，把小说变成了读者可以自行参与的开放式文本。他把渊博的知识系统变身为小说的材料，写出了社会现实主义小说、科学幻想小说、游记小说、童话小说、寓言小说、历史传奇小说、关于小说的"元小说"、随笔和哲学小说等各种小说。比如，系列短篇小说《宇宙奇趣》，实现了科学幻想和现实世界的跨越；中篇小说《看不见的城市》通过对马可·波罗当年的旅行的描述，把小说分成九章，暗合了人体的九个部分，把一个旅行者全身的感受和想象，都汇聚成一个物质世界的印象，创造了一个奇特的文本；中篇小说《帕洛马尔》，通过帕洛马尔先生的一次海滨度假，展现了宇宙、时间、自我和物质世界的全部关系。而由三个中篇构成的长篇小说《我们的祖先》则通过意大利历史上启蒙和文艺复兴时代里子爵、男爵和骑士的传说，构筑了一个把寓言、童话、现实与历史组合在一起的世界，在荒诞的故事中包含了对现实世界的准确批判。在他薄薄的理论集子《未来千年文学备忘录》里，汇集了他一生中对文学的思考，探讨了一些由文学的关键词所展开的宏阔的理论，给我们提供了一个观照人类文学的新视界。

我觉得，伊塔洛·卡尔维诺和博尔赫斯一样，属于"作家中的作家"，博尔赫斯比较繁复和锋利，而卡尔维诺则显得有趣和顽皮，在知识、想象、寓言、童话、科幻、传奇、历史之间搭建了一个小说的世界，创造了一个全新的文学现实。伊塔洛·卡尔维诺的小说篇幅都不算长，他憎恨臃肿，反对混沌，喜欢透明和轻快。

伊塔洛·卡尔维诺以他轻盈的身姿，以他非凡的想象力，以他对小说的文体与形式的不断探索，将一个未知的文学世界变成了现实，并呈现给了我们，像飞鸟一样飞在了我们的上空。

原载《长江文艺》2009 年第 9 期

《我们的祖先》，吴正仪译，工人出版社 1989 年 3 月版

《我们的祖先》，吴正仪译，译林出版社 2008 年 2 月版

《命运交叉的城堡》，张宓译，译林出版社 2001 年 1 月版

《隐形的城市》，陈实译，花城出版社 1991 年 1 月版

《看不见的城市》，张宓译，译林出版社 2006 年 8 月版

《卡尔维诺文集》（六卷本），吕同六主编，译林出版社 2001 年 9 月版

《帕洛马尔》，萧天佑译，花城出版社 1992 年 9 月版

《帕洛马尔》，萧天佑译，译林出版社 2006 年 8 月版

《烟云·阿根廷蚂蚁》，袁华清等译，译林出版社 2006 年 9 月版

《通向蜘蛛巢的小径》，王焕宝等译，译林出版社 2006 年 9 月版

《为什么读经典》，黄灿然等译，译林出版社 2006 年 8 月版

《巴黎隐士》，倪安宇译，译林出版社 2009 年 7 月版

《疯狂的奥兰多》，译林出版社 2010 年 7 月版

《短篇小说集》（上下册），马小漠译，译林出版社 2010 年 9 月版

《宇宙奇趣》，译林出版社 2011 年 8 月版

《在你说"喂"之前》，倪安宇译，台湾时报文化出版公司 2001 年 8 月版

《在美洲虎太阳下》，倪安宇译，台湾时报文化出版公司 2011 年 6 月版

《卡尔维诺经典》（16 种 19 册，精装），萧天佑等译，译林出版社 2012 年 4 月版

米兰·昆德拉：关于记忆与遗忘

一

米兰·昆德拉在 20 世纪欧洲小说史中非常特别和耀眼。他小说的音乐性、中欧性和哲思的光芒使他处于耀眼的中心位置，成为"在世的最伟大作家"之一。作为一个流亡作家，他早年从捷克斯洛伐克到法国巴黎生活，长期在法语的环境中写作和思考，后期更是直接用法语写作，因此，他的作品具有歌德所说的"世界小说"的某种特性。

1929 年 4 月 1 日，米兰·昆德拉出生在捷克斯洛伐克的第二大城市布尔诺，他的父亲卢德维克·昆德拉是捷克斯洛伐克著名的音乐家，当过雅那切克音乐学院的院长，他母亲也喜欢读书、喜欢各种艺术，因此，他的家庭里文化气氛浓郁。父亲的音乐家职业对米兰·昆德拉的影响很大。他父亲在他小时候就开始培养他的音乐才能，教他弹奏钢琴。成年之后，虽然米兰·昆德拉成了作家，但是音乐的结构和旋律，对他的小说艺术形成了巨大的影响，无论是他的小说结构还是叙述的语调，总是有着强烈的音乐性。可以说，具有现代音乐修养的人更能够进入他的世界。比方说，他早年的文学评论随笔集《小说的艺术》和 2005 年出版的小说评论集《帷幕》，均是由七个部分构成；他的不少长篇小

75

说也都像一部交响乐那样，分成七个部分。这些带有交响乐结构和内部旋律的长篇小说有：《生命中不能承受之轻》《生活在别处》《不朽》《玩笑》《笑忘录》，等等。他的短篇小说集《好笑的爱》（一译《欲望的金苹果》）也是由七个短篇小说构成的，就像是一个由七个侧面构成的立体长篇小说。七这个数字，在米兰·昆德拉的小说结构中起着非常重要的作用，是他结构小说的形式基石和心理暗示。

米兰·昆德拉一生都受到了音乐的影响，他自己也会作曲和演奏，但是，最终没有向音乐的方向发展，而是走向了文学创作。他的堂兄是一位诗人，少年时期他就受到了堂兄的影响，开始接触和写作诗歌。在 20 世纪 50 年代，米兰·昆德拉出版了几部诗集：《人：一座广阔的花园》（1953）、长诗《最后的五月》（1955）、爱情诗集《独白》（1957）。这些诗作带有表现主义和超现实主义风格，对捷克斯洛伐克的现实生活有着批判和讽刺。他的诗歌里的声音清醒、语调沉着冷静，充满了理性的思考。这在捷克斯洛伐克提倡一种"社会主义现实主义文学"的环境里，一开始就显得卓尔不群。

中学毕业之后，米兰·昆德拉当过一段时间的工人和爵士乐手，后来进入布拉格电影学院学习。毕业之后，他留校担任了教文学写作的老师，同时，他停止了诗歌写作，开始写一部研究捷克斯洛伐克现代作家万楚拉的作品的评论《小说的艺术》。这部《小说的艺术》和后来他在法国出版的那部谈论小说创作的《小说的艺术》完全不一样。1960 年，这部书出版。同时，米兰·昆德拉还写了三个话剧剧本，其中一部叫作《钥匙的主人们》。这几出话剧深受法国荒诞派戏剧的影响。在 1960 年之前，三十岁的米兰·昆德拉已经在音乐、美术、电影、戏剧、文学理论和诗歌领域都做了探索，逐渐地发现，他自己可能更适合以以上的各种艺术表现形式为影响和背景，去写小说。于是他就转向了小说的写作。1963 年，米兰·昆德拉出版了第一部小说集《可笑的爱》。《可笑的爱》中收录的短篇小说有着鲜明的哲理性、音乐性和戏剧结构，有的小说画面感非常强，可以看到电影对他的影响，有的小说在叙述上有停顿和插曲，显示了他对现代主义小说的理解。这些小说的题材大部分是关于捷克斯洛伐克当时特殊的社会和政治环境带给人的威压的感觉的。他说："那个时候，我深深渴望的唯一东西就是清醒的、觉悟的目光。终于，我在小说艺术中找到了它。所以，对我来说，成为小说家不仅仅是在实践某一种文学体裁，这也是一种态度，一种睿智，一种立场。"

米兰·昆德拉对写作非常认真严肃，他的第一部长篇小说《玩笑》出版于1967年，时年三十八岁。这部小说描绘了他所经历的时代带给人的禁锢、迫害和创伤：小说的主人公卢德维克爱上了女同学玛尔盖达，他在邮寄给她的明信片上开了几句容易引起歧义的政治玩笑，结果，卢德维克被开除了党籍和学籍。十五年之后，卢德维克平反了，遇到了当年他的批判者、党的书记曼内克，他决定，勾引曼内克的妻子海伦娜作为报复。但是当他把海伦娜勾引到手之后，却发现，曼内克另有情人。此时曼内克又成了新的时代的楷模——曼内克永远都是站在时代的前面的得势者。这使卢德维克感到了荒诞和哭笑不得，觉得历史和他开了一个很大的玩笑。小说虽然和当时捷克斯洛伐克的意识形态有抵牾，但是它顺利出版了，发行了几十万册，成为该年的畅销书，还被拍成了电影，这部小说也走出了国门，翻译成欧洲很多国家的语言。

二

1973年，米兰·昆德拉的第二部长篇小说《生活在别处》在法国出版。"生活在别处"是法国诗人兰波的一个名句，意思是我们向往的生活，总是在别的地方，而不是在你现在所在的地方。小说塑造了一个叫雅罗米尔的诗人的成长，他生于20世纪30年代，死于20世纪50年代，诗人雅罗米尔成为集权主义的合作者，但最终又成为牺牲品，以青春的生命见证了那个时代特殊的历史气氛。这个诗人的形象将青春与叛逆、激情与政治、时代与历史都结合了起来，是那个时期捷克一些艺术家的精神写照。

米兰·昆德拉的第三部长篇小说《告别的圆舞曲》完成于1971年，但是一直到1976年，才在法国出版。这部小说以捷克一所温泉疗养院为背景，描绘了几个人之间复杂的情爱关系。小说采用轻松的叙事语态，幽默的对话和迅速变换的场景，将沉溺在情爱中的几个人的人生境遇描绘了出来。小说的一些热烈的性爱场面和哲理思辨引起了人们的注意，这也是后来米兰·昆德拉特别为人所热议的地方。按照作者自己的话来说，这部小说"是一部五幕的闹剧"，小说隐含着对特定的历史时期——被苏联占领时期的捷克斯洛伐克人的精神面貌和世俗生活的批判。1968年，米兰·昆德拉还写了一部改编自法国作家狄德罗的小说《宿命论者雅克》的三幕话剧《雅克和他的主人》，以三个松散的故事，将原作中自由散漫的风格发挥成了严谨的戏剧作品，十分有趣。

1975 年，米兰·昆德拉和妻子一起来到了法国，从此成为流亡在法国的作家。他对法国文化心仪已久，法国是他的精神故乡。来到法国，是他当时的一个大胆而无奈的选择。

1979 年，他的第四部长篇《笑忘录》在巴黎出版。这部小说的文体是混杂的，由小说的片段、自传、史料、想象性场面和讽刺散文构成。这些文体以变奏曲的形式被米兰·昆德拉严密地组织了起来，形成了一部长篇小说的结构和内容。小说的主题是关于人和权力的斗争，他认为，人与权力的斗争是记忆和忘却的斗争，忘却是道德堕落的表现。小说有着哲理思考的特点，将捷克斯洛伐克以及整个欧洲东西方的冷战与对立纳入了思考当中，表达了米兰·昆德拉潜在的文化隐忧——他把对整个欧洲文明的衰落的担忧和对极权主义的恐惧混合在一起了。就是在这一年，他被剥夺了捷克斯洛伐克的国籍，两年之后的 1981 年，法国总统密特朗宣布，特别授予米兰·昆德拉法国国籍，从此，米兰·昆德拉就作为一个法国作家生活在巴黎了。

米兰·昆德拉最重要的代表作、第五部长篇小说《生命中不能承受之轻》于 1984 年在法国出版。这本小说和冷战时代的政治气氛有关，但是，它又是一部不折不扣的哲理小说。我以为，在这部小说中出现的，主要不是对极权主义的控诉，而是对生命存在的感觉的把握。轻和重、灵魂和肉体、政治和生命，等等，这些概念背后的感觉，米兰·昆德拉进行了深刻的思考和诗性的表达。小说的故事讲得很扎实，前后呼应，有着回旋曲一样的旋律美，不像米兰·昆德拉在《笑忘录》中所做的文体实验那样混杂。小说中，1968 年，苏联的坦克侵入了捷克斯洛伐克，一个历史时期就结束了，代之出现的是被苏军占领的压抑气氛。外科医生托马斯是小说的主角，他和女招待特丽莎与萨宾娜的情爱关系是小说的重点，但是，小说的细节无时无刻不在描绘那个特定年代的气氛——压抑的，沉闷的，知识分子遭到了清洗和排挤的，极权主义的阴影笼罩着每一个人，最后，托马斯和特丽莎夫妇因为车祸而意外身亡。米兰·昆德拉没有利用小说来控诉，也没有正面评价甚至是批评那个时代，他只是呈现了那个特定时代的一些捷克知识分子特定的生活和他们的遭遇。

我最喜欢的就是这部小说的语调，它舒缓、冷静、沉着，就像一首叙事曲，或者一段很长的慢悠悠的散步。我感觉在这部小说里弥漫的只是一种情绪和氛围，它逐渐地氤氲起来，模糊起来，诗化起来。小说的结构分为七个部分，其中一些地方还夹杂了少许名词解释，造成了小说叙述节奏的停顿，形成了类似音乐的变奏的节奏感。人物之间错综复杂的情爱和性爱关系像走马灯一样，令人眼花缭乱，主人公莫名其妙的决定导致了不同的生命轨迹，在诗性的、哲理性的书写中，人在历史中的具体境遇被表现无遗。

米兰·昆德拉还把一些哲学概念的探讨和对政治历史的分析隐藏在一些段落里，显示了他对1968年苏联占领捷克导致的捷克社会和文化的停顿和剧变的沉痛思考。大部分读者，尤其是当时的西方读者，都把这本书当作是对极权主义的批判，实际上，这部小说是一部探讨人在特殊制度和特定环境下的存在的哲学追问之书。小说里的性和政治都是隐现不断的主题。性和政治一直是米兰·昆德拉的作品中特别关键的地方，不过，性在他的小说里是显在的，是裸露在外面的，他试图通过人物之间的性关系和性活动，来呈现主人公内心的复杂波动。而政治，冷战时期东西方之间的政治较量和制度隔膜，是小说主人公活动的背景。至于对他的小说中的"性描写过多"的质疑，他回答道："我不愿意解释为什么性行为在我的小说里起着如此重要的作用。这是无意识的、非理性的领域，一个对我来说十分亲切的领域。小说家有他自己的界限，出了这个界限他就无法再对自己的小说讲理论了，这个时候，他就必须知道如何缄口不言。"

《生命中不能承受之轻》获得了巨大的成功，不仅畅销很久，还被改编成了电影，获得了奥斯卡最佳电影奖，进一步扩大了小说本身的影响力。《生命中不能承受之轻》是最能体现米兰·昆德拉的作品风格、美学气质、文学理想和结构方式的作品，也是他最好的小说之一。这部小说的出版，使米兰·昆德拉一跃而成为当今在世的最受人瞩目的作家之一。而对于这部小说，无论是从文学、美学、政治学、社会学各个方面来解读，不同的读者都可以获得他想要的东西。因此，这部小说的杰出的地方还在于它的开放性和模糊性，它的艺术氤氲的独特气质。这部小说充满了多义的色彩，米兰·昆德拉自己说："小说的精神是复杂的精神，每一部小说都对读者说：'事情并不像你想象的那么简单。'这是小说永恒的真理。"

读者往往对小说的题目中的"轻"感到疑惑。那么，什么是米兰·昆德拉所说的"轻"呢？对于这个理解和进入他的作品的最重要的概念，我们还是让他自己来解释吧："最沉重的负担压迫着我们，让我们屈服于它，把我们压到地上。但是在历代的爱情诗中，女人总是渴望承受一个男性身体的重量。于是，最沉重的负担同时也成了最强盛的生命力的影像。负担越重，我们的生命力越贴近大地，它就越真切实在。相反地，当负担完全缺失，人就会变得比空气还轻，就会飘起来，就会远离大地和地上的生命，人也就是一个半真的存在，其运动也会变得自由而没有意义。"

这就很好理解米兰·昆德拉所说的"轻"了。

三

1995 年秋天，捷克总统哈维尔将捷克的最高奖项——文化功勋奖，授予了米兰·昆德拉，他接受了这个奖。这个奖颁发给米兰·昆德拉，是为米兰·昆德拉和他的祖国捷克之间的关系画上了一个句号，也就是说，祖国最终以最高礼遇，褒奖了作为流亡者的米兰·昆德拉。

米兰·昆德拉在法国居住了十多年，我想，他在内心里早已经不把自己看成是一个捷克流亡作家了，而是一个居住在法国的"世界作家"。1991 年，米兰·昆德拉的第六部长篇小说《不朽》的法文版出版了。在《不朽》中，我们看到了熟悉的结构和语调，米兰·昆德拉正在冲我们狡黠地扮鬼脸：这部小说在结构上照样分为七个部分，延续了他过去小说的基本气质，就是那种舒缓的、变奏的、不断被一些议论和插话所打断的叙述语调。小说的故事情节已经和捷克历史没有关系了，场景转移到了欧洲。《不朽》的主人公是歌德，德国文化中的巨擘。小说的着眼点是当时的浪漫派诗人阿尔尼姆的妻子贝蒂娜对歌德的爱恋。贝蒂娜因为和歌德的恋情，在歌德死后，她润色和改造了与歌德的通信，把自己变成了歌德的缪斯女神，而获得了世俗意义上的"不朽"。米兰·昆德拉通过这么一个故事，深刻地讽刺了世俗意义上的不朽，反讽了追求不朽的过程中的真实情况。实际上，米兰·昆德拉是在思考当死亡成为我们必须要通向的结局的时候，人的境况是什么样的。《不朽》是他真正意义上的一部"欧洲小说"，米兰·昆德拉通过这部主角是歌德的小说，来向历史上的欧洲小说的伟大的传统致敬。他说："小说的精神是持续性的精神，每一部作品都是对以前那些作品的回答，每一部作品都包含着以前全部小说的经验。"

1995 年，为了更加靠近自己所说的"欧洲小说"的伟大传统，米兰·昆德拉开始用法语直接写作，出版了第七部长篇小说《缓慢》。这部小说翻译成中文只有八万字。《缓慢》的主题十分重要，他认为，现在的人类生活的节奏和方式都太快，在这部小说中，他给我们越来越快的人类的生活指出了一条道路：应该慢下来，"慢的乐趣怎么失传了呢？啊，古时候闲荡的人到哪儿去啦？民歌小调中的游手好闲的英雄，这些漫游各地磨坊，在露天过夜的流浪汉，都到哪儿去啦？他们随着乡间小路、草原、林间空地和大自然一起消失了吗？"小说风格是夹叙夹议，将他自身的经历和看法与一些欧洲人的当代生活情况编织起来，表达了他的深思和忧虑，但力度大不如前面的作品。

1996 年，米兰·昆德拉出版了他用法语写作的、他的第八部长篇小说《身份》，翻译成中文只有九万多字。小说中出现的人物是当代的，分为五十一个段落，描述了一个叫尚塔尔的女人的爱情生活。小说中弥漫着梦境和现实混淆的气氛，充满着人的情欲、大海以及旅馆的混杂的气息。作为米兰·昆德拉的法语小说，显得不厚重。《缓慢》和《身份》都是小巧的，对于他本人来说，是没有什么突破的小说，我认为甚至有一些失败——这已经不是我们所熟悉的那个锐利的、狡黠的米兰·昆德拉了，而是一个老态龙钟的、每况愈下的米兰·昆德拉了，他的这两部法语小说实在显得空洞和狭小。

2000 年，他完成了第九部小说《无知》，照例很薄，翻译成中文只有九万字。《无知》的题材重新回到了捷克，故事情节很简单：一个多年没有回捷克的女人伊莱娜，二十年之后回到了祖国，却发现一切已经物是人非，找不到任何熟悉的面孔和踪迹了。她发现，人们并不在乎她长期的流亡生活，她被排斥在当代捷克生活之外。后来，她和过去的友人约瑟夫相遇了，他们发生了性关系，但是，她对于他不过是一个送上门的猎物。一种茫然和迷惑充斥在她的心尖，她不知道历史的报复竟然是那么的深刻。《无知》探讨了流亡者和故乡的关系，表达了米兰·昆德拉对祖国捷克斯洛伐克的真实心态。

米兰·昆德拉将自己主要的文学理论和观点都放在了《小说的艺术》《被背叛的遗嘱》和《帷幕》这三本书里，在这些带有文学理论和散文笔法的集子中，他深入探讨了小说内外各种困扰他的问题，提出了一些关键词汇和解释，是 20 世纪非常值得重视的精彩的小说文论。

2008 年 9 月，他早期的剧作《夜莺》时隔四十年之后，在布拉格一家剧院再度上演。这个剧作讲述的是在捷克的一所学校里所发生的关于权力和性的荒诞故事。2006 年，他的代表作《生命中不能承受之轻》在捷克出版，历史的语境变化了，因此，对他的作品的接受也发生了微妙的变化。

2009 年 5 月，他又推出了一本随笔集《邂逅》，带着一种沉郁的语调，继续追寻文学、绘画、音乐、政治与流亡、记忆与死亡背后的东西。

米兰·昆德拉对冷战结束、柏林墙倒塌、苏联解体和东欧剧变所造成的历史记忆与心理影响，有着深刻的哲学思索和文学表达。因此，在当代欧洲小说的领域中，他是一种非常独特的声音。无论从小说的外部还是从小说的内部来看，米兰·昆德拉都在"欧洲小说"这个大前提下，对小说的形式和技巧做了很多有益的探索，比如，音乐的结构、语调的运用、画面的使用、思辨性的介入、戏剧性的冲突，等等，他还将对人的存在和发现作为自己的文学追求，去努力呈现。他的小说还呈现了哲学思辨的特点，对遗忘、媚俗、轻和重这些概念的表达，成了20世纪的关键性词汇。米兰·昆德拉还受到了巴赫金所赞赏的"复调小说"的启发，但是，在他的小说中，结构层次和线索要更多，更复杂。他的小说语言具有冰冷的讽刺和幽默的沉思的特点，他对人的可能性和小说本身的可能性都进行了深入的探索和发现。眼下，米兰·昆德拉已是耄耋之年，我们不能再期待他能带给我们更多的东西了，实际上，他已经带给了我们足够多的东西，来供我们瞻仰和消化。

原载《长城》2010年第7期

推荐书目

《生命中不能承受之轻》，韩少功、韩刚译，作家出版社1987年9月版

《不能承受的生命之轻》，许钧译，上海译文出版社2003年7月版

《玩笑》，景凯旋译，作家出版社1991年2月版

《玩笑》，蔡若明译，上海译文出版社2003年6月版

《生活在别处》，景凯旋等译，作家出版社1991年5月版

《生活在别处》，袁筱一译，上海译文出版社2004年5月版

《为了告别的聚会》，景凯旋等译，作家出版社1989年3月版

《告别圆舞曲》，余中先译，上海译文出版社2004年5月版

《笑忘录》，莫雅平译，中国社会科学出版社1992年10月版

《笑忘录》，王东亮译，上海译文出版社2004年1月版

《不朽》，宁敏译，作家出版社1991年11月版

《不朽》，王振孙等译，上海译文出版社2003年6月版

《缓慢》，严慧莹译，时代文艺出版社 1999 年 10 月版

《慢》，马振骋译，上海译文出版社 2003 年 2 月版

《本性》，张玲等译，内蒙古文化出版社 1999 年 2 月版

《认》，孟湄译，辽宁教育出版社 2000 年 9 月版

《身份》，董强译，上海译文出版社 2003 年 2 月版

《无知》，许钧译，上海译文出版社 2004 年 8 月版

《欲望的金苹果》，曹有鹏等译，湖南文艺出版社 1989 年 7 月版

《可笑的爱》，邱瑞銮译，时代文艺出版社 1999 年 10 月版

《小说的智慧》，艾晓明编译，时代文艺出版社 1992 年 1 月版

《小说的艺术》，董强译，上海译文出版社 2004 年 8 月版

《小说的艺术》，孟湄译，三联书店 1995 年 1 月版

《小说的艺术》，唐晓渡译，作家出版社 1993 年 9 月版

《被背叛的遗嘱》，孟湄译，上海人民出版社 1995 年 12 月版

《帷幕》，董强译，上海译文出版社 2006 年 9 月版

《对话的灵光——米兰·昆德拉研究资料编要》，李凤亮等编，中国友谊出版公司 1999 年 1 月版

《阿涅斯的最后一个下午》，里卡尔著，袁筱一译，上海译文出版社 2005 年 1 月版

《米兰·昆德拉传》，高兴著，新世界出版社 2005 年 8 月版

《相遇》，尉迟秀译，上海译文出版社 2010 年 8 月版

第二部分

北美作家：
新大陆、孤独与行动的人

威廉·福克纳：美国文学新神话

一

威廉·福克纳是欧洲现代主义小说创新的潮流转移到美洲大陆的新象征。在此之前，欧洲小说在精神和形式的创新上，都占有着绝对的优势。但是，自从威廉·福克纳在美国出现之后，20 世纪现代主义小说创新的因子就开始在北美洲大陆生根发芽，并逐渐向南美扩展。威廉·福克纳师承詹姆斯·乔伊斯，并将美国南方的历史和人的生存景象纳入他所创造的类似当代神话的小说中，形成了一座新的文学高峰，还影响了加西亚·马尔克斯，使他写出了《百年孤独》，加西亚·马尔克斯的作品后来又影响了莫言等很多作家，使一团文学创新的火种在各个大陆的杰出作家之间不断地被传递。

威廉·福克纳 1897 年 9 月 25 日生于美国南部的密西西比州一个大庄园主家庭。而这个大庄园主家族，已经在他父亲那一代彻底衰落了。因此，从小，威廉·福克纳就对家族的兴衰史有着极大的探究兴趣，他逐渐了解到了自身所在的大家族的兴盛和衰落的情况，这为他后来找到了写作的源泉提供了一个前提。一战爆发之后，年仅十七岁的威廉·福克纳参加了加拿大空军，主要负责地勤工作。战后，他开始学习写作。他最早的文学启蒙老师，或者说，给予他决定性影响的人是作家舍伍德·安德森。1925 年，二十八岁的威廉·福克纳在新奥尔良拜见了他，亲耳聆听了舍伍德·安德森的教诲，舍伍德·安德森劝他去写脚下土地上的人和历史。在舍伍德·安德森的帮助下，威廉·福克纳于1926 年出版了自己的第一部长篇小说《士兵的报酬》。这部小说直接取材于威廉·福克纳参加军队作战的经历，描绘了在第一次世界大战中的青年士兵的幻灭感和他们的痛苦经历。这是威廉·福克纳在三十岁之前书写自我经历的一次尝试。这部小说没有引起大众的注意，因为小说在题材上和写作技法上都显得很一般。1927 年，威廉·福克纳又出版了他的第二部小说《蚊群》，在小说里，威廉·福克纳塑造了带有 20 世纪 20 年代繁荣时期的美国病的艺术家群像，描绘了艺术家们肉体的活跃和他们精神的迷茫。这个时期是威廉·福克纳写作上的练习时期，他需要不断地寻找自我，而美国读者和文学界对青年作家威廉·福克纳的出现也并不重视，好像他根本就没有出版过这两本小说一样。

1929 年，威廉·福克纳出版了他的第三部长篇小说《萨多里斯》，这是威廉·福克纳苦苦寻找到了自己的写作资源和叙述方式的第一部真正的开端之作。从这部小说开始，他的"约克纳帕塔法"系列小说正式诞生。《萨多里斯》这部小说，描绘了美国南方密西西比州的大种植园自蓄奴时代以来的历史，其中，塑造了一个重要人物萨多里斯上校，讲述了包括上校在内的整个南方种植园主阶层逐渐衰落的故事。因为，威廉·福克纳发现，"自己家乡那块邮票大的地方很值得一写，而且永远也写不完"。后来，他接连写了十六部长篇小说和七十多部短篇小说，从小说的题材上和地理背景上看，全部都是和他的家乡有关。他根据家乡的地理和环境虚构了一个叫作"约克纳帕塔法"的地方，为此，还专门绘制了一张"约克纳帕塔法县地图"，在地图上，他标明了山川与河流，家族和人物，传说和习俗等元素。

威廉·福克纳的整个"约克纳帕塔法"系列小说，从叙述时间上，要追溯到美国独立战争之前，然后一直到二战结束之后。在他创造的长达一百多年的小说时间里，一共写了六百多个有名有姓的人物，这些人物往往在这篇小说里成为主角，在下一篇小说里可能就是配角，在这篇小说里消失了，在另外一篇小说中又出现了，从故事、人物、情节来看，每一部小说都是独立存在的，但它们又都是主题统一的一个大整体的一部分。其实，要是单篇来看福克纳的小说，我觉得似乎每一部都有一些缺憾。比如他的《喧哗与骚动》，结构完美、形式精巧、叙述华丽而又精到，但是却缺乏一种更加宏伟扎实的力量，比如《复活》中的赎罪和忏悔的力量，比如《百年孤独》中的一个大陆的历史命运的整体力量。后来，我渐渐明白了，阅读福克纳，应该把他的十九部长篇看成是一部小说，这样，我就一下子理解了福克纳的伟大。威廉·福克纳所写作的，是有着十九个章节的一部篇幅更加浩繁和巨大的长篇小说。虽然，其中的四部小说在题材上和"约克纳帕塔法"小说系列没有直接关系，但作为序曲和插曲，照样可以纳入整个系列。只有这样看待他的创作，你才能理解威廉·福克纳的伟大和他的雄心壮志，理解人类的小说在他的手里发生了多么大的变化，你才会理解他对小说艺术的巨大贡献。而这贡献是如何与美国新大陆的历史挂上了关系，并实现了我所说的"小说的大陆漂移"在美洲的发展的？是威廉·福克纳将现代小说的创造性的火种烧引到了北美洲，因此，他成了 20 世纪美国最重要的小说家之一。

二

1929 年，威廉·福克纳出版了长篇小说《喧哗与骚动》，从此进入到他创作的全盛时期，一直到他的小说《去吧，摩西》（1942）的出版，这十多年的时间，是威廉·福克纳小说创作最辉煌的时期。《喧哗与骚动》与他的第三部小说《沙多里斯》一样，都反映了美国南方白人种植园世代家族的衰落过程。《喧哗与骚动》以多个视点和叙事的角度来结构作品，它讲了一个可以拼合起来的完整的故事，但是，这个故事需要读者去把他们拼接起来，需要读者亲自去复原小说的故事情节。在这部小说里，威廉·福克纳在叙述时间的运用和结构的多层次以及意识流和内心独白手法的运用上，都达到了令人匪夷所思的地步。

《喧哗与骚动》作为威廉·福克纳经营了一辈子的"约克纳帕塔法"系列小说的最重要的作品，它的书名来源于莎士比亚的戏剧作品《麦克白》。在莎士比亚这出和复仇有关的戏剧中的第五幕第五场戏中的主人公麦克白有这样一段独白："……我们所有的昨天，不过是替傻子们照亮了到死亡的土壤中去的道路。熄灭了吧，熄灭了吧，短促的烛光！人生，不过是一个行走的影子，一个在舞台上指手画脚的拙劣的伶人，登场片刻，就在无声无息中悄然退下；它是一个傻子所讲的故事，充满着喧哗与骚动，却找不到一点意义。"（朱生豪译）。从情节主干来看，这部小说讲述的是美国南方种植园主康普生一家的故事：小说的时间背景大约在 20 世纪初期，作为种植园大地主家族的后裔，老康普生已经丧失了创业的斗志，家族产业到了他的手里开始衰败，这个家族过去曾经彪炳历史，几代人中间出过州长和陆军将军，他家的庄园望不到边，阡陌相连、黑奴成百上千。可是，自从美国南北战争结束、南军失败，伴随着蓄奴制度的瓦解，康普生家族也开始衰落了。到了老康普生的手里，只有一幢十分破旧的大宅子和一户黑奴帮佣了。因此，老康普生整天就是酗酒、瞎逛。他的老婆是一个自私自利、眼光短浅的女人，将家族衰败的怨气都发泄到他身上。他们有一个长子昆丁，是小说中比较正派的角色，希望家庭能够保持稳定，恪守南方保守的文化传统。他的妹妹凯蒂则是一个多情的女人，和男人有婚前性行为，被大家认为辱没了康普生家族的荣誉，最后不得不跳水自杀。康普生夫妇的次子是杰生，他是一个坏小子，冷酷无情、自私贪心，凡事都为自己考虑，对家庭造成的羁绊感到恼火，渴望寻求自己不羁的生活。而康普生的最小的儿子班吉则是一个白痴，在小说的叙述时间里，他都三十三岁了，却只有三岁儿童的智力水准。班吉还打算强奸邻居家的一个女孩，未遂之后受到了惩罚，被割掉了生殖器。整个康普生家庭中，只有黑人女佣迪尔西是忠心耿耿的，相信这个家族还有希望。她不仅担负起康普生家族的大量家务，还担当保姆，从很早开始，就一直护佑着几个孩子们的成长。这是小说中最主要的几个人物，正是这些人物的意识活动构成了小说的核心内容。

在小说的结构上，《喧哗与骚动》如同坚固完美的建筑那样，清晰地由四部分组成。各个部分的叙述者不一样，前三个部分都是第一人称的独白叙述，第四部分则是第三人称的全知全能的叙述，构成了补充性说明。小说的第一部分，是由家族的小儿子、傻子班吉来讲述，叙述时间为 1928 年 4 月 7 日。因为，这一天是白痴班吉的三十三岁生日，女黑佣迪尔西的外孙带着班吉去玩耍了。于是，班吉就开始用断断续续的意识和白痴的特殊思维，回忆了这一天的全部经历。班吉对时间的感觉等于零，他尤其无法对过去、现在和未来进行时间上的区分，因此，这一部分的意识流就像是天书，威廉·福克纳用文字的最大可能性来表现班吉的白痴意识，他的内心独白看上去杂乱无章，没有逻辑，但是在小说史上却最为有名。于是，在班吉所回忆的很多场景中、在大量的家族生活、人与人关系产生纠葛的片段中，我们逐渐分辨出班吉眼睛中的家族故事：他的童年、某年圣诞节的快乐、姐姐凯蒂隆重的婚礼、父亲康普生的去世、大哥昆丁的自杀，等等，这些家族中的重大的事件在班吉凌乱的回忆里如同波光水影，在意识流过的瞬间全部显现。在班吉的眼中，姐姐凯蒂是他真正的保护人，一个带有母性色彩的保护者，姐姐凯蒂如何呵护班吉，是班吉的意识流中最温暖的部分，因此，班吉很喜欢凯蒂，也依赖和崇拜她，并且为凯蒂后来因不贞洁遭到了大家的唾弃感到难过和不解，更为她的自杀而疑惑和痛苦。自此，小说的第一部分就结束了，我们从中基本上了解了这个家族的悲剧命运和人物之间的关系。

小说的第二部分的叙事人是长子昆丁，叙述时间是 1910 年 6 月 2 日。在这一天，昆丁自杀了。昆丁当时在哈佛大学念书，早晨他醒过来，发现寝室里就他一个人，手表的嘀嗒声十分急促，好像要催促他去做某种决定。他愤怒地砸碎了手表，趴在桌子上写了一份遗书，决定去寻死。他走出大学校园，坐上电车，横穿城市，不知道自己应该去哪里。这一天，昆丁遇到了很多不顺心的事情。他先是去购买打算跳水自杀时用于自沉的熨斗，结果被人误认成一个诱拐犯而遭到了警察的逮捕。在警察局，他的解释无法说服警察，昆丁只好联系朋友，被保释了出来。出来之后，他又与朋友发生了口角，两个人打架了。造成他心绪不宁的主要原因，还是妹妹凯蒂的不贞洁，对此他难以接受，耿耿于怀，因为，他作为家族长子，十分珍爱家族荣誉，是一个十分保守的南方人。他想起妹妹凯蒂、她的丈夫和她的情人之间的纠葛，以及他和他们的两次会面带给他的糟糕感觉，他的心情越来越坏。昆丁对她十分恼怒，但是又不能去惩罚她，心情万分沮丧。就这样，到了 1910 年 6 月 2 日的晚上，昆丁就投水自杀了。在这个部分，昆丁的意识是激动和紧张的，因此语速十分快，而昆丁又是哈佛大学的学生，他的思绪带有强烈的理性色彩，呈现了他对人生的基本态度。但是，他的精神恍惚与迷离，也造成了这个部分内心独白的混乱与缭乱、激昂与颓废。

小说的第三部分是二儿子杰生的叙述，叙述时间为 1928 年 4 月 6 日。这一天，杰生遇到了好几桩不如意的事情。姐姐凯蒂后来生了一个女儿，叫作小昆丁——看来是为了纪念哥哥昆丁而取的名字。小昆丁喜欢逃学，还和一些流浪艺人混在一起，不服从舅舅杰生的管教。在这一天，他还收到了姐姐凯蒂的一封来信，在信里，凯蒂询问他，她寄给小昆丁的钱，他给小昆丁了没有，这使得杰生很恼怒。同一天，杰生还收到自己的情人的来信，这也是让他感到恼火的一封信。同时，杰生耽误了在股市上发财的一个机会。于是，他把所有的不如意都发泄到家族成员的身上，认为他们都亏待了他。杰生尤其对姐姐凯蒂和她的女儿充满着怨恨。这一天，他甚至向自己的母亲提议，应该把傻子弟弟班吉送进疯人院，把姐姐的那个不听话的女儿小昆丁送到妓院里去。母亲当然没有接受他的这个想法。这个部分的叙述以显现杰生的冷酷和偏执为重点。杰生的脑神经有问题，头痛时常发作，这使他的内心独白比较混乱，带有间歇式的痉挛特征，威廉·福克纳模仿了这样的人的语言和意识行为。

小说的第四部分是关于女佣迪尔西的，叙述时间为 1928 年 4 月 8 日。在这一部分中，威廉·福克纳改用全知全能的第三人称叙述。这一天是复活节，一大早，杰生就发现小昆丁偷了他的七千元钱逃走了，这些钱大都是他从凯蒂寄给小昆丁的生活费中克扣的，因此，即使他报警了，也无法向警察解释钱的来源，因此，杰生只能自己想办法去找小昆丁。不过，他的找寻却没有结果。然后，小说描述了女佣迪尔西带着自己的家人和傻子班吉一起，前往社区的黑人教堂去参加复活节礼拜的过程。在这个部分里，威廉·福克纳通过对迪尔西的描绘，补充了前三个部分没有交代清楚的一些家族恩怨和具体关系的细节。黑人女佣迪尔西以她的坚忍和忠诚、仁慈和爱心，帮助这个衰败的家族走向了新的生活。这个部分的叙述扎实有力，与前三个叙述者的悲剧性的内心独白相比较，迪尔西以见证人的身份，做了一个总结性的回顾和展望，给读者带来了希望。通过这部小说，威廉·福克纳想告诉我们，那个由种植园家族所组成的美国老南方体系已经彻底瓦解，但新南方却目标不明，充满了混乱和绝望感。也许，只有像迪尔西那样的人，以诚实、善良和慈爱的品质来面对生活，才可能是南方的希望所在。小说中还有一个附录，将康普生家族从 1699 年到 1945 年之间的家族主要人物和事迹做了一个介绍，成为本书的一个背景资料。

作为威廉·福克纳最重要的小说，《喧哗与骚动》的文学技巧十分精到成熟。他后来的小说大都沿用了他在这部小说中大量使用、几乎到了炉火纯青地步的意识流和结构技巧。从总体上来说，他的小说在运用时间、结构、意识流与内心独白上，对小说史有着巨大的贡献。拿他来和普鲁斯特、詹姆斯·乔伊斯、弗吉尼亚·吴尔夫的意识流手法相比较，威廉·福克纳创造性地发展了上述几个欧洲文学巨匠所开拓出的意识流小说技巧，并将意识流的时间层次扩大，随意地固定、流动、回溯、停顿、反切，等等，拓展了意识流叙述的外延，这是他独特的贡献。就《喧哗与骚动》而言，小说中最突出的技法，在于运用多个视角的叙述和内心独白，而且，他所采用的意识流手法是经过了改造的，带有叠加、复合、立体性等多个特点，从各个角度的人物对时间的体验和理解的意识流动，将同一个故事的各个侧面拼接为一幅完整的、斑驳的画面，从而把读者引入了人物丰富的内心。《喧哗与骚动》选择了最主要的四个时间点来讲述，并没有按照顺序的时间，而是沿着这四个固定的时间点发散开来，需要读者主动地参与进去，把小说中支离破碎的人物关系和悲剧事件理解清楚，并且拼合完成。因为，《喧哗与骚动》表面上叙述的混乱和颠倒的时间中发生的故事，其实是互相紧密联系的，是有着固定的秩序的。

多年以来，对威廉·福克纳的这部杰作的解释，成为文学评论家们的乐事，他们运用各种分析方法，试图理解和进入这部含义深刻的作品。比如，"神话原型理论"派的学者将小说中的情节、人物和故事结构，与人们熟知的一些古代神话和史诗相比较，发现威廉·福克纳的很多作品都和《圣经》故事有关。"神话原型理论"对威廉·福克纳的理解和分析，加深了我们对他的作品的理解。在《喧哗与骚动》中，神话原型派理论家们认为，这部小说的故事就是以《圣经》中的基督受难周为原型。比如，小说中的时间坐标、1928 年的三个日期，恰恰是那一年的基督受难日、复活节前和复活节；而 1910 年昆丁自杀的那个日期，又恰好是"圣体节"的第八天。

那么，《喧哗与骚动》的主题到底是什么？在《喧哗与骚动》中，人性中的恶俘获了每一个人，使他们在走向毁灭和罪孽的道路上，成为时间的注解。威廉·福克纳自己曾说："这是一个美丽而悲惨的姑娘的故事。"是的，凯蒂作为小说的中心人物，她的婚姻和情感成为撬动和改变小说中整个家族人员关系的原始力量，而她的堕落和自杀，则象征着美国南方的堕落和衰亡。但是，在小说中，凯蒂从来没有主动地出面说话，而是通过她的三个兄弟的自白和意识流来折射她的无所不在，和她搅动出来的巨大命运的旋涡。为此，法国作家、哲学家萨特写过一篇文章《〈喧哗与骚动〉：福克纳小说中的时间》，专门分析了《喧哗与骚动》如何运用时间和处理时间的叙述艺术，而威廉·福克纳以对时间的深刻理解和刻画，恰恰在呈现美国南方文化的瓦解和衰落，这，就是这部小说的主题。

三

1930 年，威廉·福克纳出版了一部篇幅不大的长篇小说《我弥留之际》，这是他的又一部小说力作。小说以非常紧凑的笔法，描绘了美国南方某个家庭的女主人艾迪·本德仑，从弥留之际到她死亡之后十天左右所发生在她家庭内部以及送葬途中的事情。《我弥留之际》是以死者艾迪·本德仑的各个家庭成员的叙述构成，讲述了他们自己的故事也是人类自身的故事。小说一共分成了五十九个小节，每一节都是一个人物的内心独白。叙述者一共有十五位，除了小说中本德仑家族的七名成员以外，还有他们的邻居、偶遇的旅客等。这些人在不同的环境、从各自的角度，讲述了他们眼睛看到的，脑子里所想的东西。整部小说的语言采用了美国南方地区的鲜活的口语，显得说话者人人不同，个性突出。艾迪是镇上的一个女教师，她嫁给了本地农民安斯·本德仑，但婚后的生活一直不如意，后来，她和一个牧师有了私情，还生下了一个私生子朱厄，从此，她与家庭和周围保守的环境之间的关系紧张起来。后来，生病的艾迪在弥留之际提出了一个请求，希望丈夫和孩子们把她的遗体送回家乡的小镇去安葬。她的这个要求看似合理，可是，实际上包含了她对丈夫的失望，对南方保守文化环境的蔑视。对于她的丈夫安斯以及几个孩子们来说，完成她的遗愿是对她的尊重，必须要进行。于是，精彩的一幕上演了。安斯和孩子们扶着灵柩前往家乡，可这一家人没有料到，一路上天灾人祸不断，尸体的保护也成了最大的考验。不久，私生子朱厄在一次意外的火灾中被严重烧伤；艾迪的大儿子被马车压断了腿；另一个有些智障的儿子因纵火烧棺被送进了疯人院；女儿为了搞到堕胎药被半路上的药房伙计诱奸；拉车的牲畜也被突然来到的洪水冲走了。他们一家人用了整整六天，才走完了四十英里的路。在小说的结尾，他们拉着已经发臭的母亲的尸体，终于到达了目的地杰斐逊镇。安葬了艾迪之后，这个家庭立即解体了，大家各自找乐子去了。男主人安斯也十分悠然地借钱买了一副假牙，带着自己的新欢，重新踏上了回家之路。

这部小说有着一切伟大小说的基本元素：如何面对生存和死亡、大自然和人的关系、人性的善和恶、人的家庭内部和外部的关系，等等。在安斯和家人要把艾迪的尸体拉到家乡去下葬的过程中，这一家人经受了巨大考验，外要面对洪水和糟糕的天气，内要面对家庭中每一个人内心的恶魔，于是，这个过程就变成了一个与死亡、生存和命运有关的寓言。以短短的十几万字的篇幅，威廉·福克纳造就了一部伟大的小说杰作。"神话原型"理论家们认为，这部小说和《圣经》中的情节、和摩西带领人们走出埃及相对应。在《圣经》故事中，摩西也是经受了无数的考验，最终带领人民走出了埃及，还确立了十诫。不过，小说《我弥留之际》却是一出黑色的闹剧，它不像摩西那样经过考验最

94

终成了正果，小说中的每个人的恶和私欲，最终吞噬了他们自己。死亡是小说的重要象征，因为一具尸体贯穿了整部小说，它不仅折射了本德仑一家的遭遇和不幸，也借助呈现艾迪的私情、她的弥留之际、她的死亡和送葬的过程，描绘了美国南方文化的衰亡，这仍旧是威廉·福克纳要表现的主题。

　　但是，凭借已经出版的几本小说和诗集，威廉·福克纳没有获得多少金钱的回报。因此，书商就劝告他写一部能够赚钱的书。长篇小说《圣殿》就是这样一个产物。小说出版于1931年，果然，它获得了读者的青睐，成了福克纳卖得最好的一部作品。这很大程度上是由于小说中那耸人听闻的情节：一个叫波普艾尔的家伙出身贫穷低微，身材瘦小，加上性无能，这使得他变得十分凶残。后来，他成为黑帮的首领，外号"金鱼眼"。"金鱼眼"把镇上法官的女儿、纯洁的女大学生谭波尔给强奸了，还把她送进了一家妓院。这么一个可怕的事件，最终却并没有让"金鱼眼"受到惩罚——在法庭上，谭波尔为了自己的名誉，竟然作了伪证，使"金鱼眼"第一次逃脱了法网。后来，"金鱼眼"涉嫌谋杀了一个警察而再度被捕，虽然他在这一次实际上是无辜的，但因为没有不在场的证据，最后"金鱼眼"被判处绞刑给处死了。《圣殿》中呈现了美国南方司法的无力的一面。在小说中，暴力与罪恶和人性的阴暗面是写得最精彩的。"金鱼眼"虽然干了很多坏事，可是他最后却因为并没有犯下的罪行而被处死，这体现出法律制度的荒诞。《圣殿》的确是一部可怕的书，在小说中，威廉·福克纳一共描写了九次谋杀和一次枪决，外加一次关于私刑的逼真描绘，实在让读者开眼。而且，为了讨好大众读者和书商，威廉·福克纳还故意以侦探小说的外壳包裹这部小说，但是，从小说要表现的人性主题来看，却是一部关于美国南方现实社会的批判性作品。

　　在1932年，威廉·福克纳出版了小说《八月之光》。这是他的一部力作，描绘了一个美国社会的悲喜剧。小说的结构鲜明，有两条情节主干。第一条线索是乔·克里斯默斯的故事。他的名字有些像基督的名字，再次暗示了小说和《圣经》之间的关系。他是一个孤儿，是一个白人姑娘与一个墨西哥流浪艺人的私生子。他母亲在分娩时难产死了，父亲后来被带有种族主义思想的外祖父枪杀。幼小的乔·克里斯默斯被外祖父送到了一所白人孤儿院里。后来，他因为有黑人血统而被保育员赶出了孤儿院——他的外表与白人一样，但是血液里却流着黑人的血，因此，在精神上，他背负着沉重的十字架，他发现，自己既不像一个白人，也不像一个黑人，于是，就和社会逐渐隔膜。在他三十二岁的

95

时候，来到了杰斐逊镇打工，结识了一个白人姑娘安娜，二人相爱了。但是，当乔·克里斯默斯告诉安娜他有黑人的血脉时，安娜立即提出要结束两个人的恋爱关系。在恼怒和情绪失控之下，乔·克里斯默斯杀死了安娜，逃跑了。几天之后，他最终选择了投案自首，主动接受了白人对他的私刑处决。小说的另一条线索是莱娜·格鲁夫的故事。莱娜是一个天真善良的姑娘，她从亚拉巴马州一路走着来到了杰斐逊镇，打算找寻自己的旧情人，因为她已经是有孕在身了。莱娜坚信自己逃跑的情人不是为了躲避责任，他一定会出来承认他是孩子的父亲，会与自己结婚，但没想到，最终事与愿违。幸亏，她遇到了一个好心的工头拜伦·本奇，在他的帮助下，莱娜生下了孩子，他们两个人结合了。《八月之光》以这两个平行的故事，以一男一女所遭遇的不同故事，呈现了美国南方特有的文化环境对人的影响：种族主义的幽灵、南方传统的价值观和新教伦理在每个人的行为上起作用，并支配着他们的日常行为。

四

1935，威廉·福克纳出版了长篇小说《标塔》，这是一部在题材上不属于他的"约克纳帕塔法"系列的小说。"标塔"指的是机场指挥飞机飞行和降落的指挥塔。小说描绘了一群特技飞行员的生活。这部小说的整体气息是轻松的，小说中，飞行员似乎独立在当时的社会之外，是被忽略和被抛弃的人。那些飞行员、跳伞员和他们的女人、机械师外加一个对飞行特别有兴趣的小孩子，共同组成了一个封闭的集体，由一个观察和记述他们生活的记者来讲述——一群到处去表演飞行特技的飞行员的故事。威廉·福克纳自己就当过飞行员，写这部小说，我想，他主要是想动用一些生活体验来进行题材上的调整，进行创作的休整。

1936年出版的小说《押沙龙，押沙龙！》是他的整个小说系列里非常重要的一部。小说所采取的形式，还是通过几个人的叙述来表现南方种植园主托马斯·塞德潘的历史。这部小说，福克纳一共写了两年多。它具有宏大的气魄和史诗的气质，内容庞杂，情节曲折，叙述摇曳多姿，带有浓厚的悲剧气息。《押沙龙，押沙龙！》这个奇怪的书名取材于《圣经》，在《圣经》故事中，以色列的大卫王的儿子押沙龙企图阴谋篡位，但是计谋败露后被杀，大卫王于是哀叹道："押沙龙，押沙龙！"包含了无穷的复杂悲剧感情。因此，这部小说显然也用来表达父与子之间的龃龉和反目成仇、兵戎相见的古老主题。小说的主人公、种植园主托马斯·塞德潘是一个白人，他出身贫寒，因此，很小就打算出人头地、跻身上流社会。后来，他凭借过人的手腕和聪明智慧，成为加勒比海地区一个大庄园主。但是，在这个时候，他发现他的妻子竟然有黑人血统。这对他实在是一个巨大的打击，因为种族主义的观念深藏在他的血液里，他做出了遗弃妻子和孩子的决定，带着一群黑奴，离开了加勒比地区，来到了美国的密西西比州。后来，他又在约克纳帕塔法县发达致富了，拥有了巨大的庄园，还娶了一个白人中产阶级商人的女儿为妻，生了一对儿女。美国南北战争爆发了，在战争期间，他和前妻生的儿子查尔斯·邦也来到了密西西比。查尔斯·邦知情地爱上了同父异母的妹妹朱迪丝。知道内情的哥哥亨利为了避免家族丑事外泄，不得不杀死了异母兄长查尔斯·邦，然后逃跑了。南北战争以南方军失败告终，参加战斗归来的托马斯·塞德潘变得颓废和消沉，并和一个穷苦白人琼斯的一个小外孙女发生了性关系。不堪忍受名誉受损的琼斯一怒之下杀死了托马斯·塞德潘。就这样，曾经辉煌了几十年的托马斯·塞德潘的大庄园，就迅速衰亡和瓦解了。又过了一些年，流浪在外的亨利回来了，他打算重振雄风，但是，一场大火又把塞德潘庄园烧毁了，一切都化为了灰烬。

小说将托马斯·塞德潘家族的命运和美国南方的命运捆绑起来，以两代人的悲剧折射了人性的复杂。在叙述上，威廉·福克纳继续发挥他的多层次、多角度叙述的长处，打乱了小说故事的时间顺序，以托马斯·塞德潘家族的各个成员自己的叙述，逐渐地拼接出一个完整的悲剧故事。据说，《押沙龙，押沙龙！》是福克纳自己最满意的一部小说，也是他的小说中主题和意义最宏富的小说。

不久，威廉·福克纳接连出版了长篇小说《没有被征服的》（1938）和《野棕榈》（1939）。这两部小说在结构上就像橘子瓣，是由短篇小说和中篇小说所组成的长篇小说。其中，《没有被征服的》包含了七部短篇小说，翻译成中文有十六万字，讲述了约克纳帕塔法县的沙多里斯上校家族的故事。《野棕榈》从题材上不属于约克纳帕塔法系列，它由两个大中篇《野棕榈》和《老人》组成，情节毫无关系，交替叙述，讲述了一对情人和一个因为大水而越狱并最后战胜洪水、重新回到监狱的老人的故事。这两个交叉的当代故事，叙述密实、气魄宏大，壮丽的密西西比河在福克纳的笔下，完全是有生命的和怪脾气的。尤其是老人面对洪水来袭，和其他犯人与洪水搏斗的场景令人震撼。最终，老

97

人战胜了洪水，营救了一个孕妇，他战胜了内心的魔鬼回到了监狱中，反而被加判十年。另外一对情人中的男主角哈里也被关进了监狱。小说中，两个男人的命运都失败了，但是却展现了人性的伟大力量。

威廉·福克纳有一段时间很喜欢写那种由系列短篇小说构成的长篇小说。除了上述两部小说，《去吧，摩西》（1942）也是这样一部作品，它由七篇主题一致、讲述同一个家族的不同人物的故事所构成。小说的主人公艾萨克·麦卡斯林是一个种植园家族的子孙，麦卡斯林家族的两个支系演绎了各种人生境遇和命运的变化。另外一些小说，则讲述了如何打猎的故事。其中，最长的一篇《熊》有六万多字，非常棒，是写打猎的非常好的小说，带有神话和象征的色彩。

<h2 style="text-align:center">五</h2>

可以说，自从《去吧，摩西》出版之后，威廉·福克纳一生中最好的小说都完成了，他进入到后期的写作阶段。在这个阶段中，尽管他进行了很多题材和技巧的实验，但是作品质量都赶不上出版《喧哗与骚动》和《去吧，摩西》之间的十三年里所写出的小说那么好。威廉·福克纳创作晚期的长篇小说，主要有《坟墓的闯入者》（1948）、《修女安魂曲》（1951）、《寓言》（1954）和《掠夺者》（1962）等。《坟墓的闯入者》带有侦探小说的外形，但是仍旧在探索美国南方文化的衰落和人性的幽暗面。小说以一个白人小孩契克的视角来叙述：在镇上，一个白人庄园主家的儿子被杀了，而黑人青年路喀斯受到怀疑，被抓进了监狱。曾得到路喀斯帮助的白人小孩子契克，根本不相信这个善良的黑人是杀人凶手。一个偶然的机会，他在死者的坟墓里发现那里还有一具尸体，这为排除黑人路喀斯的作案嫌疑提供了有力的证据。契克还聪明地说服了自己的律师舅舅，帮助路喀斯打官司，最后终于帮助路喀斯洗脱了杀人的罪名。

《修女安魂曲》是一部带有戏剧特征的长篇小说，从小说的情节上看，它算是《圣殿》的续篇，因为，《圣殿》中的人物故事在这部小说里继续延伸，而内心的罪恶导致了恶果是这部小说的主题。长篇小说《寓言》花费了威廉·福克纳十一年的时间，由他当年创作的一个电影脚本的故事发展而成，小说讲述了基督再次来到人间的故事。他成了一战中的一个法国士兵，因为内心的爱和善，为拯救同伴的生命献出了自己的生命。在威廉·福克纳后期的小说中，《村子》（1940）、《小镇》（1957）、《大宅》（1959）还算不错，是他的"约克纳帕塔法"系列中的组成部分。这三部小说被称为"斯诺普斯三部曲"，描绘了斯诺普斯家族的人物故事，主要塑造了弗莱姆·斯诺普斯的形象，这是一个由穷光蛋变成了大银行家的人，是南方新兴资产阶级的代表，他的发迹史，可以从一定程度上折射出新兴的南方有钱人的历史。

《掠夺者》是福克纳生前出版的最后一部长篇小说：卢修斯的祖父是一个银行家，他伙同祖父的司机霍根贝克和黑人帮佣耐德一起，把祖父的汽车偷走了，开到了外地的一家妓院，然后就住进去，整天玩乐。可是司机霍根贝克和黑人帮佣耐德为了帮助另外一个黑佣，偷着用这辆汽车换了一匹马，又用这匹马去参加比赛，赢回了汽车。四天之后，他们一起回到家里。年仅十一岁的卢修斯在这四天中，经历了人世间的各种遭遇，体验到了人生的各种滋味，他同时看到了在人性中存在的善良、爱心、互助、欺骗、贪婪、狡诈和自私，他得到了磨炼，开始成熟起来。

除了十九部长篇小说，威廉·福克纳还写有近百篇短篇小说，一些随笔、演讲和书信，以及《大理石牧神》等多部诗集和几个电影剧本，去世之后，还出版了《沙多里斯》的原始文本——小说《坟墓里的旗帜》，以及《圣殿》的原始文本。从1957年起，威廉·福克纳了担任弗吉尼亚大学的驻校作家，直到1962年去世。

威廉·福克纳塑造了一个虚构的家乡，以及这个家乡中的人物、河流、大地，和美国南方的哀愁与衰落。他一生的时间都在写密西西比州他的家乡的历史，同时，挤出去南方土地的脓血。

威廉·福克纳的写作也影响了很多后来者，特别是拉丁美洲、亚洲的印度、中国的一些小说家。他既深刻地反映了人类社会，特别是美国南方的历史，同时，他又是一个标新立异的实验小说家。他借助《圣经》文学传统和希腊神话、莎士比亚戏剧的原型故事，呈现了现代社会中人的异化和人与人复杂的关系，他的很多小说都是通过人物的精神活动和意识流动来塑造人物本身，是表现现代人的精神状态和心灵世界的高手。他还把存在主义哲学、伯格森的意识绵延学说、弗洛伊德的性心理学运用到小说中去，加深了我们对人本身的理解。在小说语言的运用上，在小说的结构和多层次、多视角的表达上，他都带给了我们大量的启示。

威廉·福克纳去世已经半个多世纪了，但是，我希望他活在永恒中。

威廉·福克纳是属于那种力量型的作家，如果你虚弱了，你就读读威廉·福克纳吧。

原载《河北作家》2011年第3期

推荐书目

《喧哗与骚动》，李文俊译，上海译文出版社1984年10月版

《我弥留之际》，李文俊等译，漓江出版社1990年11月版

《福克纳作品精粹》，陶洁选编，河北教育出版社1990年月版

《福克纳中短篇小说选》，蔡慧等译，中国文联出版公司1985年7月版

《老人》，蔡宗齐译，广东人民出版社1986年3月版

《八月之光》，蓝仁哲译，百花文艺出版社1998年10月版

《押沙龙，押沙龙！》李文俊译，上海译文出版社2000年7月版

《圣殿》，陶洁译，上海译文出版社1997年3月版

《坟墓的闯入者》，陶洁译，上海译文出版社2000年9月版

《去吧，摩西》，李文俊译，上海译文出版社1996年5月版

《掠夺者》，王颖等译，上海译文出版社1999年12月版

《村子》，张月译，百花文艺出版社2001年5月版

《献给爱米丽的一朵玫瑰花》，陶洁编，译林出版社2001年9月版

《福克纳随笔》，李文俊译，上海译文出版社2008年1月版

《福克纳的神话》，李文俊编，上海译文出版社2008年1月版

《福克纳评传》，李文俊著，浙江文艺出版社1999年12月版

《威廉·福克纳研究》，肖明翰著，外语教学与研究出版社1997年12月版

《福克纳评论集》，李文俊编，中国社会科学出版社1980年5月版

《骚动的一生——福克纳传》，戴维·明特著，顾连理译，知识出版社1994年9月版

《圣殿中的情网》，达维德·敏特著，赵扬译，三联书店1991年10月版

《福克纳传》，杰伊·帕里尼著，吴海云译，中信出版社2007年7月版

厄内斯特·海明威：
行动的人，行动的小说和哲学

行动的人

在我看来，厄内斯特·海明威首先是一个行动的人，一个具有传奇色彩的人，其次，他才是一个杰出的小说家。厄内斯特·海明威可以说是在中国影响最大的美国小说家，在很长的时间里，他的作品的中文译本不断翻新，并且总是能够保持着稳定的销量，这很大程度上得益于他的传奇经历和人格魅力。从某种程度上说，海明威是挡在自己作品前面的人，他以自身的传奇性和行动性，将小说写作变成了行为艺术，他的行动和小说写作密不可分，这在小说史上也是一个奇观。而且，海明威创造出一种地地道道的美国小说，在短篇小说的写作上成就尤其突出，以其文本上的强烈的简洁风格和省略性叙述，将小说的叙述艺术带到了一个新天地，昭示了小说的发展方向，并影响了很多后世小说家。同时，他还拓展了美国文学的新疆界，与威廉·福克纳一起提升了二战之后的美国文学，并将现代小说叙事艺术的发展中心，强有力地从欧洲转移到了美国大陆。

海明威 1899 年出生于美国芝加哥附近的奥克帕克村，他父亲是一名医生，母亲非常爱好文学和艺术，这对夫妇一共生育了六个孩子，海明威是他们的第二个孩子。在海明威很小的时候，他母亲就教他拉大提琴，并教他欣赏美术作品，而父亲则教他钓鱼和打拳击，教他各种体育活动。美和力成为海明威一生受用的两个方面。按说，行动性非常强的体育活动和内向式的艺术审美活动恰恰是相反的，但是，在性格和爱好互补的父母亲的影响下，他吸收了他们各自的长处和优点。在中学时代里，海明威的体育成绩就非常好，游泳、足球、射击、拳击都是他擅长的运动，他还参加了学校里的乐队，拉大提琴，在文学方面也很早慧，很早的时候就开始写短篇小说，并且向学校里的刊物投稿。1917年，十八岁的他中学毕业之后，就去了堪萨斯市的《星报》担任记者，正式开始了自己的文字生涯。在早期的新闻写作当中，由于新闻稿件对简洁和准确、生动和具体、短句与活泼的文风的要求，使他积累了很特殊的写作经验，为他日后创造出电报式的文学写作风格，打下了基础。

1918年，十九岁的海明威参加了美军，投身于第一次世界大战，担任的是红十字会医疗车队的司机。这段时间，他主要在欧洲南部，特别是意大利的后方医院里服务，在一次袭击中身受重伤，经过治疗，次年回到了美国，在家中继续写作。接下来的几年时间里，他又担任了《星报》驻欧洲的记者，在巴黎、日内瓦等地采访，并且在美国作家舍伍德·安德森的介绍下认识了侨居在巴黎的美国女作家格特鲁德·斯坦因，和诗人庞德等交往，在他们的影响下写作水平进步神速。1923年，海明威出版了他的第一本书《三个短篇和十首诗》，次年，在巴黎，他又出版了小说集《在我们的时代里》。这个集子收录了十八个以年轻的主人公尼克（实际上是海明威自己的化身）为主角的短篇小说。1926年，他还出版了中篇小说《春潮》。以上这三本书是海明威初露头角的作品，虽然销量都很小，但已经开始呈现出海明威独特的语言技巧和叙事风格，引起了英语世界的作家同行与评论家们的注意。

海明威真正引起广泛关注的作品，是他的第一部长篇小说《太阳照常升起》。这部小说出版于1926年，小说的主人公是一群参加了第一次世界大战后在欧洲居留的美国青年，他们的生活面临危机，残缺不全又找不到方向，从而描绘了一代青年的迷惘和幻灭感。我觉得这可以说是一部艺术家小说，书中刻画了想当作家和艺术家的美国青年在巴黎的困顿、探求和失落，而巴黎的五光十色和艺术氛围并没有抚平这些青年内心的失落感，反而使他们找不到出路，变得更加迷惘。文字上充满了后期印象派画家那样的光影感，死亡、疾病、伤残和心理问题笼罩在小说主人公的身上，具有很强的艺术感染力。侨居巴黎的美国女作家斯坦因看了这本书的手稿，对海明威说，"你们都是迷惘的一代"，海明威就把这句话作为小说的题记放在了扉页上。《太阳照常升起》也因此成了"迷惘的一代"这个短暂和影响不大的文学流派的代表作。这本书的出版，使海明威看到了自己的真正前途不是在欧洲，而是在美国大陆。于是，1927年，他回到了美国。

我觉得，海明威逐步确立了自己的"硬汉"文学写作风格，是以1927年出版的短篇小说集《没有女人的男人》为起点的。这部短篇小说集题材广泛，描绘了拳击手、西班牙斗牛士等一些硬汉形象，他们在面临人生困境和抉择当中，显示出男人的力量。尤其是当死亡的威胁来临的时候，男人们竟然直接面对，毫不退缩，呈现出和美国精神相符合的一面，而美国精神带有拓荒性、创造性和冒险性，这些特性在海明威的笔下都有呈现，海明威逐渐找到了自己的声音和写作的题材，以行动的人的方式，展开了他迷人的文学写作。

行动的小说

我觉得，长篇小说《永别了，武器》（1929）是海明威影响最大的作品，也是他最好的小说之一。小说带有一定的自传性，描绘了一个年轻的美国军官在意大利前线负伤后，住进了战地医院，并和一个英国护士有了一段悲剧性爱情——女护士最后难产死亡，年轻的军官带着悲情离开了欧洲。小说主题是反战的，情节上，我觉得带有一点通俗爱情悲剧小说的影子，隐含着大男子主义的观念——女护士的死，解决了他们之间的一个即将面临世俗生活的难题，使小说带有了希腊悲剧的壮美色彩。小说的语言干净利落，叙述扎实简洁，细节生动具体，人物的性格也比较生动，但是稍显得平面。小说里有很多警句一样的议论，是对那个时代非常有力的批判和判断，今天看来，也非常有力量。从小说的形式上来讲，这还是一部多少有些中规中矩的现实主义作品，但海明威还是在语言和句子上，顽强地打上了他自己的鲜明烙印，这个烙印，就是他那精湛的叙事艺术，是属于海明威自己的，以精练、简洁、生动和省略为特点。尤其是小说的开头和结尾部分，特别值得分析。小说在开头部分，就确立了整部小说的叙述风格和语调：

那年深夏我们住在村里的一所房子里，越过河和平原可以望见群山。河床里尽是卵石和大圆石，在阳光下显得又干又白，河水清澈，流得很快，而在水深的地方却是蓝幽幽的。部队行经我们的房子朝大路走去，扬起的尘土把树叶染成了灰蒙蒙的。树干也蒙上了尘土。那年树叶落得早，我们看到部队不断沿着大路行进，尘土飞扬，树叶被微风吹动，纷纷飘落……

我们可以感觉到，在写景的文字中，蕴含着战争即将摧毁这一切的担忧，简洁、具体和生动的句子，立即把我们带到了现场。小说的结尾则更加出色，据说，海明威改写了三十九遍，才最终满意：

我走到房间的门口。"你现在不能进去。"一个护士说。

"不，我能。"我说。

"你还不能进去。"

"你给我走开，"我说，"另一个也走开。"

但是等我把她们赶走以后，关上房门，拧熄了电灯，并没有丝毫用处。这好像是在向一尊塑像告别。过了一会儿，我走出房间，离开医院，冒着大雨回旅馆去。

和《百年孤独》开头那句绕口的、包含了时间的过去、现在和未来的时间不一样，《永别了，武器》的开头和结尾都是现在进行时的。小说的结尾是对一种悲剧性情景的描绘：男主人公要去向恋人的遗体告别，两个护士在场，他把她们赶开了。然后，他默默地举行了一次告别，没有悲痛欲绝，没有呼天抢地，没有大声哭泣，他坐了一会儿，就离开了那里。而强烈的感情恰恰全部隐藏在简约的文字背后，海明威用主人公的动作和形象来表现人物的感情和心理活动，用精辟的句子描述主人公的内心活动，用简练的对话来呈现人物的性格，达到了超凡的效果，这就是海明威的小说叙事艺术的魅力。

20世纪30年代前期，海明威居住在美国的佛罗里达，后来，他嫌那里不好玩，又迁到了古巴，这和他喜欢大海有关。他的生活方式主要是捕鱼、打猎和读书。1932年，他出版了关于西班牙斗牛士的长篇专著《午后之死》，这本书将斗牛提升到与雕塑艺术并驾齐驱的高度。这本书里还有从斗牛引申开来的、他对文学写作的一个著名的论断："冰山在海里移动是很庄严宏伟的，这是因为它只有八分之一露在水面上。"后来，他在小说的叙事艺术上努力实践，并且几乎达到了完美境地的文学理念，就是这个冰山理论——在他简约的叙事语言的背后，读者仍旧可以感觉到，乃至阅读到他没有写出来的八分之七的东西。这就是海明威在小说叙事艺术上的追求和贡献。1933年，他出版了短篇小说集《胜者无所得到》，1935年又出版了他的狩猎笔记《非洲的青山》，描绘了一年以前他和自己的第二任妻子以及好友卡尔一起去非洲打猎的经历，在那里，他们一共打了三头狮子、一头水牛、二十七只个头稍微小一点的动物。书中描绘了打猎的惊险和非洲大自然的奇特，还有他对好朋友卡尔的争强好胜以及与妻子的和谐恩爱，可见这段时间他过着多么逍遥自在的生活。

1937年，海明威出版了长篇小说《有的和没有的》，描绘了一个在美国社会里单枪匹马闯荡的男人哈里的一生。他在古巴和美国之间走私，最后丢掉了性命，成为一个悲剧英雄。小说的结论是：在美国这个社会，一个人依靠勇气闯荡根本不行，只能毁灭。这是海明威对自己的硬汉哲学与行动哲学的一种悲观的思考，小说体现出冒险和硬汉的精神，带有悲剧的震撼力量，但是无论是人物还是故事情节，都显得单薄。同一年，作为记者，他筹集了几万美元和几辆汽车来到西班牙，去支持共和政府，反对佛朗哥的法西斯军政权。次年，他发表了他一生中唯一的剧本《第五纵队》，这个剧本共分三幕，以马德里保卫战为背景，讲述了共和政府如何粉碎了马德里城中的一个间谍网的故事。近距离地观察西班牙内战，带给了他巨大的创作激情，而当时荷兰导演伊文斯拍摄了一部纪录片《西班牙大地》，解说词是海明威写的，并且还由他操着美国中西部的口音来亲自配音。

1940年，他出版了以西班牙内战为题材的长篇小说《丧钟为谁而鸣》，讲述一个美国志愿战士乔顿参加了西班牙游击队，奉命去炸掉一座桥梁，最后壮烈牺牲的故事。小说的故事发生在三天时间里，显得十分紧凑。在小说的副线中，穿插了几个爱情故事以及西班牙游击队员内部的矛盾和分歧。小说翻译成中文有四十万字，是海明威所有生前出版的小说里最长的，而且，里面有大段的内心独白和回忆。我觉得，这使小说显得拖沓和冗长，而他的"冰山理论"在这部小说里尽管有所体现，却不够明显。而且，他参与政治的热情实际上掩盖了在艺术上的精湛表达，小说的情节和人物的命运有拼凑和硬性虚构的痕迹，所以，我认为，这是一部很一般的作品。不过，它作为精确反映西班牙内战那个时代氛围的一部战争小说，倒在文学史上留存了下来。

行动的哲学

海明威一直信奉一种行动的哲学，他不是一个书斋里的作家，尽管他一向广泛阅读，博览群书。他是一个行动的人，只有在行动中，他才可以写出他的小说来。

海明威在小说写作上的高峰，应该是《老人与海》的出版。这部篇幅只能算是一个大中篇的小说出版于1952年。1950年，他还出版了一部长篇小说《过河入林》，描绘了一个参加了战斗的上校前往自己过去战斗过的地区，回忆当年在那里发生的战争的故事，有大量的心理描写，但是故事和叙述都缺乏有力的支撑，显得苍白贫乏。而篇幅不大的《老人与海》则相反，描绘了一个古巴老渔民桑地亚哥，在出海之后打到了一条巨大的马林鱼，但是当他想尽办法、费尽力气与周折把大鱼拖回港口的时候，那条大鱼已经被鲨鱼啃得只剩下了骨头架子。这部小说将老渔民幻化成可以以耐力和信心抵抗任何人生挑战的强大符号——"一个人并不是生来要给打败的，你尽可以把他消灭掉，可就是打不败他。"据说，《老人与海》这部小说本来是一部长篇小说的结尾部分，结果，海明威把前面几个部分都删掉了，只保留了有两万六千五百三十一个单词的这个结尾，却奇迹般地成就了一部杰作。

评论家对这部小说给予了毫不吝惜的赞美，并对这部小说进行了各种各样的分析。他们认为，小说塑造的这个老渔民，和他以往所塑造的那些硬汉，比如斗牛士、战士、打猎者、偷渡者和走私者都不一样，老渔民的经历不仅和古代希腊悲剧中的一些角色有呼应的关系，还是一个寓言，一个现代基督，一个巨大的人类命运的象征。同时，他的"冰山理论"在小说的叙述中运用得非常成功，简洁的叙事和纯粹的动作描写，使得小说带有着硬朗的骨架和密度，掩盖了长度和难度的匮乏，以自身的强大力量征服了读者。但是，海明威却说："没有什么象征主义的东西。大海就是大海。老人就是老人。孩子就是孩子。鱼就是鱼。鲨鱼就是鲨鱼。"这部小说也是他自己觉得最满意的。小说获得了当年的美国普利策文学奖，并且，由于这本书的出版，两年之后的1954年，他就获得了诺贝尔文学奖。在给他的授奖词中有这样的评语："和他的任何一位美国同行相比，海明威使我们更清楚地看到屹立在我们面前的是一个正在寻求准确方式来表达自己意见的朝气蓬勃的民族……作为这个时代伟大风格的缔造者，海明威在二十五年来的欧美叙事艺术中有着重大的意义，这种风格主要表现为对话的生动和语言的交锋。"

海明威一生都喜欢参加各种冒险活动，包括战争、打猎、捕鱼、观看斗牛，等等。他对斗牛有着深刻的体会和研究，并从中不断发掘出他标榜的硬汉美学和人生哲学。1960年，他出版了生前最后一本著作，这又是一本描绘斗牛的专著——《危险的夏天》。

在他的身后，留下的遗作还有不少，后来陆续由他的遗孀整理出版，包括长篇回忆录《流动的盛宴》（1964）、长篇小说《海流中的岛屿》（1970）、《伊甸园》（1986）、《曙光示真》（1999）、《海明威书简》（1981）等，这些作品从叙事艺术上看，并没有超过他出版过的几部最好的小说。《流动的盛宴》回忆了当年海明威在巴黎流浪和闯荡的真实经历，其中，对很多同时代作家，尤其是对菲茨杰拉德的描绘最为逼真。《海流中的岛屿》也很像一部粗糙的草稿，共分成三个部分，描绘一个画家一生中的三个片段。画家的三个儿子分别死于车祸和战争之后，画家决定亲自投身到反法西斯的战争中去。小说的主人公带有海明威自己的影子，尤其是第三个部分里，画家在海上执行搜捕潜艇的任务，和海明威自己改装游艇成为一艘小兵舰的经历很相似。画家也是他塑造的典型的硬汉人物形象，画家怎么遭受生活的打击都没有倒下去，所以，小说在主题上是重复的。遗孀整理的时候不忍删节，篇幅达中文四十二万字，行文并无剪裁，没有像海明威那样痛下板斧，我觉得是一部很一般的作品。

《伊甸园》也是海明威的遗作之一，小说的原稿有一千五百页，在出版社编辑的多次删节之后出版了，翻译成中文有十七万字。小说的时间背景是20世纪20年代，人物有三个，青年作家大卫、他的新婚妻子和妻子的女友，他们三个人形成了一种多少有些畸形的恋爱关系。小说的题目叫《伊甸园》，显然就是为了表达亚当和夏娃当年吃禁果的感受，小说的主题是情爱和性，带有变态性爱的一些场景是小说的特色，但并不过火，而是很隐晦。据说，小说的三个主人公可以从海明威和他的第一与第二任妻子身上找到原型，从小说的情节上，可以看出海明威某些生活的真相和隐衷。

《曙光示真》则以他和第四任妻子玛丽前往非洲打猎的经历作为背景，其中，刻画了海明威在当地结识的一个黑皮肤的女友黛芭，讲述了和他们夫妇的关系，隐含了一种三角恋的微妙关系，但是，这种三角的男女关系却处理得相当好。经过编辑的削删，最后面世的小说只是手稿的一半，其力度和艺术水平都无法和他的那几部杰作相比。

总体来说，海明威以他简洁如同电报电文一样的语言风格，引发了一次文体和叙事的革命，这一点，后来在世界上很多作家的作品中，都可以看到影响。在他的十多部中长篇小说中，《太阳照常升起》《永别了，武器》《丧钟为谁而鸣》和《老人与海》是最好的，分别展示了他创作中最重要的符号价值和文学阶段：《太阳照常升起》是他早年开创出"迷惘的一代"文学风格的代表作；《永别了，武器》和《丧钟为谁而鸣》分别描绘了第一次和第二次世界大战带给他的无法磨灭的印记；《老人与海》则代表了他的"硬汉文学"的高峰，并具有古希腊悲剧和《圣经》故事的力量。

海明威的短篇小说一共有七八十篇，都非常风格化，叙事技巧十分精湛，开创出了短篇小说写作的一个新天地。这方面的代表作是《乞力马扎罗山的雪》《白象似的群山》《杀手》《弗朗西斯·麦康伯短促的幸福生活》等。在写作小说的过程中，他就像拿着一把斧头的人，砍掉了整座森林里的枝枝蔓蔓，省略和空白恰恰最终丰满了作品本身，让我们看到了这种省略之后的满溢，也实现了他要"写出一句真实的句子"（见回忆录《流动的盛宴》），以及以八分之一的显露来展现八分之七的隐含内容的"冰山理论"，对话往往是他的短篇小说里最精彩的部分。另外，1972年，纽约一家出版公司编辑出版了收有二十四个短篇小说的《尼克·亚当斯故事集》，这是从海明威生前发表的三个短篇小说集和一些未发表的小说手稿中挑选的，主人公都是尼克·亚当斯，这个连贯在小说中的人物更像是一个旁观者，主要经验都取材于海明威的青少年时期的成长经历，以及对这种经验的深度挖掘和超越。

海明威是一个敢于挑战前辈和同辈的作家，他性格鲜明。他曾经和威廉·福克纳、菲茨杰拉德打过笔仗，互相较劲。他还痛恨批评家，骂他们是"待在文学身上的虱子"，这实际上妨碍了他自身的完善。因为一些评论家在他的创作后期，对他提出了很多的批评和指点，他全然听不进去，以硬汉式的粗暴作风，猛烈地攻击善意批评他的人，这显示了他性格上的刚愎自用。

海明威也是个很勤奋的作家，待在房间里的时候，他总是在读书。他在《海明威谈创作》一书中这么说道："作家应当什么书都读，这样他就知道应该超过什么……一个真正的作家要和死去的作家比高低。"虽然海明威的小说在文化深度和哲学深度上，都没有给小说史带来更多的贡献，他所虚构的文学世界也因为题材和主题的重复而显得狭小，风格上也有些重复。但是，他却是作家群中少有的一个有着巨大性格魅力的行动的人，一个改变了作家应该总是待在书斋里的形象的硬汉，而且，把他自己的经历牢牢地和他的写作捆绑在一起，成就了 20 世纪的一个文学传奇。

总体上看，我觉得，海明威的长篇小说中不少都是不成功的，主题重复、人物形象过于外在化是通病，小说的主人公大都是他自己的化身，他通过塑造那些硬汉来重新塑造自我的形象。但是，他却是 20 世纪少数几个最杰出的短篇小说家之一。他接近了文学的巅峰，但是，就像他的短篇小说《乞力马扎罗山的雪》里开头一段文字所描绘的那样，在乞力马扎罗山雪峰的旁边有着一头风干了的雪豹的尸体，没有人知道它怎么会在那里，我觉得，那头雪豹就象征着海明威自己，他一直在努力攀登文学的巅峰，最终功亏一篑，后继乏力，英勇地死在了高高的半山腰，获得了一种永恒的遗憾和孤独。

正如海明威在诺贝尔文学奖的获奖答词中说："一个在孤寂中独立工作的作家，如果他确实不同凡响，就必须每天面对永恒，或者面对永恒缺乏状态下的那种孤独。"

收入《静夜高颂》江苏人民出版社 2010 年 8 月版

推荐书目

《老人与海》，董衡巽译，漓江出版社 1987 年 7 月版

《春潮 老人与海》，吴劳译，上海译文出版社 1999 年 7 月版

《永别了，武器》，汤永宽等译，浙江文艺出版社 1991 年 12 月版

《丧钟为谁而鸣》，程中端等译，上海译文出版社 1982 年 9 月版

《过河入林》，晓征等译，春风文艺出版社 1989 年 1 月版

《获而一无所获》，魏志远译，四川文艺出版社 1993 年 6 月版

《伊甸园》，许其鹏译，作家出版社 1988 年 3 月版

《太阳照常升起》，赵静男译，上海译文出版社 1995 年 12 月版

《海明威短篇小说全集》（上下卷），蔡慧等译，上海译文出版社 1995 年 10 月版

《第五纵队·西班牙大地》，冯亦代等译，上海译文出版社 1999 年 12 月版

《不固定的圣节》，汤永宽译，上海译文出版社 1999 年 12 月版

《死在午后》，金绍禹译，上海译文出版社 1999 年 7 月版

《非洲的青山》，张建平译，上海译文出版社 1999 年 12 月版

《岛在湾流中》，蔡慧译，上海译文出版社 1999 年 7 月版

《危险的夏天》，主万译，上海译文出版社 1999 年 7 月版

《曙光示真》，金雯等译，上海译文出版社 1999 年 12 月版

《海明威谈创作》，董衡巽编选，三联书店 1985 年 5 月版

《海明威研究》，董衡巽编选，中国社会科学出版社 1980 年 11 月版

《海明威入门》，杨道圣译，东方出版社 1998 年 9 月版

《爸爸海明威》，蒋虹丁译，译林出版社 1999 年 3 月版

《海明威在中国》，杨仁敬编著，厦门大学出版社 2006 年 5 月版

《海明威在古巴》，王增澄等译，宁夏人民出版社 2008 年 5 月版

《再见，海明威》，华慧译，浙江文艺出版社 2008 年 12 月版

弗拉基米尔·纳博科夫：小说魔法师

在欧洲流落

　　1958年，弗拉基米尔·纳博科夫的长篇小说《洛丽塔》的出版在20世纪是一件惊世骇俗的事件，这部探讨性畸恋的小说将美国20世纪50年代保守的面具和幕布撕裂了开来，为20世纪60年代美国性解放和各种社会运动掀开了帷幕，从此，弗拉基米尔·纳博科夫也由文坛小圈子进入到世界大众的视野，逐渐成为20世纪最好的小说家之一。

　　纳博科夫1899年出生在俄罗斯的彼得堡，他的家世显赫，祖父当过沙皇时期的司法部长，父亲是一名法官，反对沙皇统治，后来参加了二月革命之后成立的改良政府。因此，纳博科夫从小就受到了很好的文化熏陶。后来，由列宁领导的"十月革命"更加激进地将俄国引向了新的方向，历史的车轮使旧俄罗斯快速演变成了一个庞大的国家——苏联。在那个动荡的时期，小弗拉基米尔·纳博科夫由父亲带着流亡到了德国。从此，纳博科夫就再也没有踏上祖国的土地。1919年，纳博科夫进入英国剑桥大学学习俄罗斯文学和法国文学，1922年他取得了文学学士学位，回到了柏林。他父亲当时是流亡在欧洲很活跃的自由派分子，因为办报纸刊发自由派观点的文章，惹怒了同样流亡的右翼君主派分子，结果在 1922 年被刺杀身亡。父亲丧生之后的一段时间是纳博科夫最为艰难的时期，他侨居欧洲，开始写作俄语小说，在俄罗斯流亡的侨民中获得了一些名声。说起来，纳博科夫十分早慧，他的文学生涯开始得很早，1916 年，十七岁的纳博科夫还在俄罗斯的时候就出版了诗歌作品《诗集》，诗风带有象征主义的晦涩和对语言的雕琢，在俄罗斯文坛上崭露头角。到欧洲之后，他写了六个戏剧和诗剧剧本，1926 年到 1940 年之间，纳博科夫发表出版了九部俄语小说：1926 年，纳博科夫出版了他的第一部长篇小说《玛丽》，此后，又陆续出版了长篇小说《王，后，杰克》（1928）、《眼睛》（1930）、《防御》（1930）、《荣誉》（1932）、《绝望》（1936）、《黑暗中的笑声》（1938）、《斩首的邀请》（1938）、《天赋》（1939）等。

这个阶段可以说是纳博科夫文学生涯的第一个阶段。在这个时期，纳博科夫通过诗歌、戏剧、小说等多种文体的写作，来艰难寻求表达自我的文体。小说《玛丽》作为纳博科夫的处女作，带有他本人鲜明的自传色彩。小说以柏林一家侨民寄居的公寓为背景，讲述了流亡的俄罗斯人的故事。在他们的生命经验中，对俄罗斯有着感情复杂的回忆。而女主人公玛丽是主角，围绕着她展开的故事和对侨民生活的描绘、对俄罗斯甜蜜又苦涩的追忆构成了小说略带感伤的语调。

《王，后，杰克》的书名，指的是扑克牌中王、后和小人这三张牌。小说依旧以柏林作为背景，人物照例是那些流落在欧洲的俄罗斯人，他们包括了一家服装店的老板，他的妻子和他们的外甥。这是一个三角恋的故事，小说中充满了世俗性的喜剧色彩，最后，服装店老板娘患病突然死去，三个人的爱情死结无意中解开了。我从这部小说中看出了《洛丽塔》的雏形。而篇幅只有中文四万字的俄语小说《眼睛》于 1930 年发表在一家专门刊登流亡俄罗斯人的作品的杂志上。小说带有超现实主义的特征。小说讲述了一个同性恋自杀之后，从另外一个世界观察当代生活的故事，但是，最终，叙述者和这个自杀者合成了一个视角来讲述，而讲述的角度变成了一只眼睛，由眼睛来叙述它所看到的一切，充满了荒诞和离奇的效果。可以说，从一开始，纳博科夫就特别注意小说的文体实验，他很少在小说的形式上重复自己，他说："风格和结构是一部书的精华，伟大的思想不过是空洞的废话。"他一生喜爱捕捉蝴蝶和整理蝴蝶的标本，在我看来，这种爱好投射到小说写作中，也使他的每一部小说都呈现出五彩斑斓的特征，文体、语言、结构、主题、语调、情节和细节，都显示了无穷无尽的变化，使人觉得惊喜异常。

　　小说《防御》的原名叫作《卢金的防守》，描绘了一个象棋大师卢金的尴尬，他为自己的棋局所迷惑，逐渐将眼前的象棋当作了自己的全部生活，取代了他能够感知到的现实，而他的妻子则想办法让他摆脱这种境地，最后，大师卢金还是因为精神的焦虑和无法解脱的苦闷而自杀了。小说呈现的是流亡在外的俄罗斯人找不到出路的精神困境，也暗示了时代的混乱气氛笼罩在渴望新生活的人们头上的压力，使他们濒临崩溃。纳博科夫于1932年出版的小说《荣誉》，同样描绘了俄罗斯人在欧洲流亡的窘境：一个年轻的俄罗斯逃亡者来到了欧洲，在欧洲宽容的环境里逐渐忘却了尾随他的恐惧感，他和一个年纪比他大很多的老女人谈恋爱，他不断地以能够证明他身份的英雄行为来证明和表达他的爱情，包括回到苏联境内，然后再回到欧洲的方式来呈现自己的矛盾境遇。这部小说也显示了纳博科夫自己内心的冲突，他作为流亡者居留在欧洲的无所适从、压抑和迷茫感。

　　稍后出版的小说《绝望》的题材仍旧是关于流亡柏林的俄罗斯人的，主人公是一个巧克力商人，在柏林，他发现了一个流浪汉和他长得非常相似，于是，他萌发了一个骗取保险的计划。他把这个流浪汉诱骗到森林里，互换了衣服之后，就残酷地打死了流浪汉，然后，把流浪汉的尸体伪装成是他的尸体，把他的证件放到了流浪汉的口袋中，就逃往了法国，等待他的妻子领取死亡保险金之后和他在巴黎会合。但是，令他意想不到的是，警察根据蛛丝马迹，判定那具尸体不是他，保险金没有得到，他的算盘完全落空了。他十分恼火，感到被愚弄了，开始一边写作一部手稿为自己的罪行辩护，一边等待着警察上门抓他。最后，他给自己的手稿起的名字就叫《绝望》。这部带有黑色喜剧色彩的小说，使得后来独树一帜的纳博科夫式的黑色幽默风格第一次被表现了出来，对文本间性的实验——就是把小说本身拆开成互相印证的部分，也获得了绝佳的效果。小说混淆了现实和想象、犯罪和戏剧、镜子和事件之间的关系，通过这部小说，纳博科夫逐渐找到了他自己的写作道路，就是在实验文体和对社会的黑色讽刺与幽默结合的笔调中找到一种平衡，同时，呈现出自己多种文化混杂的跨越性优势，大量地使用从古希腊到当代欧洲各种文化符号和隐喻，追求文字游戏的缠绕，在文体上对侦探小说进行戏仿和拆解，开辟了所谓"后现代主义小说"的新路。因此，我觉得，《绝望》是他早期小说中很重要的一部作品。

　　1938年9月，纳博科夫出版了用俄语写成、由他自己翻译成英语的小说《黑暗中的笑声》。这部小说的初稿完成于1932年，是在柏林写成的，原名《暗箱》。

从小说的文体上看，是纳博科夫对在 20 世纪 30 年代流行的三角恋电影的戏仿。以柏林为背景，小说中出场的人物有三个：阔绰的欧比纳斯、讽刺画家雷克斯、电影院女引座员玛戈。这三个人之间形成了一种性爱关系，最后，以阔佬欧比纳斯的死亡宣告关系的结束。在小说中，纳博科夫采用了一些电影蒙太奇式的写法，他还运用了戏剧性的冲突、对拙劣的电影情节的滑稽模仿，并以暗示、象征等手法，使小说的主题显得多义而朦胧。

1938 年，纳博科夫还出版了俄语小说《斩首的邀请》。到 1963 年，这本书才出了经过他本人精心修订的英文版。这本小说是纳博科夫的小说序列里政治意味比较浓厚的作品，是以反面乌托邦小说的面目出现的：一个被判处死刑的囚犯，想要脱身，但是，他又如何能够脱身呢？纳博科夫给出了一个答案，那就是，虽然他依旧被处死了，但是他的心灵却能够以一种怪诞的方式继续逃亡。这部小说的情节很容易让人联想起卡夫卡的小说，也使我联想起博尔赫斯的一篇短篇小说，那是描述一个即将被处死的人以心理时间延迟死刑执行的故事。纳博科夫对德国纳粹统治时期深恶痛绝，他对这个时期进行了详细观察和研究，但是，以文学的手段来表达对专制制度的批判，很容易陷入情绪性的义愤或者简单的批判。纳博科夫技高一筹，他以黑色幽默和戏谑的叙述方式，把主人公在被行刑之前的那些日子里的怪诞思维和行动，描述成期望逃脱专制集权制度的一种可能。

纳博科夫的最后一部俄语长篇小说《天赋》完成于 1937 年，于 1939 年出版。1963 年，才出版了这本书的英文版。我觉得这是研究纳博科夫前期写作非常重要的一部作品，因为他动用了他的父亲等人的一些材料。在结构上，这部小说别具匠心，也很有形式感。小说以一个流亡在欧洲的俄罗斯诗人为主人公。他一开始打算为他的昆虫学家父亲写一本传记，最终，这个诗人完成的并不是父亲的传记，而是俄罗斯著名作家车尔尼雪夫斯基的传记。这反映了诗人在思想上的转换和对俄罗斯文化的深入观察。在叙述上，小说带有巴罗克式样的回旋和繁复的特征，以两条线索交叉叙述，一条是诗人本身的成长，另外一条是对父亲生平的挖掘、对俄罗斯 19 世纪伟大文学时代的回望，视角也在不断地转换，把对俄罗斯的深情回忆和欧洲当时山雨欲来风满楼的战前压抑的社会现实联系起来，将时代的文化氛围准确地捕捉到小说中，并把他的一份独特复杂的乡愁表达得淋漓尽致。

1937 年，三十八岁的纳博科夫前往巴黎，打算在那里找到一份教书的工作，但是，很快，第二次世界大战爆发了，他再次陷入一种困顿和危险当中。1940年，他终于辗转来到了美国，开始了自己的新生活。

在美国发达

纳博科夫可以说是在美国发达起来的，是美国给了他一个舞台，一个转变文学风格的机会。一开始，他在美国的一些大学讲学，陆续登上了哈佛大学、斯坦福大学、康奈尔大学等美国著名学府的讲堂，在那里给学生们教授俄罗斯文学、法国文学和西班牙文学。课余时间则继续自己的文学创作，这段时间，他的生活逐渐稳定下来。由此，纳博科夫很快进入到他写作的第二个阶段，从此，纳博科夫不再用俄语写作，而是改用英语写作，用他的八部英语长篇小说，征服了美国和英语世界的读者，获得了世界性的影响，奠定了他的20世纪小说大师的地位。

《塞巴斯蒂安·奈特的真实生活》是纳博科夫的第一部英语小说，出版于1941年12月。对于这部英语小说的命运，纳博科夫内心是有些惴惴不安的，他请评论家威尔逊阅读了校样，结果，威尔逊大为赞扬，认为是一部杰作，他才稍微安心了。这部小说以一个俄罗斯流亡者为他同父异母的作家兄弟写一部传记的形式结构全书，别具匠心地采取了多层次的叙述，比如，作者一边写哥哥的传记，一边还对哥哥曾经聘用的秘书写的另一部传记进行驳斥和证伪，使得小说一边建构一边解构，内部结构复杂有趣。最后，小说中的作者前往医院亲自探访自己的作家兄弟，他发现他的作家兄弟已经去世了，医院里只有一张空床。于是，作者产生了一个幻觉，那就是，他的哥哥也许根本就不存在的，在一瞬间，作者和他的那个作家兄弟合成一个人了。这部小说就这么有趣地将双重文本和双重的人物合成了一个。小说实际上是纳博科夫对自身的深度探寻和挖掘，是纳博科夫对自我迷宫的顽强揭示。虽然，这部小说的主题似乎延续了纳博科夫大部分俄语小说的主题——探索流亡者的境遇和状态，但是，这部书在对作家灵魂和精神生活的体现和对自身的观照上，在对互文性的小说形式探索、对人物多重人格的描绘上，都达到了一个新境界。

第一本英语小说获得了读者和评论家的好评如潮，这使纳博科夫找到了用英语写作的自信。1947年，他出版了自己的第二部英文小说《庶出的标志》，书名的直译应该是"从左边佩戴的勋带"，意思是非正规获得的某种地位。小说讲述了某个哲学家的遭遇：他的同学帕克通过一场政变掌握了国家的政权，希望这个哲学家同学给予合作，出任国立大学校长，但是，哲学家拒绝了，因为，他认为老同学取得政权的方式是非法的，是"庶出"的。于是，独裁者就使用了包括女色在内的各种招数来威逼利诱哲学家就范，还把哲学家的儿子投入监狱里，把哲学家监禁起来。渐渐地，他想要屈服了，可是，当他得知儿子被当作科学实验品给弄死了之后，他决定不再妥协，精心策动了一场越狱行动，结果，他被狱警开枪杀死了。但是，哲学家最后变成了一只飞蛾，翩然越狱而去。小说完全是一个黑色的、噩梦般的悲剧。从小说的艺术性上来说，最出彩的地方就是那个带有荒诞色彩的人变飞蛾，以飞蛾飞出了监狱喻示了希望的存在。

纳博科夫真正让英语世界的读者着迷和发疯的小说，是《普宁》和《洛丽塔》。长篇小说《普宁》出版于 1957 年，主人公普宁是一位在美国任教的俄罗斯老教授，他外表打扮滑稽、行为迂腐，但是内心却善良温和，带有着浓厚的俄罗斯文化品格和乡愁意识，因此，在物欲横流的美国社会里，普宁教授感到处处都不适应，与周围的一切都发生了直接或间接的冲突，一时间，同事疏远了他，妻子也离开了他，最后，他把所有的精力都投入到对俄罗斯古典文学和文化的研究当中，去寻找安慰。可以说，普宁是一个失去了爱情、事业和故乡的人，小说描绘了这么一个不合时宜的人在一个新大陆里寻求生活的沧桑背影。小说的叙事技艺高超，语调从容笃定，叙述语言平实中蕴含着机智与俏皮，人物带有黑色幽默的滑稽色彩，非常好读，但是读了之后一种悲悯感会在内心里油然而生。在文字的背后，是俄罗斯文化的遥远投射与美国当代校园文化的五彩斑斓，这使得这部小说呈现出和一般的英语小说大为不同的文化格调，因此，《普宁》在美国社会大受欢迎，成为一时的畅销书。

而纳博科夫的长篇小说《洛丽塔》的出版，可以说是 20 世纪中最具争议性的文学事件了。1954 年，纳博科夫完成了这本书，之后，在寻求出版的过程中却到处碰壁，接连遭到了四个美国出版商的拒绝。当时的美国还处于麦卡锡主义的压制和禁锢之下，像《洛丽塔》这样的小说，显得非常离经叛道。走投无路的纳博科夫寻思，也许只有风气开放的巴黎能够接受它，他就把稿子邮寄到巴黎。1955 年，巴黎的奥林匹亚书局出版了这本书，但是却把它放到了一套色情小说丛书里。结果，英国著名作家格雷厄姆·格林发现了这本书的文学价值，他立即撰写书评文章，给予热烈的赞扬。大家才开始注意到这本书，并争相阅读，一时造成了洛阳纸贵的局面，大家口口相传，这本书的名气越来越大。英国和美国的海关先后都查禁过本书，不允许这本书入境。数年后的1958年，《洛丽塔》才在美国正式出版，继续它被热烈争议的命运。

《洛丽塔》真的有那么可怕吗？它到底写了什么让一些人抓狂？小说的情节很简单，一个叫亨伯特的欧洲中年男子，喜欢上了一个十二岁的小姑娘洛丽塔，为了实现自己拥有洛丽塔的梦想，亨伯特就娶了洛丽塔的母亲做老婆。为了独自占有洛丽塔，亨伯特后来想杀害洛丽塔的母亲，但是，巧合的是，洛丽塔的母亲却突然死去了。于是，亨伯特就暗自高兴，认为人算不如天算，是老天爷帮他的忙。他很高兴地带着洛丽塔来到了美国，开始在美国各个地方旅行，一般都住在汽车旅馆里，并且，打算寻找机会向小洛丽塔下手，最终，他找到了一个机会占有了洛丽塔，满足了自己的隐秘欲望。可是，洛丽塔开始反抗了，她厌恶自己的后爹，她和另外一个男人突然一起出走了。这使得亨伯特十分恼怒，他开始追踪他们，在找到了他们俩之后，开枪打死了那个男人，并且对已成熟起来的、怀了孕的洛丽塔依旧一往情深。小说的叙述方式是采取了主人公第一人称自述的方式，是亨伯特在监狱里的自述来展开全书的。小说还有一个前言，是纳博科夫冒充约翰·雷博士煞有介事地说自己需要编辑一份已经死在监狱里的犯人留下的手稿，这手稿，就成了这部小说的叙述主体。小说的开头也是文学史上最著名的开头之一："洛丽塔，我的生命之光，我的情欲之火。我的罪恶，我的灵魂，洛——丽——塔：舌尖向上，分三步，从上腭往下轻轻落在牙齿上。洛。丽。塔。"（时代文艺出版社版，于晓丹译本）这段开头开宗明义地说明了小说将要讲述的一切：畸形的情欲、热烈的恋情、黑色的悲剧结尾和带有滑稽色彩的人物形象。很多年来，这部小说因为涉及成年人和未成年人之间的畸形性恋而备受争议和斥责，批评者认为，这是一部不道德的和反道德的书，是一部有害的书，但是，赞扬者却认为，这本书恰恰是对美国物质至上的资本主义社会现实和粗鄙的审美趋向的尖锐批判。第三种观点则认为，作者不过呈现了人性的一种可能性和丰富性，它就是那么平常地存在而已，没有必要去大惊小怪。而纳博科夫则对各种说法都不置可否，从不发表意见。

我觉得，从总体上说，《洛丽塔》这部小说的机智和反讽、对男人欲望的描绘和批判，使小说具有了对美国社会进行精神分析的深度。小说本身的争议性和多义性也带给了纳博科夫本人很多版税和声誉。1989 年 5 月，漓江出版社第一次推出的《洛丽塔》的中文版有不少删节，封面是一个半裸的女人胸

117

像，说明这部小说在中国也被误读了。此后，又接连出版了四个不同的译本，但都在强调小说题材的奇特和猎奇性。一直到 2005 年，上海译文出版社出版了这本书的全译本和豪华精装本，才最终确定了这本书在汉语阅读世界里的"正常"的经典地位。

在瑞士谢世

1961 年，纳博科夫迁居到瑞士蒙特勒，此后，一直到 1977 年 7 月在洛桑去世，他都在瑞士生活和写作。这个阶段是他写作生涯的第三个阶段。一般认为，纳博科夫最好的、最有价值的小说，是他的几部英语小说。他早期的九部俄语小说，虽然有的也很精彩，但是似乎都是他的某种文学准备和练习，尽管这种准备和练习期的水准也达到了一定的高度。1962 年，他出版了长篇小说《微暗的火》，这是一部真正具有纳博科夫式谜语特点和形式主义特征的小说，也是纳博科夫最值得分析的作品。这部小说的结构非常奇特，它分三个部分，第一个部分是前言，是作者或者说叙事者的自白与解释，第二个部分是一首名为《微暗的火》的九百九十九行的长诗，第三个部分则是关于这首长诗的烦琐和多义的评注，也就是小说的主体部分，篇幅占全书的六分之五，形成了复杂的结构和多义的内容。

小说讲述了位于东欧的某个虚构的小国家赞巴拉国的国王，被一场革命废黜之后逃到了美国一所大学担任教授的故事。他改名叫金——英语就是国王的意思。他对另外一个诗人、学者希德教授讲述自己的生平，希望希德把他的经历写成诗歌。但是，希德教授后来被认为是由一个审判法官的出狱的犯人所刺杀，只留下了九百九十九行长诗。金觉得，刺杀希德教授的罪犯很可能就是废黜他的赞巴拉国派来暗杀他的，结果，刺客把毫不相干的希德教授给刺杀了，但真正的目标是他。于是，金从希德教授的遗孀那里取回来这首长诗，开始肆意地进行注解，疯狂地把一首希德教授写给自己的自传式的长诗，解读为关于他这个国王金的经历的叙事长诗，进行评注、误读和歪曲，由此也颠覆了小说的潜在主题。

1969 年，七十岁高龄的纳博科夫出版了小说《阿达：一部家族史》。我认为，这是纳博科夫最值得关注的小说之一。这部篇幅不小的作品内容特别丰富，主线索是一个九十多岁的俄罗斯裔美国哲学教授，回忆自己和同父异母的妹妹所发生的动人而又曲折的爱情，是另外一种类型的《洛丽塔》，形式上以男主人公的日记加女主人公的批注构成了小说情节主干，表面看似乎是在嘲讽 19 世纪规模宏大、庄严的家族小说，小说中大量的枝枝蔓蔓，很多是关于俄罗斯乃至欧洲历史上很多文学名家、大家的作品的解释和看法。纳博科夫仿佛在写作中随意地揪出一些线头，就延伸到欧洲深邃的文化史中了，展现了他十分渊博的学识。这部小说几乎囊括了纳博科夫全部的人生经验和对俄罗斯文化、欧洲文化、美国文化的全部思考，并且饱含着对文化的浓重依恋与乡愁。

1972 年，老当益壮的纳博科夫出版了小说《透明》，这本薄薄的小说带有着纳博科夫的特殊人生经验。小说主人公似乎是纳博科夫的分身，讲述了一个出版社的编辑，前后四次去瑞士访问和生活的故事。在几次访问中，这个编辑一生中结识的作家和朋友都纷纷去世了，世界上仿佛只剩下了他一个人，悲哀和忧愁弥漫在老编辑的心间，其间还夹杂着对他自己经历的回忆——他和一名曾经当过妓女的女子结婚，由于对她的背叛感到恼怒而掐死了她，结果，他被关进了监狱度过五年的时间。小说的结尾，这个老编辑在被美丽的风景包围的瑞士一家旅馆里，遭遇到一场离奇大火，在火焰的舔食中，老编辑竟然逐渐变成了透明的事物，消失在烟雾和风景中。阅读《透明》，我想起了米兰·昆德拉晚年用法语写的那些篇幅不长的小说。在纳博科夫和米兰·昆德拉之间，我似乎看见了七十岁的两个老人都在用一生的智慧、用简洁和缓慢的语调，讲述生命经验中最重要的沉思。

纳博科夫一生中最后一部小说是《看那些小丑！》（1974），这部英文小说的书名来源于他的祖母对他说的话："看那些小丑！他们到处都是，在你的四周。"小说的主人公是一个流亡的俄罗斯作家，在小说中，时间不断地绵延、中断，作家不断地浸入回忆，他一生的文学创作连缀其间，但是，最终这个作家连自己叫什么、姓甚名谁都说不上了，他只是人间一个小丑而已。纳博科夫以这部小说自嘲作家职业的尴尬，以自嘲的方式总结了自己一生的工作。

除了上述十七部小说，和他翻译注释的那部普希金的长诗，他还出版了评传《果戈理传》（1944），研究分析了俄罗斯杰出的文学家果戈理的一生。因为常年在美国的几所大学讲授文学，他还出版有对狄更斯、福楼拜、卡夫卡等欧洲小说家进行细读式研究的《文学讲稿》、研究俄罗斯文学家的讲稿《俄罗斯文学讲稿》，以及研究西班牙文学名著的《〈堂吉诃德〉讲稿》等文学评论著作。他还发表有五十多个短篇小说和九个剧本，四百多首诗歌；出版有回忆录《说吧，记忆》。在他去世之后，整理者出版了1939年他身在巴黎时写就的中篇小说《魔法师》，从故事情节上看，它可以看作是《洛丽塔》的前身。2009年11月，他生前的一部遗作《劳拉的原型》经过后人的整理，在美国出版。小说的主题是爱情，一个女人发现自己竟然是一部小说的主角。小说由一百三十八张卡片构成，纯属未完成的小说大纲和笔记。

纳博科夫很早就喜欢研究和捕捉蝴蝶，他是一个相当专业的业余昆虫学家。除去讲课和写作，很多时间他都用来和妻子薇拉一起在郊外捕捉蝴蝶，制作标本。这给他的文学形象增加了一些趣味和神秘色彩，以至于美国某家报刊刊登他的漫画，总是在他硕大的脑袋边加一个捕捉蝴蝶的网。这也成了纳博科夫本人的一个象征：他的一生似乎都在挥动一张捕捉小说文体的蝴蝶的网，并像魔法师变魔法那样不断地将小说的蝴蝶从网里拿出来。

由于他经历了20世纪巨大的历史震荡、变化和剧痛，他的作品呈现出一种十分复杂的面貌。他将想象力和渊博的学识结合起来，努力地探索小说可能的边界，像探险家一样改变了小说发展的方向。他身上深厚的俄罗斯文化传统和美国大陆的文化活力完美结合，造就了他山岳一般的文学成就，也因此丰富了20世纪的小说，并开启了通向小说未来的一条新路。

原载《芙蓉》2009年第6期

推荐书目

《玛丽》，王家湘译，上海译文出版社2007年1月版

《贵人、女人、小人》，潘小松译，时代文艺出版社1997年8月版

《防守》，陈岚兰等译，时代文艺出版社1999年1月版

《防守》，逢珍译，上海译文出版社2009年2月版

《绝望》，常立等译，时代文艺出版社1999年1月版

《绝望》，朱世达译，上海译文出版社2006年4月版

《眼睛》，蒲隆译，上海译文出版社2008年1月版

《黑暗中的笑声》，龚文庠译，漓江出版社1987年3月版

《黑暗中的笑声》，张玉夺等译，时代文艺出版社1997年8月版

《黑暗中的笑声》，龚文庠译，上海译文出版社 2006 年 4 月版

《斩首的邀请》，崔洪国等译，时代文艺出版社 1999 年 1 月版

《斩首之邀》，陈安全译，上海译文出版社 2006 年 4 月版

《天赋》，王骏译，译林出版社 2004 年 11 月版

《塞·奈特的真实生活》，王家湘等译，时代文艺出版社 1997 年 8 月版

《梦锁危情》，梅绍武等译，时代文艺出版社 1997 年 8 月版

《普宁》，梅绍武译，上海译文出版社 1981 年 6 月版

《普宁》，梅绍武译，上海译文出版社 2007 年 1 月版

《洛丽塔》，黄建人译，漓江出版社 1989 年 5 月版

《洛丽塔》，于晓丹等译，时代文艺出版社 1997 年 8 月版

《洛丽塔》，主万译，上海译文出版社 2005 年 12 月版

《洛丽塔》（英文版），外语教学与研究出版社 2000 年 11 月版

《微暗的火》，梅绍武译，时代文艺出版社 1999 年 1 月版

《微暗的火》，梅绍武译，上海译文出版社 2007 年 12 月版

《透明》，陈安全译，上海译文出版社 2008 年 1 月版

《菲雅尔塔的春天》，于晓丹等译，浙江文艺出版社 2003 年 1 月版

《魔法师》，金绍禹译，上海译文出版社 2008 年 1 月版

《说吧，记忆》，陈东飙译，时代文艺出版社 1998 年 2 月版

《说吧，记忆》，王家湘译，上海译文出版社 2009 年 4 月版

《固执己见——纳博科夫访谈录》，潘小松译，时代文艺出版社 1998 年 2 月版

《文学讲稿》，申慧辉等译，三联书店 1991 年 10 月版

《文学讲稿》，申慧辉等译，上海三联书店 2005 年 4 月版

《〈堂吉诃德〉讲稿》，金绍禹译，上海三联书店 2007 年 4 月版

《塞巴斯蒂安·奈特的真实生活》，谷启楠译，上海译文出版社 2010 年 2 月版

《纳博科夫传：俄罗斯时期》（上下），刘佳林译，广西师范大学出版社 2009 年 8 月版

《纳博科夫传：美国时期》（上下），刘佳林译，广西师范大学出版社 2011 年 5 月版

《蝴蝶与洛丽塔——纳博科夫传》，龙云译，上海人民出版社 2010 年 7 月版

《洛丽塔》（电影剧本），叶尊译，上海译文出版社 2010 年 8 月版

《尼古拉·果戈里》，刘佳林译，广西师范大学出版社 2010 年 12 月版

《劳拉的原型》，谭惠娟译，人民文学出版社 2011 年 3 月版
《独抒己见》，唐建清译，浙江文艺出版社 2012 年 1 月版
《荣耀》，石国雄译，浙江文艺出版社 2012 年 8 月版

索尔·贝娄：美国知识分子的灵魂图谱

一

如果推选美国最好的作家，在 20 世纪上半叶，我觉得，德莱塞、威廉·福克纳、海明威、菲茨杰拉德、托马斯·沃尔夫等人都应该榜上有名。那么，20 世纪下半叶美国最好的小说家是谁？这个问题也很难回答，俗话说，"文无第一，武无第二"，很难在作家中间区分出谁最好，在不同的人之间，答案肯定是不一样的，因为审美的事情 向是仁者见仁、智者见智。

观察美国 20 世纪下半叶的小说家，如果从中间只挑选一个人，我根据自己的偏爱，选择了索尔·贝娄。我觉得，索尔·贝娄最能够代表美国 20 世纪下半叶的文学走向，并且显得卓尔不群。这首先在于他的蓬勃旺盛的创造力，他的作品以令人吃惊的深度和广度，展现了五十年来美国社会的生机勃勃和美国人精神与灵魂的斑驳陆离。他的作品中有一种美国文学才有的特殊味道，他写出了美国的风景、美国人的语言、美国人的问题，以及美国才有的文学表现形式。当然，别的人还会选择约翰·厄普代克、纳博科夫、托马斯·品钦，甚至是欧茨、雷蒙德·卡佛、诺曼·梅勒、托尼·莫里森、冯尼古特、多克托罗，等等，这些小说家也都很重要，但是，我觉得他们的文学作品都没有索尔·贝娄的这么均衡、这么丰富、这么有代表性。

确实，20 世纪的美国涌现了一批好作家。比如约翰·厄普代克，他是美国 20 世纪下半叶的编年史性质的大作家，我也很喜欢他，他写作的视阈十分宽广，描绘了美国中产阶级的生活全景图，但似乎是那种平面的宽阔，他在小说形式的贡献上、在对人性探索以及对美国社会展现的深度上，都不如索尔·贝娄。纳博科夫非常好，但他是俄裔小说家，不够美国。那么，美国的"土特产""后现代文学"巨擘托马斯·品钦怎么样？和索尔·贝娄相比，我觉得他在形式上走得又太远了，缺乏索尔·贝娄的那种不经意的亲和力。我们也可以选择雷蒙德·卡佛，但似乎也不太合适，因为他主要写短篇小说，重量轻了一些。那么，外号叫"纽约的坏孩子"的诺曼·梅勒怎么样？我觉得诺曼·梅勒的小说纪实性太强，他确实写出了一种美国文学风格，但是，他似乎没有怎么消化好就直接给我们端上来了大盘的素材。当然，这些素材也是五花八门，一应俱全、十分绚丽夺目。而菲利普·罗斯又晚了一辈。最后，要只挑选一个全能冠军和重量级的拳王，我还是推举索尔·贝娄。当然，读者朋友完全可以把你最喜欢的某个美国作家看成是最好的。眼下，假如让我选择 20 世纪最伟大的美国作家，我会选择威廉·福克纳、索尔·贝娄、约翰·厄普代克、托马斯·品钦和菲利普·罗斯，他们形成了 20 世纪美国小说山脉的山脊线，勾勒出了美国文学最恢宏的线条和轮廓。

索尔·贝娄的巨大创造力令人惊叹。2000 年，八十五岁高龄的他又出版了一部小说《拉维尔斯坦》，成为美国文学界的一件大事。这部小说以精湛的叙述和对当代生活的观察，再次显示了他那无与伦比的文学创造力，证明了他是一个能不断超越自我的作家。《拉维尔斯坦》延续了他一贯的对美国知识分子精神境况的观察，以索尔·贝娄惯有的温和但极其锐利的嘲讽语调，用旁观者的视点，讲述了一个美国大学教授、当代著名思想家拉维尔斯坦分裂的个人生活——拉维尔斯坦教授发现自己得了艾滋病，却仍旧一边寻欢作乐，一边到处讲述人生的微言大义，以及对世界秩序的认识和看法，还不断施加对美国政府的影响，因为，他的门徒充斥在美国政府的重要岗位上，过着一种分裂的荒唐生活。小说的篇幅并不长，但是内容丰富，对美国社会当下存在的精神境况和社会问题，还有美国知识分子的精神紊乱，进行了深刻的批判和讽刺。据说，小说中的拉维尔斯坦教授是有人物原型的，他就是索尔·贝娄的好朋友、芝加哥大学的著名教授阿兰·布卢姆。这个阿兰·布卢姆，是美国当代"新保守主义"思想潮流的代表性思想家，1987年，他出版了论著《美国心灵的封闭》，这是一部影响深远的政治哲学著作。

其实，我们才不管索尔·贝娄的作品以谁为原型，我们只管他是不是塑造了令人心动的文学人物。小说的叙述者是拉维尔斯坦委托的传记作者齐克，我感觉这个齐克有一点像是索尔·贝娄的化身。小说以齐克的视角来看拉维尔斯坦的生活，并刻画了他们之间深厚的友谊。拉维尔斯坦是一个同性恋，而齐克则有一次失败的婚姻，后来又娶了一位知识分子型的贤妻良母，他和拉维尔斯坦的生活互相映照，彼此映衬，成为小说的主要结构内容。用旁观者的眼光来打量和呈现小说主人公的生活和世界，是索尔·贝娄惯用的拿手好戏，在《洪堡的礼物》等作品中都有运用。在小说中，最令我动容的，是两个主人公都认为，生命是非常宝贵的，但是又是那么的短暂，时间快速流逝，如同梭子、特快列车和加速度下坠的石子——"在你等待初生时的黑暗，与其后接纳你的死亡的黑暗，这两者之间的光明间隙里（就是生命的存在时间），你必须尽可能地去理解那个高度发展了的社会现实状态"。其中包含的对人生的态度和看法有一种苍凉感，令我不禁潸然泪下。

二

有一些评论家认为，索尔·贝娄是一个具有现实主义倾向的现代派作家，但我觉得，他同样也是一个具有现代主义倾向的现实主义作家。为什么这么说？因为在他的作品中，19世纪的现实主义小说大师们奉为圭臬的时间、地点、故事、人物等要素，在他的小说中依旧占据着最重要的位置。同时，索尔·贝娄的作品的现代主义元素也很多，意识流、拼贴、蒙太奇手法也比比皆是，他的作品中还充塞了大量的当代人文和科学知识，是一个知识型和智慧型的作家。他渊博、风趣，语言极其丰富、机智、幽默，到处都是双关、谐音、黑话和华美的长句子，读起来快意而令人会心。

索尔·贝娄曾经拿过社会学和人类学学位，后来，他还当过报社的编辑和记者，因此，他关注现实，同时又能够以高于现实的眼光去做更加深入全面的思考。他写小说，从来都不把形式的探索和语言实验当作写作的第一要义，他不想当一个形式实验的先锋派，他的雄心是去描绘美国人的精神状态和人的灵魂图谱。他显然受过一些现代主义大师，比如詹姆斯·乔伊斯、卡夫卡和普

125

鲁斯特的影响，又受到了德莱塞和福楼拜等人的现实主义作品的影响，但是，他又和他们都拉开了距离，采取了反方向的行走。在给他的诺贝尔文学奖颁奖词中，提到他早期受到了莫泊桑、亨利·詹姆斯、卡夫卡以及福楼拜的影响，还有俄罗斯小说的影响。后来，他长期在大学里担任文学教授，并且经常以一个公共知识分子的身份对社会问题发言，从来没有把自己隐藏在书斋里。

索尔·贝娄一共写了十部长篇小说，它们是《晃来晃去的人》《受害者》《奥吉·马奇历险记》《雨王汉德森》《赫索格》《赛姆勒先生的行星》《洪堡的礼物》《院长的十二月》《更多的人死于心碎》，以及《拉维尔斯坦》。此外，《只争朝夕》和《今天过得怎么样》可以算作小长篇。另外，他还写有十几部中篇小说，以及少量的几部短篇小说，这就是索尔·贝娄的全部小说创作了。

索尔·贝娄的小说都和他的自身经历有着密切的联系，在时间上，和他本人的成长都是暗合的。他出生在加拿大，所以，在他的第一部小说《晃来晃去的人》中，小说主人公也是一个刚刚从加拿大到美国芝加哥的犹太青年。这是一部日记体小说，形式较呆板，但是叙述语言上却已经有了索尔·贝娄后来的那种十分风格化的、漫不经心的拉拉杂杂与细腻生动。小说的时间背景是20世纪40年代的美国，主人公正在等待参军，但是他又害怕参加二战，处于强烈的焦虑当中。他依靠妻子的收入生活，无法自立，找不到生活的基点，显得有些无所适从，就像一个"晃来晃去的人"。有意思的是，由于小说中这个主人公的形象塑造，当时，它竟被看作是一部反战小说，可能连索尔·贝娄自己都没有料到，他的这部长篇处女作刚好和20世纪40年代风靡美国的一些反战小说挂上钩了。

索尔·贝娄的第二部小说《受害者》出版于1947年，这部小说采用的是第三人称叙述，题目带有暗示性，地理背景是纽约——我发现，索尔·贝娄的小说的地理背景大都是芝加哥和纽约这两个美国大城市。小说《受害者》通过一个犹太青年利文萨尔和一个小混混阿尔比的纠缠不清的生活，描述了美国犹太人的生活和遭遇，暗示这两个人虽然互相折磨，但都是受害者。《晃来晃去的人》和《受害者》是他早期的作品，写的都是美国下层的犹太青年的精神苦闷，小说的形式与技巧并不突出，一部是日记体，另外的一部是全知全能的第三人称叙述，小说的心理描写也比较拘谨，逃不脱欧洲现代主义作家的影子。此时还是索尔·贝娄的学艺阶段。他后来说，这两部小说他"自从看完校样之后，就从来也没有翻阅过"。但是，在我看来，这两部他而立之年前后出版的小说，是进入他的文学世界的重要门径，它已经具有了一种美国小说的新叙事风格，小说的主题和人物也一再在他后来的作品中显现。

三

1953 年，索尔·贝娄的长篇小说《奥吉·马奇历险记》出版了，这标志着他写作生涯的第二个阶段的开始。在这个阶段，索尔·贝娄写出了一种只有美国作家才能够写出来的风格与气质。这部小说分为二十六章，翻译成中文有五十万字，是一部大著。这部小说使人们一下子改变了对美国小说的看法，人们发现，美国的叙事文学正在发生巨大的变化。当我读到这部小说的第一句时，我就喜欢上了这部作品："我是个美国人，出生在芝加哥——就是那座灰暗的城市芝加哥，我这人待人处世一向有自己的一套，自行其是，写自己的经历时，我也离不开自己的方式。"这部小说的语调非常家常化，唠唠叨叨，拉拉杂杂，有着一种喜剧性的风格，语言通俗、流畅、日常、夸张、精确，还十分随意、自由，充满了大大咧咧的自嘲。小说很好读、好看，全书是以回忆录的形式写成的，讲述了在芝加哥生活的一个犹太孩子的成长和逐渐与家庭告别的传奇经历。

从形式上看，这部小说似乎和西班牙"流浪汉小说"传统大有关系，至少和马克·吐温的《哈克贝利·费恩历险记》关系密切。但是，索尔·贝娄写的却是美国的犹太孩子在大都市芝加哥里的历险故事，这就更像是詹姆斯·乔伊斯的《尤利西斯》和史诗《奥德赛》的关系那样，把神话史诗中的英雄奥德赛变成了爱尔兰都柏林的一个平庸的广告推销员布卢姆，来借机传达美国人的新经验。在《哈克贝利·费恩历险记》中，主人公是在大自然中经过了历险的洗礼，然后成长为成熟的美国人。到了索尔·贝娄这里，大自然变成了其复杂性超过了单纯的大自然的美国大都市芝加哥。主人公在犹太人身份的预先设定下，经历了成长的各个环节，有着五花八门的见识和阅历。孩子的成长中经历的一切，正是很多美国人在其成长中经历的，所以，这是一部关于美国人成长的书。就是从这部小说开始，索尔·贝娄确立了一种"索尔·贝娄风格"，这种风格就是一种喜剧化的叙述和漫不经心、拉拉杂杂、东拉西扯，但是却波澜壮阔地展现出一整座城市，以及这座城市背后的一整片大陆的气质，这就是索尔·贝娄最厉害的地方，当他写出了美国大陆的文化性格的时候，他就成功了。

接下来，索尔·贝娄出版了长篇小说《雨王汉德森》（1959），小说的题材是非洲背景的，而索尔·贝娄根本就没有去过非洲。这得益于他的人类学知识和作家的想象力，还有对美国社会与精神状态的精细观察。我最早读到的他的小说，就是这部《雨王汉德森》。小说讲述一个叫汉德森的美国人，因为对美国社会的物欲横流、精神堕落的现实感到强烈不满，继而讨厌现代文明，就独自跑到了非洲，在那里当上了原始部落的"雨王"的古怪经历，最后，这个汉德森还领养了一个波斯孩子，回到了美国，准备学习医学，然后服务于社会，反思了美国的物质社会导致的精神错乱问题。小说中，索尔·贝娄给像汉德森这样的迷途的羔羊指出了一条出路。尽管这部小说探讨的主题非常深刻，但是小说却写得很漂浮，小说的笔法也并不奇特，不像他在《奥吉·马奇历险记》中那样，有着万花筒般的风格和技巧。

一些作家一辈子都在书写着一个主题，或者说，在写着一部更大的书，比如威廉·福克纳就是这样的作家。索尔·贝娄写小说的时候，似乎并没有明显的设计和规划，他是摸着石头过河的，到最后，我们发现，他也是那种一辈子都在写着同一个东西的作家。他的这个同一个东西，就是美国知识分子的灵魂图谱。1976年，索尔·贝娄获得了诺贝尔文学奖，在给他的授奖词里，重点提到了他的长篇小说《赫索格》。

《赫索格》出版于1964年，是一部杰作。在小说中，索尔·贝娄描绘了一个犹太裔学者在现实生活中处处碰壁的故事。主人公赫索格是一所大学的历史系教授，在美国社会发生剧烈震荡的20世纪60年代，赫索格的个人生活也发生了剧烈的震荡，两次婚姻全部失败，第二个妻子更是和他的好朋友私通，使他深受伤害。最后，赫索格开始用给各种人写信的方式，来缓解他精神状态的癫狂、分裂和濒临崩溃——赫索格遭遇两次婚变，被女人戏耍，找不到现实生活的重心和意义，于是，精神状态出现了异常。他写信的对象，有活着的，也有死去的，有男人，也有女人，但是，他给他们写信，只是一种倾诉和宣泄自我的方式，根本就没有把这些信邮寄出去。全书收录的五十多封书信构成了他灵魂的一个侧面写照。这部小说之所以是杰作，是因为它有两个支点。其一，小说塑造的赫索格这个现代犹太学者精神出现异常的现象，能够从一方面揭示美国社会和精神出现了问题。其二，小说以赫索格给很多人写信的这个方式来结构小说本身，把书信体小说的外延扩大了，又完美结合了意识流小说的写作手法，所以，从形式到主题，从语言到人物形象，这部小说都显得卓尔不群，令读者感到亲近而悲哀，深刻表现了那个时代美国知识分子的精神困境。从总体上说，我认为索尔·贝娄是一个乐观主义者，这表现在他总是给自己笔下的人物以出路。他的小说有一个模式，就是他总是在讲述一个过程，这个过程就是小说主人公上下求索和追寻的过程，在这个历险的过程中，主人公会经历各种各样的事情，他会有各种各样的意识流和自由联想，最后，又总能找到一条自我救赎的道路。赫索格教授也是这样的，他四处碰壁，最后，他来到了乡下的老房子里，算是找到了精神暂时栖身之所，安稳了情绪，舔好了伤口，对新结识的女人雷蒙娜充满了渴望，又有了生活的新希望。

1970 年，索尔·贝娄出版了小说《赛姆勒先生的行星》。小说描绘的是一位犹太知识分子，在物质丰富但精神困顿的美国的不适应。小说截取了主人公三天时间里的行踪，通过意识流的手法，描绘了美国 20 世纪 60 年代的动荡对一个老派犹太学者的影响：犹太知识分子赛姆勒是来自波兰的二战的幸存者，他经历了德国纳粹对欧洲犹太人的野蛮屠杀和清洗，还参加了游击队，抵抗纳粹的侵略，最后，侥幸生存了下来。他受过英国式的高等教育，有深厚的文化修养，曾经确信欧洲文化价值和理想，但是，二战对欧洲文明的摧毁，使赛姆勒这样的知识分子对欧洲文明感到了深深的失望。于是，怀着对新大陆的渴望和对新生的信念，他来到了美国。可是，美国似乎也不是理想的国度和净土。20 世纪 60 年代，美国社会刚好在经历性解放运动和社会的大动荡，赛姆勒发现，这个时期的美国人也很堕落，比如在纽约这个大城市里，到处都是垃圾堆，黑人扒手公开在公共汽车上作案，而一个黑人扒手发现赛姆勒察觉到他是一个小偷之后，竟然尾随赛姆勒到他家，然后下流地对这个衰弱的老头示威。赛姆勒在德国纳粹的残酷迫害下都没有死去，但是，在扒手的下流的示威面前，他却感到了深深的绝望。他还亲眼看见自己亲戚的两个女儿在性和金钱面前的贪婪。总之，美国对于这个来自欧洲的犹太知识分子本来是一种光明的呼唤，可是，当他来到了这里，却发现美国人的精神与道德也在堕落。于是，赛姆勒现在只有一个愿望，那就是，搭乘火箭飞向月亮。因为对于他来说，他所在的行星——地球，已经没有任何可留恋的了，在地球上到处都是人，所以，赛姆勒决定逃离他的行星——地球。

四

索尔·贝娄的小说容量一般都很大，有卡尔维诺所说的"繁复"的美学特征。这里我说的容量，不单是指篇幅，更指的是他的小说要概括和表达的生活的宽广度。

1975 年，他的小说《洪堡的礼物》出版了，这是一部厚重之作，它讲述了两代作家的故事。小说以芝加哥这个索尔·贝娄最熟悉的城市为地理背景，深刻呈现了美国知识分子的精神危机。索尔·贝娄是一个对人类自身的弱点有着细微体察的人，他能毫不留情地予以讽刺和批判。老诗人洪堡是小说主人公，他痛恨美国的物质至上主义，有着自己的人文理想，希望用艺术来改变社会，但是，在美国社会里，他简直是生不逢时，所以，他决心参与政治，希望自己喜欢的一个开明人士能当上总统，但是最后上台的却是艾森豪威尔将军，这使洪堡非常失望；他在大学角逐一个诗歌教席也没有成功，对妻子也很嫉妒和疑心，最终，他的妻子离开了他，他也因为精神状态不稳定而被送进了疯人院，出来以后又流落街头，因为心脏病凄惨地死去。

小说中和洪堡对照的，是他的朋友和忘年交、年轻的作家西特林，他是一个俄裔美国犹太青年，过去一直和洪堡在一起，深受其影响。从精神上讲，洪堡是西特林的父亲，洪堡死后，他根据洪堡的生平写了一个剧本，在美国百老汇获得了巨大成功，也因此获得了名声、金钱、美女和社会地位——这就是洪堡带给他的礼物，小说由此点题。但是，西特林也有自己的烦恼：他得罪了芝加哥的流氓团伙，他们对他的生活形成了严重威胁，导致西特林的精神状态和婚姻出现了危机。最后，他把当年和洪堡编写的一个故事卖给电影制片人，得到了一笔钱，于是，他重新隆重地安葬了自己的老师洪堡，然后离开美国，到瑞士定居了。索尔·贝娄的小说主人公大都是美国的上层知识分子，是学者、教授、植物学家、作家等，他们都是美国社会的精英，但是，这个群体出现了精神危机，这也就是美国的精神危机。另外，他的小说都有着鲜明的自传性。他的小说基本上取材于自己身边的生活和他自己的经历，人物在生活中大都有原型。比如西特林，就是他自己的写照，而洪堡的人物原型，则取材某些落魄的犹太作家前辈，他把他们的生平和形象综合成了洪堡。

在小说《院长的十二月》（1982）里，索尔·贝娄继续发掘着知识分子的精神不适应症候这个主题。小说带有一定的自传性，里面的那个院长可以看作是他的化身。20 世纪 70 年代，索尔·贝娄曾经跟着他的第四任妻子到罗马尼亚大学讲学，其间，他得到了创作这部小说的灵感。小说的情节主干，是美国芝加哥一所大学的院长来到罗马尼亚首都布加勒斯特，去处理被政权迫害致死的岳母的后事。在布加勒斯特的日子里，岳母的死使这个院长不断地回想起他在美国的一些遭遇。他把罗马尼亚和美国进行了比较，这种比较和反思，就是通过他岳母的死和一个美国白人学生的死来完成的——此前，他正在揭露一起黑人学生杀害白人学生的悲剧事件，但是，令他十分意外的是，有人因此认为他是一个种族主义者，对他横加指责，并使他陷身于残酷的校园政治斗争当中。而在罗马尼亚的布加勒斯特，他看到的，又是东欧高度集权社会的种种弊病所导致的精神压抑与肉体死亡。所以，在两个世界里，他都有些无所适从，都感到了强烈的不适应，感到人类本身一定出了问题。像这样深刻和尖锐的表达，在冷战结束之前的 1982 年，实在比较超前，显示了索尔·贝娄对人类社会的敏锐洞察力和批判能力。

1987 年，索尔·贝娄出版了小说《更多的人死于心碎》，这是他沉寂了几年之后出版的一部杰作。小说的主人公克拉德是一个植物学家，也是一个当代美国知识分子，他对植物有着神奇的沟通能力，甚至可以和植物交流，可以透视植物，对植物的一切了如指掌，包括对植物的情绪和感情世界，他都有心灵感应。但是，这样一个人在自己的婚姻生活中却像一个白痴，几乎是一败涂地，几次婚姻都因为无法"看清楚女人的真实面目"而宣告失败。这是这部小说最重要的具有反讽色彩的情节主干。和克拉德可以看透植物的一切、可以和植物完美交流形成鲜明对比的，就是他对人类社会、对女性和人性的完全陌生和无法沟通，这成了一个莫大的讽刺，从而揭示了在美国社会繁盛的物质之下知识分子的孤独与绝望，异化与挣扎，彷徨与沉沦。

索尔·贝娄是一个对美国物质繁荣下的知识分子精神危机的敏锐观察者，他的观察非常深入和独到。他的所有作品都在重复着一个主题，就是当代美国知识分子，尤其是犹太知识分子的精神危机——似乎是从一口井里不停地往外面打水，他不断地重复着一个深度主题。同时，索尔·贝娄是一个很难企及的大作家，因为，他有着深厚的犹太文化传统，有着极其渊博的知识谱系，以及对美国社会现实的尖锐洞察。他的作品融合了现实主义、现代主义和后现代主义小说的各种技巧，无论是意识流还是书信体，无论是流浪汉体还是魔幻手法，无论是心理描写还是细节刻画，无论各种知识谱系和理论观点，他都可以把它们变成小说的血肉，将小说内容和形式骨架紧紧地咬合在一起，浑然天成，大气磅礴，在一种冷嘲热讽和悲悯情怀中，完成对人类深邃的透视。

原载《延安文学》2009 年第 3 期

推荐书目

《洪堡的礼物》，蒲隆译，江苏人民出版社 1981 年 9 月版

《赫索格》，宋兆霖译，漓江出版社 1985 年 7 月版

《拉维尔斯坦》，胡苏晓译，译林出版社 2004 年 11 月版

《索尔·贝娄全集》（十四卷本），宋兆霖主编，河北教育出版社 2002 年 1 月版

《索尔·贝娄文集》（四卷本），宋兆霖等译，上海译文出版社 2006 年 12 月版

菲利普·罗斯：写作"伟大的美国小说"

一

有一段时间，我觉得菲利普·罗斯不够好，原因是他似乎缺点儿什么。哈罗德·布鲁姆把他放到"美国当代四个一流小说家"之中，我觉得，其中，在呈现当代人类的处境方面，托马斯·品钦以晦涩、芜杂和信息杂陈的风格略胜菲利普·罗斯一筹，科马克·麦卡锡对美国社会犯罪环境和心理的探察，也比菲利普·罗斯显得尖锐，至于唐·德里罗，以广阔到全面复印美国当代生活的面目而令人生畏。但是，随着索尔·贝娄、约翰·厄普代克、诺曼·梅勒、冯内古特等人的相继离世，他却显得越来越重要了，他对美国社会的透视和批判惊人地深广。他很多产，和约翰·厄普代克有一拼，而且似乎越老越能写，自从艾萨克·辛格、马拉默德、索尔·贝娄去世之后，美国犹太作家中就数他的作品最好、最全面了——另外一个犹太作家诺曼·梅勒的作品文体臃肿、粗糙和冗长，又是纽约的坏孩子，树敌太多，和菲利普·罗斯没法比；而别的犹太作家要么太年轻（比如辛西娅·欧芝克），无法对他构成威胁，要么犹太味道不是那么充分，菲利普·罗斯的分量越来越重了，一直被认为是美国最有可能夺取诺贝尔文学奖的热门人选。我在一些英语国家的书店里总是能够看到一大排他的作品被摆放在书店里最显眼的位置，可见，眼下他多么受欢迎。

菲利普·罗斯 1933 年出生于美国新泽西州的纽瓦克市，和保罗·奥斯特出生在同一个城市。这个城市里有一片著名的犹太人聚集区，菲利普·罗斯就生活在那里。他的祖先是来自东欧的犹太移民，父亲是一家保险公司的职员，母亲的文艺修养很好，这是一个典型的中产阶级家庭。但是，从小，菲利普·罗斯就受到了犹太文化的滋养和压抑。1954 年，菲利普·罗斯毕业于宾夕法尼亚州的巴克内尔大学，1955 年去攻读芝加哥大学的英语文学系，获得了文学硕士学位，之后留校教英语文学，同时，继续攻读文学博士学位，但他在 1957 年放弃了博士学位的攻读，开始专门从事写作。1959 年，他出版了小说集《再见吧，哥伦布》，该书于次年获得了美国全国图书奖，于是，二十六岁的菲利普·罗斯一举成名。1960 年，他来到了名气很大的爱荷华大家作家班任教，创办那个作家班的人，是华裔女作家聂华苓和她的丈夫保罗。1962 年，菲利普·罗斯成为普林斯顿大学的驻校作家，后来，他还在宾夕法尼亚大学担任了多年的比较文学课程的教授，于 1992 年退休。这就是菲利普·罗斯的基本情况。从他生平的基本情况看来，他大多数时间都在校园里度过，并没有多少过人的经验和阅历。但是，就是这么一个作家，以其一生的努力，写就了一系列小说，朝向了"伟大的美国小说"。

根据菲利普·罗斯五十多年的创作历程，我把他的整个写作生涯分为四个阶段。第一个阶段是他确立自己犹太作家身份、对美国犹太文化深入挖掘、批判和审视的阶段，这个阶段以《再见，哥伦布》这部处女作开端，以《波特诺的怨诉》为高峰，以《我们这一伙》为结束，实现了他作为美国新一代犹太作家的翘楚和接班人的理想。

1959 年，菲利普·罗斯出版了处女作小说集《再见，哥伦布》。这个小说集收录了菲利普·罗斯的五篇小说，分别是《信仰的卫士》《爱泼斯坦》《犹太人的改宗》《世事难料》和《再见，哥伦布》。其中，《再见，哥伦布》算是一个小长篇，其他的都是中短篇小说。这几篇小说全部都是围绕着犹太人的传统生活和观念来做文章的，描绘了新老犹太人在宗教伦理、生活方式、情感表达方面的冲突。比如，《再见，哥伦布》中的主人公、犹太青年尼尔·克莱门，基本上可以看作是菲利普·罗斯的化身，他爱上了一个富人家的女孩子，但最终他们的爱情还是在家庭贫富悬殊的情况下消逝了，犹如做了一场春梦。菲利普·罗斯无情地讽刺了保守的犹太人的世界观、金钱观和道德观。小说所使用的语言准确、生动、粘连，能传达出主人公微妙的心理感觉，还夹杂了不少美国俚语、犹太人使用的意地绪词汇以及犹太教的希伯来语宗教专用语，使他的小说在一开始就具有了文化含量和一种驳杂的闹剧和喜剧风格。可以说，他的文风粗豪干脆，敢于揭示被掩盖在生活表层之下的人性的复杂和虚伪，并具有自我审视和批判的力量，这使得他的小说具有独特的内省面貌。这部小说还被改编成了电影，影响很大。我觉得，有些作家要用一辈子掌握的文学技巧，比如风格化的语言、重大的主题、独特的叙述语调和结构能力，菲利普·罗斯似乎在一开始就掌握了。

菲利普·罗斯的第一部长篇小说是《随波逐流》（一译《放任》）（1962），小说的篇幅不小，显示了菲利普·罗斯想趁着年轻，要在小说里达到的广度、深度和野心。小说以一群犹太青年为主要角色，着重描绘了富有的犹太青年盖布的生活，他是小说的中心人物，围绕他的其他次要人物像走马灯一样环绕了起来，在盖布的周围形成了一个犹太人独特的社会关系网络。盖布的爱情生活很曲折，最终，由于受到自身文化和外部环境的影响，他毁掉了自己的信念和他所爱的女人的生活，陷入精神的崩溃和颓丧之中。小说以盖布作为例证，描绘了新一代犹太青年是如何以自我为中心，在美国消费社会中自私自利、随波逐流，毁灭了自己，也伤害了其他人。菲利普·罗斯通过这部小说，锻炼出掌握篇幅较大的长篇小说的结构能力，而且，他运用心理分析和精神分析的手法很到位，尤其能以自我审视的方式来观照美国新一代犹太人的灵魂和精神世界。

正当人们以为菲利普·罗斯会一直写犹太人、以呈现犹太文化作为自己小说的终极追求的时候，1966年，他出版了长篇小说《当她是好女人的时候》，这部小说的主人公换成了非犹太人，是一部带有悲剧色彩和女性主义色彩的小说。女主人公露西出生于一个父亲没有责任感的家庭，一次，她父亲殴打她的母亲，露西就去叫警察来了。因此，精神上十分孤独的露西在长大之后，热切盼望自己能够找到一个愿意负责任的男人。她认识了罗伊，在被罗伊诱奸之后，两个人还结婚了。但是，她很快发现，罗伊和他父亲一样，是一个没有责任感的生活中的笨蛋，她走上了和逆来顺受的母亲一样的人生道路。于是，露西的精神崩溃了，她在精神病发作的时候，将笨蛋丈夫罗伊赶出了家门，自己也在癫狂中死于一场暴风雪。我觉得这部小说有些主题先行，是一部练笔之作，从品质上看不很像菲利普·罗斯的作品，小说的立意和要表达的思想，他后来也不感兴趣了。

长篇小说《波特诺的怨诉》（1969）的出版，标志着菲利普·罗斯写出了一部杰作。今天看来，这都是很好的一部小说。小说带有强烈的自传性，基本上以菲利普·罗斯和他的母亲作为原型来构造全书。据说，为了写这部小说，菲利普·罗斯先写了一部《艺术家的肖像》的草稿，打算以詹姆斯·乔伊斯的《一个青年艺术家的画像》为蓝本，写出对自我成长的认识，但是他发觉，这部以第三人称叙事的作品不能更为深刻地表达对自我深度的挖掘，于是，他另起炉灶，以第一人称的叙述结构了全书，成就了这本《波特诺的怨诉》。在小说一开始，波特诺已经是三十三岁的成年人了，他在纽约的一家心理诊所，向一个精神分析师讲述自己成长的经历。他出生于一个传统犹太人家庭，父母亲对他的成长有一种控制性的力量和影响，而波特诺一直想挣脱这种来自父母、来自犹太人传统文化和社会的几重压力，为了表达他的反抗，他和黑人女佣一起用餐，喜欢非犹太人女孩子，还沾染了手淫的恶习。波特诺和母亲的关系是这部小说的核心关系，十分精彩。在母子的对立、纠缠和爱恨当中，在波特诺的不断手淫和不断的忏悔、恼恨的过程中，在被母亲的威力所压迫中，他惧怕被一种莫须有的力量吞噬，一个美国犹太人成长的经历栩栩如生地呈现了。尽管小说在一些地方显得没有节制，但是菲利普·罗斯勇敢地将犹太人的缺点呈现了出来，这是二战之后很罕见的文学的声音。于是，这部以性意识与犹太特性相结合的《波特诺的怨诉》成了菲利普·罗斯早期小说中最好的作品。

他在1971年出版了长篇小说《我们这一伙》。小说中继续着作者对美国犹太文化的批判和审视，这一次，他把目光放到了特定的历史时期——尼克松执政时期的社会环境里，描绘了一个美国犹太人聚集区的一伙人，而不再去描绘一个具体的犹太人。正如小说的题目所表达的，他以一伙犹太人在美国，多少带有荒诞色彩和物质化的生活中的遭遇，继续探讨着新一代犹太移民的文化特性和精神品格，他们如何在美国的自由土地上生存并且找到自己的位置，带有尖刻的讽刺和批判态度。

在菲利普·罗斯创作生涯的第一个阶段，他以上述五部小说，以毫不手软的自我审视的笔调，分析、剖析和挖掘了美国犹太文化的复杂性，带有浓重的自我批判和自我认知的力量，使人们看到了一个犹太新锐作家的顽强崛起。

二

菲利普·罗斯其创作生涯的第二个阶段，我认为，是开始于惊世骇俗的中篇小说《乳房》。其间，他写作了长篇小说《伟大的美国小说》《我作为男人的一生》以及文学论文和谈话录《读我的作品及其他》，最后以小说《被缚的朱克曼》三部曲作为结束。这个三部曲包括了三部篇幅较大的小说——《鬼作家》《解放了的朱克曼》《解剖学课》和一部中篇小说《布拉格狂欢》。这些作品继续扩大着菲利普·罗斯的文学版图，使他成为带有喜剧色彩和讽刺精神的狂欢式的小说家，能够惊心动魄地审视与解剖自我的小说家。

《乳房》出版于1972年，合中文三万多字，这是一部明显带有卡夫卡影响的荒诞小说，也是表现美国人异化状态的小说：有一天，某个大学的文学教授戴维忽然变成了一只乳房，变成了鼓胀的、有一个乳腺和乳头的怪东西，乳头是他的嘴巴和耳朵。戴维教授的这个变形，很容易让我们联想到卡夫卡笔下的那个变成了甲虫的格里高利。整部小说都是以第一人称来叙事的，戴维虽然变成了一只乳房，但是，人所具有的欲望和感觉在他身上都还存在，丝毫没有减退，而且还有加强的趋势，尤其是性欲。乳房这个性感和哺乳器官决定了戴维教授的存在意识，于是，戴维可以用乳头和女护士进行性活动，不仅继续承受着强烈性欲的折磨，而且变本加厉地去寻找性的满足。我在想，为什么菲利普·罗斯会写这么一部荒诞风格的小说？可能他是想以这种方式来描绘美国人自我放纵、崇尚欲望而内心空虚的存在状态。五年之后的1977年，菲利普·罗斯又出版了《乳房》的姊妹篇《情欲教授》，具体说来《情欲教授》应该算是《乳房》的前传。小说描绘了变形前的文学教授戴维喜欢追逐异性，为自己强烈的性欲不能满足而苦恼，他在为人师表和情欲满足之间受到强烈的道德煎熬，以至于他深深地陷入了痛苦和矛盾中不能自拔。这两部小说大胆地描绘了性欲对当代人的控制，描绘了情欲在人的生活中占据的重要位置，因此受到了保守人士的批评，也得到了一些作家和读者的激赏。菲利普·罗斯以这两部小说作为对弗洛伊德精神分析理论的呼应和反拨，对美国20世纪60年代之后的性自由和性解放浪潮进行了批判。

据说，每一个美国作家都想写出一部"伟大的美国小说"，这被看成是美国作家集体的野心和梦想。那么，什么是"伟大的美国小说"？早在1868

137

年，美国评论家德佛瑞斯特就给"伟大的美国小说"下了一个定义："一部描述美国生活的长篇小说，它的描绘如此广阔真实并富有同情心，使得每一个有感情有文化的美国人都不得不承认它似乎再现了自己所知道的某种东西。"这个定义比较宽泛，也比较模糊，谁也说不清楚究竟什么样的小说是伟大的美国小说，但是，我想，霍桑的《红字》、麦尔维尔的《白鲸》、福克纳的《喧哗与骚动》一定是"伟大的美国小说"。作为美国作家，虽然没有人公开宣布他在写这样的小说，但是实际上他们都是有这个雄心的。菲利普·罗斯自然也不例外。1973 年，他出版了长篇小说《伟大的美国小说》，就直接拿这个名字来和德佛瑞斯特的呼唤相呼应。但是，评论家们对这部小说的关注度不高，原因在于这部小说的风格可能过于喧闹了。这部小说还戏仿了西班牙流浪汉小说，不同的是，那些流浪汉如今变成了美国的棒球运动员。小说详细描绘了美国人最喜欢的棒球运动，以一个美国人为中心，让他在美国四下浪游，贯穿了全部故事情节，刻画出一群年轻的美国人的精神状态和日常生活，在棒球运动的过程中，显现了当代美国的混乱和物质主义的甚嚣尘上。到这个时候我总算明白了，菲利普·罗斯写这部小说意在反讽——真正意义上的"伟大的美国小说"可能并不存在，因为，当代美国人的生活就像他们喜欢棒球运动那样，正在从对伟大事物的追寻变为对输赢和赌的关心，已经逐步地走向了庸俗和渺小。这部小说带有浓厚的讽刺喜剧色彩，是菲利普·罗斯的小说中最具有笑的力量的作品。

相较于《情欲教授》与《乳房》的情节的过于前卫、离奇、荒诞和惊世骇俗，1974 年，菲利普·罗斯出版了长篇小说《我作为男人的一生》。这是一部中规中矩的现实主义风格的长篇小说，不同的是，它带有浓厚的心理分析小说的风格。小说共分成两个部分，第一个部分是作者假装正在写的一部小说，第二个部分是以自传材料来作为对第一个部分的补充。整部小说的素材，就取材于菲利普·罗斯本人的经历：他于 1959 年结婚，1962 年离婚，他的前妻于 1968 年死于车祸。可能是前妻的死使他萌发了写作这部小说的想法，小说讲述了一个二十七岁的男人是如何从一个不名一文的大学生，逐步走向了事业的辉煌的故事：他当上了大学教授，还成了一个前途无量的青年作家，但是却在和女人的恋爱与婚姻中败北，几乎把自己和他人都毁灭了。小说采取了类似中国套盒那样的写法，在人物身上的大故事中套着小故事，以此衬托生活本身的复杂性。有趣的是，男人作为婚姻的牺牲品在这部小说里是第一次提出来的，过去的小说中，大部分说的都是女人是婚姻的牺牲品，如同菲利普·罗斯早期的小说《当她是好女人的时候》就是在说，女性是婚姻的牺牲品。现在，一切倒过来了，小说中，主人公和妻子陷入互相折磨的斗争当中，互相被折磨得遍体鳞伤精神困顿，最后，以主人公妻子因意外车祸导致的死亡作为他们婚姻的收场。但是，这个时候，男主人公十分害怕婚姻，他已经没有勇气去和情人结婚了。我很看重这部小说，它旨在展现美国的一桩具体的婚姻生活中那惊心动魄的互相控制和反控制、折磨和被折磨。原来，婚姻的内部竟然是这么的狂暴和复杂，变化多端和云谲波诡。研究菲利普·罗斯生平和创作的人一定要注意研究这部小说，它里面隐藏了大量菲利普·罗斯本人对婚姻的理解和对生活的态度。

在出版了《我作为男人的一生》这部以剖析自我为主题的小说之后，菲利普·罗斯继续挖掘自我的精神境遇和存在感，他出版了小说三部曲《被缚的朱克曼》。小说的主人公朱克曼是菲利普·罗斯本人的化身。这个小说系列一开始包括三部长篇小说《鬼作家》（1979）、《解放了的朱克曼》（1981）、《解剖学课》（1983）和一部中篇小说《布拉格狂欢》（1985），以作家朱克曼的成长作为主线，讲述了朱克曼这个犹太作家由青年时代成名，一直到盛名天下的全过程，在他的四周，还出现了大量环绕他的人物。第一部《鬼作家》，描绘朱克曼年轻时就通过小说暴得大名，但是却因为写的小说嘲讽了犹太人的文化传统而遭到了自己族群的激烈批评，为了消除坏影响，让保守的犹太人息怒，朱克曼就去拜访一个犹太作家老前辈朗诺夫。据说，朗诺夫是以美国犹太作家马拉默德作为人物原型来刻画的，讲述了前辈作家在犹太人的传统文化面前故步自封，不敢越雷池和自己喜欢的女子结婚的故事，和朱克曼的选择刚好形成了对照。在这一点上，朱克曼恰恰和前辈犹太作家完全不一样，他无论是想法还是做法上都和前辈是相反的，反映出两代犹太作家之间的文化冲突和裂隙。

《解放了的朱克曼》中的朱克曼，就如同是菲利普·罗斯另外一部小说《波诺特的怨诉》中走出来并且长大了的波诺特，他继续着自己长大之后的历程。在精神上摆脱犹太人传统文化束缚之后，他有一种轻松自在的解放感，但是，这种自在感又给朱克曼带来了无尽的空虚。《解剖学课》和这个系列的尾声、中篇小说《布拉格狂欢》则继续探索朱克曼如何陷入情欲的炼狱而不能自拔，在精神和肉体的双重压力下，找不到自己的家园，无所适从地感到惶惑和痛苦的故事。这个系列，是菲利普·罗斯在创作生涯的第二个阶段里的压轴之作，他以大无畏的精神，无情地剖析自己、分析自己、瓦解自己后又拼合自己，是美国作家中拿自己开刀、审视自我最无情的作家。朱克曼作为菲利普·罗斯的化身和他的第二自我，似乎一生都在和菲利普·罗斯纠缠着，后来，他又写了几部以朱克曼为主角的小说，继续挖掘着的自我，把自我的生活和精神的矛盾与美国社会几十年的风云变幻结合起来，成为将自我投射到整个时代里的最深入的小说家，这成为他的小说的一大特色。

1980年，菲利普·罗斯还出版了《菲利普·罗斯的读者及其他》，收录了他的一些文学论文和谈话录，作为他第二个阶段的结束和总结。

三

在对自我进行不断的挖掘、批判和审视之后，菲利普·罗斯进入到自己创作生涯的第三个阶段。这个阶段以小说《反生活》（1986）开始，以《美国三部曲》作为结束，逐渐由对自我的讽刺性挖掘到全面深刻地描绘和批判美国的社会现实。

长篇小说《反生活》中的主人公依旧是作家朱克曼，但是，现在的朱克曼已经开始走向了国际，他的足迹遍布以色列、瑞士、英国和美国，在国际背景下，继续着对自我的寻求。这部小说在生活和艺术之间、在现实和虚构之间、在理想和欲望之间，进行了很好的呈现，描述了一个作家在肉体处境和精神上的困境。

1988年，菲利普·罗斯出版了《真相：一个小说家的自传》一书。这本书在文体上很有特点，是以一篇文学论文与一个小说家的自传结合而构成的，表面看似乎是一本探讨小说怎么写的元小说，但在小说里，菲利普·罗斯的化身朱克曼又复活了，继续和作者，也就是活着的菲利普·罗斯进行着对话和反诘，不断地对美国的文学、生活、历史和现实进行着分析和批判、嘲讽和挖苦。后来，可能是感到自己把朱克曼当作替身不过瘾，菲利普·罗斯干脆在长篇小说《欺骗》（1990）中直接出场了——小说的主人公就是他自己，也叫菲利普·罗斯。小说的背景挪到了伦敦，整部小说都是对话体，是作家本人和几个女人之间关于婚姻、生活、爱情和男女关系的对话。由于是对话，因此在形式上容易散乱和铺张，小说的力度明显不够，不是他的重要作品。

出版于1991年的《遗产》是一部非虚构作品，描述了菲利普·罗斯的父亲，在去世之前和之后的那段时间里和儿子之间发生的一切。之所以命名为"遗产"，是因为菲利普·罗斯认为最终父亲给他留下了丰厚的遗产——父亲对他的爱。小说用大量惊心动魄的细节来拷问自我的灵魂，探索着两代人之间血和肉的联系，以及灵魂的联系，是一部感人至深的作品。看到这部作品的时候，我一度觉得他可能就此放弃对自我的挖掘和寻求了，但是，不久，菲利普·罗斯继续开始对自我进行解析了。这是菲利普·罗斯贯穿了一生的写作路数，他似乎永远都和镜子里的另外一个自己在搏斗、辩论、嬉戏和对峙，他似乎永远都无法走出以自身作为出发点来书写的那个看上去狭窄、实际很宽阔的领域。

菲利普·罗斯虽然有时候喜欢重复主题，但他也总是力图找到新的形式感。长篇小说《夏洛克战役》（1993）就是这样，它以过去的一个叙述者菲利普·罗斯，分为两个菲利普·罗斯作为小说的叙述起点，讲述一个美国广告商人在以色列以菲利普·罗斯的名义，号召其他犹太人离开以色列的故事，因为他认为，阿拉伯人早晚要对犹太人进行大屠杀。在小说中，两个菲利普·罗斯对于犹太人的归属和政治现实处境互相辩论、意见相左，展现出当时以色列犹太人问题的复杂性和人的存在本身的复杂境遇。通过这部小说，我看到菲利普·罗斯还能够把对自我的书写放大到对整个犹太族群的现实处境的探讨上，并把自我和全体犹太人的命运联系起来了，这就是菲利普·罗斯高人一筹的地方。

经过了三十多年的写作，菲利普·罗斯逐渐地达到了他文学生涯的顶点。1995年，他出版了长篇小说《萨巴斯剧院》，这部小说获得了美国全国图书奖。随后，他出版了"美国三部曲"——《美国牧歌》（1997）（获得了1998年的普利策小说奖）、《我嫁给了一个共产党人》（1998）、《人性的污秽》（2000），作为对整个20世纪的清算和对自我的总结。菲利普·罗斯依靠《萨巴斯剧院》和"美国三部曲"这几部小说，最终获得了在20世纪后半叶美国文坛的举足轻重的地位。《萨巴斯剧院》的篇幅是菲利普·罗斯小说里最长的，他一反过去喜欢描绘犹太知识分子的习惯，在这部小说里，他描绘了一个木偶戏艺人萨巴斯的生活。萨巴斯来自社会底层，举止粗鲁，出言不逊，精力旺盛。萨巴斯如同是一个被情欲所驱使的魔鬼，撒谎、偷窃、通奸、离经叛道，他拥有的是一个疯狂的黑色喜剧的世界，得到了许多，最终也都失去了。小说以萨巴斯的离奇经历作为主线，将美国社会的众生相以闹剧的形式表现了出来，小说的叙述有着巴赫金所说的那种狂欢化的风格效果，混沌、拉杂，泥沙俱下，以一个在人间浑不懔的木偶剧艺人的生平，展示出美国当代生活的混乱和无秩序。小说以戏内有戏、故事里套故事的结构，将萨巴斯本人的生活变成了戏剧一样的非正常的状态，充满了巧合、冲突、意外和妥协的艺术。这是他对人生体验到了一定层次之后的集中书写，也是我最喜欢的他的一本书。

"美国三部曲"在菲利普·罗斯一生的创作中占据着重要的地位。三部小说情节上互相疏离，并没有直接的关系，但是，在小说的深度主题上，三部小说则互相印证，呈现出对美国的总体把握。

《美国牧歌》将小说的背景放到了 20 世纪 60 年代肯尼迪总统遇刺之后，约翰逊总统执政时期的越南战争和尼克松总统的"水门事件"上，小说分为三个部分："追忆乐园""堕落"和"失乐园"。小说主人公西摩是一个犹太商人，他恪守犹太人的传统文化，努力经营商业，但是他的女儿梅丽则是一个在 20 世纪 60 年代性自由和性解放的社会气氛里长大的激进分子，最后，她竟然用炸弹去炸毁了一家邮局，来反对政府的越南战争政策，结果被关进了监狱，因此，老牌保守的西摩的生活遭受了打击，他的美国梦遭到了破灭，一曲个人的哀歌混合了美国梦的牧歌，是一个时代氛围的精确描绘。

《我嫁给了一个共产党人》则将小说的叙述背景放到了 20 世纪 50 年代。当时，反共的参议员麦卡锡掀起了追查共产党运动，臭名昭著的"麦卡锡主义"横行一时。在反共思潮在美国横行的时代里，一个女子嫁给了一个共产党人的结果可想而知。这个女人的生活遭到了毁灭性的打击。小说以呈现个人生活入手，探讨了 20 世纪 50 年代"麦卡锡主义"对美国人民的伤害，包括其造成的心理影响和打击。

三部曲的第三部《人性的污秽》则将小说的背景放到了克林顿总统执政时期的 20 世纪末，以克林顿和莱文斯基的性丑闻事件作为大背景，讲述了一个犹太老教授和一个中年女清洁工之间的通奸和偷情，结果，这个老教授被学校开除，他的家庭瓦解了，事业也毁掉了，他向作家朱克曼讲述了自己的故事——这一次，作家的分身朱克曼又出现了。结尾是教授因为车祸，和自己的情人一起离奇地、充满了悬疑地死亡了，他就这样毁灭于自己人性的弱点。小说被拍摄成电影，且名噪一时。

上述这三部长篇小说分别以美国特定历史时期的历史事件为背景。菲利普·罗斯以他的生花妙笔，书写了关于 20 世纪美国的带有编年史性质的，丰富、缜密、宏伟和广阔的作品，成为越老越能写、越写越好的攀登到文学巅峰的小说家。

四

菲利普·罗斯创作生涯的第四个阶段，开始于 2001 年，其标志是这一年里他的长篇小说《垂死的肉身》出版。菲利普·罗斯创作生涯的最后一个阶段目前仍旧在继续，这个阶段的菲利普·罗斯虽然已经垂垂老矣，但是，他却显示出愈老弥坚和炉火纯青的面目来。他以每年一部的速度出版新作。

小说《垂死的肉身》篇幅不大，继续把视野放到大学里，讲述了一个六十多岁的大学教授和他的二十四岁的女学生之间的性爱激情。对于老教授来说，年轻女学生的身体是他的乐园，使他可以摆脱对死亡和衰老的恐惧。但是，二十四岁的女学生最后患了乳腺癌，不得不切掉乳房，先行面对了可怕疾病带来的死亡威胁。小说在男人和女人之间、在老人和青年之间、在死亡和欲望之间，找到了一种紧张而又平衡的关系。不过，我觉得这部小说的主题和他过去的作品有重复，是一部比较平常的作品。2001 年，菲利普·罗斯还出版了对话集《随谈录》，收录了他对文学艺术以及美国文化特性的思考。

作为密切关注美国文化和历史走向的杰出小说家，菲利普·罗斯对美国特性的探寻是一贯的主题，而且，他很善于用小说去反映当下美国社会面临的严重问题。2004 年，菲利普·罗斯推出了小说《反美阴谋》，一开始，我还以为这部小说是关于"9·11"事件的小说，但它实际上是一部虚构的政治幻想小说。在小说中，菲利普·罗斯假想了在 1940 年美国的大选中，一个美国右翼政客赢得了竞选，成为美国总统，他和希特勒达成了和平协议，开始对美国进行法西斯式的统治，并且将少数民族裔强行归化。在小说中，菲利普·罗斯本人也出场了，那年他刚刚七岁，经历了那个黑暗的时代，整个家庭在右翼的统治下，连呼吸都是困难的和沉重的。我觉得，菲利普·罗斯写这部小说，主要在于提醒美国人，一旦美国右翼政客上台，最终就是小说中描绘的可怕结果，这也许有些杞人忧天，有些天方夜谭，但也使读者看到了另外一种历史的面目。

《反美阴谋》掀起的热浪还没有平息，2006 年，菲利普·罗斯又出版了一部小说新作《凡人》。小说中描绘了一个无名无姓的很普通的美国犹太广告商人的生和死。这个人和菲利普·罗斯本人一样，出生在 1933 年，他经历了第二次世界大战、经历了 20 世纪 50 年代的政治压抑和沉闷，以及 20 世纪 60 年代的动荡和性解放，个人也经历了三次失败的婚姻，最后，老年将至，他逐渐

143

地走向坟墓。小说思考了一个普通人在美国的社会环境中如何生活，又是如何面对死亡的。在这部小说中，我可以看到菲利普·罗斯对死亡的一种态度和情绪：老之已至，死亡的来临也是迟早的，有一种其鸣也哀的悲怆。

2007年10月，菲利普·罗斯又出版了一部小说新作《鬼魂退场》，使我更加钦佩这个创作力旺盛的文学长跑运动员了。《鬼魂退场》是菲利普·罗斯"朱克曼系列"小说的最后一部，描绘了主人公、作家朱克曼进入老年状态的情况。他在做了前列腺手术之后，失去了性能力，连大小便都无法控制。于是，他隐居起来进行写作，又偶然结识了一对作家夫妇，他开始为作家朋友那美貌的妻子所吸引，身体里的性本能慢慢地被唤醒了，对生命的感觉在恢复。在菲利普·罗斯一生的小说写作中，对自我的审视、与自我的纠缠，大部分都是以朱克曼这个菲利普·罗斯的分身来衬托和书写的。据研究者说，以朱克曼为主角和配角的小说至少有六部，还有一种说法是有九部，可见其壮观。这个系列小说，我觉得可以和约翰·厄普代克的"兔子系列"小说相媲美，甚至更为丰富，它是以伪自传和自我分身的"精神分裂"的方式，清晰地呈现了菲利普·罗斯对自我的理解和对美国社会与历史清理的全过程。

他的长篇小说《愤怒》出版于2008年，小说的历史背景是20世纪50年代的朝鲜战争，一个受伤的士兵躺在异国的战场上，开始了对自己短暂一生的回忆，描述了一个美国青年如何因为家庭原因，悲剧性地一步步走向了战争和毁灭。菲利普·罗斯老当益壮，2009年秋天推出他的第三十部小说《羞辱》，讲述一个老年男性演员经历性爱冒险之后改变了苍白人生的故事。他的第三十一本小说出版于2010年，小说题目叫作《报应》，讲述一个患了小儿麻痹的病人对周围的社会环境不满并进行报复的故事。

中国作家孙甘露说："以我对当代美国文学有限的知识，菲利普·罗斯应该位于索尔·贝娄和约翰·厄普代克之间。"我觉得他的评价比较中肯。在菲利普·罗斯辛勤的创作生涯中，他创作了大量的长篇小说、短篇小说和随笔、传记、对话等非虚构作品。其作品雅俗共赏，受到了全世界读者的欢迎和喜爱。他被批评家认定为美国当代最杰出的作家之一，也是战后美国犹太裔作家的代表。他获奖无数，获得过美国犹太人书籍委员会达洛夫奖、古根海姆奖、欧·亨利小说奖、美国文学艺术院奖、美国全国图书奖、全国书评家协会奖、普利策小说奖等，并且三次获得了美国笔会颁发的福克纳小说奖。在1970年，他被选为美国文学艺术院院士。菲利普·罗斯的小说风格多变、主题深刻、题材多样，对自我的发现和剖析是他最惊心动魄和最令人叹为观止的特点。他不仅擅长表现美国中产阶级犹太人的生活和生存境遇，而且对 20 世纪后半叶的美国历史也做了深入的透视和呈现。虽然有批评说他的作品"犹太味太重""性描写太多""笔调过分插科打诨"，但是，菲利普·罗斯已经确立了一个庞杂和丰饶的、能够代表美国的作家形象。

原载《西湖》2011 年第 3 期

推荐书目

《再见，哥伦布》，俞兴发等译，中国社会科学出版社 1987 年 3 月版

《再见，哥伦布》，张迪译，人民文学出版社 2009 年 6 月版

《鬼作家及其他》，董乐山译，四川人民出版社 1987 年 4 月版

《我作为男人的一生》，陈龙等译，湖南文艺出版社 1992 年 2 月版

《反生活》，楚至大等译，湖南人民出版社 1999 年 2 月版

《人性的污秽》，刘珠还译，译林出版社 2003 年 2 月版

《垂死的肉身》，吴其尧译，上海译文出版社 2004 年 11 月版

《美国牧歌》，罗小云译，译林出版社 2004 年 11 月版

《遗产》，彭伦译，上海译文出版社 2006 年 1 月版

《凡人》，彭伦译，人民文学出版社 2009 年 6 月版

《行话：与名作家论文艺》，蒋道超译，译林出版社 2010 年 2 月版

《乳房》，姜向明译，上海译文出版社 2010 年 8 月版

《我嫁给了共产党人》，魏立红译，译林出版社 2011 年 1 月版

《鬼作家》，董乐山译，上海译文出版社 2011 年 8 月版

《欲望教授》，张廷佺译，上海译文出版社 2011 年 9 月版

《退场的鬼魂》，姜向明译，上海译文 2011 年 11 月版

《萨巴斯的戏院》，朱世达译，人民文学出版社 2013 年 11 月版

《反美阴谋》，陈安译，人民文学出版社 2013 年 11 月版

《夏洛克行动》，黄勇民译，人民文学出版社 2013 年 12 月版

《波特诺的怨诉》，邹海仑译，人民文学出版社 2013 年 12 月版

约翰·厄普代克：一片平原

为美国中产阶级画像，并谱写他们的日常风俗史诗

可能我们永远都需要这样一类作家：他平心静气地打量和研究某个地域的日常生活，然后去不厌其烦地描述这个地区的人类的世俗生活状况，其精细程度可以和最优秀的工笔画家媲美，但是却不表达任何武断的意见。约翰·厄普代克就是这样一个作家。在长达五十多年的时间里，他出版了长篇小说二十多部、十多种短篇小说集，和多部儿童故事、诗歌、随笔与评论、自传等作品，总量已经超过了六十部。要想了解美国 20 世纪后半叶的文学和社会生活，约翰·厄普代克的作品是完全绕不开的。

约翰·厄普代克说："我努力迫使我对生活保持多层次和多方面的感觉，我力图通过叙述形式去获得客观性。我的作品总是在反省，而不是在发表任何武断的意见。我认为，艺术家带给了这个世界过去不曾有的东西，却没有摧毁什么东西，我赞赏这样一种保守的反驳。"（见 1967 年答萨缪尔森的访谈）1932 年，他出生于美国东部宾夕法尼亚州的西灵顿小镇一个普通美国家庭，据说，他的血统复杂，有德国、荷兰和爱尔兰人的混杂血统。他的祖父曾经是修路工人，父亲是一个电工，负责电缆的接线工作，后来失业了，费了很多周

折才落脚在一所中学教书。这样的普通，甚至是贫困的家庭出身，促使约翰·厄普代克一开始就明白了必须要靠自己的勤奋才可以出人头地。因此，成为职业作家之后，他养成了每天都要写三页纸的写作习惯，这也就是他作品的产量高、质量也很高的原因。

约翰·厄普代克的母亲对他最终走上文学之路起到了重要作用。她的文学修养很好，平时就喜欢写小说自娱自乐，对约翰·厄普代克寄予了很高的期望，一直鼓励他当一个艺术家和作家。在母亲的鼓励下，1950年，十八岁的约翰·厄普代克考上了哈佛大学英文系，1954年毕业之后，他和新婚妻子玛丽一起去英国牛津大学的拉斯金美术学院学习绘画，同时饱览欧洲现代艺术的风采。一年之后回到了美国，他在纽约的著名人文杂志《纽约客》担任编辑。两年后，他突然辞掉了在《纽约客》的编辑工作，和妻子一起搬到了马萨诸塞州的乡下定居，隐居起来，从事职业写作。根据他自己的说法，他之所以离开繁华的纽约，是因为他得了严重的皮肤病，皮肤脱落以至于他无法面对常人，因此，迫切地需要安静下来，就这样，他成了一个半隐居状态下的职业作家。

约翰·厄普代克首先讲述的就是人生经验的故事。他早期的长篇小说《马人》（1963）中的主人公形象，取材于他当中学教师的父亲。在这部小说里，他把希腊神话传说中的半人半马的马人形象，和当中学教师的父亲的形象结合在一起，塑造了一个有着悲剧色彩的普通人，描绘了儿子眼中的父亲那种背负生活之累的形象。《马人》是他早期最好的小说，用冷静、客观化和悲悯的语调，细致地描绘了一个男人、一个中学老师在三天时间里面对的来自生活的各种威胁——失业、欠账、被学生嘲笑，感到死亡逼近的困惑和恐惧，对生命意义和空虚感的思索，等等，来映射出他平庸和努力挣扎着的一生。小说以儿子的视角来打量和叙说，从结构上分为两个部分，希腊神话中马人的命运和现实生活中父亲的命运，两条线奇妙地交织在一起，是一部带有浓厚象征主义色彩和超现实意蕴的佳作。

在约翰·厄普代克第一部长篇小说《贫民院义卖会》中，以带有怪诞和病态色彩的叙述，虚构了一个将来的养老院，这个养老院实际上就是美国福利社会的象征。在一个周末，养老院里崇尚自由主义的老人们，对号称"人本主义"，实际上却很空虚伪善的新院长，进行了一次没有结果的抗议和斗争。这部小说在具象的故事背后，是对美国标榜的自由主义的反讽，显示了作者对美国精神的分裂充满了忧虑和警惕，而这个主题在他后来的作品中也有表现。

　　眼下，来检视约翰·厄普代克的创作成绩，给他盖棺论定，"兔子系列"小说无疑是他的代表作。这部历时五十多年创作的史诗性作品，翻译成中文的总字数约有一百二十万。如果加上那个出版于 2000 年的第五部，即用别人的眼光来怀念"兔子"的小长篇《怀念兔子》，就有一百三十万字之多了。从他对"兔子系列"小说的写作来看，他企图写作美国当代史诗的雄心是存在的。以《兔子跑吧》《兔子回家》《兔子富了》《兔子安息》《怀念兔子》为题目的五部小说，从 1960 年开始，几乎每隔十年，就出版一部，这个系列逐渐地形成了美国中产阶层生活的一幅宏大的壁画，它展现了美国 20 世纪 50 年代之后的社会生活打在一个普通美国家庭的各个成员身上的烙印，以及社会风尚、道德的激烈变化施加到这些人物身上的巨大影响。在这五部小说组成的大壁画上，美国普通人的生活活灵活现、细致入微、历历在目，可以看到，在最近五十年，剧烈变化的道德、极大丰富的物质以及以宗教力量不断影响美国人的灵魂的复杂景象。

　　"兔子系列"小说的主人公叫哈里，他是一个性格上像兔子一样疑惧和敏感的人，在二战之后不断变化的美国社会风尚和道德危机的面前，他无法忍受自己的婚姻，像兔子一样逃跑了，可是最终因为灵魂和肉体都无处安放，"兔子"又回家了。在这种不断出走和回家的过程中，演绎着哈里和儿子纳尔逊父子两代人的人生悲喜剧和生活闹剧。而麦卡锡主义、20 世纪 60 年代的性解放运动、越南战争、种族冲突和危机、阿波罗登月计划、嬉皮士运动、吸毒、石油危机、中产阶级的全面兴起、福利社会的问题和全球化时代的到来，等等，这些美国历史和社会的震荡与变化，也都投射到哈里一家。

　　有时候，我常常想，他描绘的美国中产阶级人群的优越和烦恼，痛苦和焦躁，生活中的问题和精神上的焦虑不安，和正在蓬勃兴起的中国中产阶级的处境很相似，他的"兔子"哈里，也许就是我的一个邻居或者一个朋友，就生活在我的周围。

　　和"兔子系列"小说广阔地展现美国人的日常生活有异曲同工之妙的，是他的长篇小说《农场》（1965）和《夫妇们》（1968）。

　　约翰·厄普代克是一把锋利的美国社会的解剖刀，他为中产阶级画像，谱写他们的日常生活和风俗史诗。阅读他的作品，你完全可以得到一种照相写实主义的印象，像"兔子系列"、《夫妇们》等小说，展现出的是 20 世纪下半叶美国中产阶级世俗生活的全景观。他的文笔华丽，因为他学习过绘画，美术修养较高，所以，写作时用笔就如同用画笔，笔触细致入微，喜欢不厌其烦地描绘那些精微的生活细节和场景，成为雕琢过度的、过于繁复的洛可可文学艺术大师。同时，他也很擅长心理描写和意识流，但是其作品的底色却是现实主义的。他的现实主义吸收了大量现代主义和后现代主义的技法，以此来充分表现斑驳陆离、丰富和复杂的美国当代生活。

他擅长的写作秘密：性爱、宗教、艺术与语言，
做一个"创作最广义小说"的作家

约翰·厄普代克是一个有着宏大构想的小说家，他虽然没有把他的所有作品看成是一个整体，但是，在五十多年的写作生涯中，他一直在将自己的小说的疆域持续扩大。有评论认为，他在"创作最广义小说"（见主万的《爱的插曲·序言》），这种说法很有道理。这一点，首先在他写作的题材上就显露无遗。他的小说的题材背景虽然大部分是围绕美国东部某个小镇，但是，他经常放眼全球，笔触有时候还延伸到了美国西部、东欧、南美洲和非洲，比如长篇小说《巴西》（1994）和《政变》（1978），还有依据神话和古典文学作品的材料所写的小说，比如《马人》和《葛特露和克劳狄斯——哈姆雷特前传》（2000）。其次，在表现美国当代世俗生活的层面上，他尽可能地包罗万象地描绘，写出了生活内部的冲突、矛盾和复杂性，以及悲剧与喜剧混杂的氛围，写出了"美国梦"诞生和破灭的过程。

有些评论家说，约翰·厄普代克的写作有三大秘密——性爱、宗教与艺术，他的所有作品都是围绕着这三个主题进行的。此话不无道理，但是，除了他这三个写作的秘密，我觉得，他的语言风格也是非常突出的，他的小说语言精雕细琢、机警、细腻、柔和、清晰、准确，感觉传达非常精微，值得反复琢磨和玩味。他对下意识、潜意识的描绘，也是很独到的。

在 20 世纪中期，美国的资本主义新教伦理面临着前所未有的冲击和挑战，这深刻地显现在他的有关宗教题材的长篇小说三部曲《一个月的礼拜日》（1975）、《罗杰教授的版本》（1986）和《S》（1988）中。在这个系列小说中，他探讨了宗教对美国人的影响，以及由此产生的精神和社会问题。有趣的是，这个系列小说是对美国著作《红字》的再解释和再阐发，三部小说分别从《红字》中原先的三个主人公的角度出发——以原先的牧师、医生和女主角海斯特

的角度，探讨了美国当代社会的灵魂与肉体、精神和物质、社会和个人之间的复杂关系。

在涉及美国之外题材的小说中，长篇小说《巴西》（1994）将一个背景放在巴西的爱情故事写得波澜壮阔，大气磅礴。据说，他从来没有去过巴西，对巴西一点也不熟悉，但是，他靠着几本关于巴西的地图和资料，竟然把罗密欧与朱丽叶的故事搬到了现代巴西，小说情节的叙述时间跨度有二十多年，通过一对恋人的爱情故事，揭示了巴西的社会面貌、人文风情、政治经济社会问题和它那雄阔的南美地理特征。

在长篇小说《贝奇：一本书》（1970）中，小说的主人公则变成了一个犹太小说家，这个小说家带着特殊使命，前往东欧一些国家，做了一番观察和游历，他从东欧当时的社会表象下面，看到了东欧国家精神的空虚和麻木。1978 年，他出版了长篇小说《政变》，首次把小说的地理背景放到了非洲。

创作"最广义的小说"的努力，还体现在约翰·厄普代克对美国精神、美国历程的全方位把握上。他可以说是四处出击，最大限度地扩展自己的写作疆域。在长篇小说《东方女巫》（1984）中，他写了一群离了婚的女巫，这些女人将魔鬼带到了偏僻的罗德岛上，破坏了罗德岛上传统的清教主义，释放出性解放时代人们内心的罪恶和忏悔。在长篇小说《福特时代回忆》（1992）中，他用结构主义的形式，将发生在两个时空的故事融合起来，将福特总统执政时期的美国社会气氛传达得非常逼真和精细。他的长篇小说《圣洁百合》（1996）更是一部小型史诗，是对美国人在 20 世纪精神成长和物质丰富历程的描绘。伴随着美国电影工业基地好莱坞的发展变化，小说的时间跨度也有上百年。小说将克拉伦斯一家四代人的轮替和成长，和美国好莱坞电影科技发展以及一百年的道德变化纠缠在一起，给 20 世纪的美国人画了一幅成长的肖像。《圣洁百合》是他试图解读美国社会本质的巨大文学努力，也是对美国整个 20 世纪技术和道德发展变化的反思。

在长篇小说《时间的终结》（1997）中，他把小说的背景放到了 2020 年前后。小说有着浓厚的悲伤气氛，以家庭作为叙述的背景，展开了对宗教和死亡的思考。2000 年，他出版的长篇小说《葛特露和克劳狄斯——哈姆雷特前传》中，又把小说的情节放在中世纪的北欧了。在斯堪的纳维亚半岛上，一个国家的皇家宫廷里发生了阴谋和复仇事件。在小说中，约翰·厄普代克对《哈姆雷特》的故事进行了颠覆，用全新的观念，重新书写了丹麦王子复仇的故事，使我们看到了更为复杂的人物形象。小说分为三个部分，每个部分都用"国王被激怒了"，作为开始的第一句话，文辞优美细腻，对中世纪北欧自然风景和内心活动的刻画非常到位，显示了他非凡的想象力、杰出的语言才华和结构能力。

长篇小说《寻找我的脸》（2002年）写的是一个二十七岁的女记者去采访一个七十九岁的女画家的故事，通过女画家的自述，呈现出女性主义的历史面貌。小说里没有一个男人，有的是美国艺术界变化的风潮在一个女艺术家生活中掀起的风浪和波澜。和《寻找我的脸》相反，长篇小说《村庄》（2004）则是一部关于男性的小说，甚至还有作者自己的影子。主人公是一个退休的软件工程师，七十多岁，少年、中年和老年，分别在三个村镇生活过，小说就是他对整个一生的村镇生活的回忆。2008年，他出版了最后一部长篇小说《东方女巫后传》。

约翰·厄普代克的短篇小说成就，一点都不在其长篇小说之下。在选材和写作手法上，也有异曲同工、互相映衬之妙。这些短篇小说结集为《同一个门》《鸽子的羽毛》《音乐学校》《博物馆和女人》《问题集》《相信我》等。这些短篇小说大多数都是对美国中产阶级家庭出现的各种问题的探讨和发掘，写得十分精细与缜密。他还出版了诗集《面向自然》《诗集》等。《自我意识》是他的一部自传，和早期他的另外一篇自传文章《山茱萸：童年回忆》相映成趣。在这样的自传文章中，可以看到他在小说里那样的激情文风和描绘内心感受与外部风景的细致笔触。2009年，短篇小说《我父亲的眼泪》和他最后一部诗集《终点》出版。

不过，他的小说的题材经常重复，比如《村庄》和《夫妇们》，比如"兔子系列"和一些短篇小说。从写作技法上讲，他是一个比较保守的作家，如果他能有一些文学实验的勇气就更好了。另外，从小说叙述风格上讲，他有时候写得太密，太琐碎，一旦奔泻起来，就缺乏节制，减法做得少。像"兔子系列"小说，每一部都比上一部长，越写越长，但小说内部缺乏更复杂的结构，使我觉得有些遗憾。

约翰·厄普代克的小说还深受绘画艺术的影响，其基调是写实主义风格的。他的写实主义广泛地吸纳了大量现代主义文学流派的经验和营养，比如，对意识流手法的运用，对象征主义和心理现实主义的借鉴，对书信体和结构现实主义的借鉴，对电影蒙太奇手法的掌握，对印象派画家风格的文学挪移，对人类神话和史诗资源的挖掘，对神话原型理论的再利用，用精细的文笔描绘微妙复杂的感觉，等等，这使得他的小说呈现出波澜壮阔的宏大气质和复杂精细的写作特点。他可以说是少数几个掌握了美国主流社会审美阅读情趣的作家之一，写作量相当庞大，除了二十三部长篇小说和大量的短篇小说集、散文、游记、评论、诗歌和儿童故事，他还经常编选《美国最佳年度小说选》之类的文选，是经常在《纽约时报书评周刊》发表重量级书评的人物。他想做一个"创作最广义小说"的作家，从某种程度上说，他实现了自己的雄心。

2009 年 1 月 28 日，约翰·厄普代克因肺癌去世。在我的感觉里，约翰·厄普代克如同一座广袤的平原，在这个平原上，有着铺展开来的最广义的风景。这是约翰·厄普代克带给我们的未来小说发展的可能性：尽量开阔写作题材的视线，放大自己的内心体验和心灵感觉，将人类生活着的平原与城市的所有风景，都尽情囊括其中。

收入《静夜高颂》江苏人民出版社 2010 年 8 月版

推荐书目

《兔子跑吧》，李力等译，重庆出版社 1987 年 8 月版

《兔子，跑吧》，路忍译，黑龙江人民出版社 1988 年 8 月版

《兔子跑吧》，万正方译，河南人民出版社 2000 年 4 月版

《兔子，跑吧》，刘国枝译，上海译文出版社 2007 年 12 月版

《兔子归来》，马祖毅等译，黑龙江人民出版社 1988 年 9 月版

《兔子回家》，李力等译，重庆出版社 1990 年 7 月版

《兔子归来》，罗长斌译，河南人民出版社 2000 年 4 月版

《兔子归来》，罗长斌译，上海译文出版社 2007 年 12 月版

《兔子富了》，姚英等译，黑龙江人民出版社 1988 年 10 月版

《兔子富了》，张仁坚等译，重庆出版社 1990 年 7 月版

《兔子富了》，韩建中译，河南人民出版社 1998 年 5 月版

《兔子富了》，苏忠富译，上海译文出版社 2007 年 12 月版

《兔子安息》，袁凤珠等译，重庆出版社 1993 年 7 月版

《兔子安息》，屠国元译，河南人民出版社 1998 年 5 月版

《兔子歇了》，蒲隆译，上海译文出版社 2007 年 12 月版

《夫妇们》，郑达华等译，河南人民出版社 1999 年 10 月版

《夫妇们》，彭军等译，中国人事出版社 1989 年 6 月版

《S》，文楚安译，河南人民出版社 1997 年 9 月版

《罗杰教授的版本》，刘娟等译，河南人民出版社 2000 年 10 月版

《圣洁百合》，袁凤珠译，河南人民出版社 1999 年 10 月版

《巴西》，韩松等译，河南人民出版社 1999 年 10 月版

《嫁给我吧》，潘平微译，北方文艺出版社 1990 年 5 月版

《咱们结婚吧》，郑瑶译，南海出版公司 1989 年 8 月版

《马人》，舒逊译，外国文学出版社 1991 年 12 月版

《马人》，舒逊译，上海译文出版社 2010 年 9 月版

《爱的插曲》，主万译，上海译文出版社 2003 年 4 月版

《恐怖分子》，刘子彦译，人民文学出版社 2009 年 2 月版

《葛特露和克劳狄斯：哈姆雷特前传》，杨莉馨译，译林出版社 2002 年 1 月版

《约翰·厄普代克短篇小说集》（英文版），中国对外翻译出版公司 1992 年 2 月版

《约翰·厄普代克短篇小说集（1953—1975）》（英文版），美国企鹅出版社 2003 年版

《村落》，张竝译，人民文学出版社 2011 年 5 月版

《父亲的眼泪》，陈新宇译，人民文学出版社 2012 年 4 月版

唐·德里罗："另一种类型的巴尔扎克"

复印美国人的生活

美国当代著名文学理论家哈罗德·布鲁姆曾经说："当代美国最杰出的小说家有四个，他们是菲利普·罗斯、科马克·麦卡锡、托马斯·品钦和唐·德里罗。"这四人中唐·德里罗后来居上，不可替代的"复印美国人生活"的特点凸显了其重要性。

1936 年，唐·德里罗出生于纽约市的意大利移民聚居区的一个中产阶级家庭。中学毕业之后，他到福特汉姆大学学习文学、哲学、神学和历史学，这为他后来的写作积累了广博的知识，也使他的小说呈现出非常开阔的视野。由于自小在纽约长大，这座城市的全球化文化混杂的环境带给了他很多滋养，大量实验性的、激进的美术、戏剧、音乐和电影的展览与演出，使他耳濡目染。

1958 年，二十二岁的唐·德里罗大学毕业之后，先是在一家广告公司工作，业余时间开始文学写作。他的第一篇短篇小说《约旦河》发表于 1960 年，就呈现出了一种孤决的艺术气质，带有着那种后现代特点的滑稽和破碎感。他的第一部长篇小说《美国逸闻》出版于 1971 年。这部长篇小说深入到美国独特的历史当中，挖掘出美国的特性，书写了一个关于美国梦形成的故事。唐·德里罗一出手就呈现出和别的作家不一样的风貌：他关心历史事件所映射出的当代社会问题，从中再结晶出思想来。从那个时候开始，唐·德里罗以平均两年出版一本书的速度，不断地出版新著，已经出版了长篇小说15部，发表了三本剧作，分别为《月光工程师》（1979）、《娱乐室》（1987）和短剧《允许上天堂的运动员之狂喜》（1990），他还写了一部电影脚本，出版了两部文学随笔集。

1972年，唐·德里罗出版了他的第二部长篇小说《球门区》。所谓的球门区，指的就是足球守门员活动和把守的那个方框里的区域，小说的题目暗示了人在世界上的存在，就犹如在球门区等待着被射门时的那种紧张状态。小说带有浓厚的存在主义印记，以小人物的惶惶不安来折射现代人的精神焦虑，是一部对美国人进行精神分析的小说。1973年，他出版了第三部长篇小说《琼斯大街》，这是一部描绘美国特有的大众音乐——摇滚乐如何受到年轻人喜欢的小说。小说追溯了伍德斯托克音乐节的由来，描绘了一群喜欢摇滚乐的年轻人的复杂生活，也是对美国20世纪60年代那种文化反叛进行回眸的作品，宣示了青年亚文化多姿多彩和鲜活的力量。

1976年，唐·德里罗出版了他的第四部长篇小说《拉特纳星球》，这是一部带有科幻色彩的作品，他自己创造了一个叫拉特纳的星球来影射地球，甚至就是在影射和描绘美国的当代社会现实。在这个星球上，人们为欲望所驱使，沉溺在物质主义的旋涡中无法找到自己。在这部小说中，唐·德里罗以比较冰冷的叙述语调对物质和物体进行了细致的描绘，就如同复印机一样复印生活的原貌。这在他后来的作品中更加明显，最终，他创造了一个叙事语调冰冷、描绘的画面繁复、如同复印机一样对当代美国各个领域的生活进行精确反映的文学世界。

1977年，唐·德里罗出版了他的第五部长篇小说《演员们》，描绘纽约上层演艺界人士的生活，探讨了纽约这个名利场和多元文化混杂的世界之都的特性。可以看出，唐·德里罗的每部小说的题材都不一样，他视野开阔，但是万变不离其宗——探索美国社会的本质。1978年，唐·德里罗出版了他的第六部长篇小说《走狗》，这是一部带有讽刺意味的政治小说。

从第一部长篇小说《美国逸闻》到第六部小说《走狗》的出版，这个阶段是唐·德里罗创作生涯的第一个阶段，前后十年的时间。在这个阶段里，他不断地实验着各种叙述语调，拓展小说题材，在对美国社会特性的挖掘上也很精到深入，在小说的结构形式和对语言的摸索上都有新发现，为他进一步地寻找到一种独到的文学表达方式，奠定了基础。

美国文学杂志《新标准》如此评价唐·德里罗："如果有谁对将美国人变成复印文本这件事情负责的话，那个人，就是唐·德里罗。"抓住了唐·德里罗的小说的一个最大特点。他创造性地以平面展示的形式概括了美国人的生活和精神面貌。他的小说和安迪·沃霍尔的"波普"作品有异曲同工之妙，但是，唐·德里罗的小说又带有批判性的犀利锋芒和对人文精神堕落的深刻质疑，以深度和广度呈现了复印背后的荒芜。

白噪音覆盖的世界

进入 20 世纪 80 年代，唐·德里罗迎来了他写作生涯的第二个阶段。在这个阶段里，他由一个较为传统的小说家，完全变成了一个后现代色彩非常浓厚的小说家，逐步走向了创作的巅峰状态。1982 年，唐·德里罗出版的长篇小说《名字》，标志着这个阶段的开始。这是一部关于语言、名字和命名的书。唐·德里罗试图告诉我们，不同的文化对于现实之所以会产生不同的理解，是因为存在着一个基本的语言现实：语言规定着对世界的命名，这是人类的基本需要和能力，不仅表达了人的所思所想，也建构了一种符号化的可以被认知的现实。

《名字》这部小说中提及的地名多达一百多个，人物的名字在命名时也有许多巧合，说明了名字所代表的人物的虚构性。从结构上来看，这部小说分成四个部分，分别以岛屿、山区、沙漠和草原作为题目。岛屿部分是以希腊的库罗斯岛为故事发生地，山区则是伯罗奔尼撒半岛，沙漠部分则到了印度，而草原则是美国的堪萨斯草原。从情节上看，这部小说一共有三条线索，这三条线索互相交叉，但是最主要的主人公都是詹姆斯，他是美国一家跨国公司驻希腊的高级职员。三条线索中，最主要的一条线，是詹姆斯对某个没有名字的邪教组织的追踪。詹姆斯的妻子是一位考古学家，在希腊一座小岛上进行考古发掘工作，詹姆斯和妻子处于一种分居状态，但是，他常去考古所在现场的那座小岛看望妻子和孩子，后来，他发现了一个系列的杀人案件：每个被杀的老人都是流浪汉，而且，他们的名字开头的字母都和他们被杀的地点地名的开头字母一样。于是，詹姆斯感到了迷惑，他开始调查这个案件。

后来，他和来到希腊的一个美国独立制片人弗兰克一起追踪到了印度，最终追查到了这个邪教组织的机构和头目。在印度，他们目睹了一次胆战心惊的邪教杀人事件。

在这条主线的叙述之外，另外两条次要的情节线索，也如同伏延千里的草蛇灰线一样，穿插在小说的主情节干线中。一条是詹姆斯和妻子的关系产生危机、分居与试图和解的过程；另外一条是詹姆斯作为美国跨国公司的高级职员，同时还有一个隐蔽的身份，他要在希腊搜集当地的经济、政治和军事情报。这部小说从表面上看，有着侦探小说的外壳，内里却是对时代症候的一种精神分析和语言语义学分析，是对美国和其他欧洲国家的关系的透视，是对商业原则、军事情报、邪教文化在这个世界上隐秘存在的一种揭示。在更深层次上，小说还将全球化带来的复杂现实和世界各地区的不平衡与文化冲突、人和自我的冲突放到同一平面上来呈现。

1985 年，唐·德里罗以他的第八部长篇小说《白噪音》获得了美国全国图书奖。什么是"白噪音"？在给中文译者朱叶的信件中，唐·德里罗专门做了说明："有一种可以产生白噪音的设备，能够发出全频率的嗡嗡声，用以保护人不受诸如街头吵嚷和飞机轰鸣等令人分心和讨厌的声音的干扰或伤害。这些声音，如小说人物所说，是'始终如一和白色的'。也许，这是万物处于完美之平衡的一种状态。"

我们可以把这个解释作为进入和理解这部小说的钥匙。德里罗曾说过："如果写作是思考经过提炼浓缩的形式，那么，提炼得最浓缩的写作，也许就会终结为关于死亡的思索。"《白噪音》这部小说，正是他"关于死亡的思索"的产物，德里罗的研究者马克·奥斯蒂恩称此书为"美国死亡之书"，在书中，"与死亡经验相联系"的白噪音，正是拒绝死亡的"人类的自然语言"，它十分均衡地一直存在于我们的身边，彻底覆盖了我们。

《白噪音》的主人公杰克是美国一所私立大学的教授，他专门研究希特勒。小说按照结构可以分成三个部分，第一个部分"波和辐射"中，唐·德里罗以第一人称漠然和平静的口吻描述了一个由家庭、同事、学校和城市构成的了无生气的小世界。表面上看，小城是祥和、平静、安全的，但是，杰克却隐约地感到莫名的恐惧和不安。他感到人类的文明正在缓慢地、不知不觉地走向毁灭。仿佛感情被抽空的叙述口吻，使读者觉得不妙，似乎有一种暴力和毁灭的力量在悄然聚集。

157

小说第二部分是"空中毒物事件"。这个部分似乎是突如其来的一个插曲，是小说的中断和间奏，篇幅很短。这个部分描述了发生在寒假里的一场事故：在杰克所在的小城市里，一家化工厂突然发生了泄漏事故，为了防止伤亡扩大，在政府的号召下，杰克和家人一起开车离开了小城，躲避开漂浮的毒气团的辐射和伤害。这个部分虽然篇幅不大，但却揭示了人类遭受威胁的现实。后来，经过了九天的躲避和疏散，美国士兵用战斗机将一种可以吞噬毒雾的微生物撒到云团上，这场危机总算是结束了。据说，唐·德里罗描绘这场化学品泄漏事件，是对 1979 年发生在宾夕法尼亚三里岛上的核工厂爆炸事件的真实写照。

小说的第三个部分是"'戴乐尔'事件"，讲的是杰克发现他的妻子芭比特在吃着一种药片，这种药片叫戴乐尔，它的功效是可治疗恐惧和抑郁症。可是，这种药片控制了芭比特的身心。杰克感到恼怒和恐惧，他开始追查药片的来历，最终搜寻到了不法商人格雷的踪迹，决心要杀掉格雷。杰克拟订了一个周密的复仇计划，他准备下手了，但是，当他到达格雷的公司，却被告知格雷刚刚被医药研究所开除了。杰克在后来的继续追踪中发现，格雷自己也在吃这种抗拒恐惧的药片，因为，他的精神失常了。

《白噪音》和现实主义小说、现代主义小说都有着很大的不同，小说在结构上呈现出文本的多样和杂烩性质，电影蒙太奇和片段场景是小说结构的主体。它似乎没有中心的故事和人物关系的冲突，叙述似乎也是一种没有感情色彩的平面叙述，塑造的人物也都是扁平的，情节大部分都是无意义的、琐碎的，彼此之间并不呼应。小说以美国中产阶级的日常生活片段和景象来呈现出美国后现代社会内部的精神问题。在消费和图像所主导的现代生活之下，人的精神状态的危机、环境污染的危机、人文精神死亡的危机，都在一一袭来。美国社会组织结构表面上严密齐整，却有着涣散和瓦解的实质，一种恒定的白噪音一直笼罩在头顶。

来自历史的回声

1988 年唐·德里罗，出版了长篇小说《天秤星座》，这部小说获得了《爱尔兰时报》国际小说奖。这是一部以 1963 年肯尼迪总统遇刺事件作为背景的小说，可以说，这是一部带有政治色彩的社会小说，又是一部带有明显的唐·

德里罗特征的后现代小说。

　　小说的主人公是刺杀肯尼迪总统的凶手奥斯瓦尔多，小说精心描述了他的成长经历，折射出美国在 20 世纪 50 年代开始的特殊的文化氛围、社会大潮和政治环境。奥斯瓦尔多带有传奇色彩，他出生于一个单亲家庭，是母亲抚养他长大，他早年就喜欢阅读马克思的书籍，参军之后，性格孤僻，和环境严重对立，对美国军队中对士兵的严苛惩罚感到不满，借助一个机会逃到了苏联。但是，他发现苏联那个集权主义社会也不是他的天堂，于是，三年之后他又回到了美国。由于有在苏联的经历，他回到美国之后，遭到了麦卡锡主义者对他的"叛逃"指控和歧视，他失业了，就更加对社会感到不满。通过对报纸上对肯尼迪国际政策的介绍，他发现，肯尼迪总统一直想扼杀古巴革命，暗杀古巴领导人卡斯特罗。具有马克思主义思想的社会底层人士奥斯瓦尔多，忽然萌生了刺杀肯尼迪的想法，于是，他就开始精心策划和准备，最终，他刺杀成功，酿成了举世瞩目的一个重大历史政治事件。

　　刺杀肯尼迪是美国现当代史上的一桩扑朔迷离的案件，到现在还众说纷纭，莫衷一是。在这部小说中，唐·德里罗也给出了一个自己的猜测：两个中央情报局的特工，在奥斯瓦尔多开枪之后的瞬间也开了枪，打死了肯尼迪总统。这样大胆的设想是基于对当时美国政局的研究和观察，不能说没有一点根据。但是，真相却是永远都无法被发现了。刺客奥斯瓦尔多后来又被一个精神病人神秘刺杀，使整个案件完全成为无头公案。这部小说在叙述风格上，带有现实主义底色，又带有印象主义的那种铺陈。在情节上，有大幅度的跳跃，也有省略和对内心的描绘，但是，在形式和语言的探索上，走得并不是很远。小说在三种叙述人称之间来回转换，获得一些叙述的灵活视角。小说中最动人之处，是对奥斯瓦尔多的成长历程和精神状态的描绘，以及对 20 世纪 50 年代之后美国社会文化全方位的呈现，历史的信息量巨大。小说有三个层面：一个是肯尼迪遇刺的真实历史事件，第二个是叙述者本人虚构的故事，第三个层面是作品中的人物讲的故事。这三层故事相互消解，元虚构和滑稽模仿——小说对历史的模仿、对以往作品的模仿以及对其自身的模仿——将真实人物推入了想象的时空，并演绎出一场荡气回肠的时代悲剧。

　　这个阶段，唐·德里罗似乎对历史和政治的激情十分充沛，他的几部小说都和历史有关。而当代现实又是历史的回声和影子。

"另一种类型的巴尔扎克"

我觉得，唐·德里罗最好的小说，除了《白噪音》和《天秤星座》，另外一部就是 1997 年出版的长篇小说《地下世界》（一译《地狱》）了。在这部小说中，唐·德里罗纵横捭阖，书写了从 20 世纪 50 年代到 90 年代中期长达半个世纪的美国历史。小说一出版，就轰动了美国社会，在很长时间里都是畅销书，很快被翻译成各种语言在其他国家流布。

小说《地下世界》以编年史的形式，分成了几个部分，在时间上是顺序叙述的，从 20 世纪 50 年代兴起的麦卡锡主义、1963 年肯尼迪总统被刺、阿波罗飞船登月、英国戴安娜王妃的意外死亡、世界职业棒球锦标赛等五十多年来在美国和欧洲发生的历史标志性事件作为线索，连绵推进；又以美国当代普通人的生活作为历史事件的陪衬，以活人的历史来映衬并没有真正死亡、不断在生活中产生影响的历史事件，旨在探求美国的特性和丰富性，试图以一个美国作家的眼光，对 20 世纪做一个总结性的回顾，是一部美国人视角下的史诗。小说的题目也表明，在被美国的各种媒体所引导的大众文化之外，还有一个被遮蔽的五十年的历史。这个历史由各种地下的潜在事件所引起，以最终成为显像事件的构成。英国著名作家马丁·艾米斯读完《地下世界》后说："它也许是，也许不是一部伟大的小说，然而，毫无疑问，它已使唐·德里罗成了一位伟大的小说家。"

2003 年，唐·德里罗出版了他的第十三部长篇小说《大都会》，虽然篇幅不算长，但表现的内容却相当复杂。小说的内部叙述时间只有一天。小说的男主人公是一个亿万富翁，年仅二十八岁，是美国当代成功的金融界人士，主要做金融产品的买卖和投机，是在华尔街上出没的那种成功人士。小说的时间背景放在了 2000 年 4 月的一天，主人公乘坐他自己的加长豪华汽车去理发。就在去理发的路途中，他遇到了匪夷所思的事情。乍一看，小说似乎受到了《尤利西斯》的启发，以有限的时间去表现人在时间中无限的可能性。但是这一次，唐·德里罗似乎是在表现纽约这个大都会的难以言表和全球化的某种特性。小说通过叙述一个亿万富翁在一天里的遭遇，折射出纽约这个世界大都会的风景。全球化和金融业的关系、恐怖主义和商业化、艺术和市场、大都市对人的威压和异化、性爱和身体意识，等等，充斥在小说的缝隙里，仿佛一个后现代话语的万花筒。

2007 年 5 月，唐·德里罗推出了长篇小说《坠落的人》，以"9·11"事件为背景，是很值得关注的一部小说。这部小说以一个幸存者的眼光，重新审视了那场发生在美国人眼皮底下的事件，表达了唐·德里罗对"9·11"之后美国社会现实趋于保守的思考。作为一个密切观察社会走向的作家，唐·德里罗把他的触角也延伸到这场事件中，以一个幸存者的体验来折射它对美国人的影响：在"9·11"事件中，律师基斯大难不死，他惶惶然，感到很无助，来到了前妻莲妮家中寻求安慰，而她也在这个特殊的时刻接纳了他，同意他暂时居留。但是很快，基斯就和过去的一个黑人女同事打得火热，还借机赌博，寻找排遣和刺激。莲妮本希望他们可以和好，但是当"9·11"事件的阴影消失后，他们又回到了有裂痕的生活当中，于是，基斯和莲妮再度分开了。后来，基斯一边在世界各地打扑克、赌钱，一边思念着"9·11"事件中殒命的老牌友。小说接着叙述他的前妻莲妮的事情。她为一些老年痴呆患者办了一个写作班，让老人们去书写自己的生活感悟，自己和疾病的斗争，而她的父亲恰恰因为对老年痴呆的恐惧而自杀了，这对莲妮的刺激很大。在基斯和莲妮这两条线索之外，唐·德里罗还描绘了另外两个男人的故事，一个是行为艺术家，他不断地把自己用绳索悬挂到一些高楼大厦上，头冲下做出坠落的姿势，来表现特殊的感受和隐喻，也是对"9·11"事件的纪念性行为。另外一个男人则是劫机者之一、恐怖分子哈马德，他如何走上了这样一条不归路、他的心理状态、行动原则和道德理念，唐·德里罗都给予了令人信服的想象和刻画。小说因此将三个男人和一个女人围绕着一个巨大的历史事件的生活全面展示出来，逼真地表现了美国人所处的时代氛围和心理境况。

现在，唐·德里罗被认为是越来越重要的美国作家。1979 年，唐·德里罗获得了"古根海姆"奖，1984 年，获得了美国文学和艺术科学院奖，1985 年，获得了美国全国图书奖，1999 年，获得了耶路撒冷国际文学奖。2005 年美国《纽约时报书评》评选自 1980 年以来美国最好的小说，德里罗有三部小说入选，它们是《白噪音》《天秤星座》和《地下世界》。2010 年 2 月，他的第十五部长篇小说《指向终点》出版。

唐·德里罗的长篇小说以令人眼花缭乱的笔触，描摹了当代世界的文化冲突和政治事件，以大量的信息和特殊的叙述语调，将美国社会的全息图像"复印"了出来。而他也指明了小说未来发展的一条道路，虽然大众化、商业化、图像化、网络化在不断地侵蚀着小说，小说仍旧有着特殊的优势去描绘时代的全息图景。也因此，有人心怀着对小说这种叙事文体成熟和发达的 19 世纪的怀念，称颂唐·德里罗是"另一种类型的巴尔扎克"。

原载《西湖》2011 年第 4 期

推荐书目

《天秤星座》，韩忠华译，译林出版社 1996 年 7 月版

《天秤星座》，韩忠华译，译林出版社 2013 年 3 月新版

《白噪音》，朱叶译，译林出版社 2002 年 12 月版

《白噪音》，朱叶译，译林出版社 2013 年 4 月新版

《名字》，李公昭译，译林出版社 2002 年 12 月版

《坠落的人》，严忠志译，译林出版社 2010 年 1 月版

《大都会》，韩忠华译，人民文学出版社 2011 年 6 月版

《玩家》，郭国良译，浙江文艺出版社 2012 年 7 月版

《地下世界》，严忠志译，译林出版社 2013 年 3 月版

《欧米伽点》，张冲译，译林出版社 2013 年 3 月版

托马斯·品钦：熵的世界观

熵的概念

在当今在世的小说家当中，美国作家托马斯·品钦的作品可能是最晦涩难懂的了。到目前为止，他一共出版了七部长篇小说，《V.》《拍卖第四十九批》《万有引力之虹》《葡萄园》《梅森和迪克森》《抵抗白昼》《性本恶》，几乎每一部都是大部头。此外，托马斯·品钦在 1984 年还出版了一部短篇小说集《缓慢的学少：早期小说》，这构成了他全部的小说创作。就是凭借这几部小说，托马斯·品钦成为 20 世纪后半叶最复杂和最重要的英语小说家之一。托马斯·品钦也是所谓的"后现代派小说"群体的领军人物。

托马斯·品钦 1937 年 3 月出生于纽约长岛，1953，他中学毕业之后，进入到美国康奈尔大学攻读工程学专业，后来，又根据自己的兴趣，转到了英语文学专业。在大学读书期间，他还到美国海军服役了两年，之后，又回到了大学继续自己的学业，最终获得了文学学士学位。托马斯·品钦很早就开始文学创作，他的处女作《细雨》是一个短篇小说，发表于 1959 年的大学内部文学刊物《康奈尔作家》上。这篇小说的笔法很平实，但是略显幼稚，讲述了在美国海军中服役的一个年轻士兵的成长经历，从一些细节呈现了主人公迷茫的内心世界。我猜测这篇小说取材于他自己的从军经历。据说，托马斯·品钦大学期间还听过纳博科夫的文学写作课，算是纳博科夫的学生——那个时候，纳博科夫正在康奈尔教授文学写作，他的讲义后来被整理为《文学讲稿》《俄罗斯文学讲稿》和《〈堂吉诃德〉讲稿》出版。本来，他们也许能够成就一段文坛佳话，但是纳博科夫后来说，他对托马斯·品钦没有一点印象，只是他的妻子薇拉在给丈夫的学生的作业评分时，说看到过托马斯·品钦那与众不同的笔迹——同时包含了印刷体和草书的英语书写方式。

从康奈尔大学毕业后，托马斯·品钦不愿意从事固定的工作，他到纽约的自由艺术家们喜欢聚集的格林尼治村住了一年多，当时，正是 20 世纪 60 年代美国即将兴起的各种社会反叛运动和艺术运动的前夜，我想，在那里，托马斯·品钦一定接触了不少活跃的美国先锋派艺术家，尤其是对现代音乐和美术的理解和掌握，都是在这个时期完成的。这些生活的影响，隐约出现在他后来的长篇小说《葡萄园》里。

托马斯·品钦在大学毕业之后发表的一些早期的短篇小说中，《熵》是最重要的一篇。我觉得，这篇小说埋藏了他后来小说的全部主题，是一把进入他小说世界最好的钥匙。这篇小说将热力学第二定律运用到对人类社会的观察和描述上，敏感性很高，十分超前。热力学第二定律，就是"能量的转化和守恒定律"，而熵，指的是物质系统的热力学函数——在整个宇宙当中，当一种物质转化成另外一种物质之后，不仅不可逆转物质形态，而且，会有越来越多的能量不能转化为功。表面上看熵在增加，但是其功则在耗散和消失。这就好比人类大量制造的化工产品和能源产品一经使用之后，就很难再变成有用的东西一样——宇宙本身在物质的增殖中反而逐渐走向"热寂"，走向一种缓慢的熵值不断增加、功却在消失的死亡之中。你看，眼下，我们的人类社会不正是这个样子吗？大量的产品和能源被转化成不能逆转的东西，电子垃圾、信息垃圾、塑料和建筑垃圾甚至是太空垃圾越来越多，人类本以为生活起来越来越方便和舒适了，实际上却在逐步地走向一个生存环境越来越恶化的热寂死亡的状态。因此，"熵"的概念是令人触目惊心的概念，也是托马斯·品钦作品中的核心概念，他的小说大都与此有关。到 2006 年他出版长篇小说新作《抵抗白昼》时，仍在阐发这一概念。

1960 年 2 月，托马斯·品钦忽然对在格林尼治村和艺术家们一起浪荡的状态感到厌烦，就去美国的西雅图了。从这一年到 1962 年的 9 月这段时间里，他都在著名的飞机制造公司——波音公司工作，为公司撰写一些宣传性的稿件。他还为美国空军专门为波马克导弹基地创办的刊物《波马克军队新闻》撰写军事技术方面的文章。这家杂志很专业，类似我们的《舰船知识》《兵器知识》《坦克》一类军事知识杂志。就是这些早年的就学、从军和工作的经历，影响了托马斯·品钦一生的写作。可以说，他在美国海军短暂的服役生涯，在大学中所学的工程学、物理学，在格林尼治村与艺术家的交往经历，在波音公司工作中获取的当代科技新知识尤其是军事科学的知识，成为他后来创作取之不尽的素材。

托马斯·品钦显然是志在文学。1962 年 9 月，为了能尽快完成一部构思了很久的小说，他辞掉了在波音公司的工作，去墨西哥待了一段时间，在那里完成了他的第一部长篇小说《V.》，从此走上了文学写作道路。

神人与"天书"

托马斯·品钦是一个文坛"神人"，他似乎一开始就打算做一个神秘人物，他对自己的身世和生平一直讳莫如深，不像其他作家那样喜欢在作品的封套或者内页上刊登自己照片。据说，托马斯·品钦在大学的新生登记表上都没有照片，康奈尔大学所保存的他的成绩报告单后来竟然也不翼而飞了（我怀疑是他自己偷偷拿走的）；他在部队里的服役记录也因海军一处办公室的离奇爆炸而被焚毁了，自此，他的青少年时代的生活基本上就是一片空白了。即使在他后来暴得大名，也很少接受媒体的采访。平时，他很少与人交往，尤其不怎么和美国文坛的同行来往，游离于美国"主流社会"之外。他有意地使自己神秘化，但他所写的作品却都取材于美国的历史和当下的社会现实，关心的又是人类的基本状况。其实，据说后来他的大部分时间里都住在纽约这个大都会中，甚至就住在曼哈顿那高楼林立的中央商务区的一间高层公寓里，一边看着这个世界最繁荣的万家灯火，一边勤奋地写作，是真正的"大隐隐于市"。有人曾经碰巧在纽约的餐厅里认出他来了，他也马上逃走，不予承认。

托马斯·品钦离开波音公司之后，完成了他的第一部长篇小说《V.》。《V.》于 1963 年出版之后，很快获得了美国笔会的福克纳小说处女作奖，这给了他很大的鼓励。《V.》虽然是托马斯·品钦的第一部小说，但已呈现出和传统小说迥然不同的面貌，故事情节拉杂，并不好懂。小说一共有十六章，塑造了两

165

个主人公，一个叫普鲁费恩，他似乎是一个一无所有的流浪汉，喜欢过自由的生活，并和一些女人保持着暧昧复杂的关系。小说中，他和纽约的一群号称"全病帮"的前卫艺术家们混在一起，这些艺术家中有画家、音乐家、演员、舞蹈家，等等。他们主要的活动就是喝酒和搞聚会，虽然艺术家们个个都性格鲜明、十分活跃，但是，他们的生活似乎没有什么意义，以嬉皮士的方式，躲避着平庸和麻木。我想，托马斯·品钦早年在纽约格林尼治村的那一年多的浪荡经历，使他成功地塑造了小说中的"全病帮"这个艺术家群体。而叫他们"全病帮"，就在比喻这群家伙实际上都是病人。托马斯·品钦在描述这个艺术家群体的时候，还带有熵的观念——他的这部小说，表面上看没有什么现代主义惯常使用的意识流和内心独白、时空倒错和复调叙述，但是，他很善于描绘一种混乱不堪、没有什么意义的生活状态，来表现人类在一种"后现代"的状态下的混乱和无序。

小说中的另外一个主要人物叫斯坦希尔，这个人是一个对二战期间的历史十分感兴趣的人。他在翻阅当过英国情报局特工的父亲死后留下的日记时，忽然发现，在那些发黄的日记中，父亲经常写到"V"这个符号，可这个"V"到底指的是什么，父亲并没有说明，只是隐约指向了一个控制了整个20世纪政治、经济和军事的小集团。于是，斯坦希尔萌发了猜谜的巨大兴趣，他开始根据父亲的日记，来寻找"V"在世界上、在历史中的蛛丝马迹。最后，斯坦希尔有些灰心地发现，这个"V"，可能指的就是一个不断地乔装打扮的女特务，她在各个历史时期都出现在国际政治危机的现场，改变了政治和历史的走向。在这条线索的结尾，斯坦希尔在马耳他的大海上，神秘地被海龙卷风所席卷后消失了，而那个神秘的女郎到了也没有被他抓获，谜底也没有被揭开。《V.》可以说是一部带有黑色噩梦性质的小说，两条线索似乎没有什么关系，像两个声调的咏叹曲那样平行发展，最终也没有重合。但是，这两条线索又互相映衬了。在小说中，熵的观念隐约透露了出来："V"这个不断变换身份的符号，导引我们进入到20世纪纷乱的人类历史中，并进一步地表现了人类的全部历史其实就是在逐渐地走向缓慢的死亡和热寂的过程——我看这就是托马斯·品钦通过"V"这个神秘符号来曲折表达的中心主题。

1966年，托马斯·品钦出版了他的第二部长篇小说《拍卖第四十九批》。从书名上看，小说就很令人费解，似乎有意让人掉到陷阱里。有时候我就觉得，托马斯·品钦喜欢玩花活儿，喜欢故意和读者捉迷藏，喜欢逗引读者。什么叫

"拍卖第四十九批"？是讲述一个拍卖公司的小说吗？不是的，这是一部从篇幅、情节到结构上都相对短小紧凑的小说，描绘了一个名叫马斯的美国家庭主妇的生活。

小说中，马斯和丈夫关系紧张，因为丈夫得了忧郁症和自闭症，不和她交流，因此，马斯感到十分孤独，两个人过着形同路人的生活。有一天，马斯忽然收到一个律师的一封信，那个律师在信中告诉她，她原先的一个恋人后来成了腰缠万贯的地产商人，最近去世了，留下遗言让马斯作为他的遗嘱执行人。马斯感到又奇怪又兴奋，于是她就去找那个律师询问，两个人在一家酒吧里相见了。但是这个律师似乎没有把问题讲清楚，马斯去洗手间的时候，忽然发现女厕所的墙上画了一个奇怪的图案，图案下面还写了一句话：想要玩的人请和我们的信箱联系——在这句话的上面，画了一个被堵住的喇叭和一辆美国历史上的邮政驿车的号码。马斯迷惑了，从此开始不断地调查和研究那句话，以及那个符号。最终，她搞明白了，那个符号原来是过去出现的和政府部门的邮递系统展开了竞争的美国地下邮政系统的暗号。于是，马斯开始调查这个隐蔽的邮递系统，并逐渐地进入了迷宫一样的环境中。她发现，在二战期间，美国兵的尸骨竟然被一些公司用来制造香烟的过滤嘴，她最终揭露了这个可怕的事实，可即使如此，那个古老的邮政系统的秘密也没有被完全揭开，成为小说中的谜。和托马斯·品钦的前一部小说《V.》一样，这部小说也大量涉及了20世纪的科学技术知识，并隐藏着对一些重大历史事件的挖掘，包含着对历史的陈述和反思。可能是为了增加读者的阅读趣味，或者纯粹就是为了炫耀自己的音乐知识，《拍卖第四十九批》引用了很多当时的美国通俗歌曲，在看似不经意的叙事中，将时代的大众流行通俗文化，尤其是音乐文化流布其中。《拍卖第四十九批》也呈现了熵的世界观，还包含了几何学中的微积分学、哲学中的芝诺悖论的探讨。

我第一次阅读这部小说，就感觉依据《拍卖第四十九批》的情节，很难描述出它要传达的意义和主题。因为，它那迷宫似的情节有着很多岔路，意义是分歧的，是不确定的。小说就这样推展开来，你就被带到了一个匪夷所思的境地里。小说里描述的这个叫"特里斯特罗"的古老的邮递组织，像是神秘的黑社会一样，和美国社会对抗，让马斯觉得奇怪，也会使读者感到害怕。小说还有些侦探小说的诡异气氛，有专家说，这部小说从情节上看，是对英国近代的一出走红的戏剧《送信者的悲剧》的滑稽戏仿。由此看，托马斯·品钦很喜欢在莫衷一是的情节之间、在一些并无什么联系的事件之间，暗示着一种本质的思想。因此，有时候，我觉得每个读他的书的读者，都像是书中的女主人公马斯一样，必须要自己去面对托马斯·品钦的挑战，去找到他设置的谜语的答案，尽管也许本来就没有答案。

托马斯·品钦最著名的长篇小说，当属他的第三部小说《万有引力之虹》，这部小说出版于 1973 年，是一个大厚本，翻译成中文在七十万字左右。我觉得，詹姆斯·乔伊斯的长篇小说《芬尼根的守灵夜》和《万有引力之虹》都算得上是"天书"，无法卒读，更是很难解释。尽管如此，《万有引力之虹》的情节拉杂，但主干还算清晰，这就是它的"芝麻开门"：小说叙述的是二战最后时期的故事。"万有引力之虹"所形容的，是一道炮弹和导弹在空中划过的抛物线的痕迹，那虽然如彩虹一样美丽，但却是死亡的永恒象征。这部小说主要的着眼点，也在战争和死亡带给人类的一切后果的分析上。小说从化学、数学、物理、文学、音乐、美术、历史、宗教和电影等知识系统中汲取了大量的信息，显示了托马斯·品钦的博学。

小说的情节叙述是从二战中德国向英国频频进行疯狂的 V-2 导弹射击开始的。英国的情报部门希望发现这种导弹的秘密，但是，他们根据导弹落地后在地图上显示的结果发现，导弹的落点很奇怪，一般都和美国中尉斯洛索普的行踪有关系：只要中尉在某个地点和一个女人做爱了，几天之后，那个地方肯定要遭到纳粹火箭的袭击。英国的军事情报机构感到困扰，于是，对此开始了密集调查。中尉本人被派到法国去搜集这种给英国和盟军带来巨大威胁的火箭的情报，同时，又派遣了一些特务暗中跟踪监视斯洛索普中尉，尤其是要监视他的性生活情况，并随时向情报机关汇报——在这里，小说就显得荒诞不经和有些黑色幽默的味道了。斯洛索普后来发现，敌人打算除掉他，而自己人也在监视他，他感到万分不安和恐惧。尤其令他感到奇怪的是，那些跟踪和监视他的情报人员在身份暴露之后，很快就失踪或死亡了。于是，中尉就更加害怕了，他一鼓作气跑到了中立国瑞士，最终，他发现了事情的原委，原来，他父亲将他从小具有的特异功能卖给了德国的一个火箭专家，现在，纳粹就在利用他的性生活的规律来发射火箭，袭击盟军军队。中尉了解了真相，却感到更加困惑，他继续着在欧洲大陆上对那神秘的火箭的寻找。小说结尾十分离奇：斯洛索普上尉忽然感到自己要解体了，他在追寻那火箭的过程中，慢慢地变成空气一样不存在的东西了，这等于说，他永远地消失了。

读到这里的时候，我感到有些不满，我觉得托马斯·品钦是无法给出一个谜底，最终只好把中尉以写没了的方式给解决掉了。难道托马斯·品钦是故意以这种开放式的结尾，来强调自己要表达的"世界是一片混乱，本来就没有逻辑，因此更没有有逻辑和结尾的故事存在"的文学观吗？难道，是在强调他的熵的世界观吗？可以说，这是一部十分复杂的、带有神秘复杂寓意和象征性的小说，再次阐发了他早期作品的一些主题，包括对战争、物质的增殖、种族主义、帝国主义、熵等主题和概念的探讨。

《万有引力之虹》被认为是美国"后现代主义小说"的典型代表作之一。在小说第一节中有一段描述主人公斯洛索普吸了大麻之后去上厕所，结果口琴掉到了马桶里，引发了他进入马桶后在脏水里遨游的幻觉和想象，多年之后，这个情节被英国电影《猜火车》作为一个场景给拍摄使用了；而美国电影《黑客帝国》中，拯救者尼奥吞吃红色药丸的细节，也是在向《万有引力之虹》致敬，可见这部小说造成的巨大影响。《万有引力之虹》曾经与美国作家辛格的小说《羽毛的王冠及其他故事》一起分享了1974年的英语小说布克奖。当《万有引力之虹》被提名美国"普利策奖"的候选小说之后，在评选中一些评委展开了激烈辩论，最终，有人所说的它的"无法卒读"和"伤风败俗"成为致命理由，使它功亏一篑，大败而归。

托马斯·品钦的第四部长篇小说《葡萄园》出版于1990年，大部分读者和评论家都认为《葡萄园》是他最失败的一部小说。可我觉得，在托马斯·品钦的小说序列里，这是一部至少上了及格线的作品。小说讲述的是20世纪60年代的嬉皮士索伊德的故事。他有个女儿叫普蕾丽，已经十四岁了，父女俩一起住在加州葡萄园县的乡下。女儿为几乎从来都没有见过的母亲而暗中难过，正在这个时候，母亲过去的一个情人、检察官冯德得到线报，前往她家里搜查大麻，结果，抄了她的家，父女俩无家可归，在美国到处漂泊。于是，小普蕾丽开始根据各种线索去了解她母亲的情况。她母亲被检察官冯德引诱、操纵和控制，最终又被抛弃的情况逐渐浮出水面。在小说的结尾，疯狂的检察官冯德想要绑架知道了真相的小普蕾丽，但是，他又离奇地落到了别人的圈套里，在一个偏僻的村落里，他被一种叫作"类死人"的人给处死了，最后，小普蕾丽和自己养的小狗意外重逢了。

从小说的情节上看，它融合了现代主义、后现代主义和现实主义的很多元素和表现手法，像是一个大杂烩，因此，一些细节的处理上有些逻辑混乱，

169

不过，这恰恰是托马斯·品钦所追求的效果。评论家们诟病这部小说，主要还是因为它的意义模糊，情节夸张和碎裂，我觉得，它的总体水平确实在《V.》和《万有引力之虹》之下。但是，它依旧保持了托马斯·品钦的一贯风格。

"来路不正"的人

1997年，托马斯·品钦出版了他的第五部长篇小说《梅森和迪克森》。据说，托马斯·品钦早在1975年就已动笔写这部小说了。小说的主人公是英国的天文学家梅森和土地测量员迪克森，这两个人接受了美国政府的委托，在马里兰州和宾夕法尼亚州之间开始测量美国的南北分界线，最后，这条线被称为"梅森－迪克森线"。小说的叙述细密、结构多层，构成了一部对美国历史深情回望的历史传奇。《梅森和迪克森》在不断迂回的叙事中，将这两个真实的历史人物和小说中虚构的人物放一起，把18世纪的美国风貌以一种粗犷之美呈现了出来。小说中，托马斯·品钦使用了美国18世纪流行的英语语言来写作，这就相当于一个现代派小说家用中国古文写小说一样令人吃惊。可见，托马斯·品钦有着令人信服的、强大的语言功力，也有着对18世纪美国的全面了解。可以说，小说的主题是对美国失落的历史的重新确认，是对美国历史的一次文学认证，因此，带有鲜明的"美国梦"色彩。小说获得了广泛的好评，出版的当年就被美国《时代周刊》评为"美国最佳小说"之一。

托马斯·品钦的小说往往具有百科全书式的特点，他的第六部长篇小说《抵抗白昼》出版于2006年，英文版就是一个大厚本。为了推销这部小说，一向不喜欢抛头露面的托马斯·品钦忽然现身在一家网站，亲自写这部小说的介绍："……世界性的灾难将在几年内迫近，这个时代的上层人士中间充满了普遍的无限制的贪欲、虚伪的虔诚、白痴般的软弱和罪恶的意图……"他的小说介绍写得云里雾里、语焉不详，有着一种暧昧的感觉，使人想要一睹为快。

《抵抗白昼》继续呈现出他过去的那种大杂烩的叙事风格，时间跨度大，从第一次世界大战一直到1983年在美国芝加哥举办世界博览会，出场人物众多、事件纷纭、主题丰富，涉及了战争、种族冲突、资本主义的困境和20世纪的宗教。在这部小说中，当代西方通俗文化的符号——连环画、动画片、漫画、平装小说、商业电影、电视节目、烹调、性产业等被广泛地使用，这些符号抹平了传统意义"高雅"和"低俗"文学之间的界限。翻阅这部小说，不知怎么使我想起意大利作家翁贝托·埃科的那部长篇小说《洛阿娜女王的神秘火焰》来，那部小说和托马斯·品钦的这部小说有着异曲同工之妙。埃科把二战之后的大量意大利连环画、漫画、电视、电影和报纸版面，都作为小说中的符号加以利用，使小说的文本非常庞杂，显示了当代杰出的小说家在把握越来越复杂的当代世界的时候，不得不运用更加复杂和多文本夹杂的手段，去囊括和表现整个时代的努力。《抵抗白昼》中还显示出托马斯·品钦对爵士乐和摇滚乐的偏好。其实，现在看来，不光在《抵抗白昼》中有大量的音乐元素，在他的其他小说如《V.》《拍卖第四十九批》《万有引力之虹》《葡萄园》和《梅森和迪克森》中，都有大量流行音乐的信息，显示了托马斯·品钦欣赏音乐的专业水准。

2009 年，他又出版了长篇小说《性本恶》，这是他的第七部长篇小说，也是他所有作品中最好懂的一部，有一个侦探小说的外壳，讲述了在 20 世纪 70 年代的美国洛杉矶，私人侦探多克·斯波戴洛调查前女友所委托的一桩绑架案，结果遭遇了更加扑朔迷离的案情。于是，大量时代的信息和场景，以并置和重叠的方式，在小说中显示出一种走向死亡的寂灭感。

托马斯·品钦似乎有些来路不正，也很难确定他所受到的一些作家的影响。比如，他的老师纳博科夫在他的作品中完全找不到痕迹；在他的小说集《缓慢的学步：早期小说》的自序中，他说他欣赏美国的"垮掉的一代"作家群，尤其喜欢杰克·凯鲁亚克的《在路上》。对于这部小说，美国另外一个作家杜鲁门·卡波蒂尖刻地说："那不是小说，那是打字。"托马斯·品钦对 20 世纪的美国小说家欧内斯特·海明威、亨利·米勒、索尔·贝娄、菲利普·罗斯和诺曼·梅勒的作品评价很高。同时，他对一些写科幻小说的作家，比如艾萨克·阿西莫夫也很欣赏，对写《残杀》的杜鲁门·卡波蒂和写《名利场大火》的汤姆·沃尔夫等新新闻主义小说家也很喜欢，这几类作家之间的差别很大，但是他们都在托马斯·品钦的庞大的胃口里被消化了。

托马斯·品钦的小说还被定义为"后现代小说"的模范和样本。一般认为，美国"后现代主义"小说家包括了托马斯·品钦、约翰·霍克斯、库尔特·冯内古特、约瑟夫·海勒、唐纳德·巴塞尔姆、约翰·巴思、威廉·加迪斯、唐·德里罗等，这等于把"黑色幽默小说"和"后现代主义小说"一锅煮了。但是，到底有没有"后现代主义小说"实在是众说纷纭。我想，假如真的有"后现代主义小说"，那也可以被广义地看作"20 世纪现代主义小说"。美国评论家詹姆斯·伍德根据托马斯·品钦的小说中出现的古怪人物、狂乱行为、插科打诨和文本混杂，将之归类为"疯狂的现实主义"，把托马斯·品钦的作品和扎迪·史密斯等多元文化环境中诞生的作家作品相比较，这个评价就很有趣了。

从20世纪90年代早期开始，因为《万有引力之虹》对人类进入新阶段的复杂性的描绘和对20世纪的绝妙观察和理解，一些美国文学教授就提名托马斯·品钦角逐诺贝尔文学奖。但我觉得，在某种程度上说，瑞典文学院的那些评委们认为"文学真正的创作中心在欧洲，而不在美国"。虽然20世纪60年代的"拉丁美洲文学爆炸"和80年代兴起的"无国界小说家"群体冲击，使其不得不重视世界文坛的新动向，但是最近十五年，他们似乎一直对美国作家不太感冒，原因也很复杂。我想，假如他们给托马斯·品钦颁发了这个奖，只会给他们自己加分。因此，我希望托马斯·品钦不要像约翰·厄普代克那样突然地撒手西去了。著名文学批评家、美国哈佛大学教授哈罗德·布鲁姆把托马斯·品钦与唐·德里罗、菲利普·罗斯和科马克·麦卡锡一起评为20世纪后半叶美国的一流小说家，组成了一个"F4"的阵容，我觉得这个评价十分恰当。

原载《上海文学》2009年第9期

推荐书目

《拍卖第四十九批》，林疑今译，上海译文出版社1989年3月版

《拍卖第四十九批》，叶华年译，译林出版社2010年5月版

《V.》，叶华年译，译林出版社2003年8月版

《葡萄园》，张文宇译，译林出版社2000年9月版

《万有引力之虹》，张文宇等译，译林出版社2008年10月版

《性本恶》，但汉松译，上海译文出版社2011年12月版

《熵：一种新的世界观》，里夫金等著，吕明等译，上海译文出版社1987年2月版

托尼·莫里森：黑人的哥特式魔幻之书

一

在美国文学史上，黑人文学形成了一个独特的传统，成为具有巨大创造活力的 20 世纪美国文学大树上一条耀眼的枝权。那些自 1640 年之后作为奴隶被运到北美洲大陆上的非洲黑人们，经历了漫长的缄默岁月，到 19 世纪才开始逐渐以文学的形式发出了他们的声音，表现出他们的心灵世界。如今，一些黑人作家的作品已经成为经典名作。想到黑人文学，我的脑海里立刻就涌现出哈里的《根》、理查德·赖特的《土生子》、拉尔夫·埃里森的《看不见的人》、詹姆斯·鲍德温的《另一个国家》、兰斯顿·休斯的自传《大海》、艾丽丝·沃克的《紫色》等黑人作家、诗人的作品。而托尼·莫里森便是黑人作家中的佼佼者。她将美国的黑人文化混合一种哥特式的魔幻小说风格，将美国黑人文学，甚至将英语新小说引领到一个更加开阔的境地，对她的阅读和了解十分重要，是对那些有着被侮辱与被损害的记忆的族群、国家和个人的特殊启发。

1931 年 2 月 18 日，托尼·莫里森出生于美国俄亥俄州的钢铁城市洛里恩的一个工人家庭，父亲是蓝领工人，母亲主要靠在白人家做女佣来养家。1949 年，十八岁的托尼·莫里森以优异的成绩考入了华盛顿特区专为黑人开设的霍华德大学英文系，1953 年获得了文学学士学位，后来，她又进入康奈尔大学继续攻读英美文学，二十四岁的时候获得了文学硕士学位。毕业之后，她先在得克萨斯州的南方大学担任老师，后来在母校霍华德大学教书。1965 年，她开始在美国著名的出版机构蓝登书屋担任文学编辑。从 20 世纪 70 年代起，她主要在纽约州立大学、耶鲁大学等各个大学讲授美国黑人文学，还在《纽约时报书评周刊》上发表大量书评文章。1987 年，她开始担任美国普林斯顿大学的文学教授，讲授文学创作和美国文学研究课，属于典型的学者型作家。在托尼·莫里森四十多年的文学生涯当中，她一共出版了八部长篇小说，一个剧本，两部文论集，还主编了《黑人之书》（1974）。这部带有史料性质的著作影响深远，记叙了三百年来美国黑人为了争取和白人同等地位而奋斗和抗争的历史，被称为"美国黑人史的百科全书"。在蓝登书屋当编辑的时候，托尼·莫里森就开始对黑人文化进行深入思考。她除了研究威廉·福克纳的小说之外，还为黑人拳王穆罕默德·阿里的自传和一些黑人青年作家作品的出版费了不少心力。

托尼·莫里森的长篇小说处女作是《最蓝的眼睛》，该书出版于 1969 年，篇幅不算很长，但是内容复杂，有着多层次的表达，语言和叙述语调非常独特，已经显示出了托尼·莫里森强烈的、很难模仿的文学风格。《最蓝的眼睛》的主人公是一个叫佩科拉的黑人女孩子，在社会上，她因为自己的黑人血统而备受白人歧视，因此，她幻想自己能够有一双白人姑娘才有的美丽的蓝眼睛。于是，她对上帝进行祈求，在幻觉中得到了一双蓝色的眼睛，可是实际生活中仍旧四下碰壁，找不到出路。

小说《最蓝的眼睛》是一个残酷的童话，它不单单控诉了白人社会压制和歧视黑人的现实，对黑人自身存在的问题也给予了尖锐的清理和批判。《最蓝的眼睛》带有童话色彩，还有一些哥特小说的诡异气质和一种女性主义与文化批判的敏感性。托尼·莫里森将这些元素都放到一个篮子里，显示了她卓越的才能。小说的叙述语言模仿了黑人女孩那种祈愿的语调，有些段落没有标点，显示了女主角思维的连绵、断裂和幼稚，叙述角度在不断的转换中获得了多层次的立体效果。

托尼·莫里森的第二部长篇小说《秀拉》出版于 1973 年，篇幅与《最蓝的眼睛》相当。小说的主人公是一个黑人女孩子秀拉，她是一个性格坚强、具有反叛精神的女孩，她不愿意像父母亲那样逆来顺受，试图向白人占据主导地位的社会挑战。小说还塑造了另一个黑人姑娘内尔，内尔更愿意过一种循规蹈矩的生活，和秀拉形成了鲜明对比。最后，秀拉感到无力和社会对抗，她还毁了内尔的婚事，遭到了大家的谴责，大家认为她是一个坏女孩而厌弃她，最终，秀拉因病逝世，她自己得到了解脱，也使那些不喜欢她的黑人们松了一口气，而笃信基督教严格教规的内尔则以传统的生活方式继续生活。小说以两个黑人女孩子不同的人生道路，呈现了美国黑人女性的真实生存处境。小说的叙述节奏跳跃，第一章讲述了1919年的事情，小说的倒数第二章是1941年，最后一章则讲述了1965年的事情，在十万字的篇幅里，跨度达四十多年，把主人公放到美国历史背景的大幕布上进行全面审视，使我们看到了秀拉背后的时代的整体氛围。

　　《最蓝的眼睛》和《秀拉》算是托尼·莫里森创作第一个阶段的作品，在这个阶段，她还在多方面试验对小说体裁、题材、叙述和思想主题的把握，小说的篇幅也不大，人物也很单纯，两部小说的主人公都是黑人女孩子，都是以她们在美国社会遭受的悲剧命运来呈现时代的气氛，突出了托尼·莫里森独特的创作视角。这两部小说出版之后，托尼·莫里森不仅在美国文坛一举成名，还被看作黑人妇女的精神领袖和代言人。

二

　　迄今为止，托尼·莫里森最好的小说大都出版于她创作生涯的第二个阶段，这个阶段从1977年开始，到1993年结束。在这个阶段中，她出版了《所罗门之歌》《柏油孩子》《宠儿》和《爵士乐》四部长篇小说，然后，以1993年她获得了诺贝尔文学奖而达到了一个巅峰。

　　1977年，托尼·莫里森出版了长篇小说《所罗门之歌》，小说出版之后，大获好评，获得了当年的美国国家图书奖。这部小说所描绘的美国黑人的历史和现实处境更加深广，书中出现的人物已经不再是黑人女性了，而是更加复杂和有代表性的黑人群像。小说的故事情节带有一种哥特式的鬼魅气息和魔幻色彩，描述了黑人马孔·戴德和皮拉特里兄妹两家之间的故事。《所罗门之歌》分为两个部分，第一部分主要讲述马孔·戴德在美国北方某个城市的黑人聚居区里的生活，描绘了他的家庭环境、自我困境、社会环境。小说的第二部分中，马孔·戴德离开了自己的家庭，去美国南方寻找父亲和姑姑过去曾经发现，但又遗失了的黄金。他虽没有在南方找到黄金，但是他找到了比黄金更加宝贵的

175

黑人族群文化的根。祖先作为血液里的力量重新在他的身体里聚集和沸腾，使他获得了在美国继续生活下去的勇气，他也开始确信自己作为一个黑人的生命价值了，他相信，自己的曾祖父当年就是因为不愿意继续在美国当奴隶而独自展翅飞回了非洲。小说在最后的部分点题了，"所罗门之歌"，既是关于曾祖父这样的祖先的歌曲，也是对《圣经》传说的一次文本上的呼应。小说里有一个黑人的神话原型故事贯穿其间：当年，凡是不甘心在美国做奴隶的黑人，都可以独自展翅飞回到非洲去。这个神话传说是美国黑人想要挣脱奴役和枷锁的心理暗示和象征。

托尼·莫里森以神话原型的比拟方式，暗示了黑人自我精神安慰的神话的瓦解。这一次，托尼·莫里森似乎扮演了一个神秘的说书人的角色，她在小说中采取的语调很特别，娓娓地将黑人文化历史与传说的古老和神秘一一道来。小说也带有黑人民间文学、神话传说的魔幻色彩，这在细节和情节上有大量显现，具有了阅读的新奇魅力。在我看来，这部小说无论是在写作技巧，还是思想所达到的深度，涉及社会和文化问题的广度上，都是一部史诗性的作品。《所罗门之歌》也开拓了托尼·莫里森自身创作的疆域，使她的视野扩大到对整个黑人历史文化的探寻、总结、发现和再创造。

1981 年，托尼·莫里森出版了长篇小说《柏油孩子》。和《最蓝的眼睛》一样，这是一部根据一则童话故事发展而来的小说。童话的原型故事是这样的：一个农夫为了吓唬偷盗庄稼的兔子，就用柏油做了稻草人，野兔不知道柏油稻草人的厉害，靠近它的时候被粘住了，于是，农夫抓获了野兔。聪明的野兔花言巧语地对农夫说，它偷他的庄稼，理应受到惩罚，而最好的惩罚莫过于农夫将它扔到长满了刺的荆棘丛里，这样它就会皮开肉绽，永远记住这次教训。于是，农夫就把野兔扔到了荆棘丛里，结果，农夫中计了，因为荆棘丛正是野兔的天堂和家园，它逃脱了。

《柏油孩子》这部小说的地理背景是加勒比海的一个海岛，小说描绘的是一户白人家庭中一对黑人帮佣的生活。柏油孩子特指这对黑人夫妇的侄女，后来成为他们养女的嘉甸。小说在白人主人和黑人仆人之间、在黑人仆人和他们的养女之间、在黑人夫妇之间、在养女和她的心上人之间，铺展开了错综复杂的关系，这种关系纠葛了种族与文化、白人与黑人、男人和女人、主人和仆人、老辈和晚辈的矛盾，在这些紧密的人际关系之间，托尼·莫里森将人物的心理活动和行为举止描绘得入木三分、淋漓尽致。小说中的"柏油孩子"嘉甸，曾经由白人主人送到巴黎留学，因此，她受到了很好的教育，有着很好的文化素养。回到美国之后，她很难融合到美国南方落后的黑人文化中去，和父母亲以及周围的其他人不断发生冲突，于是，她和男朋友森私奔到了纽约。两个人的命运就这样黏合在了一起。森曾经犯过罪，杀过人，但是，他也渴望过一种传统的女人相夫教子、男人挣钱养家的生活。到了纽约，森无法在纽约的白人文化氛围里生存，他和嘉甸发生了激烈的冲突。为了维护关系，两个人不得不互相妥协，一起回到了故乡。回到故乡之后，他们之间的分歧更加严重，面临着婚姻的解体。小说以嘉甸和森的经历，描述了当代北美洲黑人的两种方向，一种是借助白人文化的优势，沿着白人成功的道路发展，去接受良好的教育，然后在白人主导的社会里出人头地；另外一种是，渴望回到传统的黑人社会里，以黑人群体的力量去反抗白人的社会，找到一种疏离感，与白人社会格格不入。小说中，托尼·莫里森对这两条道路都做了反省和批判。

《柏油孩子》写作技巧精湛，采取了大量现代主义小说家在意识流方面的探索，但是却没有囿于其限制，而是采取暗示、意象和回忆的方式，来呈现主人公的存在状态，把黑人文化中强调的直觉、神话、象征符号和独特生活元素结合起来，叙述有条不紊、循序渐进，阅读这部小说，就像有一幅色彩绚丽的扇面在眼前渐渐打开。可以说，《柏油孩子》是一部情节紧凑、张力巨大、内容精彩的黑人之书。

托妮·莫里森的另一部长篇小说《宠儿》（一译《娇女》），出版于1987年，受到了评论界的一片赞誉。《纽约时报》评论这部小说"神奇而辉煌，具有神话的气势和韵律"，《洛杉矶时报》认为"不读《宠儿》，就无法理解美国文学"。1988年，该小说获得了美国普利策小说奖，还被《纽约时报》评为"25年来最佳美国小说"第一名。《宠儿》是根据一个真实的历史事件加工再创造后完成的。那个真实的历史事件，是当年托妮·莫里森在编辑《黑人之书》的时候获取的：有一个叫玛格丽特·加纳的黑人女奴，逃脱奴隶主、向自由的北方逃跑的时候，为了免遭白人种植园主的追捕，亲手割断了拖累自己逃跑的孩子的喉咙。托妮·莫里把这个事件放到了美国南北战争期间，讲述女黑奴塞丝向北方逃亡的时候，途中遭到追捕，快要被逮住了的时候，她不愿看到孩子和她重新沦为奴隶，就掐死了亲生女儿。十八年后，奴隶制被废除，被她杀死的女婴还魂归来，开始纠缠在她的日常生活中。小说的叙述结构精巧复杂，倒叙、顺叙和插叙以及视角的变化精彩纷呈，继承詹姆斯·乔伊斯、普鲁斯特等人开创的现代小说技法。

《爵士乐》（1992）是托尼·莫里森的第六部长篇小说，这部小说以一个杀人案件作为小说的叙述核心：1926年，五十多岁的黑人推销员乔，在纽约黑人聚居区开枪打死了他十八岁的情人朵卡斯，他的妻子出于嫉妒和愤怒，在葬礼上打算毁坏死者的面容，被大家制止，由此，引发了冲突。小说在叙述的时候，并没有采取顺时的叙述，而是采取了内心独白和回忆的方式，交织了主人公的行为动作，把现实层面和内心层面交织起来，形成了叙述层面、外部社会与内心层面的双层结构。通过大量的闪回和类似爵士乐的叙述节奏，把我们带到了主人公的内心世界。

这部小说宛如给一个黑人家庭演奏的一曲低回婉转、哀伤激越的爵士乐，将美国黑人内心的挣扎和外部的遭遇都呈现了出来。可以说，这是一部关于黑人自身的灵魂之书，也是黑人的苦难和自我审视之书。

三

托尼·莫里森的第七部小说《天堂》出版于1998年，故事以一个刑事案件作为主线索。1976年，一天清晨，鲁比镇的九个黑人男子开始袭击一家修道院中的四个女子。这四个女人，她们各有各的不幸，都遭受到男权社会和家庭的迫害，在婚姻、性方面遭受了失败和痛苦，她们才一个接一个地逃到了这个修道院。进入修道院之后，她们把这个天主教修道院建成了带有避难所性质和弘扬女人叛逆精神的场所，如同灯塔一样照亮了周围那些被压抑的女性的生活，也使男人们感到害怕。于是，黑人男人们认为，这些女人是危险的、离经叛道的，他们认为，一切罪恶的渊薮都在这个被不洁的女人所占据的修道院。他们精心策划了一场攻击，准备除掉她们，但是女人们成功地逃脱了。

小说是复调的叙述，它的另外一条叙述线索，则追溯了鲁比小镇的来由，讲述了从1755年开始，这个鲁比小镇是如何由从非洲被贩卖来的黑人奴隶所建立，并且逐渐地发展、壮大，形成了当地那种闭塞、顽固、保守的黑人文化氛围。小说在对黑人命运和女人命运这两个重大的文学主题上，都做了深入开掘。鲁比小镇和那座修道院，就像两块飞地一样，伫立在美国的国境之内，是美国历史和现实的独特产物，又像天堂一样成为黑人和女人的圣地。因此，小说分别描绘的鲁比小镇和修道院，成了天堂的化身。

托尼·莫里森以往的一些小说，要么偏重于女性命运的揭示，比如《最蓝的眼睛》和《秀拉》，要么旨在探讨美国黑人的现实处境，比如《所罗门之歌》和《爵士乐》，而《天堂》则技高一筹，不仅将黑人问题同女性问题结合起来，还把神话和历史问题结合起来，提出了一个严肃的、很难回答的问题：黑人的天堂，女人的天堂，到底在哪里？在《天堂》中，托尼·莫里森并没有给出一个确切的答案，而是以黑人和女性冲突的方式，将这个十分复杂的世纪性问题呈现给读者，让读者自己去思考，并做出一个回答。

2000年，托尼·莫里森和她的儿子合作，写作出版了《大箱子》，这是一部写给孩子们的童话长诗，描述几个喜欢惹祸和吵闹的孩子，被父母锁到了一个大箱子里的故事。后来，他们在箱子里演绎了一出有趣的自我发现的童话。2003年11月，托尼·莫里森出版了她的第八部长篇小说《爱》，小说围绕着主人公——已过世的黑人企业家科赛的妻子、孙女和一个女护士展开故事，描绘了一个黑人家族在20世纪的兴衰史，以及几个女人之间微妙复杂的关系。

托尼·莫里森的第九部长篇小说《仁慈》出版于2008年。小说深入到美国历史的现场，描写17世纪种植园中的黑人如何逐步地陷入种族主义的深渊里。在小说中，托尼·莫里森继续她对黑人文化和命运的思考，对黑人在历史中的身影的追寻。1632年，一个白人商人买下了一个黑人女孩，他对待这个黑人女孩很好。小说以商人瓦克的农场和他的家人之间的关系作为核心，把奴隶制和种族主义在美国诞生之前的历史氛围逼真地描述了出来。小说表达了唯有爱和善才可以化解种族矛盾和冲突的主题。

托尼·莫里森是一个能够不断超越自我的小说家。美国另外一位重要的黑人女作家艾丽丝·沃克赞美她说："没有人比托尼·莫里森写得更美，她始终不懈地探索非洲裔美国人的复杂性、恐惧和生活中的爱……我想象着她穿着一条粗布裙子，坐在大炉灶前，一边把火上的大铁壶弄得叮当响，一边讲述一个久远的悲哀故事。她讲述着黑人的故事，殖民地的白人妇女怎样若无其事地背着婴儿去看被私刑处死的黑奴；黑人街区的女孩如何战栗地看着自己的父母兄弟沉溺于兽行和酗酒，渴望自己有一双美丽的蓝色眼眸，从此看不见任何苦难。这不再是'外人'对黑人痛苦生活想当然的揣测，这是用黑人的眼睛看世界，用黑人的脑子想问题。她打开了潘多拉的魔盒，让全世界都体会到一个民族和他们所处的阶层的无奈、屈辱，她讲述着黑人的彻骨之痛，读者为之窒息，她却一如既往的平静，而黑人们模糊的朦胧若雾的艰辛的求生的路径，也在故事中隐隐约约地浮现出来，那些饥寒交迫的灵魂走进我们的脑海深处，久久不散。苦难与挣扎不是某一个民族的专属，它原本是生活在最底层的人们所共有。这些人没日没夜地为了生计而奔忙着，麻木不仁地对待上苍赐给他们的任何不幸，却无处申诉，无由申诉。感谢托尼·莫里森作为弱势群体中的一分子站了出来，代表历史拷问世界：人类的迷茫与堕落是否还将继续下去？有没有力量阻止它？"

托尼·莫里森把神话传说和社会批判结合了起来，使小说拥有了独特的气质和锐利的思想。同时，她将哥特小说式的鬼魅气息混合了黑人文化传统中的神话和魔幻色彩，结合了童话和寓言的元素，把一种新文学带给了我们。这些都是她的精神资源、写作资源和文化资源。同时，她又将美国南方种植园制度的解体以及黑人的遭遇精巧地展现出来，使我们看到了黑人族群那斑驳丰富的内心世界，了解到黑人群体在美国历史中的真实境遇。

托尼·莫里森的九部小说和其他几部诗歌、随笔、非虚构作品，大都以美国黑人生活为主要内容，坚持表现黑人种族的命运和历史文化。其小说的笔触细腻，语言生动，富有跳跃性，叙事技巧精巧复杂，塑造的人物性格突出，故事情节带有强烈的戏剧冲突，想象力丰富，创造出了一个非凡的、独特的小说世界。

原载《文学界（原创版）》2009 年第 7 期

推荐书目

《娇女》，王友轩译，湖南文艺出版社 1990 年 10 月版

《宠儿》，潘岳译，中国文学出版社 1996 年 2 月版

《所罗门之歌》，舒逊译，中国文学出版社 1996 年 2 月版

《最蓝的眼睛》，陈苏东等译，南海出版公司 2005 年 11 月版

《柏油孩子》，胡允桓译，南海出版公司 2005 年 8 月版

《天堂》，胡允桓译，上海译文出版社 2005 年 5 月版

《爵士乐》，潘岳等译，南海出版公司 2006 年 12 月版

《爱》，顾悦译，南海出版公司 2013 年 1 月版

《恩惠》，胡允桓译，南海出版公司 2013 年 1 月版

第三部分

「拉美文学爆炸」四主将

胡安·鲁尔福：平原烈火与人鬼之间

一

在 20 世纪的小说史上，凭借很少的作品获得不可撼动的文学地位的，只有屈指可数的几个人，胡安·鲁尔福便是其中之一。在中文版《胡安·鲁尔福全集》里收录了包括十七个短篇的系列小说《烈火平原》、八万多字的中篇《佩德罗·巴拉莫》，还有一部电影剧本《金鸡》，这些就是他留下来的全部作品了。算下来，凭借二十多万字的作品就可以彪炳 20 世纪小说史的人，只有胡安·鲁尔福。这可能是绝无仅有的，因为，连巴别尔的英文版全集也厚达一千多页。那么，胡安·鲁尔福到底对小说做了什么样的贡献，以至于凭借区区一个短篇小说集、一部中篇小说，就可以在整个拉丁美洲傲视群雄，还影响了欧洲、非洲和亚洲的很多作家，并成为拉丁美洲"魔幻现实主义"小说流派的开山者？

胡安·鲁尔福，1918 年出生在墨西哥圣卡布列尔市的一个没落的种植园主家庭，六岁的时候，他父亲去世，紧接着就是母亲的去世，于是，胡安·鲁尔福基本上是在孤儿院长大的，并由叔叔出钱抚养成人。十五岁的时候，他到墨西哥城攻读大学法律系和人文学科，毕业之后，考取了墨西哥内政部移民局的公务员，并在繁忙的工作之余勤奋创作。他的第一部短篇小说《生活本身并不严肃》讲述一个怀孕的母亲和腹内孩子的交流，她在衣柜中取衣服的时候，不慎摔倒了。小说没有告诉我们，她肚子里的孩子是不是流产了，但是其简约的叙述非常有控制力。此后，他陆续发表了一系列反映他的家乡农村社会状况的短篇小说，这些小说加起来有十七篇，1953年以《平原烈火》为名正式出版了。这部短篇小说集以它独特的艺术品质引起了墨西哥文坛的关注。

我觉得，《平原烈火》中的十七个短篇小说，虽然都可以单独成篇，但它们却是一个整体和系列。因为它们都有一个共同的主题，那就是，描绘墨西哥20世纪的革命和社会现实。十七篇小说宛如十七个侧面，将墨西哥的历史与现实的复杂面貌一一呈现。像这类以系列短篇小说构成一本书的写法，在20世纪有不少精彩的作品：詹姆斯·乔伊斯的《都柏林人》、舍伍德·安德森的《小城畸人》、巴别尔的《骑兵军》、奈保尔的《米格尔大街》都是这种体裁的佳作和典范。我把这类小说叫作"橘子瓣小说"，因为它们每一篇都像一枚橘子瓣一样地紧紧簇拥在一起，形成了一个向心的结构。

《平原烈火》中的作品，在叙述技巧上呈现出万花筒一样绚丽和复杂的面貌。仔细阅读这十七篇小说，你会发现，胡安·鲁尔福在小说的结构和叙事上非常讲究，几乎每一篇的叙事角度、结构、事件和细节都别具匠心，都非常精彩，可见胡安·鲁尔福在写作它们时的那种刻苦用心。

下面，我将逐一简单分析这十七篇小说。在这部集子中，一部分小说是描绘墨西哥革命的。墨西哥是一个历史悠久的文明古国，是拉丁美洲古代印第安文化的中心之一，古玛雅文化、阿兹特克文化和托尔特克文化曾经无比璀璨地闪耀在人类文明的时间深处。1521年，墨西哥沦为西班牙殖民地，经过了漫长的殖民统治，1810年，墨西哥人民开始了反抗殖民统治的斗争，并于1821年获得了独立，此后，1917年正式成为墨西哥合众国。墨西哥的20世纪现代史充满了战争和暴力冲突，她走向现代化之路也非常艰难，总是伴随着流血冲突和战争。在小说集中，像《剩下他孤独一人的夜晚》《我们分到了土地》《烈火平原》等，就以点带面地描绘了1910年至1920年墨西哥农民起义从开始到失败所造成的影响。

《我们分到了土地》的叙述非常简洁精当，留了很多的空白，但是却疏而不漏，讲述了一群农民在一个清晨去查看政府分给他们的土地。他们走了一天，才在荒无人烟的地方找到了属于他们自己的土地，可这些土地都是寸草不生的荒地。大部分人都灰心丧气地回去了，剩下的四个人不甘心，还在继续前行。小说的结尾是这样的："我们继续前进，向村子走去。然而他们分给我们的土地却是在悬崖的上面。"

《烈火平原》的笔法也是简洁有力的，描述了一支人员越来越少的起义军的战斗旅程，最后，他们不断地被追击、被围剿，最终失败了。小说一开始的叙述者是"我们"，第一人称复数，显示人多势众，到了小说的结尾，则由幸存者比乔恩以"我"来叙述了，"我"出狱之后，见到为"我"生了一个孩子的女人，那个孩子已经成长为少年，名字也叫比乔恩。

《剩下他孤独一人的夜晚》十分简短，描绘了三个掉队的士兵追赶自己的部队的过程，其中，两人被抓获了，并被吊起来残酷折磨，第三个人在听到了埋伏的敌人的对话之后，侥幸逃脱了。小说描绘了战争的残酷无情和人生的无常与无奈。

《你没有听到狗叫吗？》大部分以对话构成，十分精彩，讲述一个年老的父亲背着自己生命垂危的儿子，一路返回村庄的故事。一路上，在父子的对话中，他们回顾了过往生活的艰辛和欢悦，可是儿子的生命力却越来越弱，最终，他死在了父亲的背上，没有听到家乡村子里传来的狗叫声。

《那个人》的叙述相当精彩，叙述者不断地转换。小说讲述的是一场追击，追踪者根据前面逃亡者留下来的踪迹，紧紧进行跟踪。一开始，小说是跟踪者和逃亡者交替叙述，追捕和反追捕不断反切，故事扣人心弦。最终，这个逃亡者死亡了，到结尾部分，叙述者忽然变成了第一人称"我"，"我"是一个目击逃亡者尸体的牧羊人，"我"向律师讲述自己的见闻，因为他作为窝藏者被抓了，而那个背负命案的逃亡者被谁所杀，一直是一个谜。

《马卡里奥》则以一个白痴男孩的自述构成，全文只有三千多字，讲述了这个白痴马卡里奥眼中混乱的世界。女人、性欲、食欲是他内心真正有所感觉的东西。这个角色使我想起来威廉·福克纳的《喧哗与骚动》中的傻子班吉，一种内心的洪荒感弥漫其间。

《教母坡》的叙述者是第一人称"我"，他和一对亲兄弟是一伙的，但因为农村的贫瘠导致的人性恶的爆发，他杀害了他们。在野蛮的时代和野蛮的环境中，生命如此脆弱，而死亡则是家常便饭。

《你对他们说，不要杀我》以对话和描述交替的方式，讲述了一场延续了三十年的仇杀。一个贫穷的牧民曾经失手打死了牧场主，因为那个牧场主当年

185

不让他的牲口吃牧场的青草。三十年后，牧场主的儿子当上了上校，他派人来抓捕那个牧民，并且处死了他，尽管眼下这个失手杀人的牧民早就垂垂老矣，已经成了行尸走肉，也没有放过他。

《你该记得吧》的篇幅十分短小精悍，只有不到中文两千字的篇幅。小说的叙述语调很独特，每段都以"你该记得吧"来开头，讲述了叙述者看到的墨西哥封闭的农村里，一个家庭发生的暴力凶杀事件。最后，杀人者甚至"还选了一棵他喜欢的树让人将他吊死"。那种麻木、愚昧、封闭和野蛮所构成的墨西哥农村生活景象令人触目惊心。

《玛蒂尔德·阿尔康赫尔的遗产》中，一对父子由于分别参加了不同的武装组织，结果竟然成了不共戴天的仇敌。最后，父亲被儿子杀死了——"他骑在马屁股上，左手紧紧地拿着他的笛子，右手按着横卧在马鞍上的他那已经死去了的父亲的遗体。"战争使人六亲不认，使人变得野蛮而无情，小说以极其冷静的笔法营造出令人心碎的悲剧效果。

《清晨》中，讲述了一个死亡事件：一个和自己的外甥女乱伦的庄园主，在清晨的时候发现他的一个长工知道了这桩丑闻，就使劲殴打那个长工。后来，庄园主莫名其妙地死了，长工被警察抓获，成为庄园主之死的替罪羊。可到底是不是长工杀的，小说最终也没有说明。小说依旧在描绘和批判墨西哥农村的封闭、愚昧和邪恶环境中所产生的恶行和暴行。

《都是因为我们穷》以一个少年的视线，讲述了他整个家庭的贫穷、遭受自然灾害比如洪水时的无助、家庭的分崩离析等，描述了贫穷带给人的毁灭力量，叙述了人性在善恶之间的徘徊。

《地震的一天》由两个人的对话构成，讲述了某年9月的大地震之后，当地政府的州长在被地震破坏的地区视察和慰问的时候，耍的都是花架子，开的都是空头支票的情景。《地震的一天》鞭挞了政客的腐败和无能。

《塔尔巴》讲述了一个身患严重皮肤病的人，听说一个叫塔尔巴的地方有一座圣母塑像，能够包治百病，于是，他千辛万苦、千里迢迢地抵达了那里，结果，他所期待的神迹并没有显现，最终他客死他乡，尸骨无还。

《北方行》在叙事上很讲究，以一个已经死去的人给父亲讲述去北方谋生的路途中的见闻来结构全篇。结果，在美国和墨西哥边境他被打死了。这种叙述手法在他后来的《佩德罗·巴拉莫》中就运用得更加老到和熟练了。

在《安纳克莱托·蒙罗纳斯》中，小说基本上由对话构成，呈现出滑稽和残忍交织的画面，并批判了一些宗教徒的愚昧：安纳克莱托·蒙罗纳斯被一群中老年修女疯狂拥戴，并且请求册封他为圣徒，可实际上，这个安纳克莱托·蒙罗纳斯是一个匪徒、无赖和奸淫妇女的坏蛋，最后，那些修女为他的恶行所震撼，一个个地离开了他。

《卢维那》已经有了后来的《佩德罗·巴拉莫》的雏形，不毛之地卢维那，活人越来越少，只有年迈的老人不愿意离开那里，因为他所有死去的亲人都埋葬在那儿。讲述人平静而舒缓地描述了卢维那糟糕的一切，使我们看到了一片洪荒世界的氤氲苍茫。

以上《平原烈火》中收录的十七篇小说，从篇幅上看，大都短小精悍，短的只有一两千字，长的也就一万多字，但是其冲击力却很巨大。胡安·鲁尔福非常善于运用减法，他的小说仔细看来，真是字字珠玑，很难从小说中删去一些东西。并且，他的叙述语调大都是低沉舒缓的，可是，由于每一篇小说中都有耸人听闻的死亡和暴力事件，因此使小说获得了巨大的震撼效果。十七篇小说所构成的《平原烈火》这个整体，其所呈现的墨西哥历史和现实的容量也很巨大，其复杂的叙事技巧也让人眼花缭乱、五味杂陈。我十分惊叹胡安·鲁尔福写作短篇小说的精湛手艺，他甚至可以在一篇小说中不断转换视角，并且在行文中留下了大量的空白，有的地方就如同白描，有的地方则完全依靠简约的对话去呈现出隐藏在场景和对话后面更加复杂的东西。

从总体上说，《平原烈火》给我们描述了一个被贫穷、残暴和原始欲望所俘获的墨西哥的历史和社会现实，带有一种洪荒世界的景象。这还是一个混沌未开的世界，是和现代文明相隔绝的世界，她走向现代化之路自然无比艰难和漫长。胡安·鲁尔福既给我们展示了这样一个可怕的世界，也展示了某种希望，那就是对人性中的美好和善良的确信，对社会公义的呼唤。

二

1955 年，胡安·鲁尔福的中篇小说《佩德罗·巴拉莫》出版了。这部翻译成中文在八万多字的大中篇，迄今为止，仍旧被很多作家、评论家们认为是20 世纪拉丁美洲小说的巅峰之作，只有《百年孤独》等少数小说才可与之争锋。

为什么《佩德罗·巴拉莫》的地位如此之高？它写的是什么？到底给小说史贡献了什么，才显得这么的重要？从小说的故事情节来说，简单地讲，它

187

写的是人与鬼之间的故事，描绘的是一个人鬼不分的世界。佩德罗·巴拉莫是小说中的一个中心人物，但一开始他并没有出场，出场的叙述人，是他的一个私生子，他前往科马拉地区去寻找他的父亲佩德罗·巴拉莫："我到科马拉来，是因为有人告诉我，我父亲住在这里。他是个名叫佩德罗·巴拉莫的人。这还是我母亲对我说的呢。我答应她，待她百年之后，我立即来看他……"当叙事者进入科马拉，他面对的则是一个荒凉的世界。

　　小说的第一个部分，就是叙述者、佩德罗·巴拉莫的私生子胡安·普雷西亚多的讲述和他眼睛中看到的一切。而他眼前的科马拉的世界，和他母亲曾经给他描述的完全不一样。叙事者开始碰到一个赶驴的人，他就向那个人打听佩德罗·巴拉莫，赶驴人给他指路，并且告诉他，佩德罗·巴拉莫早就死了。虽然自己要找的父亲已经死了，但是他还是继续前行，来到半月庄，在那里碰到了母亲过去的熟人，一个老太太，她开始给他讲述他母亲的故事，以及佩德罗·巴拉莫的故事。就这样，他不断地遇到不同的人，在众人的回忆和讲述中，佩德罗·巴拉莫的形象渐渐地浮现在我们的面前。这个时候，他父亲佩德罗·巴拉莫的内心独白也开始不断涌现在小说的片段里，参与到小说的叙述当中，作为对其他人讲述的补充。此时，加上叙事者胡安·普雷西亚多还和自己的母亲多洛雷斯对话，和眼前的人对话，小说的时间和空间就完全混杂在一起，完全打乱了。这个时候，你要是不注意的话，你会混淆小说内部的时间。到了小说的中间部分，你会发现，小说开头部分的讲述者，佩德罗·巴拉莫的私生子胡安·普雷西亚多原来也已经死了，是他的鬼魂在坟墓里和一个老乞丐的鬼魂在说话。这是小说的第一部分。在这个部分里，胡安·普雷西亚多作为读者的一个向导，带领我们来到了科马拉，来到了半月庄，一起看到了一幅衰败的场景，因为，那里已经没有活人，那里到处都是坟墓和鬼魂的低语。

　　在小说第二个部分中，主要描绘的是佩德罗·巴拉莫在贫瘠的山村里如何利用自己的凶狠和残暴，巧取豪夺、奋力崛起的故事。其中，穿插了他和苏珊娜的爱情故事，这场爱情导致了一场悲剧，最终，佩德罗·巴拉莫被另外一个私生子，也就是小说开始时胡安·普雷西亚多碰见的那个赶驴人阿文迪奥用刀给砍死了。这个部分的描述非常清晰，讲述的是佩德罗·巴拉莫崛起于草莽之间，但是却落得一个悲剧下场的过程，以大量的片段、独白、回忆、对话和倒叙构成。第二部分由第一人称"我"的讲述，改为了第三人称叙述，场景不断地转换，一直到佩德罗·巴拉莫的死亡。

可以说，小说的真正主角就是佩德罗·巴拉莫，这个如同鬼魂一样存在于村庄里的大庄园主佩德罗·巴拉莫，一开始他很穷，做过学徒、小工，后来依靠自己的聪明、霸气和残酷，逐渐成为整个科马拉地区的霸主。他有着无数的田产、马匹和女人，生下了很多私生子，但是他残酷无情，对所有的女人和私生子都不好，他关心的只是自己财富的增加和性欲的满足。他的爱情只迸发了一次，那就是对青梅竹马一起长大的苏珊娜，但是苏珊娜后来嫁到了外地。丈夫死了之后，她才回到半月庄，又嫁给了佩德罗·巴拉莫，之后，却变成了一个精神病人。因为他们的爱情完全不对称，苏珊娜爱的是自己的前夫，从来都没有爱过佩德罗·巴拉莫，她郁郁寡欢，很快就去世了，他们的关系以悲剧结束。这时，你会再度发现，书中所有的人物都已经死去了，他们所有的对话、动作和叹息，都是消失在一片荒芜和贫瘠的土地上的影子，根本就不存在，存在于你眼前的，只是杂草丛生的荒野，是消失了的半月庄和在这片土地上生活过的、彼此之间有着爱恨情仇的男人和女人。

《佩德罗·巴拉莫》虽然篇幅不大，但却是一部奇书。首先，它完全打破了时间和空间的界限，在叙述上，将过去、现在和未来打通了，将发生在不同时间和空间的事情都放到一个平面上来讲述，现实与梦幻、死亡和生命、过去和现在，好像有一个不断移动镜头的摄像机在将这些镜头以蒙太奇的手法拼贴与杂糅起来一样。如果集中精力，那么看上去时空倒错的故事，就可以被理出一条时间的逻辑线索。因此，这本小说，读者的参与是很重要的，你必须要抓住胡安·鲁尔福递给你的每一个线头，然后，去领略他制造的一场由鬼魂共同出演的人生大戏，在这出戏里，一个人的崛起和他最终的死亡，一场爱情的迸发和等待，一个地区的逐渐衰亡到只剩下了杂草和鬼魂，成为留给我们的永恒印象，关于这个世界的印象。小说还隐隐地将墨西哥革命和基督派之间的战争造成的后果投射到小说中的环境和人物的命运中，有着复杂的历史信息和时代背景。

从这部小说的叙事技巧上讲，过去传统小说的全知全能的叙事者不见了，代之出现的是有限的视角，而且，很快，你会发现，有限的视角还在转换，由第一人称到第三人称，然后又回到了第一人称。当最开始的叙事者、私生子胡安·普雷西亚多也变成了鬼魂，第一部分结束，小说的情节忽然开始追寻佩德罗·巴拉莫的生平与崛起的足迹来叙述了。苏珊娜死去的时候，科马拉人不仅没有哀悼，而且在欢庆这个时刻，这导致了佩德罗·巴拉莫内心的怨恨，他发誓要使科马拉这个地方完全衰败，直到荒草掩埋了所有人的尸骨和鬼魂。最后，他的愿望达到了，他自己也死亡了。从小说的结构上讲，整部小说浑然天成，不分章节，完全以片段的描写、对话、回忆和内心独白来构成，这些片段实际上是整部小说的零件，需要聪明的读者自己去组装。在一个人鬼不分，现实和虚幻的世界不分，过去、现在和未来不分，这里和那里不分的世界里，胡安·鲁尔福创造了一个非凡的小说世界。他带给我们的，是一种新小说才有的那种斑驳陆离的感受，犹如我们第一次看到毕加索的立体主义绘画、第一次看到达利的超现实主义绘画作品那样，会感到欣悦和无比的震惊。小说中的人物、场景、时间、空间的比例全部变形了，但是，却抵达了叙事艺术的神奇境界。当你读完这部小说之后，浮现在你眼前的，就是一个创世纪般的荒芜世界。

《佩德罗·巴拉莫》对时间的运用和对小说空间的拓展都是空前的，它对拉丁美洲小说的发展影响巨大，很多作家都从这部小说中汲取了他们想要的东西。比如，墨西哥作家卡洛斯·富恩特斯就从中看到了希腊神话的再现，他认为，小说中的人物关系、男女关系、父子关系是希腊神话中的，因为情欲和原罪导致的纷争在墨西哥现代社会中的化身和争斗的延续，我看这也是一种十分有趣的观点。不过，我觉得天才的胡安·鲁尔福不见得就那么熟悉希腊神话。

此外，《百年孤独》也很明显地受到了这部小说的启发和影响。加西亚·马尔克斯写道："发现胡安·鲁尔福，就像发现卡夫卡一样，无疑是我记忆中的重要一章……我当时三十二岁，是一个已经写了五本不甚出名的书的作家，我觉得我还有许多书未写，但是我找不到既有说服力又有诗意的写作方式。就在这时，阿尔瓦罗·穆蒂斯带着一包书大步登上七楼到我家，从一堆书里抽出最小最薄的一本，大笑着对我说：'读读这玩意儿，妈的，学学吧！'那就是《佩德罗·巴拉莫》。那天晚上，我把书读了两遍才睡下。自从十年前那个奇妙的夜晚我在学生公寓里第一次读到卡夫卡的《变形记》之后，我再没有这么激动过。第二天，我读了《烈火平原》，它同样令我震撼。那一年余下的时间，我再也没办法读其他作家的作品，因为，我觉得他们都不够分量。"

后来，加西亚·马尔克斯还和富恩特斯一起将《佩德罗·巴拉莫》改编成了电影剧本。在很多人的顶礼膜拜下，《佩德罗·巴拉莫》逐渐成为"拉丁美洲魔幻现实主义"文学流派中最有力的代表性作品。

<h1 style="text-align:center">三</h1>

胡安·鲁尔福还出版了一个电影剧本《金鸡》，讲述一个残疾人的故事。他救活了一只雄鸡，他拿它去参加斗鸡比赛，赢了一大笔钱之后，迸发了生活下去的信心。但是，这个人却是一个赌徒，最终他把赢来的钱又都赌输了，命运大逆转，他再次进入到悲惨境地，不得不自杀身亡。

胡安·鲁尔福后来就基本停笔了。据说，是因为生计的原因，需要养家糊口，他不得不陷身于繁忙的公务生活，再没有时间写作了。但是，我倾向于他已将自己的写作资源用完了，没有动力再继续写了，或者，他干脆认为，再写也很难超越自己，那就不写了吧。读者在后来不断地期待胡安·鲁尔福写出新作，他也曾经公开说，他一直在写一部叫作《山脉》的长篇小说，但是，一直到他去世，《山脉》也没有拿出来。

从总体上说，胡安·鲁尔福的《烈火平原》和《佩德罗·巴拉莫》的背后有着古代印第安阿兹特克人的神话传说和信仰体系作为支撑，比如，对死亡和生命的看法，就和别的文明模式下的人大为不同。在墨西哥，每年都有一个"亡灵节"要过，传说这一天，在大地上游荡的死人都会回到家里来，重新和活着的人相聚，这一天就是一个人鬼不分的日子。因此，我们就很容易搞明白，为什么《佩德罗·巴拉莫》能够出神入化地描绘一个人鬼不分的世界，因为在墨西哥，这种观念其来有自，绝不是无源之水，无本之木，它深深地根植在墨西哥奇特的古印第安文化、西班牙天主教文化所营造的混血文化的土壤里。因此，《佩德罗·巴拉莫》这本书无论是艺术水准、思想高度还是文化资源，都是技高一筹的。

就这样，胡安·鲁尔福以少胜多，以少许卓越的小说精品而傲立群雄，成为开启拉丁美洲文学爆炸的先行者。

原载《红豆》2009 年第 10 期

推荐书目

《胡安·鲁尔福中短篇小说集》，屠孟超等译，外国文学出版社 1980 年 12 月版

《人鬼之间》，屠孟超译，人民文学出版社 1986 年 8 月版

《胡安·鲁尔福全集》，屠孟超等译，云南人民出版社 1993 年 9 月版

《佩德罗·巴拉莫》，屠孟超译，译林出版社 2007 年 10 月版

《燃烧的原野》，张伟劼译，译林出版社 2010 年 9 月版

加夫列尔·加西亚·马尔克斯：
一个大陆的孤独和奋斗

一

　　加夫列尔·加西亚·马尔克斯的名气太大了，谈论他是一件危险的事情。我觉得，在所有形容他的话里面，马里奥·巴尔加斯·略萨的命名最为贴切——"拉丁美洲的弑神者"。这个称谓一般是给君王和大祭司的，但是，巴尔加斯·略萨曾经毫不犹豫地把它戴到了加西亚·马尔克斯的头上。

　　1927年，加西亚·马尔克斯出生于哥伦比亚马格达莱纳省的一个小镇上。他的父亲曾经在大学的医学系学习过，没有正式毕业，后来做了报务员。他和加西亚·马尔克斯母亲的爱情经历了很多曲折。后来，加西亚·马尔克斯以父母亲的爱情经历为素材，写出了长篇小说《霍乱时期的爱情》。影响加西亚·马尔克斯最终走上文学道路的，主要是他的外祖母，这是一个相信万物有灵和鬼怪世界的女人，善于讲故事。加西亚·马尔克斯的童年都是在外祖父母家度过的，因此，从小他就在外祖母的膝旁听她讲故事，这给他的想象力增添了最早的动力。他也很早就开始了自己的阅读生涯，据说，七岁的时候，他就读过《一千零一夜》了。上中学的时候，他曾经给喜欢的女同学写过十四行诗。我在这里抄录一首《致一位女生的十四行晨诗》："她向我致意后随风而去 / 声音里呼出清晨的哈气 / 一扇窗户的亮光走进屋里 / 失去光的不是玻璃而是气息 / 这早起的姑娘与时钟相似 / 又像个故事难以置信地消失 / 当她将这一时刻的线剪断 / 清晨溢出她那白色的血液 / 她若身着蓝衣上学去 / 分不清她是在走还是在飞 / 似一股微风般轻轻飘拂 / 在这蓝色清晨里难以知悉 / 过去的种种事物,哪个是微风 / 哪个是姑娘,哪个是晨曦。"这样的诗篇,实在是温婉动人。

加西亚·马尔克斯的外祖父曾经是一名自由党军队的上校,多年之后,加西亚·马尔克斯根据自己外祖父的形象和遭遇,写了一部很有名的中篇小说《没有人给他写信的上校》。而他最著名的长篇小说《百年孤独》中也有以两位老人为原型的人物形象。1947年,二十岁的加西亚·马尔克斯进入首都波哥大大学法学系读书,但没过多久,1948年保守党和自由党展开全国内战,导致政局动荡,使加西亚·马尔克斯辍学了,他开始在波哥大的新闻界工作。很快,作为《观察家报》派驻欧洲的记者,他又来到了欧洲,在巴黎、巴塞罗纳、罗马、纽约、哈瓦那四处漂泊,一方面作为记者观察、记录、报道和了解世界,另外一个方面,孜孜不倦地开始了自己的文学写作。

早在1948年,加西亚·马尔克斯就想写一部家族史小说《家》,这是后来《百年孤独》的雏形,但是下笔之后他就感到有些困难:把握一个大家族的命运,在当时他还有些力所不逮。于是,他就写了一部中篇小说《枯枝败叶》,五易其稿之后,于1955年正式出版。同一年,他还出版了短篇小说集《蓝宝石般的眼睛》,但是这两部书都没有获得读者和评论家的注意。在欧洲担任驻外记者期间,他开始写作中篇小说《没有人给他写信的上校》,1957年在九次修改之后最终完成,后来于1961年出版。此时,他身在欧洲,《观察家报》被哥伦比亚当局查封,他没有任何经济来源了,穷困潦倒,朝不保夕,这是他一生中最困难的时候。1959年,他开始为古巴的一家通讯社工作,发表了报告文学《铁幕内的90天》,1961年在墨西哥定居下来。在这一年,他的一部篇幅不大的长篇小说《恶时辰》获得了美国埃索石油公司设立的小说奖,这给了他很大的鼓励,他又鼓起了写作的信心。次年,他出版了短篇小说集《格兰特大妈的葬礼》。

这一时期,应该算是加西亚·马尔克斯创作的早期阶段。这个阶段的成果我盘点了一下,包括了一部十二万字的小长篇《恶时辰》、两部中篇小说《枯枝败叶》和《没有人给他写信的上校》,两部短篇小说集《蓝宝石般的眼睛》

和《格兰特大妈的葬礼》，还有一部1955年在报纸上连载的长篇报告文学《水兵贝拉斯科历险记》，以及报告文学《铁幕中的90天》等。但是，这些作品都没有给加西亚·马尔克斯带来他想要的文学名声，也没有给他带来金钱回报。不过，我觉得，恰恰是这些作品，给他未来的写作打下了一个坚实的基础，使他找到了自己的方向，写出了《百年孤独》等几部伟大的作品。比如《枯枝败叶》，就很像是《百年孤独》的一个草稿。小说采取了多个人物内心独白的方式，描绘了一个叫马孔多的小镇上的生活。村民们被美国的跨国资本企业所控制，人们生活陷入了精神和物质的双重困境。小说的形式实验为他后来写《百年孤独》积累了有益的经验。中篇小说《没有人给他写信的上校》以加西亚·马尔克斯的祖父为原型，描绘了一个退役的上校，一直在等待养老金的到来，却不断地落空，不得不去斗鸡，但斗鸡最终也失败了的故事。七十五岁的上校以"吃屎！"来回答同样为吃饭发愁的妻子的提问，描绘了一个为国家建功立业的老军人晚年贫困潦倒、无人关心救助的悲剧形象。《恶时辰》是他早期作品中篇幅最长的长篇小说，没有章节，一共分三十多个片段，描绘了一座小城市令人窒息的生活。这些没有希望的人制造了一连串揭露别人隐私的匿名帖事件。小说塑造了神甫、镇长等多个后来可以在《百年孤独》等作品中找到蛛丝马迹的人物形象。他在这个时期出版的两部短篇小说集《蓝宝石般的眼睛》和《格兰特大妈的葬礼》，还没有形成他鲜明的个人风格，故事带有变形、夸张和魔幻的色彩，可以看出卡夫卡、福克纳与海明威等作家的影响。这些篇章从小说的题目上就可以看出师承：《死亡三叹》《死亡联想曲》《在猫身上转世的爱娃》《三个梦游症患者的痛苦》《与镜子的对话》《有人弄乱了玫瑰花》《超越爱情的永恒之死》《伊莎贝拉在马孔多观雨时的独白》等等，死亡、镜子、转世、梦游、爱情等充斥其间，可见他最开始写作的时候就受到了现代主义小说的影响。这其中，《格兰特大妈的葬礼》最有代表性。写于1962年的这篇小说实际上是一篇象征小说，小说中的格兰特大妈，是拉丁美洲的化身。加西亚·马尔克斯以细致的笔法描绘了这么一个"大妈"的葬礼，间接地表达了他对拉丁美洲的社会现实以及经济、政治、文化在美国影响下的担忧。

二

在墨西哥城居住和工作期间，加西亚·马尔克斯读到了胡安·鲁尔福的小说《佩德罗·巴拉莫》，这对他的触动和影响特别大，让他看到了自己写作的一种可能性。1963年，他和卡洛斯·富恩特斯合作，一起将《佩德罗·巴拉莫》改编成了电影剧本，还为一家电影公司撰写其他题材的剧本。这个时候，他发现，"电影的艺术容量远远不如小说"，于是，从1965年开始，他茅塞顿开，找到了一种独特的叙述方式，找到了小说《百年孤独》开头的第一句话。十四个月之后，他完成了这部小说。1967年5月，《百年孤独》第一次出版，很快就引起了轰动，到处都是市场售罄告急的消息，于是，《百年孤独》不断地被加印。四十年来，这本小说的发行量有数千万册。光是2007年的"40周年纪念版"就发行了一百万册。

关于《百年孤独》的写作和出版，加西亚·马尔克斯经历了一个异常艰难的阶段，他自己对此有着深情的描绘："从弱冠之年到三十八岁，我已经出版了四部作品，于是，我坐在打字机前，开始写道：'多年以后，奥雷良诺·布恩蒂亚上校面对行刑队，准会想起父亲带他去参观冰块的那个遥远的下午……'当时，我一文不名，真不知道我妻子梅塞德斯是怎么让我们活下来的。她一天也没有让我们的肚子挨饿。我们坚持不贷高利贷，只硬着头皮跑了几趟慈善机构。起初当然是变卖所有以应特急，但那些东西并不值钱；然后是首饰，那可是她多年来所得的全部馈赠。当铺老板用外科医生般神奇的目光逐件检查了那些钻石耳环、绿宝石项链、红宝石戒指，最后，牛仔赶车似的回过头来说：'全都是些玻璃玩意儿。'

"1966年8月初的一天，梅塞德斯和我终于可以到墨西哥城的邮局寄书稿了。《百年孤独》用正常打印纸誊清，共五百九十页，好大一包，收件人是布宜诺斯艾利斯南美出版社文学部主任弗朗西斯科·波鲁阿。邮局的工作人员给包裹讨秤后说：'八十二比索。'梅塞德斯数了数钱包里的钞票并拨弄完手中的硬币，回到现实中：'我们只有五十三比索。'

"于是，我们只好打开包裹，将稿子一分为二，并把其中一部分寄往布宜诺斯艾利斯。我们甚至不知道余下的部分该如何发落。我们很快发现，寄出的并非是小说的上半部而是结尾。没等我们想出法子，南美出版社的那个波鲁阿因为急于看到全书而预付了稿酬，因此也为我们解决了邮资问题。就这样，我们总算获得了新生，并到今天。"（见加西亚·马尔克斯在2007年《百年孤独》出版40周年一百万册纪念版发行仪式上的发言。）

很久以来，伴随电影的诞生、电视的普及和电脑网络的发展，一些人以为，在 20 世纪这个多媒介发达的时代，很难再看到那种动人心魄的、描绘历史场面广阔、结构宏大的用文字叙事的作品了。但是，1967 年《百年孤独》的问世，改变了这些人的看法。《百年孤独》是 20 世纪最重要的长篇小说之一，它的出现，使 "拉丁美洲文学爆炸" 潮流成为世界瞩目的事件，不仅影响了欧洲和美国的一些作家，也极大地影响了最近三十年中国当代小说的发展。同时，凭借这部作品，加西亚·马尔克斯将一个神奇、美丽、动荡不安和光怪陆离的拉丁美洲的形象带给了全世界，也将小说创新的潮流引领到拉丁美洲大陆上，成为我所描述的 20 世纪 "小说的大陆漂移" 的最重要的一个环节。

《百年孤独》这部小说的篇幅不算很长，翻译成中文才三十万字，但是它的容量却很巨大。《百年孤独》一共分为二十章，它的开头十分著名："多年以后，奥雷良诺·布恩蒂亚上校面对行刑队，准会想起父亲带他去看冰块的那个遥远的下午。"在这句话中，过去、现在和未来，三种时间全都包括在里面了，因此，《百年孤独》中对时间的运用和处理是它的核心技巧。小说描绘了拉丁美洲一百年的历史，以布恩蒂亚家族六代人的经历和一代代人的独特命运作为叙述的主线，气魄宏大，人物众多，那些不断重复和互相很接近的名字使读者很难分辨清楚。这个家族的最后一代人是个怪胎，被蚂蚁吃掉了。同时，小说还描绘了象征整个拉丁美洲的马孔多小镇的兴衰史。马孔多，原来是一片无人的沼泽地，在迁居而来的人们的辛勤劳作下，渐渐变成了繁华的市镇，最后，它又在跨国资本的侵袭下遭到毁灭，飓风席卷了它，它在大地上消失了。在小说的最后，一场持续了四年十一个月零两天的暴风雨将马孔多重新化为了洪荒和虚无，暗示人类将在不断的循环和轮回中永劫往返。因此，这部小说带有创世神话和寓言的性质，在形式上形成了完美的封闭式内部结构。

《百年孤独》还写出了拉丁美洲的山川、河流、动物、植物、人的命运和面孔，光是涉及的动物就有四百多种。加西亚·马尔克斯虚构了一个家族的命运，来代表整个拉丁美洲大陆的命运。小说中描绘了大量神奇和带有魔幻色彩的细节和故事情节：一个被杀的人的血会流好几公里；一个姑娘会坐毯子飞上天空；有人死后能够复活，有的人死了却阴魂不散地继续纠缠着活人。小说中，死亡和生命、时间和历史成了混沌一片。由此，一种被评论家称为 "魔幻现实主义" 的文学风格也诞生了。《中国大百科全书·外国文学卷》对 "魔幻现实主义" 是这么解释的："20 世纪 60 年代拉丁美洲小说创作中出现的一个流派。其特点是在反映现实的叙事和描写中，使用或者插入神奇而怪诞的人物和情节，以及各种超自然的现象。"这个名词最早出现在 20 世纪 30 年代的德国，当时，一个德国艺术评论家用来评论后期表现主义绘画的时候，用了这个词汇。而早在 1943 年，古巴作家卡彭铁尔也提出了"神奇的现实"的文学观点，和"魔幻现实主义"有着异曲同工之妙。

但是，在加西亚·马尔克斯看来，也许根本就没有什么"魔幻现实主义"，他仅仅是把外祖母给他讲的故事和哥伦比亚的日常生活、民间故事和历史事件综合在一起，一股脑儿地写了出来，于是，就有了这么一个"魔幻现实主义"。所以，他从来都认为他写的是真正的现实主义小说，因为，拉丁美洲到处都是这样的神奇和充满了魔幻色彩的现实："在拉丁美洲的河流上，可以看到像人一样吃奶的海牛，雨有时候一下就是一个月，在热带雨林中，几天之后，草木就将所有大地上的痕迹覆盖成原始洪荒的状态……"

可以说，《百年孤独》这样一部关于拉丁美洲大陆命运的大书的出现，改变了世界文学的版图，把世界文学创新的增长点转移到了拉丁美洲这个经济并不发达，但是历史文化丰富、社会问题复杂的地区，加西亚·马尔克斯完成了一个巨大的历史使命。这部小说也成了 20 世纪影响最大的小说之一，对中国当代小说的影响也很巨大。

1972 年，加西亚·马尔克斯出版了短篇小说集《难以置信的悲惨故事——纯真的埃伦蒂拉和残忍的祖母》，收录了一些情节魔幻夸张、主题美丑兼备的小说。这些小说都是他的早期作品，修改了多年才结集出版。其中，《纯真的埃伦蒂拉和残忍的祖母》讲述了一个悲惨的故事：十四岁的小孙女埃伦蒂拉竟然被她的祖母卖到了妓院。《巨翅老人》《世界上最漂亮的溺水者》是两则带有童话色彩的幻想故事，营造出一个完美的想象世界。但是其中不少小说，都有一种青涩之感，可以看到加西亚·马尔克斯早年学步阶段的影子。

三

在《百年孤独》之后，长篇小说《族长的没落》是加西亚·马尔克斯最重要的作品之一，于 1975 年问世。这是一部反对拉丁美洲的独特产品——独裁者的小说。和《百年孤独》一样，《族长的没落》也是一部奇书，全书不分章节，仅仅分为六个没有标题的大段落。在这部小说中，加西亚·马尔克斯也没有使用写实的手法，而是研究了拉美历史上出现的很多独裁者的生平，把他们综合成一个带有象征意味的复杂形象。小说一开始，情节就十分离奇——大独裁者孤独地和成群的奶牛以及老鹰生活在自己的深宫大院里，因为，他对一切人都不信任，他生活在一种深深的孤独之中："到周末时，一些兀鹰会抓破金属窗栅，从窗户和阳台飞进总统府，拍击着翅膀，使总统府的内室里'停滞时期'的窒闷空气震荡起来了……"这个独裁总统的形象，带有鲜明的滑稽和黑色漫画的色彩。总统非常害怕被暗杀，因此，很多年来，他都在不断地消灭自己的政敌，以及政敌的朋友，他采取了一系列残酷的手段清除政敌。他前后砍掉了九百一十八个下属官员的脑袋，为的是清除所有反对他的可能性；他连全国黑色的狗都不放过，因为，他曾经做梦梦见黑色的狗是他的政敌变的；他有五千个儿子，还有数不清的情妇，他仅仅是为了占有她们而从来都没有获得过爱情；他永远都一个人睡觉，甚至不断地变换睡觉的地点和时间；他母亲去世了，却要全国举哀一百天；他的儿子刚刚出生，就被封为少将军衔；最终，他死了，尸体被兀鹰所啄食，他的儿子也被猎狗吃掉了，人们终于迎来了独裁者倒台的那一天。

在这部小说中，独裁者的孤独是加西亚·马尔克斯刻画的重点，独裁者的孤独带有浓厚的象征意味，就像是拉丁美洲本身的孤独一样。这样的深刻立意，已经超越了这本书所能达到的边界。小说的语言风格狂放不羁、气势如虹、波涛汹涌，在一种荒诞、离奇、魔幻和匪夷所思的想象的氛围里，给我们塑造了一个令人难忘的独裁者形象。

加西亚·马尔克斯一直很关心拉丁美洲的独立和民族解放事业。1979年，他出版了报告文学《尼加拉瓜之战》，描述了他在尼加拉瓜的见闻。非虚构报告文学一直是加西亚·马尔克斯创作中的重要种类，这是因为，他有时候觉得非虚构作品在对现实问题的发言方面要更加有力。1986年，他出版了反映智利独裁者皮诺切特政权迫害下持不同政见知识分子的报告文学《米格尔·利丁历险记》，该书成为他这类作品的代表作。

加西亚·马尔克斯的中篇小说《一件事先张扬的凶杀案》发表于1981年，讲述了一桩由拉丁美洲的陈规陋习和愚昧闭塞所导致的悲剧：圣地亚哥·纳赛尔被事先到处张扬要杀他的兄弟俩给无辜地杀害了，而他们杀害他仅仅是因为没有人来阻挡他们的行为。

1982年，加西亚·马尔克斯因"他的小说以丰富的想象编织了一个现实与想象交相辉映的世界，反映了一个大陆的生存与命运"而获得了诺贝尔文学奖，成为万众瞩目的事情。而且，他的获奖似乎是众望所归的事，这么多年来，从来没有遭到质疑。诺贝尔文学奖被称为"死亡之吻"，一般的作家在获得了这个奖之后，往往再也写不出好作品了。但是，加夫列尔·加西亚·马尔克斯是一个例外，1985 年，他出版了长篇小说《霍乱时期的爱情》，使我们再度看到了一个杰出作家的叙事才能。

在《霍乱时期的爱情》出版之前的几年里，加西亚·马尔克斯参与了电影《预兆》《蒙铁尔的寡妇》《我亲爱的玛丽亚》等的编剧工作，电影《预兆》还获得了西班牙圣塞巴斯蒂安电影节的大奖。长篇小说《霍乱时期的爱情》的出版，再次带给人们巨大的惊喜，首版就印了一百二十万册，成为一大畅销书。我非常喜欢这部小说，因为，《霍乱时期的爱情》包罗万象地描绘了人间各种各样的爱情：忠贞不渝的，举棋不定、首鼠两端的，同性的，转瞬即逝的和生死相依的，人类的各种爱情模式和花样，几乎都被这部小说一网打尽了。据说，小说的素材是取材于加西亚·马尔克斯父母的真实爱情经历，不过，在小说中，他做了最大限度的想象和美化，进行了夸张和抒情性的描写，使父母的爱情生活成为一部传奇。小说的主角有三个，他们互相之间的关系持续了一生。加西亚·马尔克斯把一个情欲故事描绘成了波澜壮阔的爱情史诗。在小说的最后，男主人公阿里萨终于和他爱了几十年的女人费尔米娜在一条大船上相聚了，后来，这艘挂着标志船上有霍乱的黄旗的船，回避开所有的骚扰，在有着人类般乳房的海牛的宽阔河流上，永无休止地来回航行，并不靠岸，只是为了守候主人公最后得到的爱情，这样的结尾令人荡气回肠又潸然泪下。

《霍乱时期的爱情》是一部小说杰作，但加西亚·马尔克斯在创作生涯中也有少许败笔，我觉得，他出版于 1989 年的长篇小说《迷宫中的将军》就不算很成功。这是一部以"拉丁美洲的解放者"玻利瓦尔为主人公的历史小说，小说将叙述的时间起点定格在 1830 年 5 月 8 日这一天，当时，他泡在浴缸里一动不动，侍卫误认为他已经死了，但是，这是玻利瓦尔陷入思考的方式之一。小说叙述了玻利瓦尔从这一天开始，一直到 12 月 10 日为止长达半年多的活动，描绘了玻利瓦尔梦想在南美洲建立一个"大哥伦比亚"共和国的计划的失败，以及他失却权力之后的孤独和被病痛逐渐吞噬的绝望感。按说这是一个大题材，本该写得很好，但可能因为他删得太多——定稿只有原稿的一半，或者，是他内心对拉丁美洲的解放者玻利瓦尔心存太多的敬畏，没有放开来，使小说显得比较单薄和空疏，容量较小，总体上不算成功，艺术成就和获得的影响远不如

《百年孤独》和《霍乱时期的爱情》。

不过，加西亚·马尔克斯是一个在写作上精益求精的人，他喜欢反复修改自己的作品，觉得不到应该拿出来的时候，坚决不拿出来。1992年，加西亚·马尔克斯出版了短篇小说集《十二篇异国旅行的故事》，就是他从1975到1992年间写的很多旧作中挑选出来，经过不断的修改之后才出版的。这本书讲述了十二个异国他乡的人的故事，是他在世界各国旅行中得到的灵感，十二个故事大都有些离奇和匪夷所思，依旧带有魔幻的特点。

1994年，他还出版了一部篇幅不大的小长篇《爱情和其他魔鬼》，翻译成中文在十万字左右，叙述了一个带有传奇和魔幻色彩的爱情故事。《爱情和其他魔鬼》把时间背景放到了17世纪的哥伦比亚，讲述一个侯爵的女儿在十二岁的时候被疯狗咬伤，被各种治疗方法弄得奄奄一息，后被送到了修道院里，在驱魔术的折磨下死亡。多年之后，考古人员发现，这个小姑娘的骸骨依然完好，而且头发长到了22.11米长。

四

加西亚·马尔克斯总是一方面对历史充满了想象的热情，一方面又对眼前的社会现实充满了批判的精神。他对拉丁美洲存在的政治、经济、文化的弊病深恶痛绝，并直接以笔书写之。长篇小说《绑架新闻》就是这样的作品，它出版于1996年，是一部专门描绘哥伦比亚贩毒集团绑架记者的纪实小说。我们知道，哥伦比亚毒品贩卖集团是哥伦比亚，甚至是美洲社会的毒瘤，连美国政府也很头痛。因此，怀有忧患意识的加西亚·马尔克斯不可能不对此有所观察。《绑架新闻》的写法比较传统，是加西亚·马尔克斯的非虚构文本系列里比较靠小说的一本书。它讲述了好几个记者接连被贩毒集团绑架的故事，对贩毒集团的所作所为进行了正面抨击。不过，我觉得这部小说因为有着太高的新闻性和纪实性，多少降低了小说的想象力和审美特质，有着巨大的现实意义的同时降低了文学性。尽管如此，《绑架新闻》在加西亚·马尔克斯的作品序列里也不能忽视。

加西亚·马尔克斯还出版了他和巴尔加斯·略萨的对话《拉丁美洲小说两人谈》（1966）、和作家门多萨的对话集《番石榴飘香》（1982）、随笔集《纪事与报道》（1976）、《海边文集》（1981）、《在朋友们中间》（1982），等等。1995 年，在阿根廷的布宜诺斯艾利斯，上演了他写的唯一一部戏剧《爱情诅咒一个老成持重的男人》。2002 年，他出版了自传的第一卷《活着为了讲故事》，这部自传精彩纷呈，洋洋洒洒，讲述了他的童年、家世，一直到 1967 年他出版《百年孤独》之前的那段艰难的人生岁月。

进入新千年之后，加西亚·马尔克斯老当益壮，但创作量开始下降，创作精力有所衰减，但是，他依旧存有老骥伏枥，志在千里之心，仍旧想向自己的写作极限进行挑战。2004 年，七十七岁的加西亚·马尔克斯出版了一部小长篇《我那悲哀的妓女》，这是一部向日本作家川端康成致敬的作品。因为，多年之前，他阅读川端康成的小说《睡美人》，觉得那是他读到的最动人的情爱小说。《睡美人》描述了一个老人喜欢和被药所迷的少女进行一种性爱，表现了老年人那种依旧对青春和生命的依恋。加西亚·马尔克斯的这部小说也涉及老年人的性心理和性状态，但是，有他独特的创造和升华。小说描述了一个即将进入九十岁门槛的老男人，在面对一个十四岁雏妓沉睡的身体的时候所迸发出的激情、怜悯、悔恨和幸福交织的复杂感情。最终，享用少女贞操的性爱没有成功，但是，老人的内心迸发了对少女的爱情。这可以看成是加西亚·马尔克斯对生命的留恋和对性爱的欢愉的怀想，尤其是他自己也到了老年已至的时刻。这部小说出版之后大受欢迎，大家都认为，加西亚·马尔克斯依旧活力非凡，宝刀未老。

在谈到这篇小说的缘起的时候，加西亚·马尔克斯说："我重读的另外一本书是川端康成的《睡美人》，大约三年多来，这本书一直触动着我的心灵，它依然是一部美丽的作品，但是这一次我读了它却毫无作用，因为我要寻找的是关于老年人性行为的踪迹。但是我在书中找到的只是日本老人的性行为，那种性行为似乎和日本的一切东西一样古怪，当然和加勒比海地区老人的性行为毫不相干。当我把我的忧虑在饭桌上讲给家人听的时候，我的一个儿子说：'你再等几年吧，那时你会根据自己的经验弄明白的。'"（见加西亚·马尔克斯的《如何写一部长篇小说》）我想，当加西亚·马尔克斯像他儿子所说的那样变得更老一点之后，他果然找到了老年人性行为的感觉了，于是，就写出了这本小长篇。该小说获得了 2006 年美国洛杉矶时报设立的美国图书奖。2008 年，又传出他将出版一部修改了多年的爱情小说的消息，书名叫《我们相会在八月》，此书已经预告多年，据说它讲述了一个五十二岁的女人在二十三年婚姻中的生活，但是，后来又因故推迟了该书的出版。2009 年，传说他在写作一部关于古巴革命的作品，时间的跨度超过了五十年。

自《百年孤独》之后，加西亚·马尔克斯的小说一直畅销全球，雅俗共赏、引人注目，大家总是热切地期待着他的新作问世。他从来不媚俗，他既有充沛的想象力和小说艺术创新的能力，又有直面社会现实和世界热点问题的批判能力，就像挥舞着两把菜刀的将军那样，他从不畏惧，所向披靡。

在"拉丁美洲文学爆炸"的整个大潮当中，阿斯图里亚斯、卡彭铁尔、胡安·鲁尔福、豪尔赫·博尔赫斯算是第一代开拓者和奠基者，在他们作品的感召和影响下，更多的作家成为新一波文学的弄潮儿，从而形成了在20世纪60年代彻底爆发的"拉丁美洲文学爆炸"，改变了世界文学的版图，把世界文学创新的中心和焦点从北美洲带到了拉丁美洲。像卡洛斯·富恩特斯、加西亚·马尔克斯、胡里奥·科塔萨尔和巴尔加斯·略萨就是"拉丁美洲文学爆炸"的小说新主将，而围绕在他们周围的，还有数十位具有极大创新精神的作家，一起开创了一个文学的新大陆。因为加西亚·马尔克斯描绘了一个大陆的孤独和奋斗，他的影响和贡献在整个20世纪后半叶甚至至今都是非常巨大的。多年之后，瑞士《周报》评选的"在世最伟大作家"中，加西亚·马尔克斯名列第一。

文学本来没有冠军，但是，加西亚·马尔克斯却一直坐在冠军的位子上。

原载《上海文学》2010年第4期

推荐书目

《加西亚·马尔克斯中短篇小说集》，赵德明等译，上海译文出版社1982年10月版

《百年孤独》，高长荣译，北京十月文艺出版社1984年9月版

《百年孤独》，黄锦炎等译，上海译文出版社1989年11月版

《百年孤独》，吴健恒译，云南人民出版社1993年9月版

《族长的没落》，伊信译，山东文艺出版社1985年7月版

《霍乱时期的爱情》，蒋承曹等译，黑龙江人民出版社1987年7月版

《霍乱时期的爱情》，徐鹤林等译，漓江出版社1987年12月版

《将军和他的情妇》，申宝楼等译，南海出版公司 1990 年 4 月版

《一个遇难者的故事》，王银福译，云南人民出版社 1991 年 10 月版

《爱情和其他魔鬼》，朱景冬等译，山东文艺出版社 1999 年 1 月版

《超越爱情的永恒之死》，王银福等译，浙江文艺出版社 2001 年 8 月版

《马尔克斯散文精选》，朱景冬译，人民日报出版社 1999 年 10 月版

《两百年的孤独》，朱景冬译，云南人民出版社 1997 年 7 月版

《电影导演历险记》，蔺家群译，文汇出版社 1988 年 4 月版

《番石榴飘香》，门多萨著，林一安译，三联书店 1987 年 8 月版

《加西亚·马尔克斯研究》，林一安编选，云南人民出版社 1993 年 3 月版

《加西亚·马尔克斯评传》，陈众议著，浙江文艺出版社 1999 年 12 月版

《回归本源——加西亚·马尔克斯传》，达索·萨尔迪瓦尔著，胡真才译，外国文学出版社 2001 年 1 月版

《马尔克斯的一生》，杰拉德·马丁著，陈静妍译，黄山书社 2011 年 9 月版

《一百年的孤寂》，宋碧云译，台湾远景出版公司 2002 年 4 月版

《百年孤独》，范晔译，南海出版公司 2011 年 6 月版

《我不是来演讲的》，李静译，南海出版公司 2012 年 1 月版

《霍乱时期的爱情》，杨铃译，南海出版公司 2012 年 9 月版

《枯枝败叶》，刘习良、笋季英译，南海出版公司 2013 年 1 月版

《恶时辰》，刘习良、笋季英，南海出版公司 2013 年 3 月版

《没有人给他写信的上校》，陶玉平译，南海出版公司 2013 年 5 月版

《一桩事先张扬的凶杀案》，魏然译，南海出版公司 2013 年 6 月版

卡洛斯·富恩特斯：
文学大壁画——"时间的年龄"

一

在墨西哥 1910 年革命之后，墨西哥绘画领域出现了以奥罗兹科和里维拉为代表的"墨西哥壁画家"群体，他们雄心勃勃地将自己的艺术志向放到了受到欧洲人侵扰前的拉丁美洲古老艺术风格的当代复活上，在一些公共建筑上绘制了巨幅的、主题连续的壁画，创造出美术史上罕见的、强有力的绘画风格。而在文学领域，自 20 世纪 50 年代开始，卡洛斯·富恩特斯就不自觉地在用西班牙语构筑自己的文学大壁画，以文学的表现形式，呼应了奥罗兹科和里维拉的"墨西哥壁画家"群体所追求的宏大目标。

卡洛斯·富恩特斯是我最喜欢的拉丁美洲作家之一，是墨西哥 20 世纪最杰出的小说家，他以五十多年的文学创作生涯和超过二十部的长篇小说及其他数十种文学评论和随笔集，给我们带来了一个斑驳陆离的、复杂而广阔的文学世界。这个文学世界中的长篇小说，是被他以"时间的年龄"为总标题命名的小说世界。这个系列的作品，到 21 世纪，终于构成了还可以叫作"墨西哥的 20 世纪"的宏大壁画，在这幅壁画上，跃动着无数活灵活现、栩栩如生的墨西哥人，以及他们所创造的历史。

卡洛斯·富恩特斯的作品气势宏大、结构复杂、形式新颖、语言神奇，为人类未来的小说的新发展提供了可能性。对于这一点，他自己说："时间是把我的文学作品连接起来的关键因素。我想象了它，我用一个总题目《时间的年龄》把它们连接在一起，共包括了二十一个题目，其中十四个我已写完。这是一部《人间喜剧》，这个计划在文学上已有先例（巴尔扎克），毫不新鲜：在我的《人间喜剧》里通行着自由的道路。我考虑的轴心就是时间。我认为，时间是小说主要关心的问题，通过这种关心可以传达它。我想传达我的时间观，这种时间观不是年代学上的概念，而是对时间的连续性结构的反叛。关于这种反叛，有人谈到过，比如捷克斯洛伐克的作家米兰·昆德拉。"这段话是卡洛斯·富恩特斯 1994 年接受记者的访问时谈到的。到 2008 年他八十高龄的时候，他的《时间的年龄》这部内部有联系的长篇小说群组，已经基本完成了。

由于说到了米兰·昆德拉，我在这里提供一点备忘：他在第一次读到卡洛斯·富恩特斯的长篇小说《我们的土地》之前，还一直以为自己是孤身在对小说中时间运用的复杂性进行探索的人，而很长时间以来，困惑米兰·昆德拉的问题就是如何处理小说中的时间。他始终认为，他是把时间互渗的艺术手法运用到小说中的唯一一个人，他不相信生活在另外一片大陆上、与他的经历完全不同的作家，也有着相同的美学观点。1968 年，当苏联的军队驾驶坦克进入捷克首都布拉格之后，三个正在欧洲浪游的拉丁美洲作家胡里奥·科塔萨尔、加西亚·马尔克斯和卡洛斯·富恩特斯，悄悄地来到布拉格，专程看望了包括米兰·昆德拉在内的一些捷克作家，彼此建立了深厚的友谊。卡洛斯·富恩特斯在他的小说中将许多历史时间互相渗透，形成了独特的小说的时间美学和历史学，从此，也带给了米兰·昆德拉"同道不孤"的感觉。

卡洛斯·富恩特斯 1928 年 11 月出生在巴拿马城，他的父亲是墨西哥一位出类拔萃的外交官，当时正在巴拿马担任墨西哥驻外的外交官。可以说，卡洛斯·富恩特斯后来之所以成为视野开阔、成就卓著的小说家，和他的家庭出身与成长的环境有着密切的关系。作为一个高级外交官的儿子，卡洛斯·富恩特斯从小就受到了很好的家庭熏陶，他可以跟随父亲在世界各地周游：少年时代，他接连到过北美、欧洲、拉丁美洲和亚洲的很多国家，在这些国家或旅游或学习。光是在华盛顿，他就待了九年，能够熟练地运用英语、法语等多种重要的欧洲语言。1944 年，十六岁的卡洛斯·富恩特斯回到了墨西哥，不久，他就进入墨西哥国立自治大学学习法律，获得了法律学士学位。但是，法律似乎不是他最终的兴趣所在，他的兴趣在文学。卡洛斯·富恩特斯早在十二三岁的时候，就开始在报刊上发表文学作品，这极大地鼓舞了他文学写作的热情。大学毕业之后，他继承了父业，在墨西哥外交部开始了外交官生涯，同时，利用业余时间勤奋写作。

1954年，还不到二十六岁的卡洛斯·富恩特斯出版了自己的第一部短篇小说集《戴假面具的日子》，获得了广泛的瞩目和好评，从此跃上了文坛。《戴假面具的日子》一共收录了六个短篇小说，从风格上说，我感觉卡洛斯·富恩特斯受到了福克纳、加缪、胡安·鲁尔福等现代主义作家的巨大影响，所收录的六篇小说从题材上看，都是墨西哥的本土题材，显示了他很善于把现代主义的外壳包裹本土的地域文化特征，并加以想象的能力。比如，其中一篇小说《恰克·莫尔》，讲述的是一个墨西哥浪荡子的故事。由于他不务正业，家道凋敝，到了一贫如洗的地步，走投无路，结果，墨西哥古代的阿兹特克文明造就的古印第安神话中的雨神恰克·莫尔显形了，这给这个浪荡子以巨大的鼓励和启示，他从此改名为恰克·莫尔，成为风雨之神的化身，开始在世间以另外一种面目生存。这个小说集中的其他几个短篇小说，诸如《特拉克索尔卡索》等，都体现出他将墨西哥古老的神话传说和当代墨西哥生活相联系的努力，并且，他以神奇和幻想的方式，将历史和现实之间的时间打通，这成为他后来很多小说的创作方式。时间的运用在卡洛斯·富恩特斯的笔下是一个核心的词汇，他的所有小说都是关于时间的，他可以将时间并置、连通，时间不仅是连绵的，而且还是重叠的，创造出叠加的、斑驳的历史感，这为小说无限地扩大内部空间，提供了新的可能性。

1958年，年仅三十岁的卡洛斯·富恩特斯出版了自己的第一部长篇小说《最明净的地区》，从此一炮走红，确立了自己墨西哥一流作家的地位。我常常感叹卡洛斯·富恩特斯的宏阔和丰富，俗话说，"从小一看，到老一半"，在这部处女作长篇小说中，卡洛斯·富恩特斯就展现了他巨大的文学雄心，他要去描写全部的墨西哥的文明、历史和现实。如此宏伟的抱负，总是在他后来的几乎每一部长篇小说中出现。《最明净的地区》翻译成中文有三十四万字，它可以说是关于墨西哥和她的首都墨西哥城的传记，也是一部20世纪现代墨西哥的命运的总结。小说的情节主干设定在1951年，却又不断地回溯到1910年的墨西哥资产阶级革命。小说是全景观的，结构和层次十分复杂，气势恢宏。小说的主要人物叫作罗布莱斯，他原来是一个穷困的佃农，在1910年的墨西哥资产阶级革命中加入到起义部队里，经历了可怕的战争和流血岁月，见识了革命的残酷和历史的无情。进入墨西哥城掌权以后，他迅速地将那些破落资产阶级家族的地皮转卖，发财之后，又开始投身于工业和金融业，成为一个掌握了经济命脉的大银行家。但在20世纪50年代的股市上最终破产，他绝望地将自己的住宅点燃，把与外人偷情的妻子也烧死了，最后一个人躲到了某个双目失明的女人家里隐藏起来，依靠回忆生活，了此残生。而穿插在小说中的另外一个叙述的声音，是一个幽灵般的、不死的人西恩富戈斯。他是墨西哥20世纪上半叶的见证人，仿佛是古老的墨西哥神话传说中的人物，他半人半神，来往于墨西哥的传说时代和20世纪，不断地现身于墨西哥城的各个场景中，对各色人物发议论，由此展现出非常复杂的墨西哥的历史和现实。小说还塑造了一个诗人萨马科纳来作为知识分子的代表，他的理想追求受到挫折，精神苦闷，内心矛盾而找不到出路。这三个人物构成了小说的人物主骨架。然后，是无数次要人物的陆续登场，你来我往，生死无常，演出了一场跨度半个世纪的、多声部的关于墨西哥命运的大戏。

我觉得，《最明净的地区》这部小说的写作技法还深受乔伊斯的《尤利西斯》、福克纳的小说《我弥留之际》，以及美国作家多斯·帕索斯的《美国三部曲》的影响。《最明净的地区》不仅结构严谨复杂，在小的细节上运用了大量零碎的场景描写、内心独白、意识流手法，他还将报纸拼贴和引文囊括进来，运用了类似摄影机不断转移的手法，通过摄影镜头的放大、闪回、切换、全景、鼎革等手段，将一个声音和形象都无比多样的墨西哥全盘端给了我们。读完全书，我甚至觉得，小说的真正主人公已经不是小说中的那些人物了，而是整个墨西哥城，是墨西哥城在发怒，在哈哈大笑，在战栗，在沉睡中呼吸。墨西哥城在三面环山的环境里，一直被历史的烟云覆盖，并且永恒地存在于那里，在黑暗的夜晚中漂浮。卡洛斯·富恩特斯在三十岁的年纪就写出如此有宏大追求，结构、层次、意蕴都非常丰富的小说，他从此成为20世纪拉丁美洲最受人瞩目的小说家，也是众望所归。

《最明净的地区》的成功，激发了卡洛斯·富恩特斯巨大的创作热情，1959年，他又出版了自己的第二部长篇小说《好良心》。这部小说的题材仍旧是关于墨西哥的，小说描写了一个墨西哥外省青年海姆·塞瓦约斯试图反抗自己的中产阶级家庭，最后却在现实中失败的故事。有趣的是，它的结构，前半部完全是古典现实主义的手法，结构严谨，描绘细腻、叙述扎实生动，可以看出受到了 19 世纪伟大的欧洲现实主义作家狄更斯、托尔斯泰、司汤达等人的影响。但是，到了后半部分，手法突然变成了现代主义，驳杂的、多样的层次感就出来了，使得小说的后半部分在形式上似乎是对前半部分的戏仿和嘲讽，断裂和对照鲜明的文体共同存在于一本小说里，这说明了卡洛斯·富恩特斯在创作这部小说的中途，发生了改变。我自己也有这种经验：假如我一开始确定了某一部小说的叙述语调和结构，在写作的过程中，我可能突然会对已经定下来的小说的叙述语调不感兴趣了，于是，我立即改变了小说的结构和叙述方式、叙述语调，使小说最终变得和我刚开始的设想完全不一样了。

卡洛斯·富恩特斯对自己的写作有着清醒的认识，他说："过去的墨西哥小说——革命小说、土著主义小说和形形色色的写实小说，犹如中世纪的城垣一样包围着我，但是，我的故乡墨西哥城却像突然夷平了城垣和带吊桥的中世纪古堡在向四周扩张……它建立在姗姗来迟的巴罗克艺术的基础上，本来就缺乏节制。"因此，要描绘复杂的、不断扩张的、斑驳陆离的墨西哥城和墨西哥的整个社会，传统的小说形式已经完全不合适了，必须要用新的形式来呈现，这就是《最明净的地区》大量运用现代小说技巧、《好良心》在结构和技法上上下部分不一样的真实原因。卡洛斯·富恩特斯不断地改变小说的轨道，把它引向了现代主义的道路上。

二

《阿尔特米奥·克鲁斯之死》（1962）是我最喜欢的 20 世纪的小说之一，它标志着卡洛斯·富恩特斯的创作进入到一个高峰。这部小说也是他至今最好的小说之一。他另外两部最好的小说，我认为是鸿篇巨制《我们的土地》（1975）和《与劳拉·迪亚斯共度的岁月》（1999）。这几部小说构成了他长达五十多年写作生涯中的几座高大的山峰。

《阿尔特米奥·克鲁斯之死》是一部雄心勃勃的小说，一部一气呵成的、将小说内部时间运用得炉火纯青的小说。从主题上看，这部小说实际上延续了《最明净的地区》中对墨西哥特性的探讨，是对墨西哥 20 世纪历史的批判和挖掘，但是从表现形式和写作技巧上，则显示了卡洛斯·富恩特斯出神入化的艺术手法。《阿尔特米奥·克鲁斯之死》是卡洛斯·富恩特斯 1960 年短期侨居古巴所写下的，这是一部意识流特征相当明显，却又充塞了大量的社会和历史信息的小说。这一次，和《最明净的地区》描绘外部世界的广阔相反，卡洛斯·富恩特斯把摄影机转向了人物的内心，进入到人物复杂多变、微妙和如同洪水般流动的意识世界。小说的一开始，就是阿尔特米奥·克鲁斯的弥留之际，然后，阿尔特米奥·克鲁斯展开了自我回忆的大回溯：阿尔特米奥·克鲁斯本来是墨西哥一个大资本家，他控制着新闻传媒业，成为巨头。他本来是没有父母的孤儿，参加了革命军队之后成了军官，革命胜利了，他也拥有了土地，开始投身于政界，逐渐成为影响很大的政客和社会活动家，他的人格也越来越复杂。仔细地阅读小说，你会发现时间的运用是跳动的，一共分了十二个大的段落，这十二个段落的时间顺序完全打乱了，小说的开始是 1955 年，但是紧接着就是 1941 年阿尔特米奥·克鲁斯和美国人勾结做生意的事情，然后是 1919 年主人公继承了一个富家女的财产的情况，接着，跳到了 1913 年他在部队里参加战斗的情况，以及与一个女人的性爱。然后，突然跳到了 1924 年，这一年阿尔特米奥·克鲁斯当上了议员。就这样，卡洛斯·富恩特斯自由地、技巧娴熟地将主人公的回忆打乱，来模拟病人的思维，最后回到了 1889 年阿尔特米奥·克鲁斯刚出生的时候，等于刚好是主人公从死亡到出生的一次回溯。小说以十二个大的段落，来展现阿尔特米奥·克鲁斯一生中最重要的十二个片段，场景和时间不断地变化，带给了读者缭乱的印象和丰富的感受。卡洛斯·富恩特斯继续运用内心独白和电影蒙太奇等手法，语言如同奔流的河水，以病人的断续记忆带领我们跟随他情绪的流动，去经历他一生的岁月，也将墨西哥 20 世纪前五十年的历史描绘了出来。阿尔特米奥·克鲁斯这个人物的塑造非常生动形象，充满了立体感和复杂性，他残暴又温柔、冷酷又多情、忠诚又圆滑、令人尊敬又让人唾骂、既伟大又有些卑鄙。小说的叙述方式是交叉运用第一、第二、第三人称，顺时叙和倒时叙不断交叉，过去、现在、未来三种时态混杂在一起，而又不显得凌乱，让你在眼花缭乱的同时，感受到一个人和一个时代的斑驳陆离的全景观。因此，在这部小说中，卡洛斯·富恩特斯创造性地使用了经过他发展和改造后的现代主义小说技巧，将墨西哥的独特历史囊括其中。

《阿尔特米奥·克鲁斯之死》的出版，使卡洛斯·富恩特斯获得了国际声誉，由此，拉丁美洲大陆作为新生的文学领域，被西方所强烈关注。一个墨西哥作家这么称赞这部作品："它写出了墨西哥的伟大，墨西哥的戏剧，以及它的贪婪吝啬，它的纯洁和温柔。"20 世纪 60 年代是"拉丁美洲文学爆炸"的关键年代，正是在这十年里，以卡洛斯·富恩特斯的《阿尔特米奥·克鲁斯之死》、科塔萨尔的《跳房子》、加西亚·马尔克斯的《百年孤独》、巴尔加斯·略萨的《绿房子》和《酒吧长谈》为代表的杰作纷纷出笼，世界文学的版图立即发生了变化：世界文学——假如真的有像歌德所希望的那种世界文学，那么，这种世界文学的中心开始转移到了整个美洲大陆，转移到包罗了美国、加拿大和拉丁美洲地区的大陆上了。我认为，美国文学也是在 20 世纪 60 年代之后才进入到更加丰富和多元、更加具有创造力、反过来影响欧洲小说发展的新阶段的。一片文学的新大陆诞生了，或者，像我说的那样，文学创新的新大陆"漂移"到了美洲的土地上，而在这个时期，相比之下，欧洲作家就开始逐渐失色了。

卡洛斯·富恩特斯顽强突进，继续扩大战果。《奥拉》出版于 1962 年，是卡洛斯·富恩特斯的中篇小说代表作。《奥拉》的灵感来自于日本电影导演沟口健二的电影《雨月物语》，而沟口的电影又来源于中国明代的传奇《爱卿传》，讲述了一个时间与爱欲纠缠的耸人听闻的故事。它的主题是"过去在现实中继续，现实是过去的复现"：一个老女人利用古代秘方，继续保持青春少女的模样，一个男人向她靠近，进入到她捕捉青春的圈套，但是，他感觉到自己拥抱的，是一具散发死亡气息的衰朽老人的躯体。

《盲人之歌》（1964）是一部短篇小说集，收录了七篇小说，依旧带有卡洛斯·富恩特斯独特的将时间和传说、幻觉和神话、现实和梦境混合的风格，当代故事和历史再现的重叠，也是他一贯的拿手好戏。

对墨西哥的特性的挖掘是卡洛斯·富恩特斯一贯的主题。1967 年，卡洛斯·富恩特斯出版了两部长篇小说《神圣的地区》和《换皮》，这两部小说在卡洛斯·富恩特斯的小说系列里不算是最好的，似乎是他继续走向高峰的间歇和休息之作，在题材上有了调整。《神圣的地区》将视点缩小，放到了家庭环境里，描绘了一个墨西哥电影女演员和她精神有问题的儿子的故事。小说不断地在母亲和儿子的视线之间转移，描绘了 20 世纪 60 年代墨西哥中产阶级家庭气氛和社会气氛。《换皮》在这一年的晚些时候出版，讲述了个人和世界冲突的故事。小说另一个潜在主题是墨西哥作为讲西班牙语的拉美国家和欧洲国家之间的文化关系，以及二战之后欧洲的政治局势对墨西哥的影响。《换皮》中的叙述角度非常新颖，有一个潜在的叙述者在不断地说话，同时，三种人称的单数和复数的叙述不断转换，显得繁忙和缤纷，但是并不感觉混乱。这就是卡洛斯·富恩特斯的过人之处了。《神圣的地区》和《换皮》这两部小说写得都很紧凑，从人和人之间的紧密关系入手，描绘墨西哥某个独特历史阶段的社会气氛，以及隐约受到遥远的美洲古代文化影响的现实。他的另外一部长篇小说《生日》出版于1969年，题材仍旧是将墨西哥古代印第安人的神话传说和当代墨西哥人的生活融会起来，通过两条并行的线索，将古代文化和当代生活做了一个对比。

卡洛斯·富恩特斯中年时代的长篇小说《我们的土地》（1975）是他的代表作。在此之前，他的小说都和20世纪的墨西哥有关，但是，这部作品则深入到墨西哥遥远的历史中，还将视线扩大到整个拉丁美洲。这是卡洛斯·富恩特斯的小说中结构最宏伟、最复杂的一部。小说由三个互相联系的部分组成：古代罗马和墨西哥的比较、基督的故事和墨西哥神话中的羽蛇传说、西班牙帝国和美洲大陆之间的关系，是通过三个私生子来描述的。小说的很多场景在西班牙，作者似乎想把西班牙的历史和社会生活也囊括到这部小说里。故事主要围绕着西班牙君主腓力二世建造的巨大陵墓来展开，因为这幢建筑是十六七世纪西班牙的伟大符号。国王是秩序和威权的象征，他的统治残酷而严密，但是，有三个私生子以民主、自由和爱情的名义来领导了持续的反抗。最终，一个古老的世界逐渐崩溃，一个新的世界秩序建立起来，这个世界，就是欧洲资本主义的世界。小说的内部空间巨大，时间混杂，生死相通，有的人被国王处死了，但几百年之后，这个人又重新复活了。在小说中，死亡和生存不是对立的，而是并存的，正如米兰·昆德拉所极力赞赏的那样，小说中的时间和生死之间是没有界限的。同时，对历史的重现和复原，也是卡洛斯·富恩特斯着力要做的。

卡洛斯·富恩特斯说："每一部小说必须是历史的产物，都必须建立在历史的基础之上，同时又高于历史。"《我们的土地》是他将时间和历史扭结成一个链条和圆环的尝试，小说将欧洲的西班牙、美洲的墨西哥和作者想象的世界并行放在一起，给我们带来了宏阔的视野和结构。小说鲜明地呈现了巴罗克时代艺术的特征，针对这一点，卡洛斯·富恩特斯说："巴罗克就是一朵刚刚盛开的鲜花，其茂盛的程度使人感到：盛开之时就是成熟之日，美丽至极就是病变之开始。艺术与大自然相似，它们都憎恶空白，因此就填满一切空白。巴罗克拒绝延长空间。对于巴罗克艺术来说，生就是死，它的出现就是它的固定。因为它整个包括了选中的现实层面，完全填满这一层面，无法延伸或发展。"《我们的土地》以巴罗克艺术的驳杂和丰富，给我们展现了人类的广阔时间线索——古代希腊神话、《圣经》传说、墨西哥古代阿兹特克文化关于宇宙和人类的神话，成为他解释今天人类走向的基础和根源。可以说，这部小说是百科全书式的，以"旧世界""新世界"和"另外一个世界"来结构，把1492年哥伦布发现新大陆、1521年西班牙某地的公社社员起义、1598年西班牙国王腓力二世去世、1968年墨西哥镇压广场学生示威游行、2000年7月14日新世纪之交的巴黎塞纳河畔怪象不断的一天这些时间点，都以时间的圆环方式连接了起来，带给我们关于历史和宗教、神话和传说、时间和人物命运的宏大想象。而在小说的结尾部分，2000年的最后一天，在巴黎忽然出现了末世景象：浓烟滚滚，四处都有烤焦了的人肉的味道，小说开头出现的男女主人公又出现了，世界上就剩下了他们两个人，他们生下来一个雌雄同体的怪胎，象征着新世界的诞生。我以为，《我们的土地》实际上在讲述以西方文明为基础的人类故事，卡洛斯·富恩特斯把欧洲、拉丁美洲和未来的时空混杂在一起，把除了中国、印度以及巴比伦文明以外的西方文明以及古代美洲印第安人的神话传说交混起来，把现实和历史连通起来，自由地在人类文明中穿梭，告诉我们历史是循环的和永恒的，这就是小说中蕴含的历史观。

继《我们的土地》之后，卡洛斯·富恩特斯继续在各个方向拓展自己的文学疆界，以艺术创新的勇气和毅力，不断将墨西哥的历史、现实和古代文化的影响结合起来：在长篇小说《海蛇头》（1978）和《遥远的家族》（1980）中，卡洛斯·富恩特斯继续对墨西哥特性进行探索，发掘墨西哥民族文化的渊源，所运用的小说技法也越来越成熟和复杂。我发现，卡洛斯·富恩特斯可以做到写每一部小说，都能够找到和题材相适应的新形式，以新颖的、大胆创新的形式来讲述他的故事，从而将小说的形式和内容完美地结合，也将"拉丁美洲文学爆炸"的成果继续扩大。

1985年，卡洛斯·富恩特斯出版了长篇小说《美国老人》，它讲述了一个美国作家去墨西哥旅游，刚好碰上了墨西哥的革命事件，在墨西哥他和一个女子相识并且恋爱，而这个女子又和比她年轻的一个墨西哥男青年有着爱情的关系，三个人演绎了一场与地缘政治、革命和性爱结合的关系。小说表面上是一女两男的爱情故事，实际上，卡洛斯·富恩特斯表达了墨西哥和美国复杂的文化和地理、反抗和依赖、抵触和互相需要的微妙关系。

长篇小说《克里斯托瓦·诺纳托》出版于1987年，这是一部带有幻想色彩的小说，卡洛斯·富恩特斯虚构了1992年即将发生在墨西哥的经济危机和政治动乱，表达了卡洛斯·富恩特斯对祖国的拳拳之心和担忧之情，以及他一贯以文学来关心现实的追求。

历史小说《战役》（1990）讲述了19世纪一个拉丁美洲的学习法律的青年，因为受到了法国思想家卢梭的影响，而和其他青年一起参加秘鲁革命军的故事。但是，理想最终不能替代现实，这个青年战死了，他的热情化为了战争中死亡的幽灵的哀怨。

长篇小说《戴安娜：孤独的猎手》（1994）风格上有些变化，从题材上说，完全是一部爱情小说，篇幅也不大，比较轻巧，是卡洛斯·富恩特斯对他一次爱情经历的小说化表达。在20世纪60年代，他曾经爱上了美国著名女演员琼·塞贝格，和她有过激情四射的蜜月般的爱情，小说的最后以她的神秘死亡而结束。小说还以20世纪60年代美国"越战"后爆发的示威游行和1968年的墨西哥镇压学生运动的历史事件作为背景。

除了上述长篇小说，卡洛斯·富恩特斯晚近的小说中，最重要的是长篇小说《与劳拉·迪亚斯共度的岁月》（1999），这是卡洛斯·富恩特斯在世纪之交写出的又一部内容复杂的力作。我觉得，这部书和君特·格拉斯的《我的世纪》以及我国作家莫言的《丰乳肥臀》有着异曲同工之妙，当新千年即将来临时，很多作家都想通过文学来总结20世纪，君特·格拉斯、莫言和卡洛斯·富恩特斯就分别用《我的世纪》《丰乳肥臀》和这部《与劳拉·迪亚斯共度的岁月》，来作为他们回望20世纪的深情一瞥。

《与劳拉·迪亚斯共度的岁月》翻译成中文有四十万字，可以说是一部大部头。小说的主人公劳拉·迪亚斯是一位德裔妇女，她来到了墨西哥，在岁月流逝中与众多的亲人和朋友生离死别，构成了命运无常的宏大交响。小说叙述的起点是1905年，共分二十六章，以2000年新千年的到来作为结尾，以这个欧洲裔墨西哥妇女百年的经历，讲述了20世纪风云变幻的历史打在个体生命中的烙印。和小说中塑造的劳拉·迪亚斯这个坚韧的女性形象相对比的是，小说还描写了一个类似智利独裁将军皮诺切特那样的独裁统治者，这也是小说中令人难忘的人物形象。不过，在阅读中我体会到，和以往卡洛斯·富恩特斯的那些技巧复杂得令人眼花缭乱的小说不同，这部小说在叙述上非常扎实，似乎有某种向传统小说回归的趋向：小说的叙述时间线索是顺时针的，是沿着时间流逝的方向来叙述的，二十六个章节覆盖了整个20世纪；小说的地理背景也不断地变化，从德国到墨西哥、美国和法国，总之，不断地在欧洲和美洲之间变换场景；而人物的命运和遭遇也随之变化，劳拉·迪亚斯的亲人和朋友不断地出现，又接连消失，在苍茫大地上，他们的生命和死亡成为世纪的见证和注脚。这是卡洛斯·富恩特斯创作生涯中的又一部史诗性的作品，小说的总体气质依旧是波澜壮阔的，他将个人的命运与政治、宗教、历史、艺术、哲学结合起来，以劳拉·迪亚斯这个特定人物的经历和存在状态，来见证墨西哥历史的风云变幻。

三

我喜欢那种愈老弥坚的多产作家。卡洛斯·富恩特斯就是这样一个作家。进入新千年之后，越过了七十岁门槛的卡洛斯·富恩特斯老当益壮，创造力丝毫没有衰退，佳作迭出。他的长篇小说《伊内斯的本能》出版于2001年，这是一部带有幻想色彩的爱情小说，讲述的是一个女高音通过一张照片就爱上了一个男子的故事。但是，女主人公不知道他是谁、他在哪里，于是，她通过幻想和想象来寻找他。小说在时间的河流里自由地游动，从遥远的过去到遥远的将来，将一个和爱本能有关的故事讲述得扑朔迷离，有一些早期的中篇小说《奥拉》那种玄妙和幻想气质。

卡洛斯·富恩特斯想象力丰富异常，思考墨西哥的未来也是他的着力点。2003年，卡洛斯·富恩特斯推出了一部新的长篇小说《鹰之椅》，这是一部带有幻想色彩的书信体小说，它讲述的是未来墨西哥社会一些政坛人物的故事，他们互相通过写信来表达他们对当下的看法，由此构成了小说的文本。按照其中的一个政客的说法，他们都是"以政治为食，以政治为梦想，为政治快乐和痛苦"的人，议会内政党的轮替，总统竞选以及前总统的影响，等等，构成了小说的情节和基本框架。小说背景设定在2020年，那一年，同2000年新千年开始时一样，墨西哥社会动荡不安，腐败现象日趋严重，经济上受到了美国的严重控制。墨西哥总统在新年到来之际，果断地向美国发起挑战，他宣布，如果美国政府不付给合理的价钱，墨西哥参加的石油组织就不向美国出口石油；同时，他还抨击美国政府武力侵占哥伦比亚，和美国决裂了。美国政府恼羞成怒，立即采取报复手段，致使墨西哥的通信卫星被秘密地毁坏了，同外界的一切联系手段，包括电话、传真、因特网等全部中断，墨西哥陷入长达数月的与外界的隔绝中，人们只能采用书信、录音等办法和他人进行联系，于是，书信再次回到了人们的生活中。卡洛斯·富恩特斯充分发挥了他的想象力，创作出具有幻想色彩和荒诞情节的小说，来和当下的墨西哥的现实对照，表达了他对

215

墨西哥未来和美国的关系以及石油与能源危机的忧虑。

卡洛斯·富恩特斯的短篇小说在数量上和水准上似乎无法和他的长篇小说相比，但是，仍旧带有他鲜明的艺术个性。在短篇小说集《戴假面具的日子》之后，他还出版了多部短篇小说集：《烧焦的水》（1981）；《康斯坦西亚和其他几篇处女小说》（1990）中包含的四篇小说都和女性有关，她们在男人所掌握的世界里无法主宰自己的命运；《甜橙树或时间怪圈》（1993）中包含的五篇小说像五瓣橘子瓣一样互相联系和映衬，将墨西哥的混血文化的特质描绘了出来；短篇小说集《水晶边境》（2000），由九篇小说构成，讲述了墨西哥和美国接壤的边境地带因偷渡造成的悲剧性故事。在 2006 年，他又出版了一部短篇小说集《一切幸福的家庭》，其中收录了十七个短篇小说，将墨西哥一些家庭的不幸和痛苦展示了出来，使我们看到，每个家庭其实都是有自己的秘密的。小说中的家庭里到处都是欺骗、痛苦、虐待、性暴力、冷漠和虚伪。卡洛斯·富恩特斯的短篇小说善于将细节和场景强调出来，带给人们深刻的印象。而且，他喜欢写一些主题类似的系列短篇小说，你既可以把它们当作一组短章构成的长篇小说来看，也可以把它们看成是系列短篇小说。

卡洛斯·富恩特斯是一个文学大师，一个全才，除了小说创作，他还写了好几个戏剧剧本:《独眼的是国王》（1970）、《所有的猫都是褐色的》（1970）、《想象的王国》（1971）、《月光下的兰花》（1982）、《黎明的庆典》（1991）等，这些戏剧带有现实主义和超现实主义的特征，有的戏剧非常有幽默感，从历史的题材和现实的素材里打捞到一些戏剧冲突的材料。2006 年，他还出版了回忆录《68 年一代》，回忆了他所处的"拉丁美洲文学爆炸"时期和拉丁美洲各国的作家们互相之间建立深厚友谊的过程。

我觉得，在卡洛斯·富恩特斯的创作中，文学评论和随笔著作有着十分重要的地位，可以看出他雄厚的理论功底和较高的文学批评素养。他主要的评论集有：《巴黎，五月革命》（1968）《两扇门的房子》（1970）、《墨西哥时代》（1970）、《墨西哥的新契机》（1995）、《被埋葬的镜子》（1992）、《墨西哥的五个太阳》（2000）等著作，都是从墨西哥的文化特性和与欧洲的文化联系入手，来分析墨西哥的文化现实和前景；《西班牙美洲的新小说》（1969）是对 20 世纪 60 年代之前拉丁美洲新小说的介绍和判断；《堂吉诃德或阅读的批评》（1976）、《勇敢的新大陆》（1990）对拉丁美洲的印第安古文化、非洲文化和西班牙文化的交融进行了梳理，并对拉美大作家卡彭铁尔、加西亚·马尔克斯、科塔萨尔等人的作品进行了深入分析，对"拉丁美洲文学爆炸"的前因后果做了分析；在《小说的地理》（1993）中，他评论了博尔赫斯、罗亚·巴斯托斯和胡安·戈伊蒂索洛等很多作家。

在卡洛斯·富恩特斯的著作中，《时间的肖像》（2000）是一本很特别的书。它是卡洛斯·富恩特斯为了纪念自己的儿子写的一本两人合著。到2009年，他已经是八十一岁高龄的老人了，但他是白发人送黑发人：他的一个儿子和女儿都先他而去了，这使他感觉到生命的脆弱和无常，必须要以回忆来书写离愁。后来，他又出版了一部十分精彩的、融合了回忆录色彩的随笔集《我相信》（2002），全书是由二十六个字母，来排列出四十一个章节的随笔，是他对自己在20世纪中所遇到的各种问题的思考，大部分都是关于信念和哲学的思考。在这个集子里，弥漫的是一个经历了人世沧桑的老人对岁月的依恋、对旧人的怀念、对时代的批判、对未来的希望，等等。最终，他还是相信，他获得了一些值得他信赖的东西。

说起获奖，卡洛斯·富恩特斯几乎是一个得奖专业户：他在1967年获得西班牙简明丛书文学奖；1977年获得了委内瑞拉"罗慕洛·加列戈斯"文学奖，这是拉丁美洲一个非常重要的文学奖；1979年获得了墨西哥"雷耶斯"文学奖；此外，还获得了西班牙"塞万提斯"文学奖、阿斯图里亚斯"王子"文学奖等重要奖项，2008年，他还获得了西班牙首届"堂吉诃德"奖。2008年11月11日，卡洛斯·富恩特斯迎来了他的八十岁生日，墨西哥特地举办了一系列的活动，来庆祝他的八十华诞。同时，他的一出新歌剧也上演了，他的最新的、大部头的长篇小说《意志与财富》也预告要出版了。这仍旧是一部雄心勃勃的小说，描绘了跨国资本对信息技术的垄断和人性在全球化时代的扭曲的新现实，说明他仍旧在继续绘制他那个题目为《时间的年龄》的文学大壁画。

卡洛斯·富恩特斯一直对小说的未来抱有信心，他说："小说将人类重新带进历史。在一部伟大的小说中，主角的命运被重新展示，而他的命运是其经历的总和。小说也是各种文化的一种介绍信，它们没有被全球化的浪潮窒息，现在敢于以前所未有的活力自我肯定……小说给我们提出了一种文字记载的想象空间的可能性，而它与真实世界的关联一点也不比故事本身少。小说总是在不断地预示着一个新的世界，一幅即将到来的景象。因为小说家们知道在20世纪可怕的教条主义暴力之后，故事已经变成了一种可能性，而永远不再是一种标准。我们认为已经了解了这个世界。而现在，我们应该去展开想象了。"

卡洛斯·富恩特斯以巨大的勇气和宏大的气魄，以巴尔扎克为师，以不断创新的艺术手段作为武器，以"时间的年龄"为总体构想，创作出二十多部长篇小说、多部短篇系列小说，描绘出 20 世纪拉丁美洲人的生存和历史的境遇图。卡洛斯·富恩特斯具有犀利的社会批判能力，他不断创造出幻想、历史、现实和神话结合起来的作品，以巴罗克艺术风格的多变和复杂，创造出一幅幅繁花似锦、光怪陆离的小说大壁画。在 21 世纪这个大众媒介时代，我很难相信，还会有像卡洛斯·富恩特斯这样有宏大的抱负、企图囊括历史和整个时代的全部面貌，将时间与历史打通，在时间中自由穿梭的作家出现，谁还愿意花这么大的力气，去画这么宏伟的历史和时间的文学壁画？我真的有些悲观，因为，在眼下电子媒介逐渐占上风、到处都是信息垃圾和碎片的后现代的社会里，卡洛斯·富恩特斯属于那种正在消逝的文化背景和一个伟大的文学传统，这个传统也许不会再回来了。

原载《作家》2010 年第 19 期

推荐书目

《阿尔特米奥·克鲁斯之死》，亦潜译，外国文学出版社 1983 年 3 月版

《阿尔特米奥·克鲁斯之死》，亦潜译，译林出版社 1999 年 6 月版

《阿尔特米奥·克鲁斯之死》，亦潜译，人民文学出版社 2011 年 9 月版

《最明净的地区》，徐少军等译，云南人民出版社 1993 年 3 月版

《最明净的地区》，徐少军等译，译林出版社 1998 年 8 月版，2012 年 12 月新版

《奥拉·盲人之歌》，赵英等译，花城出版社 1992 年 9 月版

《狄安娜，孤寂的猎手》，屠孟超译，译林出版社 1999 年 2 月版

《与劳拉·迪亚斯共度的岁月》，裴达仁译，译林出版社 2005 年 5 月版，2012 年 12 月新版

《我相信》，张伟劼等译，译林出版社 2007 年 8 月版，2012 年 12 月新版

《墨西哥的五个太阳》，谷佳维等译，译林出版社 2009 年 9 月版，2012 年 12 月新版

马里奥·巴尔加斯·略萨：小说建筑师

马里奥·巴尔加斯·略萨获得了 2010 年诺贝尔文学奖。并不像有些媒体所说"爆冷门"，他一直在最可能获奖的核心名单里，只不过他被连续提名二十年了，老是不得，别人就以为不给他了。今年，我就预测西班牙语作家获奖，我心目中有两个作家，一个是墨西哥的富恩特斯，另外一个就是马里奥·巴尔加斯·略萨。看来我的感觉还比较准。因为前几届都是英语、法语、德语作家获奖，这次肯定要轮到西班牙语等其他语言的作家了。综观诺贝尔文学奖得主，接近七十个人都是英语、法语、德语和西班牙语的使用者，你就明白，诺贝尔文学奖，主要是一个欧洲文学奖。所以，落到中国作家头上的可能性注定很小。

我还看到很多媒体称是"略萨"获奖，这是不对的，"略萨"是他父亲或祖上的名字，应该称呼他"马里奥·巴尔加斯·略萨"，或者至少"巴尔加斯·略萨"才比较准确。马里奥·巴尔加斯·略萨获奖距离加西亚·马尔克斯1982 年获奖已经有二十八年了，才再次为拉丁美洲作家赢得了荣誉。加西亚·马尔克斯的微博表态是"我们一样了"。他们俩过去的关系曾经特别好，巴尔加斯·略萨还写过评论加西亚·马尔克斯的一本书，叫作《加西亚·马尔克斯：一个弑神者的历史》，这是他出版于 1971 年的博士论文，长达四十万字，对同辈加西亚·马尔克斯的作品，尤其是《百年孤独》进行了深入的探讨和分析，并且给予了非常高的评价。有意思的是，后来他们还打了一架，加西亚·马尔克斯被巴尔加斯·略萨把眼睛打肿了，因为，加西亚·马尔克斯提醒巴尔加斯·略萨的妻子，当心她丈夫在外面拈花惹草，结果巴尔加斯·略萨怒不可遏，找加西亚·马尔克斯打架。很长的时间里，两个人交恶了。一直到去年，巴尔加斯·略萨出版新版全集的时候，才再次收入了《加西亚·马尔克斯：一个弑神者的历史》，这说明两个人到了老年，握手言和，友谊恢复如初了。

巴尔加斯·略萨特别关心政治，他的大多数作品都和政治有关，但却是文学的绝妙表达。他曾在秘鲁竞选总统，和藤森对决，险些当上总统。但他代表的是秘鲁的中产和资产阶级，后来败于特别招穷人喜欢的藤森手下，就再次投身写作。后来，他移居西班牙，还加入了西班牙国籍，可以说，马里奥·巴尔加斯·略萨拥有西班牙和秘鲁双重国籍。

巴尔加斯·略萨获奖，将使我们重新把注意力放到拉丁美洲文学上，那是一片至今还活力四射的文学热土，并不断地诞生着未来的文学大师。

在真实和谎言之间

马里奥·巴尔加斯·略萨认为，小说是谎言中的真实，真实中的谎言——它在谎言和真实之间，与二者只差那么一步："在缩短小说和现实之间的距离、抹去二者界限的同时，努力让读者体验那些谎言，仿佛那些谎言就是永恒的真理，那些谎言就是对现实最严实、最可靠的描写。这就是伟大小说所犯下的最大的欺骗行为：让我们相信世界就如同作品中讲述的那样，仿佛虚构并非虚构，仿佛虚构不是一个被沉重地破坏后又重建的世界，以便平息小说家的那种本能——无论他本人知道与否——的弑神欲望（对现实进行再创造）。"这段话是进入马里奥·巴尔加斯·略萨小说世界的一把关键钥匙。

马里奥·巴尔加斯·略萨被认为是当今在世的最伟大的作家之一。1936年，他出生于秘鲁一个比较富裕的家庭，但他父亲在他还在母亲肚子里的时候，就因为家庭矛盾负气离家出走了，到他十一岁的时候，父亲才回来担当起自己的责任。因此，马里奥·巴尔加斯·略萨从小是在自己的母系家族中长大的，受到的呵护和培养，都是来自母系家族的亲人们：他的外祖父母、几个舅舅和他的妈妈。父亲的归来使他再次感受到来自父权的压力——1950年，他父亲强迫十四岁的他进入一所军事学校学习，认为只有这样才可以培养儿子的男子汉气，摆脱母系家族带给他的女人气。就是这所军纪严格到可怕的军校的生活，彻底改变了马里奥·巴尔加斯·略萨后来的人生道路。那是一所刻板僵化、没有民主和学习气氛，而且还腐败、军纪涣散的军校。1953 年，十八岁的马里奥·巴尔加斯·略萨进入了圣马科斯大学，去攻读文学和法律专业，并且开始了自己的文学写作。1957 年，他在大三下学期的时候，写了一部短篇小说《挑战》，投寄到法国一家杂志，获得了该杂志举办的征文奖，奖品是他可以免费去法国旅行一趟。他如愿以偿了，远赴欧洲的这一个月的旅行，开阔了他的视野，使他看到法国文明的绚丽和自己祖国的贫穷与落后。这一年，他出版了一部不为人注意的短篇小说集《首领们》。小说集收录了他最早创作的几个短篇小说，包括《黑白混血女郎》《首领们》以及后来发展成长篇小说的《绿房子》等小说。1958 年他大学毕业，和一些人类学家、地理地质学家一起，前往秘鲁的内陆原始森林地区考察了一次，获得了很多创作素材。很快，他又获得了西班牙马德里大学的奖学金，前往西班牙继续读书，于 1960 年获得了文学博士学位。毕业之后，他前往法国巴黎，一边在一家新闻机构工作，一边大量阅读法国文学，为自己即将展开的文学写作全面积累学养。这个时期，他在巴黎陆续结识了或侨居或旅行在那里的拉丁美洲小说家阿斯图里亚斯、卡彭铁尔、博尔赫斯、科塔萨尔、富恩特斯和马尔克斯等人，他们互相砥砺，互相支持，后来共同成为"拉丁美洲文学爆炸"的主将。

1962 年，马里奥·巴尔加斯·略萨在西班牙发表了他的第一部长篇小说《城市与狗》，小说单行本于第二年正式出版，获得了西班牙简明图书奖。这部小说以他曾经就读的莱昂西奥·普拉多军校为背景，用现实主义的手法描绘出一个被暴力所统摄的环境：军事学校在社会达尔文主义法则的统领下，对学生严加管教。而学生们在非人道的环境里，只有像狗一样警觉、好斗和温驯，服从严格纪律的约束，听从专制训练下的教导，才可以获得生存权。这是马里奥·巴尔加斯·略萨感到非常不适应的地方。他敏感地察觉到，秘鲁的军事当局正是通过这种强行的扭曲式的训练，造就着他们需要的那种没有独立人格的军人，来巩固政权。他觉得正是这种学习环境，戕害了秘鲁少年学子们的心灵，使学生们信仰弱肉强食，并且暴露出人性的丑恶。小说已经在写法上露出了后来他擅长的复杂结构的端倪，以多个层次、场景的对话和描述，展开了多条线索。这部小说的批判性非常强，书刚一出版就遭到了秘鲁军方的抗议，那所军校为此专门开了一个声势不小的批判会，批判马里奥·巴尔加斯·略萨的这本书，还在学校的大操场上当众焚烧了一千多册，来表达对这本书的愤怒。有两个将军在发言中痛斥马里奥·巴尔加斯·略萨是一个白眼狼和大逆不道的混蛋，是一个卖国者和危险的赤色分子。就这样，《城市与狗》惹了祸，但是，马里奥·巴尔加斯·略萨本人却一鸣惊人，影响更大了。为什么马里奥·巴尔加斯·略萨会写作《城市与狗》这样的小说呢？他不惹祸不行吗？他说："拉丁美洲的作家必须首先是政治家、鼓动家、改革家、社会评论家和伦理学家，然后才是创作家和艺术家。"这说明，在一开始的时候，他就把自己的写作定位到社会性和批判性的位置上了。他在小说叙述艺术上的探讨和别具匠心也是一以贯之的。从《城市与狗》开始，马里奥·巴尔加斯·略萨就以小说为武器，不断地对秘鲁的社会现实和历史进行毫不留情的批判，同时，在小说艺术上精益求精、大胆创新，创造出了独树一帜的"结构现实主义"小说。

那段时间，马里奥·巴尔加斯·略萨一直在欧洲侨居，他发现远距离观察秘鲁会使他更好地描写秘鲁。1964年，他悄悄地回了一趟秘鲁，专门去秘鲁北部的丛林地区实地考察，看到了一个更为广阔的生存景象更加丰富的秘鲁社会，为他将短篇小说《绿房子》改写成同名长篇小说继续积累着素材，加上1958年那次对秘鲁内陆原始森林地带的考察，使他觉得自己能够写一部很棒的小说了。

1966年，三十岁的马里奥·巴尔加斯·略萨出版了小说《绿房子》。这是一部雄心勃勃的小说，在结构上，他第一次充分使用了后来被命名为"结构现实主义"的复杂表现手法，小说如同一座复杂的建筑，一共分了五条线索，讲述了秘鲁北部一座叫皮乌拉的城市四十年来的发展和变化。小说的时间跨度和容量都不小，五条线索被马里奥·巴尔加斯·略萨切成了细碎的小块，然后按照一定的时间，分别镶嵌到小说的叙述经纬里。小说主题是描绘皮乌拉城的发展，它原来是一个具有原始气息的小镇，最终发展成了一座现代化的城市。在这个过程中，欧洲老牌的殖民主义者和西班牙冒险家们相继在这里活动，并且对当地的印第安土著进行了掠夺和残杀。小说中的五条线索分别是：孤儿鲍尼法西亚的故事。讲述了她和一个叫利马杜的男人的婚姻以及她后来被迫当妓女的情况；妓院"绿房子"的创始人安塞尔莫的一生和这个妓院的兴衰史；巴西籍逃犯、冒险家伏屋的一生；四个流氓的故事；当地的土著琼丘族印第安人首领胡姆对入侵者的反抗与失败。五条线索以平行的方式，铺展开小说的叙述进展，但其主要叙述线索是妓院"绿房子"的兴衰，以此象征秘鲁社会的兴衰。这五条线索互相交织、映衬和反射，能够以多个角度、多个侧面，像万花筒一样来叙述，充满了悬念的设置、精彩的细节和互相映衬的情节与对话，使读者能够清晰地了解故事的发生、发展和人物命运的变化，共同营造出一个由时间的流逝、地点的转换、人物命运的起伏、社会的巨大变迁等构成的秘鲁多姿多彩的现实和历史画卷，在跨越时空之中，获得一种斑驳陆离的关于秘鲁的整体印象。

马里奥·巴尔加斯·略萨的这部小说，广阔地描绘了秘鲁北部地区几十年的历史和现实生活，将秘鲁社会的矛盾、历史的变迁和人性的复杂反映了出来，是一部结构完美并具有原创性的小说。他也凭借这部小说在 20 世纪 60 年代获得了和加西亚·马尔克斯等几个"拉丁美洲文学爆炸"主将齐名的地位。这部小说好读耐看，雅俗共赏，受到了读者的热烈欢迎，获得了秘鲁全国长篇小说奖、西班牙文学批评奖、委内瑞拉罗慕洛·加列戈斯国际小说奖等奖项。

结构的方法

马里奥·巴尔加斯·略萨成名了，他意气风发，成为拉丁美洲西班牙语新小说爆炸的主将。1966 年，马里奥·巴尔加斯·略萨到英国的伦敦大学担任教职，1967 年，他和加西亚·马尔克斯一起完成了一部对话录《拉丁美洲小说两人谈》，两个人针对自己的创作和拉丁美洲作家的创作，谈到了很多既广泛又深入的问题，为后来"拉丁美洲文学爆炸"的命名进行了铺垫。与此同时，在《百年孤独》出版之后一年多，1969 年，马里奥·巴尔加斯·略萨也出版了他最好的小说之一——《酒吧长谈》。这本书是马里奥·巴尔加斯·略萨所写的篇幅最长的小说，在结构和叙事技巧的运用上，也达到了炉火纯青的地步。

《酒吧长谈》这部小说翻译成中文有六十万字，是一部巨著。马里奥·巴尔加斯·略萨雄心勃勃地打算通过这部小说去描绘整个秘鲁的社会生活。他选择了 1948 到 1956 年秘鲁的奥德里亚将军独裁统治时期，作为小说故事发生的时代背景，隐藏着他反对任何军事独裁的政治主张。小说中有两个最主要的人物，一个是绰号叫"小萨特"的记者，他是作者本人的化身，另外一个人物，是给独裁的军政府要员当司机的安部罗修，他们两个人在一个名叫"大教堂"

的酒吧里进行的谈话成为贯穿全书的主要叙述线索。在他们的谈话中，被他们谈到的场景、人物、矛盾纠葛，纷纷以故事套故事的方式登场，以同步的形式展现出来，这是小说的一大特色，如同一串糖葫芦那样，一个个由故事和场景构成的完整的小"糖葫芦"，在叙述主线的贯穿下，生动而饱满地被组织在一起，构成了一个完美的整体。在这部小说中，马里奥·巴尔加斯·略萨把"结构现实主义"的特殊结构和多层次的叙述手法运用到了让人匪夷所思的地步。比如，他创造出一种对话的"通管法"，即在小说中可以让五个场景中的人同时进行对话，而不加以解释和提示，但却不会使读者混淆，从而获得了共时性和空间并置的画面感。于是，空间展开了，时间也平面地展开，场面逐渐地宏大、复杂和广阔起来，整个社会的人和事都被囊括进来了。小说塑造了近百个秘鲁社会现实中的人物形象，分别代表了秘鲁特定历史阶段各个社会阶层的人，大到最高统治者、军事当局的独裁者和一群蝇营狗苟的政客，小到贩夫走卒和鸡鸣狗盗之徒，以及普通的忙于生存的老百姓，给我们描绘出如同古代罗马帝国的斗兽场一样的秘鲁社会的本质——在这个由社会达尔文主义法则所统摄的国家里，到处都在进行着生存权利的竞争，残酷而充满了激情、暴力而充满了勃勃生机的欲望、野蛮但是却呈现复杂的人性，正是这些，构成了小说本身的复杂、多层次，也构造了秘鲁神奇的社会现实和历史。

马里奥·巴尔加斯·略萨是一个多才多艺的多面手，不仅会写小说，而且善于从文学理论上加以总结。1971年，他出版了自己的博士论文——长达四十万字的长篇文学评论《加西亚·马尔克斯：一个弑神者的历史》，对同辈作家，哥伦比亚小说家加西亚·马尔克斯的作品，尤其是《百年孤独》进行了深入探讨和分析，并且给予了非常高的评价。在"拉丁美洲文学爆炸"期间，一些拉美作家互相建立了浑厚的友谊，他们毫不保留地溢羡同道、赞美同行，比如，在富恩特斯、马尔克斯、科塔萨尔、巴尔加斯·略萨、何塞·多诺索等作家那里，我看到了一种难得的友情和互相的鼓励，这种现象值得关注。正是由于他们的互相肯定、提携和赞扬，最终，他们作为一个在20世纪后半叶改变了人类文学潮流流向的作家群体，引起了全世界的关注，将小说发展的生长点和爆破点引领到了拉丁美洲，改变了文学的世界版图，给20世纪的小说流变增添了最精彩的一章。尽管多年之后，马里奥·巴尔加斯·略萨和加西亚·马尔克斯的关系不好了，但是，马里奥·巴尔加斯·略萨的这篇长篇评论却成为一个时代的明证。

对于马里奥·巴尔加斯·略萨热切关心和批判社会现实这一点，也有评论认为，马里奥·巴尔加斯·略萨是"拉丁美洲的德莱塞"，我们知道，德莱塞是20世纪初期美国著名的批判现实主义小说家，代表作品有金融三部曲、《珍妮姑娘》等，他的小说篇幅巨大，激情满溢，充满了对美国资本主义社会的激烈批判。可以说马里奥·巴尔加斯·略萨和他在社会批判的深度和广度上很相似。但是，马里奥·巴尔加斯·略萨在叙述艺术，尤其是在小说结构艺术上的探索和发现，是德莱塞所无法比拟的。

1973年，马里奥·巴尔加斯·略萨出版了长篇小说《潘达雷昂上尉与劳军女郎》，这是一部带有黑色幽默和滑稽荒诞色彩的讽刺小说，批判秘鲁军队的丑恶是锋芒毕露的，在结构上继续进行了多个方面的探索。小说讲述一个叫潘达雷昂的秘鲁陆军中尉，因为忠于职守而获得了提拔，但是，上司交给他一个机密任务，要他带领一个劳军军妓团，前往一个强奸案不断发生的秘鲁内地的军队驻扎地，去进行慰劳。当潘达雷昂上尉率领劳军军妓团前往那个强奸案件多发的地方之后，他恪尽职守，圆满地完成了任务，但这个事情忽然败露了，一时间社会舆论大哗，新闻媒体也热烈鼓噪，社会舆论全部都将矛头指向了军方将领，连潘达雷昂上尉的妻子也生气了，一怒之下离家出走了。最后，是让人同情的潘达雷昂上尉承担了全部责任，他被发配到遥远的高原地区服役，而劳军女郎中的几个妓女则被握有权势的将军和随军的神甫据为己有。这是小说的主线。小说还安排了一条副线，讲述一个极端的宗教组织"方舟兄弟会"的故事。这个团体认为世界末日即将来临，号召信徒把自己送上十字架，认为这样可以赎罪并且获得拯救，结果却导致了骚乱。这是小说的两条主干线，在每条线索中的每一个章节中，马里奥·巴尔加斯·略萨都使用了拿手的结构方法——他运用了电影蒙太奇手法、摄影机眼手法、对话通管法，将多个场面发生的事情平行地进行叙述，画面感非常强，营造出一种立体的效果，使小说带有漫画色彩和强烈的讽刺精神，读起来令人忍俊不禁。当然这部小说触怒了秘鲁军政府当局，被禁止在秘鲁发行。

但是，马里奥·巴尔加斯·略萨才不管这个呢，他身在欧洲，不会遭到秘鲁军政府的迫害和打击，他的西班牙语小说可以在除了秘鲁的很多国家发行。1975年，他出版了一本扎实的文学评论著作——《永远纵欲：福楼拜与〈包法利夫人〉》，分析了法国大作家福楼拜的小说艺术贡献。他精力充沛，创作力旺盛，声誉日盛。1976年，年仅四十岁的马里奥·巴尔加斯·略萨就当选为第四十一届国际笔会的主席。1977 年，他又出版了带有自传色彩的长篇小说《胡利娅姨妈与作家》，引起了轰动。《胡利娅姨妈与作家》以一个轻松、诙谐的爱情故事为线索，又穿插了十个因为欲望而导致各种不同命运的小故事，展现了欲望的魅力、欲望的陷阱、欲望的迷茫和欲望的熄灭。这部小说一共二十章，单章，也就是第一、三、五、七 等章，讲述了作家和他的姨妈谈恋爱的故事，结果，他的亲戚们坚决反对，他们不得不私奔到外面同居了，中间又穿插了一个剧作家的兴衰史。而双数的章节，也就是第二、四、六、八等章，则穿插了十个独立的、耸人听闻的社会性短篇故事，把 20 世纪 50 年代发生在秘鲁的各种各样的奇谈怪论和奇怪的事情，以小故事的形式镶嵌在小说中，形成了一个立体的、丰富的画面，广阔地展现了秘鲁社会的多个层面。和比自己大十四岁的姨妈恋爱，发生在马里奥·巴尔加斯·略萨十八岁的时候，他和他的姨妈胡利娅有了一次热烈奔放的恋爱。作为拉丁美洲人，巴尔加斯·略萨的性格热情奔放，当时，他还在军校读书。为了摆脱一些鳏夫的纠缠，他姨妈就让马里奥·巴尔加斯·略萨经常陪她去看电影、外出逛街，但是，没有想到的是，鳏夫倒是都摆脱了，他们两个人之间却产生了忘年恋：一个是少年不识忧愁的滋味，一个是少妇成熟如桃花盛开，干柴烈火无法分开了。两个人在大家的反对声中，跑到外地一所教堂，秘密办理了结婚手续。不过，数年之后，他们还是分开了，但却成就了一段爱情佳话。有趣的是，后来，他的胡利娅姨妈看到他写的这部小说，感到十分不满，认为他没有写出事实的真相，她也写了一本长度相当的纪实小说《作家与胡利娅姨妈》，从自己的角度对她和马里奥·巴尔加斯·略萨的"不伦之恋"作了解释，可我觉得她的文笔比巴尔加斯·略萨的那本小说差远了，读起来干巴巴的，只是一些事实的罗列，一点都不生动。不过，这两本书互相对照着读，也很有趣。

马里奥·巴尔加斯·略萨喜欢不断地拓展小说的题材。1981 年，他出版了长篇历史小说《世界末日之战》。小说描绘了一场发生在 1896 年巴西腹地的卡努杜斯农民起义的过程。这个题材，19 世纪的巴西作家达·库尼亚曾经写过一本长篇小说《腹地》，这本书出版于 1902 年，在 1959 年就出版了中文译本。既然有作家根据这个题材写过一本名著了，为什么马里奥·巴尔加斯·略萨要再写这么一本书？他是想借古讽今。因为，当初这场农民起义所反映的社会矛盾，在 20 世纪的拉丁美洲依然广泛地存在，大庄园主阶层和广大的种植园农民之间的矛盾一直没有解决好，因此，马里奥·巴尔加斯·略萨说："卡努杜斯起义的悲剧，就是拉丁美洲国家现实的总结。"他写这部小说，想的是用当代眼光来重新打量那场意义重大的农民起义。《世界末日之战》的篇幅比较大，翻译成中文在五十万字左右，在写作手法上则回到了现实主义手法，只是在局部运用了一些内心独白和意识流的技法。马里奥·巴尔加斯·略萨写的这部小说，就像是给我们绘制了一幅关于拉丁美洲历史的宏大壁画。对这部小说，我的评价不高，因为，在写作手法上，马里奥·巴尔加斯·略萨擅长的复杂的结构方法都不见了，他创新的勇气退缩了，本来，我想他一定是想写得简洁生动，回到讲故事的老路上，回归传统现实主义小说的风格，但是，这部小说在叙述上却过于老实了。如果我们对那场起义的历史不感兴趣的话，那么，这本在形式上过于平庸的小说，就很难引起人的兴趣了。

整个的 20 世纪 80 年代里，除了《世界末日之战》，他还出版了四部长篇小说：《狂人玛伊塔》（1984）、《谁是杀人犯？》（1986）、《叙事人》（1987）、《继母的赞扬》（1989），基本上是按两年一部的节奏来出版的。但是，我感觉这几部小说都不是他最好的小说，虽然每一部在一些局部上都有一些突破，但整体上比较平庸。《狂人玛伊塔》描绘了发生在 20 世纪 50 年代秘鲁一座小城市的起义事件，而奇怪的是，起义的人只有两个：一个是印第安人玛伊塔，另外一位是陆军少尉，他们的起义"部队"则是六个中学生。就这几个人，进行了一场有些像今天的行为艺术般的滑稽的"起义行动"。但在这部小说中，让我惊喜的是马里奥·巴尔加斯·略萨又回到了现代主义小说的技巧上，强调了叙事的多重技巧和形式感，以内心独白、意识流的手法，通过摄影机般的调度，从很多侧面来描绘出这两个带有空想色彩的冒险家最后以失败告终的起义行动，表明了无政府主义在拉丁美洲很难成功的观念。小说采取侧面描写的角度，通过一个后来的叙事者，不断采访当年发动起义的玛伊塔的亲戚、朋友、邻居、同事，将这个狂人的童年、少年、青年，一直到他组织武装起义的过程，以其他人的视角来塑造。在最后一章，狂人玛伊塔本人现身了，叙述人和他进行了对话，却发现这个别人眼里的狂人已经变成了另外一个人，一个平庸而消沉的隐居者。

《谁是杀人犯？》是一部篇幅不大的长篇小说，翻译成中文在十万字左右，马里奥·巴尔加斯·略萨回到了他一贯喜欢的题材——攻击秘鲁的军政府和军队，因为他一贯反对军人执掌政权。这部小长篇讲述了军队里充斥着乱伦和谋杀的丑闻，当两个警察终于揭开了事件的真相之后，当事人开枪自杀，两个警察却被调到其他地方去了。《谁是杀人犯？》在马里奥·巴尔加斯·略萨的作品中属于小制作，在技巧上有些侦探小说的形式感，除了对话精彩之外，没有给人更多的惊喜。相对于《谁是杀人犯？》的单薄，长篇小说《叙事人》就厚重一些，篇幅在十六万字左右，这部小说的情节有些像《绿房子》的续篇，带有浓厚的人类学的味道。小说的题目叫"叙事人"，是因为，在拉丁美洲亚马孙河地区的原始森林深处，一些原始部落中有一种讲故事的人，叫作"叙事人"。逢年过节，这些"叙事人"就到各个村子里给大家讲述神话、故事、习俗和他们自己的生活。因此，在这部小说中，"叙事人"这个角色十分重要，他是双重的，既是指小说本身的讲述者——一个人类学研究专家，同时，也是指亚马孙河森林地区原始部落的讲故事的叙事人。小说依旧是结构现实主义的风格，分两条线索，一条是讲述叙述者如何认识了一位在亚马孙河流域进行调查的人类学家的故事，另外一条线索，则是叙述人讲述的亚马孙河深处森林里，原始部落的那些神话传说、历史、寓言和社会习俗，作为第一条线索的材料和补充，形成了互相映衬、互相举证的关系，显得非常扎实。《叙事人》的成功之处在于，它以大量的拉丁美洲文化人类学的材料作为基础，叙述视点独特，内容繁杂，可以说是一部厚重的文化小说，与他那些猛烈抨击军事独裁政权的社会现实主义小说相比是大异其趣。这部小说还使我想起来阅读卡彭铁尔的《消逝的足迹》的感受，两部小说有着异曲同工之妙。

和现实的缠斗

　　马里奥·巴尔加斯·略萨和现实的关系紧张而密切，可以说，他一生都和拉丁美洲、和秘鲁的社会现实缠斗在一起。他积极地参与政治活动，作为一个秘鲁出生的影响巨大的名人，他还参加了秘鲁总统的最后决选。为此，他成立了政党"自由运动组织"，他的竞选纲领是想以私有化、法制化和自由化的方式来改造当代秘鲁社会。但是，在日裔秘鲁人藤森和他之间，秘鲁人最后投票选择了藤森，他失败了，因为他代表的是秘鲁资产阶级和上层中产阶级。这场持续了三年的政治选战，耗费了他大量的时间和心力，也让他体验到了政治在操作层面的困难和复杂。竞选失败之后，他又重新回到了文学写作当中。

　　20世纪90年代之后，进入老年之境的马里奥·巴尔加斯·略萨对社会批判的锋芒有所淡化和收敛，性爱成了他小说的重要主题。1988年，他出版了篇幅比较短的长篇小说《继母的赞扬》，小说的性描写和性关系引起了很大的争议。之后，他在 1997 年又出版了其续篇《情爱笔记》，描述一桩带有乱伦色彩的三角情爱故事。小说中对性爱的大胆探讨和令人惊异的情节，着实让卫道士们害怕和恼怒。不过，我也感觉这两部小说的艺术性也有所减弱。1993 年，他出版了长篇小说《利杜马在安第斯山》，直接将笔锋指向了活跃在秘鲁山林里很多年的左翼游击队"光辉道路"，分析了这个左翼运动的成因。小说中出现了一个叫利杜马的人，这个人物在小说《绿房子》里就出现过，这一次，是利杜马在安第斯山里与"光辉道路"游击队打交道了。以暴力革命为主旨的"光辉道路"游击队制造了不少暴力行为，在小说中被一一描述，显示了他政治关怀的激情从来都没有减退过。他在猛烈抨击与美国跨国资本结合的右翼资本家势力的同时，也批判了国内走暴力革命道路的左翼游击队，因此，这本书两面不讨好，受到了来自左和右的两个方向的夹击。但是，作为一个独立思考的作家，他不管这个，他必须要发出自己的声音，认为只有谈判和妥协才是共赢之道。

2000 年，马里奥·巴尔加斯·略萨出版了自己的第十三部长篇小说《小山羊的节日》，小说取材于多米尼加共和国的独裁统治者特鲁埃略的真实故事，塑造了一个复杂的独裁者形象。特鲁埃略 1930 年发动了军事政变上台，统治多米尼加三十一年，到 1961 年 5 月被刺杀身亡。马里奥·巴尔加斯·略萨以这个独裁统治者为原型，创造出更为复杂的文学形象，描绘了独裁者的诞生地——拉丁美洲的特殊的社会土壤和历史条件，也塑造出更多造就了独裁者的普通公众的心理环境。小说在结构上采取了两条线索加散点透视的笔法，继续他在叙述上的立体实验：一条线索描述暗杀独裁者的暗杀小组的成立过程，以及最终的实施行动，另外一条线索则描绘独裁者特鲁埃略和一个被他占有的少女之间的故事。两条线索分别从外部世界的行动和独裁者特鲁埃略的私生活入手，塑造出一个内心丰富、形象复杂的独裁者形象，为拉丁美洲的"独裁者小说"这个独特的小说系列又增添了一部新的杰作。

在小说的题材上，马里奥·巴尔加斯·略萨一直不断地开拓着新的创作空间。2002 年，他出版了长篇小说《天堂在另外一个街角》，讲述了后期印象派画家高更的故事：高更是一个传奇性人物，有一天，他忽然放弃了自己的舒适生活，一个人跑到了一座遥远的海岛——塔希提岛上，和当地的土著人毛利人生活在一起。小说分成两部分，交叉叙述高更和他祖母的故事——高更的祖母是一个社会活动家，也是女权运动的积极活动家。把这两个有亲缘关系的人放到一起来讲述，使我们看到了高更多面的人生，获得了一种奇特的艺术魅力。

2006 年，马里奥·巴尔加斯·略萨出版了一部篇幅不长的小说《坏女孩的恶作剧》。2010 年 11 月，他又推出了一部小说力作《凯特尔之梦》，小说是根据爱尔兰历史上一个真实的人物罗杰·凯斯门特的经历写成。罗杰·凯斯门特曾经在非洲和拉丁美洲生活，写了不少关于非洲土著和拉丁美洲亚马逊地区土著在殖民主义的统治下悲惨生活的文章，在欧洲引起了很大反响，他生于 1864 年，死于 1916 年，是最早意识到殖民主义的罪恶，最具有人道主义情怀的欧洲人之一。马里奥·巴尔加斯·略萨的这部小说，以他作为人物原型，书写了欧洲和非洲以及拉丁美洲在殖民主义时代复杂的历史和文化纠葛。

马里奥·巴尔加斯·略萨还写有《达克纳的小姐》（1981）、《凯蒂与河马》（1983）、《琼加》（1986）、《阳台上的疯子》（1993）等多个剧本，出版了随笔集《顶风逆浪》（1983）、《水外鱼》（1991），收录了他零散发表在报刊上的文学评论。他最著名的文学评论集是《谎言中的真实》（1990），这本书收录了他对 20 世纪很多重要作家代表作品的评论和分析，显示了他具有较高的文学理论修养。1997 年，他还出版了一部系统地研究小说叙事艺术的书信体著作《中国套盒——给一位青年小说家的信》，从小说的形式、语言、结构等方面探讨了小说技巧和未来的可能性。他的回忆录《水中鱼》（1993）则回忆了他从十一岁再次见到父亲之后，一直到 1990 年竞选秘鲁总统失败的人生经历，回忆了他的家人、写作和社会活动等生活的各个方面。2009 年，他出版了纪念乌拉圭小说家胡安·奥内蒂的文学论著《向着虚构旅行：奥内蒂的世界》。

马里奥·巴尔加斯·略萨是当今最受瞩目、最活跃的西班牙语小说家，他获得了西班牙塞万提斯奖、以色列耶路撒冷文学奖、诺贝尔文学奖等很多文学大奖。从生存状态来看，长期以来，他一直在欧洲侨居，主要住在西班牙和英国伦敦。他的书以西班牙文出版，在西班牙和拉丁美洲很多国家销售，但是，他本人很少回到自己的祖国秘鲁。他在远离祖国的地方，书写关于祖国的故事，这使他受到了争议和批评，虽然这样做很安全，但是却失去了和祖国母体的真切联系。后来，他干脆加入了西班牙国籍，成为一个拥有双重国籍的作家。

从 20 世纪的小说史来考察，马里奥·巴尔加斯·略萨最主要的贡献，来自于他对小说结构和叙述形式的探索成果。在 20 世纪现代主义先驱们所开创的叙述道路上，比如，在詹姆斯·乔伊斯、多斯·帕索斯等人在小说结构和叙述方式的探索影响下，他又锐意进取，大胆地向前走了一大步，创造出更加丰富和立体的小说结构和叙述方法，以结构和叙述的立体化实验，成功地将拉丁美洲的独特历史和的丰富的现实画面描绘了出来。他的小说题材广泛，大都聚焦于拉丁美洲复杂的现实，以无畏的文学写作，加入到"拉丁美洲文学爆炸"的潮流中，猛烈地批判当代秘鲁社会的弊端，书写出小说发展史上的一个新传奇。

原载《上海文学》2010 年第 4 期

推荐书目

《城市与狗》，赵绍天译，外国文学出版社 1981 年 11 月版

《绿房子》，孙家孟等译，外国文学出版社 1983 年 8 月版

《绿房子》，孙家孟译，人民文学出版社 2009 年 11 月版

《青楼》，韦平等译，云南人民出版社 1982 年 2 月版

《酒吧长谈》，孙家孟译，云南人民出版社 1993 年 5 月版

《酒吧长谈》，孙家孟译，人民文学出版社 2011 年 4 月版

《潘达雷昂上尉与劳军女郎》，孙家孟译，人民文学出版社 2009 年 11 月版

《胡利娅姨妈与作家》，赵德明译，云南人民出版社 1982 年 5 月版

《胡利娅姨妈与作家》，尹承东译，云南人民出版社 1993 年 3 月版

《胡利娅姨妈与作家》，李德明等译，人民文学出版社 2009 年 11 月版

《世界末日之战》，赵德明等译，江苏人民出版社 1983 年 6 月版

《狂人玛伊塔》，孟宪臣译，云南人民出版社 1988 年 9 月版

《情爱笔记》，赵德明译，百花文艺出版社 1999 年 9 月版

《巴尔加斯·略萨全集》（九卷本），赵德明主编，时代文艺出版社 1996 年 1 月版

《谎言中的真实》，赵德明译，云南人民出版社 1997 年 7 月版

231

《中国套盒》，赵德明译，百花文艺出版社 2000 年 1 月版

《给青年小说家的信》，赵德明译，上海译文出版社 2004 年 10 月版

《公羊的节日》，赵德明译，上海译文出版社 2009 年 8 月版

《天堂在另一个街角》，赵德明译，上海译文出版社 2009 年 8 月版

《巴尔加斯·略萨传》，赵德明著，新世界出版社 2005 年 8 月版

《坏女孩的恶作剧》，尹承东译，人民文学出版社 2010 年 10 月版

第四部分

亚洲作家：
故乡、大地与寻找

阿摩斯·奥兹：以色列人的记忆与形象

一

2007 年，阿摩斯·奥兹本人来到了中国。在译林出版社举行的读者见面会上，我作为年轻的小说家，和作家莫言一起出席了阿摩斯·奥兹与中国读者的见面会。在那次见面会上，我可以很快感觉到这个以色列最著名的当代小说家的深邃、幽默和俏皮，也从他那犹太人特有的锐利目光中，感受到了某种力量。会上，我说："阿摩斯·奥兹本人比他的著作晚来到中国达十四年之久。1993 年，阿摩斯·奥兹编选的短篇小说集《以色列的瑰宝》的中文译本由河南人民出版社出版，其中，收录了他本人的一个短篇小说《风之路》，接着是 1998 年，他的第一部长篇小说《何去何从》由译林出版社翻译成了中文出版，再后来，他的十二部长篇小说中有九部被翻译成了中文，这些著作已经先于他本人，带给了中国读者一个鲜明的阿摩斯·奥兹的形象。

"对于以色列的文学和文化，我所知甚少，除了《圣经》，我阅读过以色列的犹太文化经典著作《塔木德》。对于当代以色列作家的作品，我和大多数中国读者一样，读过的也为数不多。比方说，我阅读过现代以色列小说大家阿格农的几部作品，还阅读过诗人耶胡达·阿米亥的诗歌——他本人在生前也曾经来到中国，他的诗集《开·闭·开》不久前才被翻译成了中文。此外，还有一些以色列当代作家，比如大卫·格罗斯曼的作品《证之于：爱》等，也受到了中国读者的欢迎。但是，谈到当代以色列作家和诗人的作品，我举不出超过十本书来。而在以色列当代作家中，作品被翻译成中文最多的、在中国影响最大的作家，就是阿摩斯·奥兹先生。如果说上述作家通过他们被翻译成中文的少量作品，带给中国读者的是一个不算很清晰的侧面像，那么，十四年来，阿摩斯·奥兹的作品带给我们的则是一张越来越清晰的正面相片。"

在我发言的时候，阿摩斯·奥兹一边认真听着翻译传译，一边露出了微笑。他认为，了解一个民族的捷径，就是去读这个民族的作家所写的书，尤其是文学作品。显然，他把以色列人的文化、生存景象和喜怒哀乐带给了我们，使我们看到了别致的、和中国一样有着悠久历史文化渊源的以色列犹太人的广阔的心灵世界和生存图景。

1939 年，阿摩斯·奥兹出生在耶路撒冷城，他的父母在 20 世纪 30 年代受到犹太复国主义思想的巨大影响，毅然从俄罗斯辗转回到了当时的巴勒斯坦地区。他的父亲博学多才，通晓十多种欧洲语言，梦想能够到大学当教授，但是生逢乱世，竟然一生壮志未酬。他的母亲也有很强烈的文艺气质，喜欢文学和音乐，因此，阿摩斯·奥兹从小在一个充满文艺气息的家庭里长大，阅读到大量经典文学作品，尤其是以色列作家的经典著作和 19 世纪俄罗斯作家的作品。在阿摩斯·奥兹十二岁那一年，他那多愁善感的母亲忽然自杀身亡，因此，小阿摩斯·奥兹和父亲的隔阂加深了，刚刚十四岁，阿摩斯·奥兹就离开了只有父亲的家庭，悄然来到以色列的集体公社组织"基布兹"生活，还把自己的父姓改成了"奥兹"，这个词，在希伯来文中是"力量"的意思。他的出走和改名，都是为了告别父亲，获得一种独自生活的能力。

"基布兹"是 20 世纪以色列的一个非常特殊的社会和社群组织，由 20 世纪初期回到以色列的犹太人移民组建。在"基布兹"中，大家要一起劳动，劳动获得的东西也要共同拥有和分享，在这个集体中大家的地位理论上完全平等，彼此要互相帮助，财产虽由专门的人管理，但是属于所有的人，人人有份。不过，"基布兹"里的生活条件和劳动条件却很艰苦。可以想象，十四岁的阿摩斯·奥兹离开了父亲和家庭，毅然投身到"基布兹"中去会是一个什么样子。据说，一开始，他根本就不会劳动，不会干农活，因此受到了大家善意的嘲笑。但是，小阿摩斯·奥兹有自己的盘算，他努力适应环境，熟悉周围的人群，还把自己立志要当作家、要去讲述别人的故事的理想告诉了大家，因此，在必须分享一切的"基布兹"里，大家在接受了这个有些特别的少年之后，就开始轮番把自己的经历告诉他，与他一同分享，这成为阿摩斯·奥兹早期写作的最重要的来源。此后，一直依靠劳动自食其力的阿摩斯·奥兹被"基布兹"送入大学学习文学和哲学，毕业之后，他在集体公社"基布兹"中教书达二十五年之久，一边教书一边从事文学写作。后来，他还获得了牛津大学的硕士学位和以色列特拉维夫大学的荣誉博士学位。离开集体公社的学校后，他一直在以色列本－古里安大学任教，教授文学史和文学写作课程。

阿摩斯·奥兹属于早慧型作家，1965年，二十六岁的阿摩斯·奥兹就出版了短篇小说集《胡狼嗥叫的地方》，将视点放在耶路撒冷地区的犹太人和"基布兹"这样的集体农庄性质的生活上，去表现当代以色列犹太人的情感和生活方式，其主题主要是人性中的爱和恨、理想和现实之间的距离，以令人觉得可信、可悲、可叹、可爱的犹太人群像，一鸣惊人地出现在以色列文坛上。在阿摩斯·奥兹之前，早他一辈的杰出小说家阿格农（1888—1970）已经奠定了现代希伯来语文学的基础，是以色列现代文学的开山者。阿格农于1966年获得了诺贝尔文学奖，这给以色列作家以巨大的鼓舞和信心。深受犹太文化影响的阿格农，其作品带有经典现实主义的特征，着力于描绘犹太复国主义思想兴起时期东欧和以色列犹太人的复杂心路，在长达半个世纪的创作生涯里，他以《婚礼的华盖》《宿客》《一个简单的故事》《逝去的岁月》《只是昨天》《希拉》等长篇小说，以及二十多部中短篇小说、自传、散文随笔、书信集等作品，给以色列现代希伯来语文学树立了一座丰碑。在阿格农的作品中，他表现了哈西德教派的深层影响决定着犹太人的日常生活和精神意识，表现了犹太人传统的生活方式在20世纪前半叶那剧烈变动的社会大潮面前逐渐崩溃的过程，表现了犹太人的心灵在传统的束缚下，和现代社会的召唤中显得无所适从的特殊状态，以复杂和丰富的写作呈现出以色列人精神世界的分裂和痛楚。阿格农的作品深刻地影响了阿摩斯·奥兹，阿摩斯·奥兹继承了阿格农描绘犹太人民族文化时的浓郁笔调，但是，在对人性的开掘和表现力上，以及对20世纪后半叶现代以色列人的精神世界的把握和描绘上，更加具有批判的锋芒，达到了一个新的高度。

阿摩斯·奥兹很快就在文学之路上出发了。1966年，阿摩斯·奥兹出版了第一部长篇小说《何去何从》。这部小说是非常朴素的现实主义风格，在扉页上，他把小说题献给了自己的母亲。根据情节我可以断定，小说是完全取材于阿摩斯·奥兹在以色列集体公社"基布兹"里的生活体验。尽管他后来对"基布兹"这种社会体制一直持有一种批判态度，认为这种体制和日益变化的以色列的社会现实的距离越来越大，已经不能适应现代以色列犹太人的处境了，但是，在"基布兹"中人和人的关系、人的存在状态还是成了他特别关注的东西。长篇小说《何去何从》，实际上讲述了三个家庭之间的生活故事。这三个犹太人家庭，都是生活多少有些残损的家庭，都是那种有些问题的、混乱不堪的家庭。对家庭生活的描述，是阿摩斯·奥兹毕生追寻的一个题材，因为家庭是社会的细胞，是人类生活的基本场景，从家庭入手，一个民族的生活方式就全部显现了。小说中的这三个家庭，其中一个是诗人兼教师鲁文的，他的妻子和自己的堂兄偷情后私奔了，有流言说他的女儿诺佳被卡车司机埃兹拉强奸了。而第二个家庭中，卡车司机埃兹拉的老婆、女教师布朗卡又是鲁文的同事，传说鲁文和布朗卡有私情，所以丈夫一怒之下才去强奸了鲁文的女儿作为他勾引自己老婆的报复。当流言传播开来之后，喜欢诺佳的男青年拉米——第三个家庭出场了——的母亲就坚决反对他们的恋爱关系，她不能接受儿子娶一个名誉受损的女孩子。于是，三个家庭中的每个人，都不知道自己应该到哪里去，不知道应该如何处理生活中的难题。小说就这样把三个家庭的关系纠结起来，呈现出当代以色列人的婚姻、家庭、性爱和背后的文化传统之间的复杂关系。阿摩斯·奥兹还把小说的背景放到了"基布兹"这么一个封闭的环境里，将三个家庭中的两代人的命运和以色列当代的日常生活同时呈现，并隐约批判了决定犹太人文化性格的传统因素，把社会和政治制度对人的影响，和个人性格与内心的冲突结合起来，创造出一种略带喜剧特点的文学风格。

阿摩斯·奥兹很善于从人和人之间最紧密的关系——家庭关系、爱情关系和情人关系来入手，书写人性的多侧面。1968年，阿摩斯·奥兹出版了他的早期代表作《我的米海尔》。这可以说是一部爱情题材的悲剧小说，带有心理分析小说的浓厚色彩。小说的故事背景在阿摩斯·奥兹很熟悉的圣城耶路撒冷，小说中的叙述者是女主人公汉娜，这是一个充满了自主意识的女性，她幻想有美好的婚姻和爱情，并且很想嫁给一名学富五车的学者。但是，她遇到了地质系的学生米海尔，两个人很快坠入了爱河，不久就结了婚。婚后，米海尔忙于自己的事业，疏忽于和妻子汉娜的感情交流，使汉娜渐渐地感到了不满。但是，他们的婚姻又没有明显的矛盾和问题，这使汉娜的内心充满了挣扎、焦虑和愁闷。其实，她本人也有一些心理问题，最后，根据主人公的自述可以看出来，汉娜无力摆脱外表看来毫无问题的婚姻，同时她的精神也开始濒临崩溃，已经出现了自杀的倾向。《我的米海尔》对女性的心理分析非常细腻生动具体，有触目惊心之感。据说，汉娜的形象取材于阿摩斯·奥兹母亲的形象，是他向自己自杀的母亲的献礼。在小说中，阿摩斯·奥兹能够细腻地把握女性的内心世界，同时，还对以色列现代家庭关系进行了精妙的精神分析和社会学分析。

我想，阿摩斯·奥兹父亲和母亲的冲突，最终导致了他母亲的自杀，是阿摩斯·奥兹携带一生的巨大阴影，也是他后来离开家庭，走向广阔的社会并走向文学之路的源泉和动力。我感觉《我的米海尔》这部小说，最动人的地方还在于对耶路撒冷这座城市的精微描绘，以及对以色列人日常生活和情感世界的精确把握，因此，小说获得了巨大的成功，被翻译成了二十多种语言。小说中所呈现出的汉娜和米海尔的婚姻的一般情况，似乎描绘了一种人类的普遍状况，因此，《我的米海尔》成了阿摩斯·奥兹早期的代表作，也是他的最受读者欢迎的小说之一。

二

在阿摩斯·奥兹所写下的绝大部分小说中，其地理背景大都是耶路撒冷这座石头城和像"基布兹"这样的以色列所特有的集体公社组织。犹太人的文化传统和丰富的自我意识，是他小说的核心，而人性的复杂和幽暗在日常生活中的表现，是他的小说要着力呈现的重点。我有时候觉得他的小说有些保守和传统，在形式上似乎并没有进行过多的实验，没有突出的现代主义或者后现代主义小说特征，但是，他的作品却有着一种强度，其中总是洋溢着一种特殊的情调和氛围，那是一种犹太味道非常浓烈的文化小说的味道。这就像我阅读列夫·托尔斯泰的小说那样，他那种沉郁和悲怆的俄罗斯文化气息弥漫在小说中，掩盖了小说形式本身的笨重和拖沓。

阿摩斯·奥兹的前两部小说大获成功之后，他的第三部长篇小说《触摸水，触摸风》出版于1973，继续探讨着犹太人家庭内部的复杂关系，但是在题材上有所重复，并没有引起更大的反响。他的第四部长篇小说《沙海无澜》（1982）有点儿像《何去何从》的姐妹篇，这两部小说出版的时间间隔有十六年，小说的地理背景和《何去何从》一样，也放在了"基布兹"里。小说的叙述者是第三人称，描述一个在"基布兹"生活了二十二年的青年约单拿在沉闷的家庭环境里感到的不适应：他和作为政治家的父亲产生了冲突，和妻子的关系也很冷淡，这些都是约单拿想摆脱的困境，因此，他很想远走高飞。当一个俄罗斯青年哲学家来到他家做客，并引起了他妻子的注意时，他感到，时机来了，于是，他就趁着大家没有注意，悄然离开了家庭。他的离去使父母之间爆发了激烈的争吵，他妻子似乎也意识到什么，对在家中留宿的俄罗斯青年保持了距离。由此小说开始叙述约单拿离家出走后的经历，构成了小说最动人的部分。他一开始就想穿越可怕的沙漠地区，前往约旦的红石城。在危险的边境，他感受到了战争和死亡的威胁，在黑夜里，他想了很多，担心自己被巡逻边境的阿拉伯士兵射杀。到达边境后，他在以色列士兵驻扎的一座军营中留宿，并且和一个萍水相逢的女兵有了鱼水之欢。这一路上，他接连体验到了性爱的欢欣、死亡的威胁、黑暗中沙漠地带的空旷和无边无际。当他在兵营中听说约旦的红石城爆发了激烈的战斗冲突之后，就决定不再继续前行了，最终，他悄然返回了"基布兹"的家庭。他回来之后，大家如释重负，但是也感到了不解，问他到底去了哪里，看到了什么，他都讳莫如深，不想解释。不过，这次远足，使约单拿感受到了生命的脆弱和无常，人生的短暂和缥缈。他决定和父母、妻子一起好好相处，好好生活，也和那个喜欢他妻子，但却没有得到回应的俄罗斯青年哲学家一起友好相处，但也暗示了他和父亲那一代的隔膜将一直存在。在小说的结尾，他的父亲在日记里写道："冷漠的大地，神秘的苍天，永远威胁着我们的大海，还有那些草木和候鸟。死亡主宰着一切，连岩石也死一般地沉寂。我们每个人都有残酷的一面。每个人都或多或少地是个杀人凶手，即使没有杀人，也可能正在杀害自己。"小说以对人生某种不确定的复杂状态的描述，将主人公生活中展开的开放式的可能性，作为小说的结尾。

　　阿摩斯·奥兹小说的格局并不大，但是，他如同一个雕刻师，在细微处见长。1987年，他出版了长篇小说《黑匣子》，这是一部书信体小说。书信体小说在19世纪比较常见，在20世纪也有长足的发展。但是，从总体上说，处于衰落状态，我觉得这种小说形式显得比较笨拙，不容易往更深的地方开掘。可阿摩斯·奥兹能熟练地掌握书信体小说形式，还在其中加进去一些电报和其他文本，就使书信体小说显得不那么笨了。在这部小说中，他继续他最拿手的叙述经验，那就是，描绘男女关系的变化所导致的家庭问题和纠纷：阿里克塞和妻子伊兰娜最初的感情很好，他们结婚之后，也度过了一段热烈而幸福的时光，不久，人性中的复杂、他们性格的缺陷、男人和女人之间的控制欲和占有欲，使他们之间爆发了"战争"，结果，两个人分手了，在对方的生活里彻底消失了。七年之后，已经重新组建了新家庭的伊兰娜因为无法管教越来越桀骜不驯的儿子，不得不求助于前夫阿里克塞，于是，在他们的鱼雁往还中，小到这两个人过去的婚姻生活、现在的婚姻处境，大到以色列和犹太人在当代中东的地位和社会问题，纷纷有所涉及，以色列人与阿拉伯人的冲突等重大问题和现实境况也涌现出来，使小说如同一个有着巨大扇面的折光镜那样，将当代犹太人生活的全景画面都折射了出来。而小说在爱情、性、婚姻、代沟、种族、国家、政治等各个主题上，都有所探讨和挖掘，可以说是一部举重若轻的小说，而书信体的形式也发挥了其妙用，读起来妙趣横生，而"黑匣子"则是一个寓意丰富的象征。

阿摩斯·奥兹小说中的女性形象是非常饱满、突出和丰富的。1989 年，阿摩斯·奥兹出版了颇具争议色彩的长篇小说《了解女人》，更显示了这一点。小说的主人公约珥是一个以色列特工，他是以色列的情报机构"摩萨德"的成员，"摩萨德"是能够与苏联时期的"克格勃"、美国的中央情报局齐名的著名情报机构。作为一个特工，约珥有着超人的分析问题和解决问题的能力。但是，现在，他遇到了一个巨大的难题：在一个暴风雨的清晨，他的妻子不慎触电身亡，一个男邻居在前往救助的时候，也触电身亡。一个男人和一个女人都触电身亡，这个事件在当地引起了很大的社会震动，自然也会有一些非议和谣言。无法承受家庭分崩离析的打击，约珥就提前退休了。他打算对家庭有所补偿，开始和母亲、岳母以及女儿一起生活，亲自操持家务。在他的周围，都是和他有着最亲密关系的女人，因此，他也逐渐进入到一个女人的世界里。他忽然发现，由母亲、岳母和女儿所构成的这个女人的世界，和他的特工组织"摩萨德"完全不同，甚至是一个完全相反的世界……小说带有对主人公进行精神分析的风格，以细致精妙的笔触，描绘了这个"摩萨德"前特工的生活世界，把约珥寻找自我、发现自我的精神旅程描绘得深入浅出、淋漓尽致，还带有一点存在主义的味道。在小说的结尾，约珥到一家医院做义工，继续寻找生命的意义，也发现了妻子死亡的真相——妻子是清白的，所有的谣言都像是写在水上的文字一样随水漂走了。我觉得，在阿摩斯·奥兹的小说序列里，《了解女人》是一部相当突出的作品，它那浓厚的精神分析的笔调、注重心理描绘的手法、对女人精神世界的呈现，结合了一个充满了怀疑精神的男性特工的心灵悸动，都是非常到位的。《了解女人》可以说是一个男人发现自我之书，在他逐渐了解生活和女人的时候，他也找到了自己存在的意义和生活的意义。

从总体上说，阿摩斯·奥兹并不喜欢在小说的形式上做更多的探索和冒险，他的小说都有着现实主义的外壳，有些小说只能算是现实主义风格的微弱变形——书信体、精神分析和结构现实主义等，他对小说内部的时间和空间的运用都不突出。但是，在他的第七部长篇小说《费玛》（1991）中，就有了明显的现代小说意识：小说对限定时间内人物的活动有了精确的空间和时间感。这部小说明显受到了《尤利西斯》和《追寻逝去的时光》的影响。小说的内部叙述时间是从 1989 年 2 月 12 日到 1989 年 2 月 17 日这六天，主人公是一个中年男性诗人费玛，他的正式职业是一家妇科诊所的前台接待。小说似乎带有浓厚的自传色彩，不过，我经过仔细的阅读和分析之后发现，小说中的诗人费玛完全是生活中的阿摩斯·奥兹的一个反面。不过，他的主要生活经历和阿摩斯·奥兹很相像：费玛的母亲也是自杀而死。但是，和阿摩斯·奥兹不一样的是，费玛处理起自己的生活很弱智、很糟糕，他和妻子关系紧张，他的精神状态也不稳定，喜欢沉浸在自己的文学世界里。他怀念自杀的母亲，经常在梦中梦见母亲的形象，并且把她的形象不断地写成诗歌。他和妻子离婚了，妻子到美国定居后又和别的男人结婚了，他感到很内疚。他思想激进，带有犹太复国主义思想，但是，行动上却是一个矮子，非常迟缓。他诗歌写得很好，却又没有任何行动能力。总之，这部小说呈现了一个精神世界和外部生存景象严重分裂、非常普通和平庸的以色列当代人的生活状态，他在六天的生活里：吃饭、睡觉、交往、回忆、上班、性交——精细地描绘了他一边沉浸在琐碎的日常生活中，一边不断地通过自由联想和下意识的心理活动，对自己过去和女人之间的交往，对以色列当代政治、社会问题和文化处境做的联想和评述，以之来呈现出他的整个存在状态。比如，他还幻想和政府的内阁成员对话，在自己的大脑中虚构了一个一百年之后生活在以色列的人物，并且和这个虚构的人对话，探讨以色列的未来。

阿摩斯·奥兹把《圣经》与犹太经典著作《塔木德》中对以色列人日常生活和行为方式影响深远的文化辐射也投射到小说主人公的身上，对他的日常行为做了更为深入的分析，描绘出以色列人的深层文化心理积淀。我十分喜欢这部小说，它算是一部我中意的、小型的、经过了删节和某些修正的《尤利西斯》和《追寻逝去的时光》，以一种令人亲切而不是令人生畏的方式，把以色列人的生存景象带给了我们。和阿格农那样秉承了犹太人复国主义理想的第一代希伯来语作家善于描绘英雄人物不同，阿摩斯·奥兹属于第二代作家，他更喜欢把笔触放到普通人身上，以以色列普通人的存在状态，来折射出整个社会、国家、民族和人性的状态。这样的写作显得更平实、逼真，也更加亲切，具有了感染人的力量。

阿摩斯·奥兹说："我的小说主要探讨神秘莫测的家庭生活。家庭是古老的社会构成单位，大概也最为神秘。现代中国和以色列之间尽管差别很大，但我相信，我们在家庭生活的组合、家庭生活的温情等方面有共同之处：传统和现代、价值观念与情感通常带有普遍性。"1994 年，阿摩斯·奥兹出版了长篇小说《莫称之为夜晚》。小说描绘了年龄差异比较大的一对夫妻之间的故事：西奥和诺雅在南美洲某个国家旅行的时候相识，并且很快成为情侣，两个人一起回到了以色列的一座偏僻的沙漠小城市结婚并居住下来。但是，随着他们婚姻生活的展开，以色列沙漠小城的那种沉闷、闭塞的氛围，逐渐地吞噬了两个人的生活。这两个人的婚姻生活从表面看非常平静，但是内里却充满了角逐、争斗和埋怨。西奥由过去的战斗英雄变得猥琐和沉默，而他担任中学英语教师的年轻妻子诺雅，则以和其他男人发生性关系的方式来排遣生活的平庸和内心的郁闷。后来，诺雅开始帮助一个从俄罗斯回来的犹太音乐家，试图寻找生活的重心所在。《莫称之为夜晚》在叙述上带有轻盈的语调，以夜晚般的从容、神秘和幽暗，描绘出人性的幽暗和温暖交织的微妙。

阿摩斯·奥兹在这部篇幅不长的小说里，显示了他卓越的叙事才能，那就是，他没有只是去描绘一对似乎不那么匹配的夫妻之间的悲剧生活，而是把两个人的生活延展开来，扩大到社会学的层面，将 20 世纪 90 年代以色列人的精神面貌和生存处境表现了出来，这就是阿摩斯·奥兹的高明之处。而反观那些水平较低的小说家，他们往往会对夫妻关系的远近和互相背离处进行精微刻画，但是却看不见其背后的社会背景和文化背景，更看不见人性中更为丰富和复杂的内容。所以说，阿摩斯·奥兹是属于那种典型的善于以小见大，从描绘家庭出发，进而描绘以色列人、以色列社会乃至全体人类共通性的大作家。

阿摩斯·奥兹后期的长篇小说还有《地下室中的黑豹》（1995）、《一样的海》（1998）等，因为没有中文译本，我没有读到过。除了早期的短篇小说集《胡狼嗥叫的地方》，他还出版有两个中篇小说集《一直到死》（1971）和《鬼使山庄》（1976），都是从很小的地方切入到人物的内心，然后展开一个细腻的微观的世界，在形式上也更加灵活，是他长篇小说序列的重要补充。

三

2002 年，阿摩斯·奥兹推出了迄今为止他最厚重的长篇小说《爱与黑暗的故事》。这部小说翻译成中文在五十万字左右，是阿摩斯·奥兹的小说中篇幅最长的。可以说，阿摩斯·奥兹在写这部小说的时候，动用了他最重要的写作资源，那就是，他的家族历史。《爱与黑暗的故事》将以色列百年风云浓缩在一个家族的历史和生活中。小说的设计可以说是雄心勃勃的，可以看出阿摩斯·奥兹的宏大追求和超越自我的努力，因为写作这部小说的时候，他已经越过了六十岁的门槛。看来，他一般不轻易动用自己的一些写作资源，不到觉得能够完整和彻底使用那个资源的时候，他就不去动它，直到感觉到成熟了，感觉到小说将破土而出了，他才下笔。小说将犹太人和阿拉伯人两大民族之间的百年恩怨展示了出来，20 世纪发生在中东地区的重大历史事件，在小说中都有回声，并且影响着这部小说中的人物命运。小说的叙述者是第一人称"我"，也就是作者的化身，从他自己的出生写起，然后展开了一个家族三代人的命运。他的祖父母是在 20 世纪最初的 20 年里，从波兰和乌克兰移民到巴勒斯坦的，他们深受犹太复国主义思想的影响。在他们的理念感召下，第二代，也就是叙事人"我"的父亲，被祖父母寄予了很高的希望，祖父母希望儿子在《圣经》和《塔木德》等典籍的滋润和照耀下，能成长为一个大知识分子和学者，而不是成为受到当时一些激进思想影响的人。但是，到了"我"这一辈，则对上述两代人都产生了叛逆思想。当"我"的母亲自杀之后，叙述者"我"就离开了家庭，毅然来到了"基布兹"，成为老派的犹太人家庭在文化上和思想上的叛逆。最终，"我"在艰难地求生存的道路中，逐渐成为一个著名作家，实现了自我的价值，也实现了祖父母对后代的希望。

阿摩斯·奥兹自己说过："我写了一部关于生活在火山口下的以色列人的小说。虽然火山近在咫尺，人们仍旧坠入爱河，感受嫉妒，梦想升迁，传着闲话。"在他这部最厚重的小说当中，爱和黑暗像水一样滋润和漫漶。阿摩斯·奥兹将自己的家族故事与以色列的历史演变和处境完美结合，给我们描绘出以色列人的现实处境和整个当代人类社会的现实处境。

我看到，在书写爱与善的主题的时候，阿摩斯·奥兹更像是一个温情的男人，一个善良的教士，一个慈祥的父亲和兄长，一个温和的、被女人所喜欢和钟情的男人。在他的很多小说中，他都在描写男人与女人应该如何相处，人与人之间应该如何互相尊重和互相爱护，不同的种族应该如何在文化差异中寻找共同点，然后，共同生存下去。

阿摩斯·奥兹 1995 年出版了一部篇幅不大的长篇小说《地下室的黑豹》，这是一本从少年角度观察成人世界的书，呈现了 1947 年，巴勒斯坦地区脱离英国人的管辖，以色列建国前夕的情况。小说虽然没有直接书写犹太人和阿拉伯人的冲突，但是却追寻了冲突的根源。小说主人公是一个十二岁的孩子，他观察的直接对象就是自己的父母。通过对父母的观察，以及他和一个英军士兵的来往，将当时的历史氛围以成长小说的视角给予了绝妙的呈现。最后描写了无比宏大的主题：背叛和爱，民族主义和战争，成长的烦恼和困惑，等等。小说的内容看似轻巧，其实背后蕴含的深意和涉及的主题却很庞杂博大。小说语言纯净，简洁，生动，具体，是一部不可忽视的作品。

阿摩斯·奥兹对小说的形式感非常在意和重视，他的小说总是先找到要表达的东西，继而为小说寻找到恰当的形式感。1999 年出版的诗歌体小说《一样的海》，可以说是他小说中的另类，至少在小说的形式感上来说是这样。诗体小说这种样式不说已经完全死亡，也是大为式微了，因为诗体小说的叙事功能被散文体小说完全占据并放大，因此，诗体小说不仅难写，读者也不大爱看了。但阿摩斯·奥兹的这部诗体小说，让我在阅读的过程中产生了浓厚的兴趣，因为它是那么的生动。这部诗体小说每一节都像一首很短的诗歌片段，不超过一页，叙事的节奏在抒情诗歌的篇幅中推进，甚至有些像一出诗剧，因此显得不那么冗长和疲乏。这本书讲述的是六十岁的阿尔伯特的家庭成员之间的故事，继续着阿摩斯·奥兹擅长的家庭主题，在家庭环境中，展现了人性的丰富和微妙。一样的海，但却是不一样的人。

阿摩斯·奥兹最新的长篇小说是出版于 2007 年的《咏叹生死》，这个时候，阿摩斯·奥兹已经六十八岁了。年迈的感觉袭击了他的心灵，使他体验到死亡和生命的存在感。小说在探讨生命和死亡的意义上，有着全新的呈现。可以说，阿摩斯·奥兹总是能够将自我的体验不断地放大到人类的境遇中，去呈现尖锐和疼痛的一面。2009 年，他又出版了篇幅较短的长篇小说《生死诗韵》，讲述了一个喜欢观察当代以色列人生活的作家，一天夜晚所遭遇的故事。小说带有沉思性，将一个作家创作内外的思考和对生活的观察巧妙地结合了起来。

在中文的阅读世界里，阿摩斯·奥兹为我们全面打开了通向以色列人心灵世界和现实处境的门和窗户，让我们看到了以色列人的生存图景和生命体验，他们的悲欢与歌哭，他们的焦躁与不安，他们的精神状况和宗教世界的苦闷和欣悦，他们寻找心灵家园和文化故乡的哀愁。阿摩斯·奥兹用他的十三部长篇小说和其他大量的中短篇小说、政论随笔、文学文化评论以及儿童文学作品，为我们建立了一个丰富的文学世界。

阿摩斯·奥兹热切地关心现实，出版有文学评论和政论随笔集《在炽热的阳光下》（1979）、《在以色列的国土上》（1983）、《黎巴嫩斜坡》（1987）、《局势报告》（1992）、《天国的沉默》（1993）、《以色列、巴勒斯坦与和平》（1994）、《我祖母的真正死因》（1994）、《故事的开头》（1996）、《我们所有的希望》（1998）等十多部，因此，阿摩斯·奥兹还有另外一个形象——呼唤和平的斗士。这个和平斗士的形象，是那么巧妙地和他温和犀利的小说家形象结合在一起，共同成为一个统一的阿摩斯·奥兹。他从来都是敢于担当社会责任的——他是当代以色列少数的公共知识分子，多年来，他不断地通过小说、政论和散文随笔作品，对困扰以色列人生存的重大社会问题发言，大胆批判，对巴勒斯坦和以色列之间的纷争，不断呼吁采取和解与和平的方式来解决，这些都是很多人所欣赏的，也是一些以色列极右人士所痛恨的。在战乱和恐怖事件不断出现在中东地区人民生活中的今天，在炮火和死亡的恐惧仍旧笼罩在巴勒斯坦和以色列人民头上的今天，作家何为？阿摩斯·奥兹做出了有力的回答，那就是，作为一个文化勇士和社会活动家，他呼吁和平，以他并不宽大的身影，发出了有力的声音，成为中东和平曙光中出现的报喜天使。

我想，阿摩斯·奥兹首先是爱与善的书写者。在他的多部小说里，家庭和爱情生活所导致的人性复杂的变化，是他不断书写和探寻的主题。他的每部小说里都在讲述爱——这种在今天这个世界里越来越稀缺的东西是如何被我们每个人所渴望，如何被我们每个人所梦寐以求的故事，因为爱是我们每个人、每一天都需要的氧气一样的东西。但是，对爱的追寻，却因为文化、政治、经济、社会、人种种种原因，其过程变得艰难而复杂。而讲述当代人类社会追寻爱与善的艰难的故事，正是阿摩斯·奥兹的拿手好戏。因此，他才获得了很多褒奖，包括了法国费米娜文学奖、德国歌德文化奖、西班牙阿斯图里亚斯王子文学奖等国际大奖，也成为近年诺贝尔文学奖有力的竞争者。

这次读者见面会上，我在欢迎阿摩斯·奥兹致辞的结尾，说："中华民族和犹太民族都是饱经沧桑的古老民族。阿摩斯·奥兹在致中国读者的一封信中曾经说，'我不但希望我的小说能让富有人情味儿的中国读者感到亲切，而且，要在战争与和平、古老文化身份在现代的变化、深厚文化传统的重建与改变方面，唤起人们对当代以色列状况的特殊兴趣。'我想，阿摩斯·奥兹的希望，肯定能够在有着相似的复杂文化处境、经受同样巨大变革的中国完美地实现。而阿摩斯·奥兹本人来到了中国，更说明了这一点。"

推荐书目

《以色列的瑰宝》，何大明译，河南人民出版社 1993 年 6 月版

《何去何从》，姚永彩译，译林出版社 1998 年 8 月版

《我的米海尔》，钟志清译，译林出版社 1998 年 8 月版

《了解女人》，傅浩等译，译林出版社 1999 年 6 月版

《沙海无澜》，姚乃强等译，译林出版社 1999 年 10 月版

《费玛》，范一泓等译，译林出版社 2001 年 3 月版

《黑匣子》，钟志清译，上海译文出版社 2004 年 4 月版

《莫称之为夜晚》，庄焰译，南海出版公司 2006 年 4 月版

《鬼使山庄》，陈腾华译，南海出版公司 2006 年 6 月版

《爱与黑暗的故事》，钟志清译，译林出版社 2007 年 8 月版

《咏叹生死》，钟志清译，浙江文艺出版社 2010 年 1 月版

《胡狼嗥叫的地方》，郭国良等译，浙江文艺出版社 2010 年 7 月版

《故事开始了》，杨振同译，译林出版社 2011 年 1 月版

《一样的海》，惠兰译，译林出版社 2012 年 6 月版

《地下室的黑豹》，钟志清译，译林出版社 2012 年 6 月版

《忽至森林深处》，钟志清译，译林出版社 2012 年 12 月版

安部公房：面对墙，寻找门

一

　　安部公房是日本 20 世纪最伟大的小说家和剧作家之一。三岛由纪夫曾经说过："安部公房的创造性和深刻的寓意，对日本现实产生了巨大的冲击力……充分展示了其文学天才。" 大江健三郎在获得了诺贝尔文学奖之后，也十分谦虚地说："如果安部公房健在，诺贝尔文学奖这个殊荣非他莫属，而不会是我。"

　　日本，作为中国的近邻，其文学的发展在整个 20 世纪里都有着长足的表现。国运和文运有时候是相辅相成的，有时候又适得其反。在 20 世纪里，日本给世界贡献出了不少的小说大家，夏目漱石、芥川龙之介、川端康成、谷崎润一郎、三岛由纪夫、安部公房、大江健三郎、村上春树，等等，个个都是具有世界影响的小说家。一次，和一个对日本文学很心仪的作家聊天，他说，以 20 世纪作为一个大的时间尺度来观察，日本文学的总体水平，要高于中国 20 世纪文学的总体水平。我反问他，是不是日本出了两个诺贝尔文学奖的获得者，你才这么说？他说，不是的，他随后列举出一系列包括上述作家的名单，请我也列出中国大作家的名单来比试一番。我对他的这个判断不做评价，姑且算一种说法吧。在亚洲，日本深受"脱亚入欧"思想的影响，从明治维新时代开始，就走上了全面西化的道路，并在西化的过程中还使自己的文化传统具有了现代再生的能力，从而成为亚洲现代化之路上的先行者。在动荡和混乱的20世纪里，包括日本和中国在内的亚洲国家命运多舛，经历了十分艰难曲折的发展历程。如今，在整个国家的现代化程度上，日本显然要超出中国很多，而我们似乎对这个近邻却缺乏真正意义上的了解，因此，研读日本20世纪重要作家的作品，就十分必要。

　　1924年，安部公房出生于东京，后来，他跟随父母来到中国，并在辽宁沈阳这个中国东北最大的城市里念了小学和中学。他父亲在沈阳一所医科大学担任教授，母亲则醉心于文学，在安部公房很小的时候，母亲就指导他阅读了很多世界经典名著。1940年，安部公房跟随亲人回到了日本，1943年，十九岁的安部公房考上了日本东京帝国大学医学系，学习临床医学专业。在这个时期，他喜欢搜集昆虫标本，阅读奥地利诗人里尔克的诗集。1944年，厌恶战争的安部公房为了躲避兵役，休学来到了沈阳。这个时候，日本侵华战争已显露出败象，安部公房就更加沉浸到精神的世界里，他阅读了欧洲存在主义哲学家萨特、雅斯贝尔斯、海德格尔等人的著作，受到了很大的影响。1945年8月，日本宣布投降之后，他被遣送回日本，在东京大学继续学习。毕业之后，他并没有去从事医生的职业，而是走上了文学道路。这是安部公房早期的生平情况。日本一些研究者认为，正是安部公房在中国作为离散侨民的生活和日本战后失败景象对他的刺激，在他的脑海里形成了沙漠般荒凉的时代感受。他深刻体验到了个体生命的孤独感，并将之升华成一种时代情绪，并在孤绝的状态里去寻求意义和希望。这个寻求希望的举动，对于安部公房来说，就是弃医从文，投身于文学，去寻求一个有意义和价值的世界。

　　安部公房很早就开始了自己的文学生涯。1947年，二十三岁的安部公房自费出版了诗集《无名诗集》，诗风艰涩、怪异，受到象征主义和超现实主义诗歌的影响，表达了二战结束之后日本青年人的彷徨与苦闷。1948年，他参加了在东京成立的现代派作家沙龙"夜之会"，这个沙龙由一群醉心于欧洲现代派文学的青年诗人和作家组成，大家经常在夜晚聚在一起，探讨以现代主义文学的技巧，去表现战后日本的社会现实的可能性。同一年，他的处女作长篇小说《终道标》由真善美出版社出版。这部小说在写法上还显得稚嫩和生涩，讲述了几个年轻人的生活，虽然有些变形，但还带有现实主义的底色。1950年，他发表了短篇小说《赤茧》，第一次表现出自己鲜明的存在主义小说风格：小说的主人公是第一人称的叙事者"我"，他在无边的都市中漫游，却找不到自己的家，他在都市中不断行走，在寻找家园的过程中，竟然逐渐地退化和缩小，结果，他竟然变成了一个空空如也的赤茧，"我"消失了，自我变成了空洞的茧。这种带有荒诞感和异化感的风格，在他后来的小说中逐渐地加强。

1951年，安部公房出版了中短篇小说集《墙》，并以中篇小说《墙——S.卡尔玛氏的犯罪》获得了日本最重要的文学奖、第二十六届"芥川小说奖"，从而一跃登上了日本文坛。《墙》翻译成中文有六万多字，故事情节怪诞夸张，带有超现实的特征，描绘了一个社会边缘人在二战后高速发展的日本社会中，人格的异化和精神世界的荒芜。这个人是一个地位卑微的公司职员，有一天，他忽然被解雇了。丧失了工作之后，他不仅在社会上逐渐失去了自己的名字，变成了一个无名无姓的人，还被列为危险人物受到了社会的排斥，到处遭白眼，一些横祸也飞临头顶。到后来，连他的衣服、帽子、鞋袜都开始造反了，都开始和他作对了。最终，他异化成一个无足轻重的人，"永远处在被告的地位"上。

有意思的是，在安部公房的笔下，《墙》中的主人公即使遭到了这样的厄运，他也不反抗、不申辩，而是接受了强加到他头上的一切，宁可任人摆布，丧失自我也无所谓。因为，似乎有一面墙摆在他面前，他却永远都冲不过去，这无形的墙仿佛是一副纸手铐一样，以别样的方式禁锢了他。在小说的结尾，主人公被人按到了墙上，"'他'立刻意识到那就是在'他'胸部的旷野中正在成长的墙壁。一定是墙壁已经长得更大了，已经填满了'他'的整个身体。抬起头来，在窗户上映出了自己的影子。已经不是人的模样了。好像是从一块方形厚板上，杂乱无章地向外伸出手、脚和脖子一样。过了不久，手、脚和脖子也像被钉到鞣皮板上的兔子皮一样被拉长、扯紧，终于，'他'整个的身体完全变成了一堵墙壁。一望无垠的旷野。我就是在旷野中的，静静地，永无休止地成长下去的墙壁"。主人公发现，他被墙包围和挤压着，最终，他变成了墙本身。从这篇小说的故事情节可以看出，他深受卡夫卡等作家的影响，以离奇、荒诞和可怕的描写，将日本人在现代化过程中的异化感，描绘成令人触目惊心的存在，借此来书写人类普遍存在的一种状态。

1952年，安部公房出版了短篇小说集《闯入者》和《饥饿的皮肤》，继续他对现代人异化问题的探讨。其中，短篇小说《饥饿的皮肤》描绘一个生活失意的男人向一个女人复仇的怪诞故事。最终，男主人公使他极端厌恶的一个女人遭到了惩罚，但是，在小说的结尾，却发生了离奇的变化："……我每天反复读着那则有关女人的报道。于是，有一天，我注意到了一件不可思议的事：原来写着女人名字的地方，不知何时竟变成了我的名字。然后，某一天，我的皮肤感觉到类似死亡的不安的冰凉，变成了墨绿色。"惩罚那个女人的结果，是他自己也成为受害人。

安部公房的短篇小说，几乎每一篇都深深地打着自陀思妥耶夫斯基肇始、经过奥地利作家卡夫卡不断地探寻的、在萨特和加缪那里得到深化的、对人的异化和存在进行深刻质询与发问、呈现与书写的印记。比如，短篇小说《狗》中，讲述了第一人称叙述者、画家"我"对狗的厌恶和他自身婚姻之间的关系："我最讨厌狗了，瞧着它就憋气，可我还是结了婚。狗和结婚纯粹是两码事，这我当然明白。不用说，对我而言狗的问题比结婚还重要。"主人公和一个模特结婚了，但是，模特提出来必须要带一条狗一起生活，否则就不能和主人公结婚。于是，他不得不答应，他们最终结婚了。男主人公虽然接受了狗在他们生活中的存在，但是和狗的较劲与斗争，则持续地在他的生活中进行。狗的存在使主人公感到他的日常生活变得很紧张，使他的婚姻出现了异样的变化。小说以人、狗和婚姻的关系，来折射现代人对婚姻的不适应和内心紧张的景象。可以说，安部公房的短篇小说大都寓意深刻，他很善于将人的存在状态以鲜明的象征物和生动变形的细节来呈现。

在短篇小说《梦中的士兵》中，一队拉练的士兵要经过一个被冰雪覆盖的山村。但是，村里也有在外边当兵的，这个封闭的山村很害怕有逃兵逃回来，因为逃兵事件很容易发生。于是，在部队经过的时候，村子里布置了警察，大家如临大敌，不断地讨论如何防范。果然，不久，村长接到了报告，说是发现了一个逃兵正在向村里的方向走来。村里立即布置力量进行防范，并且通知大家关闭门户，不允许接待那个逃兵。整个村子都严阵以待，"全村都沉浸在一片静谧和黑暗中，动物般的不安笼罩着整个村庄"。结果，第二天，有一具尸体被发现了，果然，那是一个逃兵的，他是卧轨死的。而他的父亲，正是布置警察和其他村民防御逃兵的村长。我想，这篇小说要传达的，是二战期间日本人精神状态的紧张感，安部公房借助防范外来的逃兵，来关照日本人的精神面貌，进行了一次绝妙的、萨特所说的"他人就是地狱"的存在主义思想的文学呈现。

二

1954 年，安部公房出版了长篇小说《饥饿同盟》，并且，他开始投身于电影剧本和戏曲剧本的创作。1956 年，他出版了短剧集《R62 号的发明》。这段时间，是安部公房小说创作和戏剧创作并重的时期。

安部公房一生所写下的十部长篇小说的篇幅都不很大，大都在中文十五万字左右。《饥饿同盟》的篇幅在十万字出头，讲述了一个荒诞的故事。在战后日本的社会背景下，一些被社会抛弃和排斥的人建立了一个秘密组织，这个秘密组织就叫作"饥饿同盟"。他们把生存的唯一希望寄托在地热发电这个行动上，只有这样，才能够改变他们的生存环境。但是，在计划即将成功的时候，遭到了镇长和当地恶霸的阻止，地热开发项目被他们抢走了。小说讲述了一群无望的人是如何怀抱希望去开发新项目，最终却功亏一篑的故事，以此象征了二战结束、日本军国主义彻底覆灭之后，生活在日本社会底层和边缘的民众们，他们在追求幸福生活过程中的艰难和遭遇，描绘了普通日本人的希望和绝望。小说从表面看是现实主义风格，在细节和情节的刻画上，都很讲究，都很具体。但是，小说的内里却有着存在主义思想的内核，是对存在的探讨和呈现。

可以看出，安部公房是一个有着强烈社会责任感和批评能力的作家，他善于将社会问题以象征和荒诞的方式加以呈现，以变形和夸张的方式聚集成焦点。

1957 年，作为一次出访东欧的副产品，安部公房出版了游记和随笔集《东欧行——匈牙利问题的背景》，将匈牙利社会状况进行了分析，犀利地观察到当时的社会主义国家匈牙利存在的问题。同年，他出版了长篇小说《野兽们奔向家园》。这部小说的篇幅也不大，安部公房利用自己曾经在中国东北生活过的经验，描绘了第二次世界大战结束之后，共产党、国民党、苏联人和日本侨民等几种政治力量在东北的存在及相互的角逐。在这部小说中，有一个安部公房自己的化身存在：主人公作为日本侨民生活在中国东北，他不清楚即将到来的社会变化，也不清楚各种政治力量和军事集团的关系，但是，他逐渐感到了威胁迫近，感到了死亡、疾病、压力的普遍存在，最后，主人公作为侨民被遣送回故乡。总体情节和他在 1944 年因为躲避服兵役而来到沈阳，次年日本战败之后被遣送回日本一致。小说的题目叫作"野兽们奔向家园"，意思就是，一个存在于世界上的人，如果想像野兽那样自由地奔跑在世界上，是相当困难的。在这个世界上，到处都是社会体制、政治制度、军事力量的存在，人们最终都要被一种制度、一种社会习俗所统摄，人不可能像野兽那样自由自在地存活在世界上。

在这个时期，安部公房还出版了评论集《文学电影论》和《将计算机的手移在猛兽的心》，这两个集子收录了他关于电影、文学、时代和人的存在等问题的评论和探讨文章，足见其对日本社会犀利和敏锐的观察与批判。在写小说和随笔的同时，安部公房还把很多精力投入到戏剧创作和演出上。1958年，他出版了剧本《幽灵在此》。这是一出讲述日本人在战后的商业社会里无法适应、生活中矛盾重重的戏剧：一个男子感到自己被社会所抛弃和湮没了，于是，为了发出自己的声音，他到处张贴"高价收购死人照片"的招贴，来向有权势的人挑战。全剧中，一个幽灵似乎一直存在着，但是却并没有上场，而新闻记者、市长、金融业职员和企业职员、服装模特等纷纷上场，共同演绎了一出带有荒诞风格的活剧。

这个阶段，安部公房逐步进入到创作的高峰期，佳作不断推出，题材也显得开阔。1959年，安部公房出版了带有科幻色彩的长篇小说《第四个冰期》。1960年，新潮出版社出版了他的长篇小说《石头的眼睛》，这是一部描绘在日本现代社会激烈竞争的情况下产生的异化问题的小说。1962年，安部公房又出版了他的代表作、长篇小说《砂女》，次年，这部小说获得了第十四届读卖文学奖，使他在大众中的影响和声誉大增。

《砂女》是一部最能显示安部公房艺术风格和追求的小说，也是他在世界上影响最大的作品，1964年，这部小说被改编成电影，并获得了法国戛纳电影节的评委会大奖。电影的流布使小说的影响扩展开来。写作《砂女》这部小说，安部公房动用了他早年在东京帝国大学医学系学习期间，喜欢搜集昆虫标本的一些体验。这部小说的情节本身带有强烈的寓言性和荒诞性质，讲述一个昆虫学家前往海边的一个砂丘地带，去搜集昆虫标本，结果，他在一个女人的诱惑下，不慎落入一个巨大的被砂丘包围的洞穴里。那个女人就居住在洞穴里。她是一个寡妇，这是她设计的结果，她希望昆虫学家留下来，和她一起生活。但是，昆虫学家却觉得自己落入到一个陷阱里，被扣押和绑架了，他渴望尽快逃走。于是，他开始了自己的逃跑历程。但是，无论他采取什么样的逃跑方式，都无法离开这个巨大的洞穴。周边的砂丘令人绝望地耸立，砂石滚动，人很难爬到洞穴的上方。在一次次的失败中，他和那个引诱他进入洞穴的女人之间的

253

关系，也由敌对逐渐变得友好了，他也开始意识到，他可能还有另外一个自我，可以和恶劣环境和平共处、可以和这个敌对的女人相处下去。在小说的结尾部分，女人因为宫外孕被吊索拉走，送到医院去治疗了，吊绳就垂悬在昆虫学家的面前，昆虫学家获得了一个绝佳的、可以逃跑的机会，但是，他却改变了主意：与其逃跑，不如在洞穴里存在下去，因为洞穴里的生活也很好，安全、潮湿、宁静，具有可以和外部可怕环境对抗的条件。昆虫学家想，"逃亡，在那以后的第二天考虑怕也不迟"。在小说的最后，法院下达的有关失踪人员登记的催促通知说明，这个昆虫学家最终也没有离开那个洞穴。

《砂女》是一部寓意复杂的小说，是自现代主义诞生以来最重要的小说之一。对《砂女》的解读也是多方面的，我就觉得，它完全可以和卡夫卡的小说《变形记》和《审判》相媲美。在呈现现代人的异化、孤独、精神异常和焦虑方面，在亚洲作家中，安部公房是最为深刻的。《砂女》也注定和卡夫卡的《变形记》《城堡》等作品一起，成为现代主义的经典作品。

1964年，安部公房出版了长篇小说《他人的脸》，这也是他的一部力作。小说的主人公是一个男人，在一次意外的事故中，他丧失了他的脸——这个可以标明为他之所以是他而不是别人的特征和器官，于是，一些巧妙和奇怪的遭遇就在他的身上发生了。和中篇小说《墙》中那个失去了自己姓名的男人一样，这个失去了自己的脸的男人，生活从此开始了变化。他的同事开始排斥他，妻子拒绝和他过性生活。为了从妻子那里得到原初的爱情，他请人制作了一个面具，去诱惑他的妻子和他做爱，试图找回真实的自我。但是，他还是无法确定自我的身份，在迷途中他越走越远。最终，他决定告诉妻子，他是在利用他人的脸和他妻子发生性关系，但是妻子也告诉他，她知道这个事实和真相，已经原谅他了，这使他再次陷入一种自我认同的绝境中。小说的主题深刻而复杂，可以说，《他人的脸》探讨了现代社会中自我和他人、个体和社会、内心和外部现实之间的激烈冲突，在文学创作的层面上，超越了一个所见即所得的现实主义的文学书写模式，创造出一个崭新的、抽象而意义丰富的文学空间。

在1964年，他出版了《没有关系的死》《心中的都市》这两部随笔和戏剧作品集。1965年，安部公房又出版了戏剧剧本《夏本武扬》，这是一出讲述古代日本武士生活的戏剧。由此看来，在整个20世纪60年代，安部公房都是相当活跃、创作力相当旺盛的。1967年，他出版了长篇小说《燃烧的地图》，这是他的又一部小说佳作，可以看作是《砂女》的某种呼应和续篇。

《燃烧的地图》这部小说有一个侦探小说的外壳，但是其所包含的寓意却很深刻，讲述一个私人侦探接受了一个委托，前往一座城市去调查一个突然失踪了的男子的故事。最终，所有的线索都中断了，在都市的迷宫中，这个侦探逐渐失去了自我，他在搜寻目标的过程中忘却了目标的存在和他自己的使命。最终，他烧掉了已经不能给他指示方向的地图，在如同沙漠一样荒芜的大都市中，他感觉到自己反而成了一个被追踪者，有不知名的追踪者正在追踪他，于是，他开始了自己的逃亡，由一个追踪者变成了一个逃亡者。小说表达了人在高度商业化和都市化、物质化的世界里生存的强烈不安感，以侦探小说的形式，一步步地将读者引入到一个精神的绝地里，去进行绝对思考。

《燃烧的地图》这部小说还被拍摄成电影，影响不小。1967年，法文版《砂女》获得了法国最佳外国文学奖，深受欧洲读者的欢迎，安部公房在西方的影响日益扩大，成为日本现代派小说的第一人。1969年，他出版了戏剧剧本集《朋友们》，收录了那个时期他创作的一些剧本。1970年，新潮社推出了《安部公房戏剧全集》和《安部公房集》，后者收录了他当时发表的主要小说作品。1971年，他又出版了评论集《内在的边境》，收录了他关于存在和人心、社会与个体、制度和人性的思考。1973年，安部公房创办了"安部公房话剧工作室"，大力推动戏剧演出。从他一生参与的文学活动来看，他参与最多的就是戏剧。戏剧作品在他的创作中，也占有十分重要的位置，值得专门研究。

三

安部公房的后期作品显得越发纯熟，比如他的代表作之一、长篇小说《纸箱里的男人》就是这样，这部小说出版于1973年，小说的情节怪诞，描述一个钻进纸箱子里的男人在现代都市中的生活。小说一开始，引述了一则报道：《上野·流浪汉大整治，今晨全线出击拘捕一百八十人》，讲述警察抓捕流浪汉的情况，并且以引用一位流浪汉的自述的方式，构成了小说的全文。"这是一份在纸箱中度日的男人——箱男的实录。现在，我在纸箱中作这份自述。这纸箱，是一个从头往下套刚好捂住腰部的包装箱。方才说的箱男，其实就是我本人。也就是说，现在是：箱男在箱中作箱男的自述。"

小说从纸箱是如何制作成的说起，描述了这个都市流浪汉，试图在纸箱子里生存，并且通过一个窥视孔来观察外部世界。同时，有意思的是，在这座城市中，还出现了一个假的箱男，和真箱男之间发生了错综复杂的冲突。箱男还喜欢上了一个女护士，和她之间有着情爱关系。一个生活在纸箱子里的男人，在现代都市中游走，他是在和外部的世界隔绝，还是想以纸箱作为保护，达到和世界的平衡？他是想以这种方式反抗，还是要与世界做无谓的游戏？在这部小说中，安部公房展开了他非凡的想象力，以令人吃惊的叙述，呈现给我们一个悬置的人类存在的困境。

1974年，安部公房的戏剧作品集《绿色丝袜》获得了读卖文学奖。1975年，他还获得了美国哥伦比亚大学人文科学荣誉博士学位。次年，安部公房出版了长篇小说《幽会》。1980年，他出版了评论集《通往都市的电路》，对高度现代化和都市化的东京文化进行了审视。这个阶段，是他后期创作生涯中出版作品比较多的时期。

1984年，安部公房出版了长篇小说《樱花号方舟》。这是安部公房生前写作的最后一部长篇小说。我们知道，樱花是日本的国花，方舟是一条上帝惩罚堕落的人类的时候，让一部分人和动物逃生的船。从小说的题目上看，显然，安部公房是以方舟比喻日本社会本身。这部小说带有科幻小说的特征，但是其内在质地则是黑色幽默的，滑稽荒诞的。小说探讨了核武器时代人类应该如何和谐相处的问题，借助《圣经》中关于诺亚方舟的记述，把背景放到了当代日本一个用现代技术建造的、可以抵抗核战争的避难所——一个海边的废石矿。只有被挑选的人才可以进入这个废石矿。于是，谁能够进入这个避难所，谁就有权力去挑选避难的人选。小说塑造了一群怪诞的人，他们在各自欲望、私利的驱使下，演绎出一出荒唐戏。安部公房是一个能够敏锐地观察社会，准确地把握时代风向和敏感神经的作家，这部小说可以说是对核武器时代人类处境的一个文学提醒。

1986年，六十二岁的安部公房出版了评论集《急欲轻生的鲸鱼群》，对日本当代的文化处境进行了犀利的批评。此后，他的身体每况愈下，1993年1月22日，安部公房去世。

安部公房的小说总是将人忽然就甩入到一个绝望的处境里，然后让这个人物去寻找可能的希望。你看，无论是变成了茧、面对到处都是墙的人，还是失去了姓名和脸的人，或者是掉入到洞穴里的昆虫学家、进入到箱子里去生存的男人、在都市中寻找自我的失踪者和调查者，都在继续着对希望的寻求。安部公房认为，希望是绝望的形式，绝望是希望的形式，这两者之间不是对立的，因为方舟总是给人们带来逃脱噩梦的最后希望。

　　谈到 20 世纪的日本文学，很多中国读者对川端康成、三岛由纪夫、谷崎润一郎这几位小说家很熟悉，他们的作品也不断地再版，《雪国》《金阁寺》和《细雪》等，都是我们耳熟能详的作品。但是，我觉得，如果以 20 世纪现代主义小说潮流的演变来看的话，上述几位作家的重要性不如安部公房。首先，安部公房在二战之后秉承了法国存在主义思想，并把这种思想进行文学化书写，创作出一系列能够和西方现代主义文学进行对话的日语作品，和西方现代主义小说遥相呼应。其次，在日本发起的侵略战争惨遭失败之后，作为"战后派"作家群的代表，安部公房率先表达战争、核时代和商业社会带给人的异化感和苦闷彷徨。他以极具创造性和个性的写作，继承了自卡夫卡以来的荒诞派、表现主义和存在主义文学的手法，使世界看到了日本文学的新风采。当时，曾经访问过日本的意大利著名作家莫拉维亚说过："日本没有现代派、先锋派和前卫文学。"而安部公房的出现，则打破了这种傲慢的说法。正是安部公房，勇敢地把欧洲现代主义小说潮流吸收融合，进行了创造性的转化，完成了"小说的大陆漂移"转移到亚洲的重要一步。这也就是我那么喜欢和推崇安部公房的原因。

原载《西湖》2010 年第 12 期

推荐书目

《樱花号方舟》，张伟等译，作家出版社 1988 年 2 月版

《砂女》，杨炳辰等译，珠海出版社 1997 年 7 月版

《他人的脸》，郑民钦等译，珠海出版社 1997 年 7 月版

《箱男》，申非等译，珠海出版社 1997 年 7 月版

《燃烧的地图》，钟肇政译，台湾书华出版公司 1994 年版

大江健三郎："我就是那个跑来给你报信的人"

"与现实生活挂起钩"

大江健三郎是中国读者最熟悉的日本小说家之一，这和他在 1994 年获得了诺贝尔文学奖有着很大的关系。此前，他的作品的中文译本很少，但是随后，情况就大不一样了，他的每一部作品刚刚在日本发行，随后就被翻译成了中文。大江健三郎也多次来到中国进行访问和交流，并且和莫言等中国作家建立了非常友好的互相倾听和欣赏的关系。而我最倾心于大江健三郎的，是他关于"建立世界文学之一环的亚洲文学"这个说法，纵观他一生的努力，实际上，都在为建立世界文学之一环的亚洲文学而努力，并以他所获得的巨大成果，得到了全世界的肯定和褒奖。

大江健三郎 1935 年出生于日本四国岛的爱媛县喜多郡的山村里，在具有原始风貌的森林边，大江健三郎度过了他和自然亲和的童年，并且阅读过马克·吐温的《哈克贝里·芬历险记》和瑞典女作家拉格洛芙的《尼尔斯骑鹅旅行记》，这两部作品给他的童年带来了幻想的翅膀，也是促使他后来走上文学道路的发蒙之作。上中学的时候，他就编辑了学生文学刊物《掌上》。1954 年，十九岁的大江健三郎进入到东京大学文学系，攻读法国文学，受到了法国存在主义小说家加缪、萨特等人的巨大影响，同时，日本现代派作家安部公房的作品也给了他很大影响。不过，这个时候，大江健三郎已经确定了自己要追求的文学方向："那时候，我喜欢安部公房，阅读了安部和卡夫卡的作品，觉得有人写作如同寓言一样的小说，这真有趣。不过，我还是告诫自己，不要去写寓言小说，而是要尽量与现实生活挂起钩来。就这样，我决定写出与同在日本并同一个时代的安部公房所不同的、自己的独创性来。"（见《大江健三郎口述自传》中文版 46 页，新世界出版社版）

1957 年，大江健三郎发表了他的第一篇短篇小说《奇妙的工作》，讲述战后，作为少年的主人公要去打狗杀狗的故事。少年应聘后，发现他要干的工作竟然是杀掉一百五十条狗，并且被要求在两三天的时间内干完。在这么一个带有存在主义思想痕迹的小说里，弥漫着一种日本战败之后的失落和阴暗情绪。随后，他发表了短篇小说《死者的奢华》和《饲育》。《死者的奢华》讲述青年男主人公和一个怀孕的女大学生一起，为医学院的解剖室搬运尸体的故事。对生命、女人、性和死亡的沉思，对时代内部病症的敏锐体察，对青春期成长的复杂体验，是这篇小说的着力点："浸泡在浓褐色液体里的死者们，胳膊肘纠缠着，脑袋顶撞着，满满地挤了一水池。有的浮在表面，也有的半沉在水中。他们被淡褐色的柔软的皮肤包裹着，保持着坚硬的不驯服的独立感，虽然各自都向内部收缩着，但却又互相执拗地摩擦着身体。他们的身体几乎都有着难以确认般模糊的浮肿，这使他们紧闭着眼睑的脸庞显得更丰腴。挥发性的臭气激烈地升腾，使紧闭的房间里，空气更加浓重。所有的声响都和黏稠的空气搅拌在一起，充满了沉甸甸的重量感。"这是小说的开头，可以体会到大江健三郎那种压抑沉闷和病态的心绪。

而短篇小说《饲育》的背景则是二战期间，在日本偏僻的山村中，一群少年俘获了一名美国空军的一架坠毁战斗机的黑人驾驶员，他们对这个俘虏进行"饲育"和虐待，最终杀死了这个黑人俘虏。二战对日本民众和孩子们的影响深入到了四国的森林和人们的内心深处，一股莫名的哀伤贯穿全篇。《饲育》获得了 1958 年，日本最重要文学奖——芥川文学奖，使年仅二十三岁的大江健三郎名声大噪，并且逐渐成为战后日本文学的重要代表人物。这一年，他还发表了短篇小说《人羊》《搬运》《鸽子》，长篇小说《掐死坏苗，勒死坏种》（又译《感化院的少年》）。《掐死坏苗，勒死坏种》讲述了十五个被关在感化院里的少年如何寻求成长的故事。小说的叙述者是第一人称"我"，可以看到日本刚刚从战败的灰烬里站立起来却又摇摇欲坠的时代状况在少年心灵世界里的投影。大江健三郎在故乡四国森林的生活、童年的经验以及日本战败之后的社会景象构成了这部小说的底色。

1959 年，大江健三郎毕业于东京大学文学部法国文学专业，他的毕业论文是《论萨特小说里的形象》，并发表随笔《我们的性世界》和长篇小说《青年的污名》《我们的时代》。《青年的污名》是一部小长篇，讲述日本边缘人的灰暗生活。小说的地理背景是日本偏僻的海岛阿若岛，讲述在某一年，青鱼的精液将海面染成了乳白色，结果，当地的阿伊努人被灭绝了，一群渔民青年人在性的欢愉和享乐主义的状态下，找不到人生的意义，遭到了自然和其他社群的惩罚，背负着岛屿无法捕捉青鱼的污名。小说有着神话和传说的色彩，以原始的材料和传说入手，讲述了海岛上传统和现实的冲突，青年和统治者的冲突，隐约传达出神话原型理论的影响。《我们的时代》也是一部小长篇，小说里弥漫着一股躁动和欲望的气息，它通过一个二十三岁的青年靖男的性遭遇和性冒险，以性的角度来观察青年的独特存在和精神状态。靖男试图以道德堕落来摆脱伦理的束缚，但最终也没有获得解放，肉体的颓废带来的是精神上更大的创伤和虚无，心灵不仅没有获得安慰，还加速了靖男自身的毁灭。

1960 年，二十五岁的大江健三郎和著名电影导演伊丹万作的女儿伊丹缘结婚。此时，他积极地参加反对日本和美国缔结安全条约的抗议活动，在这年的 5 月，他作为日本作家代表团的成员访问了中国。9 月，他在《新潮》杂志上发表了长篇小说《迟到的青年》。这部小说分为两部，在大江健三郎早期作品中占有重要地位，它以第一人称的叙述，讲述了"我"自 1945 年夏天日本战败后所经历的痛苦岁月，描述了"我"在森林和山区长大后，离开故乡来到了大都市东京，寻找出路的故事。外地人和边缘人、青年人的压抑和性苦闷，都市的喧嚣和冷漠，在这部小说中都有所表现。此刻的大江健三郎，就像是萨特在日本的文学传人那样，以介入的姿态，勤奋地书写他对时代的感受。所谓的"存在主义文学"风格，我想，主要有两个基点，一个是对人的存在状态的本质观念和存在本身的探讨，另外一面，就是提倡介入文学，要作家明确地对当代社会采取批判的姿态。因此，大江健三郎这个时期的作品，在这两个方面都有掘进。在社会的介入性方面，大江健三郎明确反对日本右翼势力，反对日美安全保护协定。1961 年，他根据当时日本社会党委员长被右翼青年刺杀的事件，写出了中篇小说《十七岁》和续篇、短篇小说《政治少年之死》，表达了他对日本右翼势力的强烈批判态度，他也因为发表了这样的小说而遭到了右翼势力的威胁。这一年，他去巴黎旅行，其间，曾经专门拜访了对他影响很大的法国思想家、作家萨特，言谈甚欢。

性的人和世界

在探讨日本人存在状态方面，大江健三郎以《性的人》《我们的时代》《迟到的青年》《个人的体验》为主，从性的角度积极探索人的精神状态，取得了别样的收获。

1963 年，他发表了中篇小说《性的人》，带有一种野蛮和青春荒凉的气息，从性的角度，描述二十九岁的青年摄影师 J 和他周围人的社会关系，呈现了日本战后迅速发展的社会状况给人们带来的精神痛楚和欢愉。性是大江健三郎一生都着力开拓和深挖的一个领域，他甚至认为，20 世纪的小说，已经将能写的大部分领域都触及到了，只有性的领域，是可以继续去探索的。日本在战后经济迅速腾飞的同时，社会也充满了变化，这个时期的大江健三郎敏锐、病态和锋利，他以人的精神状态的异常，来折射日本在"日美安保协定"保护下青年人的反叛和对日本未来的迷茫感。同一年，他出版了长篇小说《叫喊声》，这部小说依旧描绘了日本社会中边缘人的生活，以第一人称、主人公"我"来讲述，塑造了三个鲜明的青年形象：男妓阿虎以卖淫的方式来寻求对自己的惩罚；以手淫自娱的吴鹰男最终堕落到强奸杀人的地步；主人公"我"作为见证人，讲述了他们在东京急剧变化的商业社会中，在堕落与升腾之间的游走，带有强烈的存在主义小说印记。

在 1963 年，大江健三郎自己的生活中也发生了一个非常重要的事件：他的儿子大江光诞生了。但是，大江光是一个先天头骨有残疾的孩子，因此，在智力上也有些障碍。也就是说，第一次当父亲，他就和妻子生育了一个智障儿子。这个私人生活中的不幸事件带给他巨大的刺激，他体验到生命的焦灼和生存的艰险。一度，大江健三郎甚至想放弃承担养护这个孩子的责任，但最终，他还是果断地承担了这个事实，用了很多年的时间，终于把智障儿子大江光培养成了一个能够听懂鸟叫，并且能够作曲的音乐家。这样的对个体生命的责任和承担，既是他写作的动力，也成为他获得诺贝尔文学奖的原因之一。有一种评论说，大江健三郎是"父子共获奖"，也就是说，假如没有智障儿子大江光，

261

大江健三郎也许不会写出那么多好作品，也不会因为博大的人道主义精神而获得诺贝尔文学奖。

受到残疾儿子的影响，他写出了早期小说中的代表性作品、长篇小说《个人的体验》。这部小说完全以他与残疾孩子的生活体验为素材，描述主人公鸟在面对自己的残疾新生儿时的痛苦处境。鸟的内心痛楚、仓皇，他想逃避这一切，于是，他从一个叫火贝子的女人那里寻求性的安慰，家庭濒临解体。火贝子出了两个主意，让他选择：要么把这个残疾婴儿作为给医院提供的研究标本，悄悄地让孩子衰弱而死，要么交给堕胎的黑市医生，直接把残疾孩子杀死，然后嫁祸于黑市医生。但是，经过了激烈的思想斗争，孩子还是保留下来了。最终，人性中的善和爱使鸟勇敢地承担起做父亲的责任，他也离开了火贝子的性爱之乡，回到了家庭中，艰难地开始承受日常生活的挑战。

《个人的体验》因为其人道主义的光辉和对人性的深刻挖掘与大胆剖析，成为大江健三郎创作第一个阶段的代表作，小说也获得了新潮文学奖。瑞典文学院认为，大江健三郎"是在通过写作来驱赶恶魔，在自己创造出的想象世界里挖掘个人的体验，并因此而成功地描绘出了人类共通的东西。可以认为，这是在成为脑残疾病儿的父亲后才得以写出的作品"。这一年，是他创作的丰收年，他还发表了短篇小说《空中的怪物阿归》，出版了长篇小说《日常生活的冒险》和长篇随笔《广岛札记》。《日常生活的冒险》的主人公是一个十八岁的青年，他喜欢在日常生活中追求各种冒险，在他的身边，聚集的都是和他一样的、对生活感到不满的年轻人，他们游走在社会和犯罪的边缘，这些冒险家都是一些怪人，有拳击手、有偷盗癖和花痴癖的少女、白血病患者等，他们一起探索着道德的边界、日常生活的边界。最后，小说的主人公搭乘货轮，跑到了欧洲去冒险，和一个富有的意大利中年女性一起旅行，后来在北非的一个小镇上自杀身亡。小说分为五个部分，叙述扎实紧密，叙述者是主人公的好朋友"我"，"我"接到了一封来自欧洲意大利一个中年女人的信件，信中说，"我"的朋友已经自杀了，由此展开了回忆性的叙述。小说在语言风格和细节描写上都是现实主义的，但是内核则是存在主义的，其对日本青年状态的描述相当深刻和极端。

他还出版了随笔《广岛札记》，这是他多次去广岛实地采访当年原子弹爆炸所带来的后遗症的著作，显示了他对日本战后现实的强烈关注和介入态度，以及对战争和核时代的反思。我把三十岁之前的大江健三郎的创作，看作他写作的第一个阶段，这个阶段，他的创作精力非常旺盛，仅长篇小说就出版了七部，虽然大部分都是篇幅不大的小长篇，中短篇小说也创作了数十篇，可以说，大江健三郎一生中主要的中短篇小说，都是在这个时期写下的，好多都成为他的代表作。据说，因为长时间辛苦写作，他患了失眠症，又因为吃安眠药而导致了中毒症状的发生。可以看到，这个阶段，大江健三郎的写作资源一部分来自他少年时代在四国森林里的经验，以及偏僻海岛的民间传说，另外一部分主要是以东京这个大都会青年人的存在状态作为资源，以人的性状态和在迅速变化的资本和商品社会里人如何实现自己价值，以及怀疑存在意义，作为他小说的着眼点。在这第一个阶段里，他从文学的介入态度，实现了对日本战后社会现实的批判。从存在主义的继承上，他把发源于法国的存在主义移植到了日本，嫁接成一种独特的文学成果。因此，对现实的关注、对自我的审视和挖掘、对人性复杂性的体察、对日本青年人的存在和性状态的描绘，都是大江健三郎在这个阶段非常重要的表达和成果。

神话传说的回响

1965 年夏天，大江健三郎前往美国旅行，并在哈佛大学参加了一个写作研讨班。次年，日本新潮社推出了《大江健三郎全作品》第一部分六卷，收录了他在当时所写的全部小说作品。为了给写作新的小说做准备，他全面研读了美国作家威廉·福克纳的小说。1967 年，标志他写作第二个阶段的最高文学成就——长篇小说《万延元年的足球队》出版了。可以说，这部小说明显受到了威廉·福克纳的影响，也就是说，大江健三郎开始摆脱早期根据青年存在状态和性的角度去表现日本人在战后的生存图景，而是采取了神话原型的方法，结合地域文化、民间传说与历史故事，创造出跨越了时间和空间的日本新小说。

《万延元年的足球队》这部小说带有双层的叙事结构，一条线讲述了 20 世纪 60 年代，激进青年、生下一个白痴儿子的父亲蜜三郎因为参与反对日美安保协定的示威活动，而遭到了政府的镇压，活动失败之后，和从美国回来的青年鹰四一起，回到了自己的家乡四国的山村，在茂密的森林里苦苦寻找出路。后来，鹰四效仿一百年前他的曾祖父带领当地农民起义暴动的行为，组织起一个足球队，打算和当年的曾祖父一样，以暴动的方式来抵抗政府的政策。在抢劫朝鲜人开的超市失败之后，鹰四承认了自己奸污了白痴妹妹并且使她自杀，随后，鹰四也自杀身亡。蜜三郎感到震惊，他回到东京，和妻子商议后决定，把他们的白痴儿子从医院接回来，还准备收养弟弟鹰四的孩子。在人性的激烈搏杀导致的悲剧之后，大江健三郎本人的化身蜜三郎将走出有一个畸形儿和核时代的阴影，重新面对生活。小说以空间并置和双线叙述的方式，把现在和过去、历史和现实、城市和乡村交织在一起，描绘出人性和历史、现实政治的纠葛。其中，畸形儿的诞生、暴动的发起和失败、通奸和乱伦造成的阴影，共同成为这部带有神话原型色彩的小说的核心，主人公故乡的大森林，由此也成为象征性的存在，象征历史的迷局、现实的困惑，象征着人性的复杂丛林。这部小说还探讨了日本和美国的关系，以及对核武器时代的反思。《万延元年的足球队》因此在大江健三郎的创作中占据着非常重要的地位。

《万延元年的足球队》的出版，使大江健三郎明显地告别了他第一个阶段的作品风格。由于受到了威廉·福克纳的影响，他积极寻找自己的出生地——四国岛茂密原始森林中的那些小村落中散落的神话传说、民间故事，并且将这些东西和当时日本社会现实之间建立了一种联系。《万延元年的足球队》这部小说，我感觉和他在1958年发表的小长篇《掐死坏苗，勒死坏种》有着彼此呼应的关系，《万延元年的足球队》更像是从《掐死坏苗，勒死坏种》那里生长出来的。在他的第二个阶段，由这部小说开始，他打破了时间和空间的局限，不再去讲述青年人在性的世界里的沉迷和堕落，而是更进一步地和日本本土的神话原型、历史故事发生了回响般的互文联系，把原来的存在主义小说风格，又提升到了一个更加恢宏的地步，创造了一个独立的、历史和神话想象相交织的空间。多年以后，在给他的诺贝尔奖颁奖词中，是这样评价这本书的："人生的悖谬、无可逃脱的责任、人的尊严等这些大江从萨特那里获得的哲学要素，贯彻作品的始终，形成了大江健三郎文学作品的一个特征。"评委会认为，《万延元年的足球队》集知识、热情、野心于一炉，深刻地发掘了20世纪人与人之间的关系。

从1968年到1970年，大江健三郎接连出版了随笔集《矢志不移》、中短篇小说集《请指给我们疯狂地活下去的路》、讲演集《核时代的想象》。在这三年中，日本文坛也接连发生了大事：1968年川端康成获得了诺贝尔文学奖，1970年三岛由纪夫自杀。这些事件都给他带来了影响，使得大江健三郎更多地参与到文学活动中，积极地思考经济高速发展的时代里日本人的精神处境。这个时期，他还出版了随笔集《冲绳札记》，以随笔的形式直接反思人类身处核时代的恐惧与忧虑。他的政治态度是左翼的，他反对天皇制度，人们惊讶地发现，他曾经站在大街上对游行的青年发表演讲。他反对核武器，反对任何恐怖活动，反对日本右翼势力。由于参加活动多了，他的写作速度明显地放慢了。1973年，他出版了两卷本长篇小说《洪水涌上我的灵魂》，次年，出版了《〈洪水涌上我的灵魂〉札记》，详细披露了他创作这部小说的过程。《洪水涌上我的灵魂》这部小说以当代世界所面临的核时代的恐惧作为主题，以日本当时有名的左翼组织"赤军"在东京浅野山庄发生的内讧事件为背景，讲述了主人公大木勇鱼为了逃避核时代的恐惧，幻想地球发生核爆炸、地壳大变动、洪水开始淹没人类社会。最后，他躲入到核避难所，但也难逃被现存体制的"洪水"淹没的命运，于是，他和濒临绝境的鲸鱼、树木进行了奇异的对话。大江健三郎借助他所塑造的大木勇鱼这个人物，表达了他对特定年代日本文化境遇的忧虑，因为，他一直在积极地将日本社会发生的重大事件通过虚构和想象力进行再造和文学化，他的作品和现实的联系都很紧密，这部小说依然有这个特点。

他的下一部长篇小说《替补队员手记》出版于1976年，这部小说多少有些像《个人的体验》的续篇。在小说中，森的父亲做了一个梦，梦见自己减去了二十岁，变成了十八岁的少年，而森则增加了二十岁，变成了二十八岁的壮年人。于是，森和森的父亲都变成了成年人，儿子变成了父兄，父亲则变成了弟弟，这两个变化了年龄的人一起去参加反对核试验的示威集会。他们开始行动起来，袭击了右翼力量的幕后黑手，最终成为政治的牺牲品。小说的落脚点还是对日本社会现实的批判和一种精神焦虑性的反映，篇幅不大，但是却犀利尖锐。

对未来的危机调查

1945年，美国对日本广岛、长崎投掷原子弹，造成大量平民伤亡。作为有责任感的作家，大江健三郎对此做了长时间的思考，不断地以随笔和小说的方式来反映它对日本国民性和精神结构的影响，并"对未来进行调查"。"对未来进行调查"听上去是不可能的事情，因为未来并没有发生，你如何去调查呢？这对作家来说，却是可以实现的，因为，作家有想象力作为帮手，就能够深入到未来的疆域里。

1977年，大江健三郎出版了长篇小说《摆脱危机者的调查书》，这部小说继续着他对核时代的文学想象，表达了他对人类末日可能性的强烈的忧患意识。小说的故事情节带有科学幻想色彩，描述宇宙主宰为了拯救地球面临的核时代危机，派来了两人来拯救地球。但是，地球并没有因为两人的到来而改变命运，人类自身还面临着危机——内部发生了族群对抗，因为人们的疏忽，核事故也突然发生了，结果，给地球人带来了毁灭性打击。小说以第一人称叙述来结构全书，小说的主要情节就是主人公"我"的想象和虚构，同时以"我"在现实社会中的遭遇作为双线并行的情节，将主人公对核时代的想象和当下的日本社会现实联系起来，呼唤着人性的复归和在核时代里的和平共处。

这个阶段，大江健三郎又将自己对神话原型和民间传说的关注，延伸到对核时代的观察和思考上。他明显地成了一个思考全球性问题的思想家和作家，视野开阔，思想尖锐而深邃。1976 年，四十一岁的大江健三郎到墨西哥国立大学用英语讲授"战后日本思想史"，因为远离日本，他开始以全新的方式思考着自己的写作之路。三年之后的 1979 年，他出版了长篇小说《同时代的游戏》。这部小说显然带有他在墨西哥讲学时的经历和体验，也是他自认为非常重要的一部小说，成了大江健三郎中年时期的重要转折。小说带有科幻色彩，是一部书信体小说，全书由六封长信构成，都是由叙述人写给自己的双胞胎妹妹的。他在信中讲述了从自己的故乡山村，到国家再到小宇宙的历史。叙述人的父亲是一个神官，母亲是一个江湖艺人，叙述人自己在墨西哥大学担任教师，他的妹妹则仍旧在故乡的山村里当女巫。在叙述人的讲述中，神话、科学幻想和地域文化传说，奇异地重合在一起，在一个无限的空间里，两种力量在角逐：一种是巨人创造者，另外一种是巨人破坏者。小说由村庄——国家——小宇宙，三个层层递进的结构，将日本 20 世纪的历史融会到小说中，以强大的想象力，把日本社会现实、人类面临的核武器的威胁，以及宇宙中的创造力和破坏力联结起来。因为是书信体，因此，小说的叙述显得细密而紧张，生动而急促。小说的地理背景是从拉丁美洲的墨西哥到日本，在太平洋的两岸展开了某种文化对话，日本文化、墨西哥古代玛雅文化、当代人类的信息文明交织成一幅绚丽的织锦，小说综合了大江健三郎过去小说中出现的各种元素。关于这部作品，大江健三郎在后来出版的自述中说："作家一到四十岁前后，就想写一部格局庞大的小说，大致都会去写历史小说。我认为，几乎所有的作家都想去创作以历史为舞台的小说……但我逐渐地明白，自己想要写的，是用个人的声音，通过自己的内心，来书写自己的历史，来书写自己的场所、自己的村子、自己土地的历史。既然如此，我就开始考虑，还是从正面用个人的声音书写信函的方式更为合适。"

　　1982 年和 1983 年，大江健三郎接连出版了系列短篇小说集《倾听雨树的女人们》和《新人啊，醒来吧》。此时的大江健三郎，很想尝试一种新的写法，就是以主题相同的方式创作一系列小说，然后，把它们构成一个整体意义上的"类长篇"。《倾听雨树的女人们》由五篇小说构成，所谓的"雨树"，就是指凝结着死亡和再生意味的露珠的宇宙之树，是一棵象征之树，小说书写了带有牺牲和奉献精神的女性形象。而《新人啊，醒来吧》则是以儿子大江光的康复作为主题，从《圣经》中挖掘了一些故事，来比照着描绘了残疾儿子寻找存在意义，并最终找到了音乐的旋律、成为新人的故事。小说中充满了父爱的呼唤和对儿子新生的欢愉。这两个短篇小说集是大江小说序列里很重要的作品，不管是小说的形式还是小说的主题。1985 年，他出版了由八篇小说构成的系列"类长篇"小说《河马咬人》，以河马作为连接日常生活和心灵世界的象征物，挖掘出一种别致的生存况味。

　　大江健三郎的长篇小说《M／T 森林里神奇故事》出版于 1986 年，这是一部带有神话和童话色彩的小说，描绘了他关于故乡森林的神话和乡愁。在日本民间文化中，有一种说法叫作"神隐"，说的是孩子在童年时期会突然失踪，后来又忽然回来。一般民间传说认为，孩子是被天狗、狐狸和鬼怪等带到了另外一个灵异的世界里，等到孩子归来之后，就带有了奇异的力量。大江健三郎说："在非常幼小的时候，半夜里，我曾经独自一个人进入到森林里，被大雨困在了大柯树的树洞里，在我因发烧而昏睡过去时，消防队的那些人把我救了下来。这个朦胧的记忆和'天狗相公'这个森林的传说便通过孩子的空想和幻想被连接起来了。"这部小说继续着大江健三郎对故乡神话、民俗和传说的现代再造，也表达了他本人浓郁的"不能再回家"的乡愁。

灵魂的"空翻"

　　大江健三郎晚期的作品呈现出一些精神性小说的品格。关于"精神性小说"，我在谈论罗伯特·穆齐尔的小说《没有个性的人》的时候，有着详细的论述，读者朋友可以参阅。大江健三郎后期的作品，似乎都是直接从他的精神世界里分泌和分裂出来的文本，以他精神世界的痛楚和急迫需要解决的问题作为思考的原点来结构的，这是需要我们特别注意的。在这个时期，大江健三郎的作品的现实批判性在降低，但是却呈现出和卡夫卡、安部公房相通的气质来。

1987年，大江健三郎出版了长篇小说《致令人怀念的岁月的信》，这部小说带有大江健三郎的精神自传色彩，按照他自己的说法，这部小说把他的壮年分成了前半段和后半段。他写这部作品的时候已五十多岁了，主题是关于"死亡和再生"的思考，是对他过去作品的再审视。于是，对生命和死亡的关系，对向死而生的人生，大江健三郎做了一种深情的凝视。小说中的主人公隐约和大江本人的经历相似，小说中弥漫的老年心绪使主题非常清晰地呈现了出来。1989年，大江健三郎又出版了长篇小说《人生的亲戚》。这部小说描绘一个生有两个残疾孩子的母亲的生活。两个残疾孩子跳海自杀之后，给母亲留下了难以弥合的伤痛。于是，如何艰难地生活下去，成为这个女性的唯一问题。后来，她寻找到了宗教的安慰，并且作为宗教团体的成员，来到了墨西哥，在墨西哥又患了癌症，但她却意志坚定地寻求生存的欢乐和意义，并没有被死亡所吓倒。

在随后的几年中，大江健三郎参加大量的文学和文化活动，于1990年出版了小说集《静谧的生活》，还帮助儿子大江光发行了自己的音乐光碟。

1994年，大江健三郎获得了诺贝尔文学奖，这是继川端康成在1968年获得了该奖之后，第二个日本作家获得了这个世界上最重要的文学奖项，这是他人生履历中非常重要的事件，也是对他数十年写作的褒奖。虽然一直有一种说法，说诺贝尔文学奖是"死亡之吻"，得奖后得奖者的创作力一般都会下降，但是，大江则焕发了更强劲的创作力。从1993年到1995年，他后期创作生涯的重要的代表作、长篇小说三部曲《燃烧的绿树》陆续出版了。《燃烧的绿树》翻译成中文在五十五万字，分为上下卷，是他晚近的重要作品。小说描述主人公回到了故乡四国的森林山村里，去寻找精神迷失的故乡，在那里，获得了"燃烧的绿树洋溢着灵魂的力量"。大江健三郎以向故乡森林出发的方式，来探索日本人精神的故乡问题。在二战之后，高速发展的日本经济使日本迅速崛起为亚洲强国，但是同时，也造成了很多社会、经济和文化问题。那么，日本的"灵魂的根本所在"在哪里？这是大江健三郎想通过《燃烧的绿树》寻求的。他的故乡森林再次作为小说想象力的出发点和最后的归宿，三卷本小说的标题分别是《"救世主"挨打之前》《踌躇》和《伟大的日子》，英语大诗人叶芝的诗篇成了小说第二卷的精神引导，把现实的世界和象征的世界联系起来，去挖掘日本人存在状态背后的精神世界的失落。

在进入到六十岁以后，大江健三郎后期的创作主要以长篇小说为主，他的创作力不仅没有减退，还接连写出了鸿篇巨制。继《燃烧的绿树》之后，他又于 1999 年出版了长篇小说《空翻》，中文译本达六十多万字，这是他历时四年创作的篇幅最长的小说，可以说，是大江健三郎作品中的佳作。而直接促使这部小说诞生的原因，是东京地铁中发生的沙林毒气事件和日本奥姆真理教的产生。大江健三郎作为一个对日本负有责任的作家，立即用文学的手段进行了自己的反应，探索了产生奥姆真理教这个宗教怪胎的日本社会的现实状态。小说题献给了音乐家武满彻，带有一个千年结束、另一个新千年即将到来，末日和新生交织混合的气息。此时，正是日本经济出现了泡沫破灭的时期，持续了十多年的经济萧条使日本人的精神世界发生了恐慌、焦虑和虚无等变化，而作为积极对社会和现实发言的小说家，大江健三郎必然，要对这个社会现实，尤其是对日本人的精神处境进行挖掘和呈现。小说的情节紧凑、紧张，描绘了一个新生的宗教团体领袖精神世界发生的变化，就仿佛是原地上翻了一个空翻一样：十年之前，教主宣布团体解散，十年之后，教会领袖们重新开始了自己的活动，并且放弃了过去搞恐怖活动的方法，并把自己的教会命名为"新人教会"，实现了精神上的着陆。小说的着眼点，在于对日本人信仰体系、灵魂与精神世界的拷问。

大江健三郎自己说："我相继发表的《燃烧的绿树》和《空翻》，其实都是我对日本人的灵魂和精神问题进行思考的产物。比如，日本出现奥姆真理教这个以年轻人为主体的邪教，就说明我们必须重视和研究有关灵魂和精神的问题。我只不过是在文学上把它反映出来罢了。"《空翻》是大江健三郎晚近的代表性作品，是从宗教和精神层面深刻挖掘日本人灵魂问题的小说，以对宗教在现代社会的空心化的观察，展现了现代人精神世界的荒芜，并呈现出希望的因素。

朝向孩子们的世界

进入新世纪之后，大江健三郎几乎以每年一部的速度，接连出版了长篇小说《被偷换的孩子》（2000）《愁容童子》（2002）《两百年的孩子》（2003）《别了，我的书》（2005），这其中，《被偷换的孩子》《愁容童子》《别了，我的书》作为他的《奇怪的二人配》三部曲而被重新命名，出了三卷本的套装。在这三部小说中，都有相同的主人公，以两个人的反差和共同的经验，来呈现日本自明治维新以来的现代史，小说场面宏大，内部结构复杂，意义丰富。书中的主人公长江古义人就是大江健三郎本人的化身，表达了他对日本的未来，对人类未来的忧虑。眼下，核时代的恐惧平衡，资本与金钱的毁灭人心，人类贪婪无尽地向大自然索取，精神世界的荒芜和涣散，都是大江健三郎非常用心观察的问题。而到了晚年，无论是在北京的演讲，还是在他的诸如长篇小说《两百年的孩子》等的创作中，他开始更多地使用"孩子"这个词汇，意在表示未来是属于孩子的，是属于少年的，是属于那些即将成为世界主宰的年轻人的。他以杜鹃啼血般的呼唤，以《两百年的孩子》这样直接写给孩子看的作品，来向孩子们发出呼唤："我们最为重要的工作，就是创造未来。"

2007年11月，大江的长篇小说新作《优美的安娜贝尔·李寒彻颤栗早逝去》出版。书名多少有些拗口，是取自美国作家爱伦·坡的一首诗。故事情节一改大江作品的晦涩复杂，线索单纯而清晰：美丽的少女樱，父母都在战争中死亡，她被一个美国军人收养，逐渐成长为电影明星，但就在这个时候，她得知了她在幼女时期，曾经遭受过收养她的美国军人的性蹂躏，因此而一蹶不振，从此退出影坛三十年。在大森林里的女人们的帮助下，她在一场史诗剧中扮演了一个参与暴动的女首领，奇迹般地将自身和那个女英雄的人生重合，而获得了希望和勇气。小说将面临人生绝境时焕发希望的力量进行了呈现。2009年他又出版了长篇小说《水死》，继续他对人和世界关系的发问与盘根问底。

大江健三郎非常勤奋，除了二十多部长篇小说和多部小说集，他还出版了散文随笔集《矢志不移》《广岛札记》《冲绳札记》《在自己的树下》《康复的家庭》《宽松的纽带》《致新人》，讲演集《核时代的想象》，评论集《为了新的文学》《最后的小说》《小说的方法》等大量著作，是一个名副其实的多产作家。很多中国读者觉得大江的作品很晦涩，似乎很难进入到他的文学世界里，阅读大江的作品的确需要耐心，可你一旦进入了他那宏伟的文学世界，你就会惊叹他丰富的创造力和想象力，他有着文学大师的气魄。文学在今天已经不是一个镜子般映照现实的东西，必须要经过作家的想象力进行创造性转化，使之变成一个奇特的想象世界。所以，时下的大量长篇小说大都是对现实世界的模仿，因此，阅读大江健三郎的作品，我们除了要学习他对时代的大胆而痛苦的发言和诘问，还要学习他转换现实、使之变成一个自足的想象空间的创造能力。

大江健三郎一直密切关心社会问题和国家的政治走向，2003年，六十八岁的大江健三郎和著名评论家加藤周一等人发起了"九条会"，这个以著名人文学者和作家组成的组织，强烈反对日本政府和保守的右翼力量试图修改日本和平宪法第九条，可能为军国主义复活而铺平道路的行动。2006年，大江健三郎两次出庭，对阵日本右翼势力，丝毫不怯场，像战士一样迎接挑战，两次获得了胜利。

对于创造世界文学之一环的亚洲文学，大江健三郎曾深情地说："我的母国的年轻作家们，当然，也包括我在内，从内心里渴望实现前辈们能创造出世界文学之一环的亚洲文学的愿望。这是我最崇高的梦想，期望在21世纪上半叶能够用日本语实现这一梦想……正因为如此，今天我才仍然像青年时代刚刚开始步入文坛时那样，对世界文学之一环的亚洲文学总是抱有新奇和强烈的梦想。"的确，大江健三郎的写作不仅继承了日本古代和现代文学传统，他还从英语、法语和拉丁美洲西班牙语文学中吸取了大量养分，将发源自欧洲的存在主义小说在日本土地上产生了一个变体，还借鉴了美国作家福克纳的神话原型小说，创造出了无愧于世界文学之一环的亚洲日本新文学。

原载《星火》2019年第3期

推荐书目

《性的人》，郑民钦译，光明日报出版社1995年5月版

《个人的体验》，王中忱译，光明日报出版社1995年5月版

《死者的奢华》，王中忱等译，光明日报出版社1995年5月版

《万延元年的足球队》，于长敏等译，光明日报出版社1995年5月版

《广岛札记》，李正伦等译，光明日报出版社1995年5月版

《个人的体验》，王琢译，中国文联出版公司1995年6月版

《人的性世界》，郑民钦译，作家出版社1996年4月版

《同时代的游戏》，李正伦等译，作家出版社1996年4月版

《摆脱危机者的调查书》，包容译，作家出版社1996年4月版

《日常生活的冒险》，谢宜鹏译，作家出版社 1996 年 4 月版

《青年的污名》，林怀秋译，作家出版社 1996 年 4 月版

《性的人·我们的时代》，郑民钦译，译林出版社 1999 年 1 月版

《燃烧的绿树》（上下卷），郑民钦译，河北教育出版社 2001 年 1 月版

《迟到的青年》，王新新译，河北教育出版社 2001 年 1 月版

《小说的方法》，王成等译，河北教育出版社 2001 年 1 月版

《空翻》，杨伟译，译林出版社 2001 年 9 月版

《广岛·冲绳札记》，王新新译，河北教育出版社 2002 年 6 月版

《被偷换的孩子》，竺家荣译，南海出版公司 2004 年 1 月版

《愁容童子》，许金龙译，南海出版公司 2005 年 8 月版

《我在暧昧的日本》，王中忱等译，南海出版公司 2005 年 11 月版

《别了，我的书》，许金龙译，百花文艺出版社 2006 年 9 月版

《两百年的孩子》，许金龙译，百花文艺出版社 2007 年 9 月版

《优美的安娜贝尔·李寒彻颤栗早逝去》，许金龙译，人民文学出版社 2009 年 1 月版

《大江健三郎自选随笔集》，王新新等译，光明日报出版社 2000 年 9 月版

《在自己的树下》，秦岚等译，南海出版公司 2004 年 1 月版

《康复的家庭》，郑民钦译，南海出版公司 2004 年 3 月版

《宽松的纽带》，郑民钦译，南海出版公司 2004 年 5 月版

《大江健三郎口述自传》，许金龙译，新世界出版社 2008 年 4 月版

《致新人》，竺家荣译，译林出版社 2009 年 12 月版

《政治少年之死》，郑民钦译，浙江文艺出版社 2010 年 7 月版

《读书人》，许金龙译，作家出版社 2011 年 1 月版

《大江健三郎精品集》（八种九册），许金龙主编，金城出版社 2012 年 10 月版

《水死》，许金龙译，金城出版社 2013 年 10 月版

村上春树：物化世界里的追寻

一、背景与经历

　　和石黑一雄有些相仿，村上春树也是一个世界主义者，他也在书写一种"世界文学"，并以其众多的作品获得了世界性的声誉。他对西方音乐，特别是爵士乐和其他流行音乐的熟悉程度，令人匪夷所思，而且，他对西餐和西方流行文化符号的了解，可以看作是日本许多年来追求"脱亚入欧"在文学上的一个佐证。村上春树是亚洲名气最大的小说家之一，但是，他是不是最好的小说家，还有很大的争议。据说，有一天，在德国，著名的文学评论家拉尼茨基和一位女作家在村上春树的德文译本的读书会上，就发生了激烈的争执，拉尼茨基认为，村上春树的小说很好，但那个女作家则认为村上春树的作品纯粹是快餐文学，没有文学价值，以至于两个人后来在电视镜头面前互相进行人身攻击。就我看来，村上春树的小说打通了现代主义小说和通俗小说之间的通道，尤其是他的长篇小说，由于小说故事情节的流行性和通俗性，甚至是有些媚俗性，降低了其小说的文学价值。但是，他的小说仍旧具有很高的社会认知价值和文学价值，他继承了自卡夫卡以来的异化思想，对人在现代社会和大都会中的存在的呈现，有独到的地方，风格鲜明。而他的作品在亚洲国家和世界各地的流行，

273

以及其所具有的后现代小说的特征，使我们不能忽视他的巨大存在。

　　村上春树 1949 年 1 月 12 日出生在日本京都的伏见区。京都是一座古都，保存了大量日本古代的文化遗迹，作为日本幕府统治时期日本的首都，这座城市有着醉人的美丽，寺院、街道、御所、樱花、祇园等，构成了城市最美丽的符号和风景，我在那里也是流连忘返。村上春树的父母亲都是学校的日语教师，在村上春树出生后，他们全家搬到了兵库县。少年时代，家教颇严的村上春树在喜欢读书的父亲的引导下，阅读了大量文学书籍，尤其是上中学之后，他连续多年一直在阅读河出书房出版的《世界文学全集》丛刊，以及中央公论出版社出版的《世界文学》杂志，这些阅读外国文学的经验使村上春树很小就具有了开阔的眼光，也使他的中学时代过得很充实，埋下了他注定要成为一个优秀作家的伏笔。

　　十九岁那一年，村上春树进入日本早稻田大学第一文学部攻读戏剧文学。在大学读书期间，正是日本社会风云激荡的年代，1968 年，席卷日本社会的学潮，也打乱了学校的平静。村上春树一边读书，一边打零工，还把很多时间都花费在歌舞伎町的爵士乐酒吧里，处于青春的迷茫当中。这个时期的感受，在他最早的几部小说中都有表现。还没有毕业，二十二岁的村上春树就以学生的身份和一个东京的女子阳子结婚了。大学毕业前夕，村上春树前往电视台等传媒机构应聘，经过实习，他对电视台的工作没有了兴趣，晃荡了一年多。二十五岁的时候，村上春树在岳父的帮助下，加上夫妇俩打零工积攒的钱和从银行贷的款，一共用五百万日元，开了一家爵士乐酒吧，此后多年，一直到他三十二岁把酒吧转让给别人，他都在经营这家以自家的一只猫命名的酒吧。经营酒吧长达七年的这段经历，是他后来很多小说中经常涉及的重要场景，也是他重要的社会和人生经验的来源。在酒吧中，各色日本人等穿梭往来，而日本六十和七十年代高速增长的经济、激烈变革的社会，都给他的心灵留下了强烈的刺激。1979 年，三十岁的村上春树某一天在球场踢球的时候，忽然动了要写小说的念头，于是，每天晚上，他都在自家酒吧里的餐桌上奋笔疾书，写出了他的第一部小说《好风长吟》，并且立即把稿子投寄给了"《群像》新人奖"的评委会，获得了《群像》新人文学奖。很快，书稿由讲谈社出版，前后印行达一百四十多万册，从此改变了他的命运，村上春树也就毅然地走上了写作的道路。

二、村上春树的长篇小说

从 1979 年发表第一部长篇小说《好风长吟》到 2009 年出版《IQ84》，三十年里，村上春树一共出版了十二部长篇小说。我们来逐一看看他的长篇小说的情况。

1979 年，三十岁的村上春树出版了长篇小说《好风长吟》，准确地说，这是一部大中篇或者是小长篇，翻译成中文七万多字，小说讲述了大学生、主人公"我"和好朋友鼠的迷离生活。他们在一起喝掉了可以装满二十五米长的游泳池的啤酒（显然很是夸张），还抽了六千九百二十一支烟，在酒吧里鬼混，天天过着一种虚无的生活。有一天，"我"在酒吧里遇到了一个喝醉了的少女，就送她回家，发生了性关系，开始了"我"的第四次恋情。"我"一边和好朋友鼠继续自己的晃荡生活，一边和这个少女展开了爱情生活，一起去海边，一起度过青春的一些时日。十八天之后，那个少女消失不见了，只留下"我"一个人在倾听风在旷野之地的歌唱。

小说将日本青年人在高度发达的资本主义社会中的失落、孤独和迷茫情绪传达得淋漓尽致，扣动了一代青年人的心灵。小说轻巧的叙述、跳跃的情节和插科打诨式样的情节插入，带有着片段式样的后现代风格、大量青年亚文化的符号、音乐、日常对话和年轻人特有的标记，在这部篇幅不大的小说中比比皆是。因此，村上春树后来的很多作品，其实都在继续着这部书的风格。村上春树的第二部长篇《一九七三年的弹子球》出版于 1980 年，小说的篇幅依然不大，比第一部《好风长吟》略长，中文译本在十万字。这部小说从情节上应该算是《好风长吟》的续篇，前一部小说中的主人公"我"和好朋友鼠继续出场，讲述"我"在大都市中创办了一家翻译公司，邂逅了一对双胞胎女孩，并且还同居在一起，过着一种匪夷所思的迷离生活，由此，传达和描绘了日本 20 世纪 70 年代高速发展的经济社会带给年轻人的焦虑和紧张感。小说中，主人公离奇的经历不断超越读者的想象，语言俏皮、轻快、幽默，带着青年人特有的那种伤感情绪，以及对已经逝去的青春岁月的留恋与回望。小说出版之后受到广泛欢迎。

村上春树的第三部长篇小说《寻羊历险记》出版于 1982，在篇幅上，这部小说可以称为一部标准的长篇，中文字数在二十五万字左右。从情节上来说，带有浓厚的幻想和超现实的成分，可以说是前两部小说的深化。由于小说的主人公照例是"我"和鼠，因此，村上春树的前三部小说，在我看来，可以把它们看成是一个系列三部曲。小说的主人公继续着他们在现代都市中的迷茫和追寻，故事情节有些荒诞不经：经营着一家广告公司的"我"在妻子离家出走之后，和一个出版社的校对员兼耳模特和应召女郎的女子有了关系，但是，"我"旋即遭到了日本一个右翼政客的威胁，要"我"在一个月之内找到一只背上有星星花纹的羊。于是，"我"和同居的女子一起，踏上了追寻那只带有星星花纹的羊的旅程，开始经历各种离奇古怪的事件，最终，在黑暗中和少年好友鼠相遇了，并了解到，眼下的日本，已经被羊进入到体内的右翼政客所控制。小说的情节虽然荒诞不经，但却如同一面哈哈镜一样，将被政客和金权政治所操纵的日本社会现实，以夸张、离奇、荒诞和超现实的面貌展现了出来。小说继续表达着一种对青春逝去的悼念，对时代不适应的现代人的精神紧张，以及对权力和金钱带给人的压力的拒斥，弥漫着一种哀伤和苍茫感。

村上春树显然越写越好，笔法越来越娴熟了。他的第四部长篇小说《世界尽头与冷酷仙境》出版于1985年，这部小说的篇幅进一步增加了，中文译本有三十五万字，可见村上春树对驾驭长篇小说开始显得游刃有余了。小说分为四十章，单章结构标题为"世界尽头"，双章标题为"冷酷仙境"，交替叙述，形成了严实的叙述结构，带有寓言小说、科幻小说、侦探小说的一些元素。实际上是后现代小说的一个总体的特征，那就是，用这些类型小说的外壳，来呈现人类社会的存在状态。写这部小说的时候，村上春树已经是三十五岁的人了，对世界的认识和看法，尤其是对日本社会的认识和感觉，是他这部小说要表达的主要意图。在"世界尽头"这条叙述线索中，呈现出一派相对安宁和谐的世界景象。一座虚构的小镇如同科幻小说或者乌托邦小说所构想的地方，在那里，次第展开的，都是秩序井然的世界，但是却是一个死寂世界——人们没有记忆，没有心灵生活，主人公"我"只能面对储存了大量人类记忆的独角兽的头盖骨，去倾听和冥想。而"冷酷仙境"这条叙述线索，则以东京这个大都会光怪陆离的现代生活作为镜像，来映照当代人的精神世界：主人公、计算机高手"我"接受了一个古怪的任务，被要求计算一个复杂的数据。完成任务之后，委托人、一个老博士送给了"我"一块独角兽的头骨。"我"随后认识了一名女图书管理员，并且和她发生了恋情。但是，随即，"我"也陷入麻烦和陷阱当中，有两个来历不明的男子将"我"挟持，要求"我"交出独角兽头骨和那份复杂的数据。于是，"我"开始经历一系列惊险复杂、险象环生的事件，甚至在大都市的地下被"夜鬼"所纠缠。最终，这条线索呈现出一线生机：一个穿粉红色衣服的女郎给"我"带来了希望，"我"来到了一座港口，情绪恢复平静。

《世界尽头和冷酷仙境》这部小说，在寓意、结构和情节上都比较复杂。两条并行的线索中，都是以第一人称"我"来叙述的，这两个"我"其实可以叠加成一个人，他们之间是一个硬币的两面。比如，在"冷酷仙境"这条线索中，在大都市中遭遇危险并经历了连环事件的"我"，更多地和当下的日本现实，尤其是东京这个繁荣和发达的城市带给主人公的内心投影有关，由此折射的，都是畸形发展的物质主义所扭曲的心灵映象。而在"世界尽头"中的"我"，则可以看作是前一个"我"在无意识、潜意识或者睡梦状态中所呈现出的一个澄明缥缈的世界，因此，小说呈现出意义模糊、情节荒诞的复杂感和多层次感。小说中还混杂了现代音乐、都市流行文化、汽车、广告、电脑、电视等各类信息，将一个被物质和信息、传媒和科学技术、性爱、金钱和权力扭曲的世界以夸张、变形的方式斑驳地呈现。

通过这部小说，村上春树告诉我们，现实尽管冷酷，也还存有仙境的一面，在世界的尽头，虽然那里的一切都是相安无事的，但同时，那里也是死寂的、没有任何生机的。我倒觉得，这部小说是村上春树的小说中最值得分析的作品之一，因为它相当复杂和多面，也摆脱了他一贯喜欢描绘的，以青春逝去为主题的模式（比如他早先的三部小说加上《挪威的森林》和后期的小说《海边的卡夫卡》），创造出带有迷幻和异样色彩的世界。

村上春树影响最大的长篇小说，应该是《挪威的森林》。这部小说出版于 1987 年，至今已经发行了一千万册以上。小说的题目"挪威的森林"，是取材自 20 世纪 60 年代非常流行的甲壳虫乐队的一首乐曲，正是那首曲子，勾起了主人公渡边的回忆。他开始回忆起十八年前，他和两个女孩的爱情经历。渡边的第一个恋人直子是他的好朋友木月的女友，在木月自杀之后，才成为渡边的女朋友。但是，直子显然一直无法忘怀自杀的男友木月，在她二十岁生日那一天和渡边发生了性关系之后，第二天，她就离开了渡边，不知所终。后来，直子在一家山地疗养院里给他写信，告诉他自己的去向。渡边又认识了一个女孩绿子，活泼、大胆、野性的绿子给渡边的生活带来了新鲜感和冲击力。但是，渡边又无法忘怀直子，直到传来了直子自杀的消息，渡边觉得深受打击。最终，

277

在直子生前好友玲子的帮助下，渡边振作了起来。在小说的结尾，渡边给被他伤害了的绿子打电话，渴望回到绿子的身边，开始自己的新生活。

这部小说从情节上看，写得平顺低回，感伤动人，仿佛是一首感伤的青春恋曲，不断地在你的内心里缠绕。小说非常好读，传达出的青春逝去的哀伤感简直是到了极点，那是一种亚洲东方人普遍能够心领神会的细腻的情感，它在村上春树的笔下娓娓道来。但是，村上春树自己并不觉得这就是他最好的小说。他说："我有心把《挪威的森林》看成是另类的小说，以后相信我不会再写这类的小说。叫什么好呢？就算它是孤立的例子吧。对我来说，很想快点从中逃出来。我用写实风格去写，是为了显示不是我的东西，我也可以做到，所以，尽快完成尽快离开。我想回到自己本来的世界中去。"我想，他所说的"本来的世界"，指的就是带有荒诞和超现实的、充满了想象和奇遇的那种小说吧。

关于"挪威的森林"，我还记得，2005年我们穿越挪威中东部，准备去看挪威那壮丽的峡湾景色时，的确欣赏到了大片的挪威的森林，但是，真实的挪威的森林，实际上并不壮观，都是些小树林子，树木大都是杉树或者小松树，密集而细小，很像新疆天山深处的云杉林。同行者笑曰："看哪，挪威的苗条森林！"实在是恰如其分。

村上春树的第六部长篇小说《舞！舞！舞！》出版于1988年，小说的主人公仍旧是"我"，看来，第一人称叙事是村上春树最喜欢的叙述方式，他在小说的后记中说："（这部小说的）主人公'我'同《好风长吟》《一九七三年的弹子球》《寻羊历险记》中的'我'原则上是同一个人物。"这就比较好理解了。我觉得，现在可以把他的这四部小说看成是一个沿着时间线索发展的系列小说，也可以看成是一部篇幅在七十万字左右的巨型长篇小说的四个章节。将这四部小说联系起来，做一个情节的索引的话，你会从中间发现大量互相呼应和印证的细节。小说接续了《寻羊历险记》中的一些情节，在《舞！舞！舞！》中，"我"已经是一个三十四岁的离婚男人，处于壮年的徘徊和迷离中。在北海道的海豚宾馆，"我"和一个女子有了一次美好的性爱体验。后来，"我"遇到了中学同学、影视明星五反田，两个男人就召来了两个应召女郎，其中一个叫咪咪的高级妓女让"我"记忆深刻，但是，几天之后，警察发现，咪咪被人用长筒丝袜勒死在另外一家宾馆里。于是，主人公和五反田都被怀疑为杀人对象。最后，"我"被警方开释，但是五反田则离奇地开车冲向大海，自杀身亡，留下了一个谜。在小说的最后，"我"前往北海道寻找自己过去的神秘体验，包括去找那个叫由美吉的女子。"我"终于穿越了房间里的时间隧道和厚墙，与由美吉再次相遇。

这部小说的情节依然穿越在现实和超现实之间，情节也游移在侦破小说、爱情小说和后现代小说、存在主义小说之间，最终落到了从女人那里寻找安慰的窠臼里，是我觉得很遗憾的。有时候，我总是觉得，村上春树的小说偏软、偏轻，在重要的地方打滑，主人公似乎总是长不大，总是过于沉溺于对女人的依恋不能自拔。不过，这部小说使村上春树继续回到了自己擅长的想象的空间里，去他所说的"本来的世界"自由地驰骋。

村上春树的第七部小说《国境以南，太阳以西》，出版于1992年。我觉得，这部小说是村上春树比较一般的作品，从情节和主题上来说，都重复了他早期的作品。"国境以南，太阳以西"仍旧是欧美一个歌手的歌曲名，小说依旧是第一人称叙事，描绘了一个出生于1951年（和作者出生年代接近）的男人"我"，在小学五年级、高中时代和三十岁的时候，分别体验到的和三个女子之间的微妙感情，似乎隐约带有自传性。最后，"我"在五年级的时候喜欢的那个脚有点跛的女子岛本，在十八年后突然出现在"我"面前，两个人共同度过了一个夜晚，之后，岛本又像村上春树过去小说中神秘出现又神秘消失的女子一样，又失踪了，不知道到哪里去了，给主人公留下了无限的惆怅。小说的底色是现实主义的，甚至还相当的写实，多少描绘了日本中产阶级的生活风貌和日常状态。但这部小说篇幅单薄、情节重复、感觉钝化，实在是村上春树比较平庸的一部作品。

在村上春树的小说中，可以称得上是巨著的，应该是小说《奇鸟行状录》。这部小说日语的直译应该是《发条鸟编年史》，共分三卷，在1994到1995年陆续出版，翻译成中文在五十二万字，篇幅较大。小说还获得了第四十七届日本读卖文学奖。三部曲分别为《贼喜鹊》《预言鸟》和《刺鸟人》。小说的情节进展舒缓平和，仍旧是村上春树最擅长的第一人称叙事，描述一个失业的三十一岁男子在家中生活，这个时候，他们家养的一只猫失踪了。于是，开始接连出现各种怪事。先是一个陌生女子打电话来，说一些显然彼此已经很熟悉的话题，比如咨询"我"到底买哪种内衣比较好什么的；忽然，又有一个十六岁的女中学生打电话问"我"，如果"我"喜欢的女生有六根指头和四个乳房该怎么办？接着，一个神秘的电话来了，威胁"我"说猫丢失了不过是一切怪事来临的开头。然后，一个老人前来找"我"，向"我"讲述四十年前蒙古边境的一口深井的故事。在这天的傍晚，在外工作的妻子没有再回家，"我"觉得一切都匪夷所思，然后，"我"感到迷惑，躲到邻居家的一口井中孤独地沉思了三天，等到从井中出来的时候，已经决定要改变生活。从此，"我"踏上了经历各种奇遇、遭遇各种离奇事件的旅程。这个小说三部曲旨在创造一个追寻自我的模式，这和他过去的一些小说有些相似。小说中，各种关于时代感受的，变形和夸张的情节与想象，以及莫名其妙的人物和行为，纷纷出现在主人公的周围，使"我"感到险象环生和危机四伏。但是，"我"似乎又能够看到前方透露出来的一丝光亮，并继续向那光亮所在的地方进发。小说似乎还包含了不少故事套故事的短小说，使小说的内部呈现出多个层次和情节的枝杈。

据说，在写这部小说的时候，村上春树正在美国作短暂的停留，因此，他可以从外部的世界打量日本："日本看上去更像是翻卷着暴力旋涡的莫名其妙的国家，是扭曲变形的空荡荡的空屋，是空虚的中心。"如此观察和打量自己的祖国，使他的这部小说写得非常从容。我还注意到，一些日本现代史上发生的事件，比如在诺门坎事件、二战之后日本社会的一些政治和经济动荡，都隐约出现在小说中。村上春树过去一些短篇小说的情节，在这部小说中继续推展和演绎，成了更复杂的故事。在迷茫中追寻生命的意义，在相遇中体察和表现人性的温暖，在广大的现实和想象的世界里去寻找一个生命的终点，是这部小说想表达的，但最终却没有一个确定的答案。

村上春树一般是两到三年时间出版一部新小说。1999年，他出版了第九部长篇小说《斯普特尼克恋人》。"斯普特尼克"是苏联于1957年发射的人类第一颗人造地球卫星，这部小说以此来命名，似乎要表达带有人类普遍性的主题。小说的主人公堇是一个女性，她爱上了一个比自己大十七岁的女性。小说的叙事者依旧是"我"，在小说中以第三人的角度，观察着堇在双性恋的世界里摇摆。小说还涉及了自我追寻和求证的主题，不过，无论是主题、人物还是故事情节，都没有超过他过去的几部小说，它更像是一个边角料，在我看来是一部比较轻飘的作品。

2002年，村上春树出版了他的第十部小说《海边的卡夫卡》。小说的篇幅较大，长达四十万字。看起来，村上春树显然想要凭借这部作品来超越他自己，同时，向他所喜爱的小说家卡夫卡致敬。小说有两条线索，一条线索是少年卡夫卡如何最终摆脱了恋母情结的束缚，另一条线索是一个能够和猫谈话的老人所传达出的启示。小说的主人公是一个十五岁的少年田村卡夫卡。叙述人就是田村卡夫卡的第一人称"我"。"我"幼年被母亲抛弃，和父亲又不和，因此，辍学离开了家庭，开始一个人在世界上流浪，向着心目中的远方进发。在成人世界里，"我"见识了各色人等，接触到了广袤的世界，也认识了人心的深广。虽然这部小说被《纽约时报》评选为年度十大好书。但是，我觉得这部小说不是很理想，没有超越村上春树自己。比如，同样是少年题材的小说，我想起阿玛杜·库鲁马的《血腥童子军》和库切的《迈克尔·K所生活的时代》，其中所描绘的更加严酷的社会现实给少年主人公造成的内心创伤，使得村上春树的这部作品显得小巫见大巫了。而从描绘外部世界的广阔程度来说，索尔·贝娄的《奥吉·马奇历险记》也更胜一筹，读者可以找来这几本书对照着阅读，自有心得。

村上春树的第十一部长篇小说是《天黑以后》，出版于2004年。小说的篇幅不大，中文在十一万字，讲述东京某一天，从夜晚11点56分到次日凌晨6点52分的时间里，一个从中国偷渡到日本沦为妓女的女子，因为来了月经而被一个叫白川的男人殴打，由此，展开了在东京的一个夜晚，几个人物之间的纠缠和社会关系。小说就像一个切片，切入到现代大都市夜晚的生活中，将夜晚的罪恶、人性的扭曲、物欲的疯狂和世界的无序呈现了出来。时间在迅速地流逝，而人的命运也在时间中发生变化。我觉得，这部小说在叙事上比较新奇，带有法国新小说派的一些痕迹，有着对时间的痕迹和物质空间的精确描绘，不同于村上春树那些以青春逝去的哀伤为主调的小说。写这部小说的时候，村上春树已经五十五岁了，如果他还在哀叹青春逝去，那实在有些矫情了。因此，村上春树不得不离开了自己早年孜孜以求的对青春世界的关注，走上了探索人性之恶和都市背后的黑暗事物之路。

2009年，日本各大书店都在醒目的位置摆放出村上春树花了四年时间写就的长篇小说新作《IQ84》，从题目上看，与英国作家奥威尔的反面乌托邦小说《1984》能扯上一点关系，有着文本上的互文性。小说是复式结构，单章讲述女主人公青豆的故事，她不光是一个健身俱乐部的教练，还是一个女杀手，专门刺杀虐待妻子的男人。双章节则讲述一个男数学老师天吾的故事，最后，两个人、两条线索都进行了交叉，主题是对当下人类社会的处境进行警告：要防止邪恶小人破坏。由于《IQ84》第一、二卷的热卖，村上在2010年夏天要推出这部作品的第三部。

村上春树在长篇小说的写作上，巨大的艺术成就和结构性雷同的缺陷同

281

样明显。首先，在小说的叙事模式上，村上春树几乎每一部小说都使用第一人称"我"，而且，这个第一人称"我"都可以看作是村上春树的无穷的变身，他在不断地变换身份、年龄和姿态来讲述；其次，尽管其人物和情节不断地变化，但是青春逝去的哀伤和迷惘，是他小说的主要基调，因此，他的小说就显得不那么厚重，而显得过于轻飘。依我的阅读感受，在他的十二部长篇小说中，《好风长吟》《一九七三年的弹子球》《寻羊历险记》《舞！舞！舞！》可以看成是一个主题相同、人物彼此有联系的系列小说，而题材与之相似的《挪威的森林》，也可以归入到这个系列里；《国境之南 太阳以西》《斯普特尼克恋人》则是两部情节重复、结构雷同的平庸作品；《世界尽头和冷酷仙境》《奇鸟行状录》《海边的卡夫卡》《天黑以后》《IQ84》这五部小说，则是他长篇小说中最值得分析、最好的小说。由此看，越往后，村上春树的小说写得越老辣了。

　　如今，考察这样一个已经七十岁的小说家，我很难相信他真的有这么老了，因为，他的大部分长篇小说的主题，都和青春的迷茫与失落有关系，总是和轻的、柔和的、忧伤的、爱情的、少男少女和少妇的情感世界有关，以至于我有一个"长不大的村上"的感觉，因此，就他的长篇小说来考察，我并不认为他是一个伟大的小说家，在他的长篇小说中，二手经验、西方文化舶来品和流行性符号太多，缺乏一个伟大作家的精神历险和灵魂深处的痛苦。和大江健三郎相比，他就像是一个不愿意长大的孩子。大江健三郎的确比村上春树要更加深厚和更有社会责任感，也更有文学的想象力。当然，这么比也许不是那么合适。

三、村上春树的短篇小说和其他作品

　　和村上春树的长篇小说相比，他的短篇小说则写得很漂亮，很难挑毛病，是独树一帜的。在 20 世纪末期，甚至在新千年的世界文坛上，他的短篇小说都堪称具有自己独特风格的一流短篇小说。2006 年，村上春树凭借短篇小说《盲柳睡女》获得了爱尔兰第二届弗兰克·奥康纳国际短篇小说奖，同一年，他还获得了捷克的卡夫卡国际小说奖。这两个欧洲国际小说奖的获得，标志着村上春树在短篇小说方面达到的世界一流水准。

　　我统计了一下，到 2009 年，村上春树创作出的标准长度的短篇小说大概有七十多篇，大都收录在短篇小说集《去中国的小船》（1983）、《袋鼠佳日》（1983）、《萤》（1984）、《旋转木马鏖战记》（1985）、《再袭面包店》

（1986）、《电视人》（1990）、《列克星敦的幽灵》（1996）、《神的孩子全跳舞》（2000）、《东京奇谭集》（2005）等中。他的短篇小说形式感非常强，控制力和情绪的张力都很大，情节的转换和铺陈都很精到，大都短小精悍，叙述从容不迫，语言生动而有透明感，这可能和他喜欢美国"简约派"小说家雷蒙德·卡佛有很大关系。另外，像是《大象失踪》《再袭面包店》《电视人》等，都有一个异化的核心意象在小说里起象征、暗示和隐喻的作用。我还记得他有一个短篇小说叫作《背带短裤》，讲述一个女人旅行欧洲，在那里给丈夫买了一条背带短裤，并让当地一个男人试穿了一下，结果发现那个男人穿上也很合适。于是，这个女人回到日本，就坚决地和丈夫离婚了，原因就是竟然还有别的男人穿上那条短裤也很合适。这其中传达出非常难以言表的对婚姻的感受，非常微妙和精彩。

此外，他还有一些超短篇，就是每一篇只有几百字的小说，写得也特别有趣，大都收录在《夜半蜘蛛猴》（彩图短篇小说集）（1995）、《象厂喜剧》（彩图短篇小说集）（1983）中。这些只有几百个字的超级短小说，往往可以以小见大地呈现出一个精粹的世界来。

除了上述短篇小说集，村上春树还出版了大量随笔、对话、童话、绘图本、摄影配文字和其他非虚构作品，其中，随笔集有《爵士乐群英谱》（1997）、《终究悲哀的外国语》（1994）、《如果我们的语言是威士忌》（1999）、《朗格汉岛的午后》（1986）、《村上朝日堂　嗨荷》（1989）、《村上朝日堂》（1984）、《村上朝日堂是如何铸造的》（1997）、《村上朝日堂日记：旋涡猫的找法》（1996）、《日出国的工厂》（1987）、《翻译夜话》（2000）、《为年轻读者讲解短篇小说》（1997）等。另外，村上春树写有游记《雨天　炎天》（1990）、《边境　近境》（1998）、《远方的鼓》（1990），童话《羊男的圣诞节》等。村上春树还有描写东京地铁沙林毒气事件的纪实报告文学采访实录《地下》（1997），以及《在约定的场所：地下之二》（1998），描述自己在美国旅居期间写下的关于跑步的日记体随笔《当我谈论跑步时，我谈些什么》（2008），十分有趣。村上春树是一个痴迷于跑步的人，他还跑过马拉松，是一个名副其实的慢跑爱好者。

村上春树还翻译了很多美国作家的短篇小说，比如菲茨杰拉德、约翰·欧文、保罗·塞罗克斯、杜鲁门·卡波蒂、蒂姆·奥布莱恩、塞林格等人的小说。他翻译得最多的是雷蒙德·卡佛的短篇小说，他竟然把他所有的短篇小说都翻译成了日文。近些年，村上春树的国际影响与日俱增，获得过捷克卡夫卡国际小说奖、以色列耶路撒冷文学奖和奥康纳国际小说奖等。

村上春树的小说有一个重要的特点，就是他打通了通俗小说和严肃小说的界限，将快餐小说中的元素和他对时代的敏锐观察联结起来，描绘了物化时代里的迷茫和追寻。他的作品大都表现了青春期的困惑，以及翻越这道门槛时的困难。不过，村上春树的作品从不给你提供一个确切的答案，他让答案在风中飘——就像是"猫王"的一首同名歌曲唱的那样"他和你一起在空中飞，但是不落到地上来"。他的作品对那些在商业和市场经济的压力下人的异化感表达很突出。不过，在这个方面，很多日本作家都有出色的描绘，像安部公房笔下的现代人的异化，更令人触目惊心。相比较，村上春树笔下的异化，往往以一个男人从婚姻的牢笼中出发作为最大的老套，然后去经历各种奇遇，这些奇遇有的是村上春树的各种奇思妙想，有的想象则并不精彩，我认为和美国好莱坞的一般警匪片差不多。但村上春树确实抓住了一些当代人的基本精神状况，他还是有着充沛的才气和非凡的创造力。他似乎在历史感和文学要自觉承担的责任上游移不定，不喜欢介入社会性的文学。有些最重要的东西被他抓到了，但他似乎又让它们轻易地溜走了，这也是我感到稍许遗憾的地方。但无论如何，村上春树都是一个巨大的存在，是不可忽视的当代杰出的小说家。

原载《广州文艺》2009 年第 10 期

推荐书目

《挪威的森林》，林少华译，漓江出版社 1989 年版

《挪威的森林》（全译本），林少华译，上海译文出版社 2001 年 2 月版

《好风长吟》，林少华译，漓江出版社 1992 年 8 月版

《一九七三年的弹子球》，林少华译，上海译文出版社 2001 年 8 月版

《世界尽头与冷酷仙境》，林少华译，漓江出版社 1996 年 7 月版

《寻羊冒险记》，林少华译，漓江出版社 1997 年 5 月版

《青春的舞步》，林少华译，漓江出版社 1996 年 8 月版

《奇鸟行状录》，林少华译，译林出版社 1997 年 9 月版

《国境以南 太阳以西》，林少华译，上海译文出版社 2001 年 8 月版

《斯普特尼克恋人》，林少华译，上海译文出版社 2001 年 8 月版

《海边的卡夫卡》，林少华译，上海译文出版社 2003 年 4 月版

《天黑以后》，林少华译，上海译文出版社 2005 年 4 月版

《IQ84》（一），施小炜译，南海出版公司 2010 年 5 月版

《IQ84》（二），施小炜译，南海出版公司 2010 年 6 月版

《IQ84》（三），施小炜译，南海出版公司 2011 年 1 月版

《象的失踪》，林少华译，漓江出版社 1997 年 5 月版

《电视人》，林少华译，上海译文出版社 2002 年 12 月版

《遇到百分之百的女孩》，林少华译，上海译文出版社 2002 年 12 月版

《旋转木马鏖战记》，林少华译，上海译文出版社 2002 年 9 月版

《去中国的小船》，林少华译，上海译文出版社 2002 年 6 月版

《萤》，林少华译，上海译文出版社 2002 年 12 月版

《列克星敦的幽灵》，林少华译，上海译文出版社 2002 年 9 月版

《神的孩子全跳舞》，林少华译，上海译文出版社 2002 年 6 月版

《东京奇谭集》，林少华译，上海译文出版社 2002 年 7 月版

《夜半蜘蛛猴》，林少华译，上海译文出版社 2001 年 8 月版

《象厂喜剧》，林少华译，上海译文出版社 2002 年 4 月版

《爵士乐群英谱》，林少华译，上海译文出版社 2002 年 9 月版

《朗格汉岛的午后》，林少华译，上海译文出版社 2004 年 1 月版

《如果我们的语言是威士忌》，林少华译，上海译文出版社 2004 年 1 月版

《当我谈跑步时，我谈些什么》，施小炜译，南海出版公司 2009 年 1 月版

《村上春树杂文集》，赖明珠译，台湾时报文化出版公司 2012 年 2 月版

《无比芜杂的心绪：村上春树杂文集》，施小炜译，南海出版公司 2013 年 4 月版

莫言：来自故乡和大地的说书人

一

任何一位评论家，要想对自 20 世纪 70 年代末期开始，30 年的中国当代文学的发展新阶段作一个精确描述，都十分不容易，因为，当代文学是一直是不断地生长着的，时刻随着中国社会的变化而变化。这三十年，不仅中国社会发生了巨大的变革，文学，尤其是小说本身也发生了巨大的变革。其中，涌现出很多杰出的作家，都是值得分析的标本，这其中，莫言是一位佼佼者。在我看来，这三十年当代汉语小说的发展，就如同中国的 GDP 总量在不断地追赶发达国家，到 2010 年已经超越日本位居世界第二一样，我们的小说家也以三十年的时间，以时空压缩的方式，将西方近百年的现代主义、后现代主义等各个文学思潮和流派，以学习、模仿、借鉴的方式挪移到汉语的写作语境中，并激发和创造出汉语文学本身的创造性因子，形成了文学爆破或者复兴的局面。

莫言，原名管谟业，1955 年 2 月出生在山东高密县的农村，家庭人丁兴旺，但是，和当时大多数中国农村家庭一样处于贫困之中，饥饿感是莫言小时候最强烈的印象。小学五年级，莫言就因为家庭贫困而辍学，回家务农。十八岁的时候，他到高密县棉花加工厂当工人，二十一岁那一年应征入伍，参军离开了家乡。在部队里，莫言从战士、班长、教员、干事、创作员，一路到了副师级创作员，最早写作的短篇小说，因为他自己不满意，都烧毁了原稿。1984年到1986年，莫言在解放军艺术学院上学，1991年毕业于北京师范大学和鲁迅文学院联合举办的作家班，获得了文学硕士学位。1997年，莫言转业到最高人民检察院所属的《检察日报》工作，后又调到了中国艺术研究院，从事专业的写作和研究，并兼任山东大学中文系教授等职。以上是莫言简单的履历，这些外部的履历显然在他的写作中打上了鲜明的烙印。

莫言自1981年开始正式发表文学作品，他最早刊发的是短篇小说《春夜雨霏霏》，发表在河北保定市办的文学杂志《莲池》上。接着，他最早的几篇小说《丑兵》《因为孩子》《售棉大路》和《民间音乐》都发表在这家杂志上。这带给了莫言巨大的鼓励，从此，他开始为人所注意，并走上了文学之路。在中国20世纪小说中，从沈从文到孙犁、汪曾祺、贾平凹，有着一条清晰可见的地域文化小说的"清流派"风格，而莫言的《民间音乐》，其中所弥漫着的空灵和氤氲的感觉，打动了老作家孙犁，获得了他的褒奖，他专门撰写了评论文章给予鼓励。这样，1984年，莫言就怀揣着孙犁的评论和那几篇小说，在著名作家徐怀中的赏识推举下，以优异的成绩考入解放军艺术学院这个军队最高文学艺术学府深造，改变了自己的命运。在解放军艺术学院，莫言开始系统地阅读外国文学，在那个时期，深受加西亚·马尔克斯、威廉·福克纳以及阿斯塔菲耶夫和劳伦斯小说的影响，逐渐地意识到自己的写作方向。1984年初冬，他写出了震动文坛的中篇小说《透明的红萝卜》，发表在《中国作家》1985年第二期上，评论家冯牧随之主持召开了这篇小说的研讨会，在莅临研讨会的一些评论家的一片赞扬之下，莫言由此一鸣惊人。

二

《透明的红萝卜》原来叫《金色的红萝卜》，由当时的解放军艺术学院文学系主任徐怀中改成了《透明的红萝卜》，立即使小说饱含了一种别样的空灵和灵动感。小说来自莫言自己做的一个梦，他梦见了在一块开阔的红萝卜地里，从一间草棚里走出来一个身穿红色衣服的、身材丰满的姑娘，手里拿着一把鱼叉，鱼叉上叉着一根红萝卜，迎着初升的金色太阳，向他走来。莫言醒来之后，久久地为这个梦中的形象和意象所激动。他用了两周的时间，就修改完成了这部小说。小说描绘的是他的童年经验，主人公叫黑孩，黑孩幼年丧母，他在一个特定的年代里经历了外部世界的震撼性影响，但那些外部影响都是通过黑孩自己的感觉来书写的，以个人化的印象和感觉，细腻空灵地描绘了灾难和贫乏的年代，带给少年内心的荒芜和惶惑。小说故事的讲述并不完整，采取了片段式的叙述，需要读者自己去拼贴。最终，读者读完这部小说，留在内心的是一种关于童年回忆的氤氲和恍惚。莫言发挥了他所擅长的书写方式，将世界万物在一个孩子的内心映像，以感觉的笔触写出，老铁匠、小石匠、红衣姑娘和透明的红萝卜之间的关系，在黑孩的内心纠结成复杂的、关于世界的最初印象。《透明的红萝卜》在汉语小说语境里的出现，改变了当时小说所承载的现实、历史和文化清算与批判的老面目，以内省和感觉的语言方式，将小说出"伤痕文学""反思文学""改革文学""知青文学"等外部符号化写作，引领到更加注重内心和艺术品质的道路上。

1984年冬天，莫言还写出了中篇小说《红高粱》。这部后来由张艺谋改编成了同名电影而享誉全球的小说，创作动因很简单：在军艺召开的一次关于战争文学的研讨会上，有老作家充满了忧虑地说："年青一代没有经历过战争，因此，很难写好战争年代。"莫言初生牛犊不怕虎，他站起来发言："我们可以通过别的方式来弥补这个缺陷。没有听过放枪放炮但我听过放鞭炮；没有见过杀人但我见过杀猪甚至亲手杀过鸡；没有亲手跟日本鬼子拼过刺刀但我在电影上见过。因为小说家的创作不是要复制历史，那是历史学家的任务。小说家写战争——人类历史进程中这一愚昧现象，他所要表现的是战争对人灵魂的扭曲或者是人性在战争中的变异。从这个意义上说，即便是没有经历过战争的人，也可以写战争。"他的发言被在场的人怀疑并且暗地里嗤之以鼻。但是不久，他就捧出来了小说《红高粱》，立即引起了震动。小说的叙述方式十分独特，以"我爷爷、我奶奶"的叙述方式，将第一人称和第三人称结合起来，创造出贴近历史情景、复活历史想象的功效。小说讲述了中国抗日战争时期，在山东发生的民众抗击日本侵略者的故事，同时，还讲述了那个年代里浪漫、严酷和激情的爱情故事，对战争时期做了全新角度的阐释，小说本身也有着巨大的张力。被张艺谋改编成电影之后，接连在国际电影节上获得大奖，小说也获得了第四届全国优秀中篇小说奖。于是，莫言一鼓作气，接连发表了《红高粱家族》系列中的《高粱酒》《高粱殡》《狗道》《奇死》等中篇小说。在《红高粱家族》的题记中，莫言写道："谨以此书召唤那些游荡在我的故乡无边无际的高梁地里的英魂和冤魂。我是你们的不肖子孙，我愿扒出我的被酱油腌透了的心，切碎，放在三个碗里，摆在高粱地里。伏惟尚飨！尚飨！"

在1985年随后的几年间，对于莫言来说，是一个井喷时期，短短三四年的时间里，他就在国内有影响的《收获》《人民文学》等杂志接连发表了《欢乐》《筑路》《爆炸》《金发婴儿》《红蝗》《大风》《白狗秋千架》等十多篇脍炙人口、想象力奇崛的中短篇小说；出版了三部长篇小说《红高粱家族》、《天堂蒜薹之歌》和《十三步》。其中，我发现，《红高粱家族》在第一版是由七个相互关联但内部结构松散的中篇构成，在后来的定版中，后面两个中篇《野种》和《野人》不见了，也许是因为，后者在叙述时间上已经延伸到了解放后，和《红高粱家族》前五部内部的叙述时间主要集中在抗日战争时期不一致，因此，后来在编定文集的时候，莫言将《野种》和《野人》作为单独的中篇小说来处理了。

长篇小说《天堂蒜薹之歌》的写作可能是突如其来地出现在莫言的写作中的。小说取材于山东某县一个真实发生的事件：县政府因为号召农民大种蒜薹，最终导致蒜薹丰收后无法被收购，愤怒的农民群起抗议，并冲击了县政府，将丰收之后的蒜薹都丢进县政府机关大院里。出身农民家庭的莫言听到这个消息，自然是义愤难平，他在很短的时间里就完成了这部小说。在小说初版的题记中，他写了这样一句话："小说家总是想远离政治，小说却自己逼近了政治。小说家总是关心'人的命运'，却忘了关心自己的命运。这就是他们的悲剧所在。"莫言以关心当下现实的无畏和激愤，写出了这部带有明显批判现实色彩的小说。在小说的结构上，使用了类似结构现实主义的手法，莫言采用了民间艺人瞎子张扣的演唱词来"串场"，将虚构的这起蒜薹事件里的参与者高羊和高马兄弟的故事，穿插在其中，演绎了一出农村的当代生活悲剧。小说的叙述语调有着一种明快、迅疾的节奏。小说的结尾，将报纸关于这起事件的新闻报道作为对小说人物命运的呼应而结束，体现出莫言作为一个当代作家的正义、良心和关心社会现实的责任感。

长篇小说《十三步》是一部带有实验性的小说。它以一位中学老师方富贵在讲课的时候猝死为开端，由此，引发了社会对此的各种反响，将20世纪80年代后期，特殊的中国文化和人的基本生态呈现了出来。莫言在写这部小说的时候，似乎进入到一种忘我和无我的境地，他自由地进行着人称的转换和场景的转换，人物内心的独白和社会群体的喧哗，多个声音一起喧响。在小说中，第二人称的运用驾轻就熟，将活人的世界和死人的感受全部汇合在一起，对知识分子的悲剧性打量和对中国社会现实的批判，带给我们关于人生的悲剧性思考。

1993 年，莫言出版了他的第四部长篇小说《酒国》。小说在刚出版的时候，并未引起注意，但在后来，这部小说越来越显示出它的重要性。在我看来，《酒国》文体庞杂，是一部结合了侦探小说、批判现实主义、结构现实主义小说和魔幻现实主义风格的作品，还带有后现代小说和元小说的艺术特点，因为它既是一部小说，又是一部关于小说的小说——中间夹杂了大量作者和一个文学青年李一斗关于文学创作的通信，以及李一斗自己的文章。同时，莫言又将那奇崛的想象和对中国社会现实的关注与批判注入其中。小说借用了侦探小说的外壳，讲述了检察院侦察员丁钩儿前往一家煤矿调查一桩吃婴事件，并且在权力、美酒和女人之间周旋的故事。在结构上，莫言尝试了多条线索共同推进，构成了互文性，既虚构了一个小说，又以探讨小说写法的方式，最终解构了小说，使小说具有了庞杂的、多重的结构、主题和意义。小说还探讨了中国国民性，探讨了中国人喜欢喝酒的原因，因此，它在多年之后依旧是莫言最值得研究的小说之一。《酒国》在 2001 年获得了法国"儒尔·巴泰雍"外国文学奖。

1993 年，他出版了长篇小说《食草家族》，在小说的题记中，莫言说："这本书是我于 1987—1989 年间陆续完成的。书中表达了我渴望通过吃草净化灵魂的强烈愿望，表达了我对大自然的敬畏与膜拜，表达了我对蹼膜的恐惧，表达了我对性爱与暴力的看法，表达了我对传说和神话的理解，当然也表达了我的爱与恨，当然也坦露了我的灵魂，丑的和美的，光明的和阴晦的，浮在水面的冰和潜在水下的冰，梦境与现实。"和以中篇小说串起来的《红高粱家族》一样，《食草家族》在结构上是由几个中短篇小说构成，但它们都有着统一的语调、主题和语感。《食草家族》显然和神话、梦境有着直接的关系，它远离了历史和现实的层面，进入到一个地域、一个种群生活的神话原型和传说里去了。《食草家族》由《红蝗》《玫瑰玫瑰香气扑鼻》《生蹼的祖先》《复仇记》《二姑随后就到》《马驹横穿沼泽》等六个章节构成，其中，从篇幅上看，《马驹横穿沼泽》是一个短篇，其他五个是中篇。阅读这部小说，我们似乎进入到一片洪荒的世界中，在那个世界里，人们还在吃草，刚刚从水世界里进化到岸上，为了脚趾间还残存着未进化完全的脚蹼而感到恐惧。那是一个原始的、地域文化的、神话和民俗的、巫术横行的世界，在这个世界里，我们所熟悉的 20 世纪中国历史的一些片段被镶嵌进去，具体的历史时间段是模糊的，但是却又是可以感觉到的。人性的、历史的、梦境的、现实的、神话的、民俗的、爱情的、暴力的、权力的和慈爱的，都在一个平面上，以六个侧面的方式展开来，而人类学、民俗学、神话学和弗洛伊德精神分析理论，都是进入这部小说的门径，随你解读。

三

1994 年，在莫言的生活中发生了一件大事：他的七十二岁的母亲去世了。母亲去世一年之后，他开始写作他最具雄心的长篇小说《丰乳肥臀》，这部六十万字的巨著在《大家》杂志上连载，并且获得了该杂志的十万元文学大奖。作家出版社于同年 12 月出版了单行本，不久，就遭到了文化保守势力的批判。首先，《丰乳肥臀》这部小说的书名就使得那些卫道士们感到恼怒。其实，这个书名就是"母亲大地"的意思。它是一部献给中国母亲的颂歌，是一部饱含了浪漫色彩和历史伤痛的小说，它篇幅巨大，主题宏阔。莫言想借助这部小说表达他对母亲，对大地、对饱经沧桑、饱受蹂躏的 20 世纪中国人民的景仰。小说塑造了上官鲁氏这个母亲形象，她活到了九十五岁，经历了 20 世纪各种政治、战争和自然灾害的磨难，艰难地生育了八个女儿和一个儿子，晚年信仰基督教。小说的核心人物是她的第九个孩子上官金童，他一出生，就迷恋母亲的乳房，后来得了现代生理学所说的"恋乳癖"，只要离开女人的乳房，他就没法生活，从而成为小说中一个核心象征。小说中，母亲养育孩子的历史，同时也是中国历史在个体生命身上打下深刻烙印的历史。小说中，在中国大地上较量和驰骋的各种力量，共产党、国民党、游击队、土匪、日本侵略军、地主、传教士等纷纷登场，在小说中以各种关系纠葛和缠斗着，演绎着历史和生命的激情与荒谬。最终，莫言通过这部小说，将 20 世纪尤其是后半叶，中国大地上的风云变幻，以种种人物命运的纠葛呈现了出来。在小说中，男人如同落叶一样在历史中飘零，而母亲则如大树一样顽强生活，并且不断地生儿育女。小说有着宏大的内部结构和追求，我想，应该是印证和达到了哈金所说的"伟大的中国小说"的水准。莫言自己说："《丰乳肥臀》集中地表达了我对历史、乡土、生命等古老问题的看法，毫无疑问，《丰乳肥臀》是我文学殿堂里一块最重的基石，一旦抽掉这块基石，整座殿堂就会倒塌。"但是，值得 提的是，

《丰乳肥臀》在当时被攻击和批判，还是影响了莫言的写作，导致他心绪不佳，在 1995、1996、1997 年三年中，只写了一出话剧《霸王别姬》。

1997 年底，莫言由部队转业到检察日报社工作，于次年开始，又接连发表了《牛》《师傅越来越幽默》《三十年前的一场长跑比赛》《野骡子》《拇指铐》《蝗虫奇谈》《司令的女人》等十多篇中短篇小说，出版了散文集《会唱歌的墙》。1999 年，他出版了长篇小说《红树林》。《红树林》是一部当代题材的作品，这和莫言转业到《检察日报》并负责影视剧本的工作有关。我认为，这是莫言的长篇小说中水准最低的一部，这可能跟迁就了影视剧有关系。一开始，我甚至怀疑这就是一部电视剧的剧本，但是，阅读之后，根据结构、语言、形式和语调来判断，我觉得，这还是一部小说。《红树林》讲述了南部省份的一桩案件，可以说，是一部带有社会犯罪小说和侦破小说的外形，内里有着强烈批判现实精神的作品。不过，主题先行和作者对题材本身的陌生——它离开了莫言所熟悉的山东高密东北乡这个他所缔造的文学故乡和国度，写起了在海南生产珍珠的姑娘，写起了遭到大面积破坏濒临灭绝的红树林和由此导致的刑事案件，自然有点别扭。当莫言离开了对故乡的叙述和打量，他立即显得气血不足，因此《红树林》是比较一般的作品，不过，由于其高超的叙述技巧和语言风格，并不失莫言的水准。

2001 年，莫言出版了长篇小说《檀香刑》，这是莫言迄今为止最重要的长篇小说之一。在二十多年的写作经验积累之后，莫言打算越过更高的台阶，于是，《檀香刑》果然达到了新高度。总体看，《檀香刑》是一部历史小说，但又是一部当代小说。最近三十年出版的大量历史小说中，我看到的，都是那些描绘帝王将相、才子佳人的伪历史小说，这些小说有着一种媚俗的气息，大都沦为了休闲读物，丧失了历史批判的激情和对历史情境的文学呈现，都在外部打转。而《檀香刑》则是一部不折不扣的杰作，它打着历史小说的幌子，却颠覆了历史小说，同时，又从本土文化历史资源中获取了创造性的灵感和源泉。按照莫言自己的说法，他要在这部小说的结构和叙述上"大踏步撤退"——在结构上，它分为"凤头部""猪肚部"和"豹尾部"，带有将中国传统小说结构化为自我结构的方式，章节的安排和古代章回小说有呼应关系，但是，却又真正地抵达了现代小说的终点。表面上看，它从传统的中国小说甚至是民间文学当中吸取了相当的营养成分，有很多民间说部的外形，也有民间说唱文学的影子。而且，这部小说首先就强调了声音，对声音的强调恰恰是现代小说的特点，莫言的这本书，着重写了内心的声音、火车的声音、地方戏猫腔的声音，这些声音带着历史的全部信息，这声调高低音质各异的声音，不断地把小说的叙述推向了真正的高潮。它的大部分叙述，都是由小说主人公的内心独白构成——在小说的第一和第三部分，全都是主人公自己来叙述故事的来龙去脉。在叙述人的讲述当中，小说的内部时间也不是线性的，而是交叉重叠的，从过去到未来，又从未来回到了现在和过去，从而把一个发生在1900年，清朝即将结束统治时的历史事件描绘得异常鲜艳和复杂、激越和斑驳、生动和宏阔。对小说内部时间的探寻、对小说内部空间的探索，是20世纪以来，西方各现代主义文学流派和后现代主义小说所着力突破的地方，莫言在写这部小说的时候，对此显然已经了然于心。小说中，对中国历史和传统文化的批判非常激烈和彻底；对比如凌迟和檀香刑这类酷刑的逼真描绘，是小说最触目惊心的地方。阅读这样的章节，是需要读者有强健的神经的。对酷刑的真切描绘，是莫言的小说叙事走向狂欢化的高潮叙述的最后铺垫。在莫言过去的小说杰作当中，都有着一种狂欢的叙述语调和氛围。在《檀香刑》当中，莫言再次找到了这种狂欢化叙述的调子，通过把小说人物逐渐推向行刑台进行凌迟，从而让小说主人公把一出无比悲壮的历史活剧在一阵紧似一阵的语言的激流里，推向了大结局的大悲大喜的高潮乐章之中。在小说的结尾，几个主人公全部在行刑场所出现，这一幕就像是历史上最伟大的戏剧场景汇总那样，所有紧紧纠缠的人物关系，都一次了断了，在一个舞台上全部有所交代，达到了最终的，死亡和狂欢之后的平静与死寂，小说也就完美地结束了。

这部小说给我的感受很复杂，从这部小说中，我看到了影响莫言的各种元素：传统说部、民间说唱、意识流、莎士比亚戏剧、魔幻现实主义、地方史志等。文学评论家李敬泽在评论这部小说的时候说："莫言已成'正典'。他巨大的胃口、充沛的体能，他的欢乐和残忍，他的宽阔、绚烂，乃至他的古怪，二十多年来一直是现代汉语文学的重要景观……《檀香刑》是一部伟大的作品，从小说的第二句开始一直到小说的最后一句，莫言一退十万八千里，他以惊人的规模、惊人的革命彻底性把小说带回了他的故乡高密，带回中国人的耳边和嘴边，带回我们古典和乡土的伟大传统的地平线。《檀香刑》是21世纪第一部重要的中国小说，它的出现体现着历史的对称之美，莫言也不再是一个小说家，他成了说书人。"李敬泽给予《檀香刑》这样高的评价，是因为它将像一个标杆，是我们从传统文学文化资源中获得再生性力量的一个开端，"它写出的是我们的历史，但它也在形成文化和文学的未来的历史"。

四

2003 年，莫言出版了他的第九部长篇小说《四十一炮》。这部小说系由莫言过去的一个中篇小说《野骡子》发展而来。当地人喜欢把吹牛撒谎的人叫"炮孩子"，小说是第一人称叙述，讲述主人公罗小通这个"炮孩子"在一座庙宇中，向一个和尚讲述他过去的童年遭遇。他的讲述真真假假，谎言和夸张、真实和掩饰都有。罗小通的身体长大了，但是精神状态却留在了童年状态里，这种样子刚好和德国作家君特·格拉斯的小说《铁皮鼓》里面，侏儒奥斯卡身体处于儿童的状态、精神却已经是成人相反。莫言显然受到了启发，并且反其道而行之，将罗小通这么一个对成人世界感到恐惧的少年的讲述滔滔不绝地铺陈而出，把一个作家对少年时代的留恋，对童年时光的回忆，以及对眼下这个世界，权力不断地破坏环境和人心的现实，都做了变形的展现。小说中，总是有着一种难言的悲戚和义愤，在小说的最后，似乎是在想象中，罗小通向他厌恶的各种人开了四十一炮，射出了四十一发炮弹，把他厌恶的一切炸得粉碎。于是，一种在讲述中完成的，少年记忆的复原图，就构成了现在的小说《四十一炮》。这部小说为莫言摘取了 2004 年度的华语文学传媒大奖·年度杰出成就奖。不过，自《檀香刑》出版之后，人们期待着莫言对自己能够有更大的超越，但是《四十一炮》还不能构成这种超越。

到了 2006 年，莫言出版了他的第十部长篇小说《生死疲劳》，形成了某种再度超越自我的架势。《生死疲劳》使莫言再度回到对多变、复杂、荒诞和鬼魅的中国现当代史的讲述当中。莫言总是能够为自己的小说找到一种恰当的形式，如果他没有找到某种让他兴奋的形式，即使小说已经开工了，他也会突然兴味索然，停工不干。在和莫言的一次交谈中，他告诉我，他曾经有过写了十万字，忽然就再也写不下去，完全推翻了初稿的经历。《生死疲劳》套用了佛教里的六道轮回的故事，讲述了新中国成立之后地主西门闹被枪毙，在随后的岁月里不断地转生为驴、牛、猪、狗、猴和大头婴儿蓝千岁，在他（它）转生的过程中，中国当代农村的风云变幻，戏剧性地在它（他）的眼睛里重现。小说分为五个部分，分别是"驴折腾""牛犟劲""猪撒欢""狗精神"和"结局与开端"，形式上采取了中国古代章回体小说的形式，每一个章节都有对称的章回回目出现，除了第五章。在小说的结尾处，叙述似乎回到了起点，小说的最后一句话和小说的开头完全一样，从而形成了一个叙述的圆环。《生死疲劳》的叙述依旧保持着一种狂欢的语调，把地主西门闹和农民蓝解放一家的故事讲述得充满了令人叹嘘的狂笑和悲喜。人生的生死悲欣、欢乐与苦难的互相转换，如同慈悲的大河滔滔，缓慢地流过我们的脑海。莫言是有野心的，他通过《生死疲劳》完成了对中国半个世纪土地问题和农民命运的一个重新的讲述，并创造出了中国人经验中的史诗篇章。尽管有人说这部小说显得过于粗粝，但我仍旧觉得，在莫言的小说中，《生死疲劳》是一部上乘之作，是可以和拉什迪的杰作《午夜的孩子》相媲美的作品，是 21 世纪一部很重要的汉语小说。这部小说获得了《十月》优秀作品奖（2007）、香港"世界华文长篇小说奖·红楼梦奖"（2008）等奖项。

2009 年 12 月，莫言又出版了长篇小说《蛙》，小说的结构精巧，在小说中还包藏着一个话剧剧本，形成了文本回响的结构。小说讲述了作品主人公的姑姑的故事，这个姑姑是一个乡村医生，主要负责计划生育。小说是书信体，以作者向一个日本作家杉谷义人写信的方式结构了全书，是一部上乘之作。仔细阅读莫言的长篇小说，我觉得，从《檀香刑》《红高粱家族》到《丰乳肥臀》再到《生死疲劳》，这四部长篇小说在内部的叙述时间上有着连续性，即从 1900 年一直到 2000 年这一百年。有些小说的部分情节，有一定的交叉和重叠。这四部小说加起来共一百七十万字左右，也许可以看成是一个更加巨大的小说，它所使用的文学技法，包括了具有中国特色的魔幻现实主义、民间说唱文学、中国古代章回小说等混杂元素，共同构成了一幅人物众多、命运跌宕、波澜壮阔的画卷。其他六部长篇小说中，《天堂蒜薹之歌》《酒国》《红树林》对当代中国社会注入了强烈关切，在手法上将结构主义、批判现实主义和荒诞小说的特点结合起来。而《十三步》《食草家族》和《四十一炮》，则分别从叙述人称、神话原型和意识流与声音的多层次展示来进行文学实验，对地域文化和神话、对知识分子精神困境、对童年记忆的深刻还原，都做了多方面的探索，也是很好的作品。

莫言的小说总是有着巨大的雄心。他的小说有着大象一样的体量和气质，他的讲述总是如同大河一样滚滚而来，因此，精致和婉约、拘谨和小心绝不是莫言的美学风格。他的小说逐渐获得了一种中国新小说的气派，因为，他的小说是从故乡出发，又超越了"故乡"，表述了 20 世纪中国人复杂的经验，并传达出中国精神的小说。莫言关于文学理论的文章，有两篇值得特别关注，一篇是《捍卫长篇小说的尊严》，在这篇文章里，莫言谈到了长篇小说的长度、难度和密度是长篇小说保持自己尊严的标志，这个观点得到了很多作家的热烈响应。还有一篇文章，是他的演讲辞《试论当代文学创作中的九大关系》，分别从文学和阶级、文学和政治、文学和生活、文学的思想性、文学和作家的人格、文学与继承和创新、文学与大众、文学的民族性和世界性、文学创作和文学批评之间的关系，系统地阐述了他对于上述问题的看法，生动而妙趣横生。

莫言是具有世界影响的当代中国作家之一，他获得过法兰西文化艺术骑士勋章（2004）、意大利诺尼诺国际文学奖、美国俄克拉荷马纽曼华语文学奖，并继巴金之后，成为第二个获得了日本福冈亚洲文化奖的中国作家，其作品被翻译成四十多种文字在很多国家出版，为中国当代文学争取了世界性声誉，并且多次被大江健三郎等作家和学者推荐为诺贝尔文学奖的候选人，于2012年获得诺贝尔文学奖。

在《檀香刑》出版时，莫言就宣称，他要"大踏步地撤退"，撤退到从中国本土、古代和民间中去寻找小说再生样式的状态里，因此引发了热烈的讨论。我想，敏感而才华横溢的莫言这么做，绝对是意识到了当代汉语小说的问题，那就是，无论是语言还是形式，无论是主题还是内容，都因受到了过多西方小说的影响而显得欧化了。因此，要写出"中国气派"的小说，写出"伟大的中国小说"，必须从自己的文化资源里、从故乡民间文化中寻找再生性资源。这谈何容易啊，但莫言做到了。在他晚近的小说中，在某种中国小说的形式外壳中，都装着一种洋溢着现代精神的小说新酒。可以说，莫言从欧洲、美洲和亚洲作家那里，借鉴了很多小说的技法、形式和美学观点，创造性地写出了独特的、有着鲜明的自我烙印的作品。他强有力地将"小说的大陆漂移"这个命题进行了续写，并把世界的目光转移到了亚洲，转移到了中国，使一片神奇的、苦难的、光芒四射的大陆——中国大陆，带着一种文学的新形象，在世界文学的版图上浮现出来。

原载《杉乡文学》2012年第10期

推荐书目

《莫言文集》（五卷本），作家出版社 1996 年 5 月版

《莫言小说袖珍本》（九卷本），齐鲁书社 2002 年 7 月版

《东岳文库·莫言卷》（七卷本），山东文艺出版社 2002 年 9 月版

《莫言文集》（十二卷本），当代世界出版社 2004 年 1 月版

《莫言中篇小说集》（两卷本），作家出版社 2002 年 2 月版

《莫言小说精短系列》（三卷本），上海文艺出版社 2000 年 9 月版

《彩绘本莫言精品中篇小说》（六卷本），民族出版社 2004 年 4 月版

《说吧，莫言》（三卷本），深圳海天出版社 2007 年 7 月版

《莫言获奖长篇小说系列》（五卷本），上海文艺出版社 2008 年 11 月版

《丰乳肥臀》（增订版），中国工人出版社 2003 年 9 月版

《生死疲劳》，作家出版社 2006 年 1 月版

《会唱歌的墙》，人民日报出版社 1998 年 12 月版

《莫言散文》，浙江文艺出版社 2000 年 10 月版

《英雄美人骏马》（剧本集），花山文艺出版社 2002 年 2 月版

《小说的气味》，春风文艺出版社 2003 年 8 月版

《月光斩——莫言近作自选集》，北京十月文艺出版社 2006 年 1 月版

《莫言北海道走笔》，上海文艺出版社 2006 年 1 月版

《蛙》，上海文艺出版社 2009 年 12 月版

《莫言与高密》，莫言研究会编，中国青年出版社 2012 年 10 月版

《莫言作品系列》（十六卷），上海文艺出版社 2012 年 10 月版

《莫言文集》（二十卷），作家出版社 2012 年 10 月版

第五部分

非洲作家：
瓦解、新生与魔歌

阿西娅·杰巴尔：唤醒阿拉伯女性的沉默

一

阿拉伯国家分布于非洲北部到亚洲西部的广袤地带里，按照一般的划分，当代阿拉伯国家指的是北非的埃及、阿尔及利亚、突尼斯、摩洛哥、苏丹、利比亚、毛里塔尼亚、索马里等，以及西亚的黎巴嫩、叙利亚、伊拉克、约旦、沙特阿拉伯、巴林、阿曼、卡塔尔、阿联酋等，一共有二十多个国家。这些国家和地区通行阿拉伯语，大都信奉伊斯兰教。而现代阿拉伯文学，指的就是这些国家的文学。

最近几年，由于阿拉伯世界一些国家比如伊拉克、利比亚、叙利亚、埃及、约旦等，接连发生"革命"、战争、教派冲突和动荡，使阿拉伯的现实问题成为当代世界的重要问题，阿拉伯地区也成为世界瞩目的新焦点。

阿拉伯世界有着非常复杂的矛盾交织的文化历史、宗教政治、经济社会问题，阿拉伯作家们是怎么解读和看待正在他们身边发生的事情的？他们是如何表达阿拉伯的历史、宗教、文化、记忆、政治、战争和眼下的变革的？很多人包括我都很好奇。这也促使世界文坛，包括诺贝尔文学奖的评委们，对阿拉伯作家投以了更多的关注。

　　这其中，阿拉伯裔法国女作家阿西娅·杰巴尔非常受瞩目，她屡次成为被竞猜，可能获得诺贝尔文学奖的作家。而中国读者对她的了解十分贫乏，她的作品也只有两种中译本，需要有更多关于她作品的介绍和评价。

　　谈到对阿拉伯文学的印象，我必须承认，在当代语境和环境里，阿拉伯文学对中国文学基本没有构成太大影响。当然，古代阿拉伯文学的那些经典，还在发挥作用。埃及有几个作家，比如马哈福兹，黑托尼等男作家，对中国有一定影响。像阿西娅·杰巴尔这样，用法语写作的阿拉伯女作家，则影响甚微。但据我所知，阿拉伯女作家近些年的写作都取得了很好的成绩。

　　2000 年，黎巴嫩的女学者卜塞娜·舍阿班出版了一本《阿拉伯妇女小说100 年》。在这本书中，卜塞娜·舍阿班先从公元 7 世纪到 9 世纪那两百年谈起，证明在那个时期，就有不少阿拉伯女作家写下了很多杰出的散文、小说、故事、诗歌、谚语和论辩文章，但她们的作品基本上被以男性为主导的阿拉伯文学史"从历史的账本中删掉了"。比如，官方钦定的阿拉伯文学史认为，穆哈默德·侯赛因·海卡尔的《宰纳布》是第一部阿拉伯长篇小说，可卜塞娜·舍阿班以有力的证据，证明了《宰纳布》之前已经有十三部阿拉伯女作家创作的长篇小说出现了。同时，很多当代阿拉伯的女作家、女诗人，已经摆脱了私人性话语的书写，不光把目光放在家庭、孩子和厨房之中，而且参与到男性作家才喜欢的"宏大叙事"当中，积极地对阿拉伯世界所有的社会问题、政治问题表达态度。

　　比如生于 1942 年的科威特女诗人苏阿德·萨巴赫，她还是政治经济学博士，精通英语、法语，从 1961 年到现在，出版了十八部诗集，深刻地呈现了阿拉伯女性的处境和状况。而叙利亚女作家哈黛·萨曼、巴林女作家法姬亚·拉希德、哈娜·谢赫，她们的作品从历史、现实和哲学的角度，探讨了阿拉伯世界朝向现代性的艰难转折，并从女性的私人视角走向了"宏大叙事"，获得了耀眼的文学成果。

　　进入 21 世纪之后，又有更多的阿拉伯女作家引起了瞩目。比如，出生于1932 年的叙利亚女作家戈玛尔·凯伊莱尼创作的长篇小说《旋涡》，描述了1967 年第三次中东战争带给阿拉伯世界的挫败感；出生于 1942 年的哈黛·萨曼以长篇小说《十亿之夜》，讲述了黎巴嫩旷日持久的内战是如何被军火商、政客、毒贩和军人所操纵，小说中还塑造了一个性无能的男性学者，他面对社会乱局和女性，都是无能的。

　　出生于 1953 年的阿尔及利亚女作家艾赫拉姆·穆斯塔尼米，则从 1993 年起陆续出版了自传体三部曲《肉体的记忆》《感官的紊乱》《床帏的过客》，描绘了那场影响深远的阿尔及利亚独立革命后，真实的阿尔及利亚社会现实，不仅发行量达到了几十万册，还获得了以埃及大作家马哈福兹命名的文学奖。

　　巴勒斯坦问题也是一些女作家喜欢的题材。生于 1952 年的黎巴嫩女作家胡黛·巴拉凯特的长篇小说《禁止欢笑》，描绘了一个有洁癖的、对政治和战争完全不敏感的男人，屋外一旦发生爆炸和战斗，他就把自己的屋子打扫得更加整洁，而他那混乱的男女关系也成了他那整洁的屋子的一种反讽。这部小说的女性视角的犀利，黑色幽默和讽刺，着实让我感叹。

　　同为黎巴嫩女作家，1946 年出生的哈米黛·娜娜以长篇小说《眼中的祖国》，描绘了一个巴勒斯坦女性移民在中东背景下的困难处境。

　　从女人和性的角度书写阿拉伯世界问题的，当属埃及女作家纳娃勒·赛阿达维，她出生于 1930 年，如今已经有八十多岁了，她一共出版了四十五部小说，其中二十七部被翻译成英文。因为学过医，她的作品大都触及女性的身体意识。

　　此外，出生于 1963 年的埃及女作家萨哈尔·穆吉 1999 年出版的长篇小说《大尔雅》塑造了一个非常杰出的女诗人的一生。1968 年出生的埃及女作家米塔哈维的小说《布鲁克林高地》，于 2010 年获得了第五届马哈福兹文学奖，小说很深刻地描绘了东西方关系，在欧美也受到了欢迎。

　　上述阿拉伯女作家的确是当今阿拉伯文坛非常亮丽的一道风景。阿西娅·杰巴尔也属于小阿拉伯世界走出来的杰出女性作家的一员。不同的是，她是作为"无国界作家群"中的一个，她用法语写作，但她在各个方面都以自己的方式，与其他阿拉伯女作家遥相呼应，从而形成了阿拉伯世界女性作家的共同的、独特的风景。

二

　　阿西娅·杰巴尔 1936 年生于阿尔及利亚的海岸小城谢尔谢勒，本名法蒂玛－佐哈·伊玛拉耶。小时候全家居住在靠近米蒂贾的一个小村庄，父亲是小学的法语老师，后来，她在卜利达的寄宿学校上中学。1955 年，十九岁的她被巴黎著名高等学府——巴黎高等师范学院录取，成为该校第一位阿尔及利亚女性。我记得，萨特等很多当代法国文学大师和哲学家，都是毕业于这所学校的。

她很早就开始写作。我曾经偶然在网上看到她的一首短诗，写于她二十岁，题目是《给太阳的诗》：

> 从碧玉的牢笼／我把日子解放／它像激流的泉水／滑过我的指尖／从海的坟墓那里／我把夜晚解放／它像雨的外套／把我笼罩／从大地的床铺／我解放天空／在骄傲的闪电中／太阳飞向了王座／在世界的舞台上／我投掷太阳／它投下的影子／如此深厚／以至于失去了律法的保护

从这首诗就可以看出来阿西娅·杰巴尔的浪漫情怀，和那种渴望自由和解放的心声。而这一点，在深受传统文化、男权压迫和习俗偏见影响的阿拉伯女性的内心里，都埋藏得很深。只有她表达得这么热烈。

作为第一位被巴黎高等师范学校录取的阿尔及利亚女子，在巴黎，她并没有得到一张安静的课桌，因为，此时的阿尔及利亚战争正在如火如荼地进行，作为一个阿尔及利亚人，似乎很难不受到影响，阿西娅·杰巴尔也参加了学生的罢课运动。同时，她用了两个月的时间，写出了处女作长篇小说《渴》。在自己的手头搁了一段时间，到了1957年，她不顾父亲的反对，以笔名阿西娅·杰巴尔，出版了小说《渴》，那时她还不到二十二岁。

这部小说的内容是很大胆的。小说写了一个姑娘，为了使她的男朋友更迷恋自己，就试图勾引他人丈夫，来引起男朋友的嫉妒，并体验一种复杂的感受，就是说，她实际上希望自己主宰自己的情感。于是，在爱情故事的表层之下，阿西娅·杰巴尔对女性的心理分析是深刻而细腻的。小说出版后受到了广泛好评，当时在法国受欢迎的程度，简直可以与萨冈的《你好，忧愁》相提并论。

1958年，阿西娅·杰巴尔出版自己的第二部长篇小说《急不可耐的人们》。这部小说通过一个家庭内部发生的故事，揭示了阿尔及利亚的社会问题和女性问题：

少女戴丽莱从小父母双亡，由长兄和继母莱拉监护和抚养。父亲将家庭财产挥霍殆尽，死后仅仅留下一所大房子。继母莱拉对戴丽莱的监管很严，处处限制她的自由。戴丽莱在家中感到十分压抑。她决心通过上大学走出家庭。她考上了大学。在学校里，她爱上了赛里姆，但又觉得这爱是可怕的，因为这超越了传统习俗——在阿尔及利亚，婚姻都是父母协商和包办的。继母莱拉正是由于恪守妇道，才获得大家的尊重。

有一天，赛里姆无意中对戴丽莱说起，在大学一年级的时候，班上忽然来了个美丽的农村姑娘，大家都喜欢她。可每当她爱上一个人，那个男生的家长就迫使儿子和她断绝关系。她受到了很大的刺激，便和许多男生滥交，发生性关系，赛里姆也是其中一个。但他怕爱上她，后来也和她断绝往来了。最后，那个女人嫁给了一个刚刚死了妻子的有钱人。不久，丈夫就死了。这个女人的名字叫莱拉。

赛里姆根本不知道，莱拉就是戴丽莱的继母。后来，戴丽莱和赛里姆一同来到巴黎求学。临走时，戴丽莱为了发泄因莱拉对她多年的监管而产生的压抑情绪，对莱拉讲了赛里姆告诉她的一切，指出莱拉一直生活在假面下。莱拉崩溃了。

赛里姆后来知道了这件事，觉得对不起莱拉。他从巴黎回到了阿尔及利亚，这时莱拉已经嫁给了一个商店老板。赛里姆去和莱拉幽会，结果被她的丈夫发现。在他们幽会的时候，那个男人拔出手枪，将赛里姆和莱拉都打死了。

这部悲剧性长篇小说颇受好评，让读者记住了阿西娅·杰巴尔这位年轻的北非女子。

同一年，阿西娅·杰巴尔嫁给了一位阿尔及利亚民族解放战士，他叫艾哈迈德·乌尔德－鲁伊斯，婚后，阿西娅·杰巴尔与丈夫离开法国，一起来到突尼斯。一年后，她前往摩洛哥的拉巴特大学，研究和教授马格里布国家现代历史，同时，她写小说和文学评论，也搞翻译，且兼做记者和播音员，还导演了几部电影，是一个跨界的、非常活跃的公共知识分子。

她很快离婚了。早期动荡的生活并没有使阿西娅·杰巴尔停下笔，她还将波澜壮阔的阿尔及利亚战争纳入了作品的背景中，去呈现阿尔及利亚妇女的生存状况。1962 年，阿尔及利亚获得独立后，她出版了长篇小说《新世界的儿女》，这部作品奠定了她在文坛的地位。

《新世界的儿女》以阿尔及利亚抵抗法国的战争为背景，描写了一个农村小镇上人们的生活。这里的人们一直生活在传统中，各有各的家庭和个人问题，但当民族解放事业需要他们的时候，他们会义无反顾地挺身而出，哪怕牺牲生命。小说塑造了谢丽发、莱拉、萨莉玛等众多鲜明的女性形象，令人难忘。她们是解放战士们的坚强后盾，是阿尔及利亚人民的化身。一句话，她们是未来新世界的真正儿女。这是小说点题之处。

1967 年，她的长篇小说《天真的云雀》问世。这部小说依旧以一个阿拉伯女性的觉醒和反抗家长制为主题，展开了主人公的爱情、战争、历史和现实之间的复杂关系。

1969 年，她与剧作家沃利德·法尔恩合写了四幕剧《鲜红的早晨》，这也是描写阿尔及利亚民族解放战争的，剧作塑造了阿尔及利亚不同阶层的群众与游击战士的群像，以及他们互相配合，进行抵抗斗争的场面，也有人性的深度和悲剧性的结局。

不过，接下来的十年，她投身到了电影的拍摄里了。从 20 世纪 70 年代开始，她的兴趣转向了电影，一干就是十年。阿西娅·杰巴尔对这段拍电影的经历是这样解释的："我假期到了阿尔及利亚山区和农村访问，我与农民和村妇接触、交谈，我了解了他们的生活需求和面临的问题。我发现也许用电影和纪录片的方式，把他们的生活记录下来，会更有表现力，也会让更多的人了解和关心他们。"

在那个十年里，她曾经在多部电影和纪录片中担任助理导演，又独立执导了电影《切奴瓦山女人们的乐声》，在威尼斯电影节上获得了一个奖。她执导的第二部电影是一部纪录片，叫作《遗忘之歌》，获得了柏林电影节的最佳历史纪录片奖。

这使她获得了一些拍电影的成就感。但她又发现，文学和语言唤起的想象要更久远，于是，她重新开始了写作。

她说："当我拿起笔重新写作的时候，我发现我更加成熟了，我对问题的认识也更深刻。因为，通过影像艺术，我看到了文学那无比深邃的抵抗时间的魅力。"

三

经过了十年的文学写作的沉寂和电影生涯的拓展，1980 年，她又出版了一部短篇小说集《房间里的阿尔及尔女人》，这部小说得名于法国画家德拉克罗瓦的油画《阿尔及尔女人》，在这部作品中，她尝试了新的风格，以短篇连缀的方式，结构了一部也可以算是长篇小说的作品。

在 20 世纪 70 年代，她曾经对古代阿拉伯语下过一番苦功夫，在她重新捡起笔时，便把阿拉伯语的声调和节奏融入了法语写作，使她的法语表达别具风味。此外，在这部作品中，她还使用了电影蒙太奇的剪辑手段。这部小说在2002年又出了修订版，她加写了一些今天的阿尔及利亚女性生存状态的内容，使整部小说获得了时间内部生长的景象。

1985年，她出版的《爱情，魔幻》结合了她自身的经历，描写了阿尔及利亚受法国殖民统治的历史和独立解放运动的复杂性。《爱情妖魔》也曾被列为法国书评家皮沃编写的《理想藏书》中。皮沃指出，该书"揭示了双重的压迫：阿尔及利亚被法国压迫，女人被男人压迫。同时，作品揭示了一个成为作家的阿尔及利亚女子的悲剧——她与那些谙熟方言的姐妹分割开来"。独立前，阿尔及利亚一些作家用法语写作，来言说阿尔及利亚的现实。今天，这些作家竟然成了原教旨主义者、恐怖分子打击和暗杀的对象。在他们眼里，这些与西方文化有着联系的作家是叛国者。

阿西娅说，斗转星移，阿尔及利亚独立后到现在，发生了很大的变化。20世纪90年代初起，阿尔及利亚频频出现恐怖活动和暴力事件，噬痛着阿西娅的心。许多知识分子，尤其是用法语写作的作家、诗人遭到暗杀，其中就有她的朋友。她再也不能沉默了。她是因为极度沉默才创作的，无论是对阿尔及利亚独立前的社会现实，还是对它今天发生的事情，都是在极度沉默到无法再沉默时写作的，而她的写作不光唤醒了自己的沉默，也唤醒了阿拉伯女性的静默。这部作品与1987出版的《土耳其后妃之影》，1991出版的《远离麦地那》，1993出版的《一个阿尔及利亚的夏天》，1994出版的《我的遥远的牢狱》，共同构成了一个系列，可以看成是阿西娅·杰巴尔的小说四部曲，就像是四个侧面，从历史和现实的层面，反射出一个五彩纷呈的北非的阿拉伯世界。

阿西娅·杰巴尔说，法语是她的文学母语，她的作品常常以妇女为写作背景，涉及她们的独立人格、性爱以及家庭与男人的关系。她广泛关注女性所面对的所有障碍，具有强烈的女权主义倾向。她的很多作品都充满对阿拉伯妇女权利的吁求，为她在世界范围内赢得了广泛的赞誉。

1996年，她又出版了长篇小说《阿尔及利亚白种人》。小说描写了那些后来被极端宗教分子杀害的阿尔及利亚知识分子生前的生活，他们的思想、行为和创作。在小说中她还从这些知识分子被杀、坐牢和逃亡，追溯阿尔及利亚独立前的历史，以及独立后的遭遇，揭示产生悲剧的真正原因——阿尔及利亚的革命并未完成，阿尔及利亚还是一个未完成的国家。

进入21世纪以来，阿西娅·杰巴尔的创作仍旧十分活跃。2001年她出版

307

了小说《Aicha 和伊斯兰女孩》。2002 年出版小说《没有墓地的女人》，2002年她出版了修订版的《房间里的阿尔及尔女人》，2003 年，她又出版了论著《法语的消失》，2007 年，七十一岁的阿西娅·杰巴尔宝刀未老，出版了小说《父亲在女儿的生活中》。

阿西娅·杰巴尔是一个多产作家。除去在 20 世纪 70 年代从事电影创作的十年，她几乎每年都要出版一两部作品，加起来出版了二十多部长篇小说、小说集和文学评论集。

生活上，阿西娅·杰巴尔离婚多年之后，1980 年与阿尔及利亚诗人马雷克·阿罗拉再婚，并定居在巴黎。后来，她又在法国和美国两地之间往返，担任过美国路易斯安那州法语研究中心主任、比利时皇家法语文学院院士，以及美国纽约大学的法语文学教授。

阿西娅·杰巴尔近些年名声看涨。1996 因为"对世界文学所作出的突出贡献"，她获得了美国纽斯塔特国际文学奖，1997 年，她还获得了阿尔及利亚尤瑟纳尔文学奖。2000 年，阿西娅·杰巴尔获得了一个欧洲很重要的文学奖——德国法兰克福书展期间颁发的德国"书业和平奖"。

这是很重要的荣誉。德国"书业和平奖"每年在世界范围内评选一位获奖作家，体现了欧洲的人文价值，但也有很政治化的倾向。德国"书业和平奖"授予阿西娅的原因是："她给欧洲现代文学增加了马格里布的声音。她在健全民主、实现和平和使各种文化互相了解方面，带给了阿尔及利亚以希望。"这年的 10 月 22 日，在德国法兰克福圣保罗教堂，举行了简朴而隆重的颁奖仪式，德国总统亲自出席了颁奖典礼。在她之前，已有很多著名作家和诗人获得了这个奖项，比如，墨西哥伟大诗人、1990 年诺贝尔文学奖获得者奥克塔维奥·帕斯，土耳其作家亚萨尔·凯末尔，塞内加尔诗人桑戈尔等。阿西娅·杰巴尔是第一位获得此奖的阿拉伯作家，是第二位获得此奖的非洲作家，又是第六位获得此奖的女性作家。

在颁奖典礼上，阿西娅·杰巴尔说："我不是那种把事情简单化，只为读者提供假期在南部海滨消遣的书的作家。"关于得奖，她说："我不代表非洲人，也不代表阿拉伯人，代表他们太沉重，是要承担巨大责任的。作家的基本任务，不是代表一个人民或一个民族，而是在作家为自己选择的道路上，独自持续前进。"

2006 年 6 月 16 日这一天，法国最负盛名的文化机构——法兰西学院，正式接纳阿西娅·杰巴尔，为法兰西学院建院三百七十多年以来，第一位阿尔及利亚院士。阿西娅·杰巴尔因此进入了声名永不陨落的"不朽者"圣殿，她是北非三国获此殊荣的第一人。

阿西娅·杰巴尔属于在法国居住，用法语写作的作家。也就是说，属于眼下"无国界作家"群中的一个。她虽然与祖国长期分离，但是经常游走于阿拉伯和西方世界，她所使用的法语，也没有割断她与祖国的联系。正如阿尔及利亚评论家哈·卡塞姆所指出的："我们看到，虽然阿西娅·杰巴尔的作品使用的语言是法文，但是精神、感情却是阿尔及利亚的，而且，多数都是反抗法国殖民主义者的。这些作品传播到北非的阿拉伯马格里布各国，传播到法国和其他说法语的国家，甚至传播到欧洲、美洲和亚洲，她的影响是世界性的。"

她被认为是北非地区最杰出和最有影响力的作家之一，她的作品被翻译成二十多种文字，在世界各国出版。

可以说，阿西娅·杰巴尔唤醒了阿拉伯女性的沉默，也唤醒了世界的沉默。

原载《西湖》2014 年第 7 期

推荐书目

《新世界的儿女》，萧曼译，人民文学出版社 1978 年 8 月版
《房间里的阿尔及尔女人》，黄旭颖译，上海文艺出版社 2013 年 11 月版
《阿拉伯文学通史》（上下卷），仲跻昆著，译林出版社 2010 年 12 月版

恩古吉·瓦·西昂戈：
回望肯尼亚，凝视非洲大地

一

20世纪涌现的非洲作家，如索因卡、阿契贝等人，不同于欧美作家在小说的语言和形式上努力创新，而是将他们的根深深地扎在本民族的土壤里，表达和反映的也是民族国家社会现实中的困境、奋争与希望。从非洲北部的埃及，到中部的尼日利亚和肯尼亚，再到南非，一些在全世界获得了影响的非洲作家，持续以他们巨大的努力，在20世纪后半叶贡献出一个个独特的文学世界，将一个觉醒的、独特的、充满了魅力的非洲文学带给了世界。

肯尼亚的恩古吉·瓦·西昂戈也是这样一个作家。在长达五十年的创作生涯中，他在长篇小说、剧作和文论、散文创作方面都取得了成就，写下了大量作品。通过他的作品，我们可以清楚地看到，肯尼亚是如何摆脱了殖民统治，但又如何陷入了内部的文化和族群冲突。作为一个作家，即使他后来长期在美国生活、养病，也从来都是将目光投向了肯尼亚，深情地凝视着非洲大地。

肯尼亚共和国位于非洲的东部，赤道贯穿全境，因此肯尼亚气候很炎热。肯尼亚风光奇特，北部属于半沙漠气候，南部则属于热带雨林和草原气候。国土面积五十八万平方公里，人口三千多万，水资源较为丰富。

　　肯尼亚曾经是被英国殖民的国家，20 世纪 50 年代初期，在肯尼亚爆发了影响深远的，反对英国殖民者的"茅茅"运动，这场运动旨在依靠武装斗争推翻白人殖民者的统治，争取独立，要求夺回被白人侵占的土地。这场浩大的运动使肯尼亚陷于混乱之中，政府于 1952 年宣布了"紧急状态"，英国殖民者进行了一系列的武装镇压，一万多肯尼亚"茅茅"运动参与者死亡，而白人殖民者也死了一百多人，追随白人的黑人则死了两千多人，两万多肯尼亚人被关押起来。但从此，肯尼亚走向独立的步伐加快了。当大英帝国的殖民势力逐渐退出非洲之后，1963 年，肯尼亚获得了独立。独立之后，肯尼亚依旧内乱不已，部族冲突频发，犯罪猖獗，现实和社会问题很多。

　　1938 年，恩古吉·瓦·西昂戈出生于肯尼亚一个贫穷的家庭，他的父亲娶了四个老婆，一共生了二十八个孩子，恩古吉·瓦·西昂戈在家里排行老几，很长时间连他自己都搞不明白。后来他终于记清楚了，他是他父亲娶的第三个老婆的第五个孩子。这么一个大家庭，真是家大业大，父亲要支撑整个家庭，非常劳顿。在恩古吉·瓦·西昂戈幼小的记忆里，一般家里每天只吃一顿饭，这顿饭一般都是晚上吃，白天全家都忙着去弄食物。

　　即使家庭贫困，恩古吉·瓦·西昂戈幼年仍在英国传教士办的小学上了学，在学校里学习了英语。他自幼就对文学，尤其是英国文学发生了浓厚的兴趣。上中学之后，他阅读了狄更斯、司各特、斯蒂文森等英国作家的大量经典作品，这些作品充分地打开了他的想象力，给他的未来带来了憧憬，他梦想今后能当一个作家。

　　中学毕业之后，恩古吉·瓦·西昂戈进入到乌干达的马赫雷雷大学深造，在英文系读英语文学专业，这是他进一步接触英国文学的绝佳时机。在这个阶段，他深入学习了英国文学，对英国伟大的文学传统了然于心，耳熟能详。因此，英国文学的传统在他后来的创作中发挥了巨大的作用，给他树立了好的文学的标杆，使他知道了什么是伟大的文学。在大学里，他还努力参加学生组织的戏剧剧社的活动，写剧本、当演员，积累了一些文学经验。同时，他也开始尝试写作短篇小说，并发表在学生自办的校刊上。

　　1962 年，恩古吉·瓦·西昂戈创作了戏剧《黑色隐士》，1968 年正式出版了这个剧本。这出戏剧的主人公雷米，是一个走出了封闭的肯尼亚部族生活的年轻大学生，实际上就是以恩古吉·瓦·西昂戈本人的经历来摹写的。雷米大学毕业之后，处于一种两难的选择中，要么回到荒野上的部族里，去娶死于

311

反对殖民者战争的哥哥的遗孀，从而成为部落的领袖，要么就留在首都内罗毕，成为一个"黑色隐士"，因为在首都内罗毕，即使你是个城里人，但部族文化依旧制约着每一个人。最后，雷米回到了家乡，娶了哥哥的遗孀彤妮为妻。但是，因为两个人没有感情，最后，彤妮自杀了。

这个剧本的着眼点在于对肯尼亚落后的本土部落文化的批判，恩古吉·瓦·西昂戈希望东非的知识分子放弃隐士生活，去迎面解决部族文化和宗教文化之间的矛盾。恩古吉·瓦·西昂戈由此逐渐成为一个用英语和肯尼亚最大的部族吉古裕语写作的双语作家，而使用双语写作，也给他带来了很复杂的经验和感受。

同是在1962年这一年，他在马赫雷雷大学召开的一次非洲英语作家研讨会上，结识了当时已经在西方世界获得了名望的作家沃利·索因卡、阿契贝等人，这给了他很大的鼓舞，使他看到了非洲英语文学的希望。因为，只有用英语这门西方人看得懂的语言写作，才可以让西方人看到非洲人的内心世界。多年之后，过去的殖民地国家出来的作家，形成了所谓的"对大英帝国的反击"，因为这些作家使用的是英语、法语、德语等老牌欧洲殖民主义国家的语言，表述的是自己国家民族的状况和心灵世界，从而反击了殖民主义者带给他们的压迫与困顿。恩古吉·瓦·西昂戈、索因卡、阿契贝等都算是这样的作家。

1964年，恩古吉·瓦·西昂戈前往英国利兹大学攻读学位，回国后在内罗毕大学任教，担任非洲语言文学系主任。1977年，他因为反对肯尼亚政府的英语强制教育而被逮捕，获释后前往欧美流亡多年，一直到肯尼亚的独裁总统莫伊下台之后，才回到肯尼亚。

1998年，因为身体原因，他旅居美国，进行治疗和修养，但仍旧笔耕不辍，不断有新作品发表和出版。最近一些年，作为非洲在世界上有很大影响的作家，他多次被纳入诺贝尔文学奖的候选名单里，成为最可能获奖的非洲作家。

二

恩古吉·瓦·西昂戈于1961年开始创作第一部长篇小说《大河两岸》。不过，这部小说却在他的第二部长篇小说《孩子，你别哭》（1964）出版之后才问世。1967年，他又出版了长篇小说《一粒麦种》，这三部互相有联系、可以当作长篇三部曲的作品，构成了他文学生涯第一个阶段的重要成果。

《大河两岸》是一部小长篇，翻译成中文只有十二万字。小说描绘了大河奔涌，水系众多的肯尼亚的自然环境以及外来传教士文化与本土部族文化之间的冲突。小说描绘背景是在 20 世纪 20 年代，在小说中，男主人公被送到了教会学校学习，但是他却对祖先留下来的各种宗教仪式感兴趣。小说的开头是这样的：

> 两道山梁静静地相对而卧，一道叫作卡梅奴，一道叫作马库尤。两道山梁之间有一条下场的山谷，人们称它为"生命之谷"。在卡梅奴山和马库尤山背后，还有无数杂乱无章的山坳和小山，它们像一只只沉睡的狮子，在上帝的土地上睡得又甜又香。

> 一条河弯曲地流过"生命之谷"；如果没有灌木丛和无数树木遮住河谷，那么你站在卡梅奴或马库尤的山顶上，也许能够一览无余地看到这条河的全貌……霍尼亚河是卡梅奴和马库尤的灵魂。就是这条山溪将这里的人、牛羊、野兽和花草树木紧紧地联接在一起。（《大河两岸》第 1 页，蔡临祥译，人民文学出版社 1986 年版）

在小说中，卡梅奴和马库尤这两座山象征着英国的教会组织和当地的部族文化势力。而在当时，这两种文化之间的冲突就是非洲的现实：外来的殖民者带来的文化，和当地的土著文化之间，有着无法调和的冲突。

小说的主人公维亚基是当地部族长老的后代，他还具有部落先知穆戈的血缘，因此，是部落年轻人的代表。他的父亲把他送到了英国人办的教会学校学习，他发现，英国人带来的基督教文化有很多好的东西，但与本部族的传统文化之间是很难调和的，于是，出于对本民族文化的自信，他自己办了一所学校，希望寻找到一条基督教文化和本部族文化融合的现代性之路。

与此同时，另外一个叫卡波奈的、在政治上有野心的人，也办了一所学校，但他办的学校是类似于民族主义和本土主义的，他是一个以纯净本民族文化为宗旨的原教旨部族主义者。卡波奈有个政敌叫作乔舒亚，乔舒亚是倡导西方基督教文化的人，他的女儿纳木波拉是维基亚的女朋友。

为了打败政治对手，卡波奈策划了一次部落集会，在这个部落集会上，他要求维亚基以撇清和基督教倡导者乔舒亚的女儿纳木波拉的关系为方式，来证明他在本民族文化上从来都没有背叛行为。但是维亚基拒绝了，最后，他和纳木波拉这两个恋人被送往部落长老处，等待被判决死刑。

《大河两岸》中，一共呈现了三种势力，或者说三种选择：乔舒亚代表基督教文明势力，卡波奈代表肯尼亚吉古裕人的部族传统文化，维亚基代表依靠现代教育，将这两者结合起来，走一种现代非洲之路。小说就在这三种力量的纠葛中，艰难地探索着非洲走向未来的路。

恩古吉·瓦·西昂戈自身的经历也与小说中的主人公有些相似，他也上过教会学校，是英国人开办的教会学校启蒙了他。他曾经谈到过《大河两岸》的创作初衷："我读过教会学校，深受基督教的影响。在学校读书时，我就曾经试图把基督教的内核从西方文化的外衣下解脱出来，把它嫁接到我们的民族信仰上，成为我们的人民所信仰的中心。"但是，他后来发现，这样的嫁接想法都太天真，文化之间的隔阂远远大于融合的可能，这个过程有时候甚至需要火和鲜血的洗礼。

他的第二部长篇小说《孩子，你别哭》出版于1964年，篇幅不大，只有中文十万字。故事发生的背景在1952年"茅茅"运动兴起的肯尼亚，围绕着被白人强占的土地问题，展开了叙述。小说中的人物主要有两家——穷人恩格索一家和依附白人地主的黑人富商贾克波一家。当"茅茅"运动兴起之后，恩格索一家由旁观、同情到最后参与，整个过程合情合理。而贾克波则依附白人主子，站在民族解放运动"茅茅"运动的反面，对黑人的解放运动进行监视，并且成为告密者，最终被"茅茅"运动战士处决。

我发现，恩古吉·瓦·西昂戈深受莎士比亚的戏剧结构的影响。在这部小说中，作为小说中的张力结构，还有一条副线，就是穷人恩格索的儿子恩约罗格和富人贾克波的女儿木为哈吉的爱情，他们之间的感情纠葛，在"茅茅"运动为背景的大时代动荡里，具有合理性和冲突性，带有悲剧的深沉力量。这是恩古吉·瓦·西昂戈在写这部小说的时候，有意塑造的形象，并且成为这部篇幅不大的长篇小说里最动人的线索。

小说起名《孩子，你别哭》，寓意就是告诫大家，即使肯尼亚那个时候处于比较黑暗的年代，一切都需要抗争才能得到，但"孩子，你别哭"，希望总是有的，而怀抱希望则是肯尼亚人的唯一希望。小说共分十八章，每章短小精悍，场景的转换十分快捷，人物形象十分鲜明，可以看出恩古吉·瓦·西昂戈受到了英国现实主义大师狄更斯等人写景状物的那种影响。1965年，《孩子，你别哭》获得了黑人艺术节的特别奖。

与图图奥拉、本·奥克利、索因卡这几位带有非洲文化魔幻色彩的作家不一样，恩古吉·瓦·西昂戈从一开始写作，就将英国文学的传统与肯尼亚的当代现实接续了起来，创作出一种我称之为"精确现实主义"的小说。他的大部分作品扎扎实实地书写了现实，塑造了人物，描写了场景，刻画了细节，还精心地写了对话。即使是心理活动，也是非常符合逻辑的。这是恩古吉·瓦·西昂戈区别于其他几位非洲著名作家的一个显著的特点。一直到2006年他出版的长篇小说《乌鸦奇才》，才使用了魔幻和怪诞的手法。

1967年，恩古吉·瓦·西昂戈刚刚从英国利兹大学回到了肯尼亚，就出版了第三部长篇小说《一粒麦种》。这部作品与他前两部作品相比，篇幅增加到中文十八万字，是他三部长篇小说中最厚重的一部。这部小说的时间跨度有十多年，讲述了从1952年肯尼亚发起的"茅茅"运动第一次举事，到1963年12月12日肯尼亚独立，发生在主人公身上的事情。

小说的主人公是黑人莫果，他曾经是反对白人殖民者的罢工运动的领袖。小说最开始从1963年，肯尼亚的独立庆典前四天讲起，莫果被选为代表将在独立庆典上讲话。这部小说的写作形式别具匠心，显示了恩古吉·瓦·西昂戈处理小说内部时间的能力。因为长篇小说无一例外地，都是时间的艺术，所以必须要处理好小说内部的时间。

这部小说的回忆和意识的流动，内心独白和不断重现的过去的场景，都使作品带有贴近人物内心的真实感，让人觉得很贴切。通过莫果的大量穿插式的回忆，我们发现，原来，在莫果的内心深处，还埋藏着一个秘密：多年以前，他曾经是一个告密者，向英国人告发了"茅茅"运动的领袖、民族英雄基席卡，导致了基席卡的牺牲。这成了压在莫果心中的一块巨石，让他睡不着觉，无法安稳。而在即将到来的独立庆典上，现任独立军的将军打算当着大家的面，处死背叛基席卡的另一个告密者卡冉加，这给同为告密者的莫果的心理带来了巨大的压力。眼看着那个庆典日一天天临近，莫果的心理也一天天地接近崩溃。小说的最后，莫果站起来，拿起了话筒：

> "你们找犹大，"他开腔了，"你们找把基席卡引到这棵树下来的人。现在，这个人就在你们面前。基席卡那天夜里来找我。他把性命交到了我手里，我却把它卖给了白人。这些年，这件事一直让我生活不安宁。"他每讲一句话都停一停，从头到尾声音都很清楚。

315

仍然没有人讲什么。他甚至离开了讲坛也没有人开口。没有任何明显动作的人群给他让出了一条路，大家低着头，不敢和他目光相对。

"……天空"聚集着云层，太阳已经黯淡了。尼阿莫、瓦鲁伊、将军和一些年长的人在后面留了下来，准备在风暴来临之前把祭礼举行完毕。

（《一粒麦种》第271—272页，杨明秋等译，人民文学出版社1984年版）

1984年的中译本就到这里为止，莫果勇敢地承认了他是告密者，把卡冉加等人干的告密事以及所有的责任都揽到了自己的身上，获得了内心的拯救，而没有受到惩罚。在新的中译本最后还有几节，讲述了莫果后来的命运：他还是被将军他们作为告密者给带走了，估计被处死了。

小说之所以起名叫作《一粒麦种》，我觉得有着双层含义，一个是指被白人统治者杀害的独立运动领袖基席卡，其含义是"一粒麦种撒在地里，虽然消失了，却会长出很多麦子。一个人倒下了，千万人会站起来，最后必定会赢得独立和自由"。另外的一层意思，我觉得是在人性层面，人性的善和赎罪，最终会像一粒麦种那样发芽，让人向善。小说中那种《圣经》文学传统才有的原罪、赎罪和获得拯救的过程，恰似一粒麦种那样，最后生根开花。

恩古吉·瓦·西昂戈写这部小说，应该是触及了更为复杂的肯尼亚的社会现实和人性的深度。他从两个方面来审视自身，将自我的灵魂放到了涉及出卖和背叛的道德、人性的拷问层面，给我们带来了前所未有的震撼和深度。

三

恩古吉·瓦·西昂戈在20世纪70年代的写作呈现出了更为丰富的面貌，这和肯尼亚于1963年独立之后，并没有取得他所想象的社会的全面进步，而深陷于某种现代性的转型陷阱有关。他这个阶段的写作，深受法国黑人文化理论家弗兰兹·法农的理论影响。

法农在1967年发表了著名的论文《黑皮肤，白皮肤》。文章主要论述了黑人在被殖民之后，面对强势的西方文明和语言，在自我意识上的异族化。恩古吉·瓦·西昂戈由此发展了自己的观点：非洲国家在取得了自由独立的地位之后，并没有取得文化身份和心理上的真正独立。由此，他主张回到非洲人的意识本身，甚至强调用非洲人自己的语言写作。这与他1967年回到了内罗毕大学任教之后，将英语文学系改造成了非洲语言文学系的行动，有直接的关系。

但我觉得，恩古吉·瓦·西昂戈也会掉入一个陷阱，那就是，过分强调非洲的语言、文化和身份意识，最终丧失与强势文明交流和对话的能力。人类文化说白了，就是强势文化和弱势文化的较量，此消彼长，最后融会贯通。恩古吉·瓦·西昂戈在这一点上似乎保守了，这也导致了他后来用肯尼亚吉古裕语写作只在肯尼亚得到了反响的后果，以至于后来他继续用英语写作了。

恩古吉·瓦·西昂戈一直是小说、戏剧、文论三驾马车并行的。1970年，他出版了三个独幕剧构成的剧本集《明月此时》，收录了《明月此时》《叛逆者》《心灵的创伤》三部剧作。这几部戏剧探讨的，都是肯尼亚部族文明对人性的戕害。

1972年他出版了第一部文论集《回家》，收录了他十年以来所创作的文论、社会时评和演讲稿，是了解恩古吉·瓦·西昂戈早期文学思想的一部书。全书分为三个部分，第一部分是关于白人的种族主义和黑人的部族主义的分析，第二部分是对非洲重要作家，比如索因卡、阿契贝等人的分析和评论，第三部分则是对加勒比海作家的分析评论，因为加勒比海很多岛国的作家也大都是黑人，他们的写作昭示了另外一种可能性。

1975年，他出版了短篇小说集《隐秘的生活》，其中收录了《十字架下的婚礼》《非洲再见》等三篇小说，讲述的依旧是殖民主义者带给肯尼亚的复杂经验，主题和故事并不新鲜，他在前述几部长篇小说中都有涉及。

1977年，恩古吉·瓦·西昂戈出版了自己的第四部长篇小说《血的花瓣》，可以说是这个阶段最为成熟的一部作品。

《血的花瓣》直接指向了独立之后的肯尼亚的社会现实。这部小说的叙事结构和《一粒麦种》有些相似，塑造了四个人物：学校校长、教师、小店主和妓女。这四个人都与一件谋杀案有关。通过这四个人的回忆，将肯尼亚在1963年独立之前和之后的社会现实立体地呈现在了我们的面前。恩古吉·瓦·西昂戈认为，独立的肯尼亚不仅没有多大的改变，相反，在城市和乡村之间，在富人、中产阶层和穷人之间，在老人和年轻人之间，在男人和女人之间，在种族、性别、阶层之间的矛盾冲突在加大。这部作品可以说是对肯尼亚黑人当政者的批判之作，作品出版之后，恩古吉·瓦·西昂戈就被当局拘留了。

从《血的花瓣》到《耻》，再到齐泽克的《曼德拉的社会主义失败》，我们可以看到独立思考的知识分子那敏锐的观察和犀利的、毫不留情的批判。

从拘留所放出来之后，恩古吉·瓦·西昂戈毫不"悔改"，继续书写他认为的真实感受。1978 年，他创作了戏剧《当我想结婚时就结婚》，是用吉古裕语言写成的。这部戏嘲讽了肯尼亚当局的愚蠢和专制，结果他于 1978 年被关进了监狱。

这是恩古吉·瓦·西昂戈人生中最艰难的一段时刻，当他的亲戚朋友探监的时候，他拒绝戴着枷锁会见。他得病了，也拒绝戴着枷锁去治疗，因为这枷锁竟然是摆脱了白人殖民者的枷锁之后由黑人统治者给他戴上的，这就成了一个莫大的讽刺了。他以这种方式进行了反抗，同时得到了国际社会的声援，很快被放了出来，他离开了肯尼亚，开始了在西方的流亡生涯。

四

恩古吉·瓦·西昂戈后来开始了在欧洲和美国的流亡创作生涯。

他认为，继续用英语写作没有多大的价值，因为非洲有百分之九十的人都不懂英语。可是，恩古吉可能忘记了，在由无数个部族语言构成的非洲大地，又有多少人懂得肯尼亚的吉古裕语呢？

他不管这个，他的民族情绪大爆发了。在这个阶段，他接连出版了多部用吉古裕语写作的长篇小说：《德旦·基马蒂的试验》(1976)、《十字架上的恶魔》(1982)、《纳亚巴的手枪》(1986)、《马逊加里》(1989)。这些长篇小说后来也都翻译成了英文。

长篇小说《马逊加里》是这个阶段的代表性作品。小说讲述了主人公马逊加里一开始参加独立运动，后来因为厌倦暴力，转而追求爱情和家庭生活，但是他所告别的革命、暴力和殖民者的魔鬼依旧不放过他，继续影响他的生活，一直到将他完全毁灭。小说以肯尼亚语写成后，在本国影响很大，但是在英语世界却影响很小。

20 世纪 90 年代之后，恩古吉·瓦·西昂戈短期回到了肯尼亚，1998 年移居到美国纽约，在那里休养身体并治疗疾病。

恩古吉·瓦·西昂戈是一个多产作家，他到目前创作的长篇小说、小说集、剧作、文论、散文随笔和自传，加起来有近三十部。他后期的主要文论集有：《政治中的作家》（1981）、《教育与民族文化》（1981）、《钢笔的吸水管：

抵抗新殖民时期对肯尼亚的镇压》（1983）、《非殖民化思想：非洲文学语言中的政治》（1986）、《论新殖民主义》《1986》、《中心移动：为文化的自由而斗争》（1993）等。因为中文译本的缺乏，我无法评价他的这些文论的内容和价值，只能根据文集的题目做一些猜测。

2006年，六十八岁的恩古吉出版了他篇幅最大的一部长篇小说《乌鸦奇才》，英文版有七百多页，中文有四十万字左右。这部小说成为他最近一些年屡屡被提名诺贝尔文学奖的重要依据。

在小说中，恩古吉·瓦·西昂戈想象了一个非洲国家，这个国家叫作阿布利里亚，有一个独裁者统治着这个国家。恩古吉·瓦·西昂戈首次采用了加西亚·马尔克斯的那种魔幻现实主义手法，用夸张、荒诞和讽刺手法，塑造了类似非洲曾经有的、残暴的独裁者蒙博托、阿明、莫伊等人。围绕着独裁者的三个走狗，为了取悦独裁者，他们三个人千方百计让自己的眼睛、耳朵和舌头变大，这样的话，他们就可以更好地面对独裁者，来观察、聆听和阿谀奉承了。前两个走狗眼睛和耳朵变大的过程十分顺利，但是第三个人的舌头变大却出现了问题，结果导致了语言的混乱，让独裁者十分生气。有意思的是，独裁者自己也在发生变化，他的身体在不断地膨胀变大。这让他十分苦恼。

此时，这个国家来了一个类似基督一样的英雄人物卡米蒂。他把钱埋在荒野上，结果就长出来一株摇钱树，贫苦的人需要钱，去摇一摇，钱就掉下来了。于是老百姓十分高兴。卡米蒂还是一个医生，他给老百姓看病的时候，拿着一面镜子照着病人，病人很快就会好了。有一个叫尼亚薇拉的女人爱上了他，她其实是一个政治组织的领袖，他们俩不仅有了爱情，还一起组织起反抗独裁者的力量，最终，独裁者被推翻了。

这部带有荒诞和魔幻色彩的小说，显示了他对非洲当代现实的忧虑，比如艾滋病的泛滥，对世界银行的依赖等。不过，作品中漫画似的人物形象的处理方式，降低了他过去的那种现实主义的精确描写的力度，而且篇幅长，不够精致。不过，因为这部小说，人们发现恩古吉·瓦·西昂戈的创造能力还很强，因此近年屡次进入到诺贝尔文学奖的视野之内。

最近一些年，他开始撰写英文回忆录。2010年出版了第一部《战时的梦：童年的回忆》，详细回忆了他的童年时光和"茅茅"运动带给肯尼亚的一切。2012年，他的第二部回忆录《在阐释者家里》出版了。这部回忆录延续了第一部的节奏，讲述了他在20世纪50年代里在联合中学上学的情况。对学校内外生活的生动记述和对恩师爱德华·凯利的深情回忆，构成了这部作品最动人的地方。

我想，恩古吉·瓦·西昂戈接下来会继续写他这个多卷本的回忆录，一直到生命的终点。而在这个过程中，他也一直在回望肯尼亚，凝视着非洲大地。

原载《西湖》2014 年第 5 期

推荐书目

《一粒麦种》，杨明秋等译，人民文学出版社 1984 年 7 月版

《一粒麦种》，朱庆译，人民文学出版社 2012 年 7 月版

《孩子，你别哭》，蔡临祥译，人民文学出版社 1984 年 10 月版

《大河两岸》，蔡临祥译，人民文学出版社 1986 年 9 月版

《英语后殖民文学研究》，任一鸣等著，上海译文出版社 2003 年 9 月版

《非洲当代中短篇小说选》，高长荣编选，外国文学出版社 1983 年 6 月版

《非洲短篇小说选集》，阿契贝编选，查明建等译，世界知识出版社 2013 年 12 月版

塔哈尔·本·杰伦：摩洛哥的望远镜

诗歌的初啼声

从地图上看，摩洛哥位于非洲大陆的西北角，隔着直布罗陀海峡和西班牙相望，有着漫长的、长达一千七百多公里的海岸线，与大西洋和地中海相连接。从 15 世纪末期开始，摩洛哥先后遭到了西班牙和法国的入侵，1912 年沦为法国的保护国，而北部和西部的两个地区被划作西班牙的保护地。1956 年，在二战之后殖民主义体系迅速崩溃的大形势下，摩洛哥独立。可以说，摩洛哥是饱受殖民主义者侵略和压迫的国家。摩洛哥人大多信奉伊斯兰教，法语是通用语言。地域决定文化归属和文化特质，早在 20 世纪 20 年代，在第一次世界大战之后，包括阿尔及利亚、突尼斯和摩洛哥这三个西北部非洲国家在内的地区，都深受法语文化的影响，这片区域诞生的文学被称为马格里布法语文学，阿拉伯语为官方语言，法语则是这三个国家的日常通用语言。摩洛哥独立之后，有更多的作家投身到法语的写作中，以觉醒的民族意识为圭臬，对过去法国在非洲的殖民主义体系进行了分析、挖掘和批判，给非洲和欧洲的法语文学带来了异样的血液，这其中，塔哈尔·本·杰伦是最杰出的一位。

塔哈尔·本·杰伦是摩洛哥最著名的诗人、小说家和文化批评家，是当

321

代阿拉伯世界非常引人注目的一个文化人物，也是最近几年诺贝尔文学奖的热门候选人。塔哈尔·本·杰伦 1944 年生于摩洛哥北部的城市费斯，后来移居到摩洛哥的历史文化名城——首都拉巴特。塔哈尔·本·杰伦青少年时代受到了很好的教育，1961 年移居法国，1972 年，在法国巴黎获得了社会学硕士学位，并且以有关社会精神病学的论文获得了巴黎第七大学的博士学位。毕业之后，他在法国从事过新闻和教育工作，主要担任记者、编辑和教师，不断地从法国和摩洛哥两个角度，观察和了解非洲西北部和伊比利亚半岛以及法国内部复杂的政治和文化关系。同时，在摩洛哥，他以特殊的身份深入地了解摩洛哥的社会和民情，并以法文持续写作。1971 年，塔哈尔·本·杰伦正式定居法国，但是他每年都要花几个月时间回到摩洛哥和家人、亲属们相聚，借机观察摩洛哥的社会现实。

像很多作家一样，塔哈尔·本·杰伦最初的写作也是从诗歌开始的。1971 年，二十七岁的哈尔·本·杰伦出版了自己的第一部诗集《沉默气氛笼罩下的人》，随后，又出版了诗集《太阳的创伤》（1972）、《痣》（1973）、《扁桃树受伤死去》（1976）、《不为记忆所知》（1980），还接连出版了长诗《骆驼的话》（1974）等。塔哈尔·本·杰伦的诗歌风格带有强烈的抒情性，从早期对青春期、爱情和摩洛哥记忆的吟唱，到后期对历史文化记忆的陈述与刻画，都带有鲜明的非洲西北部阿拉伯文化与法语文化融合和互相影响的印记。从诗歌风格上看，抒情性是他诗歌的最大特征，鲜明的意象以令人震惊的方式，带给我们智慧结晶的露珠。我在这里引用他的诗《地平线》如下：

　　地平线——／只是一堵墙／花岗岩砌成的墙／浑浊的镜子之反光／白昼／赤裸的影子／思绪／扔弃了帷幕／河流／流动的记忆／语言，恰似一把生锈的钉子／嵌进／受伤的掌心窝（汪剑钊译）。

从这首诗中可以看到他简洁有力、带有格言和警句特点的语言，以鼓点般的敲击声震动我们的灵魂。

1973 年，塔哈尔·本·杰伦出版了自己的第一部小说《哈鲁达》，这是一部篇幅不大的作品，讲述了一个摩洛哥移民在法国的遭遇，塑造了摩洛哥移民在法国的环境中受到挤压，无所适从的状态。小说取材于他当年在巴黎求学时观察到的移民经历，描绘了一个移民内心的痛楚和哀伤。此后，他以摩洛哥人的生存状态为题材，接连出版了长篇小说《孤独的遁世者》（1976）、《疯子莫哈，哲人莫哈》（1978）、《大众作家》（1983）、《沙漠的孩子》（1985）等，以摩洛哥人的特殊文化形象，展现了第二次世界大战之后，独立之后的摩洛哥独特的人文景象和人群的生存状态。这些小说的主人公都是摩洛哥的中下层人士，有些是在法国找不到归属感的移民，比如小说《孤独的遁世者》中，一个摩洛哥人迁移到法国之后，处于背井离乡的状态下，在情感生活、精神生活和性生活方面都遇到了困境，遭受着孤独的吞噬而无法应对，如同一个孤独的遁世者。有的小说主人公是心地善良但命运多舛的妓女，在生活的洪流中无法掌握自己的命运；有的小说的主人公是找不到灵魂安稳之地的知识分子；有的则塑造了受到资本和权势欺压的工人，等等，题材广泛，视线开阔。而且，塔哈尔·本·杰伦的这些小说在形式上最鲜明的特点，是采用了阿拉伯文学中古老说书人的形式，似乎总有一个说书人的声音，在给你娓娓道来，在给你讲故事。这些小说的底色全部都是现实主义的，里面弥漫着浓重的忧郁气息和市井的生活气息，使人似乎可以感觉到摩洛哥那些市镇黄昏时刻，弥漫在人们心头的哀愁。

表面上看，塔哈尔·本·杰伦似乎不是一个现代主义者，实际上，在他的小说中，以更加内倾化和诗人般的敏感，将人的存在进行了深刻的打量和描绘。他更加关注生命个体的存在，以一个个生命个体在特殊环境下的存在，来呈现非洲北部、地中海南岸国家和欧洲南部、地中海北部国家的人文联系和历史因缘，揭示了文化冲突背景下个人命运的多舛，将一个文化分裂和隔膜时代里的人心景象精雕细刻。

沙漠的奇景

塔哈尔·本·杰伦于1987年出版了小说代表作《神圣的夜晚》，这是塔哈尔·本·杰伦被广泛称颂的作品。该小说出版之后，立即赢得了当年法国文学的最高奖——龚古尔奖，并使他成为非洲西北部马格里布法语区阿拉伯作家中，获得这个奖项的第一人，因此备受关注和赞扬。小说的主题直接指向了摩洛哥社会的宗法制度压迫下的普通人的生活。主人公是一个摩洛哥富人的第八个女儿，这个倒霉的富商没有儿子继承家产，因此，就把最小的女儿扎赫拉从小当作儿子来养，以此来避免家产落入他人之手。一直到她成长到二十岁，她的父亲去世之后，她才开始恢复女性的面貌。可是，她的七个姐姐无比憎恶她、嫉妒她，甚至叫人割掉了她的阴蒂。扎赫拉因此和整个家庭中的所有女性成了对立面，母亲、姐姐联合起来压制她，她不得不离家出走了，结果在外面的世界里，又遭到了绑架、强奸和欺凌。后来，扎赫拉遇到了一个心地善良的盲人搓澡工贡苏尔，他们之间萌发了爱情。最后，她的叔叔找到了她，强迫她重新回到那个可怕的、一点温暖都没有带给过她的家庭中。扎赫拉愤怒之下，开枪打死了自己的叔叔，作为杀人凶手被警察抓获，进了监狱。

这部悲剧小说的语调是平和舒缓的，带有叙述者无奈和宽怀的感情。小说是以主人公自述的方式结构了全篇，开头是这样的：

> 如今我已年迈，可以坦然度日。我要说话，卸下言辞和岁月的重负。我稍感疲惫。岁月的重压尚能忍受，而负担最重的是埋藏在心底、我长期缄默和掩饰的那些事。我哪里想到充斥我记忆的沉默和探究的目光竟如沉重的沙袋，使我步履维艰……我很高兴终于来到这里。你们是我的解脱，是我眼中的光明。我有许多好看的皱纹。额上的皱纹是真相的磨难留下的印记。它们是时间的谐音。手背上的皱纹是命运纹。你们看，这些纹路纵横交错，标志着命运的历程，描绘出一颗流星坠入湖中的轨迹……

《神圣的夜晚》这部小说显然带有另外一种文化的奇观性，以讲述第三世界里一个屈从父命、女扮男装的女孩最终成为封建宗法势力的牺牲品的故事，来唤起第一世界里人们内心的同情和悲悯，并且对野蛮的风俗和文化予以谴责和批判。小说在娓娓道来的语调中，悄然蕴含了批判精神，最终给人物本身和世界贡献了希望。小说一开始弥漫着悲剧气氛，到主人公开枪打死叔叔，达到了悲剧的顶峰，令人绝望。但是结尾还是乐观的，主人公安然地度过了所有的危机，老年了还能够给大家心平气和地讲述这个发生在她身上的故事。塔哈尔·本·杰伦以这部小说丰富了二战之后越来越狭窄的法语文学，因此获得了法国影响最大的文学奖龚古尔文学奖。这个荣誉对于塔哈尔·本·杰伦这个出身非洲的作家来说，还是第一次，因此，当时的法国总统密特朗和摩洛哥国王哈桑二世都发了贺电向他表示祝贺。我想，国王都接受了这样揭疮疤的批判现实主义作品，可见摩洛哥对塔哈尔·本·杰伦的胸怀和宽容。

1991 年，塔哈尔·本·杰伦出版了小说《低垂的眼睛》，这部小说描绘一个性格刚强，但是颇有些一根筋的摩洛哥女孩子，根据家族的传说，她要去寻找到祖父当年埋藏在山里的财宝。财宝最终没有找到，但是她却找到了摩洛哥山村特别宝贵的水源，给村民们带来了喜悦和希望。小说在讲述上十分清新、生动。通过这部小说，塔哈尔·本·杰伦把摩洛哥沙漠地带贫瘠土地上的特殊文化景象和社会习俗展现给世界，以奇观性打动了很多读者。

摩洛哥的哀愁

塔哈尔·本·杰伦的上述早期作品，主要是探讨摩洛哥文化的特性，探讨摩洛哥传统文化在现代社会中的不适应性，以及非洲人来到法国、西班牙等欧洲近邻国家谋生的艰难图景和他们的心灵挣扎。到 20 世纪 90 年代之后，塔哈尔·本·杰伦的写作进入到喷发期，这个时期，他的小说主要指向了非洲北部的阿拉伯国家内部的社会问题。

1994 年，塔哈尔·本·杰伦出版了小说《男人的毁灭》（中文译本为《腐败者》），该书出版之后，很快获得了非洲马格里布地区阿拉伯国家所设立的地中海文学奖。在小说的题记中，塔哈尔·本·杰伦写道："我谨把这部小说献给印度尼西亚伟大的作家普拉姆迪亚·阿南达·杜尔。我拜读了他于 1954 年在印尼发表的小说《贪污》。为了表达我对他的尊敬和一位作家对另一位作家的支持，我写了这本关于腐败现象的小说《腐败者》。如今，腐败现象已经是肆虐南方国家和北方国家的司空见惯的灾难。故事发生在今日的摩洛哥。我意在向他说明，在相隔数千公里之遥的不同的蓝天之下，人的灵魂一旦被蛀蚀，就会在恶魔面前缴械投降。这个相似而又不同、带有浓郁地方色彩而又具有全球性的故事，把我们跟南方作家的距离拉近了，尽管他的南方国家远在天边。"

一个作家通过写作一本书向另外一个作家致敬，在文学史上经常可以见到。我在这里简单地介绍一下普拉姆迪亚·阿南达·杜尔的情况。他出生于 1925 年，是印度尼西亚现代史上最重要的、具有国际影响的小说家，自 1950 年出版长篇小说《游击之家》之后，五十多年来出版了二十多部长篇小说和中短篇小说集，是一个多产作家。他青年时代积极地投身于印度尼西亚的民族解放和独立运动，1947 年被荷兰殖民主义军队关进了监狱，1949 年才被释放，随即投身于文学写作。早期的作品主要描述印度尼西亚在殖民统治时期，人民的生活状态，以及追求民族独立和解放过程的艰辛和痛苦。1949 年，荷兰把主权交还给印度尼西亚，次年，印度尼西亚共和国宣布成立，但是，在独立的共和国的内部，政客们开始了新的争权夺利，导致政局动荡、社会凋敝，知识分子和社会各个阶层发生了分裂。面对独立后特殊的社会现实，阿南达·杜尔写了很多批判印度尼西亚社会现实的小说，包括出版于 1954 年的中篇小说《贪污》。1965 年，他又被印度尼西亚当局关进了监狱，等于说，他既坐了荷兰殖民主义者的监狱，又坐了印度尼西亚当权者的大牢。1979 年被当局释放，随后，他出版了一生中最重要的、大部分写于狱中的长篇小说四部曲《人世间》（1980）、《万国之子》（1980）、《足迹》（1985）、《玻璃屋》（1988）。这个系列长篇小说四部曲，广阔地描绘了印度尼西亚独立之前和之后几十年之间的变化，主要探讨了印度尼西亚人民为了追求民族独立和解放运动的历程。小说是现实主义风格，展现了印度尼西亚波澜壮阔的历史画面，塑造出很多性格突出的人物。20 世纪 90 年代之后，普拉姆迪亚·阿南达·杜尔因此成为诺贝尔文学奖在亚洲的重点考虑对象。我记得，刘心武先生在一次出访印度尼西亚回来之后对我感叹，印度尼西亚那个八十高龄的阿南达·杜尔，一直在等待一个诺贝尔文学奖的到来。

阿南达·杜尔的作品大都是现实主义风格的，小说的现实批判性和政治性比较强，小说的社会意义很大，但是，艺术性相对单薄，其艺术成就不算特别高，尤其是没有接受现代主义小说流变中，技巧和形式的影响，这显示了后发国家的文化劣势。因为，后发国家还处于争取民族独立和解放、社会公正和公平的时间段里，还不能到达以文学内在的方式来写作的时代，文学还是投枪、呐喊和匕首，作家还是代言人。西方早就建立了一个基本公平和公正、有福利、人权和社会保障的国家体制，印度尼西亚的社会矛盾和经济发展还差很远，这和中国也很相似。我想，普拉姆迪亚·阿南达·杜尔没有获得诺贝尔文学奖的主要原因还是他的文学技巧实在一般。不过，他在印度尼西亚的地位有点像当年的巴金那样，一直是一个追求人道主义、民族解放和个人自由的杰出作家。

塔哈尔·本·杰伦的《腐败者》以第一人称的方式，讲述了掌管建筑项目审批大权的官员穆哈德的故事：他本来是清正廉洁的，他的家境很贫寒，虽然手中掌握了大权，但是却不愿意谋私利。但是，在家人的逼迫下、在家族实力的蔑视下，他感到了前所未有的压力，不得不走上了贪污受贿的道路。最后，情人也对他谴责，他又是一个虔诚的穆斯林，意识到在真主的注视下，他必须对自身进行灵魂的拷问和自责，以至于陷入精神的痛苦中。在长篇小说《腐败者》中，塔哈尔·本·杰伦塑造出一个逐渐滑向腐败渊薮的人，他对自身的拷问，灵魂的挣扎和动摇，在妻子、儿子、表妹、上司和下属的关系中，努力地寻找着一个平衡点。这是这部小说很出彩的地方。小说描写了大量摩洛哥当代社会的风俗画，落后地区的文化奇观性，满足了西方打量落后国家的心理，也因其犀利的批判性而获得了欧洲批评家的青睐。

塔哈尔·本·杰伦的长篇小说《错误之夜》出版于1997年，这是一本探讨摩洛哥女性社会地位和文化地位的小说。小说的背景是一个北非的海港城市丹吉尔，描写了私生女紫娜在一个错误的夜晚被一对男女所孕育，导致了家族蒙受了羞辱，她的外祖父因此自杀。紫娜长大之后遭到了歧视和侮辱，她开始变得冷酷无情，决心报复，于是纠结了几个同样深受男权迫害的女子，联手开始了自己的报复计划。小说描绘了摩洛哥混乱不堪的社会状况，将摩洛哥的另外一面展现给我们，小说的循环复仇故事，带有着寓言性。塔哈尔·本·杰伦给我们展现出他犀利的目光和观察微小事物的能力，小说挖掘出摩洛哥文化内部的矛盾、忧愁和丰富性。

另一种眩目的光

塔哈尔·本·杰伦是一个相当勤奋的作家，进入新千年之后，他的创作力并没有衰退，而是以文学手段继续探讨摩洛哥和法国之间的文化联系。1998年，塔哈尔·本·杰伦出版了随笔集《为女儿讲解种族主义》一书，并以这本书获得了联合国教科文组织颁发的"全球宽容奖"。已经有人预言，倘若再有非洲作家获得诺贝尔文学奖，塔哈尔·本·杰伦是一个最有力的非洲裔竞争者。因此，对塔哈尔·本·杰伦的关注，实际上是对整个非洲北部，马格里布法语文学的关注，也是对当代后殖民主义小说流派的关注。2004年6月17日，塔哈尔·本·杰伦以他的小说新作《这眩目致盲的光》，获得了都柏林文学奖。这个奖是世界上为单本小说所设的奖金最高的文学奖，奖金达到了十万欧元。在爱尔兰，都柏林奖的评委会认为，《这眩目致盲的光》是一部不折不扣的"小说杰作"，并盛赞它有一种"炽热的朴素和美"，以及"语言的明澈"。都柏林文学奖由都柏林市议会、市政府和一家公司共同主办，用以奖励世界上任何国家和地区，以任何语言写成的文学精品。2007年的候选书目由世界四十七个国家的一百六十二家图书馆所推荐，其中三十五部由其他语言译成了英文，《这眩目致盲的光》是译自法文。必须要说的是，2006 年，土耳其作家、诺贝尔文学奖得主奥尔罕·帕穆克凭借小说《我的名字是红色》也获得了这个奖项，拿到了十万欧元。

塔哈尔·本·杰伦的这部小说，取材于一个真实的历史事件。小说以细致的笔调，叙述了男主人公在摩洛哥沙漠地区的一座地下集中营内，艰难度过了二十年骇人听闻的日子的故事。这一类专门关押政治犯的集中营型的监狱，是已故的摩洛哥国王哈桑二世所设立的，有趣的是，就是这个哈桑二世，曾经为塔哈尔·本·杰伦获得了龚古尔文学奖大声叫好，但是现在，塔哈尔·本·杰伦要挖他的坟墓了——哈桑二世把很多人关在一点阳光都看不到的小地牢里，很多人被关押达几十年之久。最终，当监狱的地牢于 1991 年被打开时，只有为数不多的囚犯得以幸存下来。我们可以想象，当一个从地牢里走出来的人看到阳光时，他一瞬间感受到的，一定是一种眩目的光芒，也是自由的光芒。都柏林奖的一个评委说："这部关于野蛮之地和幸存者——那些'活尸'的小说，同时，动人地描述了无限的恶，以及人类求生精神的力量。"可见，在小说的题材上，长期居住在法国、用法语写作的塔哈尔·本·杰伦，很善于以欧洲的眼光来打量、审视和批判摩洛哥的历史、现实和文化，以双重的审慎和激越，表达了一个人道主义作家的呼声，同时也显示出他自身文化身份的矛盾性。这其中有着复杂的一面，但是，塔哈尔·本·杰伦很巧妙地把对摩洛哥历史和现实的展示放到了更高的层次，以人的坚韧存在，呈现了摩洛哥复杂文化中的生命力。

塔哈尔·本·杰伦写作的体裁包括了诗歌、小说、随笔、剧本、文学文化评论和政治时评等，出版有各类作品三十多部，在非洲和欧洲有着广泛的影响。他的作品将法语的优美、精微和复杂与摩洛哥的阿拉伯口头文学和民间传说完美结合，创造出一种多元文化汇合的文学新风格，属于当代"后殖民文学"流派中令人瞩目的杰出作品。

原载《江南》2011 年第 6 期

推荐书目

《神圣的夜晚》，余方等译，译林出版社 1988 年 12 月版

《腐败者》，王连英译，华夏出版社 1998 年 2 月版

《错误之夜》，卢苏燕译，华夏出版社 1998 年 2 月版

《初恋总是诀恋》，马宁译，人民文学出版社 2011 年 11 月版

本·奥克利：非洲的歌

尼日利亚！尼日利亚！

在我的印象里，尼日利亚英语小说家的活跃程度，是仅次于印度英语小说家的，这些来自非洲的"说故事的人"和印度小说家一样会讲故事。尼日利亚英语文学是非洲文学中最强劲的一支，她已经向世界贡献了图图奥拉、阿契贝、索因卡等享誉全球的重要作家，而且，尼日利亚英语文学还后继有人，不断有新人冒出来，去摘取英语文坛的重要奖项，他们构成了阵容整齐的老中青三代英语小说家。这其中，本·奥克利就是一个重要的、不可忽视的小说家。和索因卡等老作家相比，本·奥克利算是一个"中生代"，1991年，他凭借英语长篇小说《饥饿的路》获得了英语文坛最高奖布克小说奖，时年三十二岁，那部小说从此成为非洲英语小说经典，也丰富了整个英语文学本身。如今，奥克利正是创作力旺盛的好时候。

在详细谈论本·奥克利之前，我先简单地说说女小说家阿迪切。因为尼日利亚的"新生代"作家也十分活跃，2007年，年仅二十九岁的尼日利亚女小说家阿迪切凭借自己的长篇小说《半轮黄月》，获得了专门颁发给女作家的"橘子文学奖"，再度使人们对尼日利亚作家刮目相看。橘子文学奖的授奖词中说：

"阿迪切的小说展现了其巨大的感染力、野心和写作技巧，我们很高兴这样一部叙述非洲苦难和生存的小说能够获奖。"《半轮黄月》是一部关于尼日利亚历史的小说，小说中充满了对时间的印象和对战争的记忆，小说故事的背景是1967年至1970年之间在尼日利亚爆发的内战。正是这场内战，使尼日利亚至今仍旧处于一种文化上的撕裂和伤痛中。小说描绘了这场战争带给尼日利亚人民的深重灾难和心灵创伤。本来，这已经是老辈作家的题材了，像索因卡等老作家曾经用文学描绘了那场他们亲身经历的内战，如今，内战过去快四十多年了，人们都在淡忘那场战争，可是年轻的女作家阿迪切没有忘记，因为，在内战期间，尼日利亚这么一个不算很大的国家，就有近三百万人失去了生命，战争后遗症几乎涉及了每一个家庭。像阿迪切，她的祖父祖母都是在这场战争中遇难的。阿迪切后来离开了尼日利亚，在美国耶鲁大学非洲研究系攻读学位，美国给她提供了一个独特的视角和优越的物质条件，使她可以重新打量祖国。阿迪切认为，如今，全球化的"世界是平的"这么一个伪命题，很容易使人们忘记非洲、亚洲一些国家的贫富分化等社会问题。在全球化力量的主导下，很多东西被遮蔽了，而她作为非洲新一代小说家，写作的目的之一，就是改变西方社会对非洲的误读。但是，阿迪切本人没有经历过内战的可怕岁月。在上学的时候，她发现学校的课本对那场民族内战只字未提，在描述那一段历史的时候，出现了空白叙述，一下子就从1967年跳到了1970年，中间三年什么都没有说。那么，这三年到底发生了什么，是阿迪切后来十分想知道的。于是，在写《半轮黄月》这部长篇小说之前，阿迪切与她的父亲多次深谈，把她父亲不愿意再回顾的那些痛苦记忆重新挖掘出来。她觉得，对于新一代人而言，小说在某种程度上，是可以承担历史教科书的功能的。因此，她激情满怀地写出了《半轮黄月》，重新讲述了尼日利亚的故事。

处于非洲东南部的尼日利亚历史悠久，是非洲的古老国家之一，早在一千多年以前，这里就有了灿烂的部落文化。尼日利亚素有"非洲黑人文化诞生地"之称，比如，尼日利亚有举世闻名的诺克文化、伊费文化和贝宁文化。这些古代文化在非洲乃至全世界都是独树一帜的。那么，什么是尼日利亚的诺克文化呢？1943年，在尼日利亚中部乔斯高原边缘的一个名叫诺克的小村庄里，考古学家挖掘出了一个赤陶人头像。之后，考古学家在尼日利亚中部北抵扎里亚、南至阿布贾、西达卡杜纳河、东接卡齐纳河的大约八万多平方公里的范围内，陆续发现了一百六十多件风格相同的陶器、陶塑、青铜雕塑、象牙雕刻、铁制品、木雕、石器，以及人和动物的塑像等，由此，一种古老文化就被命名为"诺克文化"了。诺克文化大约起源于公元前 10 世纪，兴盛于公元前 5 世纪到公元 1 世纪之间数百年，是非洲灿烂的古代文明的标志性阶段，诺克文化的产生和兴盛，标志着非洲已经从石器时代进入到了铁器时代。这是非常重要的发现。

尼日利亚的另外一种古老文化是伊费文化。伊费是尼日利亚西南部的一个城镇，也是尼日利亚的一个宗教中心。在历史上，这里曾是强大的伊费土邦的统辖地。1938 到 1939 年，考古学家在伊费出土了大量的铜制品和陶器。其中，很多出土文物被鉴定为是公元 8 至 18 世纪的东西，时间跨度长达千年。其中，尤其以 8 世纪的手工制品最为生动，再现出人类铜雕艺术发展的一个高峰。在伊费出土的那些工艺品做工精细、形象逼真、栩栩如生，有的甚至带有抽象的风格，可以说是非洲乃至世界上少见的艺术佳品。伊费文化的存在，使侵占非洲数百年的欧洲殖民主义者所散布的"非洲文化是西方人带来"的谬论不攻自破。除了上述两种古老的非洲原始本土文化，尼日利亚还有活着的约鲁巴文化，以独特的民间信仰、民俗和口头传说为特征，带有神秘、神奇和魔幻性。

因此，可想而知，本·奥克利身处这样一种文化中，自然会深受其影响。1959 年，本·奥克利出生于尼日利亚港口城市拉各斯的一个乌尔霍伯族家庭，他的父母亲属于当地殷实的中产阶层。在幼年时期，本·奥克利就受到了来自父系和母系家族亲戚们带给他的，约鲁巴文化中的神话传说和口头文学的影响。后来，本·奥克利来到了伦敦读小学。在他七岁的时候，父亲又带他回到了尼日利亚。中学毕业之后，本·奥克利曾经在一家店铺中当店员，十八岁移居到英国，在埃塞克斯大学攻读比较文学。这是他走上文学道路之前的简单履历。

本·奥克利属于早慧的作家，在他十九岁的时候，就写出了他的第一部长篇小说《鲜花和阴影》，此书于两年后的 1980 年出版，获得了一些评论家的注意。这部小说以尼日利亚的当代现实为背景，讲述了尼日利亚的移民在英国的生活，以他自身的经验为素材，描述了非洲人在宗主国的文化身份的分裂感。在英国，他一边在大学里勤奋读书，一边努力写作，把自己对尼日利亚约鲁巴文化的理解和掌握，对尼日利亚当代现实的敏锐观察和英语 20 世纪的现代主义文学技巧结合起来，试图创作出一种别开生面的非洲英语新小说。

本·奥克利于 1981 年出版了他的第二部长篇小说《内部景观》，从书名上就可以看出来，这是一部描绘尼日利亚的作品。小说以 1970 年尼日利亚内战结束之后的社会现实作为叙述的背景，讲述了几个家庭中的青年人的命运，将尼日利亚部族分裂、政治动荡的现实呈现得毫厘毕现。1986 年，他出版了短篇小说集《圣殿中的意外事件》，其中收录了十多部短篇小说，大部分也取材于 1967—1970 年尼日利亚那场惨绝人寰的内战，表现了内战对个体生命的伤害，复原了尼日利亚人的记忆残缺。同时，这部小说还将鬼魂世界、现实生活、历史文化和神话传统结合起来，带有尼日利亚文化和英语文学传统结合起来的神奇力量和形式感，备受关注，显示了他独特的小说面貌。因此，这部短篇小说集获得了英联邦国家非洲文学奖、法国《巴黎评论》杂志颁发的"阿加汗小说奖"，在英国和法国都受到了瞩目，本·奥克利由此成为一颗冉冉升起的非洲文学新星，被欧洲文坛所广泛注意。

1989 年，本·奥克利出版了短篇小说集《晚钟声中的新星》，继续描绘古老的尼日利亚传统文化在当代尼日利亚人生活中的影响。小说中，那些传统习俗如同集体无意识和深层的文化心理积淀，沉淀在尼日利亚每个人的日常生活中。小说带有鲜明的尼日利亚本土文化的奇观性，很受欧洲文学评论家的追捧。本·奥克利的短篇小说情节紧凑而又带有魔幻性，所使用的英语是一种混杂的英语。他将非洲古老的传说结合当代英语，铸造出一种新的文学语言，以别致的词汇、句子和叙述，给英语文学带来了强大的活力。

非洲之路："饥饿的路"

每个作家都会有一部代表作。1991 年，本·奥克利出版了他的长篇小说《饥饿的路》。这是一部相当厚重的作品，出版之后，获得了广泛的好评，被视为他的代表作，不仅摘取了英语最高文学奖布克小说奖，而且还被认为是非洲裔作家写出的，具有里程碑意义的一部作品。这部小说规模不小，翻译成中文有四十万字，共分三卷、八个部分、五十二章。小说以尼日利亚约鲁巴文化中关于"阿库比"的神话传说作为核心意象，来展开其独特的故事结构和叙事。由于尼日利亚大部分地区还保持着原始传统的生活方式，医疗条件差，导致婴儿死亡率较高，那些夭折的婴孩在约鲁巴文化传说中会转化成婴孩幽灵，这些婴孩幽灵在幽灵国王的命令下，要继续投胎到人间，又在未成年的情况下突然夭折，成为不断转世的孩子，这就是"阿库比"的传说。而且，阿库比们在投胎前都已经在冥界商量好了，一旦投胎到人世间，就要尽快脱离人间苦海，重新回到鬼魂世界里去。于是，阿库比就这样不断地往返于幽灵鬼魂的世界和现实世界。

《饥饿的路》中，叙事者是第一人称，他也是小说的主人公，是一个阿库比。在小说的一开始，他就投胎到一个尼日利亚穷苦人的家里。他的父亲曾经作为英国军队的雇佣军，前往亚洲，参加了英军在缅甸的镇压当地民族独立运动的行动，退伍之后，在尼日利亚小镇上当搬运工。他的母亲是一个小商贩，平时主要靠贩卖一些生活用品，维持家用。这一家人虽然贫穷，但生活还是祥和平静的。父母亲也很爱这个孩子，因此，投胎到这家的阿库比就很不忍心离开他们，不断推迟回到冥界去和阿库比们相聚的时间。但是，其他的阿库比就经常来纠缠他，要他尽快离开人世。最后，这个小阿库比终于得了重病，死亡之后被父母亲装进了棺材里入殓了。结果，幽灵国王怜悯他父母亲的仁慈和善，就又让这个阿库比还阳了，他从棺材里站起来，复活了，引起了大家的惊慌。重新复生的阿库比备受父母宠爱，他父母亲给他起了一个名字，叫拉扎路，这个名字和《圣经》中死了四天又奇迹般复活的拉撒路相接近。而他的母亲则昵称他为"阿扎罗"。

整部小说就是通过阿扎罗的遭遇和他的视线变化，来审视和呈现尼日利亚当代的历史、现实政治和传统文化的。阿扎罗在冥界那些不断催促和诱惑他的阿库比们的纠缠下，顽强地生活在一个动荡不安、一片飘摇的世界上。他亲眼看到了尼日利亚的穷人党和富人党之间的争斗，看到了政客和富豪的帮凶们的嘴脸，看到了大量普通人生活的穷困和悲惨。他眼看着苦难不断地降临到他的父母亲和周围人的头上，感到了困惑和痛苦，同时，他对亲情十分依恋，不愿意失去这人世的牵挂。阿扎罗看到了尼日利亚的现实世界被巫师所统摄，整个世界陷入权力所带来的混乱和暴政中。

阿扎罗的父亲由于从过军，身体强壮，后来是一名孔武有力的搬运工。一次，他参加了带有赌命性质的拳击比赛，结果被对手打伤，很快就死去了。在小说中，他的灵魂几经周折回到了家中，他对家人说："我的妻子和儿子，你们听着。在我沉睡期间，我看见了许多奇妙的东西。我们的祖先教会我许多哲学。我的父亲'道路祭司'在我面前出现，告诫我务必把门打开。我的心必须打开。我的生命必须打开。一条打开的路永远不会饥饿。奇异的时光就要到来。"在这里，小说点题了——一条饥饿的道路打开之后就不再饥饿了。阿扎罗明白了，他决定不再返回冥界，他要在人间那条饥饿的路上坚强奔走、在人世间继续成长，去接受人所面临的各种挑战。

从总体气质和风格上说，《饥饿的路》是一部具有尼日利亚传统风格的魔幻之书。小说利用了阿库比的传说，将现实的世界和鬼魂幽灵的世界完全混淆起来，使我们看到了非洲的苦难和历史悲情。小说中的现实世界和鬼魂世界在篇幅、结构和情节上，都是等量齐观的，也就是说，人和鬼的世界是平行的，这是这部小说最令人叫绝的地方。大量的阿库比在两个世界之间自由穿梭，因此带有强烈的神话、传说和魔幻色彩，让我在阅读时感到惊奇和欣悦。小说中隐含了对尼日利亚社会现实的批判，对整个非洲的现实处境也都做了深入的呈现：在小说中，阿库比本身就是一个隐喻，象征着 20 世纪，非洲国家纷纷独立之后，人民争取人权、民主、自由和富裕的梦想的夭折，诞生，再夭折，再诞生，象征着非洲人民为了美好生活不断在现实面前碰壁，又不断地再生并且充满了渴望的社会现实。这就是这部小说的核心思想。

在小说中，路也是一个巨大的象征。《饥饿的路》这个书名，据说来自于索因卡的一首诗《黎明之歌》："可能你永远不会走了／那时饥饿的／道路在等待着。"小说中，路是一个活的物体，路和人一样存于世界上，并不断地生长。在小说的开头这样写道："起先是一条河。河变成了路。路向四面八方延伸，连通了整个世界。因为曾经是河，路一直没能摆脱饥饿。"阿扎罗的父亲在他小的时候给他讲述，大路之王的胃口特别大，人们要不断给它献祭，才可以满足它的贪婪，因此，路上才有那么多的带来死亡的车祸。如今，由于大路王吃了带有毒性的祭品发了狂，开始吃掉树木、石头、房屋和更多的人们，人已经控制不住路王了。在这里，我们可以猜测，"大路王"也许在暗示，是欧洲殖民主义者带给非洲的那条走向"非洲现代文明"的路，可是，这条路，是以血腥、贪婪、资本和罪恶为特征形成的。因此，这部小说寓意丰富复杂，十分隐晦，值得深入挖掘和探讨，玩味和品读。小说还非常具有形式感，写法上明显受到 20 世纪 60 年代以来拉丁美洲作家作品的影响，不同的是，它是非洲本土文化催生的结果。

我觉得，《饥饿的路》在想象力和气势上与加西亚·马尔克斯的《百年孤独》接近。我注意到，这三部小说都有着大量神奇魔幻的情节，分别以尼日利亚约鲁巴神话体系、拉丁美洲印第安神话体系和南亚印度湿婆神话体系作为小说背后的文化支撑，使这几部小说成为 20 世纪诞生的最有想象力和魔幻色彩的小说。不过，和其他两部小说相比，本·奥克利显然利用了更多的文化和文学资源，他既借鉴了拉丁美洲的魔幻现实主义，又挪用了非洲传统的神话传说，还使用了《圣经》故事等欧洲文明符号，在几种强有力的文化体系的支撑下，本·奥克利写出一部呈现了非洲古老文化和丰富现实的小说力作。

非洲的歌：挽歌

在非洲那块得天独厚的土地上，美好的动物和人共同生活在一起，却不断遭受外来的侵略和自身的分崩离析，因此，是一块苦难和欢欣交集的大陆。描述这样一块大陆上的人的故事，是具有挑战性的。在《饥饿的路》获得了巨大成功之后，本·奥克利意识到他找到了一条独特的写作之路。于是，他接连出版了多部以非洲约鲁巴文化为基础，展现非洲独特历史和现实面貌的小说。1992年，本·奥克利出版了小说《非洲挽歌》。这是一部描述非洲苦难的小说，里面引用了一段诗歌："我们是上苍造就的奇迹／注定要品尝时间的苦果／我们珍贵无比／终有一天，我们的苦难／将会化作世上美妙绝伦的事物。"因此，非洲神话、民间传说构成了小说的底色，而本·奥克利所探讨的，都是非洲人命运的可能性。这一点，在他后来的小说《魔幻之歌》（1993）、《神灵为之惊异》（1995）、《危险的爱情》（1996）中都有所表现，都有所侧重和加强。因此，这些小说尽管在力度和广度上无法和《饥饿的路》相比，但是仍旧不断在欧洲的英语文坛上获得嘉许。

本·奥克利需要不断地超越自我。自《饥饿的路》出版之后，他好像活在了这部小说的阴影之下，人们觉得他很难超越那部作品。1998年6月，本·奥克利出版了长篇小说《无限的财富》。他把这部小说的背景放到了1945年第二次世界大战即将结束时期的尼日利亚，小说的叙事者仍旧是《饥饿的路》那个可以不断地在人间和冥界往返的阿库比——阿扎罗，如今，他离开了父母亲，前往尼日利亚的森林地带，看到了尼日利亚原始传统文化的神奇巫术和仪式、文化遗存和符号。但是，他父亲发现儿子失踪之后，心急如焚，他母亲的精神也开始不安起来。在这个时期，统治国家的白人统治者被迫把政权交给独立之后的本土政客，当政客和军阀们掌权之后，一场席卷全国的暴乱发生了。于是，活人在游行示威，而死人也从坟墓里走出来参加游行——小说描绘了20世纪60年代尼日利亚取得独立之后，军阀混战、政客互相倾轧、政府腐败横生的社会现实。本·奥克利在写这部小说的时候，依旧采用了非洲式的魔幻现实主义手法，将各种不可能发生的事情和事物，都描述为尼日利亚现实社会中的故事：女人变成了蝴蝶，死人复活在人间，神灵和鬼魂出现在活人的生活中，所有的人和动物都能对尼日利亚社会产生影响，小说到处都是离奇的想象和超现实的描绘，而根基则是对尼日利亚政治局势和社会现实的强烈批判与担忧。我觉得，这部小说重复了《饥饿的路》中的主题和写作技法，感染力和艺术表现手法明显减弱了。本·奥克利本打算完成一次对自己的超越，但是超越变成了复制，尽管这一次的复制并没有失去其很高的水准。

2007年，四十八岁的本·奥克利出版了长篇小说新作《星书》。这部小说完全是虚构的，本·奥克利把小说的背景放到了想象中的古代社会。在那个年代，世界上没有全球化、没有任何能够影响我们生活的科学技术的出现，世界是原始的。在非洲一个国家里，魔术是这个国家的人民生活中最重要的部分。小说以四个章节，描绘了西方殖民主义者来到非洲之前的文化状态。第一部分，讲述了一个王子喜欢上一个少女，但是他最终不能在纲纪败坏的国家里独善其身，郁郁寡欢地丧失了理想，无法带领百姓走向美好生活。小说的第二部分，则描绘了王子喜欢的一个少女，她来自一个会魔法的家族，这个家族以令人叫绝的魔法，使人们产生了欣悦和狂喜，发疯和狂乱。小说的第三部分，则和第一部分开始呼应，讲述有一股白色的风来了，开始吹拂和影响这个国家，于是，他们原来具有的魔法逐渐失去了效果，他们中间的一些人，也不再相信那些部落魔术了。王子从颓废中醒过来，担当了神秘少女的父亲、部落首领的助手，不过，他们都无力抵抗那"白色的风"所带来的巨大破坏。这"白色的风"刚开始温和而缓慢，但是很快就肆虐起来，破坏了这个非洲国家的一切信仰体系和百姓的日常生活。可以说，整部小说是用象征主义手法写成，带有梦幻色彩。而那"白色的风"，显然是象征了欧洲殖民主义者的白人文化。这仍旧是一部探讨非洲文化和西方文化相遇之后发生的悲剧的小说，体现了本·奥克利有能力继续思考非洲文化、历史和现实处境，并对此进行批判性呈现。

说了他的那么多作品，下面该谈谈短篇小说集《圣地事件》了。这本小说集一共收录了本·奥克利八个短篇小说，分别是《桥下的笑声》《聚合的城市》《差异》《圣地事件》《假面舞会》《一段秘史》《歪曲的祷辞》《售梦人的八月》，从题材上看，大部分都涉及他在尼日利亚时，童年、少年时在乡村的生活与记忆。在短篇小说写作上，本。奥克利照样表现出非常优异的叙事技巧，短篇小说讲究的是克制，讲究在有限的篇幅里，去呈现更多的东西。这些短篇小说体现了本·奥克利的控制力。在每一篇小说中，多和少的关系，详略如何得当，是非常重要的，而本·奥克利处理得非常好。从题材上，继续表现尼日利亚现实中的社会冲突、人性挣扎和日常生活，并带有尼日利亚本土文化的魔幻色彩。纵观本·奥克利的作品，《圣地事件》和《饥饿的路》，这两本书是进入他的文学世界的门径。

本·奥克利才五十岁，就已经出版了十多部长篇小说和一些短篇小说集、散文随笔集、文学评论集，是一个多面手。如今，作为访问作家，他常年居留在英国，担任了剑桥大学三一学院的文学教授，讲授非洲文学和写作。本·奥克利创造出了"非洲魔幻现实主义"这么一种小说，他的根基牢牢地扎在尼日利亚的约鲁巴文化传统之中，还吸收借鉴了《圣经》传说与英语现代文学的技巧，应该是"神话原型理论"在非洲的一种文学响应。他以非洲民间神话作为创作的出发点，结合尼日利亚独特的现实和历史，编织出花团锦簇、令人眼花缭乱的神奇小说来，我们对他的关注应该持续下去。

收入《静夜高颂》江苏人民出版社 2010 年 8 月版

推荐书目

《饥饿的路》，王维东译，译林出版社 2003 年 8 月版
《饥饿的路》，王维东译，译林出版社 2013 年 3 月新版
《迷魂之歌》，常文祺译，浙江文艺出版社 2011 年 9 月版
《圣地事件》，朱建迅等译，译林出版社 2013 年 4 月版

第六部分

无国界作家：
穿越、哀愁与叙事艺术

维迪亚达·苏莱普拉沙德·奈保尔：
穿行在文明冲突地带

大街上的孩子

我记得，早在二十多年以前，维迪亚达·苏莱普拉沙德·奈保尔就被英国某评论家称为"没有写过一句败笔的作家"。这句话形容一个在世的作家，评价相当高了。几十年间，维·苏·奈保尔的足迹遍布世界，其见识之广，视野之开阔，都是在世作家中比较罕见的。因此，他长久以来都是诺贝尔文学奖强有力的候选人，到2001年，终于众望所归地摘得了这个奖项。早在20世纪70年代，自他发表了长篇小说《游击队》之后，在英语世界的很多读者和评论家看来，维·苏·奈保尔就已经是一个当代经典作家了。

维·苏·奈保尔祖籍印度，1932年出生在拉丁美洲加勒比海地区的岛国特立尼达和多巴哥共和国。这个名字拗口的国家，人口只有一百多万，绝大多数是黑人和印度人，宗教信仰是天主教和基督教。特立尼达和多巴哥自1814年开始沦为英国殖民地，经过了漫长的被殖民统治时期，1962年独立后成为英联邦国家成员，经济支柱主要是石油产品和一些海产品。1880年，维·苏·奈保尔的祖父作为劳工，从印度移民到了加勒比海的小安的列斯群岛。

据说，他祖父出身于印度最高种姓——婆罗门阶层。到了维·苏·奈保尔的父亲这一代，又从乡下到了西班牙港生活。一开始他在一家报社当记者，结婚、生子，勉强维持家庭，努力地拉扯孩子们长大，对儿子维·苏·奈保尔寄予厚望，他还怀有当作家的梦想，但始终没能实现。维·苏·奈保尔在特立尼达和多巴哥的首都西班牙港度过童年和少年时期，那里给他留下了难以磨灭的印象，尤其是他早年生活的一条大街，最终化身为"米格尔大街"，成为他一部短篇小说的素材源泉。维·苏·奈保尔1948年就读于西班牙港女王学院，1950年，十八岁的他获得了一份奖学金，前往英国伦敦，在牛津大学攻读英语文学。从穷乡僻壤来到了繁华的伦敦，他感到一切都是那么的新鲜和刺激。在大学里，他勤奋学习，尤其对英语文学下了很深的功夫来研读。从大学毕业之后，他做过英国广播公司的编辑、《新政治家》杂志的评论员等工作，在英国待了下来。由于一开始在新闻机构和政治评论性杂志工作，他获得了一个犀利的批判视角，去观察审视当代世界的政治、经济和社会文化的冲突。1955年，他正式定居在英国。之后，他不断地从英国出发，足迹遍布全世界。他尤其喜欢去一些不同文明冲突与融合的地带，像非洲、中东、南美、美国、加拿大和南亚的印度、巴基斯坦、印度尼西亚、马来西亚等国家和地区，写下了对于这个世界的全部印象。

维·苏·奈保尔之所以成为后来的大作家维·苏·奈保尔，是因为特立尼达和多巴哥这个岛国本来就是一个融合了黑人文化、印度文化、北美及西班牙文化的混合文化的国度，在那样的地方长大，维·苏·奈保尔自然就有一种天生的多元文化意识。而在他后来的全世界旅行当中，更是能够对比发达国家和不发达国家、第一世界和第三世界、印度和英国，找到文化差异和类同之间的关系，去雄心勃勃地描绘20世纪人类生活的全景图画，写出人类文明冲突地带的复杂景象。维·苏·奈保尔是一个多产作家，至今已经出版了三十多部作品，其中，一半是小说，一半是非虚构作品，质量都很上乘。在他的非虚构作品中，游记又占有很大分量，游记和小说这两种文体在他的作品序列里是等量齐观的。阅读维·苏·奈保尔，我总是可以感觉到他的愤怒和讽刺，人道主义情怀和丰富的想象力。他以角度别致的作品，拓展了英语文学的新疆界，成为所谓的"后殖民文学""离散作家""无国界作家群"的代表作家。

维·苏·奈保尔的处女作是长篇小说《灵异按摩师》，出版于1957年。这是他自牛津大学毕业之后，窝在伦敦的一个穷亲戚家的地下室里写出来的东西。小说的篇幅不大，以特立尼达和多巴哥作为小说的地理背景，讲述了一个叫甘涅沙的乡村按摩师的故事。这个按摩师以包治百病作为噱头，给很多人治病，奇迹般地使一些人痊愈，因此使自己带有了神汉和地区明星相混合的光环。而且，这个狡猾的按摩师很会经营自己，他借助大家对他的盲目信服，逐渐地走到了岛国社会的中心——他开始写书、到处演讲，后来竟然成了国会议员，还获得了大英帝国的勋章。小说是以第三人称的角度来叙述的，叙述语调平实缓和，耐心地将岛国的气氛、按摩师甘涅沙本人的奇特经历呈现出来，带有19世纪英国小说的传统叙事风格，并隐含一种温和的讽刺和滑稽荒诞的感觉。1958年，维·苏·奈保尔出版了自己的第二部长篇小说《艾薇拉的投票权》，继续描绘特立尼达和多巴哥的特殊人文环境，以一个名叫艾薇拉的女人的政治境遇，来折射加勒比海岛国的社会制度困境，带有令人啼笑皆非的荒诞感。这两部小说都是维·苏·奈保尔起步阶段的作品，比较平实质朴，也呈现出他鲜明的个人风格，一些诸如印度、特立尼达和多巴哥、殖民地、移民、多元文化等他后来小说中的关键词汇，已经成为这两部小说中的重要字眼了。

其实，维·苏·奈保尔动笔最早的小说是短篇小说集《米格尔大街》。但是，这部小说集的出版时间是1959年，按照出版的顺序算是他的第三部书，出版之后获得了英国的毛姆小说奖。我认为，它是我们了解维·苏·奈保尔的重要入门书。这部书的中文译本早在1992年就由花城出版社出版了，在他获得诺贝尔文学奖之前，这是他唯一一本中文译本。《米格尔大街》带有系列小说的特征，描写了西班牙港一条街上的人和事，书中的人物都是小人物，几十个人物栩栩如生，他们生活在一个十分闭塞的小地方，却觉得自己生活在天堂里。他们都有着令人啼笑皆非的命运和遭遇、喜乐和困境。《米格尔大街》具有串珠式和橘瓣式小说的形式感，我猜测这部小说的形式也许受到了美国作家舍伍德·安德森的《小城畸人》，或者詹姆斯·乔伊斯的小说集《都柏林人》的启发。《米格尔大街》的叙述扎实，语言平实，情景生动活泼，人物细节的刻画准确生动，寥寥几笔就把一个人写活了，弥漫着维·苏·奈保尔的人道关怀和善意的讽刺，实在是20世纪短篇小说中的珍品。每次有朋友要找短篇小说作为范例，我就给他推荐这本小说集。

维·苏·奈保尔不到三十岁就依靠上述三部小说在英语文坛上显示了他卓越的写作才能，完成了他的初试啼声。很快，他就进入到自己写作的第二个阶段。1961年，他出版了长篇小说《毕斯沃斯先生的房子》，这是他早期的一部重要的长篇小说。《毕斯沃斯先生的房子》的创作灵感，来源于他的父亲。他的父亲是一个想当作家的记者，但是，他在那个岛国上的命运是悲凉的，一生都在为生活奔忙，为房子努力，被各种生活琐事所困扰，最终没有能成为一个作家。因此，小说描写的，就是类似维·苏·奈保尔的父亲这么一个小人物的命运。维·苏·奈保尔的父亲西帕萨德死于 1953 年，很可惜，只要他再等上三年多一点，他就看见儿子成为一个作家了。因为，1957 年，他儿子的第一部小说《灵异按摩师》就出版了。西帕萨德一生都想成为一个作家，也希望儿子维·苏·奈保尔能够成为一个作家，并且坚信这一点。1975 年，成名之后的维·苏·奈保尔在英国一个出版商的帮助下，终于出版了父亲生前留下的唯一一部小说集，算是了却了父亲的遗愿。

长篇小说《毕斯沃斯先生的房子》描述了特立尼达和多巴哥的一个印度裔家庭的生活。毕斯沃斯是这个家庭的主人，作为印度移民的后代，他有着远大的理想，总想着要有一番抱负，但是，却受到了社会环境的严重限制。他一生都在为能够有一幢自己的房子而努力，他营建的第一幢房子被种植园的工人烧毁了，第二次建造的房子被他烧荒的时候不慎烧掉了。最后，他离开了乡下种植园，来到了特立尼达和多巴哥的首都西班牙港，在那里，他在一家报社干起了记者，地位不高，却十分努力，最终买了一幢属于自己的房子，却因为负债和压力过大，心脏病发作去世了。小说给一个生活在这个世界上的卑微小人物努力画了一幅细致的画像。在阅读这部小说的时候，读者很容易感受到作者叙述功底的扎实、细节和环境描写上的周到细致。如同电影慢镜头和工笔画一样，他带领我们来到了一个特定年代的特立尼达和多巴哥，在中文达四十五万字的篇幅里，详细地描绘了毕斯沃斯先生——他父亲的化身——的命运和遭遇。这部小说显示了维·苏·奈保尔完美地继承了 19 世纪英国现实主义大师狄更斯的卓越的写作技巧，并且发扬光大了。这部小说后来还被美国一家报纸评选为"20 世纪一百部最佳英文小说"之一。

"幽黯的国度"

维·苏·奈保尔的游记和随笔作品占了他已经出版的全部作品的一半，说明了他在非虚构作品体裁方面获得的成就。我觉得，他的游记所取得的成就是他获得诺贝尔文学奖的一个重要因素，因为，他的游记不是那种简单的所游所记，而是对所到国家和地区的文化、社会、政治和历史的精确观察和描述，是对冲突地带的历史和现实进行深入思考和犀利批判的文化著作，拓展了一般游记的概念，把游记这种文体提升到一个新的高度。他的游记是带有纪实风格的，将现场采访、历史探寻、哲学、宗教和社会学思考相融合的一种新文体，是对 20 世纪文学文体的一大贡献。因此，要想全面了解维·苏·奈保尔所创造的文学世界，必须要研读他那些非虚构的游记作品。1962 年，他出版了长篇游记《中间通道：对五个社会的印象》，第一次展示了他在游记方面的写作水平。这是一本专门描述西印度群岛地区，五个小国家的历史、文化和现实政治与命运的游记。这个地区一些小国家在摆脱了旧殖民主义者之后，所选择的道路并没有给人民带来幸福和安宁，欧洲老牌殖民主义者英国、法国和荷兰带给这个地区的文化、政治和经济后遗症非常明显，至今没有消退。维·苏·奈保尔毫不掩饰地表达了他对此种状态的批判态度，同时，这五个国家刚好处于过去贩卖奴隶时代，从非洲经过大西洋到达美洲的航道中间的位置，因此才取名"中间通道"，暗示这些地区现在处于世界的尴尬位置。

维·苏·奈保尔是一个左右手都能写的作家，左手刚刚完成了游记《中间通道：对五个社会的印象》，右手就写出了长篇小说《史东先生和骑士伙伴》。小说出版于 1963 年，他把小说的背景第一次放到了伦敦这个他逐渐熟悉起来的大城市，描绘了一个叫史东的老年人的生活状况。史东先生是一个图书管理员，他在六十二岁这一年遇到了一个寡妇，两个人萌发了爱情。他们结婚之后，史东先生感到自己的年纪越来越大，对岁月和人生的留恋也更加迫切了，于是，他就组织了"骑士伙伴"这么一个关怀退休人员的组织，去慰问那些孤独老朽的退休者，并且获得了大家的赞许。小说弥漫着一股温暖的气息，叙述语调舒缓平和，将一个老年人对岁月流逝的感觉传达得十分真切。我奇怪于写这部小说时，维·苏·奈保尔才三十岁出头，他竟然能将老年人的心理状态描绘得如此贴切。小说后来获得了英国"霍桑登奖"，但是，从他的整体创作来说，我认为这部小说很一般，其题材多少也显得有些突兀。

自 20 世纪 60 年代以后，维·苏·奈保尔花了很多时间在全球各地旅行。他穿越了非洲，穿越了人类文明发祥地之一的两河流域，穿越了他的祖籍之国——印度，写下了关于这些地区的游记，将这些地区的文化冲突、社会矛盾和复杂的前景进行了毫不遮掩的展现和批判，犀利地表达了他的文化忧虑。关于他的祖籍之国印度，在近三十年的时间里，他前后写了三部游记：1964 年，他出版了《幽黯国度：记忆与现实交错的印度之旅》，1977 年，出版了《印度：受伤的文明》，1990 年，出版了这个系列的最后一部《印度：百万叛变的今天》。仅仅从书名上，我们就可以判断出，他对印度的热爱、深邃的忧思和毫不留情的批判。维·苏·奈保尔的游记展现出一个社会的现实和历史的深广度，体现出现代知识分子大无畏的批判精神。尤其是他关于印度的这三部游记，是他多次到印度进行深度观察，并以大量的历史材料作为素材所构筑的鸿篇巨制：1962 年，维·苏·奈保尔第一次踏上了印度的国土，在印度的主要城市游历，并且回到了他祖父的故乡。但是，他的所见所闻令他感到失望和震惊，印度的落后、贫穷、愚昧使他感到了疏离，进一步感到了愤怒。于是，在《幽暗国度：记忆与现实交错的印度之旅》中，他以尖酸刻薄的语调书写了自己对祖籍之国的这种恼恨。阅读他这部书，有时候觉得他像一个画家，细致地描绘了人群和他们的生活状态。1975 年，在甘地夫人颁布了紧急状态令之后，维·苏·奈保尔再次来到了印度，一番观察体验，他写出了《印度：受伤的文明》，这一次，他从印度文明的成因出发，将印度现实的独特境遇描绘了出来，笔法依旧保持了讽刺和警觉，将发展中国家印度的困境和文化上的尴尬逼真地描绘了出来。1988 年，他第三次来到印度，采访了大量的印度人，自己则扮演了一个聆听者的角色，把印度人的声音记录下来，写成了对印度现实和历史的口述之作《印度：百万叛变的今天》。他的关于印度的这个系列游记，是我们了解印度历史与文化的优秀参考书籍。他不仅以自身的游历作为主线，还将小说的技巧也使用出来，纵横捭阖地在历史和现实的天地间往来，使游记具有了巨大的力量。我想如果我去印度旅行的话，我一定会带上他的这三本书。

1967 年，维·苏·奈保尔出版了两部小说：短篇小说集《岛上的旗帜》和长篇小说《模仿人》。这两部小说的题材又回到了西印度群岛，他继续探讨特立尼达和多巴哥人独特的生存状况。在小说集《岛上的旗帜》中，他继续运用在《米格尔大街》中所使用的写作技巧，以冷静的语调、白描的手法和略带嘲讽的口吻，塑造了一群目光短浅但是却想改变命运的岛民们。长篇小说《模仿人》中，塑造了一个加勒比海某个岛国的失意政客形象。这个印度裔的政客叫辛格，他在伦敦回忆自己的生平：年轻的时候，他准备投身到政治生活当中，但是却因在时代的旋涡中不能掌握自己的命运而失败了。小说探讨了 1962 年独立之后的特立尼达和多巴哥的政治处境。虽然已经获得了独立，有了国家意识和自身的文化特性，但是，无论是经济、政治还是外交，这个岛国都无法摆脱过去宗主国英国的影响，而这种影响也投射到像辛格这样心怀大志、最终却碌碌无为的人身上。

1969 年，他出版了一部将游记和历史研究综合起来的著作《黄金国的沦亡》，这一次，他把目光投向了特立尼达和多巴哥的遥远历史，将这个地区的历史命运与寻找新大陆、寻找黄金国度的欧洲人的历史联系起来，探讨了加勒比海岛国的历史文化成因，以及走向现代化的艰难历程，是一次对历史遮蔽的去蔽，是对殖民主义者留下的遗产的一次清算。

世界的裂缝

维·苏·奈保尔很快迎来了他创作的高峰时期，这个高峰时期是从 20 世纪 70 年代初到 80 年代末期，前后延续了二十年的时间。1971 年，他出版了长篇小说《自由国度》，这部小说的结构看上去更像是一部中短篇小说集，可实际上，这是一部由不同的主人公以相互关联的口吻叙述而构成的一个整体。小说分为五个部分，描述的都是到异国他乡创业的人的故事：一个加勒比海青年到达伦敦；两个白人来到了到处都是敌意的非洲；一个印度厨师到达美国华盛顿；叙述者本人在小说的开头部分和结尾部分来到了中东，经历了以色列和巴勒斯坦的冲突和血腥的战争。小说形成了结构上的向心力，在娓娓道来的叙述语调中，呈现出这个到处都是文化冲突和敌视的世界的真实面貌。维·苏·奈保尔似乎是从全世界取景，借助几个具有特殊性的人物，将人类生存的状况做了描绘。小说中，似乎每个身在异国他乡的人都和所处的环境格格不入，但是，他们为了新生活又不得不背井离乡。这种两难的处境，正是二战之后逐渐兴起的全球移民大潮所带来的社会问题。维·苏·奈保尔非常敏感地率先将这种境况描述了出来。《自由国度》因其开阔的视野和忧思的情怀，获得了英语文学最高奖——布克小说奖，从此，他进入到英语一线小说家的行列。1972 年，维·苏·奈保尔出版了一本随笔集《过分拥挤的奴工营》，包括了他的几篇探讨当代世界生存状况的长篇散文，表达了他对文化和政治问题的一些看法。维·苏·奈保尔怀有一颗济世之心，他把整个世界形容为一个过分拥挤的奴工营，猛烈地批判和分析这个不公和不义的世界到底是如何形成的。

长篇小说《游击队》是奈保尔最重要的小说之一，它出版于 1975 年，小说的情节生动紧张，一个虚构的加勒比海国家爆发了革命，最后，政府军和游击队之间展开了持续的战争，社会陷入战乱。小说塑造了加勒比海地区多元文化所孕育的三个人物形象，他们血统复杂，有华人、黑人、白人和印度裔血统，他们都有一种莫名的漂泊感和文化上的无根感。最后，他们率领的游击队和白人政府的斗争失败了，主人公遭到了灭顶之灾，革命的最终命运就是彻底覆灭。《游击队》讲述了加勒比海国家的人民寻求自由独立的艰难，也描述了解放运动的局限性。小说出版之后，在美国获得了绝佳的评论，《纽约时报书评周刊》发表了一组文章来评价这本书。

这个阶段的维·苏·奈保尔十分关心世界政治。1975年印度实施了紧急状态，他就立即赶到了印度，如我前面所说的，于1977年出版了《印度：受伤的文明》，这本书在印度引起了政界人士的不快。但是，奈保尔可不管这个，他注定要经常冒犯第三世界的统治者，他走到哪里，都是拿着放大镜在挑人家的毛病。1979年，他出版了长篇小说《大河湾》，通过一个虚构的、被战乱和军事独裁所侵扰的非洲国家中一个小商人的命运，折射了非洲国家的整体命运。书中那个不知名的国家像是乌干达，她刚刚获得独立，内战也结束了，但是，一个终身制的总统开始统治国家。商人沙林来到这个国家的一个海滨小镇，安分守己地做买卖，是一个恪守道德准则的人。但是，独裁总统开始施行严密的社会控制，逐渐影响到了沙林的生活。政治局势开始动荡，他的生命和财产都遭到了威胁。最后，沙林选择了离开，因为他的生意越来越不好做了。在小说的末尾，起义军和政府军之间爆发了激烈战斗，这个国家重新陷入战乱当中。《大河湾》将视线投向了艰难地走现代化之路的非洲国家那里，在批判非洲有些国家的政治独裁和社会动乱方面，他是相当不留情面的。非洲国家的独立并没有立即给人民带来和平和幸福，相反，更为复杂的种族暴力冲突又兴起了，死亡的悲剧每天都在上演。《大河湾》继续书写全球移民的悲情故事，维·苏·奈保尔把一种无根的飘零感扩大到了非洲。往往在写了一部小说之后，他就接着出版一部非虚构作品。1980年，他出版了《埃娃·庇隆的归来以及特立尼达的杀戮》，这是一部记录他在阿根廷见闻的游记作品，他将阿根廷的社会现实和文化焦虑感清晰地表达了出来。1981年，他出版了游记《在信徒们中间》，将他在伊朗、巴基斯坦、印度尼西亚和马来西亚旅行的感受，结合他对这几个伊斯兰国家的历史、宗教、文化和社会现实的分析，结构成一部文化巨著。

1984年，奈保尔出版了一部篇幅不大的论著《寻找重心》，里面只收录了两篇长文，一篇是长达几万字的关于写作技艺的随笔。在这篇结合他自身写作经验的文章中，他探讨了在 20 世纪写作小说的目的、意义、方法和技巧。从他的夫子自道可以看出，他对英国传统现实主义情有独钟，对狄更斯更是推崇备至。在狄更斯的时代里，读小说就是一种消遣，狄更斯甚至可以同时为几家报纸撰写连载小说，他的小说臃肿、拖沓。可在维·苏·奈保尔看来，狄更斯的小说带有强烈的冲击力和对社会的不懈批判精神。另外一篇文章是他在象牙海岸——后来改名叫科特迪瓦游历后写下的游记作品。两篇文章之间似乎有着一条裂缝，如同他一直在观察和分析着的这个世界的裂隙。

抵达的谜底

1987 年，维·苏·奈保尔的长篇小说《抵达之谜》出版了。这是他非常重要的一部小说，在诺贝尔文学奖的答谢词中，他也提到了这部小说，可见其重要性。《抵达之谜》分为五个部分，是用倒叙手法来叙述的，小说以一个过来者的口吻在讲述，实际上，这个叙述者就是作家本人的化身。小说将主人公的经历以画同心圆一般的手法展开叙述，而作者和主人公本人也一起经过了由游移到确定、由漂泊到定居的过程，深刻分析了他这个外来移民和宗主国英国之间的爱恨关系。和维·苏·奈保尔一样，叙述者从加勒比海地区出发，来到英国求学，后来获得了英国的居留权，并开始从英国出发在全世界漫游。最终，叙述者在英格兰乡下定居下来，找到了安身的幸福感。小说带有强烈的自传性，维·苏·奈保尔作为过去殖民地移民的愤怒、不平和自卑感都消失了，这些感觉在英国的多元文化交融的人群中，已经被各种肤色和语言以及行色匆匆的背影所取代了。看来，心怀愤懑的维·苏·奈保尔，最终和殖民宗主国和解了。不过，在他的笔下，即使是对英国美丽乡间的描述，也可见到一种沉闷、僵硬和衰败的景象，小说弥漫着一种淡然的哀伤，一种凭吊气息。奈保尔把全世界的景象都纳入到他写作的题材范围之内，这种气魄前所未有。1989 年，一生都喜欢旅游的他出版了游记《南方一瞥》，记述他在美国南部省份的见闻。他看到的是一个日渐衰败的、类似福克纳笔下的景象——虽然种族主义消失了，南方种植园阶层也不见了，但历史留下来的，却是黑洞一样吸食一切的东西。1990 年，奈保尔被英国女王册封为爵士，成了一个来自过去殖民地，成功打入英国上层社会，有贵族头衔的文化名流。

1994 年，维·苏·奈保尔意犹未尽地继续书写移民身份在异质文化中的游移和漂泊这个主题，出版了长篇小说《世间之路》。在这部小说中，他将自传、游记和历史研究三者完美地结合在一起。从历史中，他发掘出那些曾经到达加勒比海地区的欧洲人的踪迹，对他们的生平进行了探寻；从现实中，他表达了全球化时代里的移民们，为了寻找新生活而自我放逐的那种疏离感，从自我出发，他对自我身份的怀疑最终得到了一种确信。《世间之路》里弥漫着一个寻找者、发现者面对人类普遍生存境遇时的迷惑和哀愁，是《抵达之谜》的继续和新发展，共同构成了维·苏·奈保尔最重要的小说作品。

1998 年，维·苏·奈保尔出版了游记《超越信仰》，这是他在 1981 年出版的游记《在信徒们中间》的姐妹篇。《超越信仰》描绘了他在伊朗、巴基斯坦、马来西亚和印度尼西亚这四个亚洲伊斯兰国家再度旅行的见闻。他从对一些人物多年的追踪和观察入手，描绘了这些国家在文化上的撕裂感和走向现代化的艰难过程。阅读这本书，我钦佩他深入到陌生的国度里，还能深刻地体会那个国家的社会生活的勇气，他在这方面似乎有着超凡的能力。在游记中，他描写了小到老百姓，大到最高统治者的群像，他像一个进行精准报道的记者、一个精通历史的学者、一个言语尖刻的讽刺作家、一个有着浪漫情怀的诗人，把游记写成了深广度惊人的、难以归类的作品。1999 年，维·苏·奈保尔又出版了书信集《父子通信集》，收录了当年他在伦敦求学期间和父亲的通信。我想，声誉日隆的他出版这部书信集，显然意在缅怀对他寄予厚望的父亲。在书中的那些信件里，我们可以看到一个踌躇满志、并不知道世界如何险恶的初生牛犊维·苏·奈保尔，在伦敦求学的艰难过程。如今，一个来自旧殖民地的穷小子，最终获得了英国的文化认同并被封为了爵士，他可以以这本书告慰父亲的在天之灵了。

进入新千年之后，维·苏·奈保尔放慢了自己写作的步伐，但仍旧具有创作的活力。2000 年，他出版了一部讲述读书和写作经验的散文集《读与写》，无私地和读者分享了他的阅读经验与写作的秘密。2001 年，他又出版了一部长篇小说《半生》，继续以半自传的方式，结合他父亲和他的亲身经历，讲述了一个作家从加勒比海的岛国来到了英国，成年之后又带着有着葡萄牙血统的妻子移居非洲的故事，描绘一个人在世界上的半生漂泊。我感觉这部小说在表现力和感染力上都弱于《抵达之谜》和《世间之路》，其探索的主题有重复感，不过带有了新千年来临的当下性。在如今全球化的浪潮中，在反全球化的声浪越来越高的时代里，《半生》所表达的人生感喟，更加复杂和生动。

2001 年 10 月，一个历史性的时刻到来了：维·苏·奈保尔当之无愧地获得了当年的诺贝尔文学奖。在瑞典文学院颁布的授奖词中，是这样描绘他的："他独辟蹊径，不受文学时尚和各种流行模式的影响，从现存的文学类型之中创造出他自己的独特风格，以小说叙述而论，自传因素和纪实文学在奈保尔的写作中融为一体，并不总是能够发现哪种因素居于主导地位。"可以说，奈保尔创造出了以现代人缺乏归属感为主题的新小说，描绘了这个分崩离析的时代的状况，也因此而成为最敏感、视野最开阔的当代小说家。

维·苏·奈保尔老骥伏枥，继续耕耘，2004 年七十二岁的他出版了长篇小说新作《魔种》，并且宣布，这是他的封笔之作，因为年迈的他感觉已经没有精力来创作新小说了。小说《魔种》讲述了一个来自印度的四十岁的移民威利的故事，他一开始在伦敦和西柏林生活，后来，他又来到了非洲，去那里寻找新的可能性。于是，小说的故事穿插在亚洲的印度、欧洲的英国和德国、非洲中部的战乱国家等三个地区之间，小说的主角——印度人威利，成了一个"世界流浪汉"，世界各地到处跑，在经历半个世纪的混乱和各种人生的磨难后，最终，他似乎发现有一粒魔种在自己的内心发芽了。《魔种》继续着维·苏·奈保尔的在自传和虚构、历史和现实、文化和宗教之间的比较与质疑，是一部不失水准的作品。维·苏·奈保尔曾经言辞激烈地说，长篇小说已经死亡了，自从狄更斯之后它就已经死了，现在似乎人人都可以写作长篇小说，但是长篇小说的精神已经死了。他推崇的作家，也几乎没有一个是 20 世纪的，他推崇的全部是 19 世纪甚至要更早的一些欧洲文学巨匠——这是颇值得玩味的一种态度。

维·苏·奈保尔是 20 世纪印度裔英语作家中的佼佼者。阅读他的作品，你会感到整个当代世界在你的面前徐徐展开，他那愤懑的情怀、尖酸的讽刺和忧伤的语调弥漫在他描写和塑造的在全世界流散的移民心中。跟随着那些离散者的脚步，我们也渐渐看清了人类居住的所有大陆的清晰轮廓。

原载《星火》2016 年第 6 期

推荐书目

《米格尔大街》，张琪译，花城出版社 1992 年 9 月版

《米格尔大街》，王志勇译，浙江文艺出版社 2003 年 1 月版

《毕司沃斯先生的房子》，余珺珉译，译林出版社 2002 年 6 月版

《灵异推拿师》，吴正译，上海译文出版社 2008 年 1 月版

《自由国度》，刘新民等译，上海译文出版社 2008 年 5 月版

《魔种》，吴其尧译，上海译文出版社 2008 年 1 月版

《幽黯国度》，李永平译，三联书店 2003 年 8 月版

《印度：受伤的文明》，宋念申译，三联书店 2003 年 8 月版

《印度：百万叛变的今天》，黄道琳译，三联书店 2003 年 8 月版

《河湾》，方柏林译，译林出版社 2002 年 6 月版

《抵达之谜》，邹海仑等译，浙江文艺出版社 2004 年 1 月版

《世间之路》，孟祥森译，台湾天下文化出版社 2002 年 12 月版

《超越信仰》，朱邦贤译，台湾联经出版社 2003 年 12 月版

《奈保尔家书》，北塔等译，浙江文艺出版社 2006 年 1 月版

《作家看人》，南京大学出版社 2009 年 4 月版

《浮生》，孟祥森译，上海译文出版社 2010 年 4 月版

《维迪亚爵士的影子：奈保尔传》，秦於理译，重庆出版社 2005 年 10 月版

《世事如斯：奈保尔传》，周成林译，中信出版社 2012 年 9 月版

《游击队员》，张晓意译，南海出版公司 2013 年 3 月版

石黑一雄：寻觅旧事的圣手

影子与记忆

如同每一棵树木在太阳和月亮下都有自己的影子，一个人站在那里，也必定有影子。当一个人背井离乡，成为一棵移动的树木，也会有影子跟随着他。石黑一雄，一个你一听就是日本裔的名字，注定无法摆脱掉他亚洲人种的影子。

石黑一雄是现在在欧美相当活跃的"无国界作家"群中的佼佼者。眼下，石黑一雄已经加入了英国国籍，算是一位英籍日裔小说家了。1954 年，他出生于日本长崎，1960 年，年方六岁的石黑一雄就跟随父母亲迁居到英国。他的父亲是一名海洋学家，受雇于英国北海石油公司，因此，他得以成为居住在英国乡下郊区的亚洲孩子，并且逐渐地和周围的白人文化融合。石黑一雄少年时代就读于伦敦的中学，中学毕业之后，先后进入英国肯特大学和东英吉利大学学习英国文学。1980 年，二十六岁的石黑一雄获得了文学硕士学位，居住在伦敦郊区，开始潜心写作。

如果从上述简单的履历来观察他，我们似乎看不到一个杰出作家诞生的确切原因和理由。但是，石黑一雄的履历就是这么简单。不过，他的亚洲人种注定使他成为一个在日本和英国之间寻觅写作题材、往陈旧的往事中寻找摆渡之舟的跨越文化和记忆的人。1982年，石黑一雄出版了他的第一部长篇小说《苍白的山色》，小说立即引起了英国文坛的侧目，获得了英国皇家学会颁发的一个文学奖。于是，从《苍白的山色》开始，石黑一雄就显露出他鲜明的写作特点，那就是，善于从旧事中发现一些故事的踪迹，并且把它们重新组合起来，将时光的痕迹一一模拟和复原，如同摄影镜头中的景深镜头一样，他把远的东西拉近到眼前来仔细地端详，然后，继续把它们推远。

石黑一雄的小说是一种明显带有日本文学印记的小说。他的小说叙述语调从容、淡雅，总是弥漫着一种日本式的哀愁，但是，他分明又是在用英语写作，因此，他把一种日本式的哀愁和精微的气质，巧妙地带到了英语文学中，给英语文学增添了特殊的活力。

"物哀"与"幽玄"

"物哀"是日本文学中一个独特的美学词汇，和"幽玄"一起成为日本文学中最重要的美学概念。但是，要想说清楚这两个词汇的明确含义比较困难，这是只可意会，不可言传的一种感觉。就如同国画里面的氤氲感，你无法确切地说清楚水墨国画是如何的好。我想，"物哀"要表达的，是对物的变化和消逝的一种哀愁和忧伤情绪，和物有关。而"幽玄"这个概念则和禅宗有关系，说的是一种超脱闲寂的心境，和心有关。

石黑一雄的英语小说之所以立即引起了英语文坛的注意，和他小说受到日本文化的影响，是有很大关系的。这和哈金的英语小说中的中国元素引起英语文坛的重视，是一个道理。作为石黑一雄的第一部长篇小说，《苍白的山色》的内里弥漫着对旧事物消逝的哀伤情绪，对逝去岁月的哀悼，对物是人非的感叹。小说采取的是第一人称的叙述，叙述者是一个日本女子，她叫悦子。她离开了日本、来到英国的时候，已经是一位中年寡妇了。悦子住在英国乡下，离群索居，异乡的雨和雾使她内心弥漫着哀愁。而长女的突然自杀，又使她陷入对当年在日本长崎的生活的追忆当中。二战结束之后，长崎成为一片废墟。在废墟中，遭到了战败教训的日本人，包括了日本士兵和平民，逐渐从日本军国主义的宣传造成的愚昧和禁锢中清醒过来，开始艰难地寻求自己的生活。悦子就是在那个年代成长，并且为那个年代所深深地影响的一个日本女子。在长崎，她和另外一个在战争中死去了丈夫的女子幸子交上了朋友。幸子还有一个女儿叫茉莉子。美国人来到了日本后，幸子主动地向占领军投怀送抱，交上了一个美国男朋友，对女儿茉莉子并不关心和爱护，最终酿成了家庭悲剧。悦子后来也找了一位白人男朋友离开了日本，来到了英国，但是，在异国他乡，她却失去了自己的丈夫和女儿。

在悦子的叙述中，她的家人、亲戚和朋友，像记忆的长河中驶过的船一样缓慢地漂过。他们一个个地围绕在、穿越在她成长的历程中，并且给她留下了不同的印象。最终，这些人都消失了。眼下，悦子一个人在另外一个充满了雨和雾的国家，那些人和事物都在远去，如同苍白的山色一样隐现在她的记忆里，浮现在云雾中。小说叙述缓慢、平和，弥漫着一种凄凉和哀愁的情调，优美动人。小说还隐隐地传达出原子弹爆炸之后对幸存者的影响，尤其是对那些战争中失去了男人们的女人的影响。最后，回忆性的叙述将谜底缓慢地揭开，每个人的命运都有不可抗拒的归宿，并把被战争和岁月所摧残的人生图景呈现出来。

《苍白的山色》使英国文坛看到了另外一种英语文学的情致，他们开始瞩目于石黑一雄这个来自遥远的亚洲岛国的青年作家了。

"浮世绘"风格

"浮世绘"是日本艺术中的奇葩，是日本古代绘画艺术的独特创造。所谓"浮世绘风格"，是日本特有的一种绘画风格，讲究精细地描绘人物和社会场景，努力传达社会的复杂风貌，其绘画风格讲究线条的描绘，对日常生活的精确描绘，和中国水墨画、波斯细密画一起成为东方艺术的瑰宝。

1986 年，石黑一雄出版了他的第二部长篇小说《浮世绘艺术家》。小说的主人公依旧是一个日本人，这次是一个日本男性艺术家，是一个浮世绘画家，他叫大野增次，小说以他的回忆构成了叙述的基调，用第一人称的角度来叙事。

小说把故事叙述的时间背景放到了 1948 年，讲述了在两年的时间中，艺术家大野增次的生活和思绪。那个年代，是日本笼罩在战争失败的阴影中迷离彷徨的年代。在日本发动的侵略战争进行期间，作为一个拥有创造力的画家，大野增次利用自己的画笔积极地投身到为日本军国主义摇旗呐喊的活动中，不仅为那些狂热的军人们画画，宣扬日本侵略者的战功，还借助军国主义者的权势，成为当时日本画坛中的执牛耳者。但是，日本战败之后，军国主义政府垮台，日本人民陷入战后的困顿中，大野增次也从画坛的高位上跌落下来，他家过去门庭若市，现在变成了门可罗雀，他不再被人们认为是一个艺术大师了，而是军国主义者的帮凶。大野增次也开始反思自己的行为，他的女儿也认为他错了，他过去的那些为军国主义者张目的行为被女儿认为是一种耻辱。大野增次意识到了自己的错误，陷入悔恨当中，最后，他在女儿男朋友的面前忏悔了自己过去的愚昧和狂热。在小说的结尾，一切似乎都得到了和解，大野和外孙子在一起做游戏，他问自己的外孙，你现在把自己想象成一个什么样的人？骑着竹马的外孙回答说，他现在是美国西部的牛仔。在这一刻，衰老生命的没落和新生孩子的欣悦，美国战后对日本的文化影响，在这个场景里被凝固下来，传达出时代的气氛。

《浮世绘艺术家》这部小说如同一幅安静、沉稳的画卷，给我们描绘了一个时代的氤氲印象。小说的叙事节奏相当缓慢，把一个老画家在老年将至时，对战争、死亡、名誉、生命的感悟，全都融汇到一起，同时，日本特有的风物和艺术，园艺、花道、茶道、日本食物、衣物和风景，在老画家的记忆里也成为某种象征物，成为一种类似"浮世绘"绘画作品那样的背景。小说叙述的语调在舒缓平和中以独特的遣词造句，处处都显露出一种哀伤的情绪。这就是日本文学中的"物哀"的一种投射，而老人最后所达到的那种平和闲静的心态，也和"幽玄"的禅意有关。

可以说，在小说《浮世绘艺术家》中，石黑一雄进一步将日本文学和文化中的审美气质带入到英语文学的书写当中，使小说别具一格，也使英语读者耳目一新。这部小说获得了英国布克小说奖的提名，并获得了1986年的怀特布雷德奖，被翻译成十多种文字流布。

事物的痕迹

如果说前两部小说使石黑一雄被看作是英语文坛的新秀和不可小视的未来文学之星的话，那么，真正令他声名大噪的，则是他的第三部长篇小说《长日留痕》。这部小说出版于1988年，和前两部小说的题材不一样，这部小说对于石黑一雄来说显得十分国际化，如同小说的题目《长日留痕》所彰显的诗意和对时间的刻画那样，小说的故事本身也显示了时间的力量。它依旧是对旧事的打量，是对一个已经无可挽回地消逝了的世界的深情回望。小说的主人公是一个地道的英国白人管家，这个英国管家的名字叫史蒂文生，他是一处英国贵族庄园达林顿府邸的管家，整部小说都由他的第一人称讲述来构成。我们知道，英国管家在全世界都很闻名，就像美国有牛仔、日本有武士、西班牙有斗牛士一样，英国管家也是十分醒目和独特的存在。

在小说的开头，似乎就隐藏了小说后来的情节冲突：主人达林顿勋爵已经去世，这个英国老式贵族的府邸庄园被一个美国人买走了，而史蒂文生本人则被留了下来，继续担任庄园的管家。1956年7月的一天，在新主人的允许下，史蒂文生开着庄园主人遗留下来的那辆汽车，前往英国西部地区，去和女管家肯特小姐见面。肯特小姐是他过去心仪但最终错失的女人。在整个六天的行程中，管家史蒂文生对自己的生平和达林顿府邸的生活进行了回忆和陈述，尤其是对自我进行了深入的精神分析和评判、对自己过去的主人达林顿勋爵进行了审视和挖掘，构成了小说精彩的主体情节。管家这个角色要求他必须对主人完全服从，并维护庄园府邸的日常运转。史蒂文生克制了自己对女管家肯特小姐的感情，因而成为管家角色的牺牲品。在六天的旅程中，他回忆了20世纪30年代欧洲发生的重大事件对英国、对达林顿庄园的影响，比如希特勒上台、纳粹势力的扩展，这些历史也隐蔽地回响在小说中，以史蒂文生解雇了一名犹太女佣作为对应。达林顿勋爵当时作为英国的上层贵族和统治阶层，曾经利用他的权势想弥合一战结束之后英国和德国的关系，结果他间接地帮助了纳粹上台，这使管家史蒂文生的内心充满了疑虑。于是，管家也间接地影响了当时欧洲国家的外交关系和历史进程：当英国首相张伯伦的外交大臣和德国驻英大使看到了庄园里那些锃亮的银器时，心情突然好转，谈判进行得非常顺利。

于是，在小说的叙述中，在史蒂文生六天的行程里平行展开了两个时代、两条线索的图景，一个图景是20世纪30年代的欧洲局势，那是乌云密布的时代，一战结束、纳粹上台、二战爆发，都给庄园里的生活留下了浓重的痕迹，在达林顿勋爵和管家史蒂文生的生活中造成了消极影响，因此，史蒂文生的回忆是沉重的，这条线索呈现出20世纪初期欧洲的面貌和价值观。但是，他走出庄园和庄园记忆、去探视老朋友的时刻，却是阳光灿烂、小鸟飞翔、大道平坦、植物茂盛的世界，是一个光明的世界。前往肯特小姐的家和她叙旧是他现在最想做的事情了。在小说的结尾，和肯特小姐的会面，使他们高兴，但也使他们发现，岁月已经使他们变成了老人，并各自拥有了无法更改的、带有缺憾的人生。整部小说的语言都模仿了英国管家那种规范、刻板、精确与省略的风格，十分老到，连英国人都很信服，这对于石黑一雄来说是一个巨大的胜利。不过，我觉得小说还是有一种日本文化的神韵在里面，连村上春树都说，"《长日留痕》在主体精神、品位和色彩上，很像一部日本小说"。小说中刻板和忠于职守的管家，最终发现自己的一生是一个悲剧，他的形象和日本武士有些相像。

《长日留痕》获得了 1989 年的英语"布克小说奖"，并被拍成了电影，由英国著名演员安东尼·霍普金斯和艾玛·汤普逊主演，大获成功，石黑一雄也因为电影的传播而如日中天，成为英国"移民文学"三雄中最年轻的一个。

石黑一雄的第四部长篇小说《无法安慰的人们》出版于 1995 年。和他最早的两部小说相比，这部小说延续了石黑一雄在题材选择上的国际性和移民特性，描绘了一个白人钢琴家的游历。他从日本到英国，又辗转来到了中部欧洲一个未标明的国家，这个国家颇有些像德国，那座城市则是柏林和慕尼黑的混合体。小说讲述了三天里发生的故事，白人钢琴家赖特在星期二抵达了那座欧洲城市，星期五他就离开了。但是，自赖特来到这座城市之后，各种古怪的、十分超现实的事件在他身边发生了：行李员在电梯里向他发表了长达四千多字的演说，描述行李员的职责和苦恼；音乐指挥布罗茨基遇到了车祸，需要给伤腿做手术，医生却把他的假肢给锯掉了；赖特在这个他从来都没有来过的城市还遇到了他童年的伙伴——他成了电车售票员！一个宾馆的宾客请求赖特帮助他完成一个古怪的任务——去和与自己闹翻、不说话的女儿沟通，获得与她的和解。他发现，那个宾客的女儿叫索菲，竟然变成了他的妻子，他们还有了一个儿子。这些人和事打乱了赖特的行程和心绪，等到他星期四去音乐厅演讲并演奏的时候，却发现舞台下面空空如也，连座位都已经被拆除了。

这部小说应该是石黑一雄的小说中的一个异数，带有着离奇的情节和荒诞的、非逻辑的、超现实的风格。那些夸张遭遇包围着主人公赖特，也使读者不断地感到惊奇。显然，主人公似乎来到了一个卡夫卡所营造的世界，每个人都需要别人安慰，但是，每个人都面临着自己去解决的问题。

石黑一雄在谈到这本书的时候说："让人物出现在一个地方，在那儿他遇到的人并不是他自己的某个部分，而是他过去的回声、未来的前兆、他害怕自己会成为什么样子这种恐惧的外化。"可以说，小说的情节更像是主人公的一次梦游，在梦游中，赖特发现了一个可能的世界，一个时间错位与并置的世界，一个他的过去与未来相遇的世界，不过，我觉得小说的荒诞性和超现实性也使小说的能指和所指之间有些错位，使小说丧失了清晰和透明的感染力。

眺望远东

石黑一雄如同一个书写记忆的行家，他注定将与东方纠缠不休。2000年，石黑一雄出版了他的第五部小说《上海孤儿》。

这一次，他动用了家族的隐形记忆，以眺望的方式书写了一个新故事。在20世纪30年代，石黑一雄的祖父曾经来到上海，打算在这座当时的世界大都会和商业中心城市开办一个丝织工厂，最终，他失败了，之后回到了日本。小时候，石黑一雄曾经在祖父遗留下来的照片中看到了祖父当年在上海的模样。照片所显示的时间漫漶、事物陌生、经历残缺，这给小小的石黑一雄留下了难以磨灭的印象和想象的空间。于是，多年之后，祖父的经历被他结晶为小说《上海孤儿》。但是，在小说中，他并没有以自己的祖父作为主人公，而是写了一个英国孩子的成长。在20世纪30年代，英国孩子班克斯在上海度过了自己的童年，可他的父母亲在上海离奇地失踪了，从此，班克斯就成了一个孤儿。回到了英国之后，他下决心成为一名侦探，并且打算揭开父母亲失踪的谜底。于是，他重新回到了上海，开始调查真相。班克斯来到了上海，此时正是二战爆发前夕的1937年，经过一番调查，他发现，父亲并不是像他原先认为的那样，因为对自己从事的鸦片贸易感到耻辱离开了公司，而是因为一个女人的吸引而离开了他的母亲，母亲随后也从战乱之中的上海消失了。在小说的最后一章，1958年11月14日的伦敦，叙述者终于在香港的一家修道院里和母亲见面了，但是母亲的神志已经出现了问题，并不认识眼前的儿子。他明白了，现在，他获得的一切，都是建立在母亲的苦难之上，个人的努力在无情的历史面前都是渺小的。《上海孤儿》延续了石黑一雄擅长的第一人称叙事，在小说中，最动人的也许不是这个怀旧故事，而是对旧上海和旧伦敦交相辉映的景物和气息的描绘，片段式的回忆和对历史现场的模拟使小说充满了旧照片一样的神奇效果。虽然，时间使家庭人物关系、婚姻的冲突和背叛都被化解，但是，其历史造成的悲剧仍旧令人动容。小说中的人性的温暖也是十分打动人的地方。这部小说对于石黑一雄来说，是一个写作上的挑战，使他能够不断地开拓创作题材，把一种国际化的小说风格创造了出来。

到目前为止，石黑一雄的六部小说都是用第一人称来叙述的，这顺应了20世纪，大部分的现代小说都注重对人物内心的关注和自我的挖掘，同时，第一人称的叙述并不是全知全能的视角，而是当事人的有限视角，因此，石黑一雄在运用第一人称叙事上十分精当。他很善于用舒缓的、慢节奏的语调，来讲述时光早就消失了的故事和消失在时光里的人物。

一种国际化小说

石黑一雄保持着四年左右出版一部小说的速度，使他能够稳步地获得关注。2005年，他出版了第六部长篇小说《千万别丢下我》。从汉译的小说题目上看，似乎有些矫情——在汉语的语境里，这个"千万别丢下我"属于一种弱者的请求，显得比较小气和柔弱，似乎不是一部好小说应该叫的名字。小说依旧是第一人称叙事，讲述者是一个叫凯蒂的寄宿学校的护理员，她三十一岁，小说的时间背景是20世纪90年代的英格兰。

在那所寄宿学校里，有很多学生，他们被校规严格管理，学生们的纪律很严明，大家一起生活在一个封闭的小空间里。但是，奇怪的是，这些学生似乎都没有直系亲属，从来都没有父母亲人前来探望他们。似乎有一种特殊的遭遇在他们身上发生，有一种必然的命运在等待他们。最后，他们明白了，等到他们长大了，都要做一段时间的护理员，然后就要给需要的人捐献身体器官。在多次的捐献之后，他们的生命也就完结了。

这部小说的情节显然带有幻想性和虚构性。从报纸上，我得知一些黑心的家伙利用智障者的缺陷，强迫他们在砖窑里干活，也知道有人专门从事拐卖儿童的犯罪行径，但是，一所寄宿学校培养学生是为了捐献器官，这就是石黑一雄的超人想象了，在现实中很难发生。小说涉及了爱情、真相和潜在的暴力，涉及了死亡等终极追问，但是，小说的故事本身却因为没有现实的依托而显得空泛。这是石黑一雄的几部小说中最让我失望的一部——无论是小说的题目还是小说的故事情节，都是我不喜欢的，它散发着一种虚饰的、矫揉造作的感觉，其叙述的语调和要表达的东西都显得过于精致，那么残酷的人物命运被雅致的语言所讲述本身就很不协调。也许是因为语种和文化的差异，使我产生了这样的感觉，我想，石黑一雄的优点和缺点都是过于细腻，他要是粗鄙一些就好了。

但是，无论如何，石黑一雄对当代英语文学的贡献都很独特，他的文学观念也很明确，因为他特殊的文化背景和血缘出身，使他具有了一种跨文化的视野和经验。他的文学观念，明确地说，就是写出一种国际化的小说。对此，他说："我是一位希望写作国际化小说的作家。什么是国际化小说？简而言之，我相信国际化小说是这样一种作品：它包含了对于世界上各种不同文化背景的人们都具有重要意义的生活景象。它可以涉及乘坐喷气式飞机穿梭往来于世界各大洲之间的人物，然而，他们又可以同样从容自如地稳固立足于一个小小的地区。

"所谓写作国际化作品的小说家，具有多种含义。他不该僭越读者的知识范围。例如，他描绘人物之时，不可借助于他们所穿衣服或他们所消费的商标的名称，这类情节除了很狭窄的圈子内的读者之外，对于其他人都是毫无意义的。他也不能依赖巧妙的语言手法，特别是双关语，因为不能指望对此作出传神的翻译。在我看来，任何一位作家，如果认为他自己所使用的文字是世界上唯一的文字，那么他的读者极为有限是理所当然的。最为重要的是：他必须能够鉴别那些真正为国际读者所关心的主题。

"这个世界已经变得日益国际化，这是毫无疑问的事实。在过去，对于任何政治、商业、社会变革模式和文艺方面的问题，完全可以进行高水准的讨论而毋庸参照任何国家的相关因素，然而我们现在早已超越了这个历史阶段。如果小说能够作为一种重要的文学样式进入到下一个世纪，那是因为作家们已经成功地把它塑造成为一种令人信服的国家化文学载体。我的雄心壮志就是要为它作出贡献。"

石黑一雄以他的六部长篇小说，建立了一个国际化的题材和想象的文学世界，他非常善于从已经消失的时间和世界里重新打捞记忆，并且把人性的表现深刻地呈现在历史的深处，笔法细腻生动，情绪饱满，张力无限。他还结合了日本文学中的美学风格，将东方和西方的文学传统嫁接起来，创造出一个只属于他自己的小说世界。这个世界，远看似乎十分清晰，等到你靠近的时候，它似乎又是一团浓重的迷雾。

原载《西湖》2009 年第 9 期

推荐书目

《上海孤儿》，陈小慰译，译林出版社 2002 年 1 月版

《长日留痕》，冒国安译，译林出版社 2003 年 7 月版

《千万别丢下我》，朱去疾译，译林出版社 2007 年 8 月版

《小夜曲：音乐与黄昏五故事集》，张晓意译，上海译文出版社 2011 年 3 月版

《远山淡影》，张晓意译，上海译文出版社 2011 年 4 月版

《浮世画家》，马爱农译，上海译文出版社 2011 年 5 月版

《无可慰藉》，郭国良等译，上海译文出版社 2013 年 4 月版

奥尔罕·帕慕克：编织叙述艺术的花毯

土耳其的"呼愁"

我最早接触到奥尔罕·帕慕克的作品，是在 2004 年。当时，我在澳大利亚墨尔本的一家书店里，看到了他的英文版《雪》，立即感到这是一个不容忽视的作家。眼下，他已是在世的最年轻的诺贝尔文学奖获得者了。2008 年 5 月，他来到北京，出席了一系列的文学活动。据接触过、接待过他的人说，他是一个集欧洲人的严谨、庄重和西亚人的散漫、随意于一身的人，在座谈和开会当中，他会不按常理出牌，会忽然消失不见，让接待方无所适从，而且，他还经常改变早就安排好的行程，不断地推迟或者提前一些活动的安排，既有着孩子气的调皮，也有着难以应付的刁钻和耍大牌的毛病。但是，在另外一些地方，他又显示出超越一般人的，对艺术和文化的理解，比如，他对中国古代美术和建筑就非常感兴趣，花了几万元在琉璃厂买了很多中国美术画册。当我们靠近他的时候，我们看见了他的调皮和散漫，骄傲和嬉皮，但同时也看见了他的灼人才华。那么，就让我们进入到他所创造的文学世界中去，在那里，我们才会发现他真正的魅力，因为，一个作家所有的魅力和秘密，都深藏在他的文字中。

奥尔罕·帕慕克 1952 年出生丁土耳其的伊斯坦布尔，他出身的家族，属于土耳其富裕的中产阶级工厂主家庭，在父母亲的悉心照料和教导下，奥尔罕·帕慕克受到了很好的教育。他很早就对绘画感兴趣，六岁开始学习绘画，幼年时在一所美国人开办的学校学习英语。后来，他在伊斯坦布尔科技大学学习建筑。接着，又在伊斯坦布尔大学学习新闻，这期间，他迷恋上了文学，逐渐开始放弃了想当建筑师和画家的念头。从1974年开始，二十二岁的他最终选择了文学，开始埋头写作。笔耕三十多年来，他以十多部畅销的、惊世骇俗的小说和非虚构作品，成为当代世界最杰出的作家之一。

奥尔罕·帕慕克的第一部小说就是一个大部头。这是长篇小说《杰夫代特先生》，翻译成中文在五十万字左右。小说发表于1979年，获得了《土耳其日报》的一个小说征文奖。一直到1982年，这部小说才正式出版了单行本，并获得了第二年的土耳其凯末尔文学奖。写这部小说，花了奥尔罕·帕慕克五年的时间。这是一部带有19世纪欧洲现实主义风格的小说，写法还比较传统，但叙述非常从容，描绘非常真切感人。小说分三个部分，讲述了伊斯坦布尔一个上层人物杰夫代特州长和他的儿子、孙子等三代人的故事，细致地描绘了伊斯坦布尔在一个特定年代的人群和日常生活，语调中，带有一种浓郁的哀伤感。我在这里引一段小说的开头部分，让大家感受一下小说的叙述风格：

> 杰夫代特先生嘟囔道：“睡衣的袖子，我的后背……整个教室……床单和被子……唉，整个床都湿透了！是的，所有的东西都湿透了，我终于醒了！”所有的东西都像他刚才在梦里见到的那样湿透了。他翻了个身，想到刚才的梦，感到一阵恐惧。他梦见自己坐在小学老师的对面……

可以说，这样扎实严谨的现实主义叙述是需要耐心，也是需要功力的。奥尔罕·帕慕克的第一部小说就达到了令人眩目的地步，标志着一个有着远大前程的小说家的诞生。

奥尔罕·帕慕克的第二部小说《寂静的房子》出版于1983年，写这部小说花了他三年多的时间。后来，他基本上保持每三年左右就出版一部新作的速度，持续建构着自己五彩斑斓的文学世界。《寂静的房子》在叙述的语调上是平缓的，小说的总体风格仍旧是现实主义的，但在结构上，则采用了现代主义小说的形式，从五种角度，以五个人的叙述构成一个多声部的叙述，形成了小说层次丰富的内部结构。小说描绘了几个孙子、孙女辈的孩子们,从大城市伊斯坦布尔来到了乡下僻静的房子里,看望年迈的祖母。20世纪初期,孩子们的祖父塞拉哈亭被政敌击败,离开了伊斯坦布尔,和妻子法蒂玛一起住在了一个叫"天堂堡垒"的远郊别墅里。他打算写一部百科全书,但到死都没有完成。当孩子们来到之后,一时间,这座寂静的房子里充满了喧闹,也由此展开了他们的故事。在表面祥和气氛的掩盖下,通过对几天的时间内,人们的交叉叙述,你会发现,每个人都有自己的悲伤和痛心之处。可以说,这部小说从多个角度呈现出土耳其特定年代的文化、政治和社会氛围,我觉得小说的主人公之一是那座没有说话但处处都在人物背景中的寂静的老宅子。这部小说获得了1991年的欧洲发现奖,并且很快被翻译成了法文,进入到欧洲人的视野之内。

通过《杰夫代特先生》和《寂静的房子》这两部小说的写作,我感觉奥尔罕·帕慕克完成了他最早的写作练笔阶段,开始进入到他写作的下一个阶段。在这个新阶段里,现代主义和后现代主义小说的技巧,开始明显地、频繁地出现在他的作品中,他所擅长的多角度、多视点、多声部地描绘事件、人物和时代的手法,也运用得炉火纯青,他所具有的美术、建筑的知识和修养也成为他小说中最重要的材料,由此开始形成了他自己独特的叙事风格。

1985年,他出版了篇幅不大的长篇小说《白色城堡》。从题材上说,这是一部历史小说,描绘了奥斯曼土耳其帝国和欧洲的意大利之间的一些文化交往,以及欧洲和西亚帝国在文化和精神上的碰撞。小说讲述了一个年轻的威尼斯学者,他从意大利东部的亚得里亚海坐船前往那不勒斯,但是,在地中海上遭到了奥斯曼土耳其帝国海军的袭击,被俘之后被带到了奥斯曼帝国,成为帝国贵族霍加的一个奴隶。霍加发现,这个年轻的意大利俘虏实际上是一个学者,而且,他长得竟然和自己很像,就和他成了朋友。两个人互相接触,对对方的语言和文化发生了浓厚的兴趣,开始互相学习。后来,他们一起联手对抗袭击土耳其的瘟疫,获得了最高统治者苏丹的嘉奖。他们还一起为苏丹设计对抗来自西方国家威胁的秘密武器,但在欧洲军队来袭的时候,他们的武器没有派上用场,帝国失败了。就在战火纷飞的时刻,一件重大的事情发生了,霍加趁机逃跑,奔向了他朝思暮想的威尼斯,而那个和他相像的威尼斯人,则变成了他的替身,继续留在宫廷里,扮演霍加。

这部小说巧妙地书写了东方和西方互相发现和认同的历史,是一则历史寓言。不过,我觉得,这部小说写得有些矫情和拘谨,没有完全放开,小说人物的设置也显得机械和缺乏个性。无论如何，我很难相信，一个土耳其人和一个意大利人会相像到分不出彼此的地步。而且，这部小说虽然主题宏大，但是写得却有些单薄了。有趣的是，我在卡尔维诺的《我们的祖先》那本书中，发现了奥尔罕·帕慕克写这本书的灵感来源。奥尔罕·帕慕克自己宣称，卡尔维诺是他喜爱的作家，因此，受到他的影响在所难免。在《我们的祖先》三部曲之《树上的男爵》的第七章，小说主人公的父亲有一个来历复杂的私生子弟弟，"人们关于他的说法很多，说他出任过要职，当过苏丹的显赫的高官，土耳其国务会议的水利工程师，或者其他类似的官。后来一次宫廷谋反，或是一次为女人发生的争风吃醋事件，或者是一纸赌债，使他坠入了困境，沦为被贩卖的奴隶。据说，人们在一艘俘获的土耳其战船上发现他戴着锁链和奴隶一起划桨，他们释放了他。"那么，是不是根据这段文字，奥尔罕·帕慕克写出了他的《白色城堡》？我有理由作出这样的推断。《我们的祖先》之《树上的男爵》写于1957年，而《白色城堡》写于1985年前，可以推断是卡尔维诺小说中的这段话，使奥尔罕·帕慕克迸发出虚构的热情，将17世纪的东方和西方、奥斯曼土耳其帝国和意大利之间的文化差异和互相的好奇描绘了出来。《白色城堡》这部小说的英文版还获得了1990年美国外国小说独立奖。

需要强调的是，在奥尔罕·帕慕克的作品中，土耳其最重要的一个文化概念"呼愁"，是无法忽视的。在奥尔罕·帕慕克的所有小说中，都弥漫着"呼愁"的情绪，在他的笔下，"呼愁"如同黄昏缓慢地降临那样，弥漫在土耳其整个大地和城市上空，弥漫在人们的心头。"伊斯坦布尔的'呼愁'，不仅仅是由音乐和诗歌唤起的情绪，也是一种看待我们共同生命的方式，不仅仅是一种精神状态，也是一种思想状态，最后既肯定人生，又否定了人生……现在我们逐渐明白，'呼愁'不是某个孤独之人的忧伤，而是数百万人共有的阴暗情绪。我想说明的是伊斯坦布尔整座城市的'呼愁'。"理解和进入奥尔罕·帕慕克的小说世界，必须要将这一段话深刻理解，才能明白为什么他的小说中总是弥漫着一种莫名的忧伤，因为，这就是"呼愁"。

黑色和红色：颜色之名

1990年，奥尔罕·帕慕克出版了长篇小说《黑书》。这是一本在结构上带有多声部叙述和复调特征的小说，还有一个侦探小说的外壳。但是，其内里却是对伊斯坦布尔这座城市的文化、对男人和女人、婚姻和爱情、背叛和忠诚进行的诘问和探寻。

小说的故事情节是这样的：律师卡利普有一天进门，发现自己的妻子茹梦忽然消失了，只留下了一张语焉不详的纸条。和她一起消失的，还有她的同父异母的哥哥耶拉。耶拉在伊斯坦布尔是一个很有名的专栏作家，他在报纸上长期开了一个介绍伊斯坦布尔这座城市的文化和历史的专栏，于是，这些文字，就成了卡利普找寻妻子的线索，他觉得，只有读懂了这些文章，才会发现妻子失踪的线索。小说的故事情节就在他一边寻找妻子，一边大量引用耶拉文章的过程中徐徐推进，最终，他发现：耶拉被刺杀身亡，当场倒在大街上，而茹梦则同时中弹，跟跄着进入到一家玩具店中，倒在一堆洋娃娃中。后来，卡利普顶替耶拉，成了描写伊斯坦布尔的专栏作家，继续撰写关于这座伟大城市的文章。这部小说混合了多种元素，将很多关于伊斯坦布尔这座城市和博斯普鲁斯海峡的资料与对人生、婚姻的剖析结合起来，写得绵密、紧张，内容非常驳杂。1992 年，奥尔罕·帕慕克自己将这部小说改编成了电影《隐蔽的脸》。奥尔罕·帕慕克曾经离过婚，我在阅读这部小说的时候，似乎可以感觉到小说的主人公卡利普在寻找消失的妻子的心情，与奥尔罕·帕慕克对婚姻的感觉有关。当然，这是一种猜度罢了。1995 年，这部小说的法文版获得了"法兰西文化奖"，在奥尔罕·帕慕克的小说序列里，我很喜欢《黑书》，我觉得这是他写得好的三部小说之一，它厚重、深沉、信息量巨大，是关于伊斯坦布尔的一部中型史诗。

在 1994 年，奥尔罕·帕慕克出版了长篇小说《新人生》。据说，这是土耳其历史上销售得最快的小说，快到什么程度，报道者没有说明。这部小说的叙述人是第一人称"我"，叙述语调依旧是典型的奥尔罕·帕慕克式的，迟缓，警觉，稠密，似乎有什么事情要发生在主人公身上了。果然，一天，一个叫奥斯曼的大学生，他读到了一本书，感到了强烈的震撼。此时，他爱上了一个神秘的女子嘉娜，同时，还目睹了情敌被谋杀未遂。然后，他离开了相依为命的母亲，卷入到一场命案中。他开始按照那本书的引导，去寻找未来生活的轨迹，他横跨国境线，吃到了一种叫作"新人生"牌子的奶糖，还遭遇了连串的车祸。这些经历都带给他一些人生的新感悟。他的叔叔死后给他留下了一张纸条，使他逐步接近了事件真相。于是，他自己的爱情和叔叔的爱情生活成为两条线索。当他探明了究竟，这才发现，他失去的往日生活才是他真正需要珍惜的。在小说的结尾，人物和读者都重新回到了起点——这么介绍故事情节，不知道读者是否明白这本书写了什么？我读这本书的时候，多少感到了迷惑：这么一本书，会是土耳其历史上销售最快的小说吗？土耳其人真正看懂了这本书吗？因为，《新人生》的品质很高，它要表达的东西相当模糊和多义，甚至没有给出一个确定的答案。《新人生》如同一团雾，当你走进去再走出来的时候，你看见的，仍旧是一团雾，它并不那么好理解。

1998 年，奥尔罕·帕慕克出版了他最重要的长篇小说《我的名字叫红》。小说的时间背景是 16 世纪末期达到顶峰后开始衰落的奥斯曼土耳其帝国时代。离开家庭达十二年之久的艺术青年黑，回到了伊斯坦布尔之后，不仅要面对一场他期待着的爱情，还被卷入了一场谋杀案：统治帝国的苏丹让一批细密画画家帮助他制作一本伟大的书，来赞颂苏丹本人的丰功伟绩和帝国的荣耀。他准备以当时意大利文艺复兴时期盛行的艺术风格来绘制细密画。一群卓越的细密画画家开始为苏丹工作，但是，很快，其中一个画家就被谋杀了。是谁干的？小说由此展开了对画家之死的调查。统治者苏丹要求画家们三天之内查出到底谁是凶手，于是，在逐步的推理中，在排除一个个的怀疑对象的过程中，也将故事推向了高潮。

《我的名字叫红》是奥尔罕·帕慕克迄今为止最好的小说。回过头来看他的创作生涯，《杰夫代特先生》《寂静的房间》《白色城堡》这三部小说，是他第一阶段的作品。在这个阶段，他实验了现实主义、自然主义、历史小说、多角度多声部的叙事技巧等写作手法。由长篇小说《黑书》开始，包括《新人生》，他已经知道了自己的长处和短处在哪里——他发挥了自己学习了多年美术和建筑艺术的长处，在写作技艺上，他就像一个波斯细密画画家那样，精雕细刻地描绘着没有阴影，但实际上却阴影重重的世间万物和人，并且，以多个声音、多个角度来呈现多层次的内容。他往往把自己的小说伪装成侦探小说，或者，精心营造出一种悬疑的气氛，一开始就制造出一个悬而未决的大疑问：到底是怎么回事？读者会萌发好奇心。在情节不断的推展过程中，逐渐逼近了事件的核心，也牢牢地抓住了读者的心。奥尔罕·帕慕克讲故事的技巧十分精湛，甚至连诺贝尔文学奖的评委马悦然先生都说："他太会讲故事了。"比如，在《黑书》中，一开始，小说男主人公的妻子和她的同父异母的哥哥都消失了，那么，他们到哪里去了？他们遇到了什么事情？他们之间是一种什么关系？他们是死是活？就是在这种种的疑问中，作者和读者一同经历了一场逐渐明晰的解谜过程，也澄清了人心的迷雾。

　　《我的名字叫红》也是这样，在小说的第一节，标题就是"我是一个死人"，由在枯井底死去的死者说话，一下子就抓住了读者的心。这部小说最典型的，就是它在叙述手法上采取了多声部的叙述手段，在全书五十九个章节中，几乎每个章节的叙述者都在变化，约莫有二十多个叙述者，轮番上阵，讲述围绕着被谋杀的细密画画家的案件，展开了混音与大合唱。而且，在他们的讲述中，各个声音之间形成了佐证和旁证，形成了互相的补充和差异，有时候你感觉似乎离揭开谜底已经很近了，可是，有时候，你又会觉得距离事实和真相反而更远了。就是在这种扑朔迷离的叙述中，小说将一个时代的整体风貌呈现了出来。《我的名字叫红》中多个角度的叙述手法，其实，在奥尔罕·帕慕克写《寂静的房子》的时候，就已经开始运用了，只不过那个时候他的技法还比较呆板。在《黑书》中，以穿插报刊专栏文章的引文手法，他也实现了小规模的多声部，至少是两个声部的叙述。现在，在《我的名字叫红》中，这个多声部达到了令人吃惊的二十多个声音，在众声喧哗中不断推演，小说一开始分开的岔路和缝隙，就奇迹般地缝合了，一直到最后真相大白。

　　另外，在结构上，这部小说还体现了建筑之美。小说似乎是用一块块的砖头垒起来的，是用一幅幅壁画拼接起来的，呈现出严整和具体的美。从小说的外形上，侦探小说的壳完美地罩在情节主干上面，这是因为人类天性就喜欢谜语，喜欢刨根问底，喜欢谜底被揭开。但是，当去掉它的侦探小说的外壳，你会发现，原来，这其实是一部现代历史小说，还是一部文化小说，小说的内容十分庞杂，涉及16世纪奥斯曼土耳其帝国的政治、文化、宗教，尤其涉及东方和西方的关系。奥尔罕·帕慕克说过："在我所有的小说中，都有一场东方和西方的交会。当然，我很清楚所谓的东方和西方，其实都是文化的概念，也就是说，它们都是想象的产物。尽管如此，无论两者的想象成分有多少，东方和西方毕竟仍是事实……东方和西方各自蕴含的深邃而独特的传统，决定了人们的智慧、思想、感知能力以及生活方式。东方与西方各自的交会，并非如人们以为的是通过战争，相反，一直以来，它都发生在日常生活的种种细节中，通过物品、故事、艺术、人的热情与梦想进行，我喜欢描述人们生活中此种活动的痕迹。"的确，在《我的名字叫红》中，有大量东方的也就是奥斯曼土耳其帝国时代，和西方也就是希腊、意大利等地中海国家交往细节的出现。其中，关于宫廷书籍的制作，尤其是关于细密画的风格和意大利文艺复兴时期美术之间的关系，是小说着墨很多的地方。我说这也是一部文化小说，不仅在于它承载的文化信息不亚于一部专门研究那个时期的历史学著作，其信息甚至要大于任何一部年鉴学派的、研究地中海物质和精神文化的著作，还在于，它描绘了人心，描绘了那个时期人的存在状态。难怪它出版之后，很快就获得了意大利格林扎纳·卡佛文学奖、爱尔兰都柏林文学奖等多个重要的欧洲文学奖，并且被翻译到四十多个国家和地区，成为 20 世纪十分重要的一部小说。奥尔罕·帕慕克还很喜欢用颜色来命名小说，红色、黑色、白色、"别样的色彩"等，使读者的眼前有了颜色所代表的感觉和意味。

白雪覆盖下的冲突

进入新千年之后，奥尔罕·帕慕克似乎对现实政治越来越关心了。2002 年，他出版了长篇小说《雪》，这是他创作的第一部也是唯一一部政治小说。

《雪》在土耳其语中念"卡尔"，小说的主人公叫卡，他在一个大雪天前往的城市叫卡尔斯。于是，自然物质、人物、地点，三者在名称上奇妙地构成了互相映衬的关系，彼此有着一种呼应和隐喻。小说描述诗人兼记者的卡从德国法兰克福回到土耳其，前往故乡卡尔斯去调查当地市长被刺杀的事件，以及另外一桩女性自杀事件。于是，冒雪来到卡尔斯市的卡，在卡尔斯这么一个偏僻的土耳其小城市里遇到了各种各样的人，还遇到自己过去的恋人，并再次迸发了爱情。同时，在卡尔斯这个被白雪覆盖的城市下面，隐藏着激烈的文化、宗教矛盾，极端宗教势力正在对世俗化的政府发起挑战，最后，围绕着卡尔斯国家剧院，上演了一出惊心动魄的暴力活动。卡成为事件的目击者和亲身经历者，他就犹如从外部射过来的一道强光，照亮了土耳其今天的社会境况。小说的结尾，卡最终完成了一首关于雪花的诗篇，从另外一个角度阐释了土耳其文化的内在美丽与忧伤。《雪》最打动人的地方，我觉得在于它营造的气氛。比如，在读卡洛斯·富恩特斯的小说时，我总是感觉到他那如同急风暴雨般的语言，语调急促而奔泻，你会非常不自觉地就被他的语言的洪流给带走了。而奥尔罕·帕慕克的《雪》则显得舒缓、平和、忧伤，整个小说里似乎都弥漫着一场大雪，雪还在缓缓地落下，在这一场大雪中，另外一场人生的激烈对抗好戏，却在酝酿并最终暴烈地上演。美国作家约翰·厄普代克对这本书给予了精确的评价："……他热衷于剧场表演中非真实的现实，虚假的真实，而《雪》在其政治含义方面，以卡尔斯国家剧院两个夜晚的演出为支点，真真假假，幻觉和现实搅成一团，令人难以分辨。"

除了写作小说，奥尔罕·帕慕克还写了不少非虚构作品。2005 年，他出版了长篇散文《伊斯坦布尔：一座城市的记忆》，立即引起了轰动。奥尔罕·帕慕克说："要想传达伊斯坦布尔让儿时的我感受到的强烈'呼愁'感，则必须描述奥斯曼帝国毁灭之后的城市历史，以及此一历史如何反映在这城市的'美丽'风光以及其人民身上。"现在，轮到奥尔罕·帕慕克来讲述他记忆中的伊斯坦布尔了。这座充满了过去荣耀和帝国遗迹的城市，有着特殊的地理位置和文化地位。全书以三十七章的篇幅，从奥尔罕·帕慕克的家族历史、城市遗迹、帝国记忆、日常生活、建筑环境、气候变化等多个角度，展开了和一座伟大城市的心灵对话。仿佛是逐渐地展开了一幅有些陈旧，但依然绚丽无比的地毯，奥尔罕·帕慕克不疾不徐地带领我们走进他成长和记忆的时空中。书中还选用了很多老照片，有的是他过去成长的瞬间，有的是城市风景和人物的特写。照片和文字之间形成了特殊的互文关系，使这本书成为非常别致、优美、生动、历史信息量巨大的书。据说，就是这本书使他再度获得了诺贝尔文学奖的提名，2006 年，这个桂冠就戴到了他的头上。

2007 年，他出版了随笔集《别样的色彩：关于生活、艺术、书籍与城市》，收录了他无法在小说中表达彻底的文学艺术随笔和评论。自传性和敏锐的感受性是这本书的最大特点，我们可以看到，一个在生活、美术、文学和建筑中间自由穿梭的人，打通了时间和艺术门类，把阅读、思考、写作和漫游变成了一种美好的乐趣。

奥尔罕·帕慕克最新的长篇小说是《纯真博物馆》，出版于 2008 年，这本书是一部地道的关于爱情的小说。小说以一个恋物癖男人的眼光，搜集整理了他记忆中和现实中恋人的各类物品，叙述和描绘依旧带有花毯般的繁复和优美沉静。

奥尔罕·帕慕克是当代世界耀眼的作家明星之一。美国作家约翰·厄普代克曾评价他说："帕慕克不带感情的真知灼见，与阿拉伯花纹似的内省观察，让人联想起普鲁斯特。"他还说："奥尔罕·帕慕克很有天赋，善于运用轻快、荒诞主义的手法，拖长闹剧的情节，甚至暗示，在这个冷漠和混乱的世界里，任何情节都是可笑的。"在谈到奥尔罕·帕慕克的时候，我国作家莫言说："天空中冷空气跟热空气交融汇合的地方，必然会降下雨露；海洋里寒流和暖流交汇的地方会繁衍鱼类；人类社会中多种文化碰撞，总是能产生出优秀的作家和优秀的作品。因此可以说，先有了伊斯坦布尔这座城市，然后才有了帕穆克的小说。"奥尔罕·帕慕克也说："伊斯坦布尔的命运就是我的命运：我依附于这个城市，只因她造就了今天的我。"

的确，是伊斯坦布尔这座伟大的城市，造就了奥尔罕·帕慕克这样一个杰出的作家。

原载《文学界（原创版）》2010年第1期

推荐书目

《我的名字叫红》，沈志兴译，上海世纪文景出版社2006年8月版

《我的名字叫红》（插图精装注释本），上海世纪文景出版社2008年5月版

《白色城堡》，沈志兴译，上海世纪文景出版社2006年12月版

《伊斯坦布尔》，何佩桦译，上海世纪文景出版社2007年3月版

《雪》，沈志兴等译，上海世纪文景出版社2007年5月版

《黑书》，李佳姗译，上海世纪文景出版社2007年6月版

《新人生》，蔡鹃如译，上海世纪文景出版社2007年7月版

《我的名字叫红》（插图精装版），上海世纪文景出版社2007年8月版

《寂静的房子》，沈志兴等译，上海世纪文景出版社2008年5月版

《杰夫代特先生》，陈竹冰译，上海世纪文景出版社2009年2月版

《帕慕克在十字路口》，帕慕克、陈众议等著，上海三联书店2009年10月版

《纯真博物馆》，陈竹冰译，上海世纪文景出版社2010年1月版

《别样的色彩：关于生活、艺术、书籍和城市》，宗笑飞、杨卫东译，上海世纪文景出版社2011年3月版

《白色城堡》，陈芙阳译，台湾麦田出版社2004年版

《新人生》，蔡鹃如译，台湾麦田出版社2004年版

SNOW（《雪》），英文版，英国费伯出版社2004年版

《天真的和感伤的小说家》，彭发胜译，上海世纪文景出版社2012年8月版